이 선 구　　창 작　　장 편 소 설

Codex from Venice
베네치아 코덱스

이 선 구 지음

일러두기

- 소설의 시대 배경에 대하여-

이 소설은 AD 820~870년의 북아프리카와 콘스탄티노플, 베네치아를 배경으로 그려진 창작물이다. AD 9세기는 지중해를 중심으로 신흥종교 이슬람교의 세력이 팽창하면서 기존의 그리스도교 세력과 갈등의 골을 심화시키던 시기였다. 기독교도의 땅이었던 북아프리카에서는 베르베르인 이슬람 왕조인 아글라브 왕조(800~909년)의 발흥에 밀려 그리스도교 문화가 심각하게 소멸당하고 있었다. 동로마, 비잔티움 제국의 수도 콘스탄티노플에서는 성화상 파괴운동이 테오필루스 황제(829~842년)때에도 이어져서 신심 깊은 신자들과 팽팽한 긴장관계가 조성되고 있었다. 서로마, 신성로마제국의 경우, 카를루스(샤를마뉴 768~814) 대제가 정복전쟁으로 정치적 통일을 달성하고, 교황과 결탁하여 종교적 통일까지 달성함으로써 대제국의 면모를 갖추었는데 그가 사망하자 아들 경건왕 루이(814~840)가 뒤를 이었다.

베네치아는 롱고바르드 족과 패팽의 침략을 막아낸 역량을 앞세워 해양국가로 발돋움하려는 열망에 휩싸였다. 수도를 말라모코에서 리알토로 옮기고 누군가의 착상에 의해 성인의 유골을 모셔오려는 당찬 계획까지 세우고 있었다. 당시 유럽의 도시들은 성인의 유골을 모시어 하느님의 축복을 받고자 하는 분위기가 팽배했다. 그런 야망은 점차 전 유럽으로 확산되면서 중세 내내 계속되었는데, 이런 배경 속에서 AD 828년 마르코 사도의 유골이 알렉산드리아를 떠나 베네치아에 도착하는 일이 일어난다.

마르코 복음서 저자로 알려진 예수의 제자 마르코는 알렉산드리아를 중심으로 북아프리카에서 복음을 전파하다 붙들려 목이 줄로 매인 채 끌려 다니다 바닷가 '부콜리아'에서 AD 70년경 순교했다.

著者 이선구

이 선 구 창 작   장 편 소 설

Codex from Venice
베네치아 코덱스

이 선 구 지음

뿌리출판사

소설로 읽는 신 · 구약 성서를

소설가 / **한상윤**

  나의 여중 · 고 시절은 예배 시간, 성경 말씀으로 하루 24시간 또는 일주일을 보내는 느낌이 들었었다. 교장 선생님이 목사님이셨기 때문이다. 조회시간의 훈화도 하느님 말씀으로 시작되었고 수요일, 토요일의 아침 예배 시간 말고도 성경 시간이 일주일에 한번 있었으니 그무렵 나는 진종일 찬송가와 성경 구절로 사는 셈이었다.

  지루하고 재미없었던 그 시절 예수의 행적이며 신앙이야기를 요즈음 나는 이선구의 '베네치아 코덱스'에서 새롭게 맛보고 있다. 10대 적에 따분하게 듣던 교장 선생님의 신 · 구약 성경 말씀이 근래 소설 '베네치아 코덱스'를 접하게 되면서 희미했던 나의 기억력은 엄청난 파장을 일으키며 되살아났고 수시로 등골을 조였다.

  실존인물에 속하는 주인공 소년 살라흐 딘, 그가 노예에서 풀려나는 과정이며 탄압 받는 기독교도들이 박해가 없는 자유의 나라를 찾아 미지의 세계로 떠나는 고행 길. 나일강과 지중해의 바닷물이 합쳐지는 '티니스' 호수의 호안에 위치한 도시 이야기, '삼손' 이야기 등 한마디로 소설로 읽는 1천 2백여 년 전의 이야기다.

새롭게 볼 수 있다.

아름답기로 유명한 베네치아 성 마르코 사원의 성인 유골이 가짜라는 소문과 진실을 밝히려는 이들의 끊임없는 의문…….

나는 간결하고도 품위 있는 이 소설 전편에 흐르는 문장의 간결성에 무섭게 긴장했으며, 한글로 번역된 외국의 어느 소설을 읽는 건 아닐까 하는 착각을 일으키기도 했다. 전문직 의사이면서 이토록 완벽한 문장을 구사할 수 있는 이 작품의 치열성에 나는 압도당하지 않을 수 없었다. 신앙을 뛰어 넘은 학문적인 차원에서 성경을 알고자 하는 모든 독자들에게 일독을 권한다.

이 책을 추천해 주신 **한상윤 작가**님은 숙명여자대학교 국문학과을 졸업했으며, '월간문학' 에 〈단편소설〉「어머니의 불빛」으로 문단에 데뷔 했다. 〈창작집〉「고리」로 대한민국문학상을 수상했으며, 작품으로는 〈장편〉「소설 김대건 상 · 하」〈창작집〉「고리」,「메마른 숲」,「엄마의 비밀」, 등이 있다.

현재 한국소설가협회 중앙위원. 경기도 광주문인협회장. 경기도 문인협회 부회장. 국제펜크럽 경기지회 부회장 이다.

제1부 캐릭터(등장인물)

살라흐 딘 이븐 이스하크 : 주인공.
하　산 : 알림의 노예. 살라흐 딘과 비슷한 나이.
무함마드 이븐 앗 하자르 : 알림. 살라흐 딘을 거두어 줌.
압　둘 : 무함마드 이븐 앗 하자르의 하인 집사장.
하지자 : 무함마드 이븐 하자르의 하녀 집사장.
아미나 : 알림의 요리장.
파티마 : 무함마드 이븐 앗 하자르의 외동딸.
제이납 : 살라흐 딘의 누나. 이맘과 결혼함.
알라딘 : 마르코와 동일인. 살라흐 딘의 형으로 기독교도가 되었음.
아마드 : 살라흐 딘의 이복동생.
왈라드 : 약대상. 약대상 하심 이븐 할둔의 동생.
하비바 : 제이납의 몸종.
나쉬르 이븐 만수르 : 이맘. 살라흐 딘의 누나 제이납이 그의 네 번째 부인이 된다.
아흐마드 : 약대상. 상인과 여행객을 이끄는 인솔자가 됨.
알림 아브 딸하 : 알림. 무함마드 아브 딸하의 부친.
무함마드 아브 딸하 : 파티마의 정혼자.
마르주크 : 룸인 장님 시인. 원래 이름은 마르코.
하미다 : 마르주크를 고소한 과부.

〈여행길에 들른 숙박지의 주인들〉
무바라크 : 파루자 부락의 유지.
파흐룻 딘 : 다만후르 시의 알림의 한 사람.
샤이흐 무바라크 : 파와 시의 샤이흐의 한 사람. 샤이흐 아부 나자의 아들.
술라이만 : 나흐라리야 시의 한 법관.
아브 바크르 : 발톨로메오와 동일인. 아브야르 시의 대 상인이며 기독교도임.
앗　줏 : 아브야르 시의 법관.
아부 까심 : 마할라툴 카비라 시의 법관.

〈기독교도〉
마리얌 : 함께 여행하는 기독교도.
오네시모 : 마리얌의 부친.
후세인 : 호세아와 동일인. 함께 여행하는 기독교도.
라비야 : 함께 여행하는 기독교도. 후세인의 딸.
테오도루스 : 마르 사바 수도원의 수도신부.

● 차 례 ●

세상에

변하지 않는 것이 있다면,

선하게 변하느냐 아니면 악하게 변하느냐,

보고 있는 제 삼의 눈.

성 마르코의 이름으로

제1부
1. 알 쿠드스를 찾아서

한 소년이 매를 맞고 있다. 그는 고통에 못 이겨 두 손으로 머리를 감싸고 신음소리를 냈다. 그의 무릎이 풀리며 바닥에 꿇어앉자 잿빛 수염을 한 노인이 오른팔을 이마마[1] 높이까지 들어 올려 손사래를 쳤다. 노인의 눈꼬리에 드러난 불편한 심기에 집사장이 황급히 채찍을 멈추었다.

"무함마드 님, 아직도 스무 대가 더 남았습니다."

집사장이 조심스레 이의를 제기하자 노인이 말했다.

"태어나 소금도 못 묻지른 놈! 그러다 어린애 죽이겠다."

"그래도 이런 자식은 모질게 다루어야 합니다요."

집사장은 소년을 사오면서 노예상에게 들은 이야기 가운데 주인께 보고하지 않은 어떤 내용이 떠올라 막무가내로 씩씩거리며 감정을 쉬 가라앉히지 못한다.

"그만 두래도 그런다! 아무리 옷을 입힌 채로 매질한다 해도, 어린애를 어른 다루듯 하면 알라께서 노하신다."

"나이가 열네 살인뎁쇼?"

내년이면 성인 나이라는 말대답에 노인은 수염을 쓸어내리며 잠시 생각에 잠겼다.

---

1) 터번의 한 종류.

"그 아이 바지를 내려 보거라."

집사장은 억센 팔로 소년의 바지를 잡아 내렸다. 학사이며 그 지방의 유력가인 노인의 입에서 한숨이 흘러나왔다.

"아직 할례도 받지 않았군. 애야, 네 나이가 몇 살이냐?"

소년은 바닥에 꿇어앉은 채 잔뜩 겁에 질린 표정으로 두 눈만 껌벅거렸다. 노인이 집사장에게 명령했다.

"그 아일 잘 씻겨서 내 방으로 데려오너라."

"이런 무지렁이를 잘 씻기라굽쇼?"

"뭐가 잘못 되었다는 거냐? 얼굴을 자세히 보니 보통 아이가 아니다."

"알겠습니다, 알림.[2]"

소년은 대 저택의 정원을 가운데 두고 빙 도는 회랑을 지나 몇 개의 문을 통과하여 욕실로 끌려갔다. 피부가 갈색인 또래의 하인이 기다렸다는 듯이 그의 옷을 벗겨냈다.

"이런 지독한 냄새는 오랜만이야."

어린 하인은 중얼거리며 누더기 옷을 한쪽에 던져버렸다.

"어, 상처가 심하네! 너 채찍으로 맞았구나. 이 피멍울 좀 봐!"

"……"

"넌 어디에서 왔니?"

"……"

"어쩌다 여기 온 거야?"

"……"

"벙어린가? 너도 나처럼 여기에서 하인이 될 팔잔가 보구나. 차라리 벙어리가 나을지도 모르지. 하지만 무함마드 이븐 앗 하자르 님은 좋으신 분이야."

---

2) 학자. 이슬람 종교 지도층을 구성하고 있음.

제 신세를 생각한 갈색 피부의 소년은 한탄이라도 하듯 한숨을 내쉬었다. 그는 마치 제 일처럼 정성을 다해 상처에 올리브기름을 발라주었다. 그리고 새 옷도 챙겨주었다. 이윽고 그를 매질했던 사람이 나타나 소년을 불렀다.

"꼬마야, 주인께서 부르셨으니 어서 서둘러라. 오늘처럼 알림께서 술탄의 저녁식사에 초대받은 날에는 충분한 시간 전에 주인께 나가야 한다는 걸 잊지 마라."

넓은 방안에 홀로 남겨진 소년에겐 온 몸에 생긴 채찍 자국의 아픔보다 더 큰 두려움과 공포가 엄습해 왔다. 주위를 살펴보았지만 인기척은 전혀 없고 바닥을 온통 덮은 황금빛 카펫 위에는 큰 의자 하나와 등받이 달린 두 개의 장의자, 중국에서 들여왔을 사람 키 높이의 오색찬란한 도자기, 푸른 빛깔로 녹슨 구리 화로가 자리 잡고 있고 세공이 복잡한 호화스런 금속 탁자와 그 위에 놓인 길쭉한 물 담배 병, 한켠에 놓인 양피지와 파피루스, 필기구들……, 그리고 타조 깃털의 장식이 붙은 병풍이 자신을 에워싸고 있었다. 아라베스크 문양의 창을 통해 석양의 햇빛이 방안에 가득하여 부들부들 떨고 있는 자신이 어울리지 않게도 빛의 축복을 가득 받고 있는 듯 보였다. 이윽고 문이 열리고 알림이 들어왔다. 그는 성큼성큼 큰 걸음걸이로 넓은 카펫을 가로질러 자신의 의자에 앉았다.

"이리 가까이 오너라."

소년은 자석에 이끌리듯 노인에게 다가갔다. 레바논산(産) 유리창을 통해서 들어오는 햇빛이 소년을 비추고 있었다.

"룸[3]인의 피가 흐르는 얼굴이다. 네 이름이 무엇이냐?"

"살라흐 딘……."

"네 아버진?"

"이스하크."

---

3) Rum인. 고대 로마 사람과, 비잔티움 제국 즉 발칸 반도와 소아시아에 사는 그리스인의 통칭.

"다음부턴 살라흐 딘 이븐 이스하크라고 대답하도록 해라. 네 몰골과 손을 보아 노예 출신은 아닌 것 같은데, 대체 무얼 하던 놈이냐? 타라불리쓰[4]가 네 고향이란 게 사실이냐?"

"그렇습니다."

"앞으론 반드시 말끝에 알림을 붙이거라. 왜 노예로 팔려온 거지?"

"……"

"널 타라불리쓰로 돌려보낼 수도, 다시 다른 곳에 팔아버릴 수도 있으니 잘 대답해."

"전 노예가 아닙니다, 알림."

"압둘의 말엔 네가 노예 상인의 결박을 풀고 도망치려했다는 이유로 헐값에 팔려왔다고 하던데."

"저는 알 아랍 토민들에게 붙들려 상인에게 팔린 사람입니다, 알림."

쯧쯧.

노인은 가볍게 혀를 찼다.

"널 고향에 보내줄까? 내 집에 자주 들르는 타라불리쓰 상인이 있다. 콘스탄티노플에서 시리아를 거쳐 이곳 알리스칸다리야[5]를 경유하여 그곳까지, 매년 한 차례 왕복하는 사람인데 덕망을 갖춘 자라서 믿을만하니, 어떠냐? 네 몸값으로 지불했던 오 디나르[6]는 훗날 갚거라."

순간 소년의 얼굴이 밝아졌다.

"그분은 언제 여길 지나가시나요, 알림?"

"아드하 절[7]이 조금 지난 후쯤일 거야. 그동안은 집안일을 돕도록 하고 압둘의 명령을 내 명령으로 알고 따르도록 해."

고마움에 부르르 떠는 소년의 눈에 이슬이 채 맺히기도 전에 알림은 바

---

4) 북아프리카 트리폴리의 옛 이름.

5) 알렉산드리아의 아랍식 이름.

6) 이슬람 세계에서 사용한 금화의 단위. 은화인 디르함의 열 배 가치.

7) 이슬람력 12월 10일부터 3일간의 축제. 알라께 순종을 의미하는 양을 제물로 바침.

삐 자리를 떴고 집사장이 다시 들어와 소년을 데리고 나갔다. 자신을 채찍으로 때렸던 그의 이름이 압둘이란 걸 알았다. 살라흐 딘의 알리스칸디리야에서의 첫 날은 이렇게 시작되었다. 그를 맞이한 것은 아까의 어린 하인이었다.

"자, 네게 줄 음식을 남겨두었어. 지체 높은 분은 음식을 방으로 날라다 주는 하인이 있지만 우리 같은 아랫것들은 알아서 챙겨먹어야 해. 내 이름은 하산이야."

살라흐 딘은 제 또래의 인사를 받고 고마움과 동질감으로 눈시울이 잠시 뜨거워졌다.

"살라흐 딘이라 불러. 너와 오래 못 있게 될 거야. 알림이 타라불리쓰 상인이 오면 그 편에 날 보내주신 댔어."

"그 상인이라면 하심 님일 거야. 알림을 믿어. 약속을 꼭 지키는 분이시거든."

소년의 하얀 눈동자는 갈색의 얼굴 중심부에서 유난히 빛나고 있었지만 만나자 헤어질 사이라는 게 마음에 걸리는지 서먹한 표정을 감추지 못했다. 하산의 친절에 감사할 겨를도 없이 살라흐 딘은 밀 껍질이 씹히는 검은 빵을 입안에 바삐 구겨 넣었다. 그리고 대추야자 몇 알과 치즈 한 조각, 양젖을 한 컵 마시고 나니 금세 뱃속이 든든해졌다.

"포도는 아직 제 철이 아니어서……."

하산의 말끝이 흐려진 것은 포도의 수확시기 전에 살라흐 딘이 떠날 것이란 생각이 들었기 때문이다.

"하산, 우리 동네에도 하산이란 이름이 여러 명 있었어."

"동네 이야길 해줄래?"

"타라불리쓰 시의 산기슭에 있는 마을이야. 하얀 담벼락들이 무척 아름답지."

"푸른 바다와 어울리겠구나. 우리 마을도 그랬지."

"너도 타라불리쓰 출신이니?"

"투니스 출신이야. 마을에서 바라보는 지중해는 무척 아름답단다."

두 소년의 눈에는 고향 앞바다가 코발트 빛깔로 선명하게 출렁거렸다.

"여기 온 지는 얼마나 되었니? 나처럼 노예로 팔려왔니?"

"한 삼 년 되었을까. 난 원래 노예 신분이야. 아빤 낙타를 타고 물장수 돕는 일을 하셨어."

하산의 두 눈엔 어느새 안개가 서렸다.

"물장수?"

"겨울철엔 낙타에 상품을 실어 나르고 여름철엔 물을 가죽주머니에 담아서 파는 거지."

하산은 주인에게 이유 없이 학대를 받던 불쌍한 아버지에 대한 기억이 떠오르자 눈물을 주르르 흘렸다. 어쩌면 희망 없는 자신의 앞날에 대한 표현일지도 모른다.

"아버진 결국 돌아가셨어."

하산이 힘없이 말했다.

친구의 처지를 듣자 살라흐 딘의 가슴도 아파왔다. 아버지가 돌아가시고 가족이 흩어진 사연을 뭐라 설명할 수 있으랴. 밤늦은 시각까지 두 소년은 서로 위로했다.

다음날부터 살라흐 딘은 압둘을 도와 주로 밖에서 하는 일을 맡게 되었다. 외부의 방문객을 알림께 안내하는 일이나 편지를 수발하든지, 주인의 말에 재갈을 물리고 안장을 채우거나, 마드라싸[8]에 가져갈 전문 종교서적을 가방에 넣어서 싣거나, 서류들이 든 가방을 말에서 내려 서재에 옮기거나, 심부름이나 장터에 가는 압둘의 뒤를 나귀를 타고 따라가거나 하는 등등. 일이 없을 때는 말과 나귀를 키우는 마구간이 그의 근무처였다.

삼 개월이 지나자 살라흐 딘은 마음이 조급해졌다. 하심이 오지 않는 것이다. 그가 와야 자신의 종살이가 끝날 것이라는 막연한 기대감 때문에 마

---

8) 이슬람의 학당.

음이 자꾸만 불안해지기 시작했다. 이를 눈치 챈 압둘이 어느 날 그를 불렀다.

"살라흐 딘, 아무래도 하심이 오지 않을 것 같다. 인샬라[9]. 그리고 알림께서 네게 수술을 명령하셨다."

수술이라면 할례를 의미한다. 살라흐 딘은 등이 서늘해지면서 눈을 감았다.

다음날 해뜨기가 바쁘게 목욕을 끝내고 그는 알림의 서재로 불려갔다. 동네의 유명하다는 의사가 대기하고 있었다.

"아니, 어린애라고 하기엔 너무 큰 뎁쇼?"

이발사이자 외과의사인 그는 변덕스럽게 눈알을 좌우로 굴리며 설레설레 고개를 저었다.

"내년이면 성인이 되는 아일 그냥 둘 수는 없지 않느냐!"

알림의 등쌀에 그는 겨우 대답했다.

"그럼 성전에 데리고 가서 문서에 기록을 한 다음에 시행하도록 하겠습니다, 알림."

알림이 고개를 끄덕이자 압둘은 살라흐 딘을 데리고 모스크[10]로 갔다. 물론 이발사가 기구들을 담은 가방을 메고 뒤를 따르고 그 뒤로는 하산이 따랐다. 생전 처음 가보는 대성전은 무함마드의 저택 맞은편에 있었지만 그 거대한 규모로 인해 보기와는 달리, 몇 개의 골목길을 거치고 광장을 가로질러 가야했다. 이마와 콧잔등에 송골송골 땀방울이 맺힐 때쯤에야 세 사람은 성전의 뜰에 당도했다. 무슬림들의 경건한 꾸란 암송 소리가 합창하듯 들려나와 회랑의 기둥들과 모스크의 윤기 나는 벽에 부딪혀 공명을 일으키고 있었다.

"기도 시간이라서 이맘[11]을 만나려면 시간이 걸릴 거야."

---

9) '알라께서 원하신다면'이란 뜻. 기대, 축원, 허용을 표시하는 관용구.

10) 이슬람 사원. 예배가 행해지는 곳.

11) 사원에서 집단 예배 때의 지도자.

압둘은 두 사람을 기다리게 하고서 안으로 들어갔다. 잠시 후 한 이맘이 나와서 외딴 방으로 그들은 안내했다. 소년은 눕혀졌고 두 팔이 묶여졌다. 수술은 의외로 빨리 끝났다. 이발사가 히죽거리며 린넨 천에 놓인 거무스레한 살 조각을 이맘에게 보여주는 것으로 모든 과정이 막을 내렸다. 살라흐 딘은 온 몸이 허옇게 변해서 식은땀을 비 오듯 흘리고 있었다. 물론 약초를 발라 진통시킨 다음 수술을 시행했다지만 엉성하게 묶은 상처에서는 핏방울이 뚝뚝 떨어지는 것이었다. 여염집 애들 같으면 친구들의 축복을 받으며 어른들의 피리소리에 맞추어 동네를 걸어가는 행진식도 있었을 텐데. 가엾은 노예 소년은 압둘과 하산의 부축을 받으며 어기적어기적 외로이 돌아와야만 했다.

한참을 비몽사몽 하던 살라흐 딘 옆에 하산이 들어와 앉았다.

"살라흐 딘, 오늘밤을 잘 견뎌야 해. 나도 삼 년 전에 알림의 배려로 수술을 받았거든. 너무나 아파서 열흘 간 꼼짝 못했단다."

"너무 아파서 돌아누울 수도 없어."

"꾸란을 암송하자꾸나."

하산은 친구를 위해 꾸란의 구절을 선창했다.

"자애로우시고 자비로우신 알라의 이름으로……"

"온 우주의 주님이신 알라께 찬미를 드리나이다."

"그분은 자애로우시며 자비로우시며……"

"심판의 날을 주관하시도다."

"우리는 당신만을 경배하며 당신에게만 비오나니……"

"저희들을 올바른 길로 인도하여 주소서."

"그 길은 당신께서 축복을 내리신 길이오며 노여움을 받은 자나 방황하는 자들이 걷지 않는 가장 올바른 길이옵니다."

"그런데 하산, 알림께서 내게 정말 은혜를 베푸시는 것 같아."

기도를 하다 말고 갑자기 살라흐 딘이 말했다.

"넌 노예 출신이 아니어서 잘 모를 거야. 무함마드 님은 하찮은 아래 사람까지도 잘 챙겨주시는 분이거든. 우리 아버진 주인을 잘못 만나 너무나 고생하셨어. 물장수가 끝나고 돌아오시면 몸을 가누지 못할 정도로 아파하셨지. 온 몸이 불덩어리가 된 날에도 낙타몰이에 나서야 했단다. 끔찍해."

며칠 후 외과의사가 실을 빼기 위해 알림에게 불려와 살라흐 딘의 국부를 살펴보았다.

"알림, 많이 좋아진 것 같습니다. 베어낸 자리가 울퉁불퉁해서 탈이지만요. 히힛."

이발사는 자꾸만 히죽거리며 알림의 눈치를 살폈다.

"이 엉큼한 놈! 겉은 점잖되 속엔 발정한 수캐가 세 마리나 들어있구나."

알림이 호통을 쳤다.

"알림, 남자의 그것은 이렇게 생겨야 최상의 것입니다."

"예끼! 설마 그 아일 네 심심풀이로 수술해놓은 건 아니렷다!"

"아니고 말굽쇼. 하지만 어쨌든 요 녀석에게 시집오는 여자는 좋겠다는 뜻입니다요."

"둘러 붙이긴! 만약 그 아이에게서 무슨 잘못이라고 발견된다면 책임을 면치 못 할 것이야!"

"이딴 노예 녀석을 어찌 그리 아끼십니까?"

"그 아인 노예로 잘못 팔려온 터라 제 집으로 돌아갈 아이야. 어린 아이의 먼 장래를 내다볼 줄 모르는 우리가 어찌 마구 대할 수 있겠나?"

"그렇담, 하산 녀석도 마찬가집니까요?"

"당연하다. 노예라고 해서 장래가 어두운 것만은 아니다. 그 아이가 훗날 무엇이 될지 네가 미리 알 수 있느냐?"

"그야……, 당연히……, 알라만이 아시겠지요."

"그래서 한 말이다, 이발사 놈아!"

"아부 마흐디란 이름으로 불러주십시오."

"수년 전 이 마을에 네 놈이 흘러 들어와 의사행세를 하기 전까지만 해도 바히바 님이 선한 의술을 잘 베풀었는데 네 놈이 오자마자 노인이 그만 운명하셨지."

"그게 다 알라의 깊으신 뜻이 아니겠습니까? 소인이 바히바 님을 죽게 한 건 아니지 않습니까?"

"네 놈이 박약한 의술에다 터무니없는 치료비를 물리는 일도 알라의 뜻이라면, 네 놈이 압둘에게 얻어맞는 것도 알라의 은총이렷다!"

압둘이 가죽채찍을 쥐고 불려나오자 이발사는 제 앞에 놓인 디르함 은화 세 닢을 재빨리 집어 들고 다리야 나 살려라 줄행랑을 쳤다. 물론 문틈으로 이를 보고 있던 하인들과 하녀들은 터지는 웃음을 참느라 배꼽을 쥐어뜯었다.

소동이 가라앉자 알림은 창가에 서서 우뚝 선 성전의 미나렛[12] 너머로 멀리 보이는 파로스 섬의 거대한 등대를 한참 바라보았다. 지역의 유력가이며 율법학자인 무함마드 이븐 앗 하자르, 그는 탄식을 했다. 꾸란[13]의 깊은 의미를 이해하기보다는 외우는 행위에 몰두해있고 알라의 자비를 생활화하기보다는 약한 자를 벗겨 먹으려드는 세태에서 종교가 무슨 역할을 할 수 있단 말인가? 예언자 모하메드가 알라로부터 받은 심오한 진리의 중심은 그분의 대자대비하신 사랑일진데 어찌하여 법학자들까지도 문구에 매달려 그 뒤에 숨은 의미를 보지 못하는 것일까? 알림은 한숨을 쉬었다. 그는 초저녁의 별들을 바라보며 묵상에 잠겼다.

> 자비로우시고 자애로우신 알라의 이름으로
> 하늘과 샛별을 두고 맹세하사
> 샛별이 무엇인지 무엇이 그대에게 설명하여 주리오
> 그것은 빛나는 별이라
> 모든 인간에게는 그를 감시하는 자가 있나니
> 그가 무엇으로부터 창조되었는지 생각케 하라

---

12) 모스크에 딸린 탑. 꼭대기에서 육성으로 성구를 낭송함.
13) 예언자 모하메드가 알라의 명령을 받아쓰셨다는 이슬람 경전.

떨어지는 한 방울의 정액으로 창조되며

그 정액은 등뼈와 늑골사이에서 나오는 것이라

이렇듯 알라는 그 인간을 부활케 하실 수 있으시며

숨겨진 모든 것들이

명백하게 드러나는 그 날

인간은 아무런 힘도 그리고 구원자도 없노라

비를 보내는 하늘을 두고 맹세하고

식물을 싹트게 하는 대지를 두고 맹세하나니

실로 이것은 선악을 구별하는 말씀으로

농담을 위한 것이 아니라

음모하는 그들에게

내가 방책을 세워 두었으니

잠시 불신자들을 그대로 두라, 얼마 후에 그들을 벌하리라.

알림의 묵상이 갑자기 멈추었다. 어떤 강한 상념이 고개를 들었기 때문이다.

"자애로우시며 자비하신 알라께서 그들을 벌하실까?"

그는 이 대목에 이르러 더 이상 묵상을 지속할 수가 없었다. 꾸란을 읽을수록, 또 하디스[14]를 읽어볼수록 갈증만 더해가는 그로서는 묵상 때마다 강한 반론들이 머리를 들고 나타나 방해하는 바람에 자리에서 벌떡 일어서곤한 것이 한두 번이 아니었다. 그는 중얼거렸다.

"기회가 되면 알 바스리[15]의 제자들을 만나보거나 와실 이븐 아타[16]의 제자들을 만나봐야지."

---

14) 경전의 주석서.
15) 우마이야 왕조 말엽의 대 신학자. 아라비아의 신비주의 신학파인 수피즘의 기원.
16) 수피즘의 한 갈래인 무타질라의 창시자.

하녀들은 부지런히 음식을 만들고 청소를 하며, 하인들은 들에 나가 노예들을 감독하거나 주인의 잔심부름을 하고 집안 여기저기를 고치고 식물을 키우고 짐승들을 돌보면서, 알림의 가족들에게 성심껏 최선의 노력을 다 바치는 가운데 어느덧 겨울이 성큼 물러갔다.

그동안 해가 바뀌어 어느덧 여름이 시작되는 초미에 봄이라면 봄이랄 수 있는 애달프게도 짧은 상쾌한 날이 한두 주 지나자 먼지바람이 불기 시작했다. 성큼 다가온 여름이 마치 신고식이라도 치를 심산이었다. 압둘이 하녀들의 집사장 하지자에게 주인의 명령을 전달하고 나오는 길에 마구간에 들렀다.

"지독한 까마신[17]이야. 저만치 앞도 분간할 수 없으니……. 올해는 왜 이렇게 심할까?"

그의 불평소리와 산달 끈이 부딪히며 내는 독특한 소리로 살라흐 딘은 그가 압둘임을 이미 알아차렸다.

"앗살람 알레이쿰.[18]"

살라흐 딘은 말갈기를 빗질하던 손을 멈추고 인사를 했다.

"쿱티 놈이 이젠 제법이네. 아랍 말에 능숙해지고 있는 걸 보니."

어쩌면 살라흐 딘이 태어나기 훨씬 전부터 알리스칸다리야와 카이로 그리고 나일 강 델타 지역의 사람들은 자신들의 높은 지위를 과시하기 위해 처지가 낮은 사람들을 쿱티라 부르고 있었던 것이다. 그 호칭은 살라흐 딘의 마음을 잠시 상하게 했으나 그는 압둘의 명령을 받드는 처지라 아무런 항변도 할 수 없었다.

"한 오십 일 지속 되겠지? 밖에만 나갔다 하면 모래가 눈 속을 파고드니 나갈 수가 있나! 젠장, 결국 장보기 심부름이 내 몫으로 떨어졌다. 살라흐 딘, 조금만 더 바람이 수그러들면 함께 장에 가자꾸나. 눈가리개를 쓰고서

---

17) 여름의 초입인 3~4월에 50일 정도 부는 사막의 모래 열풍.

18) 안녕 하세요 또는 어서 오세요.

라도 가야하는 상황이야. 가게들이 행여 문을 닫지나 않았는지 걱정이다."

"망아지가 많이 자랐어요. 이젠 어미 곁을 떠나 제멋대로 돌아다녀요."

"붙잡아 매어 둘 때가 되었다는 의미야. 더 자라면 다루기 힘들어지거든."

"굴레는 언제 씌우기 시작하죠?"

"젖을 떼고 풀을 먹기 시작하면 굴레와 안장을 얹는 연습을 서서히 시작하는 거다."

살라흐 딘은 어미젖을 빠느라 분주한 망아지를 측은한 표정으로 바라보았다.

바라던 대로 까마신이 잠시 누그러들자 압둘과 살라흐 딘은 재빨리 나귀를 탔다. 두 사람은 성문을 빠져나와 라코티스[19] 지역의 시장 통으로 향했다.

"압둘 님, 알고 싶은 것이 있는데요?"

앞서 가던 압둘이 뒤를 돌아보았다.

"제가 처음 알림 댁에 왔을 때 왜 무작정 때리기 시작하셨죠?"

"모르고 있었냐? 알림께서 어디서 굴러다니다 온 거냐고 물으셨을 때 네가 대답하지 않았기 때문이다. 하지만 네가 예전에 도둑질을 했다는 노예 상의 말은 알림에게 보고하지 않았어. 만일 보고했더라면 넌 더 묵사발이 되었겠지."

압둘은 어깨를 으쓱이며 다시 살라흐 딘을 돌아보았다. 도둑질했다는 건 터무니없는 모함이지만 살라흐 딘은 이의를 제기하지 않았다.

"그렇담 채찍질을 도중에 멈추게 하신 이유는 무엇이었죠?"

"네 손이 곱기 때문에 노예출신이 아니란 걸 아셨을 거다. 요즘 행동으로 봐선 설마 도둑질했을 리는 없을 거고……. 도대체 넌 어쩌다 알리스칸다리야까지 흘러 들어온 거냐?"

---

19) 고대 알렉산드리아 성의 서쪽의 이집트인들이 사는 지역의 이름.

"아버지가 돌아가시고……, 계모의 학대가 심했어요."

"몇 남매였는데?"

"위로 누나와 형이 있고 남동생이 하나 있어요."

"모두 타라불리쓰에 살고 있겠구나."

"형이 먼저 집을 나가고, 제가 나올 때까진 누나와 남동생은 그대로 있었죠."

"계모 때문이 아니고 실은 다른 이유로 집을 나온 거지?"

그 말에 살라흐 딘은 화들짝 놀라 나귀에서 떨어질 뻔했다.

"왜 놀라니? 실은 나도 어릴 적에 너 같은 생각을 했었다. 하산에게서 들어 알고 있어. 왜 메카에 가려고 했지?"

"큰 꿈을 이루려고요."

"제법일세. 대체 무슨 꿈인지 되게 알고 싶어지네."

"왕국의 수도에 가서 법관이 되는……."

"압바스 왕조의 수도는 메카가 아니라 바그다드야. 그곳에 가려면 먼저 옛 바빌론 성 자리가 있는 푸스타트로 가야지. 그래야 바그다드로 갈 기회가 생기지 않겠니? 그런데 어린 나이로 그 먼 곳까지 혼자서 가려했다니 꿈도 야무지구나."

살라흐 딘은 더 이상 대답하지 않았다. 이젠 꿈도 사라지고 도둑으로 내몰렸다가 노예로 전락한 신세가 되어 고향에 돌아갈 날만 고대하는 지금의 처지가 한심했다.

"애야, 그런데 하심 이븐 할둔 어른은 왜 이렇게 안 오시는지……. 그 상인 있잖니? 네가 타라불리쓰까지 따라가기로 되어있는 분 말이야. 이렇게 모래바람이 불기 전에 꼭 오시던 분인데 올해는 왜 안 오시는 거냐?"

집사장 압둘이 모르는데 살라흐 딘이라고 알 리가 없다. 또 다른 성문을 통과하고 마을의 길고 구부러진 골목을 빠져나오며 압둘은 살라흐 딘의 침울한 얼굴을 흘끔 보았다.

"그래서 그저께 주인님께 물어보았다."

압둘의 한마디에 살라흐 딘의 귀가 번쩍 뜨였다.

"알림께서도 모르시겠다더구나. 이건 내 추측인데……, 혹시 병을 얻거나 돌아가신 것은 아닌지……. 아니면 토민 도적 떼를 만나 변고를 당했다든가."

도성 외벽을 바깥으로 끼고 돌아 라코티스 지역의 마을 초입에 있는 바자르[20]가 그래도 그 도시에서 제일 큰 시장인지라 두 사람은 회초리로 때려가며 부지런히 나귀를 몰았다.

두 사람의 눈은 바자르의 공터에 운집한 사람들에게 향했다. 마침 종려나무 아래 가축을 매었던 흔적이 있어 나귀를 그곳에 맨 다음 사람들 속을 비집고 본 두 사람은 놀라지 않을 수 없었다. 재판관이 판결문을 낭독하고 있었고 험상궂은 집행인이 장도를 들고 서있는 가운데 땅바닥에는 한 젊은이가 무릎을 꿇고 있었던 것이다. 압둘이 살라흐 딘을 밖으로 끌어당겼다.

"처음 보냐? 쯧쯧……. 하지만 더 볼 것도 없다. 비쓰밀라히 라흐마니 라힘[21]……."

오스스해진 살라흐 딘은 거침없이 앞서가는 압둘의 뒤를 허겁지겁 쫓아갔다.

"그 남자에게 무슨 죄가 있는 거죠?"

"도둑질했다고 아까 판사가 낭독하잖니. 공용어 아랍어로. 너도 이젠 콥트어를 그만 쓰거라. 아무런 도움이 안 되는 말이야."

"하지만 아직도 사람들은 콥트어를 많이 쓰잖아요."

"네가 아직 어려서 그렇게 생각하나본데, 사원에서는 완전히 아랍어만 쓰고 공문서도 모두 법령에 따라 아랍어로만 쓰이잖아. 나야 인생을 절반이상 살았다만, 앞으론 언젠가 콥트어 사용자를 처벌할 때가 올 거야. 어휴, 이 지독한 모래바람! 아까 구름 떼 같은 사람들 봤지? 구경거리라면 모

---

20) 시장.
21) 자비롭고 자애로우신 알라의 이름으로.

래를 씹으면서라도 보려고 덤비는 게 사람이야."

아악!

그 남자의 날카로운 비명소리가 허공에 울려 퍼지자 살라흐 딘이 움찔했다. 그 순간 바자르에 나온 얼굴가리개를 쓴 여인들의 입에서도 비탄과 공포의 신음이 흘러나왔다.

"손목이 잘렸겠지. 비쓰밀라히 라흐마니 라힘……."

두 자루의 렌즈 콩이 압둘의 나귀에 실리고, 차이의 원료가 되는 이상한 나뭇잎 한 자루도 콩 자루 위에 얹혀졌다. 쌀 한 자루, 대추야자 한 자루, 아니스 풀 반 자루, 시카모아 무화과 한 자루는 살라흐 딘의 나귀에 실렸다.

장보기를 마치고 나귀를 끄는 순간 살라흐 딘은 장보러온 여인들 가운데 누군가가 자신을 뚫어져라 보고 있다는 느낌이 들었다. 그의 마음은 이상하게 요동치기 시작했다. 그는 바자르 안을 둘러보았으나 히잡[22]을 바짝 당겨 쓴 여인들과 장보는 남정네들 어느 누구도 자신을 보고 있지는 않았다.

"무화과와 대추야자는 아직 수확 전이라 리비야에서 수입하다보니 역시 비싸구나. 모두 사막 근처에서 낙타에 실려 여기로 수송된 것들이다. 오, 낙타에게 축복이 있으라! 이런 이야기 아냐? 알라의 이름은 수 없이 많다. 백 가지라고도 하지. 그런데 그 많은 이름을 알라께서 예언자에게 모두 가르쳐 주셨다고 하더군. 하나만 빼고서. 그 마지막 하나는 낙타만이 알고 있다는 그런 이야기지."

바자르를 자꾸만 훑어보는 살라흐 딘에게는 그 이야기는 귓전에 맴돌 뿐이었다. 머리를 한 대 쥐어 박히고 나서야 살라흐 딘은 그 짓을 포기했다.

"할례의 효과가 이제 서서히 나타나나보네. 네 녀석 눈이 온통 여자들에게만 가 있으니……"

"아닙니다. 누군가 날 보고 있었어요. 날 쳐다보는 시선이었다고요!"

---

22) 무슬림 여성들이 얼굴 앞부분만 드러나게 머리에 쓰는 스카프.

"이 많은 여자들 중에 널 알아볼 사람이 어디 있어? 하긴 타라불리쓰 사람이 여기 와 있을 수는 있겠지만, 괜히 시간 낭비하지 말고 냉큼 가자꾸나!"

운집했던 구경꾼은 어느새 흩어지고 덩그러니 남은 공터를 가로질러 주인과 자루들을 잔뜩 실은 두 마리 나귀가 뒤뚱거리며 귀가 길을 재촉했다.

그때였다. 마침 종려나무 아래 앉은 한 맹인이 시를 읊고 있었다.

길은 열려 있지.
한 가닥 외길, 다른 길, 또 여러 갈래 길.
착한 영혼 높은 길을 찾고
게으른 영혼 낮은 길을 보네.
그대들은 이리저리
바람 부는 언덕 사이로
길 찾아 헤매네.
길은 열려있지 누구에게나,
높은 길과 낮은 길.
그대는 찾아야 하리
자기 영혼의 길을.

맹인의 목소리가 들리지 않는 거리쯤에 이르자 압둘이 뒤돌아 시장 쪽을 보았다.

"눈 어두운 사람 치고 재능 없는 사람 없다더니, 아까 그 이상한 사람 얼마나 고생을 많이 했으면 그런 경지에 이르렀을까? 언젠가 한번은 그가 피리를 불고 있었다. 맞다. 그 날도 어떤 간통한 여자가 그 공터에서 돌에 맞아 죽었어."

구부러진 골목을 지날 때 압둘은 혼자말로 구시렁거렸다. 그는 뭔가 꺼림칙했던지 아니면 입안의 모래를 뱉을 셈이었는지 침을 퉤 내뱉고는 계속 말을 이었다.

"그때 피리소리가 어찌나 구슬펐던지 내 눈에도 이슬이 맺혔단다. 이곳 사람이 아닌 성 싶어. 다마스쿠스에서 왔나? 아님 비잔티움이나 베네치아에서?"

압둘의 말을 한쪽 귀로 흘려들으면서 살라흐 딘은 고향 생각을 하고 있었다. 혹시 내가 떠난 후 가족들이 모두 흩어진 것은 아닐까. 계모라면 그래야 속이 후련할 사람이니 그럴 수도 있을 거야. 형과 누나, 동생을 생각하자 살라흐 딘의 눈시울이 뜨거워졌다.

"너, 눈물 흘리는 거냐? 사내자식이 소심하게시리."

압둘이 큰 소리로 핀잔했다. 피리소리가 구슬펐다는 이야기에 살라흐 딘이 눈물지었다고 생각한 때문이다. 하지만 그의 너스레는 하산의 등장으로 멈추고 말았다. 하산이 웬일인지 마을 어귀에 나와 안절부절못하며 그들을 기다리고 있었다.

"압둘 님, 난리가 났어요. 새끼 말이 없어져버렸어요!"

순간 압둘의 얼굴빛이 파래졌다. 살라흐 딘은 망아지 관리가 자기 소관이라는 생각이 퍼뜩 들자 온 몸에 쥐가 나는 듯했다.

"어떻게 된 이야기냐, 하산?"

압둘이 다그쳤다.

"압둘 님 나가신 지 얼마 안 되어 하지자 님이 망아지가 없다고 고함을 고래고래 질러댔습니다. 하녀들과 요리사 모두 온통 주눅이 들었습니다요."

압둘은 식은땀을 흘렸다.

"살라흐 딘, 그 망아지는 젖 떼는 대로 아기씨께 줄 선물이 아니냐?"

압둘의 말에 살라흐 딘의 얼굴이 허옇게 변했다. 그들이 자루들을 주방 창고에 다 내려놓기도 전에 요리장 아미나가 허둥대며 나타났다.

"압둘 님, 이 일을 어떡하면 좋죠? 우리가 동네를 한 바퀴 돌아보았지만……."

그녀는 고개를 설레설레 흔들었다.

"알림께서 알고 계시나?"

"술탄께 가 계시므로 아직 모르실 것입니다."

"나머지 말들은 모두 괜찮겠지?"

"아마 괜찮을 겁니다. 안에만 있는 우리야 뭘 압니까."

압둘은 한숨을 지었다.

"파티마 님은 내실에 계시나?"

"마님과 함께 사원에 가셨습니다."

"주인들이 모두 나가 계시는 동안 일어난 일이군. 내가 직접 찾아 나서야 겠지? 알라의 천사께 기원하는 마음으로."

압둘이 앞장서고 아미나와 살라흐 딘, 하산, 네 사람이 저택의 널따란 정 문을 나서는데 알림의 부인과 파티마가 사원에서 막 돌아오던 참이었다. 네 사람은 후닥닥 허리를 굽혔다.

"무슨 일이라도 일어난 거냐?"

"마님, 망아지가 집을 나갔습니다. 경황 중에 모르고 있다가 이제야 찾으 러……."

압둘이 죄송스런 표정으로 아뢰자 그녀는 화를 내지 않았다. 학자의 부 인다운 처신이었다. 하얀 히잡 아래 드러난 모녀의 얼굴을 살라흐 딘은 처 음 보았다. 그때 파티마가 나섰다.

"어머님, 제가 찾아보겠어요. 걱정 마시고 안에 들어가 계십시오. 아미 나, 날 따라와. 압둘, 어미 말을 데려와."

압둘이 어미 말을 끌고 오자 그녀는 날쌔게 말 등에 올라탔다. 안장도 얹 지 않은 말 등에 고삐만 붙들고 타다니. 모두들 아연실색하는 사이 아미나 가 얼른 말고삐를 붙잡았다.

"아기씨, 다치시기라도 하면 어떡해요! 마님, 제발 말려주십시오. 잘못 은 저희가 저질렀으니 저희가 찾아야 합니다요. 파티마 아기씨, 제발요. 잘 못하면 저희가 알림께 벌 받습니다요."

아미나가 발을 동동 굴렀다. 하지만 파티마는 뜻을 굽히지 않았다.

"아미나, 네 돌아가신 어머니는 내 유모였고, 너 또한 신분은 달라도 나와는 친구처럼 가까이 지내고 있잖니? 나를 잘 안다면 말리지 않을 텐데."

파티마는 지체 없이 말을 몰아 세차게 달려 나갔다. 그러자 그 뒤를 아미나가 쫓아가고, 죄책감에 싸인 살라흐 딘은 졸래졸래 아미나 뒤를 쫓았다. 이미 파티마는 시야에서 사라졌지만 아미나는 방향을 대충 잡고 정신없이 줄달음질쳤다.

잠시 어리둥절한 사이에 마님과 압둘, 하산의 눈에 말을 탄 채 천천히 돌아오고 있는 파티마가 보이기 시작했다. 모래바람 까마신 속에서도 파티마는 의기양양하게 돌아오고 있었다. 물론 어미말의 뒤에는 망아지가 따라오고 있었다. 여인의 정숙함을 강조하고 있는 종교의 율법을 자신의 외동딸이 거스르기라도 한 듯 주인마님의 얼굴에는 못마땅한 표정이 확연히 드러났다. 다만 하인들이 있어서 표현을 자제하고 있을 뿐이다. 파티마는 금세 알아차렸다.

"자, 여러분! 알라께 감사하세요. 전능하신 알라께서 도와 주셨습니다. 라 일라하 일랄라.[23]"

흙먼지를 잔뜩 뒤집어 쓴 살라흐 딘의 얼굴 가운데 뻥 뚫린 커다란 두 눈동자만이 안도의 눈빛으로 자꾸만 껌벅거릴 뿐이었다. 파티마가 살라흐 딘에게 고삐를 돌려주었다.

"자, 살라흐 딘, 다시는 망아지를 잃지 마. 여기 어미 말고삐 잡아!"

두 모녀는 들어가 버리고 네 사람만이 남아 망아지 분실사건이 실감이 나지 않는 듯 서로의 얼굴만 쳐다볼 뿐이다. 압둘이 물었다.

"아미나, 도대체 어떻게 된 것이냐?"

"우리가 뒤쫓아 갔을 땐 어미 말이 이미 종려나무에 매어져 새끼에게 젖을 먹이고 있었어요."

---

23) 알라 외에 신이 없다.

"그래서?"

"파티마 아기씨가 말을 매고 제일 먼저 한 일은 어미 말의 젖을 짜는 일이었답니다."

나머지 세 사람이 신음소릴 냈다. 젖의 감촉을 느낀 어미 말로 하여금 새끼를 부르는 울음을 울도록 했다는 이야기였다. 압둘이 감탄하여 외쳤다.

"알라후 아크바르[24] 그렇고 말고! 그 지혜는 알라께서 주셨으니까."

하산이 살라흐 딘의 소매를 잡아끌었다.

"하마터면 주인님께 호되게 혼나든지 채찍질 당하든지, 며칠 굶을 뻔했지?"

모두 제 자리로 돌아가고 어미 말과 망아지를 끌고 마구간에 돌아온 살라흐 딘은 아직도 가슴이 두근거리고 있었다. 손목이 잘리는 절수형(切手刑)을 처음 본 일도 그렇고, 바자르에서 자신에게 머물렀던 누군가의 시선은 자꾸만 마음을 설레게 했다. 그리고 또 하나, 알림의 딸이 자기의 이름을 불러주었다는 사실이 무척 새로웠다. 그런데 날 한참 동안 쳐다본 사람은 누굴까. 제이납 누나? 아냐, 그럴 리가 없어. 이 먼 곳까지 누나가 왔을리 없고 만일 누나라면 날 가만히 보고만 있지 않았겠지. 혹시 알라딘 형이? 아니면 아마드가? 나의 동생 아마드…… 아, 아마드! 귀엽던 남동생 아마드의 얼굴이 너울처럼 눈앞을 가려 살라흐 딘은 그만 축축한 마방의 바닥에 미끄러지고 말았다. 두 눈에서 눈물이 하염없이 흘러나왔다. 그때 인기척이 들렸다.

"살라흐 딘, 울고 있는 거야?"

막 들어오는 하산이 눈치 챘다.

"하산, 오늘 일은 다 끝마쳤니?"

살라흐 딘은 얼른 옷매무새를 고치며 되물었다.

"응, 너 고향 생각했지?"

---

24) 알라는 위대하다.

"오늘 바자르에서 누군가가 날 계속 쳐다보았어."

"누군데?"

"모르겠어."

"남자야 여자야?"

"몰라. 나도 바자르 안을 잘 훑어보았는데, 누군지 식별할 수가 없었어."

"인샬라!"

"다음엔 꼭 찾고야 말겠어."

"인샬라! 한데 누가 널 쳐다본 거하고 지금 우는 거하고 무슨 상관이 있냐?"

"보고 싶은 동생 아마드의 얼굴이 어른거려서……."

"몇 살인데?"

"지금 다섯 살이야. 내가 작년에 집을 나올 때 네 살이었으니까."

하산의 두 눈에도 이슬이 맺혔다. 마음이 따뜻한 두 소년은 저녁식사 시간이 될 때까지 마방의 거름을 치우고 먹이도 함께 주며 우정을 나누었다.

모래바람도 사위고 뜨겁고 건조하기만 한 여름이 몇 달 지나자 어느덧 겨울의 문턱에 접어들었다. 망아지도 젖을 떼었고 제 스스로 여물을 먹기 시작하면서 여름털이 빠져나가고 모양새도 밉상으로 변해버렸다. 들과 야산의 열매와 곡식은 이미 추수되었고, 농부들이 주인의 명령을 기다려 내년을 기약하는 씨앗을 파종하는 계절인 겨울이 성큼 다가온 것이다. 낮은 덥지만 밤엔 서늘하여 생활이 쾌적하고 간간히 지중해에서 불어오는 북풍이 고맙게도 습기를 잔뜩 묻혀 와 이슬을 내려주는 축복 받은 계절, 겨울이 다가왔다.

밤사이 내린 이슬로 시원함이 더해진 어느 날 아침에 동네 입구가 부산을 떨고 있었다. 지대가 한 단계 높은 구릉에 위치한 덕분에 서민 동네에서 벌어지는 일을 파악하기가 수월한 무함마드 이븐 앗 하자르의 대저택은 예사 사건이 아님을 뜻하는 낙타 떼의 입성을 이미 알아차렸다. 밖에서 돌아온 알림의 흥분한 목소리만으로도 가히 낙타 떼가 의미하는 바를 알리기에 충분했다. 대상들은 바자르에 당도하여 며칠 물건을 팔고 쉬기도 하며 거쳐 온 나라들의 사정과 풍물을 소개하는 사람들이다. 그들이 도착한 첫 날 한 떼의 상인들이 무함마드 이븐 앗 하자르의 저택에 몰려들었다. 그들 중 우두머리로 보이는 사람이 압둘의 안내를 받으며 알림의 사랑채에 들어섰다.

"자비하시고 자애로우신 알라의 이름으로 평화를 빕니다."

그는 무릎 한 쪽을 구부리고 허리를 활처럼 굽혀 고개를 숙이며 정중히 인사했다. 알림은 수염을 쓸어내리며 품위를 다해 점잖은 말투로 물었다.

"자비롭고 자애로우신 주권자 알라의 이름으로 묻노니, 그대는 어디서 오는 길인가?"

"알 쿠드스[25]에서 오는 길입니다, 알림. 먼저 이 지역의 유력가이신 알림께 인사를 올리며 아울러 하심 님의 소식을 전하고자 합니다. 청하옵건대, 좋지 않은 소식을 전하는 것을 허락하여 주십시오."

하심이란 이름이 나오는 순간 알림은 움찔했으나 냉정을 잃지 않고 그의 입에서 나오는 소리만 기다렸다.

"우리의 대상인(大商人) 하심 이븐 할둔 님은 자비롭고 자애로우신 알라의 부르심으로 온갖 세상의 물건들을 무역하는 사명을 접게 되었습니다."

"무슨 말인가? 돌아가시기라도 했단 말인가?"

"그렇습니다. 알라의 명령에 항상 순종하셨던 하심 님은 다마스쿠스 근처에서 만난 이교도 도적 떼를 자비롭고 자애로우신 알라의 전지하심에 힘입어 완전히 물리치셨으나, 시나이 사막을 통과하던 길에 토민 도적 떼에 급습을 당하여 그만 운명하셨습니다."

"이런 변고가 있나! 아뿔싸, 내게 즐거움을 주던 사람을 하나 잃었구나. 인샬라."

---

25) 예루살렘의 아랍식 이름.

"낙담하지 마십시오. 알림께서 작년에 하심 님께 부탁하셨던 것을 제가 대신 가지고 왔습니다. 하심 님께서는 알림의 은덕을 소중히 여기고 청을 잊지 않고 계셨기에 숨을 거두시기 전에 제게 그 사실을 말씀해 주셨습니다."

이 대목에서 무함마드 이븐 앗 하자르는 그만 눈시울이 뜨거워지고 말았다.

"하심이 그토록 날 생각해주었다니. 인샬라! 그에게 알라의 가엾게 여기심이 있기를. 그런데 너는 그와 무엇이라도 되느냐?"

"제 이름은 왈라드 이븐 할둔입니다. 하심 님의 동생뻘 되는 사람이지요."

"나이 차이가 그렇게 많은 동생이 그에게 있었다니 놀랍군."

"저는 배가 다른 동생으로서 오랫동안 알 쿠드스에서 장사를 하고 있었습니다. 그러나 형님의 권유로 대상을 따라나선 지 일주일도 못되어 그만 형님의 장례를 치르는 불행을 당한 것입니다."

왈라드는 압둘에게 부탁하여 정문 밖에 대기하고 있던 동료들로 하여금 물건들을 집안에 들여오게 했다.

"시리아산 말은 정문 밖에 있사오니 먼저 다른 품목을 보시고 나중에 보셔도 될 듯합니다. 자, 부탁하셨던 보석들과 향료 그리고 비단입니다."

그의 동료들이 짐 꾸러미를 카펫에 내려놓자 그는 짐들을 하나하나 열어보이기 시작했다.

"페르시아 산 터키석을 먼저 보십시오. 행운과 성공을 상징하는 12월의 탄생석입죠. 여행할 때 지니고 있으면 불의의 사고로부터 보호되고 여성이 몸에 지니면 아기를 잉태하게 된다는 전설이 있습죠. 이 은은한 푸른빛을 보십시오. 그리고 표면의 거미줄 모양의 절묘한 멋을 보십시오. 최상품입니다요."

"왈라드, 예루살렘에서 무슨 장사를 했느냐?"

"물론 보석상을 했습니다. 유다인들이 보석을 아주 좋아하고 귀하게 여기기 때문입니다. 여기 나머지 보석들도 보십시오. 이것이 석류석 가아넷입니다. 정조와 우애를 상징하며 이것을 지니고 있으면 온갖 악성 전염병이 붙지 못하고 달아나버립니다. 인도에서 가져왔죠. 인도에서 온 또 다른 보석 금강석입니다. 정복되지 않는다는 라틴말 아다마스에서 유래된 다이아몬드입죠. 인도에서는 브즈라고 부른답니다. 벼락이라는 뜻이라나요? 여인들의 밤을 밝혀주는 촛불 같은 반짝임과 정복자가 갖고 싶은 횃불의 눈부심의 의미가 함께 존재합니다. 너무 단단하여 연마할 수가 없어 이렇게 거친 상태로 팔리는 신비한 돌입죠."

"그대의 달변에 귀가 취할 지경이로군. 설명을 어서 마치거라."

"이것은 붉으면서 푸르고 누르면서 녹색인 무지개처럼 일곱 빛을 찬란하게 발산하는 오팔입니다. 희망, 충성, 인내, 행운을 상징하며 비잔티움 사람들은 이 보석을 지니고 있으면 예견의 능력을 얻게 된다고 믿고 있습죠."

비잔티움 제국이란 말에 알림은 지중해 너머 반대편에 있을 비잔티움 제국을 바라보는 듯 잠시 창밖으로 시선을 돌렸다. 순간 그의 시야로 우뚝 선 파로스 섬의 등대가 들어왔다.

"왈라드, 침이나 삼키고 설명하는 게 좋을 듯하구나. 먼 여정에 피곤하지도 않나?"

"제 천성이 피곤을 몰라서 그렇습죠."

"예끼! 사람아, 이윤을 눈앞에 둔 욕심 때문이 아닌가?"

"인샬라. 알림께서 바다 같은 너그러우심으로 이해해주시니 정말 감사합니다. 그리고 향신료인뎁쇼. 알림께 한 마디 여쭈어 봐도 좋다면 이 선물들이 혹 결혼예물인지요?"

"그렇다네. 내년이면 나도 딸을 출가시킬 것이므로 미리미리 준비하는 것일세. 이젠 그만하고 말이나 보러갈까?"

알림이 일어나자 압둘과 살라흐 딘, 하산도 왈라드 일행의 뒤를 따라 말을 보러 나갔다. 그런데 어느새 파티마가 나와서 말을 살펴보고 있었다.

"시리아에서 온 이 말은 네 몫이다."

알림이 인자로운 목소리로 말했다.

"알라후 아크바르! 정말 감사해요, 아빠."

파티마가 무심코 살라흐 딘을 보았다. 기쁨으로 상기된 그녀의 얼굴을 살라흐 딘은 똑바로 볼 수가 없어 고개를 돌렸다.

"살라흐 딘, 이 말은 정말 귀한 말이야. 잘 키워야 돼. 알았지?"

파티마의 명령에 살라흐 딘은 정신이 번쩍 들었다. 그는 고개를 숙여 복종을 표시했다. 하지만 하심의 동생이 왔으니 자신의 귀향도 시간문제라는 생각에서 아까부터 잔뜩 부풀었던 가슴은 여전히 콩닥거렸다. 말은 빈 마방에 넣어졌다.

영수증을 써주고 돈을 받기 위해 상인들이 알림을 따라 서재로 들어가 버리자 마구간에는 하산과 살라흐 딘이 남았다.

"우리가 헤어질 날도 며칠 안 남았네?"

하산은 격려하면서도 서운한 표정을 감추지 않았다.

"하산, 그 상인이 정말 날 데려가 줄까?"

"하심 님 동생이라면 알라의 자비하심을 믿어 당연히 그렇게 하겠지. 살라흐 딘, 희망을 가져. 꿈이 이루어질 시간이 다가오고 있어."

다음 날 살라흐 딘과 하산은 압둘을 따라 바자르에 가게 되었다. 아마포를 고르는 동안 살라흐 딘의 시선은 자꾸만 바자르 안의 사람들을 일일이 훑어보고 있었다. 하산이 옆구리를 찔렀다.

"살라흐 딘, 그러다가 넘어질라. 앞이나 잘 보면서 찾아야지. 이 많은 사람들 가운데 도대체 누굴 찾는 거야?"

앗, 와당탕!

살라흐 딘은 그만 진열대 모서리에 걸려 넘어지고 말았다. 순식간에 소동이 일어났다. 올리브가 와르르 흩어지고 포도주 병이 두 개나 와장창 깨어지고 말았다. 순식간의 일이라 압둘도 당황하여 어쩔 줄 몰랐다. 뚱보 여주인은 당장 물어내라며 압둘의 일행을 윽박질렀다. 세 사람은 구경꾼에 둘러싸여 꼼짝도 못하고 있었다. 진퇴양난의 순간이었다.

바로 그때.

한 여인이 나타나서 디나르 금화 한 개를 여주인 앞에 던져주었다. 여주인은 금세 기분이 풀어졌고, 은인은 이름을 물어볼 기회가 오기도 전에 총총걸음으로 사라져버렸다.

누굴까?

세 사람은 인파 속으로 사라져가는 알라의 천사 같은 은인의 뒷모습만 멍청히 바라볼 뿐이었다.

그날은 뭔가 자꾸 꼬이는 날이었는지 또 다른 나쁜 소식이 살라흐 딘의 귀가를 기다리고 있었다. 그렇지 않아도 왈라드와 상인들이 보이지 않아서 두리번거리는 그에게 아미나가 다가왔다.

"알림께 가볼래? 아마 좋지 않은 일인 것 같아."

역시 주인의 방에도 상인들은 없었다. 상품들은 이미 치워졌고 알림만이 의자에 앉아 그를 기다리고 있었다.

"어서 와라, 살라흐 딘. 장보는 기술을 어서 터득하거라. 너도 훗날 상인이 될 줄 어떻게 알겠니. 인샬라, 왈라드가 타라불리쓰에는 가지 않는다더구나. 널 그에게 딸려 보내겠다던 약속을 못 지키게 되었다."

순간 살라흐 딘의 두 눈에 이슬이 맺히면서 앞이 캄캄해졌다.

"타라불리쓰에 가져갈 물건들을 도적 떼에게 빼앗겼기 때문이고, 또 하나, 장사가 잘되어 이곳 알리스칸다리야에서 나머지 상품들이 모두 팔렸다는 거야. 하긴 이 거대한 도시에서 다 팔렸다는 게 이상할 것도 없지."

알림은 고개를 돌려 창 너머 사원의 높은 미나렛 망루를 바라보았다. 물기 젖은 살라흐 딘의 눈에도 미나렛 너머 파로스 등대가 들어왔다. 알림이 혼자말로 말했다.

"십여 년 전 메카에 순례를 갔었다. 메디나에 들러 모하메드의 묘에 경배를 했었지. 우리 무슬림들은 일생에 한 번 꼭 순례를 가는 게 의무이기도 하지만……. 나는 메카의 카바 돌 주위를 돌면서 희열을 맛보았다. 마치 예언자와 함께 도는 것 같은 느낌이 들었단다. 하지만……, 오늘날 무슬림들은 순나[26]에 너무 집착하는 자들에 의해 억눌리고 있어. 마치 자신들이 예언자 모하메드의 아들이라도 된 듯 지나친 형식을 강요하고 있다는 생각이 들거든. 진정한 신앙심이 있어서가 아니라 신앙을 앞세워 권력을 휘두르는 것이지."

이해할 수 없는 알림의 혼잣말을 들으면서 살라흐 딘은 이미 마음을 정리했다. 알림이 뒤돌아섰다.

"다시 그 기회가 오기까지 기다리거라. 아마도……, 이르면 내년이 되겠지. 법적으론 너는 내 소유로 되어 있다만, 네게 했던 약속으로 인해 내 맘이 몹시 불편하구나."

"라 일라하 일랄라. 인샬라, 주인님의 명령에 따르겠습니다."

"그만 가보거라. 그리고 알림이라 불러라. 우리의 주인님은 유일하신 분 알라뿐이시다."

하산과 함께 먹고 자는 구석방으로 돌아오는 걸음은 마치 지옥의 끈끈한 바닥을 걷는 듯한 기분이었다. 그때 갑자기 머리에서 번뜩이는 게 있었다. 행여 왈라드가 아직 출발하지 않았을지도 모른다는 생각이었다. 살라흐 딘은 자리를 박차고 마을 공터로 달려갔다. 그를 만나면 다음엔 언제 이 도시에 오는지 꼭 물어 보리라! 대답이라도 들으면 꽉 막힌 가슴이 숨통이라도 트일 것만 같았다. 하지만 공터에 생긴 임시 바자르에 다다른 살라흐 딘은 황급히 걸음을 멈추었다.

트리부노!

살라흐 딘은 그의 이름을 중얼거리며 신음했다.

그는 작년에 자신을 알림에게 팔았던 룸인 노예상이다. 걸핏하면 매질만 했던 그의 얼굴과 마주칠세라 살라흐 딘은 얼른 고개를 돌리고 낙타 뒤에 몸을 숨겼다. 트리부노 앞에는 세 명의 룸인 여자가 앉아 있었다. 피부가 하얗고 머리가 노란 노예들이었다. 거드름을 피우는 살찐 사람들이 트리부

---

26) 관행, 규례.

노와 흥정하고 있었다. 다른 천막들에서는 상인들이 온갖 향료들과 소금, 절인 생선, 금속 세공품, 모직물, 유리 공예품, 비단, 설탕, 꿀, 납, 염료, 모피 등을 진열해놓고 몰려든 사람들과 흥정을 벌이고 있었다. 살라흐 딘으로서는 처음 보는 신기한 것들이었다. 넋을 잃은 살라흐 딘의 얼굴이 낙타의 배에 닿은 순간이었다. 가리개가 되어주었던 낙타가 소리 내어 울어대자 트리부노가 이쪽을 쳐다보았다. 하필이면 그 순간 낙타가 몸을 돌려버려 살라흐 딘과 트리부노가 서로 마주보는 상황이 되고 말았다. 왼쪽 귀 앞에 칼자국이 선명한 주먹코 트리부노의 시선이 잠시 살라흐 딘에 멈추었다가 다른 곳으로 향했다.

그때 살라흐 딘의 어깨를 세게 붙드는 손이 있었다.

"아랫도리가 팽팽해지냐? 덜 여문 주제에 여자구경을 다 나오고."

압둘이었다.

"깜짝 놀랐잖아요!"

살라흐 딘이 나지막이 불만을 터뜨렸다.

"수술효과가 제대로 나타나나 보네. 능청 떨긴!"

압둘이 살라흐 딘의 팔을 세게 꼬집었다.

"여자구경을 나오다니요?"

"별 놈 다 보겠네. 요것아, 내내 서서 구경한 건 뭐냐? 낙타 뒤에 숨어서 본 게 여자 말고 뭐겠어! 내가 따오기 대가리냐?"

압둘이 비웃었다.

"그게 아니라, 왈라드 대상께 언제 다시 오시게 될지 물어보려던 참인데요."

"젠장. 아님 말고!"

압둘이 고개를 갸우뚱하며 손가락으로 다른 천막을 가리켰다. 낙타 떼에 가려진 바로 가까이에 왈라드의 천막이 있었다. 그곳에는 왈라드와 함께 또 다른 룸인 상인이 있었는데 거리가 가까워 왈라드가 룸인 상인에게 말하는 소리가 들렸다.

"루스티코, 아흐마드……."

룸인 상인도 뭐라고 대답하는 듯했다.

"왈라드, 아흐마드……."

알아들을 수 없는 외국말이지만 루스티코와 아흐마드 이 두 단어는 똑똑히 들렸다. 아흐마드는 아랍인 이름인데……? 하지만 트리부노의 천막과 마주보는 천막이어서 살라흐 딘은 가까이 갈 용기를 내지 못하고 망설였다.

"그것 봐. 피부가 하얀 여자 구경하러 온 거 맞잖아!"

"아니라니까요!"

살라흐 딘의 반발에 압둘은 설레설레 고개를 저으며 중얼거렸다.

"그런데 카프카스 여자들 옆에 서있는 룸인은 어디서 많이 본 듯한데, 누굴까?"

트리부노란 이름을 입에 올리기 싫어 살라흐 딘은 함구했다. 돌아오는 길에 압둘이 그제야 생각난 듯 자기 이마를 쳤다.

"그 자가 바로 너를 판 상인이었다. 맞니?"

"트리부노라는 그 사람한테 맞은 매만해도 수천 대는 될 것입니다."

살라흐 딘은 짜증나는 듯 퉁명스럽게 대답했다. 얼마나 가슴에 맺힌 억울함이 많았을까.

"그 작자 화상이 장난이 아니잖아. 너를 작년에 팔 때에도 값을 더 깎지 못하게 험악한 표정을 짓더라고. 돈 내면서도 기분이 되게 나쁘더라니까."

"저 룸인들은 용기도 좋게 외국 땅에서 어떻게 장사를 하는 거죠?"

노예상 트리부노도 유창하진 않지만 콥트어를 하는 사람이었다.

"걱정도 팔자네. 다 방법이 있지. 그 길에 도가 튼 사람들이야. 아마도 수십 년 무역을 해본 사람들이겠지. 지중해뿐 아니라 홍해와 인도양까지 배 타고 다니는 사람들도 보았어."

"그런데 카프카스 여자들을 데려다 어디에 쓰죠? 말도 안 통할 텐데 무슨 일을 시키나요?"

"이런 고자를 다 봤나!"

압둘이 주먹으로 자신의 이마를 또 쳤다.

"제가 고자인가요?"

"이런! 심한 욕설이니 따라서 하지 말거라. 비스밀라히 라흐마니 라힘. 그 여자들은 성적인 노리개란다. 술탄을 비롯한 세력가들이 자신만을 위한 여자들의 하렘에 두기 위해 여러 인종의 여자들을 사들이는 거지."

"제가 팔릴 때 트리부노는 여자를 팔진 않았어요."

살라흐 딘은 자신이 도적들에게 붙잡혀 투니스 항에서 노예상 트리부노에게 팔렸던 걸 회상하며 쓴 입맛을 다셨다.

"아마도 흑해 연안 타나에서 싣고 온 목재와 여자, 그리고 소금과 생선 등을 투니스나 타라불리쓰에서 팔아버리고 그곳의 남자 노예들을 샀겠지. 알렉산드리아에서 남자 노예들을 모두 팔아버렸다면 그 돈으로 향신료를 사서 비잔티움이나 베네치아로 가져 갈 것이고……. 네게 도움도 안 되는 이런 얘길랑 그만 하고 어서 가자꾸나."

잠깐이지만 살라흐 딘은 감탄했다. 압둘은 노예인데 어떻게 그렇게 박식할까. 젊어서 메디나까지 가려던 꿈을 꾸었다는 게 사실일까. 혹시 정말로 순례를 했던 것은 아닐까.

"그런데 압둘 님은 왜 여기 오셨어요?"

"여자구경 하러 왔는지 묻는 거냐? 사실은 말이야, 널 찾으러 온 거야. 많이 실망해서 풀이 죽었단 소릴 들었어. 마침 네가 집을 빠져나가는 걸 보았거든."

겨울의 초입에는 압둘을 따라서 도시 변두리에 있는 무화과 밭과 후추 밭, 야자 밭에 나가 수확을 감시하면서, 그리고 겨울의 중간에는 거대한 밀밭에 몇 번 가서 김매는 토민들을 감독하면서 세월은 흘러 어느덧 겨울도 끝나고 수확의 계절 여름이 다가왔다. 새들이 노랗게 익은 밀밭에서 날아오르고 농부들은 구슬땀을 흘리며 낫질을 해댔다. 압둘과 하산, 살라흐 딘은 그들의 바쁜 손놀림에 매료되어 흥겨운 콧노래를 부르며 높이 쌓여만 가는 밀 가마를 즐거운 눈으로 바라보고 있었다.

"너희 두 녀석들, 이젠 어른 티가 조금씩 나는데?"

압둘이 두 사람의 코밑의 잔털을 발견하고서 한 말이었다. 사실 키는 작년보다 부쩍 자라서 압둘의 키만큼 되었지만 체격이 아직 갖추어지지 않았을 뿐이다. 어색하게 웃음 짓는 두 청년에게 압둘은 다시 농담을 했다.

"몇 년 안 있으면 장가들겠네?"

압둘 자신도 못 간 장가를 아무런 경제능력도 없는 두 무지렁이가 무슨 수로 장가를 갈까마는 압둘이 농담 삼아 해본 소리였다.

"그런 압둘 님은 왜 여태 혼자 사세요?"

하산의 날카로운 질문에 당황한 건 압둘이었다. 하지만 그는 화내지 않았다.

"이 놈들아 저길 봐라. 밀밭에 날아다니는 새들도 암수 짝이 있잖니. 그리고 인샬라, 모두 알라의 뜻이야. 자비의 이름으로 알라께서 베풀어주실지 누가 알겠니?"

"압둘 님이나 열심히 기도하세요."

"젠장, 너희들 장가들게 해달라고 기도해주랴?"

압둘의 명령으로 두 청년은 밀 가마 수를 꼼꼼히 세어 기록하기 시작했다. 산더미 같은 가마를 세자니 자연히 반복해서 확인하는 작업이 필요했기 때문에 이마에 송골송골 맺혀오는 땀을 손바닥으로 닦아가며 세 사람은 자신들의 키보다 몇 배나 높이 쌓인 가마 수를 정확히 헤아리느라 분주하게 움직였다. 해가 저물 시각인 아쓰르 기도시간이 되자 라크아[27]를 읊조리며 압둘의 일행과 토민들은 기도를 드리고는 마무리 작업에 들어갔다.

이때 먼지를 일으키며 말달리는 소리가 들려 사람들이 일제히 그쪽을 쳐다보았다. 알림과 파티마였다. 알림의 백마보다 파티마의 밤색 시리아산

---

27) 궤배. 기도문을 외우며 이마가 땅에 닿도록 숙이는 예배행위.

말이 더욱 세차게 콧바람을 내뿜었다. 압둘이 앞으로 나와 자세를 낮추었다.

"여어, 알라의 자비가 함께 하시길 빈다! 오늘로서 절반은 마친 셈인가?"

"그렇습니다. 지금 막 가마 수를 확인했습니다. 여기 기록을 살펴보십시오."

압둘이 파피루스 조각을 알림 앞에 내밀었다. 알림이 종이를 물리치며 말했다.

"네 계산을 믿는다만, 며칠 후 수확이 끝날 때 농부들에게 삯을 제대로 계산해야 한다는 말은 다시 해도 지나치지 않겠지?"

"여부 있겠습니까. 요 며칠 째 계속 과부들이나 토민들이 이삭을 줍도록 내버려두고 있습니다. 그래서 그런지 그들이 알림께 감사하단 말들을 자주 하곤 합니다."

"자! 해가 산을 넘어갔다. 돌아가기 전에 마그립 기도를 하자꾸나."

수 십 명의 원주민 농부들과 알림의 일행은 라크아를 두 번은 소리 내어, 한 번은 입안에서 읊조리며 일몰에 바치는 예배인 마그립으로 바쳤다. 들판의 평화와 사람들의 안도가 어우러지면서 일몰 후의 빛이 모든 사람들의 얼굴에 붉게 드리워졌다. 압둘이 물었다.

"알림, 아까 돌아가신단 말씀을 하셨는데, 어둠 속에 그 먼 길을 어떻게 가실지 걱정이 됩니다. 차라리 우마르 삼촌댁으로 가심이 어떨지……?"

"네 말도 맞다. 너희들은 잠 잘 농가가 있지만 우린 시간이 늦어 조금 걱정이 되는구나."

"이 시각에 오실 줄 누가 알았겠습니까요? 더구나 아기씨까지."

"사실 여기까지 올 생각은 안 했다. 자네들을 믿고 일을 맡겼으니. 단지 이 아이의 말이 얼마나 잘 달리는지, 제 값을 하는지 궁금해서 집을 나선 것이 이렇게 되었다. 역시 시리아 말이 최고야. 내 말보다 젊어서 그런지 정말 잘 달리는 바람에 난 줄곧 뒤만 쫓아왔다."

"지금 삼촌댁으로 출발하시렵니까?"

"그럴까보다. 여기서 농부들과 식사를 마치면 출발해야겠지. 어차피 횃불을 켜 들고 가야 하는데……, 토민들의 손을 빌려야 하지 않겠나? 먼저 그들을 충분히 먹이고 일을 시켜야지."

"이곳 식사는 말이 아닙니다. 아시다시피 밀기울이 씹히는 검은 빵에 양고기 국물이 전부죠."

"양을 한 마리 잡도록 하게. 밀로 값을 쳐주고."

잠시 후 양이 한 마리 도살되고 밀가루 빵이 즉석에서 반죽되어 화덕 위에 올려졌다.

추수기간 동안에만 쓰이기 위해 들판에 임시로 세워진 천막에서는 양고기 삶는 냄새가 진동을 하고 얇게 민 전병을 굽고, 꼬챙이에 끼워 굽는 양고기 케밥, 말린 무화과와 서민의 술 맥주가 어우러진 일꾼들의 저녁식사가 준비되고 있었다.

"살라흐 딘?"

자신의 이름을 부르는 소리에 어둠 속에서 말들에게 여물을 주던 살라흐 딘은 깜짝 놀라 뒤돌아보았다. 파티마가 곁에 바짝 서 있었다.

"절 부르셨어요?"

"너 말고 살라흐 딘이란 이름이 또 있니?"

그는 주위를 살폈다. 저만치 떨어져 있는 세 개의 천막에서는 압둘의 목소리가 농부들의 소리에 섞여 흘러나오는 것으로 보아 모두들 무엇인가 준비하느라 법석인 모양이었다. 간간이 알림의 목소리도 들려왔다.

파티마가 물었다.

"이 밀짚들과 건초들이 모두 말먹이가 되는 거야?"

살라흐 딘은 그녀를 경계하며 대답했다.

"밀짚은 쓰이는 데가 많죠. 여기에 사는 농부들이 땔감으로 쓰거나, 흙벽돌을 만들 때 넣고……. 또 말먹이가 되기도 하지만……, 물에 젖은 밀짚은 곰팡이가 슬어서 말에게 먹이면 병에 걸릴 수 있어요."

파티마가 살라흐 딘 옆에 앉았다.

"유식하구나. 넌 노예출신이 아니라며? 그런데 이 밀짚과 건초가 우리 마구간까지 오게 된다는 게 신기해."

"말이나 나귀에게 짚만 먹이면 힘을 못 씁니다. 그래서 가끔은 밀을 먹이 곤 하지요."

"밀을? 이 딱딱하고 걸끄러운 밀을 그냥 줘도 잘 먹는단 말이야?"

"그럼요. 동물은 사람보다 훨씬 강하니까요."

"그런데 왜 고개를 돌리고 말하니?"

파티마도 느낌이 이상해서 물어본 것인데, 살라흐 딘은 가슴이 자꾸만 콩닥거려 그녀를 똑바로 볼 수가 없었다. 그가 말을 못하자 그녀는 다른 질문을 했다.

"몇 살이니?"

"열다섯……."

그때서야 살라흐 딘은 그녀를 바라보았다.

"어머나, 나와 같네. 하산과도 같고!"

그녀는 탄성을 질렀다. 그녀는 히잡을 벗어버렸다. 그리고 다시 잘 쓰기 위해 능숙한 솜씨로 한 귀퉁이를 접기 시작했다. 살라흐 딘과 하산이 그렇듯 파티마도 이미 소녀의 티를 벗고 있었다. 천막에서 새어나오는 불빛에 어렴풋이 파티마의 얼굴이 보였다. 파티마와 살라흐 딘의 시선이 부딪쳤다. 그녀는 아무 일 없었다는 듯 히잡을 고쳐 쓰고 일어서며 말했다.

"이런 것은 중요한 게 아니야. 겉모양새는 정말 중요하지 않다고 철학자들이 말했어. 아니? 율법이 중요한 것은 문구에 있지 않고……, 바보, 너 샤하다²⁸⁾도 모르니?"

바로 그때 알림이 딸을 찾으러 천막 밖으로 나왔다. 소녀는 가버렸다.

율법이 중요한 것은 문구에 있지 않고……, 공부 많이 한 어른들이 하는

---

28) 이슬람교의 다섯 기둥 즉 신앙고백, 예배, 자선, 단식, 순례 중에서 신앙고백을 말함.

말인데 도대체 무슨 말이지? 살라흐 딘은 천막으로 돌아가면서 머릿속이 뒤숭숭해졌다. 이윽고 노란 맥주가 주발에 담겨 목구멍으로 넘어가는 소리와 케밥을 물어뜯는 소리가 왁자지껄 농익은 잡담과 함께 천막을 들썩였다. 가운데 천막에서는 알림 부녀와 하인 세 사람이 각각 다른 탁자에서 조용히 앉아 검은 빵을 먹기 시작했다. 양젖으로 만든 치즈 조각과 말린 무화과를 고기국물과 함께 먹으며 올해 작황이 어떻고 몇 년째 풍년이라는 이야기와 야으꿉의 아들 유수프[29]가 파라오의 총리로 있으면서 칠 년 간 풍년과 칠 년 간 흉년이 들었다는 이야기와, 왈라드 상인 일행이 알리스칸다리야에서 모든 상품을 팔아버리자 낙타까지 팔아치우고 룸인 상인들과 함께 배를 타고 콘스탄티노플로 떠났다는 둥 이야기 꽃을 피웠다. 파티마와 시선이 두세 번 마주치면서 살라흐 딘은 샤하다가 무엇일까 생각해봤으나 타라불리쓰의 이슬람 학교에서 배운 것들이 서로 혼동이 되어 도무지 정리가 되지 않았다.

해가 바뀌어 본격적인 여름이 시작되기 전 불어오는 사막의 열풍 까마신이 다시 불기 시작했다. 모래바람이 온 도시를 뒤덮어 시야가 흐려지고 잔모래가 자꾸만 들어와 눈을 뜰 수 없는 날씨였다. 하지만 세 끼 식사와 다섯 차례 기도는 멈출 수 없는 법. 하루는 압둘과 한 조가 되어 바자르에 가게 되었다. 살라흐 딘은 이번에도 여전히 바자르 안을 구석구석 살피면서 예전에 자신을 도와준 여인을 행여 만날세라 눈동자를 부지런히 돌리기 시작했다. 그때는 경황이 없어 묻지 못했지만 그녀가 무슨 실마리라도 줄 것만 같았다. 하지만 그 많은 여성들과 남정네들 가운데 그때의 은인을 어떻게 찾을 수 있을까.

압둘이 나무랐다.

"살라흐 딘아, 정신 좀 차려라. 알라께서 점지하신 일이라면 어떻게든 만

---

29) 야곱의 아들 요셉.

나게 해주시지 않겠냐. 제발 남의 물건 엎지르지나 말거라."

일행이 장보기를 마치고 나귀에 짐을 실을 때까지 그리고 바자르를 떠나 구부러진 골목을 지날 때까지 아무런 일도 일어나지 않았다. 오히려 귀가 한 살라흐 딘에게 숙제가 기다리고 있었다.

알림이 명령했다.

"살라흐 딘, 이맘께 다녀 오거라. 압둘에겐 파티마의 정혼처 집안에 다녀 올 일을 맡겼다. 너는 이 편지를 이맘께 꼭 전하고 잘 받았다는 답신을 받아오도록 해."

"이맘이라면 사원에 계신 최고로 높으신 분이 아니십니까?"

"그렇다. 예배 인도자지. 너도 이제 성인이니 이런 심부름은 할 수가 있을 것이야."

"네."

알림은 봉인된 파피루스 편지를 내밀며 한 마디 덧붙였다.

"이맘의 성함은 나쉬르 이븐 만수르 님이시다. 정중한 태도와 품위를 지키도록. 알겠지?"

살라흐 딘은 자신의 나귀를 타고 저택을 나섰다. 안장의 앞부분에 잘 묶어 둔 편지를 한번씩 확인하면서 천천히 나아갔다. 사원은 썩 내키지 않는 곳이다. 하지만 알림의 명령을 거스를 수 없다보니 걸음에 힘이 없었다.

그 사원에 가본 적이 있었는데……, 재작년에 그곳에서 늦깎이 할례를 받았지.

아버지만 살아 계셨더라면 타라불리쓰에서 어릴 때 받았을 할례를 계모의 무관심으로 미루어지다가 그때서야 받게 된 것이다. 알림이 서둘러준 덕분이었지만, 어쨌든 사원은 싫었다.

"인샬라. 공정하신 알라의 이름으로 알림께 평화가 있기를……."

마음속으로 알림께 감사하며 구부러진 골목을 빠져나와 광장을 가로질러 사원에 도착했다. 나귀를 말뚝에 맨 다음 그는 사방을 둘러보았다. 사원 안에도 넓은 뜰이 있었고 책을 옆구리에 낀 학생들이 부지런히 꾸란을 암송하며 마드라싸로 이동하곤 했다. 그는 머뭇거리다가 한 노인을 보았다.

"알라후 아크바르. 어르신께 여쭙겠습니다. 만수르 이맘을 뵐 수 있을까요?"

노인은 시력이 나쁜 듯 가까이 다가와 청년의 위아래를 훑어보았다.

"라 일라하 일랄라. 그대는 학생은 아니고…… 터번만 썼을 뿐, 하인의 차림새군. 이맘을 왜 찾나?"

살라흐 딘은 약간 당황했다.

"무함마드 이븐 앗 하자르 님의 심부름인데요. 편질 전하러 왔습니다."

"이제 막 수염이 나기 시작했구먼. 목소리와 얼굴을 보니 정직한 젊은이로 보이네. 이맘께서는 지금 율법강의 중이신데……, 잠시 기다리게."

노인은 따라오라는 손짓을 하고는 마드라싸로 걸어 들어갔다. 율법을 암송하는 소리가 마치 벌 떼가 붕붕거리듯 들려왔다. 빈방에서 기다리려니 얼마 후 풍채가 좋은 이맘이 수염을 어루만지며 나타났다. 살라흐 딘은 자리에서 일어나 경의를 표시했다.

"네가 무함마드의 편질 가져온 사람이냐?"

살라흐 딘은 편지를 통째로 내밀었다. 이맘은 봉인을 뜯고 편지를 꺼내어 끝까지 읽어 보더니 미소를 지었다.

"알림의 딸 파티마의 결혼에 증인이 되어달라는군. 당연히 서줘야지. 이 알리스칸다리야에서 다섯 명의 알림 중 무함마드처럼 알라께 충성을 다 바치는 종이 어디 있느냐. 그분이 낸 기부금이 없었다면 사원의 학교를 운영할 수가 없었을 거야. 마드라싸에서 나오는 저 꾸란 외우는 소리를 들어보아라. 얼마나 아름다운 소리냐. 알라께서 창조하신 소리 중 가장 으뜸가는 음악이라면 당연히 저 소리일거야. 훗날 하늘에 가게 되면 가브리엘 천사에게 부탁하려 한다. 세상에서 가장 아름다운 음악이 무엇인지 알라께 여쭈어 달라고 말이야."

이맘은 잠시 말을 멈추고 책들을 뒤적였다. 양피지로 표지를 한 책들은 오랜 세월을 말해주듯 손닿는 곳이 너덜너덜 닳아 있었다.

"하디스 즉 꾸란의 주석들이다. 조금 전 학생들과 토론을 하던 문제가 다시 떠올라 잠시 찾아보았다. 한번은 간통을 한 유다교도가 예언자 앞에 세워졌다. 예언자께서는 알라의 자비하심을 빌어 가벼운 형벌을 내리곤 하셨기 때문에 이를 안 인근 유다인 마을에서 간통자를 데려 온 것이었지. '이 여자를 재판해주십시오.' 이에 예언자께서 어떤 판결을 내렸을 것인지가 오늘의 토론 제목이었다."

이맘은 수염을 어루만지더니 살라흐 딘에게 물었다.

"너의 생각을 한 번 들어보자꾸나."

허걱.

"저는 율법 같은 거 잘 모릅니다요, 이맘."

"틀려도 괜찮다. 어쩌면 틀리는 게 당연하겠지. 다만 우리 학생들의 수준이 어느 정도인지 비교하려는 것이다."

미소를 머금은 이맘의 눈길이 살라흐 딘의 얼굴에 머물렀다.

"하인 주제에 감히 말씀드리기 어렵습니다만, 예언자께선 당연히 유다인의 율법을 물어보았을 것입니다."

"흐음……. 물론 물었지. 유다인들이 대답했다. '돌로 쳐 죽입니다.' 라고."

"그 다음 예언자께서는 무슬림의 교리와 비교하셨을 것입니다."

"흐음……. 무슬림의 율법에는 태형을 주도록 되어있다."

"그렇다면 예언자께서는 무슬림의 율법을 따라 태형을 주라고 하셨을 것입니다."

"마음이 유하기도 하지! 사실 예언자 시절이나 지금이나 간통녀는 반드시 죽인다. 하지만 예언자께서는 그가 유다교도이므로 유다교의 율법을 따르라고 판결했다. 그들이 떠나간 다음 예언자는 생각했지. 과연 죽이는 것이 알라의 뜻일까 하고서. 결국 오랜 묵상 끝에 다음부터는 간통녀들을 채찍으로만 가혹하게 다스리도록 지시하셨다. 예언자가 가신 후 다시 이전 방법으로 돌로 쳐 죽이기 시작했지만."

마침 한 젊은 여성이 잰걸음으로 이맘의 집무실에 들어왔다. 그녀는 살라흐 딘을 보는 순간 화들짝 놀라며 얼른 고개를 돌렸다.

"하비바가 여기 어쩐 일이냐? 안채에 일이 생겼느냐?"

이맘이 급히 물었다.

"큰 마님께서 실신하셨습니다."

이맘은 황급히 달려갔고 하비바라는 여인과 살라흐 딘만이 남았다. 그녀가 말을 건넸다.

"살라흐 딘 님?"

그는 깜짝 놀랐다.

"어떻게 내 이름을?"

"제이납 마님의 안부를 전합니다."

"제이납 누나?"

"쉿! 목소리를 낮추세요. 저는 제이납 마님의……, 이맘의 네 번째 부인인 제이납 마님의 몸종입니다. 알라후 아크바르. 이렇게 만나게 되다니! 이렇게 뵙게 되다니!"

"누나가 이맘의 부인?"

살라흐 딘은 목소리를 낮추었다.

"제이납 마님은 지금 큰 마님을 돌보고 계십니다. 저도 자주 큰 마님의 시중을 들어주곤 한답니다. 큰 마님께서 몸이 자주 아프시거든요. 그때마다 제이납 마님께서는 독특한 의술로써 큰 마님을 소생시키곤 하시지요."

"그럼 혹시 바자르에서 돈을 선뜻 내준 사람도 바로 제이납 누나?"

"그렇습니다. 저도 그때 곁에 있었어요. 하지만 원수 같은 셋째 마님도 옆에 함께 있어 어쩔 수 없었어요. 그녀가 알면 무슨 나쁜 소문을 만들어 음해할지 아무도 모르니까요. 저도 어서 가봐야 합니다."

놀라서 어찌할 바를 모르는 살라흐 딘을 뒤로하고 그녀는 가버렸다.

눈물로 온 얼굴을 적신 살라흐 딘은 이맘이 돌아오기 전에 옷매무새를 다듬어야 했다. 답장을 받아오라는 알림의 명령이 있었기 때문이다. 한참을 기다리자 이윽고 이맘이 돌아왔다.

"알라의 자비하심으로 회생했다. 하마터면 초상을 치렀을 거야. 그건 그렇고 여기에 답신을 적어주라고 적혀있구나. 잠시 기다리거라."

이맘은 자신의 책상에 앉아 갈대로 만든 펜촉에 오배자 잉크를 묻혀 파피루스에 몇 자 적어주었다. 돌아가는 길은 마치 구름 위를 산책하는 기분이었다. 이역만리 알리스칸다리야에서 혈육을 상봉하다니. 그리고 이미 누나의 도움을 받았다는 사실이 믿어지지 않았다.

"살라흐 딘, 너에 대한 칭찬이 여기 적혀있다. 네가 알림의 질문에 대견한 답변을 해 하인의 수준을 뛰어 넘는 지혜를 드러냈다고 알라를 찬양하는 내용이야."

이맘에게 받은 답신을 읽어 본 알림은 기쁨에 넘쳐 흐뭇한 표정을 지었다. 살라흐 딘은 편지보다도 혈육을 만난 기쁨에 감탄사로 답변했다.

"라 일라하 일랄라. 수브하나 랍빌 아알라[30]!"

알라께 영광을 돌리는 살라흐 딘의 응답에 내막을 알 까닭이 없는 알림은 더욱 대견스런 눈빛으로 미소를 지었다. 알림이 뜬금없는 질문을 했다.

"너에게 기회가 온다면 장차 무엇을 하고 싶으냐?"

살라흐 딘은 감히 입을 열 수 없었다. 우선은 누나를 만나 노예의 신분을 벗는 길을 모색하는 것이 급선무겠지만 알림께서 이미 타라불리쓰로 보내주겠다고 약속한 마당에 무슨 소원을 말할 수 있으랴. 더듬거리는 그에게 알림은 다정한 투로 말했다.

"네 꿈이 메카에 가는 것이란 소릴 압둘에게서 들었다. 아직도 그 소원을 품고 있느냐?"

"네……."

알림께서 알고 계시다니. 살라흐 딘의 대답 소리가 기어들어갔다.

"그럼 고향으로 보내려던 내 생각이 무리였나?"

---

30) 위대하신 나의 주께 영광이 있으라.!"

"그렇지 않습니다. 알림께서 따뜻한 보살핌을 베풀어주시어 이날까지 산 것입니다. 소원은 이미 이루어진 것이나 진배없습니다. 고향에 돌아가더라도 다시 메카 순례의 기회는 올 것입니다요."

살라흐 딘은 누이가 이맘의 부인이란 말을 꺼내지 않았다. 하비바의 말마따나 일이 잘못 꼬여 셋째 부인이 망쳐놓으면 안 된다는 생각이 번쩍 들었기 때문이다. 아직은 때를 기다려야 한다.

"그 녀석, 대답도 제법 잘 하네. 세상 모든 일에는 때가 있다. 알라만이 아시는 때가 너에게 다가오지 말란 법은 없으니까. 네 부친은 무엇을 하는 분이셨지?"

"의술을 가지셨습니다."

"그런데 가업을 잇지 않고 왜 집을 나왔느냐?"

"부친은 돌아가셨고, 또 제가 그간 배운 기술이란 한낱 돌팔이 수준의 것입니다. 나이가 어려서 제대로 못 배웠거든요. 그리고 저희 형제들 소식이 궁금하기만 합니다."

살라흐 딘은 고개를 숙였다.

"전에 형제와 자매가 있다고 했지. 그런데 흩어졌다니, 어찌 그런 일이?"

"친모가 낳으신 알라딘 형과 제이납 누나와 저, 그리고 계모가 낳으신 아마드가 있었는데……, 아마 고향엔 아마드 모자만 남아 있을 것입니다."

알림은 계모의 역할을 쉽게 알아차렸다.

"알라의 천사의 도움으로 네 형제자매를 다시 만날 날이 어서 오길 빈다. 헌데, 듣고 보니 넌 막상 고향에 다시 가도 의지할 곳이 변변치 않네."

사랑스런 동생 아마드의 얼굴이 눈앞에 어른거리자 살라흐 딘의 마음이 스산해졌다.

"계모 밑에서 더 잘 참고 견뎠어야 했는데……."

"마음씨도 따뜻한 아이야."

알림은 살라흐 딘의 등을 힘주어 다독거렸다.

살라흐 딘은 당연히 그날 밤새 잠을 이룰 수 없었다. 온갖 공상과 희망이 교차하여 부풀어 오른 가슴이 진정되지 않았다.

그로부터 며칠 지나지 않아 알림이 살라흐 딘을 불렀다.

"알라의 현몽이 있어 네게 새로운 과업을 부여하게 되었다. 이것을 잘 수행하면 너를 자유인으로 풀어주마."

자유인이라면 당장 돈을 스스로 다루는 독자적인 경제활동을 할 수 있다는 것을 의미하고, 혼자서도 고향이든 어디든 갈 수 있다는 뜻이었기 때문에 그의 말은 살라흐 딘을 크게 고무시켰다. 귀를 바짝 세운 살라흐 딘에게 알림이 말을 이었다.

"파티마가 라코티스 지역의 알림 아브 딸하의 아들 무함마드 아브 딸하에게 정혼을 했는데 내년 이맘 때 결혼식을 치르게 된다. 일 년의 기간이 남았지. 그런데 알림 아브 딸하는 인품이 훌륭한 분이시며 메디나에서 살던 사람으로서 대상인의 호칭으로 불리던 분이다. 그 집안에서 나에게 지불할 마흐르[31]로 무엇인가 큰 것을 보낼 것임에 틀림이 없다. 우리도 지참금 외에 선물로 무엇인가를 보내야 할 텐데, 그간 한 달여 생각 끝에 결론이 났다. 나의 기도를 알라께서 들어주신 것이다. 알라후 아크바르. 라 일라하 일랄라!"

살라흐 딘은 귀를 바짝 세우고 알림의 입술을 주시했다.

"메카에 가서 꾸란 사본을 구해 오는 것을 너에게……."

순간 살라흐 딘의 다리에서 힘이 빠지며 흔들거렸다. 알림의 말이 계속 이어졌다.

"살라흐 딘, 양피지 꾸란 사본은 최고의 선물이란다. 하지만 너에게 그건 무리일 듯하여 그 명령을 접어두기로 했다. 대신 다른 명령을 내리겠다. 나와 파티마를 위해 나르드 향을 구해 가져와다오."

"나르드 향이 무엇입니까?"

---

31) 신랑이 신부 부모에게 내는 신부 값.

"나도 잘 모른다. 전에 술탄의 겨울 궁전에서 잠시 구경했던 고급 향유다. 인도에서 수입되는 관계로 값은 무척 비싸지. 오래 생각해서 결정한 것이다. 지참금 외에 선물로서 그 정도면 알림 아브 딸하에게 정중한 선물이 될 듯해서."

"어디 가서 구해옵니까?"

"알 쿠드스, 다마스쿠스, 메카, 바그다드……. 어디든 인도에서 오는 대상에게 살 수 있을 것이다. 가장 가까운 알 쿠드스로 가거라. 대상인 하심이븐 할둔에게 작년에 청구했던 것인데 왈라드의 품목에서 빠져 있었다. 다시 사려면 내년을 기약해야겠지. 왈라드는 시나이 사막에서 도적들에게 빼앗겼다고 변명했지만 누군가에게 비싼 값을 받고 팔아넘긴 게 틀림없거든. 그런 자를 어떻게 믿고 내년을 기약할 수 있겠니. 파티마 모녀가 무척 실망했단다. 여러 보석과 비단이 있음에도 서운했을 여인네 속마음이야 오죽 했겠냐. 하나밖에 없는 혈육을 다른 집안에 보내는 마당에 나의 재화는 아껴서 무엇 하랴 싶어 이런 결정을 했다. 살라흐 딘, 날 실망시키지 말거라."

살라흐 딘은 한숨을 쉬었다. 아닌 밤중에 홍두깨라더니, 눈이 빠지게 기다리는 누나의 소식은 언제 오나?

"언제 출발합니까? 그리고 누구와 함께?"

"압둘과 하산과 함께 출발하거라. 그리고 시나이 입구 술탄의 길에서 압둘은 돌아온다. 나머지 여행은 둘이서 마무리한다."

알림의 굳은 표정은 단호했다. 두 눈은 열망으로 이글거렸고 가슴은 흥분과 기대감으로 거칠게 호흡하고 있었다. 알림의 입에서 마지막 명령이 떨어졌다.

"한 달 후 사원에서 단식을 하고 다음날 출발하면 된다. 알겠느냐?"

"인샬라. 알림의 명령에 복종합니다."

살라흐 딘은 엎드려 알림께 절하였다.

마구간에서 하산이 기다리고 있었다.

"살라흐 딘, 어째 표정이 안 좋네?"

"오전 일은 다 끝냈냐?"

살라흐 딘이 되물었다.

"당연하지. 그래서 점심에 맞추어 데리러 온 거다. 어서 식사하러 가자."

"하산, 너도 알고 있지? 알림께서 내린 명령 말이야."

"무엇을?"

하산이 눈을 동그랗게 떴다.

"정말 몰라?"

"금시초문인걸. 혹시 널 자유인으로 풀어주시겠다던?"

그렇다고 대답하려다 그만두었다. 자유인 이야기는 자칫 하산에게 상처를 줄 수 있을 것이다.

"우리 둘에게 큰 명령이 떨어졌어."

살라흐 딘이 힘주어 말했다.

"돌리지 말고 얼른 말해."

하산이 채근했다.

"알 쿠드스에 갔다 오라고."

"우리 둘이서? 왜지?"

"처음 절반은 압둘 님이 동행해 주신데. 파티마의 정혼 상대자 집에 줄 나르드 향유를 구해오는 일이야."

"야호!"

시무룩한 살라흐 딘과는 반대로 하산이 즐거운 비명을 지르자 마방의 말들도 덩달아 힝힝거렸다. 살라흐 딘은 하산의 다리에 입은 화상을 자신이 만든 약으로 치료해준 다음 함께 식당으로 향했다. 압둘이 와 있었다. 그는 두 청년의 표정을 살피며 미소를 지었다. 하인들만의 식탁에서 아미나가 차려준 음식 앞에 앉자마자 압둘이 물었다.

"주인님의 명령을 들었냐?"

"압둘 님과 끝까지 여행하면 안 되나요?"

"난 도중에 돌아와 주인을 시중들어야 하잖아. 더구나 한두 달 아니 반년이 꼬박 걸릴 지도 모를 여행길이야. 내 일이 얼마나 많은지 몰라서 하는 말은 아닐 테지?"

맞았다. 하녀들이 할 수 없는 장보기도 있고, 문지기나 정원사 등 나머지 하인들을 지휘해야 한다. 가끔은 밀밭에 가봐야 하며, 후추와 무화과, 대추야자 등 농장도 둘러보아야 할 것이다. 그로 말하자면 이 집안의 모든 하인들을 지휘하는 집사장이다.

"누가 말을 키우죠? 그리고 남자들의 방들을 누가 청소하나요?"

"후세인과 알리가 있잖니."

"그 녀석들 게으름뱅이들인데……."

"걱정도 팔자네. 여기 약이 안 보이니?"

압둘은 엄한 표정을 지으며 가죽채찍을 들어 보였다.

"알 쿠드스가 먼 곳인가요?"

"그리 멀진 않다. 알림께서 젊은 시절에 메디나와 메카에 가실 때 들렀던 곳이기도 하지."

"나귀를 타고 가면 되나요?"

"당연히 안 되지. 부분적으로는 되겠지만, 나귀는 그렇고 낙타를 타고 가야겠지. 아니면 배를 타든지."

"배를요?"

"왜? 왈라드 일행이 배타고 떠난 것 모르니? 배도 훌륭한 운송수단이야."

"배로 들어오는 상인에게 향유를 살 수도 있을 텐데……. 알 쿠드스가 더 싼가?"

살라흐 딘의 중얼거림에 압둘이 대답했다.

"물론 나도 처음엔 그런 생각을 했다. 하지만 알림의 깊은 마음을 누가 알겠니? 더구나 알라의 현몽이 있었다던데. 알림의 심중도 모르는 우리가 어찌 알라의 뜻을 알겠니?"

"인샬라."

두 청년은 동시에 읊조렸다.

살라흐 딘과 하산은 장거리 여행 준비를 서서히 하면서 한동안 이런저런 이유로 일이 손에 잡히지 않던 어느 날이었다. 밖에서 시끌벅적한 소리가 들렸는데 바로 이맘의 일행이 알림의 대저택을 방문한 것이었다. 가슴이 두근거려 안절부절 못하던 살라흐 딘은 곧바로 불려갔다.

알림의 방.

양탄자 위의 손님용 긴 의자에 이맘과 제이납이 앉아 있었다.

"살라흐 딘, 오늘로써 너에게 자유를 준다. 이것이 증표다. 그리고 증인으로서 여기 이맘 나쉬르 이븐 만수르와 알림 아브 딸하의 서명과 인장도 들어갔다."

알림은 청년의 목에서 노예 목걸이를 제거하고 양피지에 쓴 친필문서를 손에 쥐어 주었다. 제이납이 의자에서 일어나 동생을 끌어안았다. 그녀는 이맘의 부인 체면에도 불구하고 눈물을 주체할 수 없어 히잡의 한쪽 끝부분으로 연신 눈을 닦아냈다.

알림이 입을 열었다.

"살라흐 딘, 빨리 자유인이 된 것을 축하하네. 내 밑에서 고통스러웠던 날들을 잊어버리게. 이맘께서 친히 자네 몸값을 주셨네. 세상에! 불과 얼마 전 나와 자네는 이 방에서 자네 가족의 향방을 이야기했는데 이게 현실로 닥쳐오다니. 그때 알라만이 때를 아신다고 말했는데……. 수브하나 랍빌 아알라!"

이맘이 일어나 청년의 두 손을 잡고 뺨에 입 맞추며 말했다.

"눈여겨보았던 살라흐 딘이 나에게 처남이 되다니. 나도 얼떨떨한 걸? 자 여기 앉게."

지금껏 상전 앞에 항상 서 있어야만 했던 하인의 시절은 가버리고 의자에 앉을 수 있게 되었다. 너무도 빨리 와버린 자유가 이상하기도 하여 몸에 맞지 않는 헐렁한 옷을 입은 듯한 묘한 기분이었다.

"이 모든 것이 알라의 섭리라고 생각합니다. 위대하신 주께 영광이 있기를⋯⋯. 알라후 아크바르!"

알림의 집에서 그것도 알림의 가족들과 함께 먹을 수 있는 안채의 식당에서 푸짐한 저녁식사가 베풀어졌다. 알림과 부인 마님, 파티마, 이맘과 제이납, 그리고 살라흐 딘, 이 여섯 사람은 하녀들이 내오는 온갖 요리와 과일들을 먹으며 여러 이야기들을 나누었다. 히잡 아래 드러난 세 여성들의 얼굴을 가까이에서 볼 수 있었다. 살라흐 딘은 처음으로 파티마의 얼굴을 자세히 보았다. 밝은 얼굴에 오똑한 콧날, 짙은 눈썹과 굵게 쌍꺼풀이 진 눈.

살라흐 딘의 시선을 느낀 파티마가 살라흐 딘에게 눈인사를 했다. 사람들이 없었다면 살라흐 딘은 아마 이런 질문을 했을 것이다.

"전에 말했던, 율법이 중요한 것은 문구에 있지 않고⋯⋯, 무엇에 있다는 말이지?"

하지만 자꾸만 뭔가 부자연스러운 살라흐 딘과는 달리 파티마는 그에게 전혀 신경을 쓰지 않는 것처럼 보였다.

알림이 말했다.

"살라흐 딘, 아까 이맘과 나눈 말일세. 일터를 찾아 독립할 때까지 이맘의 밑에 있을 것을 허락하셨네. 남매간에 나눌 쌓인 이야기도 많을 것 아닌가. 누나의 도움을 받는 것은 인지상정이야. 라 일라하 일랄라!"

제이납은 눈물만 흘릴 뿐 아무런 말도 하지 않았다. 흥분이 가라앉지 않았고 자신의 아픈 기억, 즉 노예 신분에서 자유인이 됨과 동시에 이맘의 부인으로 간택되어 처음 부부동반 외출을 했기 때문이다. 포도주가 몇 암포라[32] 동나고 대식가인 이맘과 알림의 취기가 어느 정도 올랐을 때 여흥은 끝이 났다. 대연회가 아니어서 무희의 춤과 가수출연, 악기연주만 없을 뿐 두 사람을 중심으로 만족한 음식잔치가 되었다.

---

32) 손잡이가 양쪽으로 달린 로마시대의 술병.

하고픈 말이 있을 것만 같은 파티마의 눈길을 뒤로 하고 살라흐 딘 이븐 이스하크는 제이납을 따라 이맘의 저택으로 향했다.

저택으로 돌아오자 이맘은 넓은 아량을 보일 양으로 어린 부인과 처남의 만남을 위해 자리를 피해 일찍 침소에 들었다.

"이게 얼마 만이냐."

"제이납 누나!"

두 사람은 손을 마주 잡고 눈물을 흘리며 서로의 얼굴을 어루만졌다.

"살라흐 딘, 알라딘 오빠가 집을 나간 지 1년 반인가 지나 네가 집을 나갔잖니."

"형이 돌아오지 않았던 거야? 저런! 대체 어디로 갔을까?"

"난 오빠가 알리스칸다리야로 왔을 거라 믿었어. 전에도 파로스의 등대에 보물이 숨겨져 있다는 허무맹랑한 소문을 사실처럼 믿곤 했잖니? 그리고 돈을 모으면 알리스칸다리야에서 배를 타고 지중해를 건너 베네치아라던가 콘스탄티노플로 가겠다는 말을 여러 번 한 적이 있었잖니? 나는 아직도 오빠가 이 도시의 어딘가에서 살고 있을 거란 느낌이 들곤 해. 사실 사람이 많이 모이는 바자르에 거의 매일 나가는 것도 장보기보다 너나 오빠를 찾기 위함이었다. 그런데, 알라후 아크바르! 자비롭고 자애로우신 알라의 도움으로 널 발견한 것이야."

두 사람은 다시 한번 오열했다. 살라흐 딘이 물었다.

"여기까지 어떻게 오게 되었어?"

"삼촌에게 부탁하여 타라불리쓰에 자주 오는 대상에게 청을 넣었거든. 날 알리스칸다리야의 삼촌 처남의 집에 데려다 주도록. 그런데, 삼촌이 믿었던 그 상인은 실은 나쁜 사람이었어."

원수는 외나무다리에서 만나는 법. 얼마 전 성 안의 임시 장터에 금 세공품과 모직물을 구경하러 갔다가 천막 속에 노예로 팔릴 룸인 여자들 옆에 서있던 악마 같던 그의 모습을 발견하고서 대경실색했던 일이 다시 떠오르자 제이납은 입술을 깨물며 말을 계속 이어갔다.

"행실로는 신뢰받을만한 사람이었지. 기도와 자선 등 신앙의 5대의무를 완벽하게 지키며 도시의 유력가들과 교분도 쌓았던 사람이었으니까. 나를 데리고 출발한 지 이틀도 못되어 나를 유혹하기 시작했다. 대상을 따라 여행하는 여인들 틈에 끼어 안심하던 나는 아무런 저항도 못하고 당할 수밖에 없었다. 어렸고⋯⋯, 도움을 줄 사람은 아무도 없었어."

살라흐 딘은 의분을 참지 못하여 얼굴이 빨갛게 달아올랐다.

"그 사람을 찾아내어 반드시 복수할 거야. 그 놈의 이름을 가르쳐 줘. 누나의 이르드[33]를 짓밟은 자를 반드시 복수하겠어."

아흐마드라는 이름이 입 밖으로 튀어나오려는 걸 그녀는 간신히 억눌렀다.

"살라흐 딘, 나도 이젠 그 사람을 잊었다. 그보다 더한 학대도 계모에게 경험했어."

"아냐, 이름을 가르쳐 줘."

"담 야트룹 담[34]!"

"오, 알라의 천사여!"

잠시 대화가 끊겼지만 그것은 살라흐 딘이 누이의 간곡한 부탁을 이해해서가 아니었다. 일을 저지르기 전에 집안의 용감한 남자 다섯 명을 규합하는 과정이 필요하다는 점과 난생 처음 복수극을 생각하니 은근히 겁이 났기 때문이다.

"그래서 어떻게 된 거지?"

살라흐 딘의 두 눈은 피가 흐르듯 충혈 되었다.

"그 사람의 노리개가 실컷 된 후에 노예로 팔려 나갔지. 나를 부인으로 맞아달라고 통사정했지만 그자는 곧바로 거절했다. 삼촌에게 나의 몸값을

---

33) 여성의 명예.
34) 피의 복수는 피의 복수를 부른다는 이슬람 격언.

이미 지불했기 때문에 자기가 나의 주인이란 주장이었지. 하여튼 새로운 상인은 비싼 값에 팔려는 속셈으로 나를 지중해 최고의 도시 알라스칸다리야로 데려왔어. 나는 알림 아브 딸하의 집에 주방노예로 들어갔단다. 그리고 우연히 이맘의 큰 부인을 치료한 일이 계기가 되어 이맘께서 노예 신분을 벗겨주셨어."

"알림 무함마드 이븐 앗 하자르 님의 외동딸 파티마가 알림 아브 딸하 님의 아들 무함마드에게 결혼하기로 되어있는데……. 혹시 알고 있어?"

"뭐라고?"

제이납은 깜짝 놀랐다.

"왜 놀라는 거야. 무슨 잘못된 일이라도?"

"무함마드는 좀 이상한 사람인데……. 부친과는 전혀 딴판이거든."

살라흐 딘은 순간 파티마를 걱정했다. 혹시 그녀가 잘못 풀리면 안 되는데……. 그런데 내가 왜 걱정하지? 나와는 아무 관계도 아닌 걸…….

살라흐 딘은 자신의 그동안의 생활을 누나에게 설명하며 눈시울을 적셨다.

다음 날부터 살라흐 딘의 새로운 생활은 예전과는 달리 안락하고 느긋한 여유로운 시간들의 연속이었다. 어려서 유복하진 않았어도 평범한 삶을 살았기 때문에 자유인이 된 것이 새삼스러울 것도 없건만, 이 년 동안의 노예의 삶에 비하면 비록 알림의 보살핌 가운데 있었다 하더라도 비교될 바가 아니었다. 자기에게 명령을 내릴 사람은 몇 안 되고 도리어 자기가 명령할 사람이 훨씬 많은 삶으로의 전환은 가히 지옥으로부터 천국에 들려 올라온 듯한 착각을 불러일으킬 정도였다.

처음 보름은 늙은 매부 나쉬르 이븐 만수르 이맘의 집 분위기에 적응하느라 그럭저럭 흘러갔다. 하지만 어느 정도 적응이 되자 나른한 삶의 연속은 그로 하여금 온 몸을 뒤틀리게 하고도 남았다. 아직 한 달이 채 못 된 어느 날 살라흐 딘의 마음을 강하게 움직이는 일이 있었다. 여름철의 서늘한 이른 아침 공기를 마시며 그날따라 일찍 일어났던 그는 여름 해가 대지를 온통 달구기 시작하는 낮 시각에 광장으로 나갔다. 전에 나귀를 메어두고 사람 처형하는 걸 지켜본 적이 있던 광장이었다. 광장에서는 많은 사람들이 오가고 있었다. 어디선가 들려오는 피리 소리에 그는 그쪽으로 발길을 옮겼다. 장님 노인이었다. 전에 시를 읊었기 때문에 압둘이 소경시인이라 했던 사람이다. 비잔티움 사람으로 보이는 여행객 몇 사람도 구경꾼 가운데 끼어 있었다.

"고명했던 그리스의 이스메니아가 여기에 강림하셨군. 그에게서 피리를 빼앗으면 그는 당장 미쳐버리고 말 거야."

한 사람의 농담에 나머지 사람들은 배꼽을 쥐고 웃어댔다. 장님은 개의치 않고 계속 피리를 불었다. 처량하면서 구슬프고 높낮이가 있어 물결을 타는 배처럼 사람들은 귀를 바짝 세우고 그의 피리소리에 실린 사연을 음미라도 하듯 길을 멈추고 들었다. 이윽고 피리를 멈춘 그는 시를 음송하기 시작했다.

모든 목적은 신께로
높은 야망도 신께로.
진실을 신께 맹세하리,
영원하신 이름 앞에.
오, 고귀한 탐구여
명예, 자녀, 재물과 비싼 옷들
탐욕, 식욕, 쾌락도 버렸네.
도시의 안락함과 즐거움은 하찮은 것.
저 수평선을 보라
강렬한 의지로 하느님을 찾으려거든.
황량한 언덕을 지나
산의 정상 높은 곳에 당도할지니.

사람들은 그 내용도 모르고 박수를 쳤다. 소경이 흐뭇한 표정으로 고개를 끄덕이며 박수에 감사하고는 잠시 명상에 잠기자 사람들은 볼거리가 끝났다는 생각에 동전을 떨어뜨리고 하나둘 자리를 뜨기 시작했다. 살라흐 딘이 발걸음을 막 떼려하자 노인이 그의 이름을 불렀다.

  "살라흐 딘."

  그는 너무나 놀랐다. 생면부지의 사람이 자기를 부르다니. 그는 푸르르 떨면서 발을 멈추었다.

  "왜 절 부르셨죠?"

  "젊은이는 어디로 가려는가? 은둔의 사람들을 칭송하는 나의 노래를 따라 척박한 광야로 가려는 길인가?"

  살라흐 딘은 피식 웃었다.

  "저는 그저 저기……, 알림께 가려던 참인데, 그런데 제 이름을 어떻게 아셨죠?"

  "내가 너의 이름을 왜 모르겠나. 내게 물어보라. 여기 모였던 이곳 사람들의 이름을 대부분 맞출 수 있다."

  "당신은 은둔자이십니까? 아니면 점쟁이?"

  "알림의 밑에서 이 년을 노예로 지냈고 이젠 자유인의 몸이 되어 활개를 펴고 구경나온 길이지?"

  살라흐 딘은 기가 막혔다.

  "점쟁이가 아니고서야 저를 그렇게 잘 알 수는 없을 것입니다."

  "여기서 이십 년을 지내왔다네. 세상은 광장에서 만나고 광장을 중심으로 돌아가고 있지. 세상 사람들의 온갖 발걸음 소리에도 의미가 있고 그들의 이야기 속에 모든 비밀은 숨어 있네. 나의 귀는 오랜 세월 그것에 숙달되었다. 별들과 행성의 움직임을 들어보게. 바람의 속삭임을 들어보게."

  "당신은 도를 터득하신 분이군요. 알라의 예언자십니까?"

  "모하메드가 알라의 마지막 예언자일세."

  "혹시 천사?"

"빛으로 창조된 천사는 높은 곳에서 하느님을 보좌하고 있지."

"아니면 진[35]? 혹은 이블리스[36]?"

"진은 천사와 사람의 중간이며 사람이나 동물의 형체를 가질 수 있는 영적 존재다. 인간은 흙으로 빚어졌지만 진은 불로 창조되었지. 진의 두목은 이블리스. 하지만 난 인간일 뿐."

"거 참! 많은 고초를 경험하신 분 같습니다."

"그건 그렇다. 내게 묻는 대신, 지금 너의 갈 길이 바쁠 터인데. 어서 가 보라. 너는 무함마드 알림의 환영을 받을 것이다. 그리고 한 가지 더. 파티마를 마음에 두지 마라. 너와는 이루어질 수 없을 테니."

살라흐 딘은 여우에 홀린 기분으로 광장에서 도망쳐 나왔다. 돌아가는 길에 다시 만나지 말아야 할 텐데……. 알림은 마침 서재에 있었다. 살라흐 딘이 경의를 표시하기 위해 고개를 숙였다.

"살라흐 딘이 알림께 문안 인사드립니다."

"어서 오게. 그간 얼굴은 많이 좋아졌구먼. 건장한 청년으로 변했어."

"알림의 평안이 궁금하여 잠시 들렀습니다."

"고맙네. 자네의 옛 친구도 잘 있고 자네의 자리는 후세인이 차지했다. 하지만 엉망이야. 말들이 설사를 하질 않나, 압둘을 따라 시장 통에 나갔다가 넘어져 관절이 접질리질 않나. 자네 생각이 간절했다네."

"알림께서 제게 베풀어주셨던 은혜를 생각하면 자다가도 일어날 지경입니다."

"자넨 여전히 대답도 잘 하네. 수브하나 랍빌 아알라."

살라흐 딘은 한참을 담소하며 중국산 차까지 얻어 마셨다. 하지만 살라흐 딘도 알림도 나르드 향유에 대해서는 일언반구 꺼내지 않았다. 대화가 끝날 때쯤 알림은 하산을 만나고 가도록 권했다. 알림은 어차피 하산도 때

---

35) 이슬람교에서 말하는 사악한 영적 존재. 인간을 방해하여 해를 준다.

36) 사탄의 우두머리.

가 되면 자유인으로 풀어줄 생각이었다.

"하산!"

목욕탕에 들어서자 하산은 이제 막 정원 일에서 돌아온 듯 옷에 거미줄과 나뭇잎 조각이 붙어 있었다. 하지만 하산은 시큰둥하기만 했다.

"하산, 친구가 반갑지도 않니?"

살라흐 딘은 반가움에 눈물이 핑 돌았지만 하산은 고개도 돌리지 않은 채 차갑게 대꾸했다.

"노예 친구는 어서 잊으세요."

살라흐 딘이 하산을 억지로 끌어안자 그때서야 하산은 친구를 쳐다보았다.

"살라흐 딘, 난 이제 네 친구가 될 수 없어. 신분이 다르잖아."

"아니야. 이런 신분은 중요한 게 아니야. 그렇지, 파티마 아기씨가 언젠가 말했어. 겉모양새는 중요한 것이 아니라고……. 그리고 또 율법이 중요한 것은 문구에 있지 아니하다고."

"그럼 무엇에 중요한 게 있다는 거지?"

"글쎄, 모르겠네."

오랜만에 둘은 웃음을 터뜨렸다. 하산은 지난 한 달이 외로움으로 힘들었던 모양이다.

"하산, 압둘은 잘 있지? 그리고 파티마도?"

"압둘 님은 몸이 안 좋아서 누워계시네. 그리고 파티마 아기씨는 혼사 준비를 차근차근 해가고 있지."

두 사람은 압둘의 방으로 병문안을 갔다. 압둘은 누운 채로 인사를 받았다.

"살라흐 딘, 오랜만일세. 얼굴은 좋아 보이네. 나는 몸이 편치 못해."

압둘은 기침을 했다.

"압둘, 알림께서 부탁했던 향유 구하러 가는 일은 취소되었나요?"

"어쩌면 취소하셨을지 모르지. 자네가 떠나간 후론 일체 입 밖에 내질 않으시니까. 그래서 그런지 몹시 의기소침해 계시네. 당신의 외동딸을 좋은 사위에게 시집보내겠다는 일념으로 사시는 분이니까 계획의 차질에 예민할 밖에."

압둘의 말에 그동안 심란했던 살라흐 딘의 마음은 어떤 결심을 했다.

"압둘, 어서 쾌차하세요. 나랑 향유를 구하러 갑시다. 하산, 너도 함께 여행가는 거야."

살라흐 딘이 큰 소리로 힘주어 말했다.

압둘이 수척한 얼굴에 웃음을 짓자 하산도 주저 없이 환한 미소를 지으며 입이 벌어졌다. 살라흐 딘은 즉시 알림에게 달려가서 자신의 생각을 말씀드렸다.

"고맙네, 살라흐 딘. 하지만 먼저 가족의 의견도 물어야지. 이맘과 자네 누나의 동의를 구한 다음 결정하기로 하세. 만일 그분들이 동의해주시면 자네에게 사례하겠네. 자유인으로 만들어주는 게 조건이었는데, 이미 자유인이 되어버린 이상 그에 상응하는 액수를 지불해야 하겠지. 사례금 말고도 모든 경비는 내가 부담해야 하겠고 추가로 원하는 물품을 더 구입할 여분의 돈도 주겠네. 우리 파티마가 기뻐할 일이라면 아비가 못 해줄 게 뭐 있겠나?"

돌아가는 길은 발걸음조차 가벼웠다. 그동안 놀기만 하느라 좀이 쑤셨는데 잘 되었다 싶었고 성인으로서 남자의 명예와 용기를 얻기 위해 그보다 더 좋은 일도 없다 싶던 참이다. 살라흐 딘은 가벼운 발걸음으로 그리고 소경시인을 피하기 위해 일부러 구부러진 골목을 택하여 갔다. 그런데 공교롭게도 그 골목의 끝에서 그는 장님을 다시 만나고 말았다. 구석의 후미진 곳에 앉은 채 노인이 말했다.

"이것을 운명이라고 하는 것이네."

"절 따라다니시는 것 같군요. 전 복채로 드릴만한 돈이 한 푼도 없습니다."

"걱정 마시게. 알라께서 거지를 굶게 하시겠는가. 알 쿠드스의 예언자 이싸[37]가 하신 말 중에 '하늘을 나는 새들을 보아라. 그것들은 씨 뿌리거나 거두거나 곳간에 모아들이지 않아도 알라께서 먹이신다.' 는 말이 있네. 사실, 너에게 복채를 요구할 생각은 없다. 나는 너의 심장 소리를 들었고, 단지 이 말을 전하기 위해 여기서 기다리고 있었지."

"무슨?"

"그 여행은 너에게 큰 행운을 줄 거야. 많은 체험을 통해 새로이 태어날 테니까. 가끔 먼 바다로 나가는 몽상에 잠기곤 했던 너의 꿈은 반드시 이루어진다. 너는 더 큰 여행을 하게 될 것이고 그 일로 인해 후세의 사람들이 널 기억하게 될 것이다. 많은 사람들을 만나게나."

"당신은 유대교도나 기독교도이십니까?"

"그렇다네, 무슬림이기도 하지만. 그렇기도 하고……, 아니기도 하고……, 그게 중요한 게 아니라 중요한 것은……."

살라흐 딘은 마구 달음박질을 했다. 소경에게서 어서 벗어나고 싶었다. 광장에서 마차에 짐을 잔뜩 실은 한 떼의 사람들을 만났지만 그들의 우울한 모습은 눈에 들어오지도 않았다. 집에 헐레벌떡 들어오는 살라흐 딘을 제이납이 기다리고 있었다.

"살라흐 딘, 무슨 일 있었니? 오늘따라 외출 시간이 퍽 길구나."

"노인을 만났어. 광장에서 언젠가 보았던 피리를 부는 소경시인."

"얼굴이 하얗고 수염조차 회색인 비잔티움 사람?"

"누나도 알고 있군."

"전에 내게 이상한 소릴 했던 사람이다. 가족과 상봉할 거란 소릴 했어. 하비바도 그러던데 정말 이상한 사람이야."

"정말 끔찍해. 나의 심장소릴 들었다나? 세상의 온갖 진리를 터득한 듯 잘난 체 하는 작자더라고."

---

37) 예수.

"그 사람과 온종일 이야기한 거니?"

"아냐. 알림 무함마드 저택에 갔었어. 전에 내게 부탁한 일도 있고 해서."

"요즘 같은 불안한 시기에 멀리 외출하는 것은 좋지 않다. 그래서 널 온종일 기다렸어. 알림께서 너 같은 종달새에게도 부탁할 일이 다 있으시다니?"

"도대체 요즘 뭐가 불안한 거야?"

"기독교도들이 쫓겨나는 거 모르니?"

살라흐 딘은 광장에서 스쳐지나간 한 떼의 사람들을 떠올렸다.

"기독교도들이 왜 쫓겨나가야 되지?"

"애야, 그런 말은 아예 하지도 마라. 자칫 그들과 한 패란 의심을 받을 수 있으니."

"그들이 무슨 범죄라도 저지른 거야? 우리 고향에서도 한 동네에서 잘 살았잖아."

"아지자네 말을 하는 거냐?"

"또 옆 동네에 더 많은 유다인과 기독교도들이 살았잖아. 회당도 있었고. 그들이 잘못을 저지른 일도 없었잖아!"

"어렸던 우리가 무얼 자세히 알겠니. 하여튼 지금 상황이 안 좋은 건 사실이야. 요즘에 와서 갑자기 이교도인들에게만 부과하는 세금을 만든 것도 그들을 몰아내기 위한 방편인 셈이고, 아랍어만을 사용하게 한 점이라든지, 무슬림이 아니면 관청에 등용하지 않는 것도 모두 그들에 대한 압력이 아니겠니?"

"예언자의 정신에 어긋나는 일이야, 안 그래?"

"예언자가 지금까지 살아계셨다면 이런 일은 일어나지 않았겠지. 그 분은 이교도들을 잘 포용하신 분이니까."

"그럼 그들은 어디로 가는 거지?"

"요즘 항구에 가면 콘스탄티노플이나 로마, 고린토에 가기 위해 무작정

배를 기다리는 이교도들을 볼 수 있어. 그들의 짐을 약탈하는 건달패가 항구에 떠돌고 있고 통관시키는 공무원들도 짜고서 짐을 빼앗거나, 배 삯을 터무니없이 부르는 선주가 있어서 아예 육로로 떠난 사람들도 있다던데."

"육로로는 어떻게 가는 걸까?"

"알 쿠드스로 간 다음 다마스쿠스에 도착한 후, 배로 키프러스를 거쳐 비잔티움으로 가거나 아예 계속 육로로 소아시아에 가는 사람도 있대나 봐. 그런데 무슨 부탁이었니?"

"누나가 들으면 가슴을 찧을 이야기야."

누나의 눈치를 살피느라 살라흐 딘의 목소리가 작아졌다.

"어서 말하렴."

"이맘께서 알 쿠드스에 다녀오란 부탁을 했거든."

"오, 저런. 인샬라!"

제이납은 당장 가슴을 찧었다.

"대상들을 따라가 알 쿠드스에서 향유를 구해오란 부탁인데, 사실 내가 자유인이 되기 전에 했던 부탁이었어. 날 자유인으로 풀어준다는 조건 하에."

살라흐 딘은 눈치를 살피며 포부에 넘치는 목소리로 자신 있게 말했다.

"약속 했니? 안 했다면 이미 자유인이 되었으니 마음에 걸릴 일도 아니잖니?"

"누나, 알림께서는 날 따뜻하게 보살폈어. 처음 팔려와 무례하게 보였던 것이 화근이 되어 스물다섯 대나 태형을 때릴 수 있던 걸 다섯 대로 끝내신 분이야."

"너와 내가 이역만리 땅에서 만나는 기적을 베푸신 알라께서 남매의 정을 제대로 나누어 보기도 전에 이젠 헤어지게 만드시는구나."

제이납은 울음을 터뜨렸다. 한참 눈물을 흘린 그녀는 눈 주위를 닦으며 말을 이었다.

"알 쿠드스에서 구해야 할 향유라면 이 도시의 동쪽에 있는 샤트비 지역의 유다인들에게도 있을 터인데. 왜 하필 거기까지 가야만 한단 말이냐. 나도 셋째 부인의 질투로 인해 하루하루가 외로운 바늘방석인데, 위안이 되었던 너조차 날 떠나가야 한단 말이냐?"

"누나, 그만 눈물을 거두어. 이럴 때 이맘이 들어오시면 어떡하려고 그래. 그리고 내가 고향집을 가출했던 것도 실은 메카에 가기 위해서였어. 좌절되고 말았지만……. 좋은 알림을 만나게 해주었고 알림의 집에 있게 된 덕에 누날 만나 수 있었어. 남매간에 재회하게 해주신 알라께서 여행도 무사히 마치게 해주실 거야."

"살라흐 딘, 육로 길도 안전치 않단다. 대상들이 목숨을 걸고 사막을 다닌다는 걸 모르니? 곳곳이 토민들과 도적 떼데."

살라흐 딘은 숨을 깊이 들이켰다.

"난 남자야. 포부를 가질 나이잖아. 그리고 모든 걸 알라께 맡기면 된다고 생각해."

사원에서 가까운 이맘의 저택에서 살라흐 딘과 제이납의 눈물어린 담판이 막을 내려가고 있을 때 하비바가 저녁식사가 준비되었음을 알려왔다.

이맘은 몸이 불편한 큰 부인과 함께 이미 식사를 마친 후라서 넷째 부인 제이납의 방에 마련된 식사는 살라흐 딘 남매만의 단출한 식사가 되었고, 식사 후 차 마시는 시간이 되어서야 이맘이 제이납의 방에 들어왔다.

"살라흐 딘, 요즘 얼굴이 많이 좋아졌는걸!"

이맘이 반가움을 표시했다.

"이맘의 덕택입니다. 인샬라."

"율법학교에 들어와 꾸란 공부를 시작하는 게 어떻겠나?"

"당연히 해야겠지요. 배려에 감사합니다."

"제이납, 당신의 아름다운 얼굴에 어찌 수심이 가득하오? 오늘도 하자르와 다투었소?"

제이납은 얼른 안색을 바꾸며 어쩔 줄 몰랐다.

"이맘의 보살핌으로 전혀 걱정 없이 사는 제가 어찌 하자르 님과 다투겠습니까? 하오나 살라흐 딘이 무함마드 알림의 부탁이라면서 알 쿠드스에 다녀와야 한다기에……."

"그래서 눈물을 흘렸소? 걱정 말구려. 알라께 모든 걸 맡기고 허락하구려. 나도 성도(聖都) 알 쿠드스에 가본 적이 있었지. 예언자 모하메드께서 대성전 옆에서 백마를 타고 승천한 바위를 순례했다오. 내겐 큰 감명을 주었던 곳이오. 지금쯤 성전을 모스크로 재건축하는 중일 것이오. 그런 일이라면 오히려 권장을 해야지 사소한 노파심으로 울먹이다니."

"지아비 말씀을 들으니, 이젠 안심이 됩니다. 이젠 이 제이납의 걱정도 해소되었습니다. 알라후 아크바르."

"얼굴을 펴구려. 아리따운 얼굴에 흠이 생기겠소. 그렇지 않아도 오늘 종교 강론에서 이교도 문제로 오랜 시간을 할애했지. 이곳에서 오래 살아온 이교도들을 쫓아내는 일도 시간이 많이 걸리는 작업이고 율법으로 이를 뒷받침하는 교육을 시행해야 하니, 위협적이지도 않은 이교도를 억압하라는 율법은 없으므로 전승집 하디스를 인용하여 억지로 짜맞추는 중이라오."

이맘은 젊은 새 부인의 얼굴에서 수심이 걷히는 것을 보고서야 안심이 된 듯 말을 이었다.

"살라흐 딘, 한 가지 덧붙이겠다. 알미나 알 샤르키아 항구에는 구리와 상아, 향신료, 밀 등을 수출하는 배를 얻어 타려는 이교도들이 떼거리로 몰려 있으니 그들 사이에 섞이어 배를 타는 방법이 있긴 하지만 어쩐지 적당치 않아 보여서 말이야, 육로가 낫겠어. 하긴, 육로를 선택한 이교도들도 있으니 너는 무슬림 대상들을 따라 가야겠다. 위험을 최소화하기 위함이지. 일단 카이로로 가서 나의 편지를 이맘 샴 숫 딘 알 하리리에게 전달하고 그의 선처를 부탁하는 것이 좋겠군. 그리고 당장 내일부터 이곳의 파피루스와 직물을 팔러 팔레스티나로 가는 대상을 찾아보기로 하자꾸나. 틀림없이 좋은 상인들을 만날 수 있을 것이다."

다음날 살라흐 딘은 알림 무함마드에게 가서 매부와 누님의 허락을 받아 약속을 지키게 되었다는 소식을 전했고 알림은 크게 기뻐했다. 살라흐 딘의 가슴은 지중해에서 불어오는 북풍을 맞아 높이 떠오른 새처럼 한껏 부풀어 올랐다.

알림이 말했다.

"난 네가 꼭 그 일을 해내고야 말 것으로 기대해왔다. 살라흐 딘, 한 가지 묻겠는데, 내가 정말 향유만을 얻기 위해서 자네를 알 쿠드스에 보낸다고 생각하나?"

어쩌면 그의 제안을 처음 들었을 때부터 예전에 그의 마음 깊이 심어져 있던 씨앗이 마치 봄비를 맞은 듯 싹을 틔우기 시작했을지 모른다. 미지의 세계를 동경했고 예언자의 체취가 남아있는 성지를 순례하는 일은 그것을 실현하기에 정말 안성맞춤일 거라고. 일찍이 한 차례 좌절되어 깊이 잠재해 버렸을 뿐.

살라흐 딘이 대답했다.

"알라의 뜻은 어디에 있을까요? 제가 꿈꾸었던 성지순례? 무슬림들의 마을과 도시의 여행? 알림의 제안대로 향유를 구해오는 것? 저는 한동안 생각했습니다. 하지만 아직은 어려서 어떤 섭리로 알라께서 저를 이끄시는지 확신이 안 섭니다."

사려 깊은 젊은이의 눈길을 확인한 알림이 입을 열었다.

"자네의 여행은 내가 처음 제안했을 때 이미 결정되었을 것이다."

살라흐 딘이 고개를 끄덕이자 알림은 달뜬 목소리로 말을 이었다.

"이젠 포부를 가질 때다. 남자의 기개! 호연지기! 내가 젊었을 때 나는 네가 살았다던 타라불리쓰, 리비아, 에디오피아, 알 쿠드스, 다마스쿠스, 메디나, 메카에 갔었다. 대상들을 따라서 혹은 걸어서. 내가 가는 길을 항상 알라께서 지켜주셨지. 나는 천사의 뒷모습을 본 적도 있었다. 그에게 말을 걸었지. 그는 대답 대신 손가락을 들어 어떤 곳을 가리키더군. 그가 서 있던 해질녘 모래언덕은 지금도 눈앞에 선하다. 그는 사라졌고 나는 그가 가리킨 것이 무엇이었을까 생각했지. 그땐 메카라는 확신에서 나의 발길을 메카로 돌렸어. 그러나 성지를 순례한 후로는……, 어쩌면 지금껏…… 그가 가리킨 게 무엇이었는지 정말 모르겠어. 순례를 마치고서 가이사리아 항에서 배를 타고 알리스칸다리야로 돌아올 때 나는 확신에 가득 찼고, 나의 뼈마디 마디에선 힘이 솟아올랐지. 하지만 파로스의 등대가 멀리서 보이기 시작할 무렵, 갑판에 서서 바람을 가슴에 가득 안고 부푼 꿈에 넘쳐서 있었는데, 어떤 영감이 스쳐갔지. 말해줄까? 나의 순례가 끝난 게 아니라 이제 시작했을 뿐이란 것이었다. 살라흐 딘, 또 하나 묻겠다. 너는 정말 타라불리쓰로 돌아갈 생각이 있는 거니?"

젊은이는 당장 대답을 하지 못했다.

알림이 말했다.

"그것 봐. 내면의 영혼이 대답하기를 거부하는 것이다. 너는 한동안 고향으로 돌아가는 꿈이 있어서 살았을 것이다. 하지만 이젠 돌아갈 수 없다. 성장해버린 자신이 그것을 주저하고 있으니까. 우리가 태어난 곳이 고향일까? 나는 오랜 여행 후에 알리스칸다리야에 돌아왔지만 알리스칸다리야는 더 이상 나의 고향이 아니었다. 이루어진 꿈은 꿈이 아닐까? 나의 영혼이 메카에 그대로 남아있을 것이란 생각도 들었다만, 나중에 그 생각도 거두어 들였다."

사라흐 딘은 하얀 광채가 나는 알림의 얼굴을 보면서 두려움을 느꼈다.

"가슴이 부풀어 터질 것만 같습니다, 알림."

"살라흐 딘, 아무튼 같은 남자로서 옛 정을 생각하여 목숨을 건 여행을 실천하기로 한 자네의 용단을 높이 평가하네. 알라께서 축복하시고 만사형통 해주시길 비네. 옛 이야기를 두 가지 들려주겠네. 한 신비가가 했던 이야길세. 배를 기다리던 한 사람이 있었지. 낯모를 수행자가 다가와서 돌멩이 두 개를 주면서 이런 말을 했다지. 이 돌을 가져가시구려. 목적지에 다다를 때쯤이면 그것들은 두 가지를 그대에게 줄 것이오. 하나는 기쁨, 또 하나는 고통. 물론 수행자는 곧 시야에서 사라졌지. 그 사람은 배에 오르자마자, 이딴 돌멩이를 가지고 무슨 장난을 하나 하고서 한 개를 물에 던져버렸어. 또 하나를 던지려다가 그는 멈추었지. 무슨 뜻이라도 있는 것일까 하고서. 얼마 후 목적지에 도착했을 때 그는 짐 속에서 돌멩이를 꺼내어 보았다. 놀랍게도 그 돌은 황금으로 변해있었지. 순간 그의 마음은 큰 기쁨이 넘쳐흘렀어. 그런데 곧이어 고통이 그를 엄습해왔지. 괜히 던져버린 그 돌멩이 때문이었어. 또 이런 이야기가 있어. 알 쿠스드에서 들은 이야길세. 한 하라피시[38]에게 아리따운 딸이 있었는데, 그는 그로서는 갚을 길이 없는 큰 돈을 한 랍비에게 빚지고 있었더라네. 그 늙은 랍비는 탐욕의 눈길로 그의 딸을 훔쳐보곤 했는데 약정한 날짜가 자꾸만 다가오자 그만 이 하라피시는 이성을 잃을 지경이 되었지. 돈을 갚지 못하면 딸을 빼앗길 것이고 그렇다고 갚을 돈을 구할 방도는 없고 하여. 결국 날짜가 도래하였지. 랍비는 강제로 약자의 딸을 빼앗았다는 말을 듣지 않으려고 선량한 척 구제의 방법을 제시했다네. 주머니 하나를 그 앞에 내어놓으며 하는 말, 이 주머니 속엔 두 개의 조약돌이 들어 있네. 한 개는 검은 돌, 또 한 개는 흰 돌. 그 중에서 자네가 한 개를 선택해서 꺼내게. 검은 돌일 땐 빚 대신 자네의 딸을 나에게 주게나. 하지만 흰 돌일 땐 빚을 모두 탕감해주겠네. 하라피시는 돌아버릴 지경이었지. 그러나 알라께서는 랍비의 주머니에 손을 밀어 넣은 그에게 지혜의 영을 불어넣어 주셨는지, 이상한 일이 벌어졌다네. 돌멩이가 어느 정도 작은 크기였겠지만 그는 한 개를 꺼냄과 동시에 얼른 삼켜버렸지. 찰라에 일어난 일이어서 랍비도 제지하지 못했어. 당연히 남은 돌은 검은 돌이겠지. 애초에 두 개 모두 검은 돌이었으니까. 하라피시가 말했다네. 랍비여 주머니에 남은 돌을 보십시오. 제가 배고픈 나머지 돌멩이를 꺼내는 순간 마트수트[39]로 착각을 일으켜 그만 삼켜버리는 불경을 저질렀습니다. 무슨 돌을 꺼내었는지 저도 보질 못했습죠. 주머니에 남은 돌을 꺼내어 보십시오. 틀림없이 흰 돌일 것입니다. 제 처지에 무슨 복이 있어 흰 돌을 주워냈겠습니까. 이젠 랍비가 돌아버릴 지경이 되었다지. 증인으로 입

---

38) 최하위의 삶을 살아가는 극빈층.
39) 유다인들이 먹는 과자의 한 종류.

회했던 다른 랍비의 손이 주머니에서 검은 돌을 꺼내는 것으로 이야긴 끝이 났다네."

순종과 지혜, 두 가지 화두를 남기고 알림은 살라흐 딘에게 증명서와 함께 돈주머니를 두 개 건넸다. 살라흐 딘이 일어서며 물었다.

"만일 제가 돌아오지 못한다면, 어떡하시렵니까?"

알림 무함마드 이븐 앗 하자르는 대답하지 않았다. 대신 살라흐 딘을 꼭 껴안아 주었다. 그리고는 포옹이 풀리자 알림은 손을 들어 창 밖을 가리켰다. 마치 젊은 시절 그가 만났던 천사가 했던 것처럼.

돌아가는 길에 광장의 한켠에서 친근한 목소리가 살라흐 딘을 불러 세웠다. 그 목소리를 듣는 순간 그의 등줄기에 소름이 돋았다.

"살라흐 딘, 드디어 떠날 때가 되었구나."

"아는 체 좀 그만 하시죠! 난 당신을 모릅니다."

"날 모른다니 말이나 되나? 우리는 영혼을 교감했고, 나는 네 심장의 박동을 들었다. 우리의 운명은 다시 만나게 되어있다네. 떠돌이가 떠돌이를 모른다니. 나는 네 숨소리까지도 기억하고 있는 걸?"

"당신은 도대체 어디에서 온 룸인입니까?"

"어디서 굴러온 뼈다귀냐고? 그렇지! 자네의 분노의 숨소리가 듣기 좋구먼. 난 룸인일세. 알렉산더 대왕의 귀를 간지럽혔던 피리장이 이스메니아의 영혼과 이싸의 제자 요한 마르코의 심장과 압바스 왕조 최고 철학자 와실 이븐 아타의 무타질라[40] 신학을 가지고 있지."

"온갖 잘난 척은 다 하시는군요. 냄새나는 누더기에 무슨 철학과 신학을 이야기할 수가 있습니까?"

떼어버릴 속셈으로 살라흐 딘이 큰 소리로 핀잔했다.

"허허, 그대의 잘 차려입은 옷도 얼마 전엔 누더기였잖은가?"

---

40) 꾸란이 신과 동등하게 영원하다는 것을 부정하고 신의 유일성과 인간의 의지의 자유를 옹호한 아라비아 신비주의 한 신학계보.

"무슨 소리죠?"

"벌써 잊었나? 몇 년 전 알림께 팔려오던 때 그대의 누더기 옷을?"

살라흐 딘은 순간 등골이 싸늘해졌다. 어서 이 자릴 피해야지.

도망치는 그에게 소경이 외쳤다.

"그리스인처럼 지혜를 구하든 알라의 뜻에 내맡기든, 네가 선택하기에 달렸다. 기억하게."

2. 인내하는 사람들

알림의 대저택 정문 앞에서 알림 내외와 파티마, 아미나, 하지자와 게으름뱅이 알라딘을 포함한 하인들, 이맘과 제이납, 하비바 등 양가 식솔과 동네사람들이 배웅하는 가운데 이맘과 알림이 압둘과 살라흐 딘, 그리고 하산을 포옹하고 뺨에 입을 맞추는 것으로 알 쿠드스로의 여행이 시작되었다. 세 사람은 낙타를 타고 라쉬드 성문을 통과하여 광장에서 대상의 행렬에 합류했다.

이날은 여름이 끝나고 겨울로 이어지는 10월의 날씨답게 한없이 쾌청하기만 했다.

대상의 인솔자인 아흐마드가 낙타의 속도를 늦추어 맨 끝의 살라흐 딘 일행에 다가와 말을 건넸다.

"압둘, 처음 하는 여행인가본데, 너무 걱정 마시게! 이맘 나쉬르 님과 절친한 알림 오마르 님의 소개로 이렇게 만난 것도 수십 년 간 이 일에 잔뼈가 굵은 나에 대한 신뢰 덕택이 아니겠나?"

"아흐마드, 난 도중에 돌아올 사람이니 내 자신은 괜찮지만 살라흐 딘과 하산이 아직 경험이 부족한 젊은이들이니 걱정이 될 뿐이오."

"조바심하고는! 모스크에서 어제 하루 종일 단식하고 알라께 기도했다는 소릴 들었지. 그런 신앙이라면 뭘 걱정하나?"

"얼추 사십여 명은 될 듯한데 모두 상인들인가요?"

압둘이 되물었다.

"모두는 아니지 엄밀히 말하면. 절반정도가 상인이야. 나의 지휘를 받고 있고 나와 짧게는 수 년 길게는 이십 년을 함께 해온 동지들이니까."

"그럼 나머진?"

"알 쿠드스에 가는 순례객이 몇 되고……, 메카에 가는 사람들이 몇 있고……, 또 다마스쿠스나 바그다드에 가려는 사람들이 몇 있지."

불현듯 까닭 모를 불안감에 압둘은 날카로운 눈초리로 아흐마드를 쳐다보며 물었다.

"혹시 이교도들이 끼어있는 것은 아니겠죠?"

"걱정 마시게. 이 사람들 모두 알리스칸다리야에서 지체 높은 분들로부터 소개받은 사람들이고 다 알만한 연고를 가지고 있으니."

일행이 반나절 거리의 파루자 부락에 당도했다. 그곳의 유지인 무바라크의 저택으로 집결한 일행은 낙타에서 내려 몸을 씻고 음식을 대접받았다. 아흐마드의 상인들은 무바라크의 집사장에게 부탁하여 부락의 유지들로부터 필요한 물건의 명세를 적어오게 했기 때문에 그 동안 살라흐 딘의 일행도 여유가 생겼다. 무바라크를 만나고 나오는 아흐마드에게 살라흐 딘이 물었다.

"숙박은 다음 마을에서 하나요?"

아흐마드는 살라흐 딘을 눈여겨보았다.

"급할 것 없지 않은가. 이제 배도 불렀으니 서서히 출발해볼까?"

아흐마드는 일 없다는 듯 아랫사람들이 모아온 물품명세가 적힌 파피루스 조각들을 챙겨 넣으며 시큰둥하니 입맛을 다셨다.

일행은 다시 출발하여 지루하고 단조로운 길을 재촉하여 다만후르 시에 도착했다. 아직 해가 서쪽 하늘에 남아 있었지만 그곳에서 여장을 풀고 첫 밤을 맞이할 준비를 했다. 파흐룻 딘이란 이름의 알림의 저택에서 그들은 저녁을 접대 받았다. 그는 아흐마드와 자주 거래하여 번번이 사랑채를 빌려주는 사람이었다. 식사가 시작되었을 때 아흐마드가 미소를 지으며 알림에게 말했다.

"기독교도 상인들과 무슬림 간의 분쟁이 발생할 때마다 알림께서 자애로우시며 자비하신 알라의 평화에 의존하여 선한 중재를 하셨다고들 하더군요. 이곳 사람들은 알림의 은덕에 항상 감사하고 있다는 소릴 들었습니다. 원하옵건대 축복을 받으시어 만수무강하시길 빕니다. 비쓰밀라[41]!"

알림은 수염을 쓰다듬으면서 칭찬의 말을 조용히 듣더니 입을 열었다.

"아흐마드, 자네의 칭찬에 귀가 가렵네. 나는 중립적 입장에서 중재하려 노력했을 뿐, 법관이 최종 판결을 내리는 것이 아닌가? 다만 기독교도들을 너무 내몰지 않도록 배려했지. 여긴 아직도 유다인들과 기독교도들이 상당한 세력으로 남아 있거든. 함께 살아가는 세상이니 그들을 어떻게 할 수도 없지 않은가?"

이때 압둘이 나서서 말했다.

"알림, 알라스칸다리야에서는 선량한 이교도들도 쫓겨나가고 있습니다. 부둣가에 가보면 배를 타려고 기다리는 그들이 온갖 짐 더미에 파묻혀 북적대고 있으니까요."

"나도 알고 있네. 그들을 누가 쫓아낸 거지?"

"알림께서 모르시고 묻는 건 아니시겠죠?"

"기도하는 방법과 시간이 다르다고 해서 같은 음식을 먹고 생김새도 같은 이웃을 쫓아내고 있다는 말일세."

알림이 말하자 이번에는 아흐마드가 나섰다.

"유다인들 보십시오. 나라도 없이 이곳저곳에 빌붙어 사는 사람들이잖습니까? 그리고 무슬림의 세상이 된 마당에 자기 종교를 끝까지 고집할 이유도 없지요. 그자들은……, 상대하기 힘든 사람들입니다."

그러자 알림이 오히려 아흐마드를 핀잔했다.

"아흐마드, 자넨 고집불통 유다인들만 만나본 모양일세. 내가 아는 유다

---

41) 알라의 이름으로.

인들은 선량한 사람들인데……."

압둘이 살라흐 딘과 하산에게 속삭였다.

"아마도 아흐마드가 유다인이나 기독교도 상인들을 질투하나봐. 그들의 물건이 좋을 때도 많거든. 삼 년 전에도 기독교도 상인이 알림의 저택에 들른 적이 있었는데 물건도 좋고 가격도 쌌지."

두 젊은이는 고개를 끄덕였다. 음식상이 치워지고 처음 만난 어색함이 없어졌는지 여행자들 간에 이야기가 길어지면서 전에 공급했던 상품들 이야기며, 나일 강의 수위에 비례한 풍년과 흉년 이야기며, 메디나나 다마스쿠스 근처에서 산발적으로 벌어지고 있는 비잔티움 군과 사라센 군의 전투 이야기 등등 대화의 꽃이 피었다. 이윽고 밤이 깊어지자 과일과 당과류를 담았던 접시들도 치워지고 등잔불도 꺼졌다. 피곤해서인지 첫 밤은 모두가 골아 떨어져버렸다.

문제가 발생한 것은 다음날 아침이었다.

떠들썩한 소음에 선잠을 깬 살라흐 딘 일행은 깜짝 놀라지 않을 수 없었다.

"그 나쁜 사람들이 도둑질을 하다니, 다시 알리스칸다리야로 되돌아가 그들을 소개했던 무함마드 알말라크 님을 법정에 고소해야 하는 것 아닐까?"

쩌렁쩌렁한 아흐마드의 성난 목소리에 압둘의 일행 세 명이 모두 뛰어나와 저택의 앞마당으로 나가보니 아흐마드와 휘하의 젊은 상인들이 둘러서서 간밤의 일을 성토하고 있었다. 아흐마드가 압둘을 보자 소리쳤다.

"마침 압둘이 나오는군. 그대들의 짐은 밤새 무사했나?"

"무슨 일이 있습니까? 짐이 어째서요?"

"이 사람, 촌스럽기는! 매일 아침 자신의 짐을 확인하는 게 여행길의 불문율인 걸 모르시나? 어서 확인해보게!"

압둘과 두 사람은 허겁지겁 사랑채 방으로 돌아와 짐들을 살폈다. 다행히 짐들의 내용물 모두 안전했기 때문에 안도의 한숨을 내쉬며 다시 앞마당으로 나갔다. 기다렸다는 듯 아흐마드가 이를 하얗게 드러내며 말했다.

"압둘 일행은 무사한가 보군. 우리 짐이 한 개 털렸네. 가장 값어치 있는. 다마스쿠스로 간다던 후세인이란 놈의 가족들 있잖아?"

"웃는 얼굴을 하던 분이 후세인이란 사람인가요?"

압둘이 되물었다.

"맞아. 미소 뒤에 사악한 계략이 숨어있는 줄 누가 알았겠나? 그 자가 짐을 하나 훔쳐 달아났어."

"귀중품이 들어있었나 보죠?"

"이 사람, 싱겁게 묻기는! 자그마치……, 디나르로 말하면……, 에…… 말하자면……, 상당한 수준의 돈이 들어있었지."

그는 의심의 눈초리로 흘끔 살라흐 딘의 일행을 훑어보고는 끝내 액수를 밝히지 않았다.

"그가 가져갔다는 것이 확실한가요? 무슨 증거라도?"

살라흐 딘이 묻자 아흐마드가 표정을 찌푸렸다.

"그놈은 기독교도거든. 우리가 어제 다섯 차례 기도할 때에 가족들 세 명이 죄다 빠졌지. 어디 아픈 데도 없는 사람들이니 뻔하지 않은가? 기독교도라고 생각할 밖에."

"기독교도라는 다른 증거라도 있습니까? 더 확실한."

"이 자리에 없잖은가! 아무런 일언반구 통보도 없이 이 꼭두새벽에 사라져버린 것이 증거라면 증거지."

그런 것이 증거가 될 수는 없다. 그들의 물품 속에서 분실물이 나왔다든지, 화폐에 표식을 해둔 것이 그들의 수중에서 발견되었다든지, 훔치는 현장을 누군가 목격했다든지 하는 증거가 없는 바에야 일찍 출발했다고 해서 또 기독교도라 해서 도둑으로 몰 수는 없는 일이다. 하지만 살라흐 딘은 이런 말을 입 밖에 꺼낼 수 없었다. 아흐마드의 일원으로 여행길에 나선 처지에 침묵을 지키는 것이 우선은 최상의 방법일 성싶었다.

두리번거리던 아흐마드가 사람들을 모두 모이게 했다. 집주인의 권고도 있고 해서 모두의 짐들을 가져오게 한 다음 샅샅이 뒤지게 했다.

"이런 일은 어쩔 수 없는 것이니 만큼 여러분의 협조와 양해가 필요합니다."

아흐마드의 상투적인 핑계 앞에 아무도 거부하지 못하는 긴장된 분위기였다. 이럴 때는 자신의 짐을 펼쳐 보임으로써 무죄를 증명하기만 하면 되는 것이다. 이런 일은 다반사란 듯 사람들은 스스럼없이 자신의 짐을 모두 아흐마드 앞에서 꺼내어 보이기 시작했다. 이윽고 한 소녀의 가족 앞에 아흐마드가 섰다. 그들은 다마스쿠스에 가기로 되어있던 터다.

가족 세 명 가운데 마지막 한 사람, 이제 막 성인의 나이에 접어들었을 소녀의 짐 차례가 되었을 때 소녀는 그만 울음을 터뜨렸다.

아흐마드가 다그쳤다.

"네 이름이 마리얌이지? 왜 우는 거냐?"

그녀의 가족으로 보이는 두 명도 동시에 긴장한 순간이었다. 날카로운 눈을 굴리던 아흐마드가 그녀의 짐 꾸러미를 풀어헤치자 무거운 책이 한 권 바닥에 떨어졌다. 순간 사람들의 시선이 모두 그 책 위에 쏟아졌다. 비싼 양피지 책이 소녀의 짐에서 나오다니.

"이게 무슨 책이야? 아니!"

사람들의 입에서 탄식이 흘러나왔다. 그들에게는 금서로 되어있는 불온 서적이었기 때문이다. 아흐마드가 큰 소리로 양피지로 된 코덱스 책표지의 라틴어 제목을 읽었다.

"마르코 복음서? 당신들도 기독교도들인가?"

사람들 모두 잔뜩 긴장했다.

하하하하.

갑자기 아흐마드가 폭소를 터뜨렸다. 소녀의 아버지가 나섰다.

"아흐마드, 우리도 잘 모르는 일입니다. 아시다시피 우린 계속 다섯 번 기도에 참여하고 있지 않습니까?"

"그렇다면 이 금서를 소지하고 있는 이유는 뭐요?"

"잘 모르겠습니다. 딸년이 어디에서 주워왔나 봅니다."

엄청 비싼 책을 줍다니. 그녀의 부친이 둘러댄 이유는 궁색하기만 했다.

"그럼 이 책을 불에 태워도 좋겠군. 주워온 책일 뿐이라면 말이오."

쩝.

아흐마드는 금전의 분실로 인한 분노를 터뜨릴 대상을 찾은 듯 입맛을 다시며 주머니에서 화약을 꺼냈다. 그의 노련한 손끝에서 화약과 부싯돌에 의해 불이 피워지는 것은 순간이었다. 그가 책에 불을 붙이려는 순간 알림 파흐룻 딘이 제지하고 나섰다.

"아흐마드, 고정하게. 돈을 잃어버린 것과 금서를 응징하는 것과는 차원이 다른 문젤세."

이번엔 하산이 나섰다.

"아흐마드 님, 금서일망정 엄연한 주인이 있는 사유재산입니다. 주인의 의사를 확인하고 나서 처분하는 것이 순서가 아닐까요?"

"이 노예 놈이 나서긴 어딜 나서!"

하산의 목에 걸린 노예 목걸이를 발견한 아흐마드는 눈을 부라리며 호령했다. 그는 분에 못 이겨 하산의 뺨을 갈기려는 태세였다. 하지만 알림 파흐룻 딘의 말이 그를 멈추게 했다.

"그만! 그만! 아흐마드, 알라께서 보고 계신다. 그대의 과민반응이 이 모든 사람들을 얼마나 괴롭히고 있는지 말이다. 인솔대장답게 그리고 알리스칸다리야를 출발한 지 겨우 이틀 밖에 안 되었으니 앞으로의 긴 여정을 생각하여 분위기를 잘 추스르는 게 현명치 않을까?"

어쩌면 알림 파흐룻 딘은 아흐마드가 거기서 더 나갈 경우 거래관계를 끊겠다고 선언했을지도 모른다. 어쨌든 그의 말은 신기하게도 약효를 발휘했다.

"제가 좀 흥분했었나? 에헴, 자비롭고 자애로우신 알라의 이름으로 우리의 여행을 출발하기에 앞서 먼저 식사를 해야 하지 않겠나. 사만?"

"아흐마드 님, 어서 메카를 향해 살라트 알 수부흐[42]를 할 시간입니다. 알라의 자비하심에 의지하여 서둘러 일을 마무리 지으십시오."

알림의 집사장 사만의 권고에 따라 아흐마드가 목소리를 낮추었다.

"마리얌, 네 천사가 너를 도왔다. 네가 기독교도만 아니라면 더 문제 삼지 않겠다. 그리고 이 책을 돌려주겠는데……, 읽으면 안 되는 사악한 책이니 만큼 스스로 버리도록 권하겠다."

일행은 모두 기도를 바친 후 아침식사를 서둘러 마쳤다. 짐들은 알림의 넓은 마당에서 낙타에 실려졌고 아흐마드의 신호에 의해 향도가 먼저 일어섰다.

"하산, 아까 그런 용기가 어디서 나왔니?"

마을의 모습이 시야에서 사라질 무렵 살라흐 딘이 시무룩한 하산에게 나지막이 말을 걸었다.

"살라흐 딘, 난 지금 죽을 맛이야."

"아무튼 우리의 결백이 증명되었잖아?"

"처음부터 우릴 제압하여 손아귀에 넣으려는 속셈이야. 어쩌면 돈뭉칠 잃지 않았을지도 몰라."

"없던 일을 꾸몄다는 이야기니?"

"그럴지도 모르잖아."

"이 사람들을 모두 손아귀에 넣어서 어디에 쓰게?"

"알라와 저 작자만이 알지 우리가 어떻게 알아. 다만 그런 냄새가 풍긴다는 말씀이지."

"어쭈 하산, 밤사이 몰라보게 성숙했네. 어른스러워졌다니까."

"살라흐 딘, 꿈 이야기 해주면 해몽해줄 거야?"

"어서 말해봐."

"내가 알록달록한 깃털을 한 큰 독수리를 타고서 메카 쪽으로 날다가 서

---

42) 알라의 이름으로.

쪽으로, 그리고 북쪽으로 그리고 다시 남쪽으로 날다가 새가 나를 내려주었어."

"그런 꿈은 내가 꾸고 싶었던 꿈이야. 혹시 여러 나라를 여행하게 된다는 의미일까?"

"다음 마을에서 혹시 샤이흐[43]를 만나면 물어봐야겠어. 생생한 꿈이었거든."

거칠고 황량한 들판이 계속되었다. 나무들의 초록빛이 멀리서 보이기 시작하자 아흐마드가 환호성을 질렀다.

"파와 마을이다! 경치가 빼어난 곳이야. 나무들이 무성하게 잘 키워진 도시거든."

그런데 아까부터 하산이 해쓱한 얼굴로 빌빌대고 있었다.

"하산, 갑자기 왜 그래?"

"욕지기가 느껴지고 토할 것만 같아."

말을 마치자마자 하산은 낙타 등에 앉은 채 구토를 해댔다. 당황한 살라흐 딘이 자신의 낙타를 옆에 바짝 대고서 하산의 등을 두들겼다. 몇 번의 구토 끝에 하산은 안정을 되찾았다.

"하산, 괜찮아졌어?"

"조금은 나은 것 같은데 어지럽고 힘이 없어."

어느새 아흐마드의 약대상 일행은 파와 마을에 들어서고 있었다. 입구에서 마을 사람들이 반겨주고 주인을 따라 나온 개들도 덩달아 꼬리를 흔들었다. 모두가 낙타에서 내렸다. 한 사람이 아흐마드에게 다가섰다.

"그대는 아흐마드가 아닌가? 어서 오시게. 비쓰밀라. 알리스칸다리야로 가기 위해 우리 마을을 들렀던 게 까마신이 불어대던 때였던가?"

"무르쉬디, 날 알아봐주니 고맙군. 기억력 한번 좋군그래. 샤이흐 아부 나자 님은 여전하신가?"

---

43) 꾸란에 조예가 깊은 학자나 족장의 칭호.

"아닐세. 알라의 뜻에 따라 열병으로 그만 세상을 하직하셨네."

"오, 저런! 인샬라!"

"그분의 아드님이 가문을 잇고 있지."

아흐마드는 일행의 앞에서 무르쉬디를 인사시켰다.

"여러분, 이 사람은 샤이흐 아부 나자 님의 집사장 무르쉬디입니다. 나와는 오래 거래한 집안의 사람으로 마침 여기서 만나게 되니 기쁘기 이를 데 없습니다. 그런데, 무르쉬디! 날 어서 새로운 주인께 소개해주시게."

일행은 모두 아흐마드와 무르쉬디를 따라서 어느 넓은 저택으로 안내되었다. 하인들 여럿이 뛰어나와 낙타들을 종려나무에 매어주고 먹이와 물을 주었다. 아흐마드의 상인들은 주인을 만나러 안채로 들어가고 나머지 사람들은 사랑채에 들어가기 위해 손과 얼굴을 씻었다.

"하산, 아직도 안 좋아?"

"속이 뒤틀리는 것 같아. 마치 전쟁이라도 나려는 판국이야. 너 타라불리쓰에서 살 때 아버지께 배운 의술 좀 친구에게 베풀어줄래?"

오죽하면 친구에게 돌팔이 의술을 구걸할까마는 하산은 그만큼 절박했다.

머뭇거리던 살라흐 딘이 늘어진 하산을 방에 눕혔다.

"살라흐 딘, 이게 다야?"

"조금만 기다려."

살라흐 딘은 잊었던 기억들을 되살리려 머리를 쥐어짰다. 그는 하산의 머리 밑에 베개를 밀어 넣었다. 그리고는 하산의 발바닥을 마구 주물렀다.

"돌팔이라서 그런지 웃음이 자꾸 나오네. 살라흐 딘, 그만 해."

이때 압둘이 끼어들었다.

"조금 더 참아봐. 이것저것 가릴 처지냐?"

하지만 살라흐 딘의 노력이 소용없는 듯 하산이 다시 구토를 해댔다. 옆방에서 마리얌이 건너오지 않았더라면 하산은 더 큰 화를 당했을지 모른다.

"하산 님, 내가 좀 거들면 안 되겠습니까?"

마리얌이 다소곳이 묻자 압둘이 앞질러 대답했다.

"마리얌, 어서 살려 주게. 중요한 일을 하러 가는 젊은이를 어서 구해주게."

그녀의 손놀림은 정말 빨랐다. 하산의 머리통을 열 손가락으로 마구 짓누르는 것이었다. 그리고는 주머니에서 무슨 풀 종류를 꺼내어 하산의 코에 대어 냄새를 맡게 했고 일부를 입안에 넣어주기까지 했다.

"씹어서 즙을 삼키세요."

하산의 눈이 감겨오더니 스르르 잠에 빠져들었다.

의아한 표정으로 압둘이 물었다.

"도대체 뭘 한 거야? 좋아진 거야?"

"한숨 자고 나면 나을 것입니다. 낙타를 연 이틀 계속 탔으니 무리가 온 것이죠. 낙타 멀미라고나 할까."

살라흐 딘과 압둘의 시선이 마주쳤다. 소녀에게 배우다니. 이런 젠장. 그들의 표정은 아랑곳하지 않고 마리얌은 자신의 물건들을 가방에 챙겨 넣었다. 순간 가방 속 문제의 책이 얼핏 보였기 때문에 살라흐 딘은 자신도 모르게 침을 꿀꺽 삼켰다. 마리얌에게 감사의 말을 한 두 사람은 그녀가 나가자 밖으로 나왔다. 저택의 정원도 웅장하거니와 마을의 건물들과 모스크가 숲에 둘러싸여 조화를 잘 이루고 있는 모습을 넋을 잃고 구경했다.

"압둘, 이런 곳에서 살면 좋겠어요."

"이런 곳 처음 보나? 하긴 이집트에서 이런 도시는 몇 안 되겠지. 나도 처음이지만."

"가장 멀리 여행해본 곳이 어디라고 했죠?"

"메디나. 네 정도 나이 적 이야기지만."

"알리스칸다리야에서 몇 달이나 걸리던가요?"

"난 일 년 만에 갔다."

"헉, 일 년씩이나?"

"놀라지 마. 많이 걸린 건 사실이지만, 나는 상 이집트로 갔다가 시나이로 되돌아와 다마스쿠스까지 가는 여행을 했고 길게는 한두 달씩 도시에 머물기도 했으니까. 오히려 빨리 끝난 셈이야."

"한 도시에 한두 달씩 머물 이유가 있었나요?"

압둘은 웃음을 입가에 머금고 더 말하지 않았다. 추억 속의 여인들 모습이 떠올랐기 때문이다. 그는 오히려 엉뚱하게 말했다.

"지금 알림께선 어떻게 지내고 계실까? 잘 계시겠지?"

"겨우 이틀 지났는데 안부걱정은 왜 하세요?"

아까 압둘의 얼굴에 스쳐갔던 짧은 회한의 표정을 젊은이는 전혀 알아차리지 못했다. 압둘은 태연하게 한숨을 내쉬며 대답했다.

"파티마 아기씨가 걱정되어서 그런다. 출발하기 전날 아미나에게서 들은 이야기가 있지. 알림께 아릴 수 없어서 아미나의 입단속만 했어."

파티마라는 소리에 살라흐 딘은 몸이 뻣뻣이 굳어져 압둘의 입만 쳐다보았다.

"숨길만한 내용인가 보죠? 얼른 말하지 않는 걸 보니."

살라흐 딘이 물었다.

"두 가진데 한 가지만 말해주지. 우리 저기 대추야자까지 걸을까?"

마을이 상당히 여유로워 보이는 것은 집집마다 나무들이 있고 마당도 제법 넓기 때문일 것이다. 두 사람은 햇빛을 피하기 위해 그 중에 가장 크고 튼실해 보이는 대추야자를 향해 걸어갔다.

"무함마드 아브 딸하 있잖아. 파티마의 정혼자. 그 자가……."

"?"

살라흐 딘은 압둘의 입술만 주시했다.

"무함마드 아브 딸하가 평판이 그리 좋은 사람이 아니라는 이야기야."

"어떤 문제가 있는 거죠?"

"부친의 명성에 가려 그의 면모가 잘 알려지지 않았는데……, 메카 순례를 갔다 오는 길에 알 쿠드스에 들러 삼 년 간 허송세월을 보냈다는 거야."

"알 쿠드스는 예언자께서 승천하셨던 성지가 아닙니까?"

"그가 오랜 세월을 성지에서 보내고 돌아온 것으로 알려졌지만, 최근에 알 쿠드스에서 온 한 유다인 떠돌이가 무함마드 아브 딸하를 찾고 있었다지. 그에게 받을 빚이 있다면서."

"유력가의 아들이 타향에서 여비라도 빌렸던가 보죠?"

"그게 아니었지. 그는 자신의 부친 앞에서 그 떠돌이를 전혀 알아보지 못했다더군. 자신의 처남이 되는 그 남자를 몰라보다니 말이나 될 이야긴가?"

부친은 지혜롭게도 그 남자를 자신의 방으로 데려가 자초지종을 들은 후 크게 후사하여 입을 막아버렸다는 이야기와 그 내용은 아무도 모른다는 것이 압둘의 설명이었다.

오, 저런! 인샬라!

살라흐 딘의 심장은 마구 뛰었다. 누이 제이납의 이야기가 기억났다. 이상한 사람이라고 누나가 말했었다. 파티마가 그런 사람에게 시집을 가게 되다니. 하지만 내용은 알라만이 아시는 것. 사람들의 입소문이 얼마나 엉터리가 많은가. 명망 있는 집안을 보아 대단해 보이기까지 했던 아들에게 그런 일이? 파티마의 행복을 위해서라면 차라리 혼사가 깨어지는 게 낫다는 생각이 설핏 들었다. 하지만 그럴 경우 정혼했었다는 사실 하나만으로도 파티마의 명예에는 흠이 남을 것이다. 불쌍한 파티마. 살라흐 딘은 더 이상 파티마를 생각하지 않으려 해도 자꾸만 그녀의 얼굴이 떠오르고 가슴이 설레었다. 마침 두 사람을 찾는 집사장의 모습이 보이자 두 사람은 발길을 돌렸다.

식탁에는 생크림 같은 낙타 젖이 올라왔다. 언제 일어났는지 하산은 마리얌의 가족과 한 식탁에 함께 앉아 두 사람에게 눈인사를 보내왔다.

"제법일세."

살라흐 딘이 중얼거렸다. 호밀 빵은 부드럽고 입안에서 사르르 녹을 지경이었다. 알맞게 구워진 양고기하며, 지체 높은 집에서만 마시는 귀한 포도주에 눈이 휘둥그레지려는 순간 향기로운 양젖이 나왔다.

처음 마셔보는 향기로운 양젖이라!

이게 혹시 수입품인가? 사람들의 의문이 퍼지자 샤이흐 무바라크가 일어나 설명을 곁들였다.

"이 양젖은 사실 우리 가족만 마시는 것입니다만, 알리스칸다리야에서 오신 여러분을 위하여 그리고 선친 때부터 오래 거래해온 아흐마드를 위해 내 놓은 것입니다. 당과류 앞에 놓인 접시의 치즈도 그 양젖으로 만든 것이니 들어보십시오."

사람들은 그날만큼은 전날의 소동으로 인한 경계심을 풀고 마음껏 먹었다. 식사 후에는 중국에서 왔다는 차가 나왔다. 샤이흐의 눈길이 부드러워지기를 기다려 살라흐 딘이 질문을 했다.

"샤이흐 님께 질문을 하나 해도 좋을는지요? 허락하신다면 꿈의 해몽을 듣고 싶습니다."

그의 부드러운 눈길이 살라흐 딘에게 향하자 사람들 모두 조용해졌다.

"어떤 사람이 큰 새에 올라타고서 키블라⁴⁴⁾를 향해 동으로 남으로 날아다니다가 땅에 내리는 꿈을 꾼 일이 있었거든요. 며칠 전에."

"하하하, 젊은이라서 꿈에 관심이 많은가보구먼. 나같이 나이가 들면 꿈도 잘 안 꾸고 또 꾸어도 아침에 일어나면 생각이 잘 나질 않는다네. 내가 생각하기로는 앞으로 그는 성지순례를 하고 알라의 천사를……, 그에게 평화가 있기를, 뵙게 될 꿈이네. 수브하나 랍빌 아알라!"

시간이 되어 모두 일어섰다.

아침이 되어 샤이흐 무바라크 집안의 모든 남자들의 배웅을 받으며 막 떠나려할 때 하산이 그만 낙타에서 떨어지고 말았다.

"하산!"

압둘과 살라흐 딘이 동시에 소리치며 무르쉬디와 함께 하산을 일으켜 세

---

44) 무슬림들이 예배하는 방향.

웠다. 하산은 식탁에서의 명랑했던 모습은 간데없고 예전처럼 해쓱한 얼굴로 되돌아가 있었다.

이럴 수가!

샤이흐가 집사장 무르쉬디에게 마을의 의사를 불러오도록 지시하자 마리얌의 부친이 나섰다.

"샤이흐, 아흐마드를 대접하는 것처럼 저희를 대접해주신 데 대해 감사의 말씀도 미처 못 드렸는데, 일행이 이렇듯 병까지 일으켜 정말 죄송합니다. 이런 병자를 놔두고 출발할 수는 없으니 갈 길이 바쁜 분들을 먼저 출발시키고 저희가 병자를 회복시켜서 내일이라도 뒤따라 길을 재촉할 수 있도록 해주십시오."

옆에서 듣고 있던 아흐마드가 즉각 반대의견을 제시했다.

"내일 회복된다는 보장도 없지 않은가?"

갑자기 분위기가 머쓱해지자 샤이흐가 나섰다.

"먼저 출발한 아흐마드의 일행이 내일 아무런 일이 없을 거란 보장은 있는가?"

할 말이 없어진 아흐마드가 한 발 뒤로 물러서자 마리얌이 나섰다.

"제가 어제 사용한 약들이 효과가 있었습니다. 그런데 아까 식사 때 보니 하산이 너무 과식하는 것 같더라고요. 급체가 겹쳤을 것으로 생각되어 체를 내리면 내일 출발할 수 있을 것 같습니다. 부디 저희에 대한 걱정은 접고 먼저 출발하세요. 저희는 하산을 여관에 데려가 간호하겠습니다."

샤이흐 무바라크가 펄쩍 뛰었다.

"여관은 무슨 여관! 우리 사랑채에서 묵으면서 치료하면 되지."

의심의 눈빛으로 마리얌을 노려보던 아흐마드가 표정을 바꾸며 압둘에게는 다정스럽게 말했다.

"압둘은 어쩔 건가. 우리와 함께 출발하세."

이번에는 살라흐 딘이 입장을 표명했다.

"저희 둘도 하산의 가족이니 하산과 함께 남겠습니다. 아흐마드 님, 먼저 출발하십시오. 다음 도시의 어디에서 만날 것인지 약조해주시면 좋겠습니다."

"한 팀은 도망쳤고, 한 팀은 잔류하고……. 잘 한다! 돈 잃고 사람 잃는 날이구먼. 에잇! 우린 나흐라리야 마을을 거쳐 아브야르 시로 갈 터인데 나흐라리야에서는 술라이만 법관의 집에서 머무를 것이고 아브야르 시에서는 앗줏 법관의 신세를 질 예정이라네. 자네들을 못 만나면 편지라도 남기고 떠나겠네. 그럼 이만……."

샤이흐 앞이라서 그는 차마 분통을 크게 터뜨리지 못하고 툴툴거리며 자신의 낙타에 올랐다.

아흐마드가 수가 줄어든 동행자들을 이끌고 시야에서 멀어져갔다. 샤이흐의 사랑채로 옮겨진 하산은 식은땀을 흘리며 의식이 혼미해져 마리얌과 살라흐 딘의 가슴을 조이게 했다. 마리얌은 하산에게 우선 올리브유를 마시게 했다. 하산은 고개를 가로 저어 싫다는 표시를 했지만 유일한 조력자의 권유를 더 이상 거부할 수는 없었다.

"하산, 어서 마셔요. 이걸 마셔야 위 속의 음식들이 나오게 됩니다."

"배가 단단하게 굳은 사람이 기름을 더 마셔서 아예 위험하게 되지는 않을까요?"

살라흐 딘이 걱정스레 물었다.

"걱정 마세요. 위가 긴장하여 운동을 멈춘 것이랍니다. 음식들은 이미 하산에게 독이 되고 있으니 제거하는 길이 빠른 길이죠."

아니나 다를까 올리브유 한 잔을 다 마시기도 전에 하산은 구토를 시작했다. 한참의 구토와 재채기를 하고 나자 하산의 몸은 늘어져버렸다.

"하산, 눈을 떠보세요. 의식이 있어야 내일 출발할 수 있습니다. 의식을 여기서 잃으면 과식이 아니거나 다른 병의 시작을 의미할 수 있으니까요."

하산은 그녀의 말을 알아들었는지 눈을 갸름하게 뜨고 주변을 에워싼 소녀의 부모와 압둘 그리고 살라흐 딘을 차례로 보았다.

살라흐 딘의 눈에 이슬이 맺혔다.

"하산, 어서 회복해야 해. 너의 꿈을 실현해야 하잖아!"

살라흐딘이 하산에게 힘주어 말하자 마리얌이 핀잔했다.

"말 그만 시키시고 어제처럼 손발을 주물러 주세요. 어서요."

그녀의 지시에 의해 압둘과 살라흐 딘은 부지런히 하산의 수족을 주물렀다. 그들이 지치자 소녀의 부모가 대신해서 하산의 수족을 주물렀다. 하산의 피부에 혈색이 서서히 돌아오기 시작했다.

"수고가 많으셨습니다. 두 분 모두 쉬시도록 하세요. 어머니 아버지도요."

정오가 가까워오자 휴식을 마친 다섯 사람은 다시 하산이 눕혀진 방으로 모였다. 살라흐 딘이 제안했다.

"자, 우리 살라트 알 주흐르 기도를 바칩시다."

소녀의 부모가 잠시 머뭇거렸지만, 이윽고 메카를 향해 다섯 명이 낮 기도를 올렸다.

샤이흐의 하인들이 음식들을 가져오자 다섯 사람은 고마움에 어쩔 줄 몰랐다. 잠시 후 샤이흐가 들어왔다.

"하산은 많이 돌아왔나?"

"그렇습니다. 샤이흐 님의 도우심으로 고비는 넘겼고 지금 잠들었으니 잠에서 깨면 일어날 수 있을 것입니다. 슈크란[45]."

"손님이 사랑채에 머물 때는 손님들과 함께 식사를 하는 우리의 관습에 따라 여러분들과 함께 식사를 하겠습니다."

식사가 시작되었다. 샤이흐는 자상하고 배려 깊은 사람이었다.

"이 청년이 일어나면 배고파할 텐데……. 무엇을 준비시켜야 하나?"

"걱정해주셔서 감사합니다만, 아예 뱃속을 비우는 게 좋을 성싶습니다."

마리얌이 재빠르게 대답했다.

"듣고 보니 그 말에도 일리가 있군. 어떻게 이런 기술들을 배웠나?"

---

45) 감사합니다.

"기술이랄 수 없는 것들입니다. 단지 알리스칸다리야에서 살 때 알라딘이란 분에게 어깨 너머 배운 것입니다."

알라딘이란 이름을 듣는 순간 살라흐 딘은 가슴이 울컥했다. 하지만 그는 스스로 달랬다. 많고 많은 이름이야. 형은 아닐 거야. 그는 한숨을 쉬고는 샤이흐와 마리얌의 대화에 귀를 기울였다.

"깊이 터득한 수준이라고 볼 수는 없지만 내가 보기엔 보통은 넘어 보인다. 따라서 기회가 되는 대로 더 배워 기술을 축적해야 한다는 말이야. 현재의 기술로도 생활에 큰 도움은 되겠군."

샤이흐의 칭찬에 마리얌이 대꾸했다.

"큰 도움이라뇨?"

"응급처치라도 하면 사례금을 내는 분들이 있을 것 아닌가?"

"무슨 말씀인지 알겠습니다만, 저는 사례금을 받진 않습니다. 육 개월 정도 배운 기술에 불과한 하찮은 것이기도 하고 또 한 가지, 스승님께선 사례 받기를 거절하셨던 분입니다."

"그래? 스승이 훌륭한 분이시군. 알라딘이란 분이 그렇게 가르쳤다고?"

"그분은 계획은 인간이 하되 이루어주시는 분은 하느님이라고 하셨습니다."

"그 사람 유다인인가? 그대들도 유다인이고?"

"그분은 기독교도셨습니다. 헤어진 지 오래되어 지금은 어찌 되었나 모르지만……. 그런데 그 분이 유다인이란 생각을 어떻게 하셨습니까?"

"우리의 속담에 좋은 생각하고 알라는 경영한다는 말이 있지. 그와 똑 같은 의미의 속담이 유다인이나 기독교도에게도 있더군. 우리 집에 종종 그네들 상인들이 오기 때문에 안다네. 유다교가 우리의 종교와 뿌리가 같은 것은 아닌지……. 종종 그런 생각이 들곤 한다네. 인샬라! 이런 이야기 알고 있는지. 주하라는 사람이 하루는……, 나귀를 사려고 했지. 자신의 친구들 앞에서 이 계획을 말하고 있었는데 그때 그는 '인샬라'를 빠뜨렸어. 그러자 친구들이 '인샬라'를 말해야 한다고 강조하였지. 주하는 친구들의 말에 아랑곳하지 않고 자신의 일을 추진했다네. 하지만 그는 끝내 나귀를 사지 못했어. 돈을 잃어버렸거든."

그의 이야기는 모두를 웃게 했다. 긴장되었던 분위기가 오랜만에 해소되었다. 웃음소리는 하산을 깊은 잠에서 깨우게 했다.

"하산, 괜찮니? 다 나은 거야?"

하산은 고개를 끄덕이며 두리번거렸다. 그는 자리를 툭툭 털고 일어섰다. 살라흐 딘이 부축하려다가 마리얌의 제지에 그만 두었다. 하산이 말했다.

"배고픈 것 말고는 완전히 나은 것 같아. 죽을 고비를 넘겼으니 이 모든 게 마리얌의 덕택이 아니겠어?"

"하산, 어서 '인샬라'를 외쳐. 어서!"

사람들이 웃는 가운데 하산은 영문도 모르고 따라서 외쳤다.

"인샬라!"

그 순간 모두가 공통적으로 생각한 게 있었다. 지금 아직 낮 시간일 때 출발하는 것이 좋지 않을까 하는 것이었는데, 다행히 하산이 질러 말했다.

"우리 지금 출발하는 것이 좋을 것 같습니다, 샤이흐 님."

샤이흐도 더 이상 말리지 않았다. 나그네일 뿐 자신과 상관없는 자들이란 걸 알면서도 따뜻한 배려를 아끼지 않은 샤이흐에게 감사하면서 일행은 낙타 등에 올랐다. 한참을 가다가 하산이 물었다.

"압둘, 방향이 맞나요?"

압둘이 낙타에서 내려 품속에서 무엇인가를 꺼냈다. 모두의 시선이 양피지 지도 한 장과 신기한 동그란 쇳덩이에 집중되었다. 젊은이들의 반짝이는 눈빛에 압둘이 싱겁게 웃었다.

"나침반이란 거다. 출발하는 날 알림께서 지도와 함께 주셨다."

압둘은 이를 드러내며 한 번 더 씩 웃고는 땅바닥에 지도를 깔고 그 위에 나침반을 놓았다. 동그란 쇳덩이의 가운데는 유리창이 있고 그 속에 보존된 길쭉한 바늘이 흔들거리더니 이내 멈추어 섰다. 압둘이 손뼉을 쳤다.

"지금 가고 있는 방향이 맞다."

일행은 다시 이동을 시작했다.

마리얌이 감탄했다.

"지혜로우신 알림을 모신 당신들은 행복하시겠습니다. 이렇게 요긴하게 쓰일 줄 우리 같으면 몰랐을 터인데. 선견지명이랄까……."

낙타는 나흐라리야 마을을 향해 나아가고 제일 앞에 압둘이 그리고 살라흐 딘과 하산이 그 뒤를 따르고, 마리얌이 바로 뒤를 이었고 그 뒤에 마리얌의 어머니가, 맨 끝에는 아버지가 따라갔다. 한참을 가자 서쪽에 해가 기울기 시작했는데 해가 아주 조금 남았을 때 나흐라리야 마을의 술라이만 법관 저택에 당도했다.

휴우.

일행이 안도의 한숨을 돌리는 순간, 그들을 반긴 것은 먼저 출발했던 아흐마드 일행이 아니라 한 장의 파피루스 편지였다. 압둘이 받았지만 바로 살라흐 딘에게 넘겨야 했다. 살라흐 딘 말고 글을 읽을 줄 아는 또 다른 사람 마리얌도 편지를 읽어보았다.

"압둘, 아흐마드가 이 마을의 여관에 묵고 간 것으로 밝혀진 후세인 일행의 뒤를 쫓기 위해 오늘 점심을 먹자마자 곧바로 출발했다는 내용입니다. 그리고 우리가 올 경우를 위해 부탁의 말을 남겼다고 씌어 있네요. 식비는 우선 개인비용으로 지불하고 앞서 갹출한 공동비용에서 나중에 회계하자고 썼고요."

개인비용 지출이라니.

살라흐 딘의 설명에 압둘과 하산이 걱정스런 표정을 짓자 마리얌의 아버지가 말했다.

"자, 이젠 해가 졌으니 여기서 신세를 지고 갈 수밖에 딴 방도는 없습니다. 여장을 풉시다."

하산은 완전히 회복되어 음식을 잘 삼켰다. 마리얌도 흐뭇해하며 미소를 짓는데 그때 술라이만 법관이 사랑채에 나타나 집사장에게 차를 내어오게 했다.

"아흐마드의 부탁도 있고 하여 특별히 차를 대접할까 하오. 소화가 잘 되게 한다는 중국찬데, 한번 마셔보세요."

사람들은 한두 모금 마셔본 후에 기분 좋은 표정으로 감사의 말을 했다. 격이 높은 분의 대접은 흔히 받을 수 있는 게 아니다. 분위기도 차의 향긋한 냄새에 부드러워지기 시작했다. 감사의 말문을 연 것은 마리얌의 아버지였다.

"법관께서 친히 차 대접까지 해주시니 무어라 감히 말씀드릴 수 없습니다. 향기가 무척이나 좋습니다. 향기 나는 풀들을 말려서 만들었나 봅니다."

"그러게 말일세. 전지전능하신 알라께서 사람을 위해 그런 풀을 다 창조하셨다니……. 참으로 놀라울 뿐이지."

"그것은 향기가 나는 풀이 아니라 생풀일 때는 별반 냄새가 안 나지만, 말리고 나면 냄새가 좋아진다던데요. 그리고 잎을 나무에서 딴다던데……. 말하자면 풀잎이 아니란 이야기죠."

한마디 참견하는 마리얌에게 법관의 진지한 시선이 향했다.

"아는 것도 많네. 차의 원료로서 나무의 수액으로 제조되는 것도 있다더군. 또 나무의 껍질, 꽃, 뿌리로 제조되는 것들도 있고."

"법관께 그런 넘치는 지식을 주신 알라께 감사합니다. 비쓰밀라!"

"내 집에 드나드는 약대상들에게서 귀동냥 한 것 일 뿐. 모두가 얄팍한 것들이네."

법관은 소녀에게조차 겸손하게 말했다.

"조개에서 나오는 향도 있다고 들었습니다."

"정말인가?"

"나감향은 홍해에서 잡히는 큰 조개나 갑각류의 껍질에서 생산한다더군요."

"제법 아는 것도 많네. 향료장사를 한 적이 있나?"

법관은 감탄했다.

"아닙니다. 어깨너머 배운 조잡하고 단편적인 지식일 뿐입니다."

"겸손하기도 하지. 너를 누가 아내로 삼을지 그 청년은 복이 있겠다. 인 샬라!"

"감사합니다. 비쓰밀라히 라흐마니 라힘."

마리얌이 대화를 나누는 동안 법관은 물 담배를 빨곤 했는데 주둥이가 길쭉한 구리 항아리에 관을 꼽고 관의 다른 쪽 끝을 연신 빨아댔다. 갑자기 법관이 기침을 했다. 그는 곧바로 담배 빨기를 멈추었지만 한번 시작한 기 침은 끝을 보려는 듯 계속 터져 나와 그를 괴롭혔다.

"이럴 땐 어떻게 해야 할지……. 콜록 콜록."

법관의 혼잣말에 마리얌이 대답했다.

"담배를 끊으심이 좋을 듯합니다. 그리고 약을 사용하셔야죠."

"무슨 약을 써야 하나? 콜록 콜록."

"풍자향을 써야 합니다."

"전에 사용한 적이 있는 약일세. 이란이 주산지인데 거기서 사라센 군과 토민들이 전쟁을 벌이는 바람에 수입이 잘 안되고 있다더군. 콜록. 그만큼 비싸졌단 말이겠지."

"하지만 오늘 어르신께서 저희에게 베풀어주신 은혜를 생각하면 어찌 모 른 체 할 수 있겠습니까. 감사하는 의미에서 제가 가지고 있는 마지막 한 덩어리를 드리겠습니다."

마리얌은 가방을 뒤적이더니 양피지로 싼 갈색 덩어리를 찾아 꺼내어 놓 았다. 순간 살라흐 딘과 하산은 또 한 번 가방 속의 금서를 보았다.

"값을 쳐줄 테니 말해보게."

"아닙니다. 자비롭고 자애로우신 알라의 너그러우심에 의존하여 드리는 것이니 감사의 표시로 알고 받아주십시오."

법관 술라이만은 어쩔 줄 몰라 나이로 인해 주름진 얼굴이 붉어졌다. 그 는 어린애처럼 기뻐했다.

"고맙네. 마리얌, 너의 하느님이 네게 은총을 베푸시길 빈다. 콜록 콜록."

하느님이라니.

순간 마리얌과 그녀의 부모는 온 몸이 굳어지도록 긴장했다. 압둘과 두 젊은이도 호흡을 멈추었다. 하지만 법관의 얼굴은 온화한 미소가 흐르고 있었다.

"그대들은 아흘 알 키탑⁴⁶⁾ 이지?"

"어……, 어떻게 아셨습니까?"

"네 가방에 성서가 들어 있잖니."

마리얌의 가족은 벌벌 떨기 시작했다. 절체절명의 순간이라고 해도 좋을 것이다. 하지만 종교의 위대함이란!

"걱정하지 마라. 마리얌의 부모도 안심하시오. 내가 법관이라고 해서 그대들을 해치지는 않겠소. 알라께서 예언자를 통해 가르쳐주신 평화는 그대들이 이교도라고 해도 그대들에게도 똑 같이 베풀어 주신다오. 내게 그런 깨달음을 가르쳐 주고 간 기독교도 젊은이가 있었지. 타라불리쓰 출신인 알라딘이란 젊은이였는데……, 그가 내게 풍자향을 주고 갔지. 덕분에 오랜 기침이 다 나았는데 약이 그만 떨어졌거든. 그리고 요즈음에 이교도들에게 부과되는 과중한 세금 문제로 법정에서 신경을 많이 쓰다 보니 자연히 담배를 많이 피우게 되었다네. 그래서 다시금 기침병이 발병한 것이었어. 하여튼 고맙네. 이 풍자향 귀히 쓰겠네."

마리얌의 가족이 안도의 한숨을 내쉬는 동안 살라흐 딘은 가슴이 마구 방망이질 했다. 타라불리쓰에서 온 알라딘이라니? 살라흐 딘은 하산에게 옆구리를 찔리자 그때서야 물어볼 용기를 내었다.

"법관 님, 알라딘의 나이가 몇 살이었는지 아십니까?"

"스물 서넛쯤?"

---

46) 성서의 백성, 즉 유다인이나 기독교도.

"생김새는요?"

법관은 고개를 돌려 살라흐 딘을 찬찬히 들여다보았다.

"아하, 닮았군 그래. 그가 자네의 형인가?"

살라흐 딘은 호흡이 멎을 뻔했다. 하산이 살라흐 딘의 두 손을 후닥닥 붙잡았다.

"여길 다녀 간 게 얼마나 되었습니까? 그리고 어디로 간다고 하던가요?"

"삼 개월 정도 되었어. 알쿠드스나 다마스쿠스 아니면 콘스탄티노플, 혹은 베네치아로 갈 듯 말했어. 뭐가 들어있는지는 몰라도 가죽 주머니를 애지중지 하더군. 그가 자네의 형인가?"

"아마, 아마도 그런 것 같습니다. 형을 못 만난 지 몇 년 되었습니다만."

"오호라! 이런 날이 이렇게 다가올 줄 누가 알았겠나. 알았다면 어디로 갈 건지 자세히 물어보는 건데……."

"혹시 가족이야기도 하던가요?"

"어머니가 돌아가시고 아버진 재혼하셨는데 계모가 심하게 학대를 했다더군. 여동생 하나와 남동생 둘이 있다고 들었지. 자네가 그 남동생 중 하나인가?"

"제가 바로 타라불리쓰 출신이고 알라딘이란 형이 있는데……, 기독교도는 아닐 텐데요?"

"오, 인샬라!"

"아버진 무슨 일을 하셨다고 하는 그런 이야기도 하던가요?"

"떠돌이 의원이었다던가?"

순간 살라흐 딘은 눈물이 왈칵 앞을 가려 아무것도 볼 수가 없었다. 하산도 덩달아 눈가에 이슬이 맺혔다. 사람들은 살라흐 딘이 실컷 울도록 내버려두었다.

그런데 형이 기독교도라니? 이번엔 괴로움이 파도처럼 밀려왔다. 법관이 입을 열었다.

"몇 년 떨어져 지낸 형제가 이렇게나마 소식으로 상봉하게 되었으니 얼마나 감개무량하겠나."

"슈, 슈크란."

살라흐 딘은 아직도 울먹였다.

"그 젊은이는 퍽 인상적인 청년이었어."

"형이 무슨 일로 어르신을 뵙게 되었는지 여쭈어도 되겠습니까?"

"그는 양피지와 파피루스 장수였다. 낙타 몇 마리에 싣고 다니며 소매를 했지. 알다시피 양피지는 파피루스보다 스무 배나 비싸거든. 파피루스는 몇 년이 지나면 변색되기 시작하지만 양피지는 몇 백 년 아니 몇 천 년도 견딜 거야. 그러니 사원과 학자들이 좋아할 수밖에."

"형과 자주 거래하셨습니까?"

"일 년에 두세 차례 정도 우리 마을에 들러 팔곤 했다. 요즘은 좀 뜸한 것이 이상한데……, 이상할 것도 없지. 장사를 그만두고 다른 일을 하려 한다는 말을 했어."

"건강하던가요?"

"우리 도시 어디엔가 있기만 하다면 내가 직접 가서 찾아와 자네 앞에 대면시키고 싶구먼. 자네의 간절한 표정을 보고 있자니 나 역시 목이 메이네."

"여기서 묵은 일도 혹시 있습니까?"

"그렇다네. 한번은 알라의 예언자 이싸에 대해서 이야길 나누었지."

"이싸라면……."

살라흐 딘이 뜨악한 표정을 지었다.

"기독교도들의 신 야훼의 아들 말일세. 그분은 비참한 최후를 맞은 사람이더군."

"저는 잘 모릅니다."

"자신을 법정에 고발하여 죽게 만든 사람들을 원수처럼 여기지 않고 그들의 죄를 용서해달라고 알라께 청원하였다더군. 보통은 예언자 모하메드는 잘 알고 있지만 이싸에 대해선 잘 모르잖은가. 그런데 알라딘이 나의 귀를 트이게 했지. 십자가에 처형되어 매장되었다가 삼 일만에 부활하여 승천하셨다더군. 생각해보게 예언자 모하메드께서도 무력으로 달려드는 적을 무력으로 제압하는 것을 지하드라고 불렀잖은가. 그런데 예언자 이싸의 가르침은 전혀 다르지. 원수를 사랑하라. 매우 어려운 일이겠지만. 또 용서하라는 것과 화해하라는 것. 얼마나 멋진가! 나는 몇 달 동안 생각했다네."

"마치 기독교로 개종하려는 분처럼 말씀하십니다."

"난 무슬림이야. 하지만 꼭 막혀있던 속이 터져버린 느낌을 받았어. 그리고 그 후론 판결문을 작성할 때 법 조항에 새로운 해석들을 적용하게 되었다네."

법관 술라이만이 말을 계속했다.

"젊은 시절 천방지축으로 날뛰던 적도 있었고, 부모와 사별하여 고아가 된 후로는 희망 없고 내박쳐진 삶을 살기도 했지. 하지만 이젠 이 도시의 법관이 되어 많은 사람들에게 희망을 주고 평화를 주려고 노력하고 있다네. 알라의 뜻을 헤아리긴 어렵지만 예언자, 쌀랄라후 알라히 와 쌀람[47], 모하메드의 삶을 따르기 위해 힘쓰고 있지."

법관 술라이만은 집사장에게 명령하여 자신의 서재에서 양피지를 몇 장 가져오게 했다.

"살라흐 딘, 이것이 자네 형이 내게 팔고 간 양피지라네."

살라흐 딘은 양피지를 한 장 집어 들고 가슴에 안은 채 눈시울을 적셨다.

"형을 꼭 만나야 하는 데, 무슨 뾰족한 방도는 없을까요?"

살라흐 딘의 표정은 간절했다.

"생각해보세. 알라께 기도하면 반드시 들어주신다고 했으니. 들어보게. 예언자께서, 평화가 그분에게 깃들기를, 꾸란에서 이렇게 말씀하셨지. '알라께 나쁜 일을 바라는 소망이나 친척 관계를 단절하게 해달라는 소망이 아닌 다른 어떤 소원을 바란다면, 알라께서는 다음의 세 가지 중의 최소한 한 가지를 그 무슬림에게 베푸실 것입니다. 첫째로 그의 소원이 즉시 이루

---

47) 평화가 그분에게 깃들기를.

어질 수 있습니다. 둘째로, 그가 사후세계에서 구원을 받을 수도 있습니다. 마지막으로 그 소원에 상당하는 만큼의 해악이 그로부터 멀어지게 됩니다.'"

"오! 제 소원이 이루어지길."

살라흐 딘이 중얼거렸다.

"살라흐 딘, 예언자께서 하신 말씀이라네. 알라께서는 훨씬 아낌없이 베푸신다고."

"알라후 아크바르."

살라흐 딘과 압둘, 하산은 알라를 찬미하며 목청 높이 읊조렸다.

다음날 아침 이른 시각에 여섯 명의 일행은 법관의 저택을 출발했다. 살라흐 딘의 머릿속은 온통 형에 대한 생각으로 가득했다. 다만 작별인사를 할 때 법관이 말해준 한마디가 유일한 나침반이요 길라잡이였다.

"아브야르 시에 가면 아브 바크르를 찾아가게. 그분은 알라딘의 향방을 알고 계실 가능성이 많네."

압둘과 살라흐 딘이 마리얌의 부모와 함께 가고, 뒤에는 마리얌과 하산이 도란도란 이야기를 나누며 따라오고 있었다. 압둘이 마리얌의 부모에게 편잔했다.

"기독교도란 걸 어째서 숨겼습니까? 당신네들 때문에 여정에 차질이 생기기 시작했잖습니까!"

압둘의 나무람에 마리얌의 부모는 아무런 변명도 하지 않았다. 그러자 압둘이 더욱 심하게 타박했다.

"마리얌의 의술로 하산의 생명을 건졌기 망정이지 그렇지 않았다면 당신들을 내가 그냥 두지 않았을 거외다. 아시겠습니까?"

그때 살라흐 딘이 나섰다.

"하산의 생명의 은인들이니 더 나무라지 마세요. 그리고 이분들은 우리 여정의 차질에 아무런 잘못이 없습니다. 하산이 병을 일으키는 바람에 차질이 생겼죠. 원인제공자는 오히려 우리 편이잖아요?"

"살라흐 딘, 나는 다만……, 돈을 훔쳐 달아나 버린 배은망덕한 기독교도들을 욕하다보니 그만……."

"그분들이 돈을 훔쳐갔다는 게 사실이 아닐 수도 있고, 더구나 기독교들이란 증거도 아직은 없는데 그런 예단은 좀 심한 것 아닌가요?"

"그렇긴 하지. 하여튼, 난 기독교도들만 보면 기분이 안 좋아. 그런데 살라흐 딘, 너도 네 형이 기독교도라고 기독교도 편을 드는 거냐?"

압둘이 버럭 꼴을 냈다.

"압둘 님, 마리얌이 아니었더라면 하산은 생명을 잃었을지도 몰라요. 이분들은 우리가 무슬림임에도 불구하고 자비를 베풀었는데 우린 아직도 근거 없는 감정의 수준에 머물러 이분들에게 적의를 품고 있으니 좀 심하지 않나 싶습니다."

"네 말대로라면 내 수준이 낮다는 말이지?"

압둘은 폭발하기 직전이었다.

"화 좀 그만 내세요."

"화 안 내게 생겼니? 아흐마드와 영 헤어지는 거 아닌가 하는 두려움이 자꾸 앞서잖아!"

"아흐마드가 우리 보호자라도 돼요? 그는 이번 여행의 모든 팀들에게서 알 쿠드스까지 가는 비용을 갹출했어요. 우리도 냈잖아요. 여행의 목적은 달라도 한동안 같이 움직이는 일원이고 생사고락도 함께 하도록 되어있어요. 비용을 낸 마당에 기독교도이든 무슬림이든 자격은 같고 같은 대접을 받아야죠."

살라흐 딘은 물러서지 않았다.

압둘은 후세인의 뒤를 쫓는다는 미명하에 약속했던 일정을 마음대로 바꾸어 떠나버린 아흐마드가 몹시 원망스러웠다. 심사가 뒤틀렸지만 하산의 발병으로 차질이 시작된 만큼 드러내놓고 욕할 수도 없었다. 비위가 몹시 상한 압둘이 살라흐 딘을 꼴아보았다.

"너 메카에 가서 대학공부도 하고 법률가 되면 잘 하겠다. 그렇게 논리가 정연하고 넓은 마음을 가졌으니 혹시 아니? 지체 높은 뭐라도 될지."

압둘의 비꼬는 투에 살라흐 딘은 그만 울먹이고 말았다. 지금이라도 자신의 형 알라딘의 행방을 쫓아야 할지 아니면 계속해서 아흐마드의 뒤를 추적하여 합류를 해야 할지 헷갈려 심사가 착잡했던 참이다.

"그만 놀리세요. 형 생각만 하면 괴로우니까."

그때 마리얌의 아버지가 드디어 무겁던 입을 열었다.

"압둘, 기독교도들 때문에 화가 났다면 사과드리지요. 화를 푸세요. 우린 댁들에게 부담을 줄 생각은 전혀 없었습니다. 정해진 때가 되면 결국 아흐마드와 헤어져 우리의 갈 길로 갑니다. 현재로선 아흐마드를 찾는 게 우리 전체를 위해서 가장 화급한 일인 듯하군요. 그리고 살라흐 딘, 마음을 가라앉히게. 힘닿는 데까지 형을 찾도록 도와주겠어. 몇 년 간 만나지 못한 그 심정이 오죽하겠나."

이 말은 오히려 살라흐 딘을 흐느끼게 만들었다. 아무도 그를 달래지 않은 것은 터질 것 같은 그의 심정을 이해했기 때문이다.

그의 흐느낌이 잦아들자 압둘이 말했다.

"하여튼 우린 댁들의 도움에 감사하고는 있습니다만, 우리와는 맞지 않는 것 같다는 말이 솔직한 표현입니다. 저도 알림 무함마드의 집사장으로서 이 두 젊은이를 시나이 입구까지만 배웅하고 돌아가기로 되어 있습니다. 호위무사를 대동한 아흐마드 일행과 헤어져 불안하고, 또 행여 도적떼라도 만나지 않을까 두렵기 때문에 마음이 조입니다."

"불안해하지 마세요. 우리네 하느님, 당신네 알라께 기도하고 의지하며 길을 재촉하는 게 좋을 듯합니다."

"듣고 보니 그래야겠군요."

마리얌과 하산이 계속 이야길 나누며 뒤따라오는 가운데 앞서가는 이 두 종교의 사람들은 각기 자기네 방법으로 기도를 시작했다. 황량한 들판의 돌밭 길을 따라가다가 야산을 넘기도 했는데 한 야산의 고갯마루에서 멀리 반짝이는 강물이 보였다.

압둘이 소리쳤다.

"나일 강이다! 나일 강이야!"

일행은 발을 멈추고 뛰는 가슴으로 멀리서 도시를 감싸고 흐르는 거대한 흐름을 한참 바라보았다.

그들은 해가 떨어지기 전에 어느덧 아브야르 시에 도착했다.

"앗줏 님의 저택은 어디에 있습니까?"

압둘의 질문에 동네 입구 성문지기가 대답했다.

"법학자의 집을 찾으시나요? 나일 강변에 있습니다. 댁들은 어디서 오시는 길이시죠?"

"우린 나흐라리야 시에서 오는 길입니다. 성지순례자들이지요. 혹시 어제 앗줏 님의 저택에 손님들이 오지 않았는지……? 아흐마드라는 약대상인데 서른 명 가량 상인들을 거느리고서 말입니다."

"맞습니다만, 서른 명은 못 되는 것 같습니다. 토민 도적떼를 만나 붙들려간 사람이 있었다나요?"

"헉, 뭐라고요?"

일행 모두 깜짝 놀라 등골이 오싹하며 식은땀이 흘러내렸다. 그들은 서로 다투는 동안 운이 좋게도 그 위험한 도적떼 출몰지역을 무사히 통과한 것이다.

한 안내자가 나서서 그들을 앗줏 법관의 집으로 인도했다. 종려나무들과 대추야자 나무들이 시원한 그늘을 드리우고 있는 앗줏 저택에서 집사장이 나와 그들을 맞이했다. 압둘이 나서서 물었다.

"아흐마드 일행이 여기 왔었나요? 혹시 남긴 편지라도……, 있는지."

사랑채 입구에서 집사장이 대답했다.

"오늘 아침에 황급히 여길 떠났습니다. 도둑의 뒤를 쫓는다면서 서두르더군요."

아흐마드는 도둑을 잡겠다는 생각을 접지 못하고 여전히 그 뒤를 추적하고 있었다. 집사장은 파피루스 쪽지 하나를 건넸다. 살라흐 딘과 마리얌이 번갈아 읽고 나서 설명했다.

"토민 도적떼를 만나 다미리를 포함하여 몇 사람이 잡혀가고 짐도 몇 개 약탈당했다는 내용입니다. 후세인을 잡기 위해 부득이 먼저 출발하니 이 편질 받는 대로 즉시 마할라툴 카비라 시로 올 것과 자신들도 그 도시의 법학자 아부 까심에게 의탁하려한다는 내용입니다."

압둘은 화부터 냈다.

"마치 후세인을 잡기 위해서 여행하는 사람 같아. 만약, 잡았는데 그가 도둑이 아니라면 어떻게 되는 거지? 못 말릴 사람이야. 안전한 여행보다는 돈 찾는 일이 더 중요한 거야?"

그러나 마리얌이 눈물을 흘리고 있어 모두가 긴장했다. 하산이 물었다.

"마리얌, 왜 우는 거죠?"

마리얌의 눈물에 이어 그녀의 부모도 울기 시작하자 압둘이 짜증을 냈다.

"에잇! 못 말릴 기독교도들! 알라여, 이들의 울음을 멈추게 해주십시오."

마리얌과 그녀의 부모, 세 사람은 서로 부둥켜안고 한참 소리 없는 눈물을 흘렸다. 이윽고 마리얌이 입을 열었다.

"하산, 다미리는 우리와 목적지가 같은 분이었어요. 가족들도 함께 잡혀 갔는지, 또 살았는지 죽었는지 궁금하고 불쌍해서……."

마리얌은 다시 흐느꼈다.

"그 분을 잘 아세요?"

"알다마다요. 알리스칸다리야 교회의 충실한 신도였는데요."

이 말에 압둘이 다시 화를 냈다.

"놀고들 있구먼! 잘 한다. 이 여행이 애당초 기독교도들 도피 여행이었구나. 어쩌다 우리가 이런 팀에 끼게 되었을까? 아이쿠 팔자야! 어서 카이로에 도착만 해봐라. 뒤도 안 돌아보고 이자들과 헤어질란다. 알라후 아크바르. 인샬라!"

앗춧 법학자의 사랑채에 들어와서도 압둘은 억울한 심정을 감추지 못하고 계속 한숨을 내쉬었다. 주인은 외출해서 아직 돌아오지 않은 관계로 집 사장이 대접에 나섰다. 그들은 가벼운 세수를 마치고 식사를 대접받았다. 식사 내내 그들의 분위기는 무겁게 가라앉은 채 서로 아무런 말도 나누지 않았다. 식사가 끝날 때쯤 살라흐 딘이 집사장에게 물었다.

"아브 바크르란 분을 아십니까?"

"이 지역의 부자 상인이신데, 그분을 왜 찾습니까?"

"나흐라리야 시의 법관 술라이만 님께서 소개해주신 분이십니다. 그분의 신세를 지라고 말입니다."

"그럼 왜 그분의 저택으로 가시지 앗줏 님 댁으로 오셨습니까?"

"실은 먼저 아흐마드 님이 지정한 곳이 여기였거든요. 그래서 아브 바크 르 님께 의탁하기를 포기한 것입니다."

"그렇다면……, 아흐마드 일행이 왜 앞질러 출발해버린 거죠?"

집사장의 의아한 시선을 피할 수 없어 살라흐 딘이 나서서 얼버무렸다.

"여행 이틀째 아흐마드 님의 짐을 하나 도둑맞았답니다. 돈이 들어있다는……, 아마 도둑맞은 돈을 찾는 것이 더 급했던 모양입니다. 그러지 않고서야 어찌 우리와 합류하기로 한 분이 딱지를 놓고 황급히 출발하셨겠습니까?"

"이 도시에 도착하기 전에 토민의 급습을 받아 돈도 더 약탈당한 모양이던데, 그렇다면 확실한 도둑을 알고 있는 이상 그 뒤를 쫓는 게 더 현명할 듯하군요."

"우리의 여행비도 미리 선불로 그분께 드렸으니 우리도 그와 어서 합류하는 게 화급하거든요. 물론 우리의 숙식비를 남겨놓고 가셨겠지요?"

"아닙니다. 편지만 남겨놓고 가셨어요. 아까 드린 파피루스 조각이 남긴 전붑니다."

이럴 수가.

모두 아연실색했다. 그렇다면 아흐마드와 합류하기 전까지는 여비를 따로 지불해야 하므로 쪼들리던 여비를 더욱 쪼개 써야 한다. 갑자기 압둘이 두 주먹을 불끈 쥐었다.

"아흐마드 놈, 우릴 떼어버릴 목적으로 사건을 꾸몄구나! 우리가 미리 지불한 여행비를 가로챌 속셈으로 말이야."

모두가 경악했다. 압둘의 말은 이미 시위를 벗어난 화살이 되어버렸다. 수중에 남은 여비에 대한 불안감 때문에 홧김에 내뱉은 말이었다. 옆에서 듣고 있던 집사장만이 어리둥절할 뿐. 만일……, 집사장의 의심을 사게 되면 그 내용이 고스란히 앗줏의 귀에 들어가고 잘못하면 한밤중에 거리로 쫓겨나거나 법정에 설 수도 있다. 생각이 여기까지 미치자 살라흐 딘은 앗줏과 아흐마드의 칭찬을 늘어놓기 시작했다.

"법관 나리께선 이 지역에 인심을 많이 베푸신다는 소문이 있던데……, 그들의 칭찬소리가 아마도 알라의 귀에 들어갔을 겁니다. 평화가 나리께 깃들기를! 저희가 성문에 당도하여 성문지기에게 물었더니 아니 글쎄! 우리를 보자마자 앗줏 님 댁에 가시는 분들인지 묻질 않겠습니까? 맞긴 한데 어째서 그렇게 판단했는지 물었죠. 이 지역을 방문하는 손님들은 모두 앗줏 님의 신세를 질 정도로 인심이 후덕하신 분이시기 때문이랍니다."

"맞는 말일 겁니다. 주인님께선 한 번도 나그네를 그냥 돌려보내지 않으셨답니다."

집사장도 즉시 자신의 주인의 은덕을 드높였다.

"아흐마드도 퍽 우릴 아껴주셨던 분입니다. 한번도 기도를 빠뜨리지 않았고 음식이나 휴식 등등 세세한 부분까지 살펴주었던 사람입니다. 그런데 일행으로 편입된 한 무리가 돈을 훔쳐 달아나지 않았겠습니까? 그래서 약간 좀 예민해졌을 겁니다. 그 돈을 가지고 있는 사람을 알고 있는 이상 어서 그 뒤를 쫓는 게 당연한 일일 것입니다."

"그건 그렇고 알리스칸다리야에선 기독교도들이 난동을 부렸다면서요?"

집사장의 질문에 압둘이 나서서 대답했다.

"잘 모르겠수다. 우린 신앙심 깊은 무슬림이고 다른 종교 사람들에게 무슨 일이 있었는지 관심이 쪼끔도 없으니까요. 에헴! 말하자면……."

압둘의 시선이 고개를 돌리고 있는 마리얌의 가족들 쪽으로 갔다. 순간 하산이 압둘의 입을 막을 셈으로 끼어들었다.

"그런데 대상인이시라는 아브 바크르 님 댁은 여기서 얼마나 떨어져 있습니까?"

"한 이십 분은 걸어야 합니다. 사원 두 개를 지나 샘터에서 보면 앞에 보이는 저택이죠."

압둘이 하산을 흘겨보며 집사장에게 물었다.

"아까 오면서 보니 이 도시는 오래된 도시의 정취가 물씬 풍기더군요. 여기에서 많이 생산되는 물품은 무엇이죠?"

"말하자면 향기가 나는 도시란 말씀이시죠? 여기에선 산양을 향초를 먹여 키울 정도로 향기에 싸인 도시죠. 집집마다 향유나 향료를 가지고 있고요, 또한 예쁜 옷가지를 만들어 이라크와 샴[48] 지역까지 판매하고 있답니다. 아브 바크르 님도 아브야르산(産) 옷을 수출하여 많은 돈을 벌어들인 사람입니다. 그분의 재력으로 말하면 이 도시의 유력가로서 그분의 신세를 지지 않은 사람은 없습니다. 기독교도만 아니었다면 시장이라도 되었을 사람이죠. 꾸어달라는 손을 부끄럽게 하지 않는 분이세요. 자, 식사도 끝났으니 모두 초승달을 보러 나갑시다. 오늘이 바로 루크바일[49] 날이 아닙니까?"

허걱.

자신의 무식을 감추기 위해 압둘은 살라흐 딘의 옆구리를 찌르며 소리쳤다.

"맞습니다. 그러고 보니 오늘이 루크바일 날이군요. 깜박 잊고 있었지 뭡니까? 여행이 사람의 얼을 이렇게 빼놓는가 봅니다."

"그럼 오늘밤부터 라마단이 시작되나요?"

하산의 말에 압둘은 당장 일침을 놓았다.

---

48) 시리아, 레바논, 요르단, 팔레스타인을 지칭.
49) 금식월인 라마단의 시작과 끝남을 결정하기 위해 밤중에 초승달을 확인하는 날.

"당연하지, 이 메추라기야!"

옷을 차려 입은 일곱 사람은 집사장을 필두로 저택을 나섰다. 집사장이 말했다.

"지금쯤 지역의 유지들과 법학자들이 법관의 저택에 모여서 말을 타고 나설 시각입니다. 우리가 삼형제 종려나무 거리에 도착할 때쯤이면 그분들도 그곳을 지나가실 겁니다. 우린 뒤를 따라가기만 하면 되는 거죠."

그들은 밤하늘의 초승달을 흘끔흘끔 보면서 행여 길이라도 잃을세라 집사장의 뒤를 열심히 따라갔다. 이윽고 저만치에서 말을 탄 유력가들의 행차가 나타났다.

와아, 대단하군요!

그 뒤를 따르는 시민들의 떼를 보고 하산이 입을 벌렸다. 집사장이 웃으며 말했다.

"놀라는 걸 보니 이 축일을 처음 맞이하는 사람처럼 보입니다."

하산은 얼른 웃음을 감추고 살라흐 딘의 등 뒤로 숨어버렸다. 이윽고 모두가 인파 속에 섞이게 되자 집사장이 소리쳤다.

"가능한 흩어지지 말고 함께 다니도록 하세요. 그리고 만에 하나, 혹시 혼자 뒤쳐지더라도 앗줏 님 댁을 물으면 사람들이 가르쳐 줄 것입니다. 난 이제 앗줏 님을 수발하기 위해 내빈들 뒤로 바짝 따라가야 하니 시선을 제게서 떼지 말아 주시기 바랍니다. 그럼 이만."

집사장은 사람들을 헤치고 사라졌다. 자칫 사람들에게 떠밀려 서로 멀어질 지경이 되자 그들은 서로서로 손을 맞잡았다. 공교롭게도 하산은 마리얌의 손을 잡게 되었는데 하산의 표정이 긴장되어 있었다. 하산이 어색한 분위기에서 벗어나기 위해 압둘에게 물었다.

"압둘 님, 해뜰 때부터 해질 때까지 일체 아무것도 못 먹는 거죠?"

"한두 번 해봤냐? 그런 걸 묻게."

"저는 라마단이 싫어요."

"쉿! 그런 말 누가 들으면 넌 초상날이다. 목소리 낮춰!"

"우리 아랫것들은 이래저래 눈칫밥만 먹고사는 신세인데, 라마단 한 달을 낮 동안 아무 것도 못 먹게 하니."

이때 마리얌이 반론을 제기했다.

"그래도 해가 지면 실컷 먹잖아요."

"먹긴 먹지만 실컷은 아니에요. 윗사람 시중드느라 뼈만 빠지거든요. 그리고 밤에 몽땅 먹어대니 금식의 의미는 어디로 간 거죠?"

이때 압둘이 눈을 흘겼다.

"이 메추라기야. 소리를 더 낮추지 않으면 주먹으로 갈겨줄 테다!"

하산이 뜨악한 표정을 짓자 마리얌이 위로했다.

"하산, 자칫 큰일이 날 수 있어요. 이 군중이 성이 나서 덤벼든다는 생각을 해봐요. 끔찍하잖아요?"

살라흐 딘이 하산의 어깨를 다독거렸다. 압둘이 말했다.

"담배도 못 피우고, 부부행위도 안되고, 싸워서도 안 되는 기간이네⋯⋯. 단, 유예를 받을 수 있는 사람들이 있다. 하산, 말해봐."

"어린이, 노약자, 환자, 임신부, 전투원 등⋯⋯. 그리고 하나 빠진 게 있는 것 같은데?"

마리얌이 얼른 맞추었다.

"여행자!"

"유식하구먼."

압둘은 혀를 내두르며 계속 말을 이었다.

"우린 여행자이므로 그걸 지킬 의무는 없어. 얼마나 다행이냐!"

살라흐 딘이 말했다.

"당연하죠. 하지만 후에 여건이 조성되면 보충근행을 해야 합니다요."

이윽고 앞서 가던 말떼가 도시 외곽의 야산으로 올라가기 시작했다. 산 정상에는 주단과 깔개들이 넓게 드리워져 있고, 유력가들이 말에서 내리자 시민들 모두 밤하늘의 초승달을 올려다보기 시작했다. 얼마 되지 않아 초승달이 뚜렷해지자 모두가 저녁예배 의식을 시작했다.

의식이 끝나자 참배객들은 저마다 손에 촛불, 초롱, 횃불을 들고 귀갓길에 올랐다. 주민들은 다시금 법관의 저택 앞으로 모였다가 헤어지는 것으로 끝났는데, 그 인파 속에서 마리얌은 누군가를 발견했다. 아니, 오히려 상대방이 이들을 더 적극적으로 찾고 있었다.

"라비야!"

"마리얌!"

두 소녀가 덥석 서로를 포옹했다. 라비야의 부모로 보이는 사람들도 마리얌의 부모와 포옹을 했다.

"어? 후세인 가족들 아냐?"

살라흐 딘 일행은 경악했다.

"맞아요!"

마리얌이 맞장구를 쳤다.

하지만 마리얌의 활짝 핀 표정과는 달리 세 남자들은 후세인과 인사는커녕 험악한 표정으로 눈을 치뜨고 노려보았다. 후세인은 이내 상황을 파악했다. 하지만 아무런 변명도 하지 않았다. 다만 그는 바닥에 무릎을 꿇고 두 손을 싹싹 빌어 용서를 청했다.

하지만 압둘이 팔을 걷고 후세인을 걷어 찰 듯 동작을 취했다.

"이 악마 같은 존재야, 잘 만났다. 스스로 걸려들다니, 이게 얼마나 큰 알라의 은총이냐!"

하산과 살라흐 딘도 흥분하여 그의 가족들에게 항의했다.

"당신들이 돈을 훔쳐가지만 않았다면, 우리 여행이 순탄했을 텐데. 이 괴물들아, 어쩌자고 그런 짓을 해 가지고……, 우릴 괴롭혀!"

"그게 돈이 들어있는 상자였나?"

후세인은 엉뚱하게 되물었다.

마침 그때 주변의 시민들이 모여들어 에워싸기 시작하자 마리얌의 부친이 나섰다.

"여러분, 아무 일도 아니니 루크바일 축일의 거룩한 분위기를 깨뜨리지 마시길 부탁합니다. 잠시 의견충돌이 있었을 따름입니다. 어서들 가세요! 가보시라니까요!"

일단 진정이 되자, 아홉 명으로 늘어난 일행은 시민들 틈에 섞이어 흥분을 억누르며 흐름을 따라가기 시작했다.

"라비야, 어떻게 된 거야?"

마리얌이 나지막이 물었다.

"상자 이야기라면, 우린 훔친 게 아냐. 마리얌, 우리가 일찍 출발한 것은 다른 이유에서였어."

"무슨 이유?"

"나중에 밝히겠어. 하지만 이건 말해야겠다. 다음 도시에서 우린 뭔가 들어있는 꾸러미를 또 하나 발견했지. 똑 같이 생긴 두 개를 가져온 거야. 하나는 내가 또 하나는 아빠가."

"뭐라고? 그게 말이 되니?"

"갈대 상자를 아마포로 싸고 무명보자기로 다시 싼 것인데 겉모양이 똑같았던 거야."

"너 다미리 가족이 토민에게 붙들려 간 것 아니?"

그 소리에 라비야가 눈물을 흘리며 슬피 울자 마리얌도 울먹이며 말을 이었다.

"아흐마드가 너의 가족을 잡겠다고 방방 뛰고 우리보다 하룻길 정도 앞서 가고 있어."

"너흰 어떻게 뒤쳐지게 되었니?"

"병자가 발생했거든. 그 바람에 하루가 늦어진 거야. 그런데 애당초 일찍 출발한 너희는 어떻게 되었기에 우리와 같은 도시에 머물게 된 거지?"

"우린 똑 같은 상자 두 개를 발견하고 깜짝 놀라 하나를 열어보기로 했어. 그게 다행히 우리 것이었어. 다른 또 하나는 열어보지 않아 내용물이 무엇인지는 몰랐는데, 돈 상자였다니 정말 황당하군. 우린 상자를 돌려주려고 다음 도시에서 머물러 아흐마드를 기다렸어. 그런데 어긋나기 시작했어. 그리고 다음 도시에서도, 또 그 다음에서도……. 아까 듣고 보니 결국은 아흐마드의 뒤를 쫓는 형국이 된 거네. 그런데 이 말……, 해도 안 믿겠지만 그만 그 상자를 도둑맞고 말았어."

순간 찬물을 끼얹은 듯 모두들 숨이 멎었다.

"차라리 희극을 써라."

마리얌이 핀잔했다.

"성모님께 맹세코 정말 사실 그대로야."

"쉿! 누가 들을라."

후세인의 가족이 기독교도란 것이 확실히 드러났다. 살라흐 딘 일행 세 사람은 분노가 솟구쳤다. 압둘이 두 손으로 자기 머릴 감쌌다.

"알라여, 자비를 베풀어주십시오. 우리 세 사람은 여섯 명의 기독교도들과 한 일행이 되었습니다. 예언자께 평화가 있기를! 도대체 돈은 훔친 것이 아닌데 타인에게 도난을 당했다니, 믿어야 합니까? 알라여, 저희에게 평화를 허락하십시오. 무엇인가가 뒤죽박죽인데, 차라리 아흐마드와 만나지 않도록 아무쪼록 도와주십시오. 아흐마드가 이들을 만나면……, 아니 우릴 만나면 우릴 모두 죽이려 들 것입니다. 오, 알라의 천사들이여, 우릴 보호해주시든지 알라의 거룩한 의중을 우리에게 알려주세요. 복종하여 즉각 따를 테니……."

살라흐 딘과 하산도 화산처럼 올라온 분노로 부글거리고 있었다. 수많은 무슬림들이 있는 데서 드러나게 추궁할 수도 없고 해서 분노를 삭이며 범죄자들을 어떻게 해야 할지 씩씩거리기만 했다.

거룩한 루쿠바일 행사를 끝낸 시민들은 법관의 대저택 앞에서 흩어졌다. 아홉 명의 일행이 향방을 정하지 못하고 우왕좌왕하고 있을 때 법학자 앗줏의 집사장이 나타났다.

"압둘 님, 행사가 끝났으니 돌아가십시다. 앗줏 님께서 여러분을 환영하실 것입니다. 어? 아는 분들을 만나셨군요. 일행이 늘어났나요?"

살라흐 딘이 세 사람을 소개했다.

"이분들은 아흐마드의 인솔 하에 우리와 함께 출발했다가 어떤 예기치 않던 일로 뒤쳐지게 되었던 분들입니다. 이 도시에서 이렇게 만나게 될 줄은 정말 몰랐습니다."

집사장이 말했다.

"인샬라! 뜻하지 않던 곳에서 고향 사람들을 다시 만나는 기쁨을 무슨 말로 표현할 수 있을까요? 아흐마드 대상께서 하루만 더 지체했더라면 여러분 모두를 만나게 되었을 텐데……, 그런데 거처는 어디신지?"

후세인이 대답했다.

"아브 바크르 님의 댁입니다."

"짐작은 했습니다. 우리 주인님이상으로 나그네에게 친절하고 편의를 제공하는 일을 일생의 과업으로 알고 계시는 분이시거든요. 자, 시간도 늦었으니 어서 가십시다. 앗줏 님이 도착하기 전에 아랫사람인 제가 먼저 가 있어야 됩니다. 서두릅시다."

그때 정리를 할 생각으로 압둘이 나섰다.

"잠깐! 이 세 분은 아브 바크르 님께 가면 될 것이고, 우리 여섯은 앗줏 님께 가면 되겠군."

순간 압둘의 머리에 스치는 게 있었다. 자기들 여섯이 앗줏의 집사장을 따라가면 모자라는 여비에서 추가로 지불을 해야 할 상황이고, 이런 식으로 후세인을 그냥 보내면 다시 붙잡기 어려울 수도 있다.

"가만 있어봐……. 우린 아흐마드가 우리의 몫을 대납하고 떠난 줄 알았는데, 전혀 지불한 게 없다면……, 우리가 다시금 앗줏 님의 신세를 져서는 안 되지. 하지만 우리의 짐이 법학자의 사랑채에 있으니 어떡한다?"

그러자 후세인이 선뜻 나서며 말했다.

"저희가 앗줏 님 댁으로 가든지, 여러분이 아브 바크르 님의 댁으로 오시든지 선택을 해야 하겠군요. 결정은 여러분이 내리십시오."

알라의 돌보심일까 아니면 하느님의 도우심일까? 일행 모두 입 밖에 후세인의 이름을 거명하지 않았다. 아흐마드가 남긴 편지에 그의 이름이 선명하게 적혀있는 이상 집사장이 만일 글을 알아 편지를 읽어봤다면, 그건 심각한 결과를 초래할 수도 있다. 아니, 어제라도 아흐마드에게서 범인이 후세인임을 들었다면 곤란하게 되는 것이다. 아직은 집사장이 모르는 듯했지만.

잠시 침묵이 흘렀다. 집사장이 재촉하는 시늉으로 몸을 돌려 발걸음을 떼기 시작하자 압둘이 결정을 내렸다.

"우린 아브 바크르 님께 가겠소이다. 마리얌의 생각은 어떠니?"

"좋습니다. 이의 없어요."

"그럼 결정된 걸로 본다. 살라흐 딘, 하산, 알았지? 일단은 짐을 가지러 앗줏 님의 사랑채에 갔다 와야겠네. 자, 갑시다."

아홉 명이 말없이 집사장의 뒤를 따르기 시작했다.

그들이 도착하자 곧바로 앗줏 법학자가 도착하는 말울음 소리가 밖에서 들렸다. 사랑채에 들어온 앗줏에게 일행 모두 일어서서 경의를 표시했다.

"그대들에게 알라의 평화가 내리시기를! 비쓰밀라. 오늘 루크바일 축일 행사에 나가있는 동안 벌써 손님들이 와 계시는군. 그대들도 모두 축일 행사에 참여했겠지?"

일행 모두 고개를 끄덕이며 대답했다.

주인의 강권에 못 이겨 아홉 명의 일행은 차 대접을 받았다. 압둘은 주인의 덕담엔 관심이 없고 잠시나마 신세진데 대해 얼마의 액수로 감사표시를 해야 집사장의 입을 막을 수 있을 것인지 머리만 굴리고 있었다. 하지만 주인은 역시 법학자로서 경험이 풍부한 사람이었다.

"왜 안절부절 못 하는 건가?"

법학자의 시선이 하산에게 머물자 하산이 눈을 동그랗게 뜨고 대답했다.

"실은 아흐마드 님이 숙식비를 미리 지불했어야 했는데, 그렇게 하지 않았습죠."

법학자의 표정이 갑자기 바뀌었다.

"우리 집에선 나그네에게 돈을 받질 않네. 혹시 하인들에게 무슨 소릴 들었다면 그건 사실과 다르지. 이브라힘도 나그네를 잘 대접하여 알라의 천사를 대접했다는 이야기가 나오지 않는가? 그리하여 천사로부터 신탁을 듣고서 나이 백 살에 이스학을 낳았다네. 며칠이든 마음 편하게 가지고 우리 집에서 묵게나."

이때 압둘이 나섰다. 그는 아브 바크르의 집으로 가면 후세인에게 이번 사태의 책임을 단단히 물을 결심을 이미 한 터다.

"평화가 있기를! 비쓰밀라! 샤이흐께서 저희들을 배려해 주시어 정말로 감사합니다. 하오나 저희들끼리 토론 끝에 정한 바가 있어서……."

"아흐마드는 후세인이란 사람을 잡아야 한다면서 서둘러 떠났다네."

후세인은 자신의 이름이 거명되자 잔기침을 했다. 잠시 법학자와 눈길이 마주쳤으나 알아보지 못한 듯 보이자 감사의 표시로 얼른 두 손을 합장했다. 어느 누구도 정말 서로 약속이라도 한 듯 아예 후세인의 이름을 입 밖에 꺼내지 않았다.

앗줏 법학자는 양보했다.

"알라의 손끝 같은 사람이지. 아브 바크르라면 자네들을 잘 돌봐줄 테니 내가 양보하겠네."

이윽고 아홉 명은 앗줏의 저택에서 나왔다. 그들은 나귀나 낙타에 타거나 걷거나 하면서 집사장 배웅을 뒤로하고 아브 바크르의 저택으로 향했다. 집사장이 들어가버리자 하산이 나지막이 물었다.

"법학자나 집사장이 설마 후세인 가족을 알아보지 못했겠지?"

그러자 살라흐 딘이 퉁명스레 대답했다.

"내게 묻는 거야? 알아보았다면 순순히 보내주었을까? 아직은 눈치 채지 못했을 거야. 알아보았다면 즉각 법정으로 끌려갔겠지."

그때 압둘이 버럭 화를 냈다.

"알아보고 즉시 체포됐어야 할 작자들이야. 하지만 운이 좋아서 빠져나가고 있는 거지. 하지만 내가 감시하고 있는 한 반드시 시비를 가리겠어."

"압둘 님, 이분들은 훔치지 않았다잖아요! 아까 일러바치지 그랬어요?"

하산의 말에 압둘은 한숨을 내쉬었다.

"그럴 걸 그랬나봐. 네 말대로"

후세인은 입을 꼭 다물어버렸다. 어느덧 아브 바크르의 저택에 당도하자 후세인이 앞장서서 일행을 안으로 안내했다. 압둘은 여전히 투덜거렸다.

"적반하장이라더니. 아예 앞장 질러 우릴 가지고 노는구먼!"

그의 소리를 막는 나지막한 목소리가 있었다. 마리얌의 부친이었다.

"압둘, 이젠 그만 하구려. 아브 바크르가 지혜로운 분이라면 후세인을 받아들였겠습니까? 진실은 결국 밝혀지게 마련이니 그때까지 우린 한 배를 탄 사람들이란 점을 잊지 말아 주세요."

집사장의 안내를 받아 얼굴과 손발을 씻은 일행은 사랑채로 들어갔다. 무엇보다 마리얌과 후세인의 가족이 편안해 했다. 그들은 방에 들어가자마자 무슨 주문 같은 기도를 했다. 압둘의 일행만이 어색해 했다. 압둘은 후세인을 감시해야 한다는 생각에서 불편을 감수할 각오를 한 터다. 밤늦은 시각임에도 그들을 환영하기 위해 주인이 나타났다.

"후세인의 설명을 들었습니다. 여러분의 방문을 그리스도의 이름으로 환영합니다."

그리스도라니?

압둘 일행은 즉시 떨떠름한 표정을 지었다. 하지만 주인은 밝고 평온한 인상의 소유자로서 늦은 시각의 방문자들에게 편안한 느낌을 주기 위해 노력하고 있었다. 차가 나왔다. 그는 차에 대한 설명을 덧붙였다.

"작년에 약대상한테서 산 것으로 인도산(産)인데, 색깔이 붉고 중국차보다 맛과 향이 훨씬 뛰어나답니다. 마셔보면 금세 반해버릴 겁니다."

차를 한 모금 마시면서 조금은 누그러진 압둘이 인사차 입을 열었다.

"주인께서는 마음이 무척 너그러워 보이십니다. 아까 앗줏 님 댁에서 마신 중국차와는 맛과 향이 다른 것 같습니다. 이 모든 차들을 인간에게 주신 알라께 어찌 찬미 드리지 않을 수 있겠습니까? 알라후 아크바르!"

압둘의 칭찬에 대상인은 흡족한 미소를 지으며 답변했다.

"이 세상에는 더 많은 종류의 차가 있다고 하더군요. 나도 수년 전 알 쿠드스에서 여러 나라의 차를 맛본 일이 있었는데 그 중 몇 종류는 사 가지고 와 그동안 모두 마셔버렸지요."

주인은 자신의 말에 종교 색채를 덧붙이지 않았다.

그때 밖에서 시끌벅적하며 사람 찾는 소리가 크게 났다. 주인은 차를 내왔던 집사장에게 명령했다.

"요한, 어서 나가보게."

요한? 기독교도들은 이름도 전혀 다르구나. 살라흐딘과 하산은 자신들과 같은 모습을 한 그들이 이름을 달리 가지고 있다는 사실이 거북한 듯 서로 눈짓을 교환했다.

바로 그때 앗줏의 집사장이 요한의 뒤를 따라 들어왔다.

"이 늦은 밤에 내 집에 무슨 일인가?"

아브 바크르가 앉은 채 큰 소리로 물었다. 앗줏의 집사장은 몹시 흥분해 있었지만 감정을 억누르며 허리를 굽혔다.

"앗줏 법학자의 집사장 알리 아룁니다. 아브 바크르 대상인께, 알라의 평화가 있기를, 법학자 앗줏 님의 안부 인사를 먼저 올립니다."

"알리, 오랜만일세. 앗줏 님께서 이분들을 따뜻이 대접하셨다고 하여 감사히 생각하고 있음을 주인께 꼭 전해주게나. 그런데 이 늦은 밤에 찾아온 특별한 이유라도 있나?"

아브 바크르는 알리의 흥분한 표정을 예의 주시했다.

"지금 댁에 머물고 있는 사람 가운데에 도둑이 있습니다. 그래서 법학자의 명령으로 청원 사항을 전달코자 왔습니다."

"그게 무슨 소린가?"

아브 바크르가 자리에서 벌떡 일어섰다.

"모르셨습니까? 저기 앉아 있는 후세인이란 사람이 거액의 돈을 훔친 범인이란 걸."

알리는 손을 들어 후세인을 가리켰다.

오, 저런! 사람들의 시선이 일제히 후세인에게 쏠렸다. 하지만 대상인 아브 바크르는 동요하기는커녕 오히려 목청을 높였다.

"확실한 증거라도 있는가? 자네가 법관이거나 치안관이라도 된다는 말인가?"

앗줏의 집사장의 기세가 조금 꺾였다.

"확증이라기보다……, 후세인이란 이름을 오늘 저녁 이분들의 대화 내용 가운데에서 들었습니다. 혹시나 하여 이분들이 집을 떠나간 후에 주인께 알렸습니다. 저의 주인께서는 아흐마드 상인으로부터 후세인이 도둑이란 것을 이미 들어 알고 계셨습니다. 제가 후세인이 포함된 세 가족이 오늘 밤 루크바일 축제의 현장에서 만났다는 걸 보고하자 주인님은 즉시 의심을 품고 생각에 잠기셨습니다. 그리하여 고발하기에 앞서 아브 바크르 님의 의견을 먼저 들어볼 결심을 하셨던 것입니다."

"알리, 늦은 시각에 이렇게 방문한 것이 쓸데없는 헛일이란 걸 말하고 싶네. 후세인은 내가 전부터 알던 사람으로 도둑질할 분이 아니네. 그리고 현재 물증도 없는데 도둑으로 몰 수는 없는 일이 아닌가?"

아브 바크르의 표정은 대상인답게 전혀 동요되지 않았다.

"후세인 가족은 옆에 이분들과 함께 아흐마드의 일행으로서 알리스칸다리야를 출발했으나 아흐마드가 돈을 잃어버린 그날부터 일행에서 이탈하여 개별행동을 해온 사람들이 아닙니까?"

알리가 설득조로 항의했다.

"알리, 자네의 이야길 듣고 보니 자네가 법관인 듯 착각이 일어나는 군. 그러나 걱정 말게나. 이분은 절대 아닐세. 편견을 갖지 마시라고 앗줏 님께 보고 드리게나."

"혹시? 후세인도 기독교도라면 아브 바크르 님과 같은 종교이므로, 행여 진실을 모르신 채 감싸고만 계실 경우 크게 후회하실 수 있습니다."

이쯤 되자 아브 바크르가 큰 소리로 호통을 쳤다.

"네 놈이 집사장 주제에 날 협박하는 건가?"

"저희 주인님과의 오랜 교분을 생각하여 노파심에서 말씀드린 것입니다. 곡해하지 마십시오."

"너는 지금 흥분한 나머지 빗나가고 말았다. 너의 주인께 한 마디 가감 없이 보고하거라. 그리고 고발할 테면 내일이라도 당장 고발하라고 말이다. 알겠나? 그리고 오늘의 네 모습을 나는 잊지 않고 오래토록 기억하겠다."

아브 바크르는 알리를 쫓아 보내고서 가슴을 쓸어내렸다. 고개를 숙이고 있던 후세인이 이윽고 입을 열었다.

"발톨로메오 님, 송구스러워 뭐라 말씀드려야 할지 모르겠습니다."

"호세아, 나는 그대를 믿네. 상자가 따라오게 된 일과 분실해버린 일이 사실임을 내 눈으로 확인한 것은 아니지만 자네의 신심으로 볼 때 믿을 수밖에 없지 않은가?"

"그 일로 인해 요 며칠은 정말 괴롭고 힘들었습니다. 주님께 수십 차례 기도했지만 마음의 불안감은 영 가시질 않네요. 이럴 땐 어떻게 해야 합니까? 정말 괴롭습니다."

"호세아, 주님의 기도와 사도신경을 외우는 것으로도 안정이 되지 않는다면, 조용히 묵상을 하게. 요즘 묵상시간을 가져보았나?"

"아닙니다. 그럴 여유가 없었습니다."

"그리스도께서 잡히시던 날 게세마니 동산에서 피땀 흘려 기도하시던 모습이 생각나네. 듣기에 거북하겠지만 우리들 기독교도들은 머지않아 혹독한 탄압에 직면할지도 모르네."

마리얌이 한 마디 했다.

"요즘 돌아가는 게 이상하지 않아요? 알리스칸다리야에서도 피난민의 행렬이 늘어만 가고 있고, 우리가 그간 거쳐 온 도시들도 다들 그런 분위기였죠."

"그리스도께서 군중의 온갖 요구에 온종일 시달리신 날도 새벽에 외딴 곳에서 홀로 기도하셨던 것을 생각하면……, 이럴 땐 더욱 힘이 솟지 않나?"

아브 바크르 아니 발톨로메오는 불안에 떨고 있는 호세아와 그 가족들을 위해 입가에 번지는 큰 미소를 지어 보였다. 두려움 없는 당당한 모습을 보여주기 위함이었다. 아브 바크르의 권유에 따라 호세아 일행은 묵상을 위해 다른 방으로 안내되었다.

아브 바크르는 발톨로메오이고, 후세인은 호세아이고!

이름을 두 개씩이나 가지고 있는 이들은 도대체 어떻게 된 거지?

압둘이 생각을 정리하느라 눈알을 굴리고 있을 때 아브 바크르가 말을 건넸다.

"우린 한 형제가 아닙니까? 그대들의 종교에서도 형제라는 표현이 있지요?"

아브 바크르의 질문에 압둘은 마지못해 고개를 끄덕이며 대답했다.

"어리둥절해서 잘 모르겠습니다. 어서 쉬고 싶을 뿐입니다."

다른 방으로 안내된 압둘의 일행은 서로 앞을 다투어 피곤한 몸을 침대에 내던졌다. 누운 채로 압둘이 말했다.

"여보게들, 우린 더 이상 이 집에 있을 이유가 없다. 여기에 따라온 게 실수였어. 그냥 앗줏 님의 신세를 질 일인데. 이상하게 꼬이는 것 같아. 느낌에 내일 무슨 큰 일이 벌어질 것 같아. 아무래도 새벽 일찍이 이곳을 빠져나가는 게 신상에 이롭지 않을까? 알리의 표정을 보면 곱게 끝나지 않을 것 같아. 형리들이 이들을 잡으러 몰려올 거야. 그렇지 않을까? 살라흐 딘! 하산!"

벌써 두 젊은이는 잠에 빠져버렸다. 압둘만이 곰곰이 그곳에서 벗어날 궁리에 잠 못 이룰 뿐이었다.

아니나 다를까, 아침 해가 동쪽에 떠오를 시각에 일단의 형리들이 아브 바크르의 저택에 들이닥쳤다. 안면이 있는 형리 십장이 말했다.

"아브 바크르 님, 미안합니다. 시 법관의 명령을 받고 도둑을 체포하러 왔습니다."

놀란 건 아브 바크르였다.

"아니, 그 사람은 도둑이 아닐세. 도대체 무슨 근거로 꼭두새벽에 그를 체포한단 말인가!"

"법관 나리의 명령입죠. 자세한 것은 심문과 재판 과정에서 드러날 테죠. 그리고 대상인께서도 죄송하지만 저희와 함께 동행을 해서 증언해주셔야 되겠습니다. 자! 여보게들, 이 댁에 머무르고 있는 아홉 사람을 모두 체포하여 연행하도록!"

후세인의 가족과 마리얌의 가족이 아침 세안도 하기 전에 형리들에게 끌려 나갔다.

"그런데 세 사람은 어디에 있지?"

그들은 샅샅이 저택의 여러 곳을 뒤졌으나 압둘과 살라흐 딘 그리고 하산의 그림자도 발견할 수 없었다.

"족제비 같은 놈들!"

형리 십장이 안타까운 듯 한숨을 내쉬었다. 그들은 발만 동동 굴렀다. 하산의 증발을 가장 아쉬워한 건 마리얌이었다. 그녀는 부친에게 투정했다.

"사람들이 그렇게 멋쩍게 사라지다니! 뭐라고 말 한 마디라도 남기든지 쪽지라도 던져 놓고 갈 일이지."

"마리얌, 신경 쓸 것 없다. 그들의 도움을 받은 적도 없잖니. 은혜를 입지 않았기 때문에 갚을 책임이 있는 것도 아니니까. 은혜라면 오히려 우리 쪽에서 그들에게 베풀었잖니"

"아빠, 작은 자에게 한 것이 그리스도께 한 것이라고 배웠잖아요."

"하긴 그들은 우리와 종교가 달라 아마도 마음고생이 심했을 거야. 우리가 이해해 줘야지."

마리얌의 어머니가 딸의 기분을 눈치 채고 어깨를 안아주며 달랬다

"하산이 가버려 섭섭한 모양이구나. 아가, 그 청년에게 은총 주십사, 하느님께 기도하렴."

얼떨결에 마당에 끌려나온 여섯 명이 당혹감을 감추지 못해 떨고 있을 때 마리얌의 부친 오네시모가 형리들의 눈을 피해 후세인에게 나지막이 물

었다.

"호세아 형제, 가죽 자루는 온전하겠죠?"

"당연히 온전합니다. 걱정 마세요. 여러분 모두의 기도와 주님의 도우심 덕분입니다."

그들은 무엇인가 깊이 숨기는 듯 서로 비밀스런 시선을 교환했다.

그들의 공통된 생각이 있었다.

기왕 일이 이렇게 된 이상, 그때 여행 초기에 후세인이 일찍이 증발한 게 다행이었다고.

만일, 마리얌 가족이 자루의 운반을 맡아 마리얌의 짐 속에 있었더라면 어떻게 되었을까? 여섯 명 모두 아흐마드 앞에서 짐을 꺼내 보일 때 금서가 발각되었던 걸 떠올리며 마리얌의 가족은 안도의 한숨을 내쉬었다. 생각만 해도 아찔했지만 아직은 천만 다행이었다.

여섯 명의 기독교도들이 형리들에게 이끌려 법정으로 가고 있던 시각에 압둘의 일행 세 사람은 이미 도시 외곽을 한참 벗어나고 있었다.

"살라흐 딘, 하산, 좋지? 내 머리가 어떠냐?"

"말씀대로 지금쯤 그들이 잡혀갔을까요?"

살라흐 딘의 질문에 압둘은 더욱 신이 나서 나귀의 엉덩이에 회초리를 가했다.

"당연히! 기독교도 놈들, 감옥 맛 좀 실컷 보거라. 어디라고 거짓말을 쳐? 그런데……, 하산, 왜 힘이 그렇게 없냐? 막 사막을 건너온 순례자 모습이야. 기운을 내라고!"

"압둘 님, 앞으로 그들을 다신 못 만날까요? 이제 영영 이별이죠?"

"아하, 이제야 알았네. 너, 마리얌 때문이지? 야, 잊어버려! 그 아인 너와 종교도 다르잖아. 너 지금 법정에 끌려갔다고 해봐. 도매금으로 넘어가 옥살이한다. 여차하면 죽기도 해."

"제가 뭘 잘못한 거죠? 우린 돈 분실 사건과 아무런 관련이 없잖아요!"

"법관이 공범이라고 선고하면 꼼짝없이 당하는 거야, 이 사람아."

꼬르륵.

급히 도망치느라 아침을 못 먹어서 허기진 뱃속에서 나오는 소리였다. 하지만 뱃속의 여건과는 달리 기분은 좋아서 콧노래가 나올 지경이었다. 갑자기 살라흐 딘의 뇌리를 스치는 것이 있었다.

알리딘 형.

한동안 잊었던 형이 갑자기 떠오른 것이다. 형이 어쩌다 기독교도가 되었을까? 아브 바크르 님께 좀 더 여쭈어볼 여유도 없이 나오고 말았다는 생각이 들자 살라흐 딘은 죽을 맛이었다. 그의 기분과는 상관없이 압둘이 혼자서 떠들어댔다.

"그래! 기독교도들, 그 잘난 체하는 작자들, 이젠 영영 안녕이다! 다시 볼 일도 없겠지?"

"압둘, 우린 어디로 가는 거죠?"

하산의 힘없는 질문에 압둘이 답변했다.

"아부 까심이 마할라툴 카비라 시의 법관이잖니. 아부 까심 님을 찾아오라고 아흐마드가 쪽지에 남긴 것도 기억 못하냐? 우리의 인솔자는 아흐마드야. 영원한 인솔자는 알라시지만."

"그래도 어쩐지 기분이 안 좋아요. 우리 몫의 숙식비도 남기지 않았던 그가 우릴 반갑게 맞아줄까요?"

하산이 되물었다.

"그렇지 않음?"

"만일 우릴 적대시한다면, 우리의 비용을 돌려받아야 하겠죠?"

"여자에만 빠진 줄 알았더니 야무지게도 당찬 생각을 다하네. 당연히 우리의 몫은 우리가 챙겨야겠지?"

나흐라리야 시에서 아브야르 시로 가기 위해서 건너야 하는 나일 강을 도강할 때 낙타를 처분했던 돈을 넣은 꾸러미가 나귀의 안장 제 위치에 매달려 있는지 흘끔흘끔 확인하면서 압둘은 앞장서 나아갔다. 해가 중천을 넘어 갈 때쯤 멀리 그들의 눈앞에 희뿌연 도시가 보이기 시작했다. 하산이 소리쳤다.

"마할라툴 카비라 시다!"

"제법 큰 도시라고 하더니 정말인가 봐."

"얼마나 큰 데요?"

"나도 잘 몰라. 읍 세 개가 모여 도시를 이루었다고 하더군."

그들 모두 초행길이므로 셋 중 먼저 보이는 읍으로 들어가고 있었다. 두리번거리며 누군가에게 말을 붙이려던 그들 앞에 예리한 눈매를 한 사나이가 나타났다.

"댁들은 어디에서 오는 길이십니까?"

사나이가 물었다.

"아브야르 시에서. 그런데 아부 까심 법학자의 저택은 어디에 있습니까?"

압둘의 질문에 사나이가 대답 대신 팔을 높이 쳐들었다. 그러자 어디에선가 여러 명의 형리들이 창을 들고 뛰어나와 그들을 에워싸는 것이었다. 나귀들이 덩달아 날뛰는 바람에 살라흐 딘 일행은 그만 나귀에서 떨어지고 말았다. 한 형리가 외쳤다.

"꼼짝 마라. 너희들을 체포한다!"

세 사람은 영문도 모른 채 끌려가고 두 귀를 바짝 뒤로 젖힌 채 잔뜩 겁을 먹은 나귀들도 주인들의 뒤를 어기적어기적 따라갔다. 살라흐 딘이 외쳤다.

"우리에게 무슨 잘못이 있단 말이요? 영문이나 알고 끌려갑시다."

"가보면 알게 되어있다."

넓은 터에 자리 잡은 대리석 건물 안으로 들어가 조사실로 안내된 세 사람은 조사관 앞에 세워졌다. 그는 수염을 어루만지며 거드름을 피웠다.

"그대들이 바로 아흐마드의 돈을 훔친 도둑패거리구나."

"무슨 말씀인지. 우리가 도둑이라니요?"

압둘이 대들었다.

"허허, 이 자가 하룻강아지처럼 날뛰는구먼. 몇 시간만 더 기다리면 아흐마드가 도착할 것이다."

"그렇담 우리의 무죄는 쉽게 밝혀지겠네요."

"아니, 오히려 너희의 죄목이 확인되겠지."

조사관은 씩 웃음을 짓더니 자신의 수염을 쓰다듬었다.

"도대체 우릴 도둑으로 고발한 사람은 누구죠?"

살라흐 딘이 소리쳤다.

"아흐마드."

세 사람은 경악을 금치 못했다. 입이 짝 벌어졌다.

이럴 수가.

"우리가 아니고 기독교도인 후……."

살라흐 딘이 후닥닥 하산의 옆구리를 찔러 입을 막았다. 별다른 말이 없자 조사관은 사라졌다. 살라흐 딘이 하산에게 나지막이 말했다.

"생각해봐. 너의 말 한마디로 마리얌이 어떻게 되면 어쩔 거니?"

그러자 압둘이 말했다.

"마리얌이야 무슨 죄가 있나. 후세인인가 호세야인가 하는 기독교도만 잡으면 될 텐데."

"압둘 님, 아브 바크르 대상인의 말대로 후세인에게도 아무 죄가 없다면 우리는 모두 누군가에게 농락당하는 꼴이 되겠네요?"

하산이 억울함을 토로했다.

"비쓰밀라! 알라후 아크바르! 인샬라! 알라께서 당신의 천사들을 시켜 우리에게 자비를 베풀어 주시겠지."

"도대체 왜 이상한 일이 거듭 일어나서 우리의 여행이 꼬여만 가는 거죠?"

"그러게 말이야."

압둘과 하산이 기도를 하는 가운데 살라흐 딘은 깊은 생각에 잠겼다. 기도를 채 끝내지도 못하고 두 사람이 졸기 시작한 지 오래지 않아 철문 열리는 소리가 났다. 조사관을 뒤따라 들어온 사람의 낯익은 목소리가 말했다.

"안녕? 도둑들이여."

세 사람은 졸음이 퍼뜩 달아나면서 목소리의 장본인을 쳐다보았다.

"아흐마드!"

압둘이 일어서서 덥석 아흐마드의 손을 부여잡았다. 하지만 그는 압둘의 손을 강하게 뿌리치며 외쳤다.

"알고 보니 자네들도 도둑과 한 패였더군!"

순간 세 사람은 대경실색하여 할 말을 잃었다. 용감하게 나선 건 살라흐딘이었다.

"무슨 소린지, 그리고 어떤 이유나 증거로 우릴 고발했는지 말해주시오."

"오호라. 너희들이 후세인 가족과 함께 어울려 아브야르 시의 기독교도 상인 아브 바크르의 집에서 유숙한 걸 모를 줄 알았나?"

"아니 그걸 어떻게? 우린 후세인의 죄를 따지려고 아브 바크르의 집에 투숙한 건데."

"그것 봐. 틀림없지? 그대들이 여기로 오는 것을 알고 있었다. 그래서 그대들이 체포되어 갇혀있는 동안 나는 잠시 볼 일을 보고 왔지."

쩝.

아흐마드는 문제의 돈 상자를 결국 쥐도 새도 모르게 되찾은 일을 떠올리자 기분이 좋아지면서 입맛을 다셨다.

하핫!

아흐마드는 속으로 쾌재를 외쳤다. 세상일이 의도대로 굴러가는 걸 보는 것도 큰 즐거움이거든. 하마터면 엄청난 돈 가치를 상실할 뻔했지만, 알라께서 내게 더 큰 복을 내리신거야. 비쓰밀라히 라흐마니 라힘! 삶의 청량감이랄까. 흐흐흐.

"에라! 하이에나 같은 작자!"

살라흐 딘이 아흐마드를 향해 고함쳤다. 두 사람이 서로 뱁새눈을 뜨고 노려보았다.

"뭐라 불러도 지금은 참겠다."

"알라께 맹세코 우리의 결백을 반드시 증명하고 말 테다. 그런 다음에는 각오하라고."

살라흐 딘이 다시 외쳤다.

"하하하하……. 몹시 기대되는군."

그들이 입씨름하는 동안 땅거미가 지기 시작했다.

조사관이 말했다.

"압둘, 살라흐 딘, 하산, 너희 세 사람은 유치장에 들어가도록 한다. 법정은 내일 열리기로 되어있다."

"내일로 연기할 것 뭐 있습니까? 지금 바로 열어주세요. 우린 죄가 없습니다."

살라흐 딘이 소리쳤다.

"염병할! 죄인치고 제가 죄인입네 하는 놈 봤냐? 그리고 죄진 놈이 법정을 열라마라 하는 나라 보았냐? 정말 웃기는군."

살라흐 딘이 조사관을 노려보며 다시 소리쳤다.

"당신 이름이 뭐요? 이름이나 알아둡시다."

"내 이름 알아서 나중에 은혜를 갚겠단 말이냐? 하하하 이름 묻는 놈 무섭지 않더라. 형님의 존함을 여쭈어보니 말해주겠는데……, 험험……, 위대한 살라르…… 이시다. 됐냐?"

살라흐 딘의 두 눈은 핏발이 서려서 조사관과 아흐마드를 노려보았다. 아흐마드가 나가려다 말고 뒤돌아서서 외쳤다.

"그만 보거라. 뒤통수에 구멍 나겠다. 억울한 건 내일 법정에서 말해. 내일 너희도 반가워할 다른 증인이 도착할 테니까, 할 말이 많을 거야."

"저 놈이!"

압둘이 영 참지 못하고 아흐마드에게 덤벼들었지만 용케도 조사관의 굵은 팔뚝에 붙들리고 말았다.

"난동은 그만! 더 난동부리면 내일 법정에서 죄가 더 추가될 테니 알아서 해."

셋은 유치장에 갇혔다. 무거운 자물쇠가 채워지고 간수도 나가버려 어둡고 냄새나는 외진 곳에서 세 사람은 슬픈 밤을 맞이했다. 누가 시키지 않았지만 세 사람은 저녁기도를 하기 위해 자리를 폈다.

"제기랄, 기도도 잘 안 되고 헛생각만 자꾸 드네."

하산의 말에 아무도 대꾸를 않자 하산은 머쓱했지만 그들이 눈물을 흘리고 있다는 것을 아는 데는 오래 걸리지 않았다.

그 순간 공간 너머에서 다른 목소리가 대꾸했다.

"부질없이 신에게 요구하지 말도록!"

세 사람은 눈물을 황급히 닦고서 소리가 들려오는 곳을 찾았다. 서로의 얼굴도 볼 수 없도록 어둠이 온통 뒤덮고 있어서 알 길은 없지만 자신들이 갇힌 유치장 벽 너머 다른 공간으로부터 들려온 목소리였다. 헛들은 소리는 아닌지, 유령의 목소리는 아닌지 분간이 가질 않아 혼란스러워하고 있을 때 옆방의 목소리가 다시 말했다.

> 투니쓰의 백사장,
> 벨벳 휘감긴 듯한 밤이 그립구나.
> 내 심장 불길처럼 타오르는데,
> 바람아 어서 불어다오,
> 파도는 일렁이고
> 그 바람 갈대를 흔들어
> 훈훈한 정 실어오네.
> 비단결 물결에선 감로수 쏟아지고
> 공기는 향기로운 벨벳에 싸여
> 금빛 번개가 그 위에 수를 놓네.

아름다운 시를 외우는 사람은 누구일까? 세 사람은 귀를 쫑긋 세우고 오감을 집중했다.

"압둘, 살라흐 딘, 하산, 잘 있었나?"

세 사람은 깜짝 놀랐다. 처음 듣는 음성의 주인공이 자신들의 이름을 친구처럼 불러주었다.

압둘이 용기를 내어 대답했다.

"뉘신진 모르지만, 잘 있지 못합니다. 그러니 이런 곳에 있는 것 아닙니까?"

"그 말이 맞네. 나도 잘 있지 못했지. 그러니 우리가 이런 데서 만나는 거지."

"우리 옆방인가 봅니다!"

"그렇다네. 그대들은 하지 않은 도둑질로 들어왔고, 난 하지 않은 간통으로 들어왔지."

"우릴 아시는 걸 보니 우리도 댁을 알아 볼 수도 있을 것 같은데."

"오늘밤의 숙제로 내어 드리겠소이다. 날 알아맞혀 보시구려. 세 사람 중 누구든."

"상도 있나요?"

"하하하. 당연히 있소. 맞추면 그대들을 풀어드리지. 석방해준단 말이오."

이런!

"죄인의 신분에 다른 죄인을 훈방할 수 있다니 믿을 수 없군요."

"내일 나를 보면 내 말이 진실이란 걸 알게 될 거요. 살만큼 살아본 사람으로 그대들을 풀어주는 건 일도 아니지요. 물론 신의 은총이지만."

"믿어도 되겠죠?"

압둘이 절실하게 물었다.

"허허 사람들은 모두 자신이 한 말은 믿어주길 바라면서 어째서 타인의 말은 믿지 않으려 하는 거요? 불행은 거기에서 시작된다오."

"선생은 우릴 알고 계신 듯하오니 선생의 이야길 해주시구려. 어떻게 여기 들어오게 되었는지."

"좋소. 한 수행자이야길 해드리겠소. 용모가 준수하고 잘 생긴 수행자가 있었소. 한 여인이 그만 반해가지고 구애편지를 쓰고 가는 길을 막아서서 아양을 떨기도 했는데, 그는 전혀 눈길도 주지 않았지. 더 이상 방법이 없다고 생각한 그녀는 노파로 가장을 하고서 그가 사원으로 가는 길의 한 집 앞에서 막아섰지. 그녀는 손에 편지 한 장을 쥐고 있었는데, 수행자에게 말을 걸었다지. 선생님, 글을 읽으실 줄 아시지요? 그가 예, 하고 대답을 하자 그녀는 이 편지는 내 아들이 보낸 것인데 나에게 좀 읽어주실 수 없겠어요? 라고 하면서 편지를 내밀었다지. 그가 봉투를 뜯자 그녀는 바로 이 집 복도에 아들의 처가 있으니 그 애가 들을 수 있도록 두 문 사이에 서서 읽어주십시오, 하고 청했다지. 그가 그렇게 하지요, 하고 통로로 들어서자 그녀는 얼른 문을 걸어 잠그고 가면을 벗어 던지면서 그에게 마구 안겼다지. 그리고는 그를 집안에 끌고 들어가며 애무를 했는데 수행자는 별 탈출구가 없음을 알고 그녀에게 말했다네. 당신이 바라는 대로 할 테니 화장실이나 알려주시오. 그녀는 알려주었고 그는 화장실에 가서 면도칼로 수염과 눈썹을 말끔히 밀어버리고 그녀에게 나왔다지. 그 꼴이 너무나 흉측하게 보여 그녀는 그가 한 짓을 크게 나무라면서 당장 나가라고 호통을 쳤다네. 알라께서 그렇게 수행자를 보호하신 것이지."

"여성이 수행의 장애물이군요."

"그럴 수도, 그렇지 않을 수도 있지. 예언자 모하메드는 여인에게서 새로운 영감을 얻어 성전을 훌륭히 이끌 수 있었다네."

"예언자께서 여성편력이 심했다는 말씀이라면 모독이 아닙니까?"

"알라께서 그로부터 생명을 거두어 가실 때에도 그는 젊고 아리따운 부인의 품에 안겨 있었지. 그대들은 기독교도들과는 달리 부인을 넷까지 둘 수 있지 않은가."

"기독교도이신가요?"

"부질없는 질문이네. 사람들은 예언자들의 가르침을 따르려 노력하기보다 같은 종교의 테두리 안에 모여서 서로 위안을 받는 걸 더 좋아하지. 그리고는 이상한 종교를 만들어버린다네. 예언자들이 제시한 길을 가기보다는 자신들이 해석한 편안한 길이 옳다고 주장하면서 터무니없는 방향으로 가버리지 않는가?"

그의 장황한 설명에 그렇지 않아도 지쳐있던 그들은 말문이 막혔다.

"할 말이 없습니다."

"여자가 얼마나 남자에게 위험할 수 있는지에 대해 말해줄까? 들릴라라는 여자가 있었지. 지금의 샴의 땅에 아주 오래 전의 실화인데. 삼손이란 장사가 있었는데 엄청난 거구에 굉장한 힘을 지니고 있었어. 그 아인 부모가 열심히 기도하여 점지 받아 낳은 아들이라서 대신 야훼께 바쳐졌기 때문에 머리카락에 면도날도 대지 않고 술도 절대 마시지 않았지. 그런 사람을 나지르인이라고 부른다네. 삼손은 어느 날 자신과는 다른 종족인 블레셋 처녀에게 반했지. 이름이 들릴라라고 하는. 삼손은 괴력의 사나이였어. 그녀는 자기 종족에게 위협이 되고 있는 삼손을 없애려는 책략을 세웠지. 그런데 삼손은 괴력의 비밀이 바로 자기의 자르지 않은 머리카락에 있음을 그만 들릴라에게 고백하는 실수를 저질렀어. 삼손은 머리카락을 잘리고 결국 힘을 모조리 잃어버려 눈알까지 뽑히게 되었어. 그러니 자신의 민족을 불레셋의 공격으로부터 구할 수가 없게 되었지. 끝에 가서는 머리를 다시 길러 적국의 왕과 귀족들이 모인 곳의 돌기둥을 괴력으로 뽑아버려 자신도 죽고 적국의 왕과 지휘관들도 모두 돌무덤에 묻혀버리게 하는 것으로 이야기는 끝이 나네."

"……"

"벌써 잠이 들었나? 한심하군."

그는 이쪽 방의 사정을 훤히 들여다보고 있는 듯 한숨과 함께 탄식을 내뱉었다. 그의 입에서 또다시 시구가 흘러 나왔다.

선들바람이 불기 전에,

땅거미가 지기 전에,

나는 몰약 산으로 가리다.

유향언덕으로 가리다.

나의 귀여운 짝이여,

흠잡을 데 하나 없이 아름답기만 하여라.

나의 신부여, 레바논에서 이리로 오너라.

레바논에서 이리로 오너라, 어서 오너라.

아마나 산 꼭대기에서, 스닐 산 꼭대기,

헤르몬 산 꼭대기에서 내려 오라.

사자굴에서, 표범 우글거리는 산에서 내려오너라.

나의 누이, 나의 신부여, 나는 넋을 잃었다.

그대 눈짓 한 번에 그대 목걸이 하나에,

나는 넋을 잃고 말았다.

나의 누이, 나의 신부여,

그대 사랑 아름다워라.

그대 사랑 포도주보다 달아라.

그대가 풍기는 향내보다 더 향기로운 향수가 어디 있으랴!

나의 신부여! 그대 입술에선 꿀이 흐르고

혓바닥 밑에는 꿀과 젖이 괴었구나.

옷에서 풍기는 향내는 정녕 레바논의 향기로다.

나의 누이, 나의 신부는 울타리 두른 동산이요,

봉해 둔 샘이로다.

이 낙원에서는 석류 같은 맛있는 열매가 나고,

나르드, 사프란, 창포, 계수나무 같은 온갖 향나무도 나고,

몰약과 침향 같은 온갖 그윽한 향료가 나는 구나.

그대는 동산의 샘, 생수가 솟는 우물,

레바논에서 흘러내리는 시냇물이어라.

여기까지 하던 그는 갑자기 멈추고 소리 죽여 흐느끼기 시작했다. 이쪽 방의 세 사람 중 유일하게 방금 잠에서 깬 살라흐 딘만이 그의 울음을 알아차렸다. 외로운 시인의 시구 가운데 나르드라는 단어가 그를 깊은 잠에서 흔들어 깨웠는지도 모른다. 칠흑의 밤을 맞이하고 있는 적막한 유치장 안에서 살라흐 딘만이 온갖 잡스런 상념에서 벗어나 혼자만의 생각에 집중하게 되었다. 그는 먼저 왜 시인이 우는지를 생각해 보았다. 하지만 알 수 없는 일. 물어볼까? 도대체 어쩌다 간통범의 신세로 유치장에 들어와 있을까?

그때 시인은 울음을 멈추고 혼자말로 중얼거렸다.

"파티마는 금서를 갖고 싶어 했는데. 살라흐 딘 녀석이 아마도 모르고 있을 거야."

파티마라는 말에 살라흐 딘의 잠은 수백 리나 멀리 달아나버렸다. 갑자기 그가 귀신이거나 진일지 모른다는 생각이 들자 살라흐 딘은 그에게 말을 걸어보려던 생각을 그만 포기하고 말았다. 귀신이 장난을 칠 수도 있는 것이고, 진이라면 인간의 일을 훼방 놓는 악마의 앞잡이다.

그렇다!

내일 아침 얼굴을 보게 될 때까지는 그를 믿을 수 없는 일이다. 혹시 그가 귀신이거나 진이라면 말을 잘못 붙였다간 정신을 완전히 빼앗길지 모른다.

그런데.

이상하게도 파티마의 이름은 살라흐 딘의 가슴속에서 큰 힘을 발휘하며 갑자기 그의 내면을 휘저어 놓았다. 그의 가슴은 뜨거운 불덩이가 되어 터질 것 같은 화로처럼 이글거리기 시작했다. 몇 번밖에 본 적이 없어서 제대로 기억도 안 되는 그녀의 얼굴이 여러 모습들로 바뀌어가면서 그의 눈앞에 나타났다가 사라지기를 반복했다. 어미 말을 다루며 거칠게 몰았던 모습과, 알리스칸다리야 근교 밀밭에서 자신에게 다가와 중요한 것은 사람의 겉모양이나 율법의 문구에 있지 않다면서 자기주장을 거침없이 했던 밤이 떠올랐다.

하지만 그녀는 무함마드 아브 딸하에게 정혼해 있다. 그리고 나는 그녀의 부친 알림 무함마드 이븐 앗 하자르 님의 심부름을 받들어 나르드 향유를 구하러 가는 길이다. 그제야 살라흐 딘은 온전한 제정신으로 돌아왔다.

압둘이 아미나에게 들었다면서 말해준 무함마드 아브 딸하에 대한 나쁜 소문이 생각났다. 그런데 또 하나 압둘이 말하려다 그만 입을 다물어버린 것은 무엇일까? 젠장, 왜 궁금증을 남긴 거지? 이런저런 생각에 살라흐 딘은 몽롱한 상태에서 밤새도록 몸을 뒤척였다.

새벽의 여명에 압둘이 잠에서 깨어 기침을 했다. 옆방의 시인이 말을 건넸다.

"압둘, 잘 잤나?"

"선생도 잘 주무셨수?"

"새벽의 공기가 차갑군 그래. 새벽은 성자의 시간이라네. 난 한 시간 전에 일어나 묵상을 하고 있었지."

"우린 어떻게 되는 거죠?"

"자네들은 알림의 명령을 수행하는 사람들 아닌가? 이런 데서 지체하면 기간 내에 알라스칸다리야로 귀환하기가 어려울 텐데."

"어떻게 우리를 속속들이 알고 계시죠?"

"알고 있다는 것은 그리 중요하지 않네. 자네들을 걱정하는 마음이 더 중요하지."

"혹시 알림께서 보내신 분이신가요?"

"잘못 짚지 마시게."

"도대체 누구세요?"

"잠시 후면 알게 될 텐데 뭐가 그리 급하신가."

저녁을 먹지 못했는데 아침식사 역시 지급되지 않을 모양이어서 대화를 나누고 있는 사람이나 듣고 있는 사람이나 뱃속에서 연신 꼬르륵 소리가 흘러나왔다. 해가 제법 떠오른 시각이 되자 간수가 그들을 불러냈다. 복도에서 옆방 목소리의 주인공과 마주친 그들은 까무러칠 뻔했다. 가장 놀란 건 살라흐 딘이었다.

"장님 시인이군요! 알리스칸다리야의 장터를 떠돌던."

장님이 살라흐 딘 쪽으로 고개를 돌렸다.

"날 알아보는 군. 자네의 분노의 숨소리가 듣기 좋구먼. 알렉산더 대왕의 귀를 간지럽혔던 피리장이 이스메니아의 영혼과, 이싸의 제자 요한 마르코의 심장과, 압바스 왕조의 최고 철학자 와실 이븐 아타의 무타질라 신학이 머릿속에 빼곡하여 머리통이 항상 아팠던 사람일세."

살라흐 딘은 도끼눈을 뜨고 그를 노려보았다. 하지만 그는 그런 시선에는 아랑곳하지 않고 자신의 말을 덧붙였다.

"자네의 심장 소리를 들었다고 시장터에서 내가 말하지 않았나? 우리가 다시 만날 것이란 말과 함께."

"쳇! 재수 없어."

살라흐 딘이 그에게 쏘아붙였다.

3. 너는 누구냐

　그들 모두 끌려간 곳은 법정이었다. 얼굴에 윤기가 흐르는 법관과 서기들과 치안관들이 그들의 출두를 기다리고 있었다. 법관이 일어섰다.

　"본인 아부 까심은 법학자로서, 법관 아슈마린 님의 투병으로 인해 대리 자격으로 재판장 권한을 행사하고 있음을 먼저 말씀드립니다. 고발된 건수가 두 건인데……, 한 건은 간통에 대한 건이고, 또 한 건은 절도에 대한 건입니다. 그럼 먼저……, 간통에 대한 건을 먼저 심리하겠습니다. 치안관으로부터 고발장 낭독을 듣겠습니다."

　거드름을 피우며 수염을 쓰다듬던 치안관이라는 사나이가 일어섰다. 아부 까심 법학자는 속으로 중얼거렸다. 이럴 때 무타질라 철학을 연구한 사람이 재판을 받는다면 좋을 텐데……, 그럼 지루하지도 않을 것이고 배울 것도 많을 텐데.

　"마르주크의 범죄로 말하면……, 주거 부정의 룸인으로서 루크바일 축일 전날 고소를 당했습니다. 고소인은 미망인 하미다인데, 그녀는 마르주크가 자위야[50] 부근에서 어슬렁거리다가 그녀를 발견하고 인근 숲 속에서 폭력을 행사하여 항거불능 상태로 만든 후 자신의 욕망을 채웠다고 증언했습니다. 이에 치안관들이 현장 부근에서 피고소인을 체포하여 유치장에 가두었

---

50)　무슬림 신비가나 수행자들의 외딴 수도 장소.

고 루크바일 축일로 인해 재판이 오늘로 연기된 것입니다."

"치안관의 의견이 있습니까?"

재판장이 물었다.

"저의 의견을 말씀드리면, 마르주크란 이름도 불확실한 이름이고 진짜 이름이 따로 있을 듯한 떠돌이로서 이교도로 보이는 매우 위험한 자입니다. 따라서 그자의 위험요소를 감안할 때 중형에 처해야 할 것으로 사료됩니다."

치안관이 앉자 재판장이 소경 시인을 호명하여 일으켜 세웠다.

"피고소인은 일어서시오. 그대의 진짜 이름을 밝히도록."

"저는 알렉산더 대왕의 귀를 간지럽혔던 이스메니아의 영혼과 이싸의 제자 요한 마르코의 심장과 압바스 왕조 최고 철학자 와실 이븐 아타의 무타질라 신학이 머릿속에 가득한 사람입니다."

"법정은 신성한 곳이니 자기 자랑 같은 사적인 말은 삼가도록 하고 진실만 짧게 답변하도록!"

재판장이 그를 질책했다.

"이름은……, 마르코."

순간 사람들의 시선이 모두 장님에게로 쏠렸다.

거 봐 이교도잖아.

방청객들 사이에서 흘러나온 소리였다. 재판장인 아부 까심 법학자가 질문했다.

"하미다의 결혼 제안을 거부했다고 고발장에 쓰여 있다. 사실인가?"

"그녀를 결코 행복하게 해줄 수 없기 때문입니다."

"그럼 그대는 자신이 저지른 범죄의 대가를 치를 준비가 되어 있겠군."

치안관이 고소인과 보호인을 호명하여 불러 세웠다. 하미다와 아흐마드가 일어서는 것을 보고 압둘의 일행 세 사람은 또다시 깜짝 놀랐다. 헉, 숨이 잠시 멎는 순간이었다.

재판장이 그녀에게 물었다.

"하미다, 남자로서의 책임을 거부하고 있는 파렴치한이 중형에 처해지도록 몇 마디 묻겠소. 그가 자신의 욕망을 채우기 전에 당신에게 결혼을 하자고 꾀었다는 증언이 사실인가요?"

"저는 그때 자위야에 가는 길이었습니다. 그가 저를 발견하고 빠른 걸음으로 다가와 수작을 걸려고 하기에 피하려 했지만 그럴 수가 없었습니다. 그는 제게 그럴듯한 말을 걸어왔습니다."

치안관이 그녀에게 도움을 주고 싶어 벌떡 일어섰다. 하지만 재판장은 손사래를 쳐서 치안관의 발언을 중단시키고 고소인에게 직접 질문을 던졌다.

"잠깐. 그가 고소인을 발견하고 빠른 걸음으로 다가왔다고 했는데 피고소인이 장님이란 것을 모르고 있나? 눈먼 사람이 어떻게 빠른 걸음으로 다가올 수 있는 거지? 간수는……, 피고소인을 앞으로 빨리 걷도록 해 보시오."

잠시 웅성거리는 소리가 났지만 조용해지면서 모든 시선이 시인에게로 쏠렸다. 그는 천천히 일어섰다. 그는 이제 막 중병에서 회복된 사람처럼 천천히 자리에서 빠져나왔다. 하지만 그는 법관 쪽으로 가지 못하고 빗나간 방향으로 어기적거리며 걷다가 바닥에 나뒹굴었다. 간수가 그를 일으켜 세웠다.

법정이 다시 술렁였다.

"마르주크 아니 마르코, 그대는 언제부터 청맹과니가 되었나?"

재판장이 질문했다.

"열일곱 살."

마르코의 음성이 떨리고 있었다. 그는 간수가 뒤늦게 갖다 준 지팡이를 짚고서야 올바로 설 수 있었다.

"대리 법관인 나는 이상한 점을 발견했소. 강제추행을 당한 여인의 진술이 약간 사리에 맞지 않는다는 점인데. 마르코는 당시의 정황을 다시 설명하도록."

"그때 제가 전능하신 알라께 살라트 알 주흐르[51] 기도를 막 드리고 난 때였습니다. 어떤 사람이 다가와 저에게 어떤 부탁을 했습니다."

"자세히 설명하도록."

"그는 저에게 상자 한 개만 들어다 주면 10디르함을 주겠다고 제안했습니다. 그가 말한 자신의 짐 가운데 한 개만, 예언자께서 꿈에 현몽하신 대로, 장님의 손으로 짐을 들어다 옮겨주면 자신에게 복이 내린다고 하면서 애걸하기에 그대로 따랐던 것입니다."

"복이 내린다는 데, 도와주지 않을 수 없었겠지. 도대체 어떤 짐이었는지 말해보도록."

"조금 무겁긴 했지만 손에 들 수 있는 크기의 길쭉한 갈대 상자를 거친 아마포로 쌌더군요. 그리고 고운 무명 보자기로 다시 쌌어요."

"그 속에 무엇이 들어있었나?"

"열어도 못 볼 소경이 어떻게 알겠습니까? 더구나 예언자께서 현몽했다는 소중한 축복의 상자를 함부로 열다니요."

법정이 다시 잠시 술렁였다.

"알라께선 장님에게는 대신 손의 감각을 주셨지 않은가? 대강의 느낌이라도 있었을 텐데."

"무엇인가가 들어 있었습니다."

"참고하려 하니 무엇으로 생각되었는지 느낌만 말해보도록."

"글쎄요. 잘……."

"분실한 자는 돈이 들어있다고 했다."

순간 아흐마드가 기침을 했다.

"저……, 아주 대단히 중요한 것이 들어있는 듯했습니다. 아마……, 돈일지도 모르죠!"

사람들이 다시 웅성거리고 살라흐 딘 일행 세 사람도 두 귀가 쫑긋해졌

---

51) 다섯 번의 기도 중 정오 전의 낮기도.

다.

"조용, 조용! 조용하시오! 상자의 운반을 부탁한 사람은 누군가? 그리고 그 장소는?"

"목소리만 들어서 얼굴은 모르겠지만, 오랜 상인 경력을 가진 사람으로 느껴졌습니다. 자신의 이름을 만수르라고 하더군요. 그리고 장소는 파와 시(市)의 한 장터에서였습니다. 사람이 많이 붐비는 바자르였는데 만수르가 다가와 바자르 옆의 우물가 바닥에 놓인 상자를 들고 오라고 했습니다. 저는 시키는 대로 했고 그를 쫓아 해가 질 때까지 소중히 가슴에 안고 뒤따라갔습니다."

"그에게서 수고비를 받았는가?"

"못 받았습죠. 그는 그 후론 다시 나타나지 않았습니다. 그래서 지금도 기다리고 있습니다."

사람들이 다시 웅성거렸다. 아흐마드가 자꾸 기침을 했다.

"그대는 무료봉사를 했군그래. 그걸 사기라고 하네. 쯧쯧, 영혼이 대왕의 귀를 간질였다는 식의 헛소리만 떠벌릴 게 아니라 자신이나 잘 챙겼어야지. 그런데, 그 일이 추행과 무슨 상관인가?"

"저도 왜 그 이야기를 꺼냈는지 모르겠습니다. 다만 그 일이 있고서부터 잘 되는 일이 없었습니다. 재수 없는 그 도시를 벗어나야겠다 싶어 남의 나귀를 얻어 타고 다른 도시로 이동했습니다. 그런데 결국 이 도시에서 일이 크게 터진 것입니다. 몸은 피곤하고 배는 고프고 하여 동냥을 할 겸 자위야를 찾아 나섰다가 여자를……"

"개인 이야기는 삼가도록! 하여간 여자를 어떻게 한 건 사실임을 인정하겠지?"

"……"

"사실인지 알아보는 방법이 있다. 여자의 키가 얼마만한가, 그리고 특징을 말해보도록."

"……"

"왜 말을 못하나?"

"저의 키와 비슷합니다. 그리고 호리호리하고……."

사람들이 다시 웅성거렸다.

"틀렸다. 그녀의 키는 작고 뚱뚱하다. 이것으로 일차 심리를 마치겠습니다. 남자가 여자 청혼을 받아들이면 간통사건이고, 받아들이지 않으면 강간사건이 되는 이상한 사건인데요, 여러분, 모두 진정하세요! 치안관의 고소장 내용과 증언을 기초로 이 여성과의 강제접촉을 확증하기엔 아직 미흡하므로 오늘 오후에 직접 고소인으로부터 개인 증언을 듣는 한 가지 단계가 더 남아 있다고 보며, 이에 본 법관은 이 사건의 심리를 내일 아침 기도시간 후로 연기합니다. 그럼 다음 사건으로 넘어 가기 전에, 피고소인 마르코는 더 할 말이 있으면 지금 하도록."

"배가 고픕니다, 나리."

"하루 세 끼씩 나오도록 되어있을 텐데. 간수는 식사를 준비하여 배불리 먹이도록 하게!"

간수의 말없는 표정에 불만의 색깔이 묻어났다. 장님 시인 마르코가 나가고 잠시 휴정한 다음 절도사건의 심리가 시작되었다.

"고소인은 아흐마드로 되어 있군. 우리 집에 자주 들렀던 대상인데 오늘은 고소인과 재판장으로 만나는 인연이 되었네그려. 피고소인은 압둘, 살라흐 딘 그리고 하산 세 사람이군. 먼저 치안관으로부터 고소장 낭독을 듣겠습니다."

치안관이 파피루스 한 장을 들고 일어섰다.

"이 세 사람은 알리스칸다리야 출신으로서 목적지는 알 쿠드스이며 대상 아흐마드의 보호를 부탁하여 그 일원으로 출발한 사람들입니다. 알리스칸다리야를 떠나 첫 숙박지였던 다만후르 시에서 아흐마드의 돈 상자를 훔쳐서 도주한 사람들과 한 패로 의심되어 고소합니다."

"그럼 이 자들과 한 패인 자들이 훔쳤다는 주장인가?"

"그렇습니다."

"그들의 이름은?"

"후세인과 그의 처와 자녀. 그리고 마리얌과 그녀의 부모. 이상 여섯 명입니다."

"그들을 체포하지 못했나?"

"붙들린 아브야르 시에서 조사가 끝나는 대로 이곳으로 인계될 예정입니다."

치안관은 서류를 책상에 내려놓으며 자리에 앉았다. 재판장이 말했다.

"셋 중 살라흐 딘만이 자유인으로 되어 있군. 둘은 노예 신분이고. 살라흐 딘, 일어나도록! 왜 돈을 훔쳤나?"

"훔치지 않았습니다. 아흐마드 님이 왜 저희를 여섯 명과 함께 엮어 고발했는지 모르겠습니다. 다만후르의 한 여관에서 잘 자고 일어나서야 도난사건을 알게 되었습니다. 그런데 저희가 왜 범인과 한 패로 지목을 받아야 하는지 지금까지도 전혀 알 수가 없습니다."

재판장의 시선이 아흐마드에게 향했다.

"아흐마드는 대답해보라."

"저는 여행의 인솔 책임잡니다. 다만후르 시에서 아침 이른 시각에 인원 점호를 하던 중에 후세인 가족이 사라지고 없음을 알았습니다. 물론 저의 돈상자도 증발했고요. 그래서 급히 그들의 뒤를 쫓아 출발하려 했지요. 그런데 저 세 사람 중 하나가 몸이 아프다면서 저희의 출발을 지연시켰습니다. 아직 잡히지 않은 마리얌의 가족 3명도 치료를 자청하며 저 세 사람과 합류하였습니다. 저희는 알라의 천사들의 거룩함과 지혜로움에 의지하여 기도하는 심정으로 백방 노력했지만 다음 도시인 파와 시에서도 후세인을 잡지 못했기 때문에 서둘러 다음 도시로 출발했습니다. 그런데 환자를 핑계로 저희보다 늦게 출발한 여섯 사람은 도착 예정시간에 약속장소에 나타나지 않아 갈 길이 바쁜 저희의 발길을 또 지연시켰습니다. 처음엔 정말로 급성 질환에 걸려 그런 줄로만 믿었습니다마는, 그들이 후세인과 같은 패란 것을 알게 된 후론 그게 모두 다 치밀한 계획에 의한 것이란 걸 깨달았습니다."

살라흐 딘이 벌떡 일어나 반론을 제기했다.

"현명하신 재판장 님, 고소인의 증언은 거짓이며 쓸모없는 공상일 뿐입니다."

살라흐 딘이 앉자 아흐마드가 일어섰다.

"지혜가 충만하신 재판장 님, 저자들이 공범이란 확실한 증거가 있습니다."

"말해 보도록."

사람들의 시선이 온통 아흐마드에 집중되었다.

"아브야르 시의 법학자 앗줏 님의 집사장 알리가 제보한 사실인데……, 저 세 사람은 지금 압송 중인 기독교도 6명과 함께 기독교도 아브 바크르 대상인의 저택에서 루크바일 축일을 보냈습니다. 끼리끼리 모인다는 옛 속담을 참고하여 주십시오."

사람들이 웅성거렸다.

"후세인의 가족과 마리얌의 가족은 기독교도들이란 말이군. 그러면 살라흐 딘, 그대도 기독교도인가?"

네 형이 기독교도잖아, 꼴좋다, 하는 표정으로 압둘이 살라흐 딘을 흘겨봤다.

"저희 셋은 기독교도가 아닙니다. 또한 달맞이 행사에 참석한 다음에야 아브 바크르 대상인께 의탁하러 간 것입니다."

살라흐 딘이 단호하게 대답했고 이어서 압둘이 기어들어가는 소리로 덧붙였다.

"저희는 후세인이 범인이란 생각에서 그를 놓치지 않으려고 함께 투숙을 했던 겁니다."

재판장은 수염을 만지며 눈을 지그시 감았다.

"오호라, 그래? 그를 놓치지 않으려 했다? 무슬림이 기독교도들과 루크바일 축일을 함께 지내며 작당한 것은 아니라는 주장이구먼."

아흐마드가 일어섰다.

"재판장님, 그건 사실이 아닙니다. 후세인이 범인임을 안 알리가 즉시 아브 바크르를 찾아갔습니다. 사안의 중대함 때문이지요. 알리는 후세인이 범인임을 설명하고 즉시 치안관에게 인계할 것을 요구했지만 아브 바크르는 심하게 반발했습니다. 귀가한 알리가 앗줏 님과 상의한 끝에 그 밤에 마할라툴 카비라까지 말을 달려 급한 내용의 편지를 가져왔습니다."

"흐음……. 그럼 아흐마드가 이 도시의 어디에 있는 줄 알고 알리가 찾아 왔지?"

재판장이 날카로운 눈빛으로 갑자기 물었다.

"저희가 쪽지를 남겼거든요. 우리 일행이 마할라툴 카비라의 아부 까심 저택에 머물 거라는."

그러자 살라흐 딘이 일어서서 자신을 변호했다.

"현명하신 재판장 님, 아흐마드 님이 만일 저희를 정말 배려했다면 저희 몫의 여비나 숙식비를 그동안 왜 남겨놓지 않았을까요? 여행 둘째 날부터 저희는 모든 경비를 저희 예산에서 지출하느라 힘들었습니다. 설마 하던 저희는 앗줏 님 댁에서 남겨진 경비가 없다는 말을 듣고 맥이 풀려버렸습니다. 마침 루크바일 축제일이어서, 신앙심의 고결한 명령에 따라, 앗줏 님의 집사장 알리과 함께 루크바일 축제의 달맞이 행사에 참석했다가 해산하는 인파 속에서 후세인 가족을 만났습니다. 그때 그들이 아브 바크르 님의 댁에 묵고 있음을 알고 그들에게 숙식을 의탁했던 것입니다. 돈이 없었기 때문이기도 했고 그들을 놓치지 않고 감시하기 위함이었는데요, 다시 한 번 헤아려주십시오."

"흐음……. 그대는 젊은이로서 조리 있게 말도 잘 하는구먼."

"감사합니다. 존경하는 재판장 님, 하지만 저희는 후세인을 만난 후 그를 도둑으로 알고 있던 생각을 바꾸게 되었습니다."

사람들이 웅성거렸다.

재판장이 고함쳤다.

"그게 무슨 해괴한 주장인가? 젊은이는 내 칭찬을 역이용하려 하는가? 지금 우리의 모든 대화는 서기에 의해 기록되고 있으니, 만일 거짓으로 발각되면 엄중히 다스릴 것이다."

사람들의 시선이 일제히 살라흐 딘에게 쏠렸다.

"진실입니다. 그들을 만났을 때 반가움보다는 먼저 경계심이 앞섰습니다. 그때 그들을 다그쳐 물었던 첫 말이 바로 도둑질에 대한 질문이었습니다."

"그들은 당연히 다른 핑계거리를 꾸며냈겠지."

법관이 맞장구쳤다.

"그들은 문제의 돈 상자를 본의 아니게 자신들의 짐으로 착각하여 가지고 출발했다고 말했습니다."

사람들이 다시 웅성거렸다. 그때 아흐마드가 다시 기침을 했다.

조용! 조용!

재판장이 소리쳤다.

"돈 상자라고 했겠다. 기독교도들은 자신의 짐과 타인의 짐을 구별하지 못하는 사람들인가?"

"외관이 똑 같기 때문이었답니다."

"어떻게 생겼는지 알고 있다면 말해 보거라."

"네모난 갈대로 엮은 상자라고 하면서 아마포로 쌌다던가……, 하는."

"잠깐! 이상하게 돌아가는 것 같다. 아까 마르코가 말한 상자와 비슷한데?"

재판장의 눈이 반짝이며 날카로워졌다.

"후세인은 그 상자를 돌려주려고 다음 도시에서 아흐마드 님의 일행을 찾았답니다. 그러나 찾지 못하여 헤매던 중에……."

아흐마드가 기침을 다시 하더니 일어섰다.

"지혜로우신 재판장 님, 살라흐 딘의 말은 소설입니다. 그럴 듯하게 꾸며낸 이야기의 연속으로 생각됩니다. 그렇지 않아도 이 마하라툴 카비라로 오늘이나 늦어도 내일 그 여섯 명의 기독교도들이 올 것입니다. 그들을 족치면 진실을 알 수 있을 것입니다. 모든 진실과 지혜이신 알라께서 당신의 천사를 시켜 반드시 진실을 보여주실 것입니다."

재판장은 아흐마드의 말이 끝나자 고개를 끄덕였다.

"그대도 달변가로군. 살라흐 딘에게 묻겠다. 그들과 함께 계속 여행하지 않고 헤어진 이유는 무엇인가?"

"아무래도 그들이 고발되어 조사를 받게 될 것이고 그럴 경우 저희들도 원하지 않는 조사를 받느라 여행이 지체될 것이 뻔하므로 새벽에 살짝 빠져나온 것입니다."

"그래도 인사는 하고 나와야 진짜 무슬림이다. 알라께선 그걸 좋아하신다. 치안관! 그들을 인계받으면 고발장의 내용도 보강해야 하므로, 그들을 재차 자세히 조사하도록! 내일 법정에서 이들과 대질시키기로 하고, 따라서 오늘의 두 번째 심리도 여기서 마치고 내일 이어서 계속 심리할 것입니다. 무슨 할 말이 있는 분은 없습니까?"

그날의 법정은 거기서 끝났다. 유치장으로 돌아온 세 사람은 간수의 배려로 오랜만에 실컷 식사를 할 수 있었다. 식곤증으로 인해 그들은 곯아떨어졌다가 해가 질 무렵이 되어서야 깨어났다. 낮잠을 잔 그들은 불안과 긴장에 싸인 채 말똥말똥 뜬눈으로 밤을 지새우게 되었다. 걱정과 근심의 시간이 흘러가 한밤중 어느 시각이 되자 조용했던 옆방의 장님이 시를 읊조렸다.

끝내 얻을 수 없는
그리운 여인과의 인연을
한결같이 바라지는 않았건만
내가 얻은 것은,
오호라 그저 뜬세상의 시름에 지나지 않았네.
흐르는 눈물은
빠졌다가 다시 밀려오는

큰 바다의 조수 같네.

아서라,

원수를 만나면

눈물의 흔적을 감추어버렸네.

내 눈이 빛을 잃어버린 것도

겹겹 시름의 때가 끼어

전능하신 분이 내린 벌인가

생각도 해봤으나,

빛을 거두어 가신 분이 내 눈에

눈물을 남기셨네.

가슴이 저미어 오는 이런 밤에

혼자서 흘려 위안이 되도록,

나는 진정 혹독한 대접을 받아

쓴 즙이 가득 담긴 술잔을

마실지라도

지난날의 나날을 원망하지는 않으리.

도대체 나는 그 어느 누구에게

마음의 아픔을 호소하랴.

이 몸은 이별의 쓰라린 원한을

지칠 대로 맛보았는데.

흐르는 눈물은 거친 파도인가

영원히 흘러 그칠 줄 모르건만

아, 내가 가야 할 길은

어디에 있는지 알고 싶구나.

　시인의 낭송이 끝나고 긴 한숨이 이어지자 이쪽 방에서 듣고 있던 세 사
람도 덩달아 마음이 아팠다. 얼마나 애절한 사연이 있기에 저런 시가 쏟아

져 나오는 것일까. 압둘이 시인에게 물었다.

"도대체 무슨 사연이 있습니까? 우리의 가슴도 아프고 두 눈에 이슬이 맺혀옵니다그려."

시인은 한숨을 다시 내쉬며 대답했다.

"오래 전 사랑의 병이 들었을 때가 가끔씩은 떠올라 이렇게 한숨짓게 한 다오."

"그렇게 오래 되었다면 잊을 때도 되었겠는데……?"

"정말로 잊은 줄 알았던 오래 전의 해묵은 기억이 가슴속에서 되살아 나오는 걸 어떡하나? 그래서 아무데나 뛰어 들었더니 눈이 멀어버리더군. 한 겨울의 눈 속에 뛰어 들기도 하고 한여름의 사막이나 광야로 몸을 내던지기도 했지만, 이 뿌리 깊은 속병은 요술램프를 문지르면 튀어나오는 요정처럼 시도 때도 없이 머리를 내민다네."

"그렇다고 과부를 덮치면 되나요?"

압둘이 핀잔했다.

"그녀의 목소리와 이름을 듣는 순간 나의 가슴속에서 요정이 튀어나왔어. 나의 여인을 이역만리 타향에서 그것도 몇 십 년 만에 만나다니. 나는 너무 놀라워 몸을 부들부들 떨었지. 나도 모르게 그녀의 손목을 잡고 그녀의 얼굴을 더듬었어. 젊은 시절로 돌아간 듯 착각에 빠졌어. 잠시의 착각이 끝났을 때 현실은 무척 무서웠다네. 그녀는 나의 여인이 아니었고 그녀 또한 당황한 나머지 기절을 했지. 어쩜 내 가슴에 남아 있던 그대로의 목소리로, 또한 똑같은 이름으로 알라의 천사가 내게 무슨 억하심정이 있어 보복의 칼날을 세웠단 말인가. 나는 눈물만 하염없이 흘렸지. 자위야를 찾아가던 나의 발길과 자위야 옆을 지나가던 그녀의 발길은 서로 잘못 만난 발길이었던 거지."

저런?

세 명이 동시에 탄식했다.

"그녀의 손목만 잡았고 얼굴만 만져보았단 말이군요?"

"그렇다네. 하지만 법정에서 그녀가 과부임이 밝혀진 후로 나의 가슴은 이상한 충동을 느꼈다네. 그녀가 내게 주는 모든 고통을 감내하겠다는 결심이 섰던 거야. 이상한 일이지만 나는 법정에서 그녀의 고발 내용에 대해 전혀 반박할 수 없었어."

"그녀를 사랑하게 되신 거 아닙니까?"

"그럴지도 몰라."

"가슴에 손을 얹고 생각해보세요. 혹 가슴이 뛰지 않으세요?"

"아니, 전혀."

"그녀를 품에 안아 본다는 상상을 한번 해보세요."

"그녀를 품에 안는다고 옛 여인이 돌아와 주나?"

어이쿠 두야!

세 사람은 이내 알았다. 그의 첫사랑이 그에게 큰 상처를 주었다는 걸.

살라흐 딘이 화제를 바꾸어 물었다.

"그들 여섯 명이 내일 이곳으로 오면 어떻게 되는 거죠?"

하산이 대답했다.

"우릴 도둑으로 몰아대는 아흐마드와 치안관의 눈초리를 보면 그냥 곱게 넘어가지 않을 것 같아."

압둘이 말했다.

"최소한 벌금형이고 심할 경우엔……."

"그 상자에 정말 돈이 들어 있었다면, 과연 얼마였는지가 관건이겠지."

장님 시인이 자신의 슬픔을 뒤로 하고 대화에 끼어들었다.

하산이 버럭 화를 냈다.

"돈을 훔친 게 아니라잖아요?"

"젊은이, 진실은 항상 뒷전으로 떠밀리는 법이네. 만일 그들 여섯 명이 붙잡혀 여기로 끌려온다면 내일의 공판은 재미있는 판결이 될 걸세. 덕분에 그들의 몸을 담보로 자네들은 풀려날 수도 있겠지만."

그러자 살라흐 딘과 하산이 합창하듯 대꾸했다.

"그건 원치 않는 상황입니다."

하지만 압둘은 오히려 좋아했다.

"그게 나을지 모르겠군. 어이없이 도둑으로 몰려 있어 여행에 이만저만 차질이 생긴 게 아닌데. 오히려 혹을 떼어버릴 기회가 될 테니 좋을 거야."

그러자 하산이 반박하고 나섰다.

"압둘 님, 그들은 한동안 우리와 함께 지냈던 사람들입니다. 그들이 무죄라는 건 뻔한 일인데요, 그들의 족쇄를 풀어주지는 못할망정 그들이 우리 대신 벌을 받고 우리가 풀려나다니요."

"이런 메추라기를 봤나! 우리 대신이라니. 그들 자신의 벌을 당연히 받는 건데 무슨 뚱딴지냐?"

압둘이 하산을 나무랐다.

"하지만, 그들은 죄가 없어요."

"네가 재판장이냐? 정신 좀 차려라. 그들을 두둔할 필요가 뭐가 있나?"

압둘과 하산의 충돌을 보고 있던 살라흐 딘이 고개를 돌렸다.

"어떤 음모가 있는 것은 아닐까요? 가령 아흐마드가 돈을 잃었다는 핑계로 여행을 흐지부지하고 줄행랑을 치려는 것은 아닌지."

살라흐 딘의 말에 순간 압둘과 하산은 깜짝 놀랐다.

"그런들 그에게 무슨 이득이 있겠어?"

"우리의 몫을 포함하여 남은 상당한 액수의 여행비를 모두 꿀꺽할 수 있을 거 아닙니까?"

"흐음. 과연 그럴까?"

그때 창 밖에서 자고새의 울음소리가 들려왔다. 그들의 대화는 잠시 중단되어 유치장은 한동안 적막에 휩감겼다.

왁자지껄.

그때 유치장의 복도 끝으로부터 들려오는 잡음이 있었다. 입구에서 들리는 그 소리는 그 시각에 무슨 일로든 잡혀온 사람이 있다는 의미다. 간수가 그들을 안내하여 옆방에 들여보내고 문을 잠그는 소리와 간수의 멀어져가는 발자국 소리를 끝으로 다시 조용해졌다.

한참 후에 압둘이 입을 열었다.

"내일 무함마드 알림께 편지를 써야겠어. 우릴 구해내 주십사, 하고 말이야. 집 떠난 지 열흘이나 되었건만 말도 안 되는 누명을 쓰고 재판을 받게 될 줄이야 누가 알았겠나? 잘못하면 영영 주인님의 심부름을 그르치고 말거야. 지금 당장 쓰고 싶지만 어두워서 어쩔 수가 없으니 내일 쓸 수밖에."

"압둘, 우리가 왜 진작 그 생각을 못했을까요?"

살라흐 딘은 자신의 임무수행이 정말로 어려워지게 될지 모른다는 두려운 생각을 하고 있었기 때문에 압둘의 의견에 즉각 동조했다.

그때 옆방의 마르코가 말했다.

"그건 자네들이 순수하기 때문이지. 즉 자신들이 결백하기 때문이야. 진정한 용기는 순수한 영혼에서 나온다네. 이런 난국을 예상하지 못했겠지만, 이를 능히 이겨낼 수 있는 용기가 가슴 속에 넘치고 있는 이들은 잔머리를 굴리지 않는 법이야."

바로 그때 건너편 감방의 새로운 입주가가 말을 했다.

"압둘 님, 살라흐 딘, 목소리만으로도 정말 반갑군요. 하산도 함께 있나요?"

그녀는 마리얌이었다.

오, 인샬라!

유치장은 순간 벌집을 쑤셔 놓은 형국이 되었다. 가장 기뻐하는 건 하산이었다.

"마리얌! 우리가 먼저 빠져나온 거 미안했어요."

"뭘요. 사실은……, 기분 나빴지만. 하지만 다시 생각해보니, 그럴 것도 아니죠. 도둑질 의심을 받는 사람과 여행을 계속 하기엔 부담이 너무나 컸겠죠? 제가 그간 공들여 하산 님을 선교했지만 아직 용기의 눈을 뜨지 못했을 테니 두려움이 앞섰을 것이 아닙니까?"

그녀의 말 속에 그녀와 하산이 자주 대화했던 이유가 드러났다. 압둘이 버럭 화를 냈다.

"이게 무슨 날벼락일까? 저 원수들을 이런 곳에서 다시 만나다니. 차라리 압송되지나 말지. 당신들이 여기로 끌려오는 바람에 내일 재판이 재미있게 되었소이다. 당신들은 어쩜 그렇게도 아둔할 수 있단 말이오? 아예 우리에게 해를 끼치기로 단단히 맘먹은 자들 같구려. 오, 알라여! 당신의 천사들을 보내시어 이들에게 죄를 묻게 하소서. 어째서 그대들은 도망치지 못하고 이 도시로 다시 기어 들어왔단 말이오! 눈치도 없소?"

후세인 즉 호세아의 딸 라비야가 변명했다.

"형제님들이 급히 떠나버린 다음에야 우리로 인해 느꼈을 부담을 알았어요. 우리만 생각하느라 형제님들의 사정을 배려하지 못했어요. 우린 사태가 이상하게 돌아갈지 모른다는 생각에 이르자 아흐마드가 기다리는 마할라툴 카비라 시를 비껴 갈 생각까지도 했답니다. 하지만 여행을 포기하고 알리스칸다리야로 돌아가야 할지 아니면 다마스쿠스로의 여행을 계속 해야 할지 결정을 못하고 기도하면서 하루를 발톨로메오 님의 댁에서 지냈답니다. 그리고 그날 밤 루크바일 축제를 맞아 의심받지 않기 위해 참여하러 나갔다가 형제님들을 인파 속에서 만난 것입니다. 그리고……, 어제 아침 이른 시각에 들이닥친 형리들에게 연행되고 말았어요."

"그럼 이 시각까지 조사를 받았나요?"

하산이 물었다.

"그렇습니다. 어제는 아브야르에서 오늘은 이곳에서."

"당연히 결백을 주장했겠네요?"

"네. 하지만 발톨로메오 님만 어제 즉시 풀려났습니다."

압둘이 다시금 화를 냈다.

"에잇, 재수 없어! 이 기독교도들……. 정말 질긴 운명의 장난인가, 장난의 운명인가? 도대체 무슨 악연일까? 그리고 당신들, 우리에게 형제라고 부르지 마시구려. 우린 기독교도들과 형제가 될 수 없으니까."

살라흐 딘이 나서서 말했다.

"호세아 님 가족이 도둑이라면 진작 여행 경로를 이탈했지, 갈 길을 늦추면서 멍청스레 시간을 낭비하다가 붙잡히지는 않았을 거란 생각이 드네요. 따라서 이분들은 도둑의 누명을 쓰고 있는 것입니다."

압둘이 가만히 있을 리 없다.

"어쭈! 하지만 이 사람들의 수중에 돈이 들어갔던 것은 사실이잖아? 그 돈이 또 다른 사람의 수중으로 넘어갔다는 것을 어떻게 증명할거야?"

쿨럭쿨럭.

건너편 방의 마르코가 기침을 하는 소리에 이쪽 방의 대화가 중단되었다.

마르코가 말을 건넸다.

"그 무명 보자기로 싼 네모난 상자가 말썽이로군. 그쪽 방 아가씨, 무명 보자기로 싼 것이라면 크기가 얼마만한 것이었소? 혹시 갈대로 엮어진 길쭉한 상자였고 아마포로 싼 것을 무명 보자기로 다시 싼 것이던가요?"

어머나!

라비야가 깜짝 놀라며 떨리는 목소리로 대답했다.

"그렇습니다. 댁은 뉘 신가요? 그리고 그 상자를 어떻게 알고 계신지요?"

"그 상자가 맞다면 우린 대단한 인연을 가지고 있는 셈이군."

"제 이름은 라비야. 아버지와 어머니 그리고 내 옆에 마리얌과 부모가 있는데, 댁은 이름이?"

"난 마르코라오. 피리장이이며 떠돌이 시인이지."

"기독교도이십니까?"

"그렇기도 하고 아니기도 해."

"이름이 이곳 사람들과 다르잖습니까. 혹시 세례는 받으셨나요?"

"오래 전에 받긴 했지. 콘스탄티노플에서. 알리스칸다리아에서의 이름은 마르주크. 난 원래 룸인이어서 다른 이름을 가지고 있었을 텐데, 머릿속이 어떻게 되어버렸는지 더는 기억이 나지 않아."

"상자에 대해서 말씀해주세요. 돈이 얼마나 들어 있었는지 아세요?"

"난 장님이어서 느낌으로만 알 수 있을 뿐 정확한 것은 아니니까. 돈이었는지 아니면 다른 무엇이었는지 알 수 없는 상황이었소. 어쩌면 알 필요가 없었다는 게 더 정확하겠지. 만일 돈이었다면 무게로 보건데 은화로 약 이천 디르함 정도? 하지만 나보다 두 눈이 밝은 당신들이 더 잘 알고 있을 것 아닌가?"

"아니요. 우린 정말 전혀 몰라요. 우린 똑 같은 겉모습을 한 두 개의 상자를 짐 가운데서 발견하고 깜짝 놀랐죠. 그래서 하나를 열어보았는데 그것이 우리의 짐이었기 때문에 남은 하나를 더 열어볼 생각을 하지 않았답니다. 대략의 무게조차 비슷했기 때문에 더 이상 그 내용물에 관심도 없었고, 남의 것을 가지고 왔으니 돌려줄 생각만 했답니다."

그때 압둘이 끼어들었다.

"이봐요, 기독교도 처녀, 그것이 바로 도둑질이란 것을 모르오? 말의 고삐를 끌고 오면 말 도둑이듯 말이오. 그런데 후세인 일가는 왜 여행 일정에서 갑자기 개인행동을 개시했소? 도둑질한 것이 아니라면 여행을 시작한 다음 날 새벽에 왜 다른 사람 몰래 서둘러 여관을 출발했느냐는 거요."

침묵이 흘렀다. 기독교도들 어느 누구도 대답하지 못했다.

압둘이 다그쳤다.

"왜 아무 말도 하지 못하는 거요? 우리 모두를 설득시킬 수 있는 정말 화급한 사정이 있었다면, 왜 솔직하게 말하지 못하냐고!"

"무슨 사정이었는지 말해 봐요!"

살라흐 딘도 채근했다.

이상하리만큼 조용한 침묵이 흘렀다. 그러자 살라흐 딘이 또 말했다.

"압둘, 우리가 마치 법관이나 치안관이 심문하듯 질문하고 있어요. 내일이면 다 밝혀질 텐데, 내버려둡시다."

"살라흐 딘, 자넨 우리 편이냐 아니면 라비야 편이냐? 우릴 고통으로 몰아넣은 원인 제공자들이 바로 저들이야. 따질 걸 따지는 데 안 될 거 뭐 있어? 라비야, 어서 대답해!"

무거운 침묵을 깨뜨리는 목소리가 들려왔다. 후세인이었다.

"우리가 서둘러 여관을 떠난 것은 알라딘이 카이로에서 구금되었다는 기별을 받았기 때문이었습니다."

알라딘이 누구지?

그가 구금되다니.

알라딘? 사람들의 궁금증은 모두 나흐라리야의 법학자 술라이만의 이야기와 아브야르의 대상인 아브 바크르 즉 발톨로메오의 말들을 차례로 기억나게 했다. 살라흐 딘의 형으로 믿어 의심치 않는 청년이 옥에 갇히다니.

오, 인샬라!

이 놀라운 사실은 살라흐 딘을 다시금 큰 소용돌이에 빠뜨리고 말았다. 살라흐 딘은 아무 말도 할 수 없었다. 다만 뜨거운 감정이 가슴의 한 가운데에서 용암처럼 솟아오르는데, 말할 수 없는 분노와 고통이 섞여있어 그의 온몸을 쪼개는 아픔으로 넘쳐나고 있음을 아무도 알지 못했다.

아아악!

살라흐 딘은 고개를 떨구며 피를 토하듯 비명을 질렀다.

"당신들 여섯 명은 언제까지 날 괴롭힐 작정입니까? 네게 비밀로 하고 있는 사실들을 교묘하게 감추고서 나와 함께 웃고 음식을 나누었다니! 그것이 기독교도들의 모습입니까? 내 형을 알고 있으면 속 시원히 말해 주세요. 나의 방황도 끝을 맺고 피붙이를 찾아 정착하도록 말입니다. 제발요!"

드르륵.

육중한 철문이 열리고 간수가 나타났다. 입 다물고 조용히 하지 않으면 당장 내쫓아 밤새 이슬을 맞으며 자도록 하겠다고 겁을 주었다. 유치장은 다시 조용해졌다. 간수가 가기를 기다려 라비야가 조심스레 입을 열었다.

"살라흐 딘, 자극을 하려는 의도는 전혀 없어요. 우리가 말하고 있는 알라딘이 술라이만 님이 말씀하셨던 분과 동일인인지, 또는 살라흐 딘의 친

형인지……, 확인된 사실이 하나도 없습니다만 그 고통과 슬픔은 어떻게든 위로해주고 싶어요."

눈물을 닦으며 살라흐 딘이 말했다.

"만일 그분의 말씀대로 나와 너무도 닮은 타라불리쓰 출신의 파피루스 장수가 실존인물이라면 그는 내 형이 거의 확실해요. 더구나 부친에게서 물려받은 의술을 바탕으로 그분에게 약초를 주어 병을 낫게 했다든지, 의술을 남에게 가르쳐주었다고까지 하지 않았나요? 마리얌, 말 해봐요. 이쯤이면 내게 할 말이 있을 텐데?"

살라흐 딘의 채근에 침묵하던 마리얌이 이윽고 입을 열었다.

"맞아요. 그분은 형님이세요. 그리고 이름도 마르코."

"내게 왜 진작 말해주지 않았죠? 당신들은 날 가지고 구경하고 관찰하고 있었어요."

"살라흐 딘, 처음부터 알고 여행을 시작한 게 아니랍니다. 아시겠어요? 도중에 여러 정황으로 그리고……, 그분으로부터 의술의 기초를 익혔던 내가 그분과 너무 닮은 당신을 처음 본 순간부터 마르코의 동생이 아닌가 하는 의혹을 가진 건 당연하지 않겠어요? 나흐라리야의 법학자 술라이만 댁을 방문했을 때 알라딘에 대한 그분의 설명에 그 의혹은 확신으로 바뀌었습니다."

그들이 무엇인가 숨기려 했던 것이 완전히 드러났다. 그 어떤 비밀이 숨겨져 있다는 걸 눈치 챈 살라흐 딘이 타박했다.

"당신들은 나쁩니다. 어쩜 숨기는 마음을 가지고 태연한 척 여러 날 지낼 수 있어요?"

"살라흐 딘, 이곳은 무슬림의 나라입니다. 지금 몰아닥치고 있는 기독교도에 대한 탄압을 못 보셨습니까? 하긴 당신은 무슬림이어서 당해보지 않아 그 고통을 모를 것입니다. 하지만, 우리가 열흘 가까이 이 도시까지 오는 도중에도 주변에서는 끊임없는 약탈과 전쟁이 일어나고 있었어요. 사라센 군과 토민들과의 전쟁 말입니다. 말이 토민이지 그것이 모두 기독교도를 몰아내는 데 이용되고 있다는 것 아시잖아요? 우리가 드러내놓고 우리의 신분과 당신 형의 신분을 말할 수 없었던 것을 이해해주세요. 오히려 미리 드러냈더라면 처음부터 온전한 여행이 불가능했을 거예요."

마리얌이 설명하자 압둘이 시큰둥하게 대꾸했다.

"이미 여행이 온전치 못하니 더 말할 거 뭐 있겠나!"

잠시 대화가 멈추자 하산이 물었다.

"그럼 도대체 이런 좋지 않은 시기에 당신들 기독교도들은 왜 여행에 나선 거죠?"

마리얌이 대답했다.

"사실 우린 전 재산을 팔아 알리스칸다리야를 떠난 것입니다. 미지의 세계로 가고 있는 것이죠. 박해가 없고 평등한 자유로운 곳으로 말입니다. 같은 하느님을 모신 공동체를 찾아가는 것입니다. 당신들은 돌아올 곳이 있지만 우린 다릅니다. 어디로 가야할지 하루하루 마음속은 불안감에 휩싸인답니다. 유일한 즐거움은 기도시간이죠. 하느님의 지시를 따라 갈대아의 우르를 떠난 아브라함의 심정이라고나 할까."

"아브라함이라면?"

"이브라힘이라고 당신들이 부르는."

그러자 바로 그때 옆방의 피리장이도 한마디 거들었다.

"거참 심오한 대화로군. 나라고 가만히 있을 수 있나. 집도 절도 없이 떠나버린 모양새로 보아 나와 비슷한 신세인데. 평등하고 자유로운 곳이 세상에 있을까? 나도 여태껏 못 찾았는데. 오히려 눈이 멀어버리니 찾아지더군. 내 안에서 말이야. 사람들은 먼 데서 행복을 찾으려고들 하니 못 찾고 마는 거야. 알라께서 인간에게 행복을 주실 때 인간들이 쉽게 찾지 못하는 곳에 숨겨두려고 천사들을 불러 회의를 여셨다지. 지혜의 천사는 땅 속 깊숙한 곳에 행복을 숨겨두자고 제안했고 다른 천사들은 반대했대. 인간들이 땅을 파서 행복을 끄집어 낼 것이기 때문이었지. 다른 천사가 바다 속 깊이 숨겨 두자고 했지만 다른 천사들이 반대했다네. 바다 속까지 들어가 행복을 찾아낼 것이기 때문이었지. 고심 끝에 산꼭대기를 생각했는데 인간들이 산을 정복하고 행복을 발견해낼 것이기 때문에 취소되고 말았대. 한 천사가 행복을 인간의 마음속에 숨겨두자고 제안을 했고 알라께서 그 방법을 취하셨다네. 그래서 사람들은 많은 노력을 해야만 마음속의 행복을 찾아 만끽할 수 있게 하신 것이었지. 그런데 그때 다른 천사들이 맞장구쳤던 말을 들어봐. '맞아, 맞아! 인간은 어리석기 때문에 아마도 자신의 마음속에서 행복을 찾으려 하지 않을 거야.'"

미지의 세계로 가고 있다니!

박해가 없고 평등한 자유로운 곳.

이 말들은 살라흐 딘의 가슴에 오래도록 남았다.

이튿날 아침 기도시간이 지나서 법정이 열렸다. 와병중인 법관 아슈마린을 대신해 법학자 아부 까심이 어제에 이어 오늘도 근엄한 얼굴로 입장했다. 미리 대기해있던 치안관과 서기, 간수들, 증인들과 열 명의 피고소인이 기립하자 아부 까심 재판장은 실내를 한번 휘 둘러보고는 한가운데 자신의 자리에 앉았다.

"재판을 속개합니다. 어제의 재판에 이은 내용이어서 오늘은 몇 가지 증인심문을 하고 판결을 내리도록 하겠습니다. 먼저 간통사건에 관한 것인데, 고소인의 고소내용을 여러 번 읽어보았고 어제 법정에서 공개적으로 물을 수 없는 내용은 직접 심문을 했습니다. 고소인 하미다 일어서시오. 고소인은 고소장에서 장님이 자신을 강제로 접촉했다고 했는데, 본 재판장이 직접 확인한 바로는 장님이 기억하고 있는 여성의 외모가 실제와 차이가 많이 나고, 고소인 역시 피고소인의 신체의 특징을 말하지 못하는 것이라든지, 고소인이 피고소인의 포옹으로 졸도를 했던 관계로 실제의 성접촉을 확인하는 데에는 어려움이 많았습니다. 하지만 고소인이 처녀의 몸이라면 속옷을 증거물로 확인할 수도 있겠으나 과부출신이라서 그 방법은 별로 의미가 없었습니다. 다만 당사자 간의 혼인이 성접촉의 부당성을 덮어준다는 우리 사회의 미풍양속에 따라 고소인의 주장대로 피고소인이 혼인을 받아

줄 용의가 있는지와 병행하여 심리하는 게 좋겠습니다. 피고 마르코 일어서시오. 피고는 어떤 의도를 가지고 고소인을 포옹한 것인지를 말해주도록."

"저는 옛날 애인과 목소리가 똑같은 사람을 만나 얼굴을 확인하기 위해 더듬었습니다."

"그럼 장님으로서 성적 의도가 전혀 없이 더듬거리기만 했다는 것인데, 왜 그녀가 졸도를 했을까? 강제 피부접촉도 태형으로 다스리도록 정해져 있으니 잘 답변하도록."

"그녀는 오랫동안 남자의 경험이 없이 홀로 지내왔을 것입니다. 그래서 제가 보기엔 아마도 그녀가 너무 당황한 나머지……."

판사가 얼굴을 고소인 쪽으로 돌렸다.

"고소인은 피고의 설명을 인정하는가?"

사람들의 시선이 모두 그녀에게로 쏠렸다. 그녀의 입술이 부르르 떨렸다.

"예."

"그럼 무슨 증거로 그를 성폭행으로 고소했나?"

"재판장님, 그가 성폭행을 하지 않았다는 증거도 없습니다. 제가 졸도해 있던 동안에 무슨 일이 있었는지 모르잖습니까?"

"이런! 어리석은! 그런데 어제 보호자 자격으로 온 아흐마드가 오늘은 고소인으로 와 있군. 하마다는 아흐마드와 무슨 관계인가?"

법관이 아흐마드에게 물었는데 순간 아흐마드는 갑자기 기침을 해대며 왠지 대답을 지연시켰기 때문에 선뜻 대답한 것은 하마다였다.

"아무런 관계가 아닙니다. 다만……, 자위야 부근에서 울고 있던 제게 다가와 위로해주신 분이고 고소방법을 가르쳐 주신 친절한 분이십니다."

"이런 남녀관계에서 고소는 친정의 오빠나 부친이 하는 게 관례인데, 모르는 남자가 가르쳐 주었다니. 더구나 사건의 목격자도 아니면서. 어째 좀 이상하지 않은가?"

"……."

"피고소인은 아직 말하지 않았다. 고소인의 혼인의 제안을 받아들일 건가?"

순간 법정은 찬물을 끼얹은 듯 조용해졌다. 이윽고 마르코가 입을 열었다.

"저는 그녀의 제안을 받아들일 수 없습니다. 저는 죄를 저지르지 않았습니다. 그리고 저는 떠돌이이고 한 곳에 정착할 수 없는 몸입니다. 저를 지아비로 모시고 사는 게 그녀에겐 가혹한 처사가 될 것입니다. 부디 헤아려 주십시오."

"고소인은 피고소인의 증언을 인정하는가?"

"……."

소리가 들리는 둥 마는 둥 그녀의 대답은 가늘고 힘이 없었다.

"이것으로 첫 번째의 고소 건은 정리가 됐습니다. 그녀가 졸도해 있는 동안에 일어난 일에 대해 아무런 증거도 제시되지 않았으므로 막연한 추론에 의한 고소 건은 성립되지 않음을 판결합니다. 고소인이 무고나 억지가 아닌 무지로 인한 고소였기 때문에 고소인에 대한 무고죄 등도 묻지 않겠습니다. 차제에 고소인은 좋은 신랑감을 만나도록 노력하고, 피고소인은 청맹과니란 사실이 남에게 객관적으로 드러나기 전에는 모든 행동에 있어 조심하도록 하시오. 이상 간통사건의 판결을 마치고, 이어서 절도 건을 심리하겠습니다. 새로이 추가된 증거물이 있어 치안관으로부터 조서를 듣도록 하겠습니다."

과부와 피리장이 마르코가 각각 따로 퇴장하고 잠시 휴식이 있은 후 치안관이 일어섰다.

"존경하는 재판장님. 새로운 증거물이란 다름 아닌 여섯 명의 사람들입니다. 이들 중에는 범인으로 지목되는 피의자가 있어서 증거물로서는 거의 확정적인 가치가 있음을 밝힙니다. 아브야르 시 형리들이 아브 바크르 대상인 집에서 이들을 체포하여 재판을 위해 여기로 압송했습니다. 여기 그곳 법관의 의견서도 있습니다. 그들을 야브야르에서 잡지 않았더라면 중요한 증거물을 놓칠 뻔했습니다. 제가 장시간 심문한 결과 호세아의 가족 세명이 문제의 돈 상자를 훔쳐냈다는 사실을 알아냈습니다. 그 속에 있던 돈은 약 오천 디르함 정도였습니다. 아흐마드 맞지요?"

"네."

아흐마드가 헛기침을 하며 나지막이 대답하자 치안관은 보고를 계속해 나갔다.

"그리고 마리얌의 가족도 공범의 가능성과, 아닐 경우 후에 그 사실을 알았으면서도 신고하지 않은 죄가 있으며, 어제 붙들려 법정에 섰던 세 사람도 신고하지 않은 사실 즉 불고지죄가 있음을 밝힙니다."

재판장이 물었다.

"그럼 살라흐 딘과 압둘, 하산은 죄목이 절도죄가 아닌 범인 은닉죄로 바뀌는 것인가?"

"이미 서류들을 수정해놨습니다. 그들은 공범 내지는 범인 은닉죄로 고발되어 있습니다."

서류를 훑어본 재판장이 고개를 들었다.

"왜 범죄사실을 알면서 신고하지 않았나? 살라흐 딘과 마리얌이 차례로 대답하도록."

살라흐 딘이 일어섰다.

"존경하는 재판장님, 저희의 눈으로 절도 현장이나 장물을 보지도 못했고 그들을 만난 것도 루크바일 축제의 해산 인파 속이었다는 사실, 다시 말씀드립니다."

그러자 치안관이 반격했다.

"하지만 이미 다만후르에서 호세아의 가족 셋이 사라지고 아흐마드에 의해 돈 상자의 분실이 공표되었을 때부터 호세아의 절도 사실을 알고 있었잖은가?"

"그건 물증에 의한 게 아니라 아흐마드에 의해 일방적으로 주장되고 있었던 내용입니다."

치안관은 눈이 충혈 된 채 다시 질문했다.

"그렇다면 그들을 만났을 때 어떤 말을 주고받았나?"

"우린 즉시 그 상자에 대해 추궁했습니다."

방청석이 잠시 술렁였다.

"그들의 반응은 어땠지?"

"절도하지 않았다고 주장했습니다. 급히 출발하느라 서두른 결과 동이 터서야 문제의 상자가 자기들 수중에 있음을 알았다고 말했습니다. 두 개가 똑같이 생겼기 때문이라며."

쩝.

입맛을 다신 치안관은 살라흐 딘을 앉히고 호세아를 일으켜 세웠다.

"자, 호세아 잘 답변하길 바란다. 어제 조사에서도 혐의사실을 모두 부인했다. 부인한다고 해서 면책되는 게 아니란 것을 기억하기 바란다. 그 상자는 누가 가지고 나왔나?"

"잘 모릅니다. 저희가 다음 도시로 가던 길에 오아시스에서 휴식을 취하려고 할 때 딸아이의 낙타 안장에 매어 있는 상자가 제가 타고 있던 낙타의 안장에도 매어 있었습니다. 저는 깜짝 놀라서 두 개의 똑같이 생긴 상자 가운데 딸아이의 안장에 매어 있던 것을 먼저 풀어보았습니다. 그 결과 그것이 원래의 우리 것이란 걸 알았습니다. 그 아이의 물품들이 들어있었거든요."

재판장은 치안관을 제지하고 직접 심문하기 시작했다.

"무엇이 들어있었는지 구체적으로 밝히도록."

허걱.

순간 여섯 사람 모두 긴장하며 얼굴이 굳어졌다.

후세인은 얼굴이 하얗게 변한 채 느리게 대답했다.

"책이 들어 있었습니다."

"무슨 책?"

"기독교도들의 성서로서 양피지 복음서 한 권이 있었습니다."

법정이 순간 쥐 죽은 듯 고요해졌다.

정말 그것뿐이었을까?

여섯 명이 그토록 숨기려 했던 것이 또 있었다. 후세인이 끝내 입 밖에 내지 않았지만 자신들의 상자 속 가죽 자루에 복음서와 함께 또 다른 대단한 것이 있었다는 사실이다. 어쩌면 복음서는 오히려 그것에 곁들여진 것일 뿐이다.

"그대들이 기독교도라는 것은 알고 있다. 그럼 다른 상자에는 무엇이 들어 있었나?"

재판장의 목소리가 크게 울려 퍼졌다.

"잘 모릅니다. 남의 것임이 드러난 이상 열어볼 수가 없었습니다."

"아흐마드는 그 상자에 돈이 들어있었다고 했는데 그대도 그 주장에 동의하나?"

"그럴 수도 있겠지만 잘 모릅니다."

후세인의 대답은 의외로 담담했다.

재판장의 눈이 날카로워졌다.

"그대의 안장에 매어있던 상자가 남의 것이라면 그 책임은 그대에게 있으니, 확실하게 말하도록!"

"다소 무거웠고 남의 물건이라서 열어볼 생각은 애당초 없어서 잘 모르겠습니다."

재판장이 고개를 갸우뚱하며 자세를 고쳐 앉았다.

"약간의 문제가 발생했군. 분실자는 돈이라고 하는데, 습득자는 모르겠다니?"

"낙타의 안장에서 풀다가 떨어뜨리고 말았지요. 묵직한 소리가 나더군요."

"그럴듯한데? 그렇다면 그 돈을 어디에 숨겼는지 밝히기만 하면 된다. 그 돈을 돌려주면 벌을 가볍게 내리도록 탄원하겠다는 게 고소인의 생각이다. 아흐마드, 아직 고소 취하 등 심경의 변화는 없겠지?"

아흐마드는 헛기침을 하고는 일어섰다. 그의 두 눈이 번득였다.

"당연합니다요. 저는 돈만 찾으면 재판장님께 건의하여 이 부질없고 지리멸렬한 추적을 종지부 짓고 어서 원래의 여정에 올라야 한다고 생각합니다. 그것이 알라의 위대하신 뜻일 것입니다."

아흐마드가 앉자 호세아에 대한 재판장의 심문이 이어졌다.

"그 상자가 없어졌다는 게 말이나 되나? 제 삼자로서 증인이 있나? 혹시 아흐마드도 제 삼의 다른 증인이 있다면 대보도록!"

아흐마드와 호세아가 제 삼의 증인을 대지 못해 머뭇거리자 재판장이 말했다.

"잠깐. 피고들은 문제의 그 상자의 생김새를 설명해보도록."

"우리 상자는 갈대로 엮은 상자로서 아마포로 싼 것을 분홍색 무명보자기로 다시 싼 것인데요."

"아까 퇴장한 마르코를 찾아오게나. 어제 그가 한 말이 생각났다. 그자가 어떤 도시에서 무명 보자기로 싼 상자를 심부름했다고 했었지."

또다시 법정이 조용해졌다.

수사의 흐름을 바꿀 수도 있는 중대한 단서가 드러날 순간이었다. 법관이 마르코를 찾으라는 명령을 내린 순간 등에서 식은땀이 흘러내린 사람이 있었다.

아흐마드.

아흐마드는 심각한 표정으로 얼굴을 일그러뜨렸다. 그의 표정을 놓치지 않고 발견한 살라흐 딘은 문 밖에서 간수들이 돌아오는 소리가 들리자 희망을 가지고 문 쪽을 주시했다.

하지만 간수들은 빈손이었다.

"재판장님, 죄송합니다. 그를 찾을 수 없었습니다. 시간을 더 주시면 군인들의 도움을 받아 도시를 샅샅이 뒤질 수 있을 것입니다."

간수들의 보고에 아흐마드는 가슴을 쓸어내렸다.

법관이 목청을 높였다.

"그만들 두게! 호세아에게 다시 묻겠다. 그대가 주장하는 분실 장소는 어딘가?"

"피와 시의 시장터였습니다. 요기를 하기 위해 케밥을 사려다가 먼저 낙타에게 해갈을 시켰습니다. 아무리 말 못하는 동물이지만 주인에게 쉬지 않고 봉사했거든요. 그러다보니 우물가에서 짐들을 잠시 풀어 내려놓았습니다. 정말 잠시였습니다. 그런데 낙타가 물을 마시고 쉬는 동안 막상 케밥을 사먹고 돌아와 보니 문제의 상자가 사라지고 없었습니다."

엄밀히 말해, 케밥을 먹는 동안 이상한 기분을 떨칠 수 없던 호세아는 그 상자를 열어보리라 결심을 했지만 막상 와보니 황당하게도 그게 없어지고 말았다.

재판장은 묘한 표정으로 한참을 망설였다. 침묵이 흘렀다.

"자, 이제 어떤 결론을 내려야 한다. 아흐마드에게 묻겠다. 그대가 분실했다는 상자 속에 무엇이 들어있었나?"

"말씀드렸듯이 은화 5천 디르함이 들어있었습니다."

"증명할 수 있나?"

법관의 날카로운 시선이 아흐마드를 정면으로 보았다. 친소관계를 떠나 법정은 법정이다. 아흐마드는 순간 머뭇거렸다.

오랜 장사로 온갖 잔머리만 발달한 그에게도 역시 비밀이 있었다. 그래서……, 일이 이렇게 된 이상, 자신의 상자 속 가죽자루에 큰 가치를 지닌 대단한 물건이 들어있고 은전은 단 한 디르함도 들어있지 않았다고 진실을 말할 수는 없었다. 소경 마르코를 시켜 이미 자기 수중으로 돌아왔으므로 고소를 취하해도 전혀 손해 볼 것은 없지만, 이 기회에 아홉 명을 이 문제와 함께 엮어서 떼어버릴 속셈을 더욱 굳혀가고 있던 터다.

만일, 간수가 소경시인을 찾아왔더라면 산통이 깨어지고 말았을 것이다. 하지만 이날은 알라의 천사가 아흐마드를 도와주고 있었다.

"그것을 증명할 제 삼자가 있으면 대보도록!"

법관이 다시 아흐마드에게 재촉했다.

하지만 그는 증거를 댈 수가 없었다. 매수해놓은 간수가 있긴 한데 잘못하면 덤으로 뒤집어 쓸 수도 있다. 아흐마드가 진땀을 흘리며 머뭇거리자 재판장이 입을 열었다.

"고소인의 증거도 역시 불충분하다!"

와!

아홉 명의 입에서 순간 환호가 터져 나왔다.

그 순간 아흐마드가 일어섰다.

"존경하는 재판장님, 알라의 지혜의 천사께 의존하여 판단해주시기 바랍니다. 저에게는 소중한 재산이고 저는 그것을 꼭 되찾아야 합니다. 호세아가 범인임이 확실한 이상 그에게 변제케 하거나 처벌하여 주시길 간청합니다."

"그렇다면 마리얌 가족과 살라흐 딘 일행의 혐의가 없다는 의미로 해석해도 되겠나?"

"그들에게도 공범 내지 은닉의 혐의가 있으므로 헤아려주시기 바랍니다."

아흐마드는 주장을 굽히지 않았다.

"너의 주장대로라면, 5천 디르함이 있었으니까 변제할 수 없을 경우 그에 해당하는 벌로서 피의자의 손목을 자르면 된다. 렉스 탈레오네스, 즉 손에는 손이라는 법칙이 있지 않은가! 하지만 변제할 경우에는 가벼운 태형이나 노동으로 죄를 다스리면 되는데, 상자 안에 얼마가 있었는지 증명할 길이 없으니! 그리고 만일, 마르코가 사기를 당해서 날라다 준 상자가 바로 그 상자인 듯도 한데 심증만 있으니……, 만일 그게 사실이라면 피고들은 무죄이다. 그럴 경우……, 호세아에게 벌을 준 것이 나중에 그가 무죄로 판명이라도 되면 그건 사람을 사랑하시는 알라의 뜻을 거스르는 것이 된다. 따라서 호세아는 무죄일 수도 있고 액수에 따라서는 태형으로부터 손목절단에 이르는 벌칙까지 줄 수도 있다."

바로 그때 하산이 재판장의 눈치를 보며 일어섰다.

"자비로우신 재판장님, 허락하신다면 하산이 한 말씀드리겠습니다. 어젯밤에 유치장에서 마르코로부터 그 상자 안에는 약 2천 디르함 정도의 돈이 들어 있을 것이란 말을 들었습니다."

"알았다. 하지만 마르코의 그 말도 그 상자가 아흐마드가 분실한 상자인지 확실치 않는 상황에서는 별반 도움이 되지 못한다."

아흐마드가 일어섰다.

"재판장님, 저자들이 유치장에서 공모를 하고 입을 짜 맞춘 듯합니다. 부디 헤아리시어 범인들에게 법질서의 확실한 교훈을 보여주시기를 간청합니다."

재판장이 한숨을 내쉬며 말했다.

"호세아, 너의 말을 한번 들어보자."

"저는 죄인입니다. 도덕적으로나 신앙적으로 내세울 것이 없는 피조물입니다. 제게 벌을 내려주신다면 달게 받겠습니다. 이제 와서 제가 결백을 주장한들 무슨 소용이 있겠습니까? 제가 희생되어 이 여행이 처음처럼 다시 재건될 수만 있다면 저에게 부디 처벌을 내려주시기를 바랍니다. 다만 저를 뺀 나머지 여기 있는 모든 사람들은 너그러이 면책하시어 훈방하시기를 간청합니다."

재판장 아부 까심도 한참을 생각했다.

무거운 분위기 속에 침묵이 흘렀다.

"자. 이제 판결을 내리겠습니다. 이 사건을 해결하기 위해서는 치안관의 노력으로 마르코나, 만수르라는 사기꾼 등 증인을 확보하고 아흐마드의 여행경비 총액의 출처와 각출액의 대조가 필요할 것으로 생각이 됩니다. 따라서 더 시일이 필요하고 대리 재판장으로서 증거가 불충분한 이 사건을 판결하기엔 부담이 크기 때문에 이들 아홉 명을 더 큰 법정이 있는 카이로로 압송하며 일체 서류들도 함께 보내기로 결정합니다. 호송책임자는 내일 이들을 안전하게 카이로로 호송하도록 명령합니다. 아울러 이웃 도시에 통발을 보내 두 증인을 수배하도록 하시오."

마르코와 만수르 두 증인의 수배가 결정되면서 재판은 일단 끝났다. 도적떼에 끌려간 사람들을 빼고 처음 출발할 때의 숫자가 그대로 다시 구성되었지만 일부는 영어의 몸으로 압송이 되는 이상한 여행이 되었다.

노새와 외봉낙타에 올라탄 아흐마드 일행은 처음 알리스칸다리야를 출발할 때처럼 마할라툴 카비라시를 출발했다. 썰렁한 몸짓으로 자신의 낙타에 올라탄 아흐마드는 자기 안장에 매단 가죽자루를 슬그머니 눈여겨보았다. 그는 속으로 중얼거렸다.

"상자를 버리고 자루만 가지고 다닌 게 천만다행이로군. 하마터면 후세인 녀석의 것과 대조시킨다며 까발려질 뻔했어."

말을 탄 호송병들이 맨 앞과 맨 뒤에서 일행을 감시하며 행진을 시작했다. 말틴이란 도시가 처음 나타났다. 나일 강물과 지중해의 바닷물이 합쳐지는 티니스 호수의 호안에 위치해있는 도시였다. 이 도시에서는 잠시 휴식만 취하고 갈 길을 재촉하여 해질 무렵에 팀아트 시에 도착했다. 마침 강가의 여관을 숙소로 결정하고 모두 휴식과 저녁식사를 위한 세안을 했다. 마침 여관의 집사장이 있어서 압둘이 그에게 말을 건넸다.

"안녕하시오. 인상이 좋아 보입니다. 나는 압둘이라고 합니다만."

"환영합니다. 오늘 투숙하시는데 어려움이 없도록 주인께서 명령을 내리셨습니다. 나는 이쓰하크라고 합니다."

"창문으로 내다보니 강물이 바로 보이고 경관이 빼어나군요."

"보시다시피 강 연안을 따라 민가가 발달하여 집안에서 강물을 곧바로 퍼 올려 사용하고 있을 정돕니다. 바나나 나무가 무성하고 이곳의 바나나는 당도가 높아 미스르까지 팔려나갑니다."

"미스르라면 카이로의 옛 이름이 아닙니까?"

"그렇습니다. 바나나 나무가 무성하고 양이 많아서 '단 과일이 성벽이며 양이 수호견이다' 라는 속담도 생겨났을 정돕니다."

"다른 특산물도 있나요?"

"살찐 바닷새들이 있고……, 물소 젖이 일품이죠. 저녁상에 나갈 부리라는 생선도 맛이 좋습니다. 부리는 샴과 소아시아에 수출되는 상품이지요."

일행이 몸을 씻고 있을 때 한 떼의 상인들이 들이닥쳤다. 그들은 샴에서 온 자들로서 바그다드에서 가져온 모슬린과 모시, 비단과 무명 등 중국에서 온 천들, 인도의 피륙을 팔러 다니는 자들이었다. 그들은 시나이반도의 왕의 길에서 일어난 사라센 군과 토민들 간의 전투를 생생한 화젯거리로 전했다.

저녁식사 후 배정된 방으로 돌아왔을 때 압둘이 물었다.

"살라흐 딘, 이맘께서 카이로에 가면 만나라고 써주신 편지가 있었는데, 그게 제대로 있나 한번 찾아보게."

"맞아요! 이맘 샷 슷 딘 알 할리리 님이셨는데. 여기 있네요."

살라흐 딘은 봉인이 된 편지를 짐 속에서 꺼냈다.

"소중히 쓰일지 모르니 잘 보관해. 그런데 우린 어떻게 될까?"

"어떻게 되긴요. 당연히 석방되겠죠. 우리야 무슨 죄가 있어요? 알라께서 알고 계시는 한 절대 어려운 상황에 빠지지는 않을 것입니다."

"알라의 이름을 함부로 부르지 마라. 아흐마드가 알라를 그렇게 외치고 있지만 어딘지 어색하고 이상한 사람이잖니. 어서 그와 결별해야 우리가 살 것이야."

압둘의 말이 끝나자 하산이 말했다.

"만일 두 증인이 끝까지 나타나지 않는다면 우리에게 불리한 판결이 떨어질까요?"

"누구 맘대로. 간절히 기도하면 알라께서 들으신다고 하지 않았나?"

"알라의 이름을 함부로 부르지 말라고 하실 때는 언제고……."

하산이 압둘에게 볼멘소리를 했다.

"옛! 상황이 불리할 경우엔 내게도 쌍구가 있지. 도망을 치는 거야!"

"네?"

두 젊은이는 합창하듯 놀랐다.

"조용히 해. 아마도……, 내 추측이지만 호세아의 가족은 처벌을 받을 것 같아."

"그들은 도둑이 아닐 걸요? 아시잖아요."

"우린 결백하니까 걱정은 안 한다. 호세아의 앞일은 그의 몫일 뿐."

세 사람은 오랜만에 기도도 하고 자신들의 여행의 성공을 기원했다. 호송관들은 무장을 하고는 있었으나 심한 간섭을 하진 않았다. 아흐마드의 인솔아래 일행은 파라쓰쿠르, 아슈무눌 룸만, 싸맛누드 등의 도시들을 거쳐 마할라툴 카비라 시를 출발한 지 삼 일만에 드디어 카이로에 도착했다. 배를 타기도 하여 출발할 때 타고 갔던 낙타는 모두 나귀로 바뀌었다가 다시금 낙타로 바뀌었다. 도착한 시각이 해가 질 무렵이어서 유치장에서는 다음 날 아침에 그들을 받기로 되어 있는 바람에 호송자들 모두는 나머지 여행자들과 함께 한 여관에 묵게 되었다. 저녁식사와 방의 배정도 당연히 호송인 아홉 명과 나머지 여행자들로 분류되어 다루어졌다. 국제도시의 면모 그대로 다양한 인종의 사람들이 각양각색의 의상을 입고서 여관에 투숙하고 있었다.

"저 사람들은 룸인들이죠?"

하산이 낮은 소리로 압둘에게 물었다.

"가서 직접 물어보지 그러니?"

압둘의 대답 또한 시큰둥했다. 하얀 피부와 빛바랜 머리색을 한 그들은 알 수 없는 언어를 지껄이며 그들 곁을 지나갔다. 잠시 후 학자풍의 사람들이 경건한 표정을 지으며 그들 곁을 지나갔다. 무슬림으로서 샤이흐나 이맘 혹은 알림으로 보이는 그들을 보며 하산이 입을 다물지 못하자 압둘이 핀잔을 주었다.

"하산, 눈 좀 제대로 돌려라. 그러다 눈알 돌아가겠다. 도심지에 가면 너 같은 촌뜨기들은 정말 돌아버리겠다. 카이로는 원래 이런 곳이야. 알라의 숨결이 느껴지는 곳이지. 학자와 무식자, 엄숙한 자와 웃기는 자, 비천한 자와 고귀한 자, 무명인과 유명인, 그리고 여러 인종이 공존하는 곳이야.

도시가 얼마나 넓은지 모르지? 열흘을 주어도 한 바퀴를 다 못 돌 곳이야. 낙타로 물 장수하는 사람만도 일만 명이 넘는다더라."

"어떻게 그걸 아세요?"

"내가 젊을 때 메카와 메디나에 갔다 온 일이 있다고 말했던 거 기억나? 알리스칸다리야와 딤야트까지 여러 자재와 재료를 실어 나르는 배만도 수만 척은 될 거야. 나일 강을 따라 상이집트까지도 연결된다는 말씀이지."

저녁 식사 내내 하산은 낙타 물장수를 하시던 아버지를 생각하며 우울한 마음에 더 이상 아무런 말도 하지 않았지만 압둘은 신이 나서 여관의 집사장에게 온갖 질문을 해댔다.

"알라우다라는 유원지가 지금도 놀만한 곳인가요?"

"그럼요. 가본 적이 있나보죠?"

"청년시절에 가보았어요."

"토민들과의 전투로 곳곳에 손상된 곳이 있다더군요."

"기독교도들 말입니까?"

"말도 마세요. 그들을 쫓아내야 우리가 편안해질 겁니다."

집사장은 아홉 명 중에 기독교도가 절반이 넘는다는 것도 모르고 지껄이고 있었다. 압둘이 걱정스런 얼굴로 물었다.

"집사장, 최근에 시나이를 통과하는 왕도에서 무슨 일이 일어나지는 않았겠죠?"

집사장이 고개를 절레절레 저었다.

"그 놈들 가운데는 사람 유골을 수집하는 놈들도 있다더군요. 별 이상한 놈들도 다 있죠?"

집사장의 이 말에 순간 움찔한 사람들이 있었다.

아흐마드, 그리고 여섯 명의 기독교도들.

이들은 순간 호흡이 멎을 뻔했으나 모두 다 태연자약했다. 이상한 공기가 흐르자 집사장은 이들이 재판에 넘겨질 사람들이란 걸 알고 있었는지 갑자기 경계의 눈빛을 가지고 압둘과 나머지 여덟 명을 훑어보았다.

"이상하게 보지 마시오. 나는 다만……, 다만……, 카이로 사람들이 낙천적이고 쾌활하고 놀기를 즐기는 마음 넓은 사람들이라고 알고 있어서. 우리의 최종 목적지인 알 쿠드스로 가는 길이 요즘 같은 시기에 무사한지 알고 싶을 뿐이었소."

압둘이 애써 설명했다.

"그래도 안심하지 못하죠, 며칠 전에 우리 여관에 들른 대상들은 토민들에게 짐을 절반이나 잃었다더군요."

"아직도 중국산 비단을 최고로 쳐줍니까?"

"그렇소이다."

"웅장한 오마르 븐 아쓰 사원이 있었는데. 내가 거기서 예배를 보곤 했었죠. 가까운 곳에 자위야가 있어서 가본 적도 있었고요."

"카이로에는 자위야가 수도 없이 많습니다."

"그들은 순나를 추구하는 수행자들인가요?"

"대개는 수피유[52] 들입니다."

"수피유라뇨?"

"신비주의자들입니다. 왜 있잖아요. 사치풍조에 반대하여 출현한."

"……?"

"양털로 짠 거친 의상을 입고 있어서 그렇게 부르잖아요. 나중에 큰 정치 세력이 될지 누가 압니까?"

"처음 듣는데요."

"그렇지만, 그들은 식사방법도 수도자답게 하고 있는가봅니다. 빵 한 개와 국 한 그릇이 전부이고, 하루 두 끼 식사에 옷도 여름옷 겨울옷 두 벌뿐이랍니다. 놀랍죠?"

"알라를 가까이에서 모시려면 그 정도 가지고도 부족할지 모르죠."

압둘의 대꾸에 이어 마리얌이 대화에 끼어들었다.

---

52) 신비주의인 수피즘 신자. 수프 즉 양털로 짠 거친 옷을 입고 있음.

"그분들은 통일된 교리를 갖고 있지는 않지만, 여섯 가지 수행과정을 거쳐 무아의 경지에서 알라와 융합한다는 게 그분들의 공통된 이론이라고 들었습니다."

여섯 가지 수행과정이란 독경, 염송, 예배, 명상 그리고 금욕과 고행을 말한다.

허걱.

거침없고 유식한 그녀의 말솜씨에 좌중은 모두 그녀를 쳐다보았다. 집사장도 놀랐다.

"소녀는 참으로 유식한 사람이군요. 그런 딸을 둔 부모는 행복하시겠습니다. 부모님께 알라의 평화가 있기를!"

마리얌의 부모는 아무런 내색도 하지 않고 미소를 지으며 식사를 계속했다. 마리얌도 미소를 지으며 한마디 덧붙였다.

"수피즘 고행자들은 플라톤주의와 기독교, 인도사상까지 연구한다던데, 정말인가요?"

기독교 이야기가 나오니까 압둘은 코를 돌렸고 집사장도 황급히 방을 나가버렸다. 식사가 끝나려던 참이어서 어색해진 분위기는 자신들의 방으로 돌아가는 것으로 해소되었다.

방으로 돌아온 살라흐 딘이 압둘에게 물었다.

"아까 마리얌이 식탁 아래 가방에서 만지작거린 책이 무슨 책일까요?"

"난 못 보았는데?"

"전에 하산을 치료할 때 그네 가방에서 **빠져** 나왔던 책이었어요."

"관심 갖지 마. 기독교도가 보는 책인데 뭘 그러나."

"식사 때 호세아 가족의 모습을 한번 보셨어요?"

"난 식사하느라 못 보았는데?"

"자신들의 운명을 받아들이려는 듯 결연한 모습이었어요."

"당연히 받아야지. 자신들이 변명한다고 면책될 수는 없는 일 아냐?"

"압둘, 한 가지 의아한 게 있어요."

"뭔데?"

"자신들이 위험에 처해 있다는 것을 알면서 느슨한 경비를 틈타 도망갈 생각은 왜 안 하는 거죠?"

"뭐라고?"

압둘은 놀라서 할 말을 잃었지만 하여튼, 그들은 왜 도주하지 않는 걸까?

"정말로 결백하기 때문이 아닐까요?"

"이런 메추라기! 결백한데도 죽음의 굴로 들어가는 바보가 어디 있니?"

"알라께서만 아시겠지만, 죽음도 두려워하지 않는 그런 대단한 신앙심은 아닐까요?"

압둘은 살라흐 딘을 다시 쳐다보았다.

"너 그러다가 돌라, 쯧쯧."

다음 날 아침기도 시간이 지나자 그들은 호송관들의 호위 속에 아홉 명이 따로 불려나갔다. 그들은 묶이진 않았지만 긴장한 채 자신들의 낙타에 올라탔다. 한 시간을 가자 카이로 시내의 한 지역의 법정이 모습을 드러냈다. 큰 규모에 압도된 그들은 주눅이 들었다. 몇 가지 서류를 건네주는 것으로 인수인계를 끝낸 호송관들은 뒤도 돌아보지 않고 떠나버렸다. 새로운 행정관들과 형리들만이 싸늘한 시선으로 그들을 맞이했다. 그들은 유치장으로 안내되어 다시 수감되었다.

압둘이 간수에게 물었다.

"오늘 법정은 안 열립니까?"

"안 열리긴. 오늘 재판이 얼마나 큰 재판인지 모르고 하는 말인가? 알리스칸다리야의 악인 알라딘이 사형선고 받는 날이잖아. 자네들은 내일 재판을 받을 거니까 신경 꺼!"

압둘과 간수가 나누는 대화 가운데 살라흐 딘의 귀가 번쩍 뜨였다.

알라딘.

가슴이 철렁 내려앉았다. 그가 말하는 알라딘이 형이라면, 형이 사형선고를 받다니. 설마 아니겠지! 그는 믿고 싶지 않았다. 유치장에 들어가는 살라흐 딘의 걸음걸이는 조금씩 흔들거렸다. 잠시 후 복도의 맨 끝 구석방에서 간수의 목소리가 들렸다.

"알라딘, 나와라!"

피의자가 간수 뒤를 따라 나오는 소리가 들리고 걸음 소리가 이쪽을 향해 점차 크게 들려왔다. 간수 두 사람에 의해서 앞뒤로 호송되는 그가 살라흐 딘의 감방 앞을 지나가고 있었다. 살라흐 딘과 두 사람도 자연히 그쪽을 응시했다. 순간 살라흐 딘은 심장이 멎었다.

"어? 알라딘!"

끌려가는 사람도 얼굴을 돌려 살라흐 딘을 보자 걸음을 멈추었다.

"살라흐 딘!"

그들은 철문의 좁은 창살 사이로 서로 손을 맞잡았다. 전광석화처럼 짧은 순간에 하염없는 눈물이 살라흐 딘의 얼굴에 흘러내렸다. 하지만 알라딘은 이런 일에 잘 훈련된 사람처럼 표정 없이 맑은 눈빛만을 주었다. 살라흐 딘은 아무 말도 할 수 없었다. 아무런 말도 나오지 않았다.

간수가 알라딘에게 날카롭게 물었다.

"어서 가자! 잘 아는 사이냐?"

"어릴 적 이웃에 살던 청년입니다."

알라딘은 얼굴 가득히 웃음을 지어 보이면서 오른손을 들어 이마와 입술과 가슴에 작은 십자가 성호를 긋고는 멀어져 갔다.

"알라딘! 제이납 누나는 알리스칸다리야에 살고 있어. 이맘의 부인이 되었어!"

살라흐 딘의 목소리만 긴 복도의 끝에 부딪혀 메아리가 되어 돌아왔다.

얼마의 시간이 흘렀다. 격한 감정이 가라앉자 압둘이 물었다.

"네 형이 맞지? 확실히 기독교도가 되었구나. 오, 인샬라!"

살라흐 딘은 고개를 끄덕였다. 어찌 된 영문일까. 왜 형이 기독교도가 되었고 사형수가 되었단 말인가! 이해할 수 없이 몰라보게 변해버린 상황이었다. 몇 년 세월의 단절 끝에 그리운 형을 만난 곳이 왜 하필 법원 유치장일까?

우르르르.

둔탁한 굉음과 함께 무거운 바위덩이 하나가 살라흐 딘의 머리를 짓이기고 지나갔다.

살라흐 딘은 건너편 방에 있을 마리얌의 가족과 그 옆방에 있을 호세아의 가족을 향해 한탄했다.

"당신들 기독교도들은 내 형을 알고 있으면서 그가 지나갈 때 왜 아무런 말도 건네지 않은 거죠? 서로 형제니 자매니 부르더니만 이젠 형제애도 없는 냉혈한들인가요?"

그들의 방에선 낭랑한 기도소리만 들려올 뿐 아무런 대답도 들리지 않았다. 살라흐 딘은 다시 고함쳤다.

"도대체 무슨 비밀이 당신들과 형 사이에 숨어 있는 겁니까? 말 좀 해보세요!"

살라흐 딘의 흐느끼는 탄식만이 공기조차 무거운 유치장과 복도의 공간을 타고 흘러나왔다.

그때 후세인의 젖은 목소리가 들려왔다.

"형제, 우리 같이 쫓기는 사람들은 서로 아는 사이란 것이 밝혀지는 게 좋지 않을 경우가 많기 때문에 아까 알라딘과 눈인사만 나누었을 뿐이었다네. 가슴이 찢어지는 아픔이 왔지만 그걸 표현할 수 없었어."

"당신들이 형을 꼬여서 개종시켰죠?"

"그렇지 않네. 마르코는 이미 알리스칸다리야에서 주교로부터 세례를 받았던 사람이었지. 우리가 오히려 그에게서 교리를 배웠어. 마르코는 알리스칸다리야 교회에서 중요한 사명을 받은 사람이었네."

살라흐 딘이 묵묵히 듣고 있자 그는 계속 말했다.

"나는 그에게 어떤 것을 전달할 사명을 가지고 여행을 하던 중이었네. 알 쿠드스에서 만날 것으로 예상하고 있었는데 빗나간 거야. 그가 붙잡혀 자신의 사명을 완수할 수 없게 된 일이 너무 일찍 와버렸어. 이렇게까지 빨리 닥쳐올 줄 정말 몰랐어."

그의 말투로 보아 알라딘이 어쩌면 거의 죽을 것으로 받아들여지고 있는 듯했다.

"도대체 형이 무슨 죄를 졌죠?"

"나도 잘 몰라. 알아봐야겠지만, 예상컨대 종교로 인한 것이 아닐까?"

그때 복도 끝의 철문이 열리고 순찰하는 간수가 들어왔다. 살라흐 딘이 간수에게 소리쳤다.

"저 좀 보세요. 지금 열리고 있는 재판을 참관할 수는 없습니까? 아주 중요한 일입니다."

간수는 피식 웃었다.

"너희들은 항상 중요한 일이라고 주장하는 습관이 있다. 겸허하게 내일을 기다리는 게 좋을 텐데. 무슨 뚱딴지냐?"

"지금 재판을 받고 있는 사람이 바로 알라딘이죠?"

"그렇다만. 그게 너와 무슨 관계지?"

"그가 바로 저의……."

순간 압둘이 살라흐 딘의 입을 틀어막았다. 간수가 목소리를 높였다.

"너와 무슨 관계라도 되냐? 그리고 네가 거기에 간들 무슨 의미가 있는 건지 모르겠는데?"

"정말 참관이 안 될까요?"

"그 놈 무식하기는! 피의자 신분에 참관은 무슨 참관! 누구 죽는 꼴보고 싶은 거냐? 조용히 하지 않으면 당장 독방에 처넣어버리겠다."

그때 압둘이 나섰다.

"저……. 어르신네, 들어 주실만한 부탁이 하나 있는 뎁쇼."

간수가 그들의 방문 앞에 바짝 다가섰다.

"무슨 말들이 이리 많아?"

방문의 창살 사이로 압둘이 손을 내밀었다. 압둘의 손에 무엇인가가 쥐어져 있는 걸 발견한 간수가 잠시 머뭇거리자 압둘이 얼른 용건을 말했다.

"오늘의 재판과정과 결과를 저희들에게 전해주시면 안되겠습니까?"

"그뿐인가?"

"그것만이라도 정확하게 알려주십시오."

간수는 솔개가 병아리 채듯 압둘의 손에 들려있는 것을 재빨리 낚아챘다.

"그 사건이라면 나도 조금은 알고 있다. 그동안의 내용을 말해주랴?"

선물에 약하지 않은 사람은 없다는 말이 정말인지 간수가 고분고분해졌다.

"말씀해주십시오."

"마르코라고 불리는 알라딘은 지금 파로스 등대의 파손에 대한 주동자로 몰려있다. 원래 지난 달 붙들릴 때는 배교와 배교를 부추기는 죄목으로 사형선고를 받았는데 그의 죄목에 등대의 파괴 죄목을 추가할 것인지를 심리하고 있는 것이다."

"파로스의 등대란 게 알리스칸다리야에 있는?"

"맞다. 나도 보고 싶었지만 이젠 파괴되어버려서 더 볼 수가 없는 문화유산이지."

알라스칸다리야에서 온 아홉 사람은 동시에 소리쳤다.

"그게 파괴되다니! 어떻게 그런 일이!"

그들이 놀란 건 너무도 당연했다. 자신들이 출발할 때만 하더라도 모스크의 미나렛 너머 당당히 우뚝 서 있던 도시의 상징물이었기 때문이다.

"당신들은 많이 보았나 보군."

"알리스칸다리야에서 오래 산 사람 치고 그 웅장한 건축물을 보지 않은 사람이 어디 있어요?"

"얼마나 웅장한데?"

"말로 어떻게 설명해야죠? 그 튼튼했던 등대를 뭐라고 설명해야 하나?

벽의 두께만 해도 10 쉬브르[53]는 될 걸요!"

"시내에서 멀리 떨어져 있겠지, 등대니까?"

"당연하지요. 삼면이 바다인 길쭉한 제방이 파로스 섬까지 연결되어 있는데 그 언덕 꼭대기에 높이만 해도 백 미터 이상 될 거대한 석조물이죠."

"엄청났겠군."

"등대 꼭대기에서 그리스 본토까지 보였다고 하더군요."

"그놈 유식한 체하기는! 그건 말쟁이들이 두고 하는 말이지."

"아래층은 사각형, 중간은 팔각형, 꼭대기는 원통형으로 되어있어요."

"머릿속에서 상상이 안가네그려."

"맨 꼭대기의 옥탑에는 거대한 여신상이 있고요."

"그럼 그 어마어마한 등대가 요 며칠 전에 파괴되었다는 건가?"

"예전에 이미 파손된 부분이 있었는데 더 파괴되었나요?"

"등대로 사용되고 있었다면서?"

"아니죠. 이미 출입구가 폐쇄되어 있었죠. 노인들에게서 들은 이야기는, 맑은 날에는 콘스탄티노플까지 반사경이 비쳤다고들."

"반사경이라니?"

"노인들 말씀에 옛날엔 반사경으로 불길을 멀리 비추었다고 합니다."

"그렇담 파로스의 등대를 알라딘이 파괴시킨 게 아니라 이미 상당부분 파괴되어 있었단 말인가? 내가 되레 자네에게서 배우고 있네."

신기한 무용담이라도 되듯 간수는 넋을 잃고 묻고 또 물었다.

마리얌이 나섰다.

"그런데 간수 나리, 이미 파괴 되어버린 등대를 왜 알라딘에게 뒤집어씌우는 거죠?"

"어떻든 최근에 왕창 부서져 내렸다네. 그것을 기독교도들의 반란이라고 보는 거지."

---

53) 엄지와 새끼손가락 사이의 한 뼘 길이. 약 22.5센티미터.

왕창 부서졌다니!

"간수 나리, 처음 반파될 때 그것을 파괴시킨 게 누군지 아신다면 이번 일도 알라딘의 소행이 아니란 걸 아실 텐데요?"

"무슨 소리야?"

간수가 마리얌을 날카롭게 보았다.

"오래 전에 비잔티움 제국의 황제가 칼리프에게 사자를 보내어 거짓 소문을 흘렸다고 해요. 이집트 국왕의 보물이 그 등대 안에 가득 차 있다고 말입니다. 칼리프[54]는 참다 참다 결국은 등대의 철거명령을 내리는 우매한 짓을 하고 말았답니다. 절반이 파괴될 때쯤에야 칼리프는 자신이 속은 걸 깨달았지만 복구하기에는 너무 늦어 땅을 치며 탄식을 했다고 합니다."

대화를 들으면서 살라흐 딘은 타라불리쓰에 살 때 알라딘이 자주 파로스의 등대에 대해 말하던 것을 떠올렸다. 형이 말했었다.

난 커서 파로스 등대에 갈 거야. 뭐 하러 가느냐 하면……, 등대지기가 되어 불빛을 멀리 멀리 비추고 싶어서야. 알겠어?

살라흐 딘이 간수에게 간절한 목소리로 부탁했다.

"제발 그런 이유 때문에 법정에 참관하고 싶다는 것인데요. 죽은 사람 청도 들어준다는데 산 사람 청 한번만 들어주십시오."

간수가 고개를 설레설레 흔들더니 나가면서 한 마디 덧붙였다.

"자! 이젠 그만 하자. 좌우지간 실시간 중계까지는 못해도 한두 번 들어와서 말해주겠네. 그렇게 하려면 내가 지금 어서 법정에 가서 두 눈 부릅뜨고 잘 봐야하지 않겠나?"

간수가 나가고 무거운 침묵이 흘렀다.

점심시간이 지나고 나서야 간수가 돌아왔다. 제일 먼저 반기는 건 역시 살라흐 딘이었다.

간수가 말했다.

---

54) 제정일체의 권한을 가지는 이슬람 수장.

"좋은 소식과 나쁜 소식이 있다."

좋은 소식이라니. 형이 혹시 무죄를 선고받았다거나 사형을 면하게 되었다는 것일까? 살라흐 딘은 간절한 눈빛으로 간수의 입만 쳐다보았다.

"에……, 좋은 소식이란 것은 그가 살라흐 딘의 형이란 것이 밝혀졌다."

"어떻게요?"

"알라딘이 최후의 진술에서 지금 자신의 혈육이 유치장에 갇혀있으니 무슨 죄인지는 모르겠지만 한 사람이라도 살아남아서 부친의 대를 잇도록 가벼운 벌로 다스려주십사, 하고 선처를 희망하는 진술이 있었지. 그래서 판사가 그러마고 약속을 하셨다."

살라흐 딘은 전혀 기쁘지 않았다.

"그게 무슨 좋은 소식인가요, 나리? 전 아무런 잘못도 없으니 형의 부탁과는 관계없이 무죄거든요. 무엇보다도, 아무런 잘못이 없는 형에게 사형선고를 내렸다는 것에 제가 전혀 동의할 수가 없습니다."

"이런 맹랑한 젊은이 좀 보게! 그의 죄가 명백한데 잘못이 없다니 무슨 뚱딴지야?"

"예언자 모하메드께서도 종교의 자유를 허락하셨던 분인데요. 다른 종교로 개종한 것이 죽을죄가 된다는 것과 타인에게 종교를 전파했다고 해서 죽을죄가 성립한다는 건 이해가 안 갑니다."

"젊은이, 그 말 다른 데서 하면 당장 요절날 테니 조심하게. 지나치게 자유분방한 사고를 가진 사람이로구만. 자네 형도 주장이 확실하고 제법 똑똑해 보이던데 결과가 어떻던가? 모난 돌이 정에 맞는 법이네."

마침 마리얌이 한마디 거들었다.

"예언자 모하메드의 가르침에는 기독교적인 요소가 많이 포함되어 있습니다. 그 이유는 그의 삼촌이 기독교도였기 때문에 그분의 가르침을 많이 받아서였습니다."

"그러면 유일신인 알라를 버리고 다른 잡신을 섬기는 짓이 죄가 아니란 말인가?"

간수가 크게 화를 내지 않는 건 압둘이 건넨 뇌물 덕택이었다.

"제 말의 뜻은 예언자께서 퍽 자비롭고 포용력이 크셨다는 것입니다."

"알라께서 자비로우시니까."

"알라딘 아니 마르코가 어디에서 붙잡혔던가요?"

"이곳 미스르에서. 포교활동을 하다가 붙들렸다."

"미스르에선 이슬람교를 뺀 다른 종교는 전혀 발붙일 수 없는 곳입니까?"

"그런 뜻이라기보다는……"

간수가 뜨악한 표정을 짓자 마리얌이 나서서 말했다.

"이곳은 원래 기독교도들의 땅이었습니다. 백오십 년 전에 사라센 군이 이집트를 무력으로 점령할 때까지 말입니다. 오마르 장군이 이끄는 무슬림 군대는 사정없이 약탈하고 파괴하며 전 지역을 점령했어요. 그리고 한동안 기독교도들과 공존하는 듯했습니다. 그래서 기독교도들도 자신들의 종교를 지닌 채 무슬림 사이에서 공존하는 법을 터득하고 있었습니다. 그러나 최근에 이상한 바람이 불어오기 시작했습니다. 자신들끼리 칼리프 자리를 놓고 우위를 얻기 위해 전투를 벌이면서 그 불똥을 기독교도들에게 튀게 하고 있는 것입니다. 어쩌면 의도적일 수도 있습니다."

내내 온화한 표정이었던 간수의 표정이 험상궂게 변했다.

"그 여자 잘 났네. 나이도 어린 것이 어쩜 입은 그리 야무지냐? 내일 재판 때 재판장 앞에서 떠벌려봐. 얼마나 형량이 잘 떨어지나 보자. 남의 종교까지 콩나라 팥놔라 하는 걸 보니 누가 데리고 살지 힘들겠어. 도둑질 한 사람이 너냐?"

마리얌은 냉정한 표정으로 간수를 보았다.

"아닙니다."

간수가 쉬 화를 가라앉힌 것도 따지고 보면 압둘이 건넨 금으로 된 작은 노리개의 힘이었다.

"들리는 말은 나머진 모두 훈방 처리되고 도둑질 한 가족만 처벌될 거라

하더구나."

순간 사람들은 온 몸이 굳어졌다. 호세아의 가족은 온 몸을 부르르 떨었다.

살라흐 딘이 물었다.

"항소할 수는 없나요?"

"항소랑 아는 걸 보니 제법인데. 하는 방법이 한 가지 있는데……, 그건 메카로 가는 것이지. 대법정이 있는 곳이니까. 하지만 고등법원이 있는 여기에서 대부분 끝난다. 유일하게 메카로 갈 수 있는 문제는 체제전복이나 교리해석에 따른 전쟁 등 공부를 많이 한 학자들의 도움이 필요한 사건일 때에 한하기 때문이야. 참, 그리고 한 가지 파로스의 등대 파괴 건은 무혐의 처리되었다. 다행이지 만일 그것까지 추가가 되었더라면 아마도……, 사형의 방법이 더 잔인한 방법으로 바뀔 뻔했지."

아아아 흑흑.

살라흐 딘이 흐느끼기 시작했다.

"아까운 젊은이를 꼭 죽여야 하나요? 그것도 종교의 이름으로?"

살라흐 딘의 울부짖음에 간수가 귀찮은 듯 답변했다.

"그 종교가 더 확산되는 것을 막는 최선의 방법이야. 유명 인사들의 자녀들과 부인들에게까지 개종의 미끼를 가지고 유혹하였으니 사형은 당연하지."

살라흐 딘이 울다 지쳐서 벽에 기대어 쓰러지자 하산이 간수에게 물었다.

"도대체 사형은 언제 당합니까? 날짜가 정해졌습니까?"

"잘은 모른다. 다만 이곳에서 사형을 집행하진 않기 때문에 내일 아침 다른 곳으로 이송되어진 후에 결정될 것이다."

"그럼 알라딘은 오늘밤은 이곳으로 다시 오게 되나요?"

"글쎄다. 판사가 형제간에 한 건물에 있게 해줄지 아니면 따로 떼어 둘지 모르겠다만, 특별한 이유만 없다면 여기로 올 수도 있어."

"정말 사형 당하나요?"

"꾸란의 주석집도 안 읽어보냐? 당연히 사형이지, 암."

간수가 나가자 압둘이 한숨을 내쉬며 한탄했다.

"그러게 믿을 종교를 믿어야지. 도둑질을 하질 않나. 고위층 자녀들을 배교시키려다가 자신까지 망하게 되었으니, 기독교는 망할 놈의 종교야. 우리까지 그놈의 종교의 덫에 걸려 끌려 다니고 있잖아. 안 그랬으면 지금쯤 알 쿠드스에 벌써 도착했겠다. 그러나 저러나 안 되었네. 살라흐 딘, 어쩌면 좋으냐. 어떻게도 손을 쓸 수가 없으니……."

하산이 핀잔했다.

"편지를 써서 알림께 보낸다더니 어떻게 되었죠?"

"그냥 그렇다는 이야기지. 글씨도 모르는 내가 무슨 수로 편질 쓰냐? 넌 글씨 알아?"

하산도 아무 말 못하고 한숨만 내쉬었다. 마침 호세아의 가족과 마리얌의 가족은 낭랑한 목소리로 기도를 시작했다.

압둘이 소리 질렀다.

"그만들 하슈! 듣기가 싫소이다. 당신들이 저지른 꼬라지라니! 양심이 있어야지. 지금 기도하게 생겼수? 어차피 우린 내일이면 헤어질 것이니 다시는 만나지 맙시다. 마리얌! 알았어?"

기독교도들은 대답 없이 기도에만 전념하고 있었다. 어느덧 해가 기울고 무거운 침묵의 밤이 시작되었다. 대화는 끊기고 날이 새기를 원치 않는 세 사람은 지칠 대로 지쳐 뜬 눈으로 졸고 있었다. 이따금 구슬프게 들리던 밤새 울음마저 멈추었다.

"살라흐 딘, 눈을 떠봐."

살라흐 딘은 눈을 비비며 자신을 깨우는 목소리의 주인공을 바라보았다.

"알라딘!"

"졸고 있으면 어떡하니? 집에서 엄마가 기다리시겠다."

"집에 일찍 들어가 봤자 재미도 없는 걸?"

살라흐 딘은 엉덩이의 흙을 털면서 부스스 자리에서 일어났다. 대추야자 나무아래서 낮잠을 자고 있었던 것이다. 형제는 손을 잡고 집을 향해 걷기 시작했다.

"그래도 막내가 널 제일 따르잖니. 대추야자를 좀 따놓았다."

알라딘은 대추야자 열매 한 줄기를 살라흐 딘의 손에 들려주었다.

"제이납 누나는 하킴의 집에서 왔을까?"

"벌써? 제이납이 돌아오려면 해가 져야해."

"하킴의 집에서 일을 어지간히 시켜야지. 그렇게 부려먹고도 한 달에 십 디르함 밖에 안준다."

"어떻게 알았어?"

"하킴 엄마가 어머니께 주는 은전을 옆에서 본 적이 있었지."

"그런데 이 동네 녀석들이 오늘은 안 나타나네?"

"지난번에 혼쭐내길 잘했지 뭐니. 나쁜 녀석들이야."

형제가 자신의 마을 끝자락이 멀리서 보이는 지점에 이르렀을 때 한 떼 거리가 나무 사이에서 모습을 드러냈다. 살라흐 딘은 얼른 형의 뒤에 숨었 다.

"형, 무서워. 그 녀석들이야."

알라딘은 두 주먹에 힘을 주고 겁먹지 않은 표정으로 씩씩하게 걸어 나 갔다. 한 녀석이 그의 앞을 가로막았다.

"지난번엔 후퇴했지만 오늘은 아니다."

그는 가랑이를 넓게 벌리고 손짓을 하며 그 아래로 기어가라고 명령했 다. 그의 뒤로는 예닐곱 명쯤의 소년들이 포진하고 있었다. 알라딘도 만만 치 않았다.

"날 물로 보니?"

"하하하. 그럼 불이냐?"

대장 녀석이 큰 소리로 비웃자 나머지도 모두 덩달아 웃어댔다.

"비겁한 놈들. 하나씩 나와 봐. 가만 안 둘 테다."

"웃기지마. 지난번엔 하나씩 덤비다가 되레 맞았는데. 오늘도 또 맞을 생각은 없다. 오늘은 네가 맞을 차례야!"

대장과 졸개들이 한꺼번에 알라딘에게 덤벼들었다. 그 순간 살라흐 딘이 다리야 나 살려라 하고 도망치면서 뒤돌아보니 알라딘이 녀석들에게 둘러싸여 흠씬 두들겨 맞고 있었다.

"어? 형!"

"어서 도망쳐! 뒤돌아보지 말고!"

알라딘은 그 와중에도 다른 녀석들의 다리를 붙잡으며 동생을 뒤쫓지 못하게 하는 것이었다. 한참 달리다가 지친 나머지 살라흐 딘은 남의 집 담벼락에 기대어 쓰러졌다. 그의 눈앞에 형의 얼굴이 나타났다.

"형!"

형의 얻어터진 얼굴에서는 곳곳에 생채기가 있고 피가 스며나고 있었다. 그런데 자세히 보니 그의 얼굴은 형의 얼굴이 아니었다. 생전 처음 보는 얼굴, 수염이 났으며 퀭한 두 눈을 가진 어른의 얼굴이었다. 그 두 눈은 살라흐 딘의 얼굴을 근심스레 들여다보았다. 살라흐 딘도 낯선 얼굴을 자세히 보기 위해 눈곱을 닦아내려고 두 눈을 비볐지만 비스듬히 쓰러져 있는 자신의 눈앞에 나타났던 그 얼굴은 더 이상 보이지 않았다.

"형!"

살라흐 딘은 몸을 얼른 일으켜 주위를 둘러보다. 하지만 아무도 보이지 않았다. 낯익은 이웃집 강아지가 꼬리를 흔들며 다가왔다.

"지니! 형이 맞고 있어. 나쁜 녀석들한테 말이야. 어떻게든 구해야 할 텐데."

지니는 살라흐 딘의 말을 알아듣는지 몸을 비벼댔다. 그때 저기서 어기적거리며 알라딘이 걸어오고 있었다.

"형!"

살라흐 딘은 얼른 달려가 형을 맞이했다. 형은 온 몸이 형편없이 구겨져 있었다. 그런데 그 사람은 형이 아니었다. 아까 얼핏 보였던 얼굴이었다. 그는 상처가 온몸을 뒤덮고 있었고 아까시 나뭇가지로 엮은 테를 왕관처럼 머리에 쓰고 있었다. 또한 길쭉한 통나무를 어깨에 걸쳐 메었는데 그는 혼자서 그것을 옮기느라 겨우 한 발짝씩 내딛고 있었다. 더구나 말라서 터진 상처와 핏자국이 엉겨 붙은 입술 사이로 신음소리가 흘러나오고 있었다.

"살라흐 딘, 내게 물 한 모금 다오."

그 사람은 살라흐 딘의 이름을 어떻게 알고 있었는지 이름을 정확하게 불렀다. 하지만 살라흐 딘은 무서운 나머지 뒷걸음쳤다. 문득 뒤에서 자신을 부르는 소리에 살라흐 딘은 몸을 돌렸다.

"파티마!"

알림 무함마드의 딸 파티마였다. 눈부시게 아름다운 모습으로 그의 앞에 서서 살라흐 딘에게 손을 내밀었다. 살라흐 딘도 손을 내밀어 둘이서 손을 잡고 파티마가 이끄는 대로 걸음을 옮겼다. 그들 앞에 알리스칸다리야의 노란 밀밭이 끝없이 펼쳐져 있었다. 파티마가 속삭이듯 물었다.

"살라흐 딘, 내가 전에 부탁한 것 잊지 않았겠지?"

무슨 부탁이었지?

살라흐 딘은 정신이 바짝 들어 상체를 벌떡 일으켰다. 자신이 유치장에 있고 온통 캄캄한 밤중이었다. 압둘과 하산도 잠이 들었는지 조용하고 다른 방들도 모두 조용하기만 했다. 살라흐 딘은 땀에 젖은 머리카락을 쓸어 올렸다.

내가 형을 만났구나.

형이 내대신 늘씬 두들겨 맞았구나.

꿈이었지만 괜스레 형에게 미안했다. 그런데 그 험상궂은 사람은 누구지? 그가 내게 말을 걸었는데……. 살라흐 딘은 순간 눈물이 핑 돌았다.

"사형선고를 받은 형을 위해 아무것도 할 수 없다니. 이럴 수가!"

살라흐 딘은 목메어 한탄했다. 북받쳐 오르는 울음을 참을 수 없었다. 바닥에 무릎을 꿇고 그는 목 놓아 울었다.

"살라흐 딘, 무슨 걱정을 그렇게 하고 있니?"

알라딘이 그와 강아지 앞에 서 있었다.

"형, 많이 맞았어? 아팠지?"

알라딘은 웃으면서 대답했다.

"맞다니?"

"죽은 줄 알았어."

"이렇게 네 곁에 있는데도?"

"형은 사형선고 받았잖아."

"나는 죽지 않아. 걱정하지 마. 그분이 약속하셨어. 믿으면 죽지 않고 영원히 살 것이라고."

"무슨 말이야?"

"인질[55]에 나오는 말인데 지금은 알아듣지 못하겠지만 언젠가는 알게 될 거야."

알라딘은 손가락을 들어 먼 곳을 가리켰다. 멀리 높은 산들이 끝없이 펼쳐져 있고 그 가운데 높이 치솟은 붉은 봉우리들이 눈에 들어왔다. 바위 봉우리들은 신비하게도 엷은 안개에 휩싸인 채 떠오르는 햇빛을 받아 약동하듯 광채를 힘차게 발산하기 시작했다. 알라딘이 말했다.

"예언자 무싸[56]가 올라갔던 산이야. 시나이 산."

"거기에 뭐가 있는데?"

두 사람의 눈을 부시게 만들면서 바위들은 점차 밝게 빛나더니 점점 정도를 더해 어느새 온 누리가 샛노랗게 물들었다. 넋을 잃었던 살라흐 딘은 옆을 돌아보고는 깜짝 놀랐다. 그 자리에 있던 형은 보이지 않고 수염이 허

---

55) 예수에게 계시된 복음서.

56) 모세의 아랍식 이름.

연 한 노인이 지팡이를 짚고 자신을 보고 있었기 때문이다. 형이 서있던 그 자리였다. 살라흐 딘은 백발이 성성한 노인을 뚫어져라 주시했다. 나이를 짐작할 수 없이 주름이 굵게 진 얼굴 한가운데 예리하게 반짝이는 커다란 두 눈만 껌뻑일 뿐. 이윽고 위엄이 가득한 노인의 음성이 천둥처럼 으르렁거렸다.

"신발을 벗어라. 이곳은 신성한 곳이다."

살라흐 딘은 모스크에 들어갈 때처럼 후닥닥 신발을 벗었다. 노인은 지팡이를 들어 바위를 내리쳤다. 엄청난 소리와 함께 바위에서 불길이 솟구쳐 나와 유황냄새를 풍기면서 흘러 내렸다. 어쩔 줄 몰라 허둥대는 살라흐 딘에게 노인이 명령했다.

"네 형을 구해라. 가라 살라흐 딘!"

살라흐 딘을 흔들어 깨우는 손길이 있었다.

"무슨 잠꼬대를 그렇게 하냐?"

살라흐 딘은 흠뻑 젖은 몸을 일으켜 세웠다. 압둘이었다.

"형을 만났어요. 그리고 파티마도."

"만나고 싶은 사람은 다 만났구나. 꿈이었을망정 기분은 좋았겠다."

"높은 바위산에서 어떤 노인을 만났는데 온통 수염이 덮인 얼굴을 하고 있었어요. 내게 형을 구하라고 명령했죠."

"희한한 꿈이네."

"형을 어떻게 하면 구할 수 있죠?"

"돌았니? 그건 불가능하다. 높은 성벽으로 둘러싸인 감옥을 어떻게 뚫고 들어가니? 무슨 수로 들어가느냔 말이다."

"그런 불가능한 일을 왜 그 노인이 제게 명령했을까요?"

"꿈이니까……. 꿈이잖아. 그렇지? 쓸데없는 걱정하지 말고 현실을 봐라. 내일이면 우린 풀려난다. 우리의 일을 하면 돼. 알라딘은 기독교도로서 죄를 지은 사람이야. 자꾸 그러면 너까지 요절난다. 어쩌면 우리의 목표가 사라져버리고 너도 알라딘처럼 되어버릴 수 있어."

"형의 죄목이 뭔가요?"

"이 사람이. 몰라서 묻나? 기독교의 율법을 무슬림에게 강요하여 개종시키려 한 것이 죄지."

그때 하산이 부스럭거리며 일어났다. 그는 하품을 하며 친구를 위해 말했다.

"살라흐 딘, 노력은 먼 것을 가까이 하고, 닫힌 문을 열게 한다는 말이 있어. 형을 구할 방도를 생각해보자."

살라흐 딘은 어둠 속에서 하산의 두 손을 꼭 잡았다.

"고맙다, 하산. 역시 친구가 최고야. 내 맘을 이해해주는 건 너 뿐이야."

"내일 우리가 석방되면, 계획을 실행하는 거야. 우선 떠오른 방법은……, 형을 지키고 있는 간수를 매수한다든가 하는 방법으로 열쇠를 손에 넣어서 감방에서 탈출시키는 방법이 있고……, 돈이 없어서 그건 어렵겠군. 우리가 감옥에 잠복해서 탈출시키는 방법도 있는데……, 또 다른 방법은 사형장에서 집행인을 매수하여……."

금세 압둘이 핀잔했다.

"놀고들 있네. 너희들은 언제나 철이 들래? 모두 다 불가능한 방책들이야."

"그렇다고 손 놓고 있을 수는 없잖아요!"

"안 그럼 어쩔 건데?"

"포기할 수 없는 기회예요. 위기는 기회라고 했잖아요."

"어디서 그런 말은 귀담아 들어 가지고! 그러다가 우리 모두 한꺼번에 국사범으로 끌려가는 꼴을 볼래? 난 못한다. 날 끌어들이지 마. 그리고 그럴 테면 날 알리스칸다리야로 보내고 난 후에 하도록 해. 난 그런 일 도와주러 따라온 게 아냐."

이때 앞방에서 후세인의 목소리가 들려왔다.

"살라흐 딘, 꿈을 이루게. 우리가 도와주겠네."

압둘이 가만히 있을 리 없다.

"그 영감, 가만이나 계슈! 댁들 땜에 우리가 이 고생을 하고 있는데 젊은 이를 다시 충동질하다니!"

"우리도 죄가 없지만, 그대들이 우리로 인해 고통을 당하고 있는 건 정말 미안해서……, 하느님께 기도하고 있소이다. 그 고통을 꼭 기억하시어 우리 대신 갚아주시라고요."

"가관이로구만. 여긴 당신들의 신이 힘을 쓰는 곳이 아니란 걸 모르시나? 알라께서 이미 도와주고 계시니 다시 기도하여 물리도록 하시구랴. 댁들의 신이 그렇게 할 수 있다면 알라딘은 왜 못 구했으며, 진작 우릴 좀 구해주시지 뭘 하고 있으셨던가요? 졸고 계셨나?"

"알라께서도 그대들을 못 구하시지 않았습니까?"

"그럼 알라께서 우릴 버렸단 주장입니까?"

"그대들의 신은 강하신 모양입니다만, 우리의 야훼께서는 약하신 분이십니다."

"야훼는 유다인들의 신인데 당신들이 왜 인용하는 거요?"

"야훼는 유다인이건 기독교도건 구별하지 않고 사랑하는 신이시니까요."

"우리의 알라도 그러하시다오."

"알라께서 당신들을 아직 구하지 않으시는 것을 보면 강하시지 않은가 봅니다."

"당신들의 야훼께서도 알라딘과 당신들을 구하지 않는 걸 보면 당신들의 기도가 약하거나 야훼가 무척 힘이 없는 신인가 봅니다."

"그분은 무척 약하시기 때문에 십자가에 돌아가셨지요. 힘이 없기 때문에……. 제자들을 마지막 날 밤에 식탁에서 발을 씻겨주지 않았습니까? 그리고 제자들을 친구라 불렀지요. 아래에서 위로 아랫사람을 올려다보는 신을 생각해본 적은 있으십니까?"

"심오하다 못해 어지럽군. 신이 왜 아래에서 위로 봅니까? 위에서 아래를 내려다보지!"

"예수께선 용서와 사랑을 가르치셨습니다. 몸소 실천하셨고요."

"야훼와 알라 이야길 하고 있는데 예수가 왜 나옵니까?"

"야훼의 아들이시니까요."

"야훼가 결혼했나보죠?"

"그것을 삼위일체라고 합니다. 알리스칸다리야가 배출한 아우구스티누스라는 성인이 그 문제로 많은 고민을 했던. 야훼와 예수와 성령의 삼위일체를 말하는 것입니다."

압둘도 물러서지 않고 맞섰다.

"예수는 예언자에 불과하지 않나요? 모하메드처럼 사람으로 태어나 사람으로 죽었잖습니까. 모하메드도 사랑과 용서를 가르쳤어요."

"그런데 그분은 왜 성스런 전쟁이란 이름을 붙여 파괴와 전쟁을 하셨나요?"

"그건 알라의 아흔아홉 가지 이름을 몰라서 하는 말이군요. 파괴자, 복수자란 이름도 있잖습니까? 당신들의 야훼도 전쟁을 무척 좋아하셨던 것 같던데요?"

"예수는 야훼의 완전한 계시자였으며 전쟁을 하지 않으셨습니다. 오히려 힘없이 돌아가셨어요."

"그러게 누가 기독교도가 됩니까? 힘이 없이 죽어버리는 신을 누가 믿어요! 예언자께선 강인한 모습으로 전쟁을 훌륭히 수행하셔서 알라께 영광을 돌렸는데요."

어디선가 밤하늘을 나는 새가 슬피 울어대는 바람에 대화는 잠시 중단되었다.

강한 신과 약한 신.

말없이 듣고 있던 살라흐 딘의 가슴은 이상하리만큼 냉철히 가라앉아 있었다.

다음날 아침 기도시간이 끝나고 간수에게 불려 유치장에서 법정으로 가는 복도에서 호세아가 살라흐 딘에게 말을 걸었다.

"살라흐 딘, 꿈을 버리지 말게. 우리에게 선고가 내려지면 다신 못 만나겠지만 계속 기도하겠네. 한 가지 말해줄 것은 시작과 창조의 모든 행동에 한 가지 기본적인 진리가 있다는 것인데, 그것은 우리가 진정으로 하겠다는 결단을 내린 순간 그때부터 하늘도 움직이기 시작한다는 것이야."

심드렁하게 들으며 뒤따라가던 압둘이 코웃음 치며 간수에게 질문했다.

"알라딘은 언제 사형에 처해진답니까?"

"일주일 후에."

"지금 어디에 압송되어 있는 거죠?"

"카이로 인근 문야틀 까이드 읍의 감옥에."

압둘은 어떤 의미가 담긴 눈짓을 살라흐 딘과 하산에게 보냈다. 그때 마침 재판정의 고소인으로 출두하기 위해 들어오던 아흐마드가 세 사람과 마주치자 움찔했다. 세 사람이 노려보자 아흐마드는 얼른 눈길을 돌리고 아무런 말도 하지 않았다.

재판이 끝났다. 삼엄한 경비가 펼쳐진 가운데 고등법원은 엄숙하고 무거운 분위기에 눌려 죄를 진 사람과 죄를 판단하는 사람 사이에 차가운 운명적 시선만이 나누어지고 있었다. 아흐마드의 장황한 설명에도 불구하고 마할라툴 카비라 시의 법정서류들이 더 중요한 증거물이 되어 마리얌의 가족과 압둘의 일행 모두는 혐의가 없음으로 즉시 훈방 조치되었다. 하지만 예상대로 호세아의 가족 셋은 징역 이 년을 선고받고 압송되기 위해 즉시 끌려 나갔다.

"자유의 몸이 되고 보니 정말 자유가 얼마나 소중한지 알겠네요."

하산이 오랜만에 미소 지으며 압둘에게 말했다.

"어리석기는! 지금 웃게 생겼냐? 살라흐 딘의 처지를 생각해봐."

선착장의 풀밭에 앉아 흘러가는 나일 강물의 흐릿한 물속을 쳐다보면서 일행은 잠시 말을 잊고 생각에 빠져들었다.

"그런데 아흐마드란 작자는 왜 안 보이는 거지? 도망친 것 아냐?"

압둘의 짜증에 하산이 대답했다.

"충분히 도망치고 남을 사람이죠. 이쯤 되었으면 자신을 인솔자로 하여 더 이상 함께 여행할 수 없음이 확연해졌으니 우리의 남은 여비를 정산해서 돌려주어야 하는 것 아닌가요?"

"호세아의 것도 돌려주어야 함이 맞지."

"애당초 사건을 만든 것이 아흐마드일지도 몰라요. 그 작자에게 우리 모두 거미줄에 잠자리 걸리듯 걸려든 거라고요."

"인샬라!"

압둘은 한숨만 내쉬었다. 점심때가 훨씬 지나서인지 뱃속에서 아우성치는 소리가 들려왔다. 압둘은 흘끔 뒤돌아보았다. 몇 걸음 뒤에는 마리얌의 가족이 자기들처럼 강을 건널 배를 기다리며 앉아서 쉬고 있었다.

저 사람들은 배도 안고픈 모양이군. 하지만 비상금 말고는 돈이 없으니 어떡하면 좋으냐. 압둘은 이런저런 궁리를 하기 시작했다.

"하산, 저 치들을 이젠 떼어버려도 되겠지?"

압둘의 말에 하산의 얼굴에 걱정의 빛이 가득 퍼졌다.

"꼭 그래야 하나요?"

"안 그럼? 별 도움도 안 되었잖아. 짐만 되었을 뿐."

"마리얌이 아니었더라면 난 어떻게 되었을지도 몰라요."

"그럼 저 치들을 끝까지 데려가야 한단 주장이냐?"

"그건 아니지만. 그들의 목적지가 다마스쿠스라고 했었잖아요. 우린 알 쿠드스로 가니까 우리의 목적지까진 같이 가도 되겠는데요?"

"너 왜 자꾸 마리얌 편만 드는 거냐? 코라도 페인 거냐?"

압둘은 싫은 표정으로 그들을 째려보았다. 노점에서 케밥을 사먹기 위해 압둘 일행은 밀봉된 최후의 돈주머니는 손대지 않는 대신 자신들의 호주머니를 모조리 털어야 했다.

드디어 배가 왔다. 형형색색의 옷을 입은 온갖 인종들이 배에서 내렸다. 온갖 상품들이 짐꾼들에 의해 배에서 내려진 후에야 강을 건널 여객의 승선이 허용되었다. 이윽고 배가 출발했다.

"어? 마리얌이 안보이네?"

하산이 울상이 되어 압둘의 표정을 살폈다.

"우리가 요기를 할 때 사라졌어. 잘 되었지 뭐냐."

하산은 속이 상했는지 시무룩한 표정으로 털썩 갑판에 주저앉았다. 그리고는 멀어져 가는 선착장을 하염없이 보고만 있었다.

살라흐 딘도 마찬가지였다. 갑판 한쪽에 앉아 강물만 쳐다보며 고개를 떨구고 있었다. 형을 체념한 것일까.

배가 문야틀 까이드 읍과는 역방향으로 자꾸만 멀어져 가고 있음을 알고 있는 살라흐 딘은 고개를 숙이고 강물만 내려다보았다.

뱃전에 기댄 압둘도 그동안의 긴장이 풀리면서 졸음이 엄습해와 견딜 수 없이 졸다가 꽃잠에 빠져들었다. 나른한 강바람과 갈매기의 울음, 그리고 돛이 내뱉는 잔잔한 소음이 모두 자장가처럼 하모니를 이루고 있어 배에 탄 여행객 모두 요정에 홀리기라도 한 듯 한결같이 졸고 있었다. 그런데 갑자기 그들의 단잠을 깨우는 비명과 함께 고함소리가 터졌다.

"사람이 빠졌어요! 사람이 빠졌어요! 돛을 내려라! 돛을 내려라!"

압둘은 반사적으로 뒤돌아보았다. 살라흐 딘이 보이지 않자 그는 자리에서 벌떡 일어섰다.

아니, 저런! 이걸 어째!

강물에 빠져 허우적거리는 사람은 바로 살라흐 딘이었다. 압둘은 두 눈을 비비고 다시 보았지만 틀림없었다. 선원으로 보이는 사람 하나가 자신의 몸에 밧줄을 묶고 물속에 뛰어 들었다. 그의 손이 익사자의 손을 붙잡자마자 배에서 잡아당기는 밧줄에 의해 살라흐 딘과 선원이 동시에 갑판으로 올려졌다. 선원은 흙탕물을 몽땅 토해냈지만 살라흐 딘은 이미 뻗어 있었다. 모여든 사람들이 이구동성으로 한마디씩 했다. 죽었나봐. 누가 좀 살려봐. 산처럼 올라온 배 좀 봐. 얼른 물을 빼내야 해.

이럴 때 마리얌이 있었다면!

마지막 이 말은 하산의 울부짖음이었다. 수많은 사람들 중에 누구 하나 선뜻 나서지 않았다. 바로 그때였다. 한 룸인이 나서자 사람들은 박수를 쳤다. 그는 오른 손을 들어 자신의 이마와 입술과 가슴 한가운데를 한 번씩 콕콕 찍으며 이상한 수신호를 한 다음 서툰 솜씨로 익사자의 혀를 잡아당기면서 배를 한 손으로 지그시 눌렀다. 하지만 물은 나오지 않았다. 그러자 그는 다시 익사자를 엎드리게 한 다음 자신의 한 쪽 다리를 익사자의 골반 아래에 쑤셔 넣더니 등을 사정없이 두들겨 팼다. 아주 세게 그리고 약하게. 잠시 후 갑자기 익사자가 몸을 심하게 꿈틀대더니 물을 토해내기 시작했다.

살라흐 딘!

하산이 울부짖었다.

한참 구토를 하고 나서야 의식이 돌아온 살라흐 딘은 벌건 눈으로 주변을 한번 둘러보고는 다시 쓰러져버렸다. 룸인이 말했다.

"깨끗한 물을 가져오시오. 갈아 입혀야 할 옷도 필요한데. 일행은 없소이까?"

압둘과 하산이 겸연쩍은 표정으로 보잘것없는 꾸러미를 내려놓자 그는 어서 옷을 꺼내도록 명령했다. 이윽고 새 옷을 갈아입히자 두 사람으로 하여금 사지를 부지런히 주무르도록 명령했다. 두 사람은 당황한 나머지 아무런 말도 못하고 열심히 살라흐 딘의 팔다리를 주물렀다. 시간이 얼마나 흘렀을까. 살라흐 딘의 몸에 온기가 돌아오기 시작했다. 그러자 룸인은 두 사람을 중지시키고 쉬도록 했다. 깊은 잠에 빠진 듯 살라흐 딘은 누워만 있었다.

"감사합니다. 뭐라 말씀드려야 할지 모르겠습니다."

압둘의 인사에 룸인은 고개를 끄덕이며 인사했다.

"다행입니다. 여긴 깊은 곳이고 자칫 목숨을 잃을 뻔했습니다. 내가 보고 있으려니까 이 젊은이가 일어서기에 뱃전에 기대나보다 했는데, 몸의 중심을 잃어버리더군요."

"사람 살리는 의술을 가지고 계신 분을 만나 천만 다행입니다."

"별말씀을. 나는 의술은 없고 다만……, 용기를 조금 내본 것뿐이외다. 그나저나 어서 회복해야 할 터인데. 아직 고비를 넘긴 것은 아니오. 흙탕물이 폐로 들어갔다면 몸이 자꾸 나빠질 것이니, 그렇지 않게 기도할 뿐. 내일 가보면 생사를 알 수 있을 것이오."

"노인장은 어디로 가시는 분이신지 여쭈어도 되겠습니까?"

"알 쿠드스 즉 예루살렘으로 가는 길이오. 그곳에 살고 있다오. 볼 일이 있어서 알라스칸다리야에 갔다가 돌아가는 길이오."

"일은 잘되셨습니까? 저희도 알 쿠드스에 가는 길입니다만. 알리스칸다리야를 출발한 지 벌써 보름이나 되었습니다."

"잘 안되었습니다. 하지만 다음의 기회로 미루고 돌아가는 길이라오. 알 쿠드스엔 무슨 용무가?"

"생명을 구해주신 은인께 감출 게 뭐 있겠습니까. 저희는 나르드 향을 구하러 가는 길입니다만."

"카이로나 알리스칸다리야에서도 약대상으로부터 구할 수 있을 터인데 꼭 그 먼 길을 가야할 이유라도 있었나요?"

"약대상에게서 못 구했습죠. 뭐라고 해야 할까……. 설명이 좀 복잡합니다. 저 사람이 깨어나면 물어보십시오."

그 룸인은 신기한 주문을 외우는 도인이라도 되듯 잠자고 있는 살라흐딘의 머리에 두 손을 얹고 열심히 기원했다. 그의 기원이 지치도록 길어지자 그때서야 압둘과 하산은 그가 기독교도임을 눈치 챘다.

그는 기도를 하고 있었다.

당연히 압둘은 탐탁지 않다는 표정을 하산에게 슬쩍 보였다. 하산만이 그의 기도를 귀 기울여 들었다. 알아들을 수 있는 은총이나 사랑 등 콥트어 단어 몇 개가 귀에 들어왔지만 여전히 알 수 없는 이방 언어로 된 긴 주문일 뿐이었다.

배가 어느덧 접안을 하기 위해 선수를 돌리기 시작했다. 사람들이 분주히 자신들의 짐을 챙기는 가운데 룸인과 압둘의 일행만이 꿈쩍도 않고 살라흐 딘을 지키고 있었다. 아까의 선원이 다가오자 룸인은 디나르 금화를 한 개 꺼내어 그에게 들려주었다.

고마우신 분.

압둘은 감사하다는 표정으로 노인을 지켜보았다.

배의 출항시간이 거의 다 되어서야 노인은 압둘에게 살라흐 딘을 업도록 지시했다. 송장처럼 늘어진 살라흐 딘을 업고 한 발짝 한 발짝 떼면서 압둘은 인근의 여관으로 들어갔다. 따뜻한 방으로 안내된 그들은 살라흐 딘을 침대에 눕히고 다시 한 번 온 몸을 주물렀다. 살라흐 딘은 이따금 눈을 떴으나 곧바로 감아버릴 뿐, 계속 식은땀을 흘렸기 때문에 몸을 수건으로 자주 닦아내야 했다.

노인은 마치 이슬만 먹고 도를 닦는 신선처럼 아무것도 먹지 않았다. 자연히 압둘과 하산도 단식할 수밖에 없었다. 그들은 수중에 돈이 거의 없다는 것이 들통날까봐 숨을 죽이고 그 은인이 하는 대로 따라서 했다. 어느덧 해가 지기 시작했다. 노인은 기도를 잠시 멈추고 창가로 가서 해가 지는 아득히 먼 지평선을 쳐다보았다. 노을빛이 턱수염 끝에 물들어 마치 무슨 철학을 하는 사람의 모습을 느낀 압둘이 조심스레 말을 걸었다.

"해지는 걸 보시는 모습이 마치 자위야의 샤이흐 같습니다."

"무타질라란 말 들어보았소? 와실 이븐 아타가 그 창시자인데."

"전에 들어본 적이 있습니다만."

사실 압둘은 그 이름을 마할라툴 카비라 시의 법정에서 처음 들었지만 기억을 하지 못했다. 다만 귀에 익어 있었다.

"750년. 내 스승이 돌아가신 해가 바로 압바스 왕조가 시작된 해이기도 하오. 그리스 철학의 영향을 이슬람교가 받기 시작했고 알 킨디 같은 학자들이 배출되었소. 최근엔 신비주의인 수피즘이 알 바스리의 제자들에 의해 시작되었소. 이곳에선 그들을 수피유라 부르고 있죠?"

"그런 것 같습니다."

압둘은 수피유에 대해선 조금 알긴 하지만 무지가 탄로 날까봐 엉거주춤

하게 서서 자신 없이 대답했다.

"그리스 철학의 가장 큰 단점은 이성적 토론에 기운다는 것이오. 알 바스리는 오히려 금욕적인 고행을 실천함으로써 자신의 신앙의 깊이를 한 차원 더 깊게 한 분이오. 내적인 경건주의자라고나 할까."

"그렇습니까?"

알지 못하는 이론 앞에 압둘은 경탄할 뿐이었다.

"와실 이븐 아타는 더 훌륭한 사람이오. 꾸란이 신과 동등하게 영원하지는 않다는 주장을 했소이다."

"네?"

"신의 섭리의 절대성을 반대한 것인데, 인간의 자유의지를 중요하게 여겨 스스로를 '통일과 정의의 사람' 이라 불렀소. 여기서 통일이란 신의 유일성을 말하고 정의란 인간의 책임의 근거인 의지의 자유를 말한다오."

"너무 심오하여 머리가 아프고 어지럽습니다."

압둘은 기가 꺾이어 바닥에 주저앉았다. 그 노인의 말이 무슨 주문이라도 되는 양 그의 머릿속이 온통 바람 든 무 마냥 아무런 무게도 없이 모가지 위에 얹혀있는 듯 느껴졌다. 그러자 노인이 다가와 눕도록 권하고 위로를 했다.

"내가 너무 어려운 말을 했다면 용서하시구려. 그리고 오랜 여행과 우환으로 지친 몸을 좀 쉬어주는 것도 좋을 듯하오."

압둘은 뱃속에서 가스가 자꾸 역류하는 배고픈 느낌을 이기기 위해 꾸란의 개경장을 외우고 있었으나 기도는 입에서 자꾸만 헛돌았다. 배고파 죽을 지경인데 밥은 안 먹고 복잡한 철학이야긴 왜 하실까 그 양반 하곤! 고행자인가 본데……, 우리가 사람을 잘못 만났나? 여우를 피하고 보니 호랑이를 만난다더니!

압둘도 지쳐서 잠들었고, 하산은 벽에 기대어 졸다가 벌써 잠에 빠져있었다. 유일하게 깨어있는 사람은 그 룸인 뿐이었다. 해도 지고 어둠이 방안에 가득하자 노인은 다시금 기도문을 외우기 시작했다.

우리는 한 분이신 하느님을 믿는다.

그분은 전능하신 아버지이시며

유형무형한 만물의 창조주이시다.

그리고 우리는 한 분이신 주 예수

그리스도를 믿는다.

그분은 하느님의 외아들이시며

아버지에게서 나셨으며

곧 아버지의 본질에서 나셨다.

하느님에게서 나신 하느님이시며

빛에서 나신 빛이시며

참 하느님에게서 나신 참 하느님이시다.

그분은 창조되지 않고 나셨으며

아버지와 본질에서 같으시다.

그분으로 말미암아 만물이,

하늘에 있는 것들이나 땅에 있는 것들이

생겨났다.

그분은 우리 인간을 위하여

우리의 구원을 위하여

내려오시어 육신을 취하시고

사람이 되셨으며

고난을 받으시고

사흗날에 부활하시고

하늘로 올라가셨으며

산 이들과 죽은 이들을 심판하러

오실 것이다.

그리고 우리는 성령을 믿는다.

그의 기도는 느리고 힘차게 이어졌다가 마지막에 가서는 작은 소리로 변하면서 이렇게 중얼거렸다.

"그분이 존재하지 않은 시대가 있었다거나 나시기 전에는 존재하지 않았다고 말하는 사람들을……, 또는 비존재에게서 생겨났다거나 다른 히포스타시스 또는 우시아에서 존재한다고 말하는 사람들을……, 또는 하느님의 아들은 창조되었으며 변할 수 있으며 달라질 수 있다고 말하는 사람들을……, 보편되고 사도로부터 이어오는 교회는 파문한다고 기도문에 나와 있는데……."

파문?

파문은 좀……, 무섭군!

어둠에 묻힌 채 등불을 밝힌 집들만이 희미한 점으로 군데군데 빛나는 도시 카이로의 모습을 보면서 룸인은 다시 중얼거렸다.

"엄청난 권위의 힘을 가진 선포야. 하느님은 약하신데 말이야. 모두 강하신 하느님을 추구하고 있으니. 잘못하면 자기들의 뜻에 맞는 엉뚱한 모습의 신을 만들어내고야 말거야. 야훼께서 예언자들의 입을 통해 그토록 바알과 결별을 요구하셨는데. 힘에 넘쳐 축복과 응징을 일삼는 신은 다름 아닌 바알이야. 우리의 눈에 그럴 듯이 보이는 힘에 넘치는 신. 바로 바알이 아닐까? 오 하느님!"

한숨을 길게 쉬며 아라베스크 격자창 앞에 오래 서있던 노인은 밖으로 나가 사랑채에서 등잔을 가져왔다. 약하게만 보였던 등잔의 작은 심지에서 퍼져 나온 빛은 한순간에 방안의 어둠을 몰아냈다. 노인은 등잔을 벽에 걸린 등잔대에 올려놓은 다음 방안을 둘러보았다.

마침 침대에 누워있던 살라흐 딘이 몸을 움직이며 신음소리를 냈다. 노인의 손바닥이 자신의 이마에 놓인 것을 알았는지 살라흐 딘이 눈을 떴다.

"젊은이, 정신이 드나? 어찌된 영문인가?"

살라흐 딘은 대답 대신 천천히 고갯짓을 했다. 안타까운 표정으로 내려다보고 있는 노인을 살라흐 딘은 천천히 올려다보았다.

"제가 물에 빠졌던 거죠?"

노인은 고개를 끄덕였다.

"내버려두지 그러셨어요."

"내가 건져낸 것이 아니네. 난 늙은이야. 어떤 선원이 건져 올렸지. 나는 다만 인공호흡을 시킨 것뿐이야."

"제가 얼마나 누워 있었습니까?"

"오늘 낮부터 계속."

"형이 곧 죽습니다. 형을 살려내야 합니다."

순간 퍼뜩 잠에서 깨어난 압둘이 부스스 일어나면서 노인에게 설명했다.

"흠흠. 사실을 말하자면, 이 사람의 형이 지금 집행을 기다리는 사형수입니다. 타향 땅에서 아무런 도움도 받지 못한 채 죽음 앞에 내몰린 형을 구하지 못해 이렇게 비참한 상태가 되었습니다."

노인은 사려 깊은 눈으로 살라흐 딘을 지그시 쳐다보았다.

"그렇다고 자신의 생명을 함부로 내던지면 안 되네. 소중한 생명이지 않은가?"

"몇 년 만에 만난 형이 사형을 당하는 마당에 이 동생이 할 수 있는 일이 아무 것도 없다는 게 너무나 어처구니없어요."

살라흐 딘이 입술을 딸막거리며 자신의 심경을 드러냈다.

"사형선고를 받았다는 자네 형이 마르코인가? 정신이 돌아오기 전에 자꾸만 알라딘을 부르더구먼."

"형을 아십니까?"

살라흐 딘이 상체를 벌떡 일으켰다.

순간 노인도 자리에서 벌떡 일어나 창가로 갔다. 그는 온 몸이 부르르 떨렸지만 오랜 경험과 인내력으로 쉬 냉정을 되찾았다.

"누워있는 게 좋네. 몸에 열이 오르기 시작할 걸세."

"제 형을 아신다면 어떻게든 구할 방도를 가르쳐 주십시오. 어려서 아버지를 여의고 계모 밑에서 고생하던 식구 모두 뿔뿔이 흩어져 몇 년 만에 이제야 하나하나 찾아가는 과정입니다. 형은 제가 어려서부터 아버지처럼 의존해왔던 사람입니다. 제발 좀 어떻게……."

룸인은 낮은 소리로 빠른 기도문을 외우고 있었다. 기도가 끝나자 노인이 입을 열었다. 노인은 눈물을 흘리고 있었다.

"도울 수가 없어서 미안하네. 용서하게나."

"알라딘과 어떤 일로 아시는 사이신가요?"

노인은 한숨부터 지었다.

"그가 사형을 기다리는 이때 숨길 게 뭐가 있겠나. 내가 알리스칸다리야에 갔던 것도 그일 때문이었어."

"형과 관련된 일이라면 마리얌과 후세인이 말했던?"

"그렇다네. 일도 제대로 마무리하지 못하고 알 쿠드스로 돌아가는 길이지. 마르코가 붙잡히는 바람에 추진이 불가능하게 되었기 때문이야. 사형선고 소식에 나 또한 심한 충격을 받았다네. 그런데 그 동생을 여기서 이런 일로 만나게 되다니. 이걸 어떻게 해석해야 할까?"

룸인은 그렇게 아끼던 마르코의 사형선고 소식 앞에서 망연자실했던 열흘 전의 일을 떠올리자 다시금 심한 아픔이 가슴을 휘저었다. 단식을 하면서 울고 명상하던 그는 지금 귀향길에 오른 터다.

그런데!

가슴 저미는 고통에 대한 보답이듯 그에게 어떤 능력이 생겨났다. 초능력이라고나 할까. 생각할수록 두렵기만 했다.

"주님, 왜 제 의지를 꺾으셨습니까? 제 영적능력을 거두어 가시고 차라리 마르코를 살려 주십시오."

그는 기도하고 또 기도했다. 주님을 위해서 시작한 일이라고 믿었던 계획이 수포로 돌아가고 후세인의 가족조차 투옥되는 일이 발생하자 카이로를 도망치듯 떠나온 자신이 하느님 앞에 너무도 부끄러웠다. 무엇보다도 알라딘을 잃게 된다는 사실에 억장이 무너졌다.

"오, 주님!"

룸인이 창가에 선 채 외쳤다.

룸인의 고통을 아는지 모르는지 살라흐 딘이 말했다.

"이상한 일이 계속 일어나고 있습니다. 들어보세요. 출발하자마자 도둑으로 몰리질 않나. 이상하게 꼬이더니, 뜻하지 않게 형을 만났지만 이젠 영영 이별이라니요! 귀신에 홀린 기분입니다. 이 무슨 해괴한 운명입니까? 인샬라! 도대체가 생각할수록 이해가 안 됩니다"

살라흐 딘의 목소리에 하산도 잠에서 깨어났다.

노인이 길게 숨을 내쉬며 말했다.

"우리의 삶에서 일어나는 일들은 대부분 알 수 없는 이유에 의해 일어나네. 알 수 없이 일어나 알 수 없는 방향으로 흘러가고, 알 수 없는 결말을 맺거든. 우리 사람의 힘으로 할 수 있는 것이란 많지 않아. 하지만 그럴 때일수록 우리는 절대자의 숨결 안에서 그걸 이해하려고 노력하지. 그것이 신앙심이 아니겠나?"

이번에는 압둘이 나섰다.

"우리는 배교자인 알라딘의 목숨을 구하려는 불가능한 일에 매달릴 것이냐 아니면 원래의 목표대로 여정을 계속할 것이냐, 하는 중대한 갈림길에 서 있습니다. 살라흐 딘에겐 혈육의 생명을 구하는 일이 화급하겠지만."

압둘은 불가능이라는 단어에 힘을 주었다. 그러자 룸인 노인이 괴로운 표정으로 말했다.

"생명을 살리는 건 본시 하느님의 속성이시네. 너무도 당연한 것이지만, 지금 마르코를 구하려다간 더 많은 생명을 잃을 수 있기 때문에 우리가 어떻게 대처해야 할지 기도를 해야지 다른 방도는 없네."

"그런 미온적인 방법으로 어떻게 형을 구할 수 있단 말씀이세요?"

살라흐 딘이 항의했다.

압둘이 살라흐 딘을 나무랐다.

"살라흐 딘, 생명의 은인에게 무리한 요구를 하고 있는 것은 아닐까?"

살라흐 딘은 그만 울음을 터뜨렸다. 북받치는 슬픔으로 인해 며칠 동안 급속도로 수척해져 들썩이는 등허리가 등불을 받아 더욱 가엾게 흔들거렸다. 압둘과 하산의 눈에도 이슬이 맺혀왔다. 아까부터 얼굴에 열이 달아오르고 있음을 관찰하고 있던 노인은 살라흐 딘이 쓰러지자 얼른 달려들어 이마에 손을 짚어 보았다.

"여보게들, 열이 오르고 있어. 예상했던 대로야."

바싹 긴장한 압둘과 하산도 침대로 달려들었다.

"오, 비쓰밀라! 어떻게 해야죠?"

노인도 긴장했지만 경험과 지혜로 냉정을 유지하며 침착하게 말했다.

"냉정하게나. 우리가 힘을 합치면 열을 내릴 수 있을 거야. 먼저 옷을 모두 벗기고 차가운 물을 구해야 하네. 몸에 발라야 하거든."

"제가 구해오겠습니다."

하산이 눈물을 닦으며 방을 나갔다.

압둘도 무슨 일이든 하겠다는 각오였다.

"약을 쓸 수는 없을까요?"

"내게 약은 없네. 며칠 후 만나기로 한 일행에게 약이 있을 것이네만, 지금 필요한 약재가 며칠 후에 구해진들 무슨 의미가 있겠나? 요 근방에서 의원을 모셔올 수밖에. 룸인 신분이라서 내가 나가보기가 좀……."

"제가 다녀오겠습니다."

압둘이 옷매무새를 고치고는 방을 나갔다. 노인이 살라흐 딘의 옷을 벗기는 동안 하산이 우물물을 한 대야 가득 담아 들고서 여관의 집사장과 함께 들어왔다.

"몸이 불덩이야! 혼탁한 강물의 나쁜 기운이 폐로 들어간 때문이지."

노인과 하산은 시원한 물을 수건에 묻혀 살라흐 딘의 온 몸을 닦아주었다. 살라흐 딘은 뜨거운 몸을 뒤척이며 혼수상태에 빠져 신음소리만 내고 있었다. 몸의 열은 시원한 물수건으로 해결될 수준이 아니었다. 거들어주던 집사장도 사태를 파악했던지 동네 의원을 모시러 달려 나갔다.

한참의 시간이 흐르고 복도가 떠들썩하더니 한 의원이 조수를 대동하고 들어섰다. 뒤이어 압둘과 집사장도 숨을 헐떡이며 들어왔다. 의원은 거드름을 피우며 룸인과 살라흐 딘을 번갈아 훑어보았다.

"환자가 중병이로군!"

내뱉듯 말하는 의원의 콧수염 아래 입술이 실룩거렸다.

룸인이 의원에게 사정했다.

"앞이 구만리 같은 젊은이니 꼭 살려 주시오."

"혹 무슨 일이 있었습니까?"

의원이 건성으로 물었다.

"낮에 물에 빠졌습니다. 요 앞 나일 강물에."

"얌[57]에요?"

"그렇소."

"강의 사악한 귀신이 붙었습니다. 아니면 진[58]의 장난일 수도 있고."

"예?"

"당신은 카피르[59]이군요."

의원은 여전히 마뜩찮은 표정이었다.

"아홀 알 키탑이오. 하지만 환자는 무슬림이니 네게 신경 쓰지 마시오."

"마찬가지 의미요. 뭐라 칭하든. 알라의 천사께 기도해야 하겠고……, 약을 써야 할 텐데."

"어서 약을 써주시오."

의원은 자신의 가방에서 무엇인가 꺼내더니 확인하기 위해 재차 들여다보았다. 유리병 속에 있는 그 액체를 숟가락에 따라 살라흐 딘의 입에 흘려넣었으나 삼켜지지 않자 병 입구를 열고 살라흐 딘의 코에 대었다. 룸인이

---

57) 바다. 나일 강은 바다 같아서 얌이라 부름.

58) 사악한 영적 존재. 인간을 방해하여 해를 준다.

59) 불신자.

불안해하며 물었다.

"그게 무슨 약이오?"

"싸리풀과 고수풀 그리고 박하유로 만든 약이오."

"그게 열을 내리는 효과가 있습니까?"

"수입산 키닌보다는 훨씬 못하지만 그래도 효험이 있습니다."

한동안의 시간이 흐르고 열이 다소 내리는 듯하자 의원은 일어섰다. 그의 요구대로 삼십 디르함의 돈이 룸인에게서 의원에게 건네졌다. 의원과 조수, 집사장이 나가자 압둘이 룸인의 눈치를 살피며 조심스레 운을 뗐다.

"너무 고마워서 어떻게 감사해야 할지 모르겠습니다. 생면부지의 우리 무슬림들을 이렇게까지 돌보아주시니 정말 감사할 뿐입니다. 제 이름은 압둘, 이 사람은 하산, 물에 빠져서 죽을 뻔했던 저 사람은 살라흐 딘입니다. 혹시 존함을 여쭈어도 되겠습니까? 후에 갚아드리겠습니다."

"내 이름은 테오도루스요. 예루살렘 근교에 마르 사바 수도원이 나의 집인 셈이오. 30년 전 사라센 군이 불을 지른 걸 겨우 복구했지. 하지만 감사의 표시만으로 충분합니다. 훗날 갚는다는 약속일랑 하지 마시오."

"수도원이라니요?"

"당신들로서는 자위야 같은 곳이오. 명상과 공부를 계속하면서 깨우침을 얻는 곳이지요."

"그래서 자신의 재화를 아낌없이 우리를 위해 사용하셨군요."

"재물은 인간에게 평화를 줄 수도, 파멸을 줄 수도 있는 것이오."

대화를 나누던 그들은 밤이 깊어지자 모두 등잔불 아래서 졸았다. 어느덧 밤의 기운이 쇠퇴하고 밖이 점차 밝아지기 시작했다. 여명에 노인이 눈을 떴을 때 살라흐 딘은 이미 일어나 침대에 앉아 있었다.

"잘 잤나? 이름이 살라흐 딘이라고 했지? 아직 미열이 남아 있구먼."

테오도루스 수도사는 살라흐 딘의 이마에 얹은 자신의 손바닥에 아직도 열이 전달되고 있음을 감지했다.

"감사합니다. 이름도 모르는 은인을 만나 생명을 구했습니다. 은혜는 잊지 않겠습니다."

"말이라도 고맙소. 이제 곧 동이 틀 테니, 챙기고 출발하는 게 좋겠네. 나도 길이 바쁘다오."

세 사람 모두 일어나 짐을 꾸렸다. 여관을 나서자마자 큰 길에서 노인은 그들에게 인사했다.

"야훼 하느님의 가호가 함께 하시길 빌겠소. 무사히 여행을 마치시구려. 그리고 아까 하산에게 이백 디르함을 맡겼네. 그럼……."

돈까지…….

고마우신 분. 알라딘의 동생이라고 돈까지 얻어 쓰다니! 향유를 사기 위해 끝까지 남겨놓은 돈까지 합하여 뇌물로 쓰면 혹시 형을 구할 수 있을까? 살라흐 딘은 사라져 가는 수도사의 뒷모습만 물끄러미 쳐다보았다.

4. 쿼바디스 마르체[60]

"살라흐 딘, 뭐하냐? 너 형을 생각했지? 그는 배교자야. 너라도 살아서 아버지의 대를 이을 생각을 해야지 마음 약해지면 패가망신한다!"

하산이 다그쳤다.

하긴 테오도루스 수도사도 알라딘의 구출은 한 마디 언급조차 하지 않았다. 살라흐 딘만 가슴이 피가 마르도록 아플 뿐이다. 햇빛이 차츰 강렬한 위용을 드러내자 그들은 살라히야 시를 향해 부지런히 나귀를 달렸다.

"우리 물 좀 마시고 가죠."

살라흐 딘이 건의한 것은 해가 중천에 떠오른 정오쯤이었다. 압둘과 하산도 그를 생각해서 얼른 나귀를 멈추었다. 차례로 가죽부대의 물을 나누어 마시면서 살라흐 딘이 혼잣말로 중얼거렸다.

"기독교가 우리와 다른 점이 무엇일까? 왜 형이 기독교도가 되었을까?"

하지만 압둘도 하산도 대꾸하지 않았다. 나귀에 오르면서 압둘이 한 마디 했을 뿐이다.

"까딱하다간 너도 네 형처럼 기독교도 될라!"

살라흐 딘도 하산도 더 이상 대꾸하지 않았다. 더위 때문인지 벌써 피로가 엄습하기 시작하면서 걷기도 힘들고 점차 지대가 높아져가고 있었다.

---

60) Quo vadis Marce? 마르코여 어디로 가십니까?

황량한 땅이 계속되어 마른 계곡들이 깡그리 드러난 것으로 보아 사막이 시작되고 있다는 느낌이 들기 시작했다.

세 사람이 살라히야 시에 도착하여 여관에 들었을 때는 황혼의 햇볕이 사방을 물들여 붉은 흙빛깔이 더욱 붉게 보였다.

저녁식사로 특별한 낙타 젖이 나와 흥미를 끌었음에도 살라흐 딘과 하산은 아무 말도 하지 않았다. 여전히 열이 내려가지 않아 얼굴이 벌겋게 달아올라 있는 살라흐 딘도 문제지만, 분위기가 이상해진 것은 무엇보다도 이제는 압둘과 헤어져야 할 시간이 가까이 다가왔다는 사실 때문이었다. 두 사람 모두 약속이라도 한 듯 이별을 입 밖에 꺼내지 않았다. 식사가 끝나자 압둘이 여관의 집사장에게 물었다.

"알 쿠드스로 가는 여행자들이 혹시 투숙하고 있나요?"

"약대상 한 팀이 있습니다만."

"우리도 알 쿠드스에 가는데 그분들과 함께 가면 다소 안심이 되겠군요. 왕의 길을 따라 가는 분들이라면 우리를 소개해주실 수 있습니까?"

"왕의 길 말고도 다른 길이 있는데……, 그분들은 요즘같이 도둑이 활개 치는 때에 꼭 왕의 길로만 다니더군요."

"다른 길이라니요?"

"무싸가 이집트를 탈출할 때 갔다던 길 모르십니까?"

"우린 초행길이라서."

"소수만 아는 좀 험한 길입니다. 파라오의 궁궐에 납품할 보석을 채취하던 광산으로 가는 길인데, 가파르고 좁아서 좀 힘이 들긴 하지만 도둑걱정은 없는 길이지요. 그리고 광산 길을 따라가다 보면 예언자 무싸가 토라를 받았다는 제벨무사[61]가 나옵니다."

"광산 길을 통과하는 데 며칠이나 걸릴까요?"

"오 일 내지 칠 일 정도 걸릴 겁니다."

---

61) 모세의 산. 즉 시나이 산.

"도중에 잠잘 곳은 있겠지요?"

"폐광 지대라서 사람이 사는지는 모르지만. 지금도 보석을 채취하는 광산이 있으니 아주 드물게는 인가를 만날 수는 있을 겁니다. 가장 확실한 숙박지는 딱 한군데 있습니다. 여관이라고 할 수는 없지만 아주 훌륭한 곳이죠."

"무슨 말씀인지?"

"제벨무사 아래에 있는 까따리나 수도원. 그곳이라면 다리 뻗고 편안히 잘 수 있는 곳이죠."

"수도원이라면 기독교도들의?"

"그렇습니다."

집사장이 물러가고 자신들에게 배정된 방에 오자 압둘이 두 사람에게 말했다.

"제벨무사가 우리 무슬림뿐만 아니라 유다인들에게나 기독교도들에게도 성지일 거야. 내가 젊은 시절 메카에 갔다 올 때도 들르려 했다가 일이 생겨 못 가본 곳이지."

"압둘, 그곳까지 우릴 데려다 줄 수 있겠죠?"

"무슨 말이야? 나는 이제 돌아가야 돼. 내가 알림의 집사장으로서 온갖 고생을 하면서 자네들을 여기까지 배웅했지만 그것은 주인님의 명령이 있었기 때문이다. 나도 알리스칸다리야로 돌아가서 내 업무를 보아야지. 주인님의 대추야자 밭과 밀밭이 눈앞에 선하다. 내가 없는 동안 집안 살림은 잘 돌아가는지. 그리고 아미나도 잘 있는지 보고 싶기도 하고……. 그리고 파티마 아기씨는 결혼준비를 잘 해나가고 있는지."

압둘의 말에 얼굴이 아직 벌건 살라흐 딘은 가슴에 뭉클한 자극을 받았다. 파티마의 이름 때문이었지만, 그것은 자신이 향유를 구하러 가는 길이라는 사실을 다시 한 번 상기시켜주었다. 그러나 순간 알림의 얼굴이 떠오르면서 자신이 알리칸다리야를 출발했던 것이 정말 향유를 구하기 위한 것일까 하는 회의감이 고개를 들었다. 자신의 결심과 알림의 허락은 이상하리만큼 신비한 분위기에 이끌려 결정된……, 혹시 실수일까.

내가 착각을 하고 있던 것은 아닐까?

그렇지 않아도 자신의 여행이 이상하게 꼬이고 있다는 생각이었지만, 자신의 목표를 완수할 수 있을까 하는 생각과 향유를 사러 이렇게 목숨을 걸고 먼 나라까지 다녀와야 하는가, 하는 회의가 한데 뒤엉켜 새로운 회한을 불러 일으켰다.

그런 생각의 덫에 걸려 갑자기 살라흐 딘의 열이 심해지기 시작하더니 곧 고열로 바뀌었다. 살라흐 딘은 침대에 눕혀졌고 하산은 찬물을 얻어와 냉수 마사지를 시작했다. 압둘도 의원을 부르러 집사장에게로 달려갔다. 그러나 집사장의 소개로 나타난 의원은 부적을 사서 몸에 붙일 것을 명령했다. 부적 값으로 순간에 오십 디르함이 날아갔다. 그 사이비 의원은 그래도 양심은 있었던지 작은 박하유 병을 하나 남기고 떠났다.

새벽의 여명이 창문에 비칠 때쯤에야 열은 겨우 잡혔다. 밤새 압둘과 하산은 한숨도 자지 못하고 살라흐 딘 곁에 붙어 있어야 했다. 온 몸에 땀을 흘리던 살라흐 딘이 눈을 떴다.

"압둘 님, 그리고 하산, 형이 아직은 살아 있겠죠? 일주일이 못 되었잖아요."

대단한 집념이라고 할 수는 없다. 당연한 혈육의 정이라든가 천륜이라고 하면 맞겠지만. 살라흐 딘은 그 와중에서도 형을 구하지 못하는 자신을 단죄하고 있었다. 고개만 끄덕일 뿐 아무 말도 하지 않던 압둘이 일어서서 하산과 함께 메카를 향해 살라트 알 수부흐, 즉 새벽 기도를 드렸다. 기도가 끝나자 압둘이 입을 열었다.

"살라흐 딘, 파티마 아기씨가 진정 갖고 싶었던 것이 있었다. 출발한 지 얼마 안 되어 집안 걱정을 하면서 나눈 말 중에 아기씨에 대해 네게 말해주지 않았던 또 한 가지가 있었던 거 생각나?"

맞다. 압둘이 숨기고 말하지 않은 게 있었다.

"무슨 비밀스런 이야기라도 되나요?"

살라흐 딘이 누운 채 물었다.

"파티마가 했던 말이라는데. 우리 집에서 가장 정직한 사람은 살라흐 딘이란 말이었어."

"정말 그런 말을?"

"네가 아기씨의 신뢰를 톡톡히 받고 있다는 증거가 아니냐?"

살라흐 딘은 갑자기 힘이 솟아 침대에서 상체를 벌떡 일으키려다 다시 쓰러지고 말았다.

"내가 어서 회복해야 할 텐데!"

살라흐 딘이 누운 채 외쳤다.

"녀석, 힘이 나나 보네. 어서 회복해! 네가 회복되고 출발하는 걸 보아야 나도 알리스칸다리야로 돌아갈 수 있으니까."

"파티마가 정말 갖고 싶었던 게 뭐죠?"

"나르드 향유는 알림께서 지정해준 선물이었다. 우리 모두 알고 있듯이. 하지만 우리가 출발하기 전날 아미나가 내게 해준 말인데, 파티마 자신이 원한 건 바로 금서다."

"파티마가 꾸란을 구해오라 했다고요?"

"아미나에게 넌지시 속내를 비친 것이지 너에게 요구한 것은 아니야. 얼마나 속이 꽉 찬 신붓감이냐? 착하고, 아름답고, 건강하고, 말달리는 것 너도 보았지? 상대방을 배려할 줄도 알고, 신앙심은 정말로 대단해! 규중에서 손 놀이나 몸치장만 하지 않고 공부를 하겠다는 결심이 대단하지 않니? 그리스어 책도 읽을 줄 알아."

살라흐 딘은 고개만 끄덕일 뿐 온 몸에 또다시 열꽃이 피어 정신이 오락가락하면서도 파티마의 말에 힘을 얻었는지 의욕에 찬 눈망울만 연신 껌벅이고 있었다. 그의 눈앞에 파티마의 얼굴이 떠올랐다. 히잡 아래 드러난 그녀의 오뚝한 코와 깊은 눈망울이 자신을 쳐다보고 있었다. 막연한 설렘으로 살라흐 딘의 심장이 갑자기 뛰기 시작했다. 그는 곧바로 혼수상태에 빠져버렸다. 하산은 다시 냉수마사지를 시작했고 압둘은 박하유를 살라흐 딘의 코에 발랐다. 그러다가 부적을 가슴에 얹어 놓고 아무 기도나 생각나는 대로 해댔다.

"아무래도 심상치 않은데요?"

하산이 걱정스런 표정으로 말했다. 딴 생각을 하던 압둘이 자신의 이마를 세게 쳤다.

"왜 우리가 카이로를 떠날 때 그 생각을 못했지? 이맘께서 써주셨던 편지를 카이로의 이맘 샷 슛 딘 알 하리리 님께 보여드리고 알라딘을 구해 달라 선처를 부탁할 수 있었는데!"

"이맘의 부탁이라고 해서 사형선고를 뒤엎을 수 있을까요?"

"이 메추라기야! 혹시 아나? 편지와 함께 돈을 좀 드려보면 이루어질지."

"왜 이맘의 부탁편지를 이제야 꺼내는 거죠? 진작 써먹었더라면 선고받기 전에 유용하게 쓰였을지도 모르는데."

"우리가 갇힌 몸이었잖니. 유치장 신세에 어디라고 이맘을 찾으러 다니냐? 법정 참관도 안 되는 판에."

그러자 하산의 눈빛이 달라지면서 압둘에게 다그쳤다.

"압둘 님, 파티마의 이야길 이제야 꺼내신 이유와 이맘의 편지를 여태껏 간직하고 있었던 이유가 다른 데 있는 거 아닙니까?"

헉. 압둘의 말문이 갑자기 막혔다.

그는 잠시 망설이다가 고민스럽게 입을 열었다.

"그것은 말이야……, 살라흐 딘이 혹시 기독교도로 개종할까봐서 그리한 것이네."

이번에는 하산의 말문이 막혔다.

"말이나 됩니까? 혈육이 죽게 된 마당에 종교가 다 뭡니까? 무슬림이면 어떻고 기독교도면 어떻습니까? 어떻게 그럴 수가!"

하산이 버럭 화를 냈다.

"화내지 말게."

"그리고 또 살라흐 딘이 꼭 회복된다는 보장이 어디에 있습니까? 생명이 위독한 지금, 죽음으로 끝날 여행이라면 무슨 의미가 있어요! 손을 쓰려면 진작 썼어야지."

하산의 눈에 이슬방울이 맺혔다. 파티마의 진심을 극적인 순간에 전달하여 살라흐 딘이 다른 마음을 먹지 못하게 하려했다는 논리와 알라딘의 죽음을 기정사실로 받아들이게 하려는 압둘의 의도는 도무지 이해가 되지 않았다.

생사의 갈림길에 선 친구를 보는 하산의 가슴은 큰 상처를 남기며 그만 구멍이 뻥 뚫리고 말았다. 두 사람 사이엔 차가운 냉기가 감돌고 압둘이 말을 꺼낼 때까지 더 이상의 대화도 멎었다.

"아무래도 다른 의원을 불러와야 할까 보다. 하산, 냉수 마사지 계속 더 해줄래?"

입장이 어색해진 압둘이 밖으로 나간 그 사이에 살라흐 딘은 열이 내렸는지 눈을 떴다.

"살라흐 딘! 나 알아보겠니?"

살라흐 딘은 고개를 끄덕이며 압둘을 찾는 듯 머리를 들어 방안을 둘러보았다.

"압둘 님은 의원을 부르러 나갔어. 어째서 열이 오르락내리락 하는 걸까?"

살라흐 딘은 하산의 얼굴만 물끄러미 볼 뿐이다.

드디어 압둘이 대동한 사람이 한꺼번에 셋이나 방에 들어왔다.

"어! 마리얌!"

하산이 가장 기뻐했다. 눈가의 이슬이 채 마르기도 전에 하산은 너무 반가워서 소리쳤다. 살라흐 딘은 충혈된 눈으로 마리얌을 바라만 볼 뿐, 압둘이 하산을 핀잔했다.

"입바른 소리 할 땐 언제고, 이제 희희낙락대는 꼴이란! 이 기독교도들과는 다시는 상종 안 할 줄 알았더니 이 무슨 끈질긴 악연인지, 아이쿠 두야!"

인샬라!

하산이 마리얌과 미소를 주고받는 것을 옆에서 지켜보던 압둘이 계속 툴 툴거렸다.

하산이 압둘에게 물었다.

"마리얌의 가족을 어떻게 만나셨어요?"

"요 앞길을 조금 더 가다가 만났지. 서로 으르렁거리긴 했어도, 함께 며 칠을 유치장에도 갇히고 재판도 받았는데 모른 척 할 수는 없지 않니? 그 리고 또 네가 얼마나 좋아할까 해서……."

마리얌의 아버지가 한 마디 했다.

"우리와 길에서 마주친 건 정말 하늘의 뜻이라네. 압둘 님이 황급히 지나 가시더군. 살라흐 딘이 몸져 누워있다고 해서 열 일 제치고 얼른 뒤따라왔 지."

마리얌이 살라흐 딘을 자세히 관찰했다. 무거운 침묵이 흘렀다. 사람들 은 서로의 눈치만 살피며 가벼운 병이길 기원했다.

마리얌이 입을 열었다.

"아마도 이곳 풍토병에 걸린 것 같습니다."

압둘은 처음 듣는 병명에 눈이 휘둥그레진 채 물었다.

"풍토병이라니?"

"왜 있잖아요. 이곳 사람들은 안 걸리는데 타지에서 온 사람들이 걸리는 병 말입니다."

"일종의 통과세로구만! 그냥은 지나갈 수 없단 뜻이겠지? 그런데 우린 왜 괜찮지?"

"사람마다 차이가 있으니까요. 살라흐 딘 님은 물에 빠졌잖아요? 급격한 체력감퇴가 겹쳐서 발병했을 겁니다."

"어떤 치료가 있을까?"

"생각 좀 정리하고요. 아마도……. 참, 의원들이 왔다 갔다면서요?"

"첫 의원은 찬물로 씻기고 싸리풀, 고수풀, 박하유의 혼합 약제를 맡고 먹게 했고. 두 번째 온 의원은 부적을 붙이게 하더니 박하유를 한 병 놓고 갔는데."

"덜 떨어진 방법들이군요."

압둘이 마리얌의 두 손목을 덥석 잡았다.

"마리얌, 다시는 타박하지 않을 테니 살라흐 딘을 꼭 살려주시게."

마리얌이 미소를 짓기만 하고 대답하지 않자 압둘은 다시 부탁했다.

"살라흐 딘은 불쌍한 사람이야. 마르코가 죽게 된 것에 대해 당신들에게도 뭔가 일말의 책임이 있을 테지만 더 거론하지 않겠어. 하산과의 우정을 보아서라도 꼭 살려주게."

하산이 괜스레 얼굴을 붉혔다. 마리얌은 깊은 생각에 잠겼다. 한참 후에야 그녀가 입을 열었다.

"제가 망설인 것은……, 지금 써보려는 약으로 깊은 잠에 빠질 것이란 것과 환각 효과로 이상한 행동을 하게 될지 모른다는 점, 그리고 용량이 과다하게 될 경우 아주 예외적으로 죽을 수도 있다는 점, 그리고 또 하나! 깊은 잠이 며칠 계속될 경우에는 저희의 여행 일정에 차질이 올 수 있다는 점 때문입니다."

압둘은 속이 뒤틀려 입술을 씰룩거렸지만 의견을 제시하진 않았다. 하산이 조심스레 물었다.

"그쪽의 여행 일정이 그렇게 중요한 것인가요?"

하산이 그렇게 물은 것은 여행의 일정이 중요하다는 사람들이 자기들보다 하루나 늦게 배를 탄 이유를 이해할 수 없기 때문이었는데, 마리얌의 설명이 곧바로 이어졌다.

"만나야 할 사람이 있어서……. 그분에 맞추느라 배를 하루 늦게 타게 되었어요."

"그분이 혹시……, 기독교도이신가요?"

"그래요."

어떻게 알았느냐는 듯 마리얌의 눈이 반짝였다.

"혹시……, 테오도루스라고 나이 많고 수염 난 룸인?"

"어떻게 알고 있나?"

마리얌의 부친이 선뜻 반가워하며 소리 질렀다.

"여기에서 주무시고 가셨어요. 그분이 나일 강에 빠진 살라흐 딘을 살려 주셨어요. 생명의 은인이시죠."

오 하느님!

마리얌의 가족들은 이마와 입술과 가슴에 십자가를 그으며 아주 기뻐했다. 하지만 왜 그를 만나야 하는지 더 이상 말하지 않았다. 마리얌이 말했다.

"그분이 이 도시를 통과했다니 안심이 됩니다. 그분이 알 쿠드스로 향한 걸 알았습니다. 이젠 살라흐 딘 치료에 며칠이 더 소요되어도 괜찮을 듯싶군요."

마리얌은 가방에서 양피지로 싼 검은 덩어리를 하나 찾아냈다. 그리고는 시원한 물에 몇 조각 넣어서 잘 저은 다음 살라흐 딘에게 마시게 했다. 아니나 다를까 살라흐 딘은 깊은 잠에 빠져들었다. 마리얌과 그 가족들은 건넌방으로 물러갔다. 불침번 서는 일은 하산과 압둘에게 남긴 채.

저녁식탁에서 압둘이 물었다.

"마리얌, 그 약이 무슨 약이기에 저렇게 잠만 자나?"

"아편입니다."

"아편이라면 중독성이 강하다는?"

"맞습니다. 하지만 때로는 엄청난 치료효과를 내기도 하죠. 아마 잠에서 깰 쯤이면 음식을 찾을 것입니다. 그리고 오늘이나 내일 혹시 일시적으로 잠에서 깨어 이상한 행동을 할지도 모르니 곁에 사람이 꼭 붙어 감시를 해야 합니다."

"알겠소."

"그런데 살라흐 딘이 왜 강에 빠졌죠?"

마리얌이 묻자 말하기에 민망했던지 하산은 시선을 돌려버리고 압둘이 대신 대답했다.

"형 문제가 심한 상처가 되었나봐. 우리가 알리스칸다리야를 출발할 때 살라흐 딘의 매형이 되시는 이맘께서 써주신 편지가 있었지. 카이로에 가면 이맘 샷 숫 딘 알 하리리 님께 드리라면서……. 그런데 우리가 유치장에 갇혀있는 동안 알라딘의 구명과 우리들의 석방을 위해 그 편지를 활용할 수도 있었는데 왜 하지 않았는지를 모르겠어. 실수라면 심각한 실수야. 살라흐 딘이 고열로 정신이 오락가락하게 된 이제야 그 편지 생각이 났거든. 난 살라흐 딘이 회복되어 일어나면 알리스칸다리야로 되돌아가도록 되어 있네. 그런데 막상 이런 일이 터지고 보니 주인님 뵐 면목이 없어. 이맘 샷 숫 딘 알 하리리 님께서 그 편지를 보시면 틀림없이 답신도 써주실 테고……, 그걸 이맘께 드려야 내 할 일을 완수했다는 증명도 되는데."

마리얌의 부친이 되물었다.

"압둘, 그분의 이름이 샷 숫 딘 알 하리리라고 했죠?"

"그렇습니다."

"그분은 진즉 돌아가셨습니다."

"뭐라고요?"

"작년에 돌아가셨어요. 무타질라이셨습니다."

"그게 무슨 뜻이죠?"

"꾸란의 권위가 알라와 동등하다고는 보지 않는 종파죠. 신의 유일성과 인간의 자유의지를 조화있게 보는 학파인데……. 그만 반대파의 자객에게……."

"잘 아시던 사이셨나요?"

"참 올바른 분이셨어요. 그분의 저택에서 머문 적이 있었습니다. 한 이년 전."

"자객이라니요?"

"요즘 이슬람교에서도 파벌이 생기기 시작했습니다. 서로 칼리프를 차지

하려는 정치적인 파벌과 꾸란의 해석을 놓고 생긴 종교적 파벌이 그것입니다. 자신들의 파벌이 정통이라는 생각에서 자객을 시켜 상대를 제거하는 겁니다."

하산이 끼어들어 물었다.

"종교가 사람을 살리는 게 아니라 죽이기도 하는군요?"

하산의 질문에 마리얌이 놀라는 반응을 보였다.

"하산, 어디에서 그런 질문이 생각났어요?"

"어떤 종교든 생명을 귀하게 여기는 게 당연하잖아요."

꼬박 삼 일을 잠에 빠져있는 동안 살라흐 딘은 열도 완전히 잡혀 정상이 되었다. 다행스럽게도 잠자다가 이상한 행동을 하지는 않았다. 그리고 마리얌의 예상대로 깨어나자마자 음식부터 찾았다. 산책과 가벼운 운동으로 몸을 회복하는 데 이틀이 더 걸렸는데 그동안 어느 누구도 알라딘에 대해서 아무런 관심도 발설하지 않았다.

그 여관에 든 지 꼭 일 주일이 되던 날, 출발을 위해 서두르는 아침 식탁에서 살라흐 딘이 쥬라[62]를 들어 올리다가 이상하게도 손에서 놓치고 말았다.

퍽! 쨍그랑!

바닥에 떨어진 큰 물병은 엄청난 소리를 내며 바닥에서 박살이 나면서 순식간에 조각들을 사방으로 흩뜨렸다. 모두들 움츠리며 놀란 눈을 뜨고 유리 조각들과 흩어진 물을 바라보았다. 무슨 일의 상징일까.

"형이……, 아무래도 형이……."

살라흐 딘은 부들부들 떨며 뒷걸음치다가 방으로 도망쳤다. 그리고는 옷을 찢고 머리를 쥐어뜯으며 큰소리로 목 놓아 울었다. 여관의 투숙객들이 복도에 모여들었고 집사장이 쫓아오자 압둘이 정리에 나섰다.

---

62) 시원한 물을 담은 물병.

"알라의 평화가 함께 하시기를! 여러분! 제발 돌아가 주십시오. 이 젊은이는 가족을 잃어 슬퍼하는 것입니다. 젊은이의 가정에 관계된 일이니 어서 돌아가 주세요."

복도에 나왔던 사람들이 돌아가자 살라흐 딘의 울음도 그쳤다. 마리얌이 살라흐 딘의 등을 가볍게 다독거렸다.

"살라흐 딘, 우릴 용서하세요. 우리와 동료였던 그분을 우리도 구할 수 없었습니다. 가슴만 찢어질 뿐."

살다보면 강력히 짐작했던 게 들어맞는 경우가 있다. 특히 다수의 사람이 우려하고 있는 문제라면 더욱 더……. 두 눈으로 확인된 바는 없지만, 알라딘이 사형 당했을 거란 생각을 모두가 하고 있어 광풍처럼 몰아치는 괴로움을 어떡하랴.

마리얌도 울고 있었고 그녀의 부모도 눈물을 흘렸다. 압둘과 하산은 차례로 살라흐 딘을 꼭 안아주었다. 슬프고 무거운 연민이 사람들 모두의 얼굴에 깊이 스며있었다.

드디어 챙겨진 짐들이 나귀와 낙타에 실렸다. 알리스칸다리야로 되돌아가기 위해 먼저 출발하는 압둘에게 마리얌이 말했다.

"압둘, 조심히 가세요. 미운 정도 들었지만 따뜻한 마음씨를 가지신 분이란 걸 기억하겠습니다. 알라의 천사가 귀향길에 함께 하길 기원합니다."

"지혜가 넘치는 아가씨 마리얌, 복을 많이 받아 행복한 나날이 되길 바라네. 그리고 부모님들도 건강하시고 꼭 좋은 곳에 정착하시길 빌겠습니다."

헤어지는 마음엔 선한 마음씨가 듬뿍 넘쳐났다. 사람은 원래 선하게 태어나는 법일까.

압둘은 살라흐 딘에게 당부의 말을 잊지 않았다.

"잘 다녀오게. 기왕지사 파티마가 원했던 것을 잊지 마라. 그리고 널 위해 기도하는 일 말고 내가 할 수 있는 게 뭐 있겠냐? 다시는 아프지 마."

하산도 눈시울이 붉어지며 압둘을 껴안았다.

"건강하게 지내세요. 잘 다녀올게요."

압둘은 테오도루스 수도사가 기증하고 간 돈의 일부만을 비상금으로 자신의 주머니에 넣고 나머지는 몽땅 살라흐 딘에게 주었다. 압둘이 탄 낙타가 시야에서 멀어지자 마리얌의 가족을 뒤따라 살라흐 딘과 하산의 낙타도 이동을 하기 시작했다. 초원이 사라지기 시작하면서 점차 메마른 황야가 계속 펼쳐지더니 가끔은 모래 산이 보이기 시작했다.

"어르신, 이 길이 광산길인가요? 모세가 출애굽 때 지나갔다는?"

하산의 질문에 마리얌의 부친이 대답했다.

"그렇다네. 이 시나이 반도만 넘으면 알 쿠드스라네. 삥 돌아가는 길이긴 하지만, 희망을 가지고 오 일만 견디세."

"주변 경치가 영 마음에 안 드는 데요?"

끝없이 펼쳐진 모래 산에 어쩌다 바위투성이 골짜기가 나타나는가 하면, 지대가 점차 높아지자 산맥이 가로막았다. 잠시 멈칫한 일행이 낙타를 몰아 바위틈의 좁은 통로를 통과하자 꾸불꾸불한 돌밭길이 나오기 시작했다. 황량한 경치에 생명의 흔적이라고는 거친 바위틈에 군데군데 자라난 가시 돋친 풀들뿐이었다. 가끔은 새들이 날아오르기도 하여 마냥 한없이 황량하지만은 않았다. 어느덧 태양이 서쪽으로 기울어 계곡에 그림자가 짙어지면서 어둠이 모습을 드러내려 했다. 산에서는 일몰이 빨리 온다는 걸 가르치려는 듯. 마침 앞서 가던 마리얌의 부친이 가리키는 곳에 오두막 세 채가 보였다. 광산의 노동자나 감독이 가끔 들러 쉬는 곳으로 여관인 셈인데, 베두인들이 살고 있었다.

마리얌이 설명했다.

"진짜 베두인이라면 당연히 천막을 치고 살 테니, 저 사람들은 아마도 광산근로자였던 반쪽 베두인이겠죠?"

그들이 오두막에 접근하자 집에서 꼬마들이 몇 명 뛰어나왔다. 오랜만의 손님을 반기는 듯 아이들은 껑충껑충 뛰면서 즐거워했다. 황량한 산 속에서의 고립된 삶을 그들은 전혀 거역하지 않고 운명으로 받아들인 사람처럼 살고 있었다. 양을 몰아 이제 막 돌아온 주인 남자의 목소리가 들려왔다.

오두막 한 개는 사람이 살지 않고 양을 몰아 넣어두는 창고였다.

"늑대가 있거든요."

주인남자는 이를 드러내고 웃으며 붙임성 있게 말을 건네고는 창고의 문이 단단히 닫혔나 확인을 거듭했다. 주인의 안내로 몸을 대강 씻은 일행이 방 안으로 들어가 음식이 준비되기를 기다리며 쉬고 있을 때였다. 마리얌의 부친이 살라흐 딘에게 물었다.

"예루살렘엔 처음 길인가?"

"그렇습니다."

"평화의 도시, 성스러운 도시지."

눈을 감고 성서의 한 구절 즉 예수가 올리브 산에서 예루살렘을 내려다보며 한탄했던 대목을 떠올리고 있던 그에게 살라흐 딘이 물었다.

"바자르에 가면 나르드 향유를 살 수 있겠죠?"

"당연하지. 비잔티움과 사라센, 그리고 이집트의 연결 통로에 자리 잡은 도시이기 때문에 세상의 온갖 귀한 것들이 모두 거래된다네."

살라흐 딘은 순간 파티마를 떠올렸다. 꿈속에서 그녀가 약속을 강조했던 모습이 어른거렸다.

"금서를 살 수도 있겠죠?"

"꾸란 말인가? 당연히 살 수 있지. 예루살렘은 무슬림들의 성지이기도 하니까."

"어르신네는 다마스쿠스로 가신다고요?"

"딱히 그렇다고 말할 수는 없지만 그런 셈이지. 말하자면 다마스쿠스가 최종 목적지는 아니야."

마리얌이 부연하여 설명했다.

"우린 사라센 제국을 떠나는 길이예요. 다시는 오지 않을 길이죠. 비잔티움으로 가는 거니까. 어쩌면 콘스탄티노플이나 아테네 혹은 베네치아에 정착할지도 모르겠어요."

마리얌의 내려 뜬 눈에 우수가 서렸다. 순간 형 생각이 떠올라 살라흐 딘의 가슴은 또다시 미어지는 듯했다.

"마르코 님은 정말 훌륭한 분이셨어요."

마리얌이 말했다.

"내가 지금 형을 생각하는 걸 어떻게 알았죠?"

"그냥요. 내게 의술을 전수해준 그분은 알리스칸다리야 교회에서 손꼽히는 재목이었죠. 성서에 해박한 지식은 평신도로선 상상할 수도 없었고요."

"당신은 형이 죽었다고 단정하시는군요."

살라흐 딘의 도끼눈을 마리얌은 입술을 깨물면서 견뎌냈다.

"미안합니다. 형의 순교는 결코 헛되지 않으실 것입니다."

어느덧 잘 차려진 식탁이 그들을 기다렸고 일행 모두 실컷 먹으며 시간을 보냈다. 다만 식사가 시작되기 전 마리얌이 했던 기도의 한 대목이 식사시간 내내 살라흐 딘의 가슴에 메아리쳤다.

－하느님은 우리들의 머리로서는 통찰할 수 없는 가장 선한 운명을 인간들에게 부여하시는 분이심을 믿습니다.

－하느님의 참되심을 믿는 저희들이 마르코 님의 순교의 정신을 길이 선양하게 하소서.

기독교도들의 기도는 자신들의 기도와는 사뭇 다르고 형식에 얽매이지 않는 자유와 현장감이 묻어있었다.

그날 밤 침대에서 얼마간 잠 못 이루며 뒤척이던 살라흐 딘의 가슴을 맴돌던 말도 바로 그 말이었다. 기독교도들의 신은 가장 선한 운명을 인간에게 부여하다니. 형의 죽음도 신이 부여한 운명이었다는 이야기다. 그렇다면 우리 모두에게는 어떤 운명이 있을 것이고 자신의 이런 고생스런 여행도 모두 그런 운명을 순진하게 따라가고 있다는 주장이다. 처음에는 이상하고 어려운 말인 듯 느꼈으나 생각할수록 맞는 말이었다. 자신은 타라불리쓰를 떠나 메카로 향했지만 도중에 나쁜 상인에게 붙들려 인신매매 당했었다. 알리스칸다리야의 노예시장에서 알림에게 팔리게 되었고, 알림의 신임을 얻어가면서 제이납 누나를 만나 노예 신분에서 해방된 것도 어쩌면 높은 곳에 계시는 그분이 이끄시는 대로 이루어지고 있을 것이란 생각이 들었다. 그리고 알림의 부탁이라고만은 할 수 없는 어떤 힘에 이끌려 알 쿠드스에 가겠다는 용기백배한 결심을 한 것도, 그리고 도둑으로 몰렸다가 감옥에서 형을 만났던 것과 죽을 고비를 넘겼던 일까지도 모두가 지어냈다고 할 정도로 누군가의 조종을 받은 것 같은 느낌이었다.

그의 잡념을 깨뜨리는 사람이 있었다. 하산이었다.

"살라흐 딘, 형은 정말 멋진 분이었나 봐."

"형 생각 안 했는데?"

"그럼 맞춰봐. 내가 지금 잠 못 자고 무슨 생각했게?"

"글쎄. 우리가 무사히 귀가할 수 있을까 하는 생각?"

"아니. 마리얌 생각."

비슷한 또래의 마리얌에게서 하산은 자꾸만 뭔가 느끼는 모양이다. 살라흐 딘은 생각했다. 그것은 어쩔 수 없는 현실이다. 물이 높은 데서 낮은 데로 흐르듯 누구도 말리거나 억제할 수 없는 자연현상. 자신이 파티마 생각을 했던 것과 비슷한 것은 아닐까.

"마리얌에 대해 어떤?"

살라흐 딘이 물었다.

"아주 총명하고……, 유식해. 그리고 얼굴도 예쁘지?"

"그렇다고 할 수 있지."

"왜 사람들은 서로 다른 환경을 이해하지 못하는 걸까?"

"무슨?"

"난 기독교도들을 두려워했었는데 이젠 두렵지 않아. 아직은 약간 어색한 느낌이 들긴 하지만. 이질감이라고나 할까."

"나만 그렇게 느낀 게 아니고 너도 느꼈니? 그들의 기도에서 정말 기가 막힌 진리의 말들이 생생하게 들릴 때가 있었는데, 그게 우리 율법에 어긋

날까?"

"나는 보통이던데."

"한번 들어볼래? 하느님은 우리들의 머리로서는 통찰할 수 없는 가장 선한 운명을 인간에게 부여하시는 분이란 말 기억나?"

"전혀 기억이 나지 않는데? 그와 비슷한 말이 이슬람에도 있을 걸."

"아까 저녁 식탁에서 마리얌이 했던 기도에 나온 말이야."

"감탄했구나! 듣고 보니 가슴에 와 닿네."

"그런가봐. 아님, 형의 죽음을 어떻게 해석해야 하니?"

두 사람은 상상의 날개를 펴고 이런저런 이야길 나누다가 잠에 빠져들었다. 늑대의 울음이 간혹 들려오는 깊은 산속의 밤은 그렇게 지나갔다. 맑은 햇살이 창으로 들어와 방안의 어둠을 구석구석 몰아낼 무렵, 상쾌한 새소리가 시원한 한줄기 바람을 타고 두 젊은이의 얼굴에 스쳐갔다. 둘은 동시에 일어났다. 어느새 일어났는지 마리얌의 가족은 옆방에서 아침기도를 드리고 있었다. 두 사람도 얼른 메카를 향해 기도를 드렸다.

아침 식사로는 양젖으로 만든 치즈와 양젖과 양고기 국물을 맛있게 먹었다. 이번엔 살라흐 딘이 숙박비를 지불했다. 일행은 새로워진 기분으로 다시금 상쾌한 출발을 했다. 하지만 지대가 자꾸만 높아가면서 땀도 나고 앞서가는 낙타를 나귀가 뒤따르는 데는 다소의 지체가 발생하고 있음에도 모두다 짜증을 억누르며 묵묵히 향도의 뒤를 따를 뿐이었다. 해가 중천에 떠오르자 바위산들의 황량한 모습은 더욱 커다란 장애물이 되어 자신들의 앞을 가로막고 나서는 듯 보였지만, 일행은 수행자들처럼 말없이 돌투성이 길을 재촉했다. 큰 바위 아래 그늘에서 잠시 점심을 먹고 가죽부대에서 물을 따라 먹으면서도 서로 대화가 없었던 것은 황량하고 인가도 없는 외진 곳이 주는 적막함의 일부분으로 이미 동화되었기 때문일까. 풀도 나무도 거의 없고 독수리들이 간혹 높은 하늘을 나르며 등줄기 오싹한 두려움을 안겨주었다. 그 어색한 분위기를 완화시킬 양으로 마리얌의 부친이 입을 열었다.

"어떤가, 젊은이들? 참 삭막하지?"

두 젊은이가 고개를 끄덕이며 미소를 짓자 그는 말을 계속 이었다.

"인생을 많이 느끼게 하는 여행이야. 하지만 어려움이 끝나면 좋은 시기가 반드시 오듯이 이런 바위투성이의 지긋지긋한 길도 이삼 일이면 끝나고 사람들 구경도 실컷 할 거야."

그는 두 젊은이의 어깨를 다독거렸다.

폐광산의 오두막에서 이틀째 밤을 보낸 살라흐 딘은 간밤의 꿈으로 인해 식사시간 내내 아무런 말이 없었다. 하산이 눈치를 살피다가 참지 못하고 말을 건넸다.

"아침부터 기분이 너무 가라앉아 있어. 기운 좀 내!"

"알았어."

하지만 살라흐 딘은 더 이상 말없이 식사만 했다. 이윽고 출발하여 오전 내내 길을 갔는데도 말이 없다가 산그늘에서 점심으로 싸온 빵과 치즈를 꺼내어 먹을 때에야 하산에게 말을 했다.

"간밤에 형을 만났어."

"정말이야?"

하산의 목소리에 몇 발짝 떨어진 거리에 앉은 마리얌의 가족 모두 놀란 눈을 떴다.

"내게 무슨 말인지 모를 부탁을 했는데. 못 알아들었어. 형이 이 세상 사람이 아닌가봐."

아뿔싸.

살라흐 딘은 형의 생존을 강하게 믿고 있었다. 가능성이라고 볼 수도 없는 가냘픈 끈 하나일망정 그게 얼마나 그를 지탱시켜 왔던가.

"꿈에선 돌아가신 사람과는 대화를 잘 나누지 않는다고들 하지 않니?"

하산이 겨우 생각해낸 말이었다.

"그래서 그랬나. 형의 모습은 무척 평온했어. 비잔티움말 같은 단어들을 나열하며 손을 들어 먼 곳을 가리켰지. 그런데 가리키는 곳에 무엇인지 밝은 광채가 빛나고 있어 알아볼 수 없었어. 그곳을 향해 많은 사람들이 주시하고 있었는데."

"글세. 무슨 숨은 뜻이 있는 것도 같네. 우리가 무사히 알 쿠드스에 도착할 수는 있겠지?"

하산은 슬그머니 대화의 방향을 돌렸다.

"알라의 뜻이라면."

살라흐 딘은 여행경비 외에 꼭꼭 숨겨둔 디르함 은화 꾸러미가 들어있는 짐 보따리를 불안한 시선으로 자주 바라보았다. 알림에게서 받아 그대로 넣어둔 채 여태껏 열어보지 않은 짐 꾸러미 한 개를 그는 한시도 눈을 떼지 않고 지켜왔다. 처음 압둘에게 보관되었던 여행경비는 아흐마드에게 대부분 사기를 당했고 재판이 끝났음에도 그의 증발로 인해 공중으로 사라진 셈이 되어 버려, 생면부지의 룸인 수도사의 신세까지 지면서 기부 받은 돈은 정말이지 두 사람에겐 사막의 오아시스처럼 긴요하게 쓰이고 있었다. 하산도 눈치를 챘는지 알게 모르게 살라흐 딘의 그 짐 꾸러미만은 소중히 다루었다.

어?

자신의 짐을 확인하다보니 살라흐 딘의 눈에 걸리는 게 하나 있었다. 전에는 보지 못했던 묵직한 가죽자루 하나가 마리얌 부친의 낙타안장에 매어 있었다. 후세인이 유치장에서 잽싸게 넘겨주었던 것으로 문제의 갈대 상자를 버려버리고 그 내용물만 담은 자루였다. 살라흐 딘이 물끄러미 그 자루를 주시하자 마리얌의 가족은 순간 긴장하며 불안스런 눈빛으로 살라흐 딘을 주목했지만 하산의 기침소리에 그의 시선은 흩어져버렸다.

"분명히 무슨 의미가 있는 꿈이야. 하지만 뭐라고 해몽을 해야 할지 모르겠군."

하산은 나지막이 중얼거렸다.

휴식이 끝나자 일행은 길을 떠났다. 석양 무렵에 마리얌의 부친이 말했다.

"저 고개만 넘으면 수도원이 있다네."

기독교도들의 수도원을 본 적은 없지만 젊은 두 무슬림은 은근히 불안하고 스트레스를 받기 시작했다. 고개를 넘는 데에도 만만치 않은 고생과 시간이 필요했다.

오!

석양에 빛나는 수도원이 산기슭에 자리 잡고 있었다. 일행은 모두 우뚝 멈추어선 채 넋을 잃고 수도원을 바라보았다. 말로 표현할 수 없는 위용과 영광이 서려 있었다. 금빛처럼 붉게 반짝이는 석재 건축물은 그들을 감탄케 했다. 다른 사람을 의식하지 않고 살라흐 딘이 외쳤다.

"멋지군요. 눈이 부실 정돕니다. 이런 바위산 아래 사람들이 살고 있다니!"

그 말을 하면서 그는 지난밤 꿈에 형이 가리켰던 눈부셨던 곳이 이곳인가 하는 생각을 잠시나마 했다. 일행이 계곡을 내려가 평지에 이르렀을 때 그 웅장함에 다시 한 번 걸음을 멈추었다. 마리얌의 가족은 전에 와본 듯 앞장서서 잘 가고 있었다. 이윽고 성문 앞에 이르자 성채의 드높은 성벽이 그들을 가로막았다. 낙타에 앉은 채로 마리얌의 부친이 큰 소리로 외쳤다.

"키리에 엘레이손! 크리스테 엘레이손!"

순간 성채 안에서 내다보고 있던 성문지기가 도르래를 돌려 육중한 나무 성문을 열기 시작했다. 두터운 성문은 마찰음을 내며 일행을 환영하듯 활짝 열렸다.

"무슨 말이죠?"

하산의 질문에 마리얌이 설명했다.

"주여 불쌍히 여기소서, 그리스도여 불쌍히 여기소서, 라는 뜻이죠. 암호는 아니고 우리가 기독교도라는 걸 표현하는 것이랍니다. 무슬림들도 들어가는 개방된 곳이니까요. 수문장은 방문자가 도둑은 아닌지 또는 무기를 소지했는지를 보는 것입니다."

성문지기는 마리얌의 가족을 뒤따라 들어오는 무슬림 차림의 두 젊은이를 못마땅한 듯 바라보았다. 일행은 안으로 들어가 여행자의 숙소로 안내되었다. 어디선가 중얼거리는 소리가 들려왔다. 두 젊은 무슬림들은 자위야에서 들리는 기도소리 같은 그 소리의 진원지를 확인하기 위해 두리번거렸다. 적막한 가운데 새소리와 바람소리만이 공명을 일으키며 기도소리와 함께 들렸다가 멈추었다가 했다. 마리얌이 말했다.

"수도자만도 백 명 이상이 있어요."

눈이 휘둥그레진 건 하산이었다.

"그 많은 사람이 다 어디에 숨어있는 거죠?"

"수도자가 된다는 것은 바로 숨어서 은둔하는 걸 의미합니다. 드러나지 않게 말입니다."

"우리가 종교 때문에 거부당하지는 않을까요? 만일 식사를 주지 않는다든지 하는."

하산은 그럴 경우를 대비라도 한 듯 빵조각과 치즈조각을 보이기 위해 짐에서 반쯤 꺼내었다. 그러자 마리얌이 웃어버렸다.

"나그네를 모하메드 예언자께선 어떻게 대접하라고 가르치셨습니까?"

"잘 대접하라고 하셨죠."

"우리도 마찬가지입니다. 아브라함은 나그네를 잘 대접했다가 하느님의 천사를 대접한 일이 있었답니다."

"이브라임을 설명하는군요."

"이곳에서는 남녀가 유별한 곳이니 대화를 삼가는 게 좋겠습니다. 나는 어머니와 함께 다른 방을 쓰게 될 것입니다. 댁들은 우리 아버지와 함께 방을 쓰겠군요. 자, 그럼."

두 여성이 안내자의 뒤를 따라 모처로 이동했고 남자들 세 명은 남성들만의 구역으로 이동했다. 목욕실에서 목욕을 하면서 그간 못했던 몸 씻기를 실컷 했다. 이윽고 구수한 빵 냄새가 풍겨 나오는 넓은 식당으로 안내되었다.

안내자가 마리얌의 부친에게 말했다.

"오네시모 형제, 마침 수도자들의 식사가 끝난 후라서 오붓한 시간을 가질 수 있겠군요."

"고맙소이다. 주님의 축복이 함께 하시길. 테오도루스 수도사를 여기서 만나기로 되어있는데."

"테오도루스 수도사는 다른 수도자들과 함께 이미 식사를 마치셨습니다. 아마도, 순교한 마르코 영혼을 위해 묵상이라도 하고 계실 겁니다. 우선 식사를 하고 계세요. 내가 수도사께 전갈을 보낼 테니."

"마르코가 정말⋯⋯, 순교했소?"

마리얌의 부친이 화들짝 놀라며 안내자인 젊은 수도사 옷자락을 붙들었다.

"사실임이 확인되었습니다. 오, 하느님!"

무표정했던 젊은 수도사의 눈에도 눈물이 고였다. 애꿎은 죽음은 이렇듯 주변 사람의 가슴을 아프게 하는 것일까.

휘청거렸던 살라흐 딘은 그만 쓰러지고 말았다.

시간이 얼마나 흘렀을까.

살라흐 딘의 귀에 테오도루스 수도사의 목소리가 들렸다. 그를 눕히고 손발을 주물렀던 테오도루스 수도사와 하산이 도란도란 나누는 이야기였다. 그 가운데는 살라흐 딘의 형 마르코의 영혼을 위로하는 내용도 포함되어 있었다.

살라흐 딘이 벌떡 상체를 일으켰다.

"살라흐 딘, 정말 애석하고 가슴이 찢어지는 일이네."

수도사의 절망어린 목소리에도 불구하고 오히려 살라흐 딘은 담담한 표정이었다. 사람의 머리로서는 생각할 수 없는 가장 선한 운명을 주시는 알라께 무슨 항의를 할 수 있을까. 테오도루스 수도사의 말이 이어졌다.

"미안하네. 살리지 못해 정말 미안해."

참았던 눈물이 흘러내리자 살라흐 딘은 주먹으로 눈가를 훔쳤다. 하지만 그는 결연한 태도로 일어서면서 말했다.

"지금 저와 하산은 배가 많이 고픕니다."

테오도루스 수도사는 흠칫했다. 그는 젊은이 둘과 마리얌의 부친 오네시모를 식당으로 안내했다.

정갈하고 절제된 소량의 식사를 게 눈 감추듯 먹어치운 그들 앞에 빵이 가득한 큰 접시가 하나 더 나왔다.

"신경 쓰지 말고 먹게. 이곳은 식사 양이 조금 부족하게 나오는 곳이네. 수도원이기 때문이지."

수도사는 추가로 빵을 가져오도록 주방에 부탁을 해둔 터다. 세속적 욕망의 하나인 식욕을 억제하여 영혼을 단련시키는 곳임에랴.

살라흐 딘이 수도사에게 물었다.

"수도사 님이 나일 강에서 기다리셨던 분이 바로 마리얌의 부친이셨습니까?"

"오! 그렇다네. 마리얌의 가족을 만나기 위해 나일 강에서 지체를 하다가 자네들을 만났지. 그리고 여관에서 하루를 꼬박 지내며 젊은이를 간호했던 것도 마리얌의 가족을 기다리면서 보낸 시간이었네."

식사가 끝나고 숙소를 배정받자 마리얌의 부친은 잠시 다녀올 데가 있다면서 방을 나갔다. 하산과 살라흐 딘만이 외롭고 독립된 수도원의 첫 밤을 맞이하고 있었다.

하산이 물었다.

"마리얌의 아버지 이름이 오네시모야. 그런데 말이야, 아무래도 이상해. 수도사가 마리얌의 아버지와 무슨 일을 꾸미고 있는 걸까? 전에 여관에서 수도사가 알리스칸다리야에서 하려던 일을 여러 사정으로 이루지 못하고 다음 기회로 미루었다고 했는데 생각나니?"

"그랬던 것 같다."

"무슨 일이었을까?"

"낸들 아냐? 종교적인 일이었겠지. 아무튼 무기를 가지고 무슨 일을 꾸미거나 하는 나쁜 사람들은 아니니까. 그리고 설마 종교인들이 내란을 도모하진 않을 거야."

"그리고 더욱 이상한 것은 우리의 여행이 기독교도들과 시작되어서 기독교도들과 함께 끝나려고 해. 왜 자꾸 우리가 그들과 연관되는 거지? 생각해 봐. 함께 출발했던 무슬림들은 어디로 가고 하필 기독교도가 너를 배에서 구하고 여관에서 치료까지 해주냐? 너무 이상하게 얽힌 것 같아. 무슨곡절이 있는 거 아닐까? 가령 도망칠 수 없도록 철저하게 준비된 무슨 음모라든지 함정이라든지."

"허헛. 해석도 당차네. 하지만 우린 아직 잘 살아있어. 기독교도들의 도움을 받았든 안 받았든 간에 현재 우리가 죽지 않았다는 사실이 중요해."

대답을 하면서 살라흐 딘은 하품을 했다.

"하긴, 내가 만일 기독교도라면 나는 그들만큼은 못 할 거야. 그런 친절을, 목숨까지 건 친절을 베풀진 못 할 거야. 우린 살벌하게 살아왔고 노예대접을 받으며 서럽게 살아왔잖아. 그런데 이 사람들은 달라. 종교가 달라서 그런 건가?"

하산이 말했다.

"종교란 서로 별반 다른 점이 없다고 누군가 말했던 것 같아."

"그렇지만 우리가 느끼는 것은 다르단 말이야. 의도적인 것인가?"

"그럴지도 모르지. 내 생각을 말해볼까? 내가 이상하게 생각하는 것은 말이야. 정말 이상한 건⋯⋯, 왜 이들 모두 형을 잘 알고 있냐 이거야. 나보다 형을 더 잘 알고 있어. 다만 비밀처럼 말을 아낄 뿐."

형을 떠올리자 살라흐 딘은 졸음이 십 리나 멀리 달아나버렸다.

"아마도 너에게 미안해서 그럴 거야."

"형이 이들과 함께 무슨 일인가 하려 했던 것은 아닐까? 그리고 그 중심에 형이 있었던 것은 아닐까?"

"그렇다면 형이 죽음으로써 더 이상 추진할 수 없게 된 셈이 되네?"

"그게 만일 사실이라면 그 일이 무엇일까?"

"마리얌의 아버지가 와야 물어보지."

"그건 그렇고 메카가 어느 방향이지?"

두 사람이 밤 기도를 마치고 편안한 잠자리에 든 후에도 마리얌의 부친은 나타나지 않았다.

성문을 나서는 어떤 죄수를 보려고 많은 사람이 인산인해를 이루며 몰려드는 곳에 살라흐 딘도 끼어 있었다. 온 몸이 얻어 터져 핏자국이 선명한 그 죄수는 성한 곳이 한군데도 없는 알몸으로 통나무를 어깨에 지고 가다가 넘어지곤 했다. 사람들이 야유와 조소를 마구 내뱉고 있었다. 살라흐 딘은 불쌍한 그 죄수를 가까이 보려고 다가갔다가 로마병사의 창에 떠밀렸지만 누군가가 뒤에서 미는 바람에 죄수의 가까이에서 그의 얼굴을 구경하게 되었다.

헉! 그는 낯익은 얼굴이었다. 한 여자가 손수건으로 넘어져 겨우 일어서는 죄수의 피땀을 이마와 얼굴과 목에서 닦아주었다. 그녀는 곧 병사의 창에 떠밀렸고 죄수는 겨우 일어나 통나무를 어깨에 걸쳐 메었다. 구부러진 오르막길의 꼭대기에 이미 두 사람의 죄수가 나무에 매달려 있는 모습이 눈에 들어왔다. 처음 보는 광경이어서 살라흐 딘의 가슴은 조이고 숨이 가빠졌다. 사람이 나무 기둥에 걸려 있다니! 군중의 고함소리가 시끄러워지자 흔들흔들 발걸음을 내딛으며 신음소리를 내던 죄수가 그만 쓰러져버렸다. 그의 몸 위로 병사의 채찍이 떨어졌다. 채찍 소리와 함께 사람들의 한탄의 소리도 흘러나왔다. 쓰러진 죄수가 고개를 돌려 살라흐 딘에게 얼굴을 향했다.

"물을 다오. 내게 물을 다오."

당황한 살라흐 딘은 어쩔 줄 몰라 뒷걸음쳤다. 그때 야자 껍질에 물을 가득 담은 손이 군중들 사이로 뻗어 나왔다. 알라딘이었다. 그는 분명 형이었다. 살라흐 딘은 형을 보았다. 로마병사가 휘두른 창에 바가지는 그만 나뒹굴었다. 형! 살라흐 딘은 너무 반가워 형을 붙잡으려 했지만 형은 군중들 사이로 사라지고 보이지 않았다.

식은땀을 흘리던 살라흐 딘은 침상에서 벌떡 일어나 앉았다. 밤의 적막 속에 제벨무사의 산기슭에 웅크린 성채의 한 구석에서 내가 잠을 자고 있었구나.

꿈에 형을 만나다니.

살라흐 딘의 눈가에 물기가 배었다. 그는 물병을 찾아 몇 모금 들이켰다. 내가 왜 이런 꿈들을 꾸고 있을까? 형을 죽인 자들을 찾아 원수를 갚아야 할 내가 왜 여기에 이렇게 앉아 있는 것인가? 맥없이 굴종할 수밖에 없는 자신의 나약함을 생각하니, 살라흐 딘은 복수심이 밑바닥에서부터 솟아올라 온 몸이 떨려왔다. 불끈불끈한 힘과 정열로 온몸이 불타는 듯하여 벌떡 일어선 살라흐 딘은 방안을 왔다 갔다 하기 시작했다. 그의 기척에 하산이 잠을 깼다.

"잠 안 자고 뭐하니?"

"지금 잠자게 생겼냐?"

"무슨 뚱딴지야?"

"하산, 내 안에서 힘이 솟아오르고 있어."

하산은 졸리는 눈으로 격자창을 넘어 들어오는 달빛을 받으며 방 가운데 우뚝 선 살라흐 딘의 불끈 쥔 두 주먹을 보았다.

"이 밤중에 힘나서 무엇에 쓰냐? 다리 뻗고 잠이나 자. 난 피곤해 죽을 지경인데."

하산에게서 숨소리가 다시 규칙적으로 들리자 살라흐 딘은 갑자기 힘이 빠져나가면서 외롭고 초라한 시골뜨기의 기분으로 돌아왔다.

이 무슨 마귀의 장난이냐.

살라흐 딘은 자신의 진짜 욕망이 무엇일까 깊이 생각했다. 동이 틀 무렵, 눈을 뜬 하산은 아직도 자지 않고 골똘히 생각에 잠겨있는 살라흐 딘의 모습을 발견했다.

"여태 안 잤어?"

"하산, 나 기독교도가 되면 어떨까?"

"밤새 그 생각했구나. 네가 기독교도 되었다고 누가 뭐라겠니? 하지만, 하지만……, 그게 네 진심이냐?"

그제야 하산이 제정신이 들어 벌떡 상체를 일으켰다. 단단히 결심한 듯 살라흐 딘의 목소리가 이어졌다.

"진심이야. 내가 깨달은 게 있었는데 들어볼래?"

"말해봐. 짧게 말해. 졸리니까."

하산은 하품을 했다.

"내가 카이로의 유치장에서 형을 본 후로 몸져눕고, 물에 빠졌다든지 열병으로 여러 날을 고생한 것이 바로 무엇 때문인지 아니? 바로……, 바로 적개심 때문이었어. 엄청난 복수심이 내면의 깊은 속으로 들어가 정서를 흩뜨린 것이야. 샤라프[63]!를 생각해봐. 형의 억울한 죽음 앞에서 아무것도 할 수 없던 내가 자기 자신을 용서할 수 없었던 거야."

하산은 다시 하품을 하면서 대꾸했다.

"그거하고 종교 바꾸는 것하고 무슨 상관이야?"

"기독교도들은 지금은 쫓겨 다니는 신세라서 그런지 모르지만, 종교도 강요하지 않았고 복수를 가르치지도 않았어. 우리 같았으면 복수심으로 불 탔을 텐데 말이야. 기독교도를 만난 후로 나는 조용한 송장처럼 지냈어. 복수심 같은 내면의 힘은 나를 용서하지 못했지만 점차 나는 용서받고 있어. 바로 내 자신으로부터."

"기독교도들 따라다니더니 너도 좀 이상해진 거 아니냐? 네 말은 이해할 수도 없는 말이고 또 이상한 논리로 넘쳐나는 것 같아."

바로 그때 방문이 열리면서 마리얌의 부친이 들어왔다. 하산이 반가워했다.

---

63) 남성의 명예.

"밤새 어디 계셨어요? 많이 기다렸는데."

"잘 잤나? 살라흐 딘도?"

살라흐 딘은 서 있던 그대로의 자세로 마리얌의 아버지께 물었다.

"복수는 해야 합니까?"

마리얌의 아버지 오네시모는 생뚱맞은 질문을 한 젊은이의 얼굴을 자세히 보았다.

"성서에는 하지 말라고 씌어있네. 혹시 지금도 그 마음이 남아 있는 건가?"

"복수심이 주체할 수 없이 폭발하여 밤새 방안에서 뒤척였습니다. 그리고 그 결과……, 이젠 새로운 깨달음을 얻었어요."

오네시모는 살라흐 딘이 계속 말하도록 놔두었다.

"제가 기독교도가 되어도 좋을까요?"

"무슨 말인가?"

오네시모는 깜짝 놀랐다. 전혀 생각하지 않은 그로서는 자신의 귀를 의심했다.

"거짓으로 말하는 것이 아닙니다."

"권한 일도 없었는데……, 진심인가?"

"진심입니다."

오네시모는 눈을 동그랗게 뜨고 살라흐 딘을 보았다. 놀란 가슴이 진정되지 않았다.

마르코의 동생이 개종을 하게 되다니!

살라흐 딘의 기대에 찬 시선을 보아서라도 얼른 무슨 말이든 해주어야 했다.

"정말이라면 형제를 하나 얻었으니 큰 기쁨일세."

"어떤 특별한 허락을 받아야 하나요?"

"그렇지는 않네. 다만 진심인지, 그리고 알라 앞에서 맹세할 수 있을 정도인지. 왜냐하면 알라께서도 그런 허락은 하실 만큼 마음이 넓으실 테니까."

"제가 내내 몸이 아팠던 것도 바로 적개심 때문이었습니다. 그러나 매번 그것을 이길 수 있었던 것은 기독교도들 사이에서 지냈기 때문이었습니다. 복수보다는 사랑을 가르쳐주셔서."

"그리고 용서도 잊지 말게. 용서 중 가장 큰 것은 자신을 용서하는 것이고 다음은 가장 큰 원수를 용서하는 것이라네. 자네는 자신을 용서하기 시작했어. 그래서 성령이 자네의 마음에 다가오신 걸세. 자넨 영혼의 문을 열고 마음의 역량을 넓힌 것이야. 기독교에선 절대 남을 증오할 수 없게 되어 있네."

이슬람교라고 사랑보다 증오를 가르칠까마는 잘못 전달되고 운용된 까닭에 살라흐 딘은 그저 그렇게 이해하고 있었다.

"저는 이십 년 가까이 복수와 보복의 논리에 살아왔습니다. 알라의 이름으로 말입니다."

"그것들은 우리 인간의 더러운 욕망의 일부분이네. 기독교도가 되었다고 해서 없어지는 것이 아니야. 오히려 더 심하게 유혹할 때가 있지. 따라서 용서에는 각고의 노력과 결단이 필요한 것일세."

"명심하겠습니다."

아침 식사가 끝나고 수도원의 아빠스[64]로부터 세례식이 있었다. 일반인들, 특히 처음 보는 여행자들과 마리얌의 가족들이 지켜보는 가운데 살라흐 딘은 맨 앞줄에 앉혀졌다. 전례예식이 시작되었다. 수도사들의 목청에서 나오는 단선율의 비잔티움 성가가 체명 악기들의 연주에 맞추어 천상의 소리를 내며 분위기를 잡기 시작하자, 수염이 허연 아빠스와 신부들이 입장하여 제대 앞에 섰다. 젊은 신부가 성서말씀을 몇 구절 읽자 아빠스가 일어나 복음서를 펼쳤다.

---

64) 자치수도원의 원장.

그러나 이제 내 말을 듣는 사람들아,

잘 들어라.

너희는 원수를 사랑하여라.

너희를 미워하는 사람들에게 잘해 주고

너희를 저주하는 사람들을 축복해 주어라.

그리고 너희를 학대하는 사람들을 위하여

기도해 주어라

누가 뺨을 치거든 다른 뺨마저 돌려 대주고

누가 겉옷을 빼앗거든 속옷마저 내어 주어라.

달라는 사람에게는 주고

빼앗는 사람에게는 되받으려고 하지 말라.

너희는 남에게서 바라는 대로 남에게 해 주어라.

너희가 만일 자기를 사랑하는 사람만 사랑한다면

칭찬받을 것이 무엇이겠느냐?

죄인들도 자기를 사랑하는 사람은 사랑한다.

너희가 만일 자기한테 잘해 주는 사람에게만

잘해 준다면 칭찬받을 것이 무엇이겠느냐?

죄인들도 그만큼은 한다.

너희가 만일 되받을 가망이 있는 사람에게만 꾸어 준다면

칭찬받을 것이 무엇이겠느냐?

죄인들도 고스란히 되받을 것을 알면 서로 꾸어 준다.

그러나 너희는 원수를 사랑하고

남에게 좋은 일을 해 주어라.

그리고 되받을 생각을 말고 꾸어 주어라.

그러면 너희가 받을 상이 클 것이며 너희는 지극히

높으신 분의 자녀가 될 것이다.

그분은 은혜를 모르는 자들과 악한 자들에게도 인자하시다.

그러니 너희의 아버지께서 자비로우신 것같이

너희도 자비로운 사람이 되어라.

예배행위가 많이 진행되었을 쯤에 흰 옷을 입은 살라흐 딘이 보조자의 안내로 성수탕에 들어갔다. 아빠스가 물었다.

"살라흐 딘에게 묻습니다. 성령의 인도를 받지 않고는 누구도 '퀴리오스 예수스[65]'라고 고백할 수 없습니다. 사랑하는 형제 살라흐 딘, '예수님은 주님이십니다' 하고 고백할 수 있습니까?"

"퀴리오스 예수스."

살라흐 딘이 또박또박 대답했다.

"이제 성부와 성자와 성령의 이름으로 세례를 줍니다."

아빠스가 살라흐 딘의 머리를 지그시 눌러 물속에 잠기게 했다. 숨을 잠시 멈추자 보조자의 손이 살라흐 딘의 어깨를 잡아 올렸다.

"당신은 세례를 받아 그리스도로 옷 입었습니다. 죄를 용서받았고, 앞으로 성령이 당신을 인도하실 것입니다."

살라흐 딘이 성수탕 밖으로 나와 몸의 물기를 닦으면서 그제야 귀가 터져 들리지 않던 천상의 음악이 들리기 시작했다. 단선율의 콥트어 성가를 합창의 지휘자와 합창대가 응답형식으로 부르고 있었는데 고개를 돌려보니 신비한 소리를 내는 타악기 몇 개가 눈에 띄었다. 살라흐 딘은 옆방에서 옷을 갈아입고 나와 원래의 자리로 갔다.

성찬예식이 시작되어 제대 앞에 선 살라흐 딘은 하얀 포도주가 담긴 술잔과 작고 납작한 빵을 한 조각 받았다. 그리고 빵을 술에 적시어 입안에 넣었다. 입안이 이상하리만치 뜨겁게 달아올라 데일 뻔했으나 살라흐 딘은 아빠스의 마술이거나 끓인 포도주 때문일 거라고 생각하고서 꾹 참았다.

---

65) 예수님은 주님이십니다.

식이 끝나고 밖으로 나오자 작열하는 태양빛으로 인해 눈이 부셔서 아무 것도 볼 수가 없었다. 그런데 그 눈부심의 한 가운데 성상(聖像)이 서 있었다. 이상한 감흥과 과거의 꿈이 뒤섞여 한참 바라보고 있으려니까 테오도루스 수도사가 다가왔다.

"세례식의 주례 사제께 자네의 세례명을 오네시모라고 말씀드렸었네. 식 도중에 오네시모라는 이름이 몇 번 튀어나왔는데 못 들었나?"

"오네시모? 마리얌의 아버지 이름과 같군요?"

"그렇다네. 좋지 않은가? 큰 오네시모 작은 오네시모라고 불러도 되겠지?"

"좋습니다."

"이제부터 자네의 이름은 오네시모야. 알았지, 오네시모?"

"네."

"네 라고 한 다음엔 형제 혹은 자매라고 불러주게. 오네시모 형제 알았나?"

"알았습니다, 형제."

옆에서 지켜보던 하산만이 아무런 말이 없었다. 친구의 개종을 바라보는 그의 마음이 착잡했지만 어느 누구도 그 순간만은 그것을 눈치 챈 사람은 없었다. 테오도루스 수도사의 말이 이어지지 않았더라면 하산은 불만을 터뜨렸을지도 모른다.

"오네시모, 주례사제와의 면담이 있으니 날 따라오게."

하산은 불만이 가득한 표정으로 혼자 숙소로 돌아가고 오네시모는 수도사를 따라 긴 복도를 지나 다른 건물로 들어갔다.

"어서 오시오, 오네시모 형제."

살라흐 딘에게 세례를 주었던 아빠스였다. 테오도루스 수도사가 설명을 덧붙였다.

"이 분이 수도원의 책임자이신 신부시라네. 수도원장이시지."

"신부요?"

"그래. 결혼하지 않고 일생을 하느님께 바치는 성직자지. 엄숙한 교육을 통해서 신부가 될 수 있는데 이분들은 수도에만 전념하는 수사신부들이야. 자, 신부님 앞에 가까이 앉게."

"고맙소, 테오도루스 신부."

테오도루스 수도사도 신부로구나. 오네시모는 눈이 휘둥그레지며 수도 사와 수도원장을 번갈아 보았다. 아무런 장식도 없고 알맞은 크기의 방에 책들이 잔뜩 꽂힌 낡은 책장과 책상 위의 파피루스 몇 장과 필기구만이 어둡고 조용한 방의 오랜 역사를 말해 주고 있었다. 눈이 점차 방안의 어두움에 익숙해진 때문인지 수염이 허연 수도원장의 얼굴이 똑똑히 보였다.

"오늘의 세례식은 나도 뜻밖이네. 오네시모 형제에게 몇 가지 질문이 있어서 보자고 한 것일세."

오네시모는 고개를 끄덕이며 다음 말을 기다렸다.

"테오도루스 신부는 형제와 만난 오묘한 사건이 있었다고 설명했었는데. 혹시 그 사건이 형제의 개종과 관련이 있는지? 왜냐하면 형제에게 이미 세례를 주었고 새로운 이름이 주어졌기 때문에 새로운 삶으로 초대가 된 셈이지만, 아무래도 물에 빠졌던 사건이 자살인지 아니면 단순한 우발적인 사고였는지 사목적 판단에 중요해서 묻는 것이네. 진지하게 답해주게."

수도원장의 말이 끝나자 테오도루스 신부가 옆에서 부연설명을 했다.

"아주 중요한 문젤세. 말해줄 수 있겠나?"

짧은 순간 침묵이 흘렀다.

"자살하려고 했습니다."

오네시모의 담담한 말에 두 신부들은 의외로 놀라지 않았다.

"그럼 구출해준 선원이나 신부에게 불만이 있지는 않았나? 처음의 의도가 좌절되었을 테니까."

"아닙니다. 물에 빠진 다음에는 제 자신에게 삶의 본능이 있다는 것을 알았습니다. 살기 위해서 저도 모르게 헤엄을 쳤거든요."

"지금 생각은 어떤가?"

"지금도 마찬가지입니다. 저는 나일 강에서 구출되었습니다. 생명을……, 되찾은 것이죠. 한동안 저는 고열과 혼수로 오락가락했습니다. 그것은 제 내면에 끓고 있던 적개심의 힘 때문이었습니다. 그런데 꿈에서 형을 자주 보았습니다. 형이 제게 무슨 의미인가를 전달하려 했는데 도무지 알아들을 수 없었습니다. 그 해석은 오로지 제 몫으로 지금까지 남겨져 있습니다. 저는 줄곧 생각했습니다. 여행의 시작과 도중에 내내 기독교도들과 연결되어 있었기에 저는 그들을 관찰했습니다."

여기서 오네시모의 눈에 이슬이 맺혔다. 두 신부는 그가 감정을 정리하도록 그리고 그가 다음 말을 할 수 있도록 내버려두었다.

"형이 이루지 못한 일을 제가 하겠다는 결심이 저의 내면을 휘젓던 복수심을 잠재우고 몰아냈습니다."

마르코가 하려던 일을 이어서 하겠다니!

두 신부는 그때서야 놀랐다.

"대단한 젊은이요. 그 용기와 신념을 언제나 변치 말고 간직하구려."

수도원장이 고개를 끄덕이며 말했다.

"어젯밤에 한숨도 못 자고 생각했습니다. 꿈까지 꾸었는데요. 전에도 몇 차례 꿈에 나타났던 죄수가 또 나타났습니다."

"죄수라니?"

"온몸에 난 채찍 자국마다 핏방울이 흐르는 알몸의 남자가 통나무를 메고 힘겹게 언덕길을 가더군요."

오, 저런!

순간 두 신부들은 흠칫하며 신음소릴 냈다. 수도원장이 말했다.

"형제, 그분이 바로 예수님이시라오."

"예수님이 그런 모습으로요?"

"무슬림들이 이싸라고 부르는 분이시지."

"그분이 죄수였나요?"

"사람들이 그분을 죄인 취급하여 매질을 했었지. 형제, 이건 어떤 특별한 은총이오. 꿈에 그분을 뵙다니. 그분을⋯⋯! 하느님의 아들을⋯⋯! 오, 하느님 이 형제에게 어떤 것을 원하시나이까?"

테오도루스 수도사는 두 손을 합장하고 눈을 질끈 감아버렸다.

수도원장이 말했다.

"형제는 구원의 역사에 초대받은 듯하네. 그리스도께서 꿈을 통해 현몽하신 거야. 좀 더 설명해줄 수 있겠나?"

"그분은 여러 번 넘어지셨습니다. 그러다가 저와 시선이 마주쳤는데, 그분은 제게 목마르다고⋯⋯, 물을 달라고 하셨습니다."

두 신부들의 눈에서는 놀라움이 가득히 넘쳐났다.

"그래서 드렸나?"

"저는 겁이 나고 무서워 뒷걸음쳤습니다. 바로 그때 형이 나타나 바가지의 물을 내밀었습니다. 병사가 휘두르는 창에 의해 바가지는 땅에 나동그라지고 물은 엎질러졌지만."

"그분이 누군지 전에 몇 차례 꿈에 보았다면서 다른 사람에게 물어볼 생각은 안 했나?"

"전혀 못했습니다. 다만, 재수 없는 꿈이려니 했습니다."

테오도루스 신부가 말했다.

"오네시모, 다른 사람에게 꿈 이야긴 절대 말하지 말게. 오늘 이 자리에서 입에 자물쇠를 잠그게나."

"왜죠?"

"원래 그런 특별한 꿈은 일생 동안 묵상의 소재가 되니까 절대 함부로 발설하지 말게. 오히려 잘못 입 밖에 나가서 분쟁거리가 되거나 상대의 분심을 일으키는 소지가 된다면 그것 또한 주님께서 원하시지 않는 일이겠지. 그리고 자네가 형의 뒤를 이을 결심을 했다면 먼저 자네의 형 마르코가 어떤 일을 했는지 제대로 알아야 하지 않겠나?"

"그렇군요. 그게 당연할 것 같습니다."

오네시모가 고개를 끄덕였다.

테오도루스 신부가 말했다.

"오늘은 피곤할 테니 푹 쉬게나. 차츰 이야기하기로 하세. 자넨 앞으로 특별한 훈련을 받아야 하네."

수도원장이 두 손을 젊은이의 머리에 얹어 축복의 기도를 해주었다. 오네시모는 테오도루스 신부를 따라 숙소로 돌아왔다. 그런데 눈이 빠지게 테오도루스 신부를 기다리는 사람이 있었다. 하산이었다.

"여봐요, 노인 양반! 당신이 무슨 음모를 꾸미고 있는지 나도 어느 정도는 눈치 챘습니다."

"여보게, 음모라니? 무슨 말인가?"

"음모의 결과가 살라흐 딘의 개종으로 드러났는데 이제 와서 모른다니 말이 됩니까?"

신부가 수염을 만지면서 생각하고 있는 사이 하산은 계속 항의했다.

"지난밤 밤새 어딘지 사라졌다가 나타나신 이유가 뭐죠? 밤새 고민하느라 잠을 못잔 살라흐 딘에게 나타나 개종시켰잖아요? 밤새 영감님이 마술을 걸지 않았다면 어떻게 그런 일이 일어날 수 있는 겁니까?"

"마술이라니? 우리 성직자들이 가장 경계하는 것이 마술인데."

"밤새 마술을 걸지 않았다면 무엇을 하셨는지 증명해보세요."

하산은 물러서지 않았다.

"하산, 나는 밤새 기도하고 있었네. 성탄이 얼마 남지 않은 시점이어서 그리고……, 그리고……, 마르코의 순교의 슬픔을 생각하면서 내 자신이 하느님 앞에 용서를 빌었다네."

사실 지난밤으로 말하자면 테오도루스 수사신부에게는 대단한 체험이 있었던 잊을 수 없는 밤이었다.

젊은이에게 말할 수 없을 뿐.

마르코의 체포에 이은 사형선고의 충격과 동시에 자신에게 내려진 어떤 능력, 즉 공간 너머가 눈에 보이는 영적 능력이 너무도 두려워 내내 묵상하고 두려움에 사로 잡혔었다. 처음엔 자신의 눈에 사시가 온 것은 아닌지 의심이 가서 한 눈을 막고 물체를 살펴보기도 했지만 건너편 나무 뒤에 있는 사람의 얼굴이 보인다든지 묘지의 뼈들에 입혀진 주인의 육체가 어른어른 보이기 시작하자 놀라 나자빠질 뻔했다. 그래서 카타리나 수도원에 도착하자마자 그는 자신이 미친 것은 아닌지 즉시 수도원장에게 달려갔었다.

테오도루스 신부는 지난밤에도 자신의 초능력이 두려워 밤새워 하느님께 기도했다. 하지만 하느님은 들어주지 않으셨다. 오히려 초능력을 더 심화시켜 주셨다.

하산의 흥분을 누그러뜨린 것은 살라흐 딘이었다.

"하산, 이제 그만 하는 게 좋겠다. 나는 내 정신 말짱한 정상 그대로야. 그리고 이렇게 화를 내고 항의한다고 나의 개종을 뒤바꿀 순 없어. 친구와의 우정을 생각해서 그만 멈춰라. 네게 불편을 준 건 아니잖니?"

"불편을 왜 안 주었니? 넌 금서인지 나르드 향유인지 파티마 아가씨의 선물을 준비해서 알림께 되돌아가야 하는데, 너와 함께 동행을 한 내가 아무리 친구라 해도 그렇지, 너의 신변에 일어난 변화무쌍한 사건들에 어찌 불편하지 않았겠냐?"

"하산, 하여튼 내게도 생각이 있어. 걱정하지 마라."

때마침 테오도루스 신부가 하산의 걱정을 덜어주기 위해 끼어들었다.

"나르드 향유는 여기 성녀 카타리나 수도원에도 있을 것이니 걱정 마시게."

논쟁은 끝났고 신부는 방을 나갔다. 방에 남은 하산과 오네시모는 갑자기 서로 서먹해진 채 격자창 밖의 경치를 보았다. 누군가가 이쪽으로 오는 게 보였다.

"큰 오네시모가 오고 있군."

살라흐 딘 즉, 오네시모의 말에 하산이 대답 내신 고개를 끄덕였다. 마리얌의 부친 오네시모가 방에 들어오자 하산이 따졌다.

"일이 이쯤 되었으니 우릴 어떻게 하실 셈이신가요? 우릴 다마스쿠스까지 끌고 가실 건가요?"

큰 오네시모는 하산의 엉뚱한 핀잔에 난처해했다.

살라흐 딘이 대신 대답했다.

"하산, 우리의 본연의 임무인 여행은 계속된다. 이젠 됐니?"

"알리스칸다리야로 돌아가는 것도 약속할 수 있지?"

"그럼. 약속할게. 끝까지 완수하려던 일이었어. 다만 도중에 이상한 일들이 벌어져 지체했을 뿐."

"과연 알라스칸다리야로 돌아갔을 때 곱게 받아들여질까? 네가 개종했다는 게?"

"사실을 알림과 매부께 모두 말씀드릴 거야. 형을 만난 이야기까지. 그분들도 이해해주시지 않겠어? 난 종이 아냐. 난 자유인이란 말이야. 자유인이 자유롭게 결정한 것을 누가 막을 수 있니?"

"난 네가 행패 당할까봐 걱정이 돼."

"알리스칸다리야로 돌아가 여행의 최종 결말을 보고하고 그분들과 작별을 해야 할 거야. 아무리 심정적으로 이해를 해준다 해도 그분들과 유대를 가지면서 기독교도로 살아가긴 어려울 테니까. 바로 그 점이 괴로운 거지. 그분들은 정말 내게 잘 대해주셨던 따뜻한 분들이야."

"네 누나가 뭐라고 할까?"

"그것보다는 제이납 누나가 행여 이 일로 이맘의 눈 밖에 날까 걱정이지."

"설마 소박까지 하겠어?"

"아니지. 매부의 셋째 부인이 알면 어떤 간계를 꾸며 누나를 괴롭힐지 그건 지금으로선 모를 일이지."

젊은 오네시모와 하산은 한숨을 내쉬었다.

마리얌의 부친 큰 오네시모가 위로했다.

"기도하고 청원할 밖에 무슨 방법이 있겠나? 하느님은 우리의 가장 든든한 후원자일세."

하산이 마리얌의 안부를 물었다.

"마리얌은 다른 방에 있나보죠? 이곳은 남녀의 구별이 심한 곳인가 봐요."

"모스크에서도 구별하고 있으니 그런 점에서는 마찬가지가 아니겠나. 이곳은 수도원으로서 욕망을 틈타 악마의 유혹이 작용할지 모르니 사전에 차단하는 것일세. 그리고 무슬림들도 이곳에서 유숙하고 가는 일이 종종 있다네. 지금도 이십여 명의 무슬림들이 사랑채에서 투숙하고 있다고 들었어. 대상들이거나 신을 찾고 있는 은수자이거나 여행객일 것이고, 게 중에는 첩자도 있을 것이고, 가끔은 카이로의 행정부처에서 보내는 관리들이 오기도 한다는 군."

"관리들이 오다니요?"

"이집트는 사라센 영토야. 백오십 년 전 무슬림들이 쳐들어온 이후로 줄곧 장악하고 있으니 그들의 감시와 관리를 받는 것이지."

"그래서 자꾸만 기독교도들이 쫓겨나가고 있는 것입니까? 기독교가 소수의 종교가 되어버렸군요."

"그전에는 이집트 전역이 기독교 지역이었어. 하지만 이젠 점차 소수로 전락하고 있다네. 은근히 꾸란을 강요받으면서."

"소수의 종교라 해도 함께 공존할 수는 없나 보죠?"

"종교도 인간들이 관여하면 본뜻을 퇴색시키는 건 당연한 귀결일 거야. 훗날 기독교도의 수가 증가하는 일이 벌어졌다고 할 때 그들은 예수의 가르침대로 평화로이 지내기만 할까? 난 그렇게 보지 않네. 힘을 기른 종교는 손이 가려워 가만히 있지 못하고 충돌을 일으키고 말 것이네. 지금은 쫓겨 가지만 복수의 칼을 들고 언젠가는 돌아올 거야. 예수님의 가르침과는 전혀 다르게 말일세."

낮기도 시간이 되자 하산 혼자서 메카를 향해 기도를 올렸다. 지켜보고 있는 살라흐 딘의 얼굴에 한 가닥의 괴로움이 스쳐갔다. 하산의 기도가 끝날 쯤 때마침 찾아온 테오도루스 신부에게 살라흐 딘이 물었다.

"이젠 형에 대해 말씀해주셔도 좋을 듯한데요?"

"궁금하겠지만 어느 정도는 형제가 생각해온 것과 일치할 것이네. 더 자세한 것은 다음에 꼭 자세히 말해주겠네."

하산이 여기에서 말을 막았다.

"그럼 이 수도원에서 얼마나 더 묵어야 하는 것입니까? 우린 하던 일이 있고 그 일을 마쳐야 하는 바쁜 사람들이거든요."

"오네시모, 내일 새벽에 제벨무사에 올라갈 계획이 있네. 이곳 수도원에서는 수도의 한 방편으로 종종 산행의 기회가 있거든. 내일이 바로 그 날이야. 우리와 함께 올라가세. 그리고 하산도 원하면 함께 가도 되네. 그리고 자네들의 여행을 위해 모레 여길 출발하면 어떨까?"

두 사람은 그 제안이 그럴듯하여 고개를 끄덕였다. 어느덧 점심시간이 되어 남자들 네 명이 식당으로 향했다. 마침 식당의 다른 방에서 몇 명의 무슬림들이 식사를 하는 모습이 눈에 들어왔다.

허걱.

뜻밖에도 그들 가운데 아흐마드가 고개를 숙이고 열심히 식사를 하는 모습이 눈에 띄었다. 틀림없는 그였다.

하산이 살라흐 딘의 옆구리를 찔렀다.

"살라흐 딘, 아흐마드야. 보았어?"

"음. 나만 발견한 게 아니네."

두 사람은 아흐마드가 맞나 다시 한 번 확인했다. 분명히 그였다. 알리스칸다리야를 출발할 때 일행 가운데 함께 있었던 사람이 몇 보였고, 생면부지의 사람들도 보였다. 순간 왈라드가 눈에 띄었다.

"살라흐 딘, 왈라드 보이니?"

"당근이지. 저 상인이 왜 아흐마드와 함께 있는 거지? 배를 타고 알리스칸다리야를 떠난 줄 알았는데."

순간 살라흐 딘은 하마터면 소리를 지를 뻔했다.

트리부노.

자신을 알림에게 팔아넘긴 룸인 노예상인 트리부노와 알리스칸다리야

공터에서 본 일이 있는 다른 룸인! 살라흐 딘의 가슴은 마구 방망이질을 했다. 두 룸인이 왈라드 옆에 앉아서 담소하며 식사를 하고 있지 않은가! 바로 옆방에서 식사를 하면서 내내 두 사람은 긴장과 흥분 속에 더욱 목소리를 낮추었다.

"저자를 그냥 둬선 안 돼."

"나도 동감이야."

"저런 기독교 탄압자가 어떻게 여기에 있을까?"

"이곳 수도자들이 모르기 때문이겠지."

"무슨 나쁜 일을 꾸미는 것은 아닐까?"

"그러고도 남을 사람이야. 우리의 숙박비를 가로채 우릴 고생의 우물에 빠뜨리고도 입으로 빵이 잘 들어가는 걸?"

"그것뿐이야? 우릴 고발하여 재판까지 받게 했잖아. 나는 아무래도 그자가 보따리 사건도 조작한 것으로 생각해."

"우리 눈으로 보지 않았으니 그것으로 고발할 수도 없고……. 수도원이라서 분통을 터뜨릴 수도 없고……. 세례 받은 날 선물치곤 고통스런 선물이군."

이야기 도중에 고개를 든 살라흐 딘의 시선과 식사를 마치고 나가던 아흐마드의 시선이 맞부딪혔다. 아흐마드는 얼른 시선을 피하며 황급히 그들 속에 섞여버렸다.

"저자가 인적이 드문 광산 길을 택한 이유가 뭘까?"

살라흐 딘의 중얼거림에 옆에서 마리얌의 부친이 대꾸했다.

"형제들도 보았군. 그자가 맞지?"

"그런 것 같습니다. 그렇지 않고서야 저와 시선이 마주치자마자 죄진 놈 도망치듯 사라질 이유도 없잖습니까?"

"수도원에 그자를 고발하는 게 좋을 듯한데. 형제의 생각은 어떤가?"

마리얌의 부친 오네시모가 의견을 제시했다.

하산이 작은 오네시모의 옆구리를 찔렀다. 작은 오네시모가 얼른 대답하지 못하자 큰 오네시모가 말을 이었다.

"생각해보게. 나도 마리얌 모녀와 상의할 테니."

식사가 끝나고 하산과 살라흐 딘은 자신의 숙소로 돌아왔다. 두 사람은 흥분하여 큰 소리로 대화했다.

"아니, 그런 나쁜 놈을 다시 만나다니, 하느님이 도우신 거야."

"그런 것 같아. 이럴 때 본때를 보여줘야 해. 정의가 살아 있다는 것을."

"그리고 우리의 돈도 찾을 겸."

"돈 찾으면 어디에 쓰나?"

"어디에 쓰긴? 테오도루스 신부에게 갚아야지."

"좋은 생각이야. 어서 실천하러 가자."

"잠깐. 마리얌의 아버지를 기다렸다가 행동을 개시하자."

두 사람은 한참을 기다렸으나 마리얌의 부친 오네시모가 오지 않자 어슬렁거리며 복도를 나와, 테오도루스 신부나 세례를 주었던 원장 신부가 어디에 계시나 여기저기 건물들을 기웃거리기 시작했다.

어, 저건 누구야?

수도원 한켠에 있는 나무 덤불 아래에서 신발을 벗고 햇볕을 쪼이고 있던 테오도루스 신부를 먼저 발견한 하산이 그에게 말을 걸었다.

"햇볕을 쪼이고 계셨습니까?"

테오도루스 신부는 먼 나라에서 막 돌아온 사람 같은 정신 나간 표정으로 두 사람을 돌아보았다.

"깊이 생각할 일이 좀 있었네. 어서 신발을 벗게. 이 나무가 바로 떨기나무세. 모세가 시나이 산에서 소명을 받을 때 불붙은 떨기나무를 통해 야훼의 현현을 뵈었었지."

"수도사님, 긴요한 일이 있어서 그런데요. 면담이 가능할지?"

신부는 그들을 데리고 자신의 숙소로 갔다. 그곳엔 마리얌의 부친이 이미 와 있었다.

"영 안 오시더니 여기 계셨군요."

살라흐 딘이 그에게 인사말을 건넸다.

"바로 그 문제로 신부님을 기다리는 중이야. 청년들은 어떤 결정을 내렸나?"

큰 오네시모가 물었다.

"그자를 즉시 붙들어 물고를 내야 합니다."

순간 테오도루스 신부가 끼어들었다.

"신중치 못한 판단이네. 이곳은 무슬림들의 땅일세. 큰 오네시모 형제로부터 사건의 자초지종을 들었네만, 만일 그자가 첩자라면 우리 뿐 아니라 이 수도원 전체가 고통에 휘말릴 수 있어."

"그럼 그냥 놔두어야 합니까? 적어도 돈은 돌려받아야지요."

"만일 그자가 잡아떼면 어쩔 텐가? 무슬림 재판정에서 재판이라도 하겠단 것인가?"

"그자가 우리에게 끼친 고통을 생각하면 치가 떨립니다. 하느님이 정말 계신다면 우릴 통해 그런 자를 응징하시지 않을까요?"

"하지만, 성경의 바울로 서간문에 오네시모라는 실존인물이 등장하네. 남의 종의 신분이었던 오네시모는 주인의 돈을 훔쳐 달아났다가 어떤 계기로 회개하고 그 중재를 바울로 사도에게 부탁했지. 바울로는 그 종을 위해 권면의 편지를 써주었네. 주인이 필레몬이란 사람이었지. 자신이 오네시모의 회개를 직접 확인했으니 자기 얼굴을 보아서 그리고 자기가 보증을 서주겠노라고 약속하면서 용서를 대신 구하는 아름다운 내용이야. 그자가 오네시모처럼 회개하길 기대할 수만 있다면 좋으련만! 하지만……, 예수님의 방법은 비폭력일세. 비폭력으로 철저히 폭력에 맞서 온몸으로 대결한 삶을 사신 분의 섭리를 우리도 실천해야하는 것은 아닐까?"

"하지만 돌려받아야 할 부분이 너무도 많고, 신부님께 갚을 빚도 있고 해서."

"오네시모 형제, 그자가 회개하도록 기도하게. 그리고 난 그 돈을 돌려받아도 쓸데가 없어. 사제가 무슨 돈이 필요하겠나. 그리고 그 돈도 사실은 마르코의 것일세."

허걱.

마르코의 이름이 나오자 대화가 중단되었다. 하산이 입을 열었다.

"그자를 용서해야 하나요?"

"오늘 성당에서 수도원장께서 읽으신 복음서 내용이 기억난다면."

신부의 말에 작은 오네시모는 속이 쓰린 듯 배를 손바닥으로 짓누르며 얼굴을 찌푸렸다.

"고통스럽습니다."

"작은 오네시모, 아직 자신의 내면에 쏠렸던 적개심이나 분노의 문제가 완전히 해소되지는 않았을 것이네. 그래서 그게 그렇게 어려운 거야."

옆에서 듣고만 있던 마리얌의 부친 큰 오네시모가 이윽고 입을 열었다.

"오네시모 형제, 여기 마리얌이 전해주라는 선물이 있네."

그는 보자기에 싼 책을 오네시모에게 건넸다.

"아니! 이것은 전에 짐 검사받으면서 아흐마드에게 혼쭐났던 바로 그 책이 아닙니까?"

"그렇다네. 마르코 복음서일세."

오네시모는 형의 이름 마르코가 떠오르자 손끝을 푸르르 떨었다.

"왜 선물까지?"

"귀중한 선물일세. 왜냐하면 실은 원래 자네 형 마르코의 책이고……, 그가 남긴 유일한 유품이 당연히 유족에게 돌아가야 하는 것 아닐까?"

슬픔이 밀려왔다. 작은 오네시모는 자기도 모르게 후닥닥 책을 집어 들었다. 그리고 형을 안 듯 책을 가슴에 안고 깊이 호흡했다. 여행 초기에 하마터면 아흐마드가 태워버릴 뻔했었다. 바라보기도 아까운 형의 유물을 가슴에 안은 오네시모는 눈물을 펑펑 쏟았다. 방안에는 다시 침묵이 흘렀다.

"복음서라는 것이 무엇입니까?"

작은 오네시모가 물었다.

"예수 그리스도의 말씀과 행적을 기록한 책이지. 이집트에서 삶을 마감한 마르코라는 예수의 제자가 순교하기 전에 기록했다고 전해지네. 불과 칠백오십 년 전 일이야. 물론 이 책은 자네 형 마르코가 직접 양피지에 필사해서 보관해오던 것일세."

아까 휘몰아쳤던 감정으로 인해 눈꺼풀이 푸석살처럼 부어오른 작은 오네시모는 부르르 떨면서 몇 장 들쳐보던 손을 멈추고 창밖을 바라보았다. 강렬한 햇살이 내리쬐는 수도원 마당에서 한줌의 열기가 격자창을 통해 들어왔다.

작은 오네시모가 물었다.

"형이 알리스칸다리야에서 더 이상 신앙전파 활동을 하지 않을 예정이었나 보죠? 형의 책이 이곳까지 타인의 손에 운반되고 있는 걸 보니."

"아니야. 그는 이 성서를 순례자들을 위해 이곳 수도원에 기증하려 결심하고 알리스칸다리야를 떠나는 우리에게 가지고 오도록 했던 것이네."

큰 오네시모가 대답했다. 이때 테오도루스 신부가 말했다.

"우리들 입장에선 성서의 성스러운 힘에 의존해 어렵고 위험한 여행을 안전하게 해보려는 목적도 있었다고 할까. 이해할 수 있겠나?"

"그랬군요."

"성서는 성물이야. 이곳 수도원에는 많은 성물이 있다네. 예수님의 권능이 느껴지는 성스러운 물건이란 뜻인데, 아침에 교회에서 보았다면 열두 기둥에 성인이 그려져 있고, 수천 점의 이콘까지······, 또 성물 중에 성물이라고 할 성서 원본들이 소장되어 있지. 그리고 또 진짜 성물이 있어. 바로 카타리나 성녀의 유해야."

"성녀의 유해가 이곳에 있다고요?"

"오백여 년 전 이집트의 막시미누스 황제 시절에 귀족으로 태어났던 분이셨는데, 당시에는 금지되어있던 기독교를 믿으셨지. 기독교 공인 전에 말이야. 소녀 카타리나는 황제의 회유에도 불구하고 종교를 고수하다가 순교했어. 그분의 시신은 천사들에 의해 시나이산에 옮겨졌다는데, 이 수도원의 창설의 이유가 된 거야."

"유해를 모신 것도 그렇다면 성물숭배 사상이었겠군요. 신의 손길이 닿은 것으로 믿어지는 것으로부터 느끼는 어떤 신성한 힘."

작은 오네시모는 깊은 호흡을 했다. 큰 오네시모가 말했다.

"그 성스런 힘으로부터 보호받거나 축복을 받거나 안정을 얻거나……, 등등 그런 믿음은 사실 아주 오래 전부터 있었네. 요즘에 와서 더 심해졌지만."

이번에는 테오도루스 신부가 부연해서 설명했다.

"외부적인 여건에 의해서 그런 사고방식이 증폭될 수 있네. 신앙심도 주변상황이 어렵고 힘들 때 깊어지듯. 사라센이 샴과 이집트, 그리고 아프리카 북부와 이스파냐의 코르도바까지 정복하여 그 영토를 계속 확장하고 있으니, 그것이 외부적인 여건이 되는 것이고, 내부적으로는 상권(商權)의 장악이나 지역의 부흥을 위해 다른 도시와 경쟁관계에 있는 것 등등."

"그렇군요. 어려운 설명이지만 이해가 갑니다."

테오도루스 신부의 말이 계속 이어졌다.

"그렇지만 교회의 입장은 조금 다르지. 신앙인 개인의 성화를 위해서 성물의 소장을 허용하는 것이거든. 실제로 성물은 인간의 신앙생활에 많은 도움을 주어왔다네."

옆에서 듣고만 있던 하산은 하품을 하다가 꾸벅꾸벅 졸더니 이윽고 푹신한 의자에 기대어 코를 골기 시작했다. 테오도루스 신부는 목소리를 낮추어 설명을 계속했다.

"자네 형의 순교도 사실은 중요한 사업이 원인이 되었어. 바로 마르코 성인의 유골을 알리스칸다리야 교회에서 빼가려는 작업이었지. 이건 영원히 비밀로 지켜주게. 알리스칸다리야 교회가 무슬림들의 탄압으로 장래가 불투명할뿐더러 특별히 유골을 모셔가겠다는 교회가 있어서……, 성사단계에 와 있었지."

작은 오네시모의 숨이 덜컥 막혔다.

"그 교회는 어느?"

"베네치아. 아드리아 해에 있는 베네치아 공화국."

"종종 들어본 나라 이름입니다."

작은 오네시모가 대꾸하자 이번에는 큰 오네시모가 설명했다.

"파로스의 등대가 몇 달 전 일부 파손된 것도 그 일과 관련이 있다네."

"그때 지진이 일어난 것 아니었습니까?"

작은 오네시모가 의구심에 찬 눈빛으로 물었다.

"물론 지진이 일어났지. 지진이 일어나면 사람들은 흔히 구전되는 전설을 믿고 등대에 숨겨져 있을 금은보화를 거저 얻으려고 등대로 몰릴 것이 아닌가? 바로 그 시각이 성인의 유골을 빼내는 일을 수행하기에는 가장 좋지."

여기에서 작은 오네시모는 숨을 깊이 들이마셨다. 그의 귀에 속삭이는 아주 작은 목소리가 있었다.

"부탁도 많이 받네! 알림으로부터는 향유를 부탁받았고 파티마에게선 금서를, 그리고 돌아가신 형으로부터는 유골 도둑질까지! 살라흐 딘, 넌 도대체 어떻게 할 거니?"

작은 오네시모는 고개를 숙였다. 갑자기 대화가 끊기고 침묵이 이어졌다. 마침내 신부가 마른 입술을 열었다.

"오네시모 형제, 거절해도 좋네. 이건 나중에 아니면 먼 훗날 누군가 해도 되는 일이거든. 형제는 이제 막 개종을 통해 새로운 삶을 시작했어. 이 일은 열렬한 신자에게 요구되는 거룩한 일이기도 하네. 너무 낙심하거나 중압감을 가지지 말게. 우린 자네가 그 일을 해주리란 기대를 전혀 하지 않았으니까. 세례 받은 기쁜 날을 편안히 쉬고 내일을 향해 가자고! 자네는 자네의 길로 우린 우리의 길로 갈 것이네. 나는 예루살렘 근교의 마르 사바 수도원으로 돌아가면 되네. 큰 오네시모는 다마스쿠스로 가는 길이고. 다만, 마르코의 동생을 예사롭지 않게 만나 함께 잠시나마 지낸 일은 결코 잊지 못할 거야. 내일 새벽에 시나이 산에 올라갈 건가?"

살라흐 딘이 말이 없자 큰 오네시모가 한마디 덧붙였다.

"내일 새벽에 올라가서 해돋이를 보는 것도 대단할 거야. 무슬림 순례자들도 모세를 기리기 위해 오르는 산이고……, 우리 가족도 모두 가기로 했거든."

살라흐 딘이 얼굴을 들고 대답했다.

"그렇다면 우리도 가야죠. 모레면 어차피 이곳을 출발해야 하잖아요?"

숙소로 돌아오면서 살라흐 딘으로부터 시나이 산 등정 계획을 들은 하산은 마리얌 때문인지 무척 즐거워했다.

우울했던 그가 기뻐하다니!

누군가를 사랑하면 자기를 사랑하는 것이고, 사회와 세상을 사랑하는 것이고, 가슴이 열리는 것을 의미한다는 게 정말일까.

피곤해 하는 하산을 숙소에 남겨둔 채 작은 오네시모는 떨기나무 아래로 갔다. 앉을 의자들이 있어 수도자들의 묵상장소로 사용되는 그곳에서 그는 자리를 잡고 앉아 이런저런 생각에 잠기기 시작했다.

얼마나 흘렀을까.

누군가 자신을 부르는 소리를 들을 때까지 오네시모는 뙤약볕 아래서 의자에 앉아 졸고 있었다. 마치 귀에 익은 듯 들리는 그 목소리는 그의 영혼의 가장자리에서 울리는 종소리와도 같았다.

"살라흐 딘!"

오네시모는 졸음에서 번쩍 깨어나 뒤를 돌아보았다. 수도자로 보이는 누군가가 뒤에 앉아 있었다. 자세히 보니 장님 시인이었다. 오네시모가 깜짝 놀라서 물었다.

"마르주크! 왜 여기에 있는 거죠?"

"날 알아 봐주니 고맙군. 건강해 보이네. 자네 일행이 오기 전날 여기 도착했지."

"우리를 미행했나요? 당신의 정체는 도대체 뭐죠?"

"이미 여러 번 말했을 텐데. 아직도 묻는 이유는 뭔가?"

기가 막히게 이상한 여행이었다. 그 이상한 사람을 이런 외딴 곳에서 또 만나다니! 한동안 할 말을 잊은 살라흐 딘이었지만, 다시금 생각해보니 그에게는 보통사람들과는 다른 뭔가가 있었다.

"질문을 하나 해도 되겠습니까?"

"그렇지 않아도 오늘은 누군가에게 도움을 주어야 하는 별자리 점괘였네. 말해보게."

"여행을 멈추고 알리스칸다리야로 돌아가야 할지, 여행을 계속해야 할지, 아니면 모두 중단하고 형의 사명을 이어야 할지를 모르겠어요."

"내가 전에 자네 많은 여행을 하고 많은 경험을 얻어 큰 그릇이 될 것이라고 했는데 기억나나?"

"당신의 말은 듣는 즉시 잊으려고 노력했습니다. 그래서 좀."

"마음에 없는 소리! 그대의 심장에 용솟음치던 기개는 모두 어디로 갔나?"

"사실은 기억하고 있습니다. 하지만 지금 어깨가 무거워 모두 털어버리고 싶을 뿐인데, 그때의 말들이 더 괴롭히고 있어요."

"그런 고통도 있겠지. 하지만 높이 나는 새가 멀리 보는 법. 지금도 자네 심장에 뜨겁게 고동치는 욕망의 맥박이 내 귀에 끊임없이 들리고 있네. 그래서 자넬 찾아온 것이고."

"한 마디만 귀띔해주세요."

마르주크는 잠시 말을 멈추고 침을 삼켰다.

"아주 큰 여행이 남아 있네. 그 일로 세상 사람들은 상반된 평가를 하겠지."

"그런 말 말고 구체적인 말을 해주세요."

"결정은 자네가 하는 것이지 내가 할 일은 아니야!"

도움을 주러 온 사람치곤 이상하게도 버럭 화를 냈다.

"그럼 한 가지 대답할 수 있는 질문입니다. 이곳을 언제 출발해야 하는 거죠?"

"내일 제벨무사에 오르는 일은 하지 못할 것이네. 비가 모래까지 오기 때문이지."

"여긴 비가 안 오는 곳인데. 그리고 오늘 날씨는 이렇게 좋은데 내일 비가 온다고요?"

"모레까지 올 걸세. 몇 년 만에 오는 비야."

"영감님은 이제 어디로 향해 가십니까?"

"내 걱정은 말게. 하늘을 지붕 삼고 땅을 양탄자 삼아 살아왔으니."

장님이 말을 끝맺지 못하고 기침을 하고 있을 때, 한숨 자고난 하산이 살라흐 딘을 찾기 위해 두리번거리며 나타났다. 마르주크가 후닥닥 몸을 돌려버렸다.

오네시모와 하산이 나란히 걸어 식당으로 향했다.

"하산, 아까 내 뒤에 앉아 있던 사람 누군지 알아봤어?"

"이곳 수도사 아닌가?"

작은 오네시모는 말해주려다 입을 꼭 다물어버렸다. 식당에는 새로운 여행자로 보이는 사람들이 나타났고 아흐마드와 다른 무슬림들은 보이지 않았다.

오랜만에 푸짐한 성찬이 차려졌다. 큰 오네시모와 테오도루스 신부 그리고 작은 오네시모와 하산은 포도주를 곁들인 빵과 요구르트, 야채수프, 치즈와 대추야자, 무화과, 렌즈 콩, 무화과 등 맛있는 식사를 했다. 사람들은 분위기에 들떠 떠들어댔지만 작은 오네시모는 입을 굳게 닫고 있었다.

사람들이 나누는 말 가운데 귀에 들어오는 말이 있었다.

"수천 개의 돌계단을 걸어 올라가는 코스랍니다."

"이천 년 전 모세가 그 장엄한 광경을 보며 하느님의 위엄을 체험하고 하느님께 순명했던 바로 그곳에서 일출을 보는 것이 아닙니까!"

입을 다물고 있는 또 한 사람, 테오도루스 신부는 무슨 깊은 생각에 빠져 있었다. 식사가 끝나자마자 다음날의 새벽등산을 위해 일찍부터 잠자리에 들어갔다. 이따금 늑대의 울음소리가 들리곤 하는 고즈넉한 수도원의 밤은 수백 명의 수도자들과 순례자들이 어느 구석에서 어떻게 시간을 보내고 있는지 전혀 모르는 듯 조용히 깊어만 갔다.

한밤중이었다.

무슬림들을 위한 여행자 숙소의 외딴 방에서 나지막한 대화가 오가고 있었다.

"아흐마드, 돈은 그만하면 만족했겠지? 노미스마 금화로 전액 지급했으니 흑해연안 타라에 오는 여자 장사를 한번 해보게."

나지막한 웃음소리 끝에 다른 목소리가 말했다.

"왈라드, 그곳에 가면 끝내주는 품목들이 또 있나?"

"우리 이집트의 후추, 정향나무, 육두구와 생강은 그곳에 가져가면 열 배이상 남는다. 콘스탄티노플에 가면 베네치아 바자르라는 향신료 시장이 있을 정도야. 룸인들은 향신료없이는 고기를 못 먹는다는군. 물론 가는 도중에 샴에서 견직물, 염료를 가지고 가서 넘겨야지. 그리고 흑해에서 그것들을 처분하고 목재와 여자, 금속제품, 모직물, 유리공예품, 밀, 모피, 가죽, 스파르타와 테베에서 생산되는 비단, 설탕, 벌꿀, 납을 사오는 거야."

"노예는 갤리선에 싣는 게 금지되어 있을 텐데?"

"범선에만 태워서 데려오니 값이 더욱 비싸질 수밖에. 사실은 범선이 갤리선보다 더 위험하잖아."

"당연히 베네치아 상인의 도움이 필요하겠군."

"언어도 서투르고, 요즘 비잔티움 제국의 상권은 베네치아인들이 제노바사람에 버금가게 휘두르고 있으니 두 말하면 잔소리지. 트르부노, 그리고 루스티코! 안 그런가?"

룸인의 이름으로 불리는 두 사람은 덩달아 좋아하며 동조했다.

"왈라드, 당신의 은혜는 잊지 않을게. 그 수고는 하느님이 반드시 갚아주실 거야. 그런데 이게 진품이 확실하지?"

"트리부노, 나와 몇 년째 거래하고도 못 믿나?"

"당연히 믿지. 믿지만 행여 사람의 일이라서."

다른 룸인이 말했다.

"왈라드, 어느 수도원에서 가져왔다고 했었지?"

"와디 나트룬 수도원."

"가장 오래됐다는 알무 알카라 교회라고 말하지 않았었나?"

"마르코 성인이 돌아가신 지 칠백오십 년이나 됐어. 우리 사라센 군이 점령한 지도 백칠십 년이나 되었고. 그간 이슬람의 박해를 받아 여러 수도원을 전전했겠지."

"전전하다니? 우리네 관습에서는 성인은 한번 눌러앉으면 이동하지 않는다네."

"루스티코, 이제 와서 어쩌자는 거야? 아무 수도원이면 어때? 이집트에 콥트 수도원이 얼마나 많은데. 돈을 깎을 속셈이라면 협상에 응하겠지만, 진품 운운한다면……, 이 거래를 깨뜨리자는 의도라고 볼 수밖에."

이때 트리부노의 목소리가 허겁지겁 당황한 억양으로 변했다.

"왈라드, 흥분하지 마시게. 우리 룸인들의 습관일세. 수도원의 수도사가 겁에 질려 귀중한 유골을 룸인 상인들에게 내주었다는 것은 좀 설득력이 없어. 우리 도시에서 그대로 말했다간 아무도 믿지 않을 거야."

"둘이 짜고 아예 딴죽을 거는구먼! 이 거래를 없던 걸로 할까? 당신들 말고 다른 룸인에게 팔아도 돼. 상품은 말할 나위 없이 진품이니 그 점에선 전혀 걱정도 없네."

"아아, 그러지 마시게. 흥분하지 말라고. 이미 값도 지불했지 않은가? 돈보따리가 이미 자네 손을 거쳐 아흐마드에게로 건네졌잖아. 아흐마드 옆에 있는 자루만 넘겨주면 되지 않나?"

이때 아흐마드의 목소리가 들렸다.

"남의 이목을 피해 이걸 여기까지 운반하느라 얼마나 고생한 줄 아슈? 기독교도들에게 행여 들킬까봐 도둑으로 몰아 재판받게까지 했수다. 우리네 상인정신이 얼마나 투철한 줄 아시오? 당신들 베네치아 상인보다 한 수 윕니다. 트집 잡지 말고 얼른 받으슈!"

자루를 열어보는 듯 잠시 대화가 멈추었다가 다시 이어졌다.

"성인의 유골은 양가죽주머니에 정성스레 넣었구먼. 여기 웬 책이지? 어, 마르코 복음서네? 이게 원래부터 유골과 함께 있었나?"

질문에 흠칫한 아흐마드가 멈칫 멈칫 기어들어가는 소리로 대답했다.

"원래……, 함께……, 있었소이다. 당신네 기독교도들의 소중한 금서가 아니오? 그리고 이게 있음으로써 진짜라는……, 증거가 아닐까요?"

아니, 언제부터 기독교도의 복음서가 유골에 함께 따라다녔지? 이게 도술을 부리고 있나? 아님, 내가 발견을 못했든가.

아흐마드는 당황했지만 얼굴색이 변하지 않은 건 상인으로서 오랜 훈련의 결과였다. 하지만 그의 등에서는 식은땀이 몇 방울 흘러내렸다.

잠시 대화가 멈추었다가 다시 이어졌다.

"여기 양피지에 영수증을 써주시게나. 우리도 베네치아 도제에게 넘겨주고 그 액수에 해당하는 금화로 지불을 요청해야 하니까."

양피지에 뭔가를 필기하는 듯 잠시 조용했던 아흐마드의 목소리가 한 마디 덧붙였다.

"다른 성자의 유골이나 서적을 더 수집해달라면 해드리겠수다."

"백칠십 년 전에 알리스칸다리야 도서관을 침략한 무슬림들이 파피루스 두루마리들을 다발로 묶어 도시의 목욕탕에서 육 개월씩이나 불쏘시개로 썼다는 걸 아시나?"

트리부노의 말에 왈라드가 한숨을 토했다.

"돈다발들을 여섯 달 동안 태워버린 셈이군. 멍청이들!"

그런데!

촛불의 빛이 밖으로 새어나오지 않도록 커튼을 완벽하게 내려놓은 창 밖에 검은 수도복을 입은 누군가가 벽에 바짝 붙어서 엿듣고 있었다. 그는 숨을 죽여 가며 대화의 한 토씨도 놓치지 않고 모두 들었다.

우우우웁!

검은 수도복의 사나이가 주문을 외우며 정신을 집중하기 시작했다. 잡념이 없어지고 힘이 모아지자 그는 방안의 모습을 느껴보려 애를 쓰기 시작했다. 이윽고 그의 눈앞에 네 명의 상인들과 가죽자루에 넣은 유골의 일부가 보이기 시작했다.

눈을 감은 채 그는 기도했다.

"오, 하느님! 겸손과 순종의 모범이신 주님께서 제게 이런 능력을 주셨음을 다시 감사드리옵니다. 주님의 희생의 무상성에 따라 제게 거저 주신 이 능력을 제가 잘못 이용하려할 때에는 언제라도 거두어 가시옵소서."

그의 눈앞에 유골의 주인이 유골에 겹쳐서 보였다. 콥트교도 여자의 모습이었다. 그는 얼른 이마와 입술, 가슴에 작은 십자가 성호를 긋고는 서둘러 어둠 속으로 사라졌다. 그의 숙소에서 그를 기다리는 사람이 있었다. 마리얌의 부친이었다.

"오네시모!"

"테오도루스 신부님, 정말 많이 기다렸습니다."

좌불안석으로 기다리던 큰 오네시모가 벌떡 일어섰다.

"많이 기다렸다면 용서하시오. 내게 묵상이 필요한 때임을 알려주신 점 고맙소이다."

큰 오네시모의 안색이 허옇게 변해 있었다.

"중대한 문제가 발생했습니다."

"무슨?"

"유골이 혹시 뒤바뀌었을지 모르겠습니다."

큰 오네시모는 자루 하나를 신부 앞에 내놓았다. 아까 무슬림들의 방에서 환상으로 보았던 것과 외관상 똑 같은 자루였다.

"뭐가 잘못 되기라도?"

"호세아는 유골과 함께 필사본 복음서가 들어있다고 했거든요. 그런데 덩그러니 유골만 있지 않았겠습니까."

갑자기 찬물을 끼얹은 듯한 분위기였다.

"작은 오네시모에게 준 복음서와는 다른 것이오?"

"당연하죠. 오네시모에게 준 것은 마리얌이 마르코한테서 직접 받아온 것인데요?"

순간 뭐라 말하려던 신부는 얼른 입술을 깨물었다.

"오네시모, 언제 알게 되었소?"

"유치장에서 호세아 형제로부터 가죽자루를 받은 채로 가지고만 다녔으니까요. 오늘 낮에야 그걸 알았어요. 보안에만 신경 썼지 그 내용물까진."

"그 방에 누군가 출입한 흔적이라도 있었소?"

"전혀 없습니다. 이 누추해 보이는 가죽 자루만 하나인데 어느 누가 알겠습니까? 분실물이 복음서이니 누가 가져가든 읽어서 구원받으면 좋겠지만, 누군가 손을 댔다면 꺼림칙한 일이 아니겠습니까?"

"잘 생각해보시오. 유골은 호세아가 확실히 마르코로부터 넘겨받았나요?"

"그렇습니다. 그리고 호세아의 가족과 저희 가족이 아브야르 시 발톨로메오 님 저택에서 연행되어 조사를 받고 마할라툴 카비라 시 법정으로 압송된 그날 밤에 호세아가 제게 넘겨주었습니다."

"알리칸다리야를 처음 출발할 때부터 호세아가 운반했었나요?"

"그렇습니다. 네모난 갈대상자에 넣어서 리넨 천으로 감쌌고 보자기로 다시 쌌었는데, 제가 넘겨받을 땐 상자는 없애버렸다면서 이렇게 자루만 주었어요."

"운반에 편리하도록 거추장스런 상자를 버렸겠지."

"그렇겠군요."

큰 오네시모는 이해가 가는 듯 고개를 끄덕이고는 미소를 지으며 대답했다.

"신부님, 마르코의 동생이 나타난 게 하느님의 은총일 듯합니다. 작은 오네시모가 세례를 받겠다고 해서 제가 얼마나 놀랐는지 아십니까? 아마도 이 과업의 완수는 그에게 넘어가야 할 것 같습니다. 여기 자루를 신부님께 놓고 가겠습니다."

오네시모를 보내고 테오도루스 신부는 촛불을 껐다. 그는 자신의 눈앞에 웅크리고 있는 성인의 유골을 가슴에 안았다.

"만일 유골이 뒤바뀌었다면 다만후르 시에서 아흐마드의 것과 바뀐 듯한데……, 그렇다면, 아까 무슬림들이 팔아넘긴 콥트교도 여인의 유골을 그동안 우린 마르코 성인의 것으로 알고 있었단 말인가?"

아!

신부의 머릿속은 복잡하고 어지러웠다.

하지만 얼마나 다행인지! 이제야 진짜 유골을 얻게 되었구나. 인간의 실수를 통하여 당신의 뜻을 이루시는 주님!

신부는 가슴이 벅차올라 눈물을 글썽였다. 그는 이마와 입술 그리고 가슴 가운데에 십자가 성호를 그었다. 하느님의 은총에 감사하면서 세상을 드러나지 않게 다스리시며 인간의 신앙을 바라보고 계실 하느님을 생각하자 신부는 감격했다.

"알라딘의 순교를 하느님께선 결코 헛되게 하시지는 않는구나."

성인이시여!

테오도루스 신부가 중얼거리는 순간, 감고 있는 그의 눈앞에 유골의 주인의 모습이 나타났다. 마르코 성인의 모습이 아니라 검은 피부의 콥트교도 남자였다.

오, 이런!

주여!

신부는 몸을 사시나무 떨듯 덜덜 떨면서 두 눈을 번쩍 떴다. 바로 그때 그의 팔이 풀리자 안고 있던 자루가 둔탁한 소음을 내며 방바닥에 떨어졌다.

덜커덕, 우두둑!

"이럴 수가! 오. 야훼 하느님, 오 예수님! 어찌하여 이런 일이 일어나게 하시나이까?"

엉뚱한 유골을 운반하려 했다니! 오, 마르코!

순교한 마르코 성인의 모습이 떠오르자 신부는 바닥에 무릎을 꿇었다. 그리고 바닥에 엎드려 눈물의 기도를 시작했다.

다음날 새벽부터 비가 내리기 시작했다. 등산은 당연히 취소되었다. 비가 내리지 않는 지역인 까닭에 수 년 만의 비로 인해 수도자나 여행객들이나 순례자 모두 실내에서 이틀 동안을 보내야 했다.

어둡고 우울한 분위기가 사흘째 아침의 맑은 햇살에 밀려나고 새들의 지저귐이 격자창을 두드리는 시각에 일행은 출발을 위해 짐을 챙기기 시작했다. 아침 미사에 참여했다가 조반을 마치기가 무섭게 일행은 바로 출발했다. 수도원장이 나와서 일행에게 축복의 배웅을 했다. 테오도루스 신부와 마리얌의 가족, 작은 오네시모와 하산 이렇게 여섯 명이 낙타와 나귀의 등에 올랐다. 따가운 햇살을 등지고 가파른 등성이를 넘어가자 수도원은 보이지 않고 또다시 황량한 바위산들이 계속 나타나기 시작했다.

일행은 낮 시간을 꼬박 걷고 달려 해가 질 때쯤에 엘랏에 도착했다. 한 여인숙에 투숙하여 저녁을 먹은 다음 테오도루스 신부가 자신의 가방에서 무엇인가를 꺼냈다.

"오네시모, 여기 나르드 향유일세. 자네에게 주는 선물이네."

작은 오네시모는 놀란 눈으로 신부의 손을 쳐다보았다. 아름다운 작은 도자기 병이 신부의 손바닥 위에서 그의 시선을 고정시켰다.

"어디서 나셨어요?"

"아빠스께서 주셨네."

"이 비싼 것을?"

"비싸긴 하지만 수도원에 기증된 것이지. 신심이 깊은 순례자나 무슬림들이 기증하는 일이 드물게 있거든."

"무슬림들도요?"

"벽에 성모 마리아가 아기 예수님을 안고 계신 마구간을 동방박사들이 찾아와 경배드리는 성화가 있는데, 자신들의 조상이 경배하는 분이 틀림없는 예언자이시므로 자신들도 제벨무사에 순례를 와서 수도원에 들러 향유를 내놓는다는 것이야."

"그렇군요."

"자, 오네시모에게 주겠네. 받게나."

"제가 어찌, 그리고 무슨 자격으로 받습니까?"

"자네 사정을 안 수도원장이 엘랏에 도착하면 건네주라고 내게 맡긴 거야."

작은 오네시모의 눈에 이슬이 맺혔다.

"감사합니다. 이것을 사기 위해 고이 간직해온 돈이 여기 있으니 받으세요."

그는 짐을 뒤져 깊은 곳에서 돈지갑을 꺼냈다.

"사려가 깊지 못한 사람! 나는 돈이 필요치 않은 사람이라고 이미 말했잖은가. 수도원장이 그곳에서 직접 주지 않은 것은 자네가 여행을 포기하고 오던 길로 되돌아가지 않을까 우려했기 때문일세. 자네들보다 조금 일찍 바로 그 길로 해서 아흐마드 일행이 알리스칸다리야로 되돌아갔기 때문이지. 만에 하나, 험한 산속에서 다시 그들을 만난다는 가정을 해보게."

"사려가 그렇게 깊으실 줄 몰랐습니다."

"오래 수도를 하신 분으로서 식별의 은사가 있다고나 할까."

"감사의 말씀을 어떻게 전하죠?"

"언젠가 다시 만나게 되지 않겠어? 그리고 여기 또 하나 선물이 있네. 냄새가 좀 나는 데 내용물이 무엇인지는 모르지만, 오늘 새벽에 예배가 끝나자 한 은수자가 나를 붙잡고 부탁했던 것이네. 살라흐 딘에게 밤이 되면 전해주라며. 자기에겐 더 필요치 않다더군. 보자기에 싸인 것이 책 같기도 하고."

"그 수도사 어떻게 생겼죠?"

"장님 같았어. 몸에서 고린내가 좀 나더군."

작은 오네시모는 얼른 묵직한 보자기를 펼쳤다. 몇 겹의 천을 펼치자 그

속에서 책이 한 권 나왔다. 신부가 먼저 알아보고 외쳤다.

"꾸란이다!"

깜짝 놀란 작은 오네시모는 그만 책을 방바닥에 떨어뜨렸다. 그러자 하산이 후딱 집어서 툭툭 먼지를 털어 탁자 위에 잘 올려놓았다.

"하산, 미안해. 의도적인 건 아니야. 너무 놀랐기 때문이었어."

"살라흐 딘, 이건……! 나도 처음 보는 건데……, 이게 바로 꾸란이야?"

하산은 글을 읽을 줄 모르기 때문인지 책을 거꾸로 놓았던 것이다. 꾸란을 몰라보긴 살라흐 딘도 마찬가지였다. 테오도루스 신부가 말했다.

"우리의 성서처럼 무슬림들도 필경사가 있어서 양피지에 그대로 기록한다네. 말하자면 필사본이지. 일 장 알파티하에서 이십사 장 누르까지. 꾸란전체가 아닌 앞부분 절반일세. 이 정성스런 글씨를 보게나!"

신부는 꾸란의 페이지를 넘기면서 감탄했다.

하산이 외쳤다.

"성서와 꾸란을 손에 넣은 그대여! 또한 향유까지도! 이젠 어찌할 것인가?"

작은 오네시모는 어떤 결정을 내려야 할지 몰라 어리둥절하고 있었기 때문에 테오도루스 신부가 말해주었다.

"생각할 기회를 주세. 그리고 만일 알리스칸다리야로 돌아간다면 배를타고 가길 권하고 싶어. 계속 여행을 할 것이라면 내일이면 알 쿠드스 즉예루살렘에 도착할 것이네. 자, 오늘은 더 이상 오네시모를 자극하지 말고그에게 모든 기회를 주고 그의 결정을 존중하는 것이 좋을 듯하네. 어떤가하산?"

하산은 고개를 끄덕여 동의를 표시했다. 오네시모에게는 독방이 배려되었고 하산은 신부와 한 방에 들었다.

지루한 밤이 끝나고 새 아침이 왔다.

그 시각, 테오도루스 신부만이 깨어 있었다. 신부는 조심스레 옆방으로가보았다. 역시 젊은 오네시모는 잠자지 않았다. 조금 피곤해 보이는 얼굴에 눈빛이 반짝이고 있었다.

"잘 잤나, 형제? 좋은 아침일세."

"잘 주무셨습니까? 저는 밤새 생각하느라 미처 자지 못했습니다."

"젊을 때의 불면은 천금짜리고, 늙고 병든 자의 불면은 빚 문서일세. 기
도를 하나 가르쳐 주어야겠네."

신부는 탁자에서 마르코 복음서를 들어 몇 장 넘기다 말고 덮어버렸다.

"내가 가르쳐주고 싶은 건, 주의 기도문이야. 따라서 해보게."

신부는 선창을 하고 오네시모가 후창 하도록 여유를 두고 읽어갔다. 어
느덧 더듬더듬 외워갈 무렵 신부가 일어섰다.

"이젠 날마다 주의 기도문을 외우게. 의무적으로 하지 말고. 신께 의지하
고 싶을 땐 언제라도 하게나. 주님께서 귀를 기울여 기도를 들어주실 것이
네."

"왜 제가 어떤 결정을 내렸는지 묻지 않으시는 거죠?"

하하하하.

테오도루스 신부는 큰 소리로 웃었다.

"그것은 하느님께 귀속된 것이고, 나도 자네 의견을 존중할 밖에 무슨 권
한이 있겠나?"

신부는 오네시모를 데리고 식당으로 갔다. 나머지 일행도 모두 와 있었
다. 아무도 더 이상 그의 결심 따윈 묻지 않았다. 하지만 눈치 없이 하산이
입을 열었다.

"살라흐 딘, 결심을 했으면 알려 주라."

모두의 시선이 작은 오네시모에게로 쏠렸다.

"알 쿠드스로의 여행을 다음 기회로 미루고 오늘 배를 타겠습니다. 정말
알 수 없는 섭리로 저를 보호해주셨고 선물까지 주신 야훼께 그리고 예수
께 감사드립니다. 여러분 모두에게도 축복해주시길……. 알라의 평화
가……"

순간 사람들은 박장대소했다. 습관이 남아있어 그의 입이 알라를 부른

것이다. 테오도루스 신부만이 웃지 않았다.

맛있는 식사가 끝나고 일행은 짐을 꾸렸다. 하산이 우울한 표정을 지었다. 이상한 침묵이 모두의 발걸음을 무겁게 했다. 낙타와 나귀도 덩달아 느리게 걸었지만 애꿎은 동물들에게 채찍을 가하는 사람은 아무도 없었다.

이윽고 갈림길이 보였다. 모두 다 땅에 내려섰다. 무거운 침묵을 깨고 마리얌이 하산의 손목을 잡았다.

"하산, 알라의 평화가 삶의 끝까지 함께 하길 빌어요. 항상 기도해줄게요."

그녀의 눈에 안개가 서렸다.

"마리얌, 어디로 가는 거죠?"

갑자기 마리얌과 눈을 마주치지 못하고 하산이 물었다.

"영원한 평화가 있는 곳으로요."

그녀는 작은 오네시모에게도 인사했다.

"살라흐 딘, 마르코의 삶을 살 형제께 하느님의 축복을 빕니다. 자주 기도해줄게요."

"우릴 도와주셨던 일, 잊지 못할 겁니다. 무사히 다마스쿠스까지 아니 영원한 평화가 있는 곳까지 도착하시길 빌겠어요."

청년들의 눈에 이슬이 맺혔다. 테오도루스 신부가 작은 오네시모의 머리에 두 손을 얹고 간절히 기도를 해주는 것으로 이별식은 끝이 났다. 신부가 자신의 낙타 안장에 매어져 있는 자루 하나를 하찮게 쳐다보며 속으로 중얼중얼 기도했다.

"주님, 마르코 성인은 주님께서 명령한 이집트에 그대로 계심을 확인시켜주셨습니다. 저희 인간들의 호들갑도 결국은 가짜 소동으로 끝이 났습니다. 천방지축 까불었던 저를 부디 용서해주십시오. 아직도 저는……, 마르코 성인을 룸인의 땅으로 모셔가도록 주님께서 제게 초능력을 주신 것인지, 아니면 모셔가지 못하도록 식별의 은사로서 주신 것인지 모르겠습니다. 제발……, 저를 이젠 그 일에서 손을 떼게 해주시길 거듭 바라나이다.

그들의 영혼이 구제될 수만 있다면 어느 유골인들 무슨 해가 있사오리까? 모든 영혼 모든 육신이 주님의 창조물이 아니십니까? 룸인들이 성인을 자기 도시에 모시려는 욕심에서 속히 벗어날 수만 있다면 더 바랄 것도 없사옵니다. 이젠, 주님의 은총으로 마르코 성인도 평안히 안식을 취하게 해주소서. 모든 것을 주님의 뜻대로 하시옵기를."

신부는 이슬이 맺힌 눈으로 다시 한 번 안장에 매인 자루를 찬찬히 쳐다보았다. 못 말릴 장사꾼들. 이 유골은 아무도 모르게 깊이 묻어주고 영혼을 위해 기도해야겠네.

사람들은 헤어졌다. 나귀를 탄 작은 오네시모와 하산은 왼쪽 길로 들어섰다. 두 사람이 보이지 않게 될 때까지 나머지 네 사람은 손을 흔들었다.

이윽고 그들이 보이지 않는 곳에 이르자 하산이 물었다.

"이 길로 계속 가면 가자 시가 나오고 우린 배를 타게 되겠구나?"

오네시모가 대답대신 고개를 끄덕이면서 웃었다. 하지만 하산의 무거운 표정은 풀리지 않았다.

"하산, 마리얌을 따라가고 싶었던 거 아냐?"

오네시모가 하산을 떠보려고 물었다. 하지만 하산이 눈물을 흘리고 있는 걸 발견한 오네시모의 가슴에서도 울컥 올라오는 게 있었다.

"녀석, 마리얌을 사랑했나 보네."

"내가 무슨. 난 무슬림이고 그리고 노예 신분인데."

"알리스칸다리아에 도착하면 즉시 널 자유인으로 만들어줄게."

오네시모가 큰소리쳤다.

"네가 무슨 능력이라도 있냐? 귀신들린 놈이 아닌 바에야 실없이 그런 말을!"

"갑자기 떠올랐어. 널 반드시 자유인으로 만들어주고 싶다는 열망이 내 안에 있다는 것 말이야."

"내겐 불가능한 일이야."

"아냐. 너도 열망해봐. 꼭 이루어지거든."

"어쭈구리!"

두 사람의 대화는 반대쪽에서 오는 여행자들을 비껴가느라 잠시 멈추었다가 다시 이어졌다. 오네시모가 넋두리하듯 물었다.

"파티마 아기씬 어떻게 되었을까?"

"너야말로 파티마를 사랑하지?"

"내가 무슨. 난 겨우 노예 신분에서 벗어난 무지렁이라고."

오네시모는 말로는 심하게 부정했다.

"정말일까? 그렇지 않고서야 어찌 향유 한 병과 책 한 권에 목숨을 담보한 여행을 시작했을까?"

하산의 핀잔에 말이 막혔는지 오네시모는 고개를 떨구었다. 침묵 속에 두 젊은이들은 가슴에 일렁이는 감정을 삭였다.

오네시모가 말했다.

"테오도루스 신부가 눈에 벌써 어른거리네. 내겐 은인이었어."

"집 떠난 지 몇 년 된 것 같지?"

하산이 대꾸했다.

오네시모가 대답했다.

"한 십 년 흘러간 것 같아."

그로부터 이 년 후 어느 이른 아침, 알렉산드리아를 막 출항한 비잔티움 선적 화물선에는 상인 복장을 한 두 사람이 갑판을 서성이고 있었다. 그 중 한 사람이 다른 사람에게 말했다.

"하산, 이젠 긴장을 풀어. 배는 출항했어. 보라고! 항구가 자꾸만 멀어지고 있는 것을!"

"하필 화물검색 때 아흐마드를 만날 게 뭐야? 난 순간 일을 그르치는 줄 알고 심장이 멎을 뻔했어."

"때려죽이고 싶더라고. 우릴 방해했던 악마가 왜 그 중요한 순간에 또 나타나느냐고! 그런 사람이 어떻게 밀수 감시원으로 흘러 들어갔을까? 그리고 우릴 보고서 웃음 지을 때 그 잔인하고 야비한 표정 생각나?"

"지금도 소름이 끼치네. 나도 십 년은 감수했어. 알라께 감사할 뿐이야."

"짐을 샅샅이 뒤져 허가 안 난 품목은 없나 검색하는 일이 그 자에겐 딱 안성맞춤이야."

"그 옆에 또 다른 감시원 있었지? 그 작자는 우리 짐이 도축한 돼지라고 말을 해도 왜 부득불 열어보고 확인까지 한 거지? 그리스인 선원들의 식량이라고 아무리 설명을 해도 막무가내였어."

"손수레를 뒤집어 보았더라면 어떻게 되었을까?"

"쉿……."

그는 누가 엿듣지는 않나 얼른 주변을 둘러보았다. 자기들을 주시하는 시선이 없음을 확인한 그는 오른손 손바닥으로 옷 위를 스치며 옷 속 가슴팍에 단단히 묶어 놓았던 편지를 감촉으로 만져보았다. 그는 안도의 한숨을 다시 내쉬었다. 마침 낮기도 시간임을 알리는 아잔[66] 소리가 항구의 종탑에서 희미하게 들려왔다.

희뿌연 알렉산드리아를 바라보는 그의 시선엔 온갖 추억이 주마등처럼 흘러갔다. 그가 떠올린 특별한 것이 있었다. 시집가기 전 파티마가 언젠가 말했던, 율법의 중요성은 문자에 있는 것이 아니라는. 옆에 있는 하산도 더 이상 기도를 하기 위해 엎드리지 않았다. 마치 신앙심이 없는 무슬림처럼.

그런데 그 시각, 배의 외진 선실에 허름한 옷차림에 망연자실한 표정으로 경계의 눈빛을 두리번거리는 두 사람이 있었다.

베네치아 상인 트리부노와 루스티코.

전 재산을 쏟아 부어 그토록 애지중지했던 성인의 유골이 염소 뼈일 줄이야! 그들은 처음엔 성인이 자신들의 신심을 확인하고자 도술을 부렸을

---

66) 매일 다섯 번 일정한 시각에 무슬림이 종탑에서 메카를 향하여 외치는 소리. "알라는 지극히 크시도다. 우리는 알라 외에 다른 신이 없음을 맹세하노라. 예배하러 오너라. 구제하러 오너라. 알라는 지극히 크시도다. 알라 외에 다른 신은 없느니라."

것이라고 생각했다. 하지만 눈을 비비고 보고 또 보아도, 그리고 얼굴을 몇 번씩 꼬집어보아도 염소의 해골과 뼈다귀일 뿐이었다. 분에 못 이겨 붉으락푸르락 두 사람은 우거지상을 지었다.

"수도원 놈들을 그냥 확!"

아직도 분이 안 풀린 듯 루스티코가 눈을 부라리며 버럭 화를 냈다.

"거금을 들여 사람들을 사고 이슬람 군복까지 준비해서 연극을 그럴 듯하게 했는데."

쩝쩝 입맛을 다시며 트리부노가 억울한 표정으로 내뱉었다.

이슬람 군복을 입은 이슬람 상인들이 수도원에 뛰어 들어가 수도사들을 위협하고 수도원의 대리석을 술탄의 욕조 재료로 징발하겠다고 통첩을 했을 때 수도사들은 혼비백산했었다. 각본에 의해 그 순간에 두 베네치아 상인이 도움을 줄 것처럼 나타났고, 보다 안전한 유럽의 기독교도 사원에 성인을 모셔가겠다고 제안을 했다. 대신 거금을 드리겠다고 하면서.

"완벽한 연극이었어. 하지만 그 놈들이 오히려 완벽한 연극으로 우릴 대접할 줄은!"

루스티코가 주먹으로 가슴을 찧었다.

수도사 세 사람.

행여 염력이 새어나갈지 모르니 기독교도들의 땅에 당도하기까지 절대로 열어보지 말라고 신신당부하면서 돈 꾸러미를 마지못해 받았던 수도사들이었다. 그들이 붉은 가죽 자루를 향해 바닥에 꿇어 정중하게 절까지 하면서 눈물을 흘렸던 걸 떠올린 트리부노는 또 다시 억장이 막혔다. 수도원의 제대(祭臺) 한쪽에 서 있던 비슷한 크기의 허름한 가죽 자루에 자꾸만 눈길이 갔던 걸 생각하면 정말로 자신들의 눈알을 빼버리고 싶었다. 허름했던 그것이 진짜였다는 생각이 들수록 그들은 미칠 지경이 되어 뿌득뿌득 이를 갈며 숨을 헐떡였다.

퍼벅.

트리부노는 선실의 한켠에 내박쳐진 붉은 가죽 자루를 냅다 걷어찼다.

"이게 그토록 신성하게 보였다니. 기가 막힐 뿐이야!"

그는 자루를 흘겨보며 다시 가슴을 쳤다.

"사람들 눈을 피해 야밤에 바다에 던져버리는 것도 일이군."

"기독교도 땅에 당도해서 사람들 앞에서 열어보았더라면 어찌되었을까?"

무슨 생각이 들었는지 갑자기 트리부노가 눈을 반짝이며 나지막이 말했다.

"콥트 놈들 둘 있잖아. 소금뿌린 돼지를 수레에 싣고 탔거든. 그놈들 행동이 아무래도 수상해. 자꾸만 주위를 살피더라고."

"정말이야? 그게 우리와 무슨 상관인데?"

루스티코가 친구를 쳐다보았다.

"무슬림들은 돼지를 안 먹잖아. 그 자식들은 무슬림이니까. 그게 이상하다는 거야."

"하긴 그렇지. 한번 유심히 살펴볼 일이네."

두 사람은 고양이처럼 벽에 몸을 찰싹 붙인 채 갑판 먼 곳에 서있는 두 젊은이들을 훔쳐보았다. 트리부노는 순간 유골 거래를 하기 위해 이 년 전 성녀 카타리나 수도원에서 아흐마드와 접촉할 때 두 젊은이들이 신부들과 어울렸던 일을 기억해냈다.

저 녀석들이 왜 자꾸 주위를 살피며 불안해하고 있는 거지? 혹시……, 저놈들도 유골 장수?

순간 트리부노의 눈에서 불이 번쩍했다.

도대체 왜 우리가 저놈들과 함께 배를 타게 된 거야? 만일……, 만일 저놈들도 유골을 옮기고 있다면……, 설마 아니겠지?

아닐 거야.

트리부노는 자신의 흥분을 억누르며 고개를 설레설레 흔들었다. 염소 뼈에 비하면 그때 그게 좀 쌌었는데. 사기를 당해 잃어버렸지만.

쩝.

그는 그때 유골에 붉은 색 표식을 남겨놓았던 일을 떠올리며 쓴 웃음을 지었다. 어딘가에 있겠지. 언젠가는 내 손으로 반드시 되찾고야 말 것이다.

　그때 오네시모와 하산에게 한 사람이 다가왔다. 그는 두 사람과 시선이 마주치자 모자를 벗어 가볍게 목례했다.
　"젊은이들, 날 알아보겠어?"
　"누구신지? 당신은……, 마르주크!"
　"살라흐 딘, 그리고 하산, 오랜만이군."
　갑자기 긴장하여 우뚝 선 두 사람과는 달리 마르주크는 의젓하고 부드러운 모습으로 두 사람을 쳐다보았다.
　"눈이 장님이셨는데……, 어떻게 된 거죠?"
　"살라흐 딘, 놀라지 말게 주님께선 내게 은총을 베푸셨네. 내 눈을 뜨게 해주셨어. 대신 앞일을 내다보는 능력은 거두어가셨지만."
　장님 행세를 했던 것은 아닐까, 하고 두 사람은 의혹의 눈으로 마르주크의 얼굴을 뚫어지게 바라보았다.
　"성녀 카타리나 수도원에서 금서를 보자기에 싸 테오도루스 신부께 부탁했었죠? 맞죠?"
　"수도원에서 자네를 만날 때 이미 내 눈은 빛을 찾아가고 있었네. 주님께서 오래 전 거두어 가셨던 시력을 내게 돌려주기 시작하신 거야. 청소부가 된 성자 이야긴 아시나? 나의 영혼의 때를 모두 회개하고 오랫동안 스스로 쌓았던 자신과의 벽을 허물었다네. 날 떠나간 여자도 용서했지. 그리고 나는 이렇게 좋아졌네. 새로운 인생이 나이 오십에 시작된 걸 믿을 수 있겠나?"
　"그때 수도원에서 어디로 가셨어요?"
　"알 쿠드스까지 갔다가 요빠에서 배를 타고 알리스칸다리야로 되돌아갔어."
　"알리스칸다리야에는 혈육도 없고 고향도 아닐 텐데 왜 다시 가셨죠?"
　"나를 삼십 년 간 포용해준 도시를 잊을 수 없었네. 그래서 내가 고통 받고 울부짖으며 삶을 원망했던 장소들을 다시 돌아보았다네. 따스했던 그 도시의 골목과 광장들은 그대로 있더군. 나를 따뜻하게 다시 맞아주었지.

나는 내가 구걸하며 앉아 있던 자리마다 입을 맞추고 감사하며 작별인사를 했네."

"이젠 고향으로 가시는 겁니까?"

"너무 오래 떠나 있어서 사람들이 날 알아볼지 모르겠어."

"고향이 어디죠?"

"콘스탄티노플."

"이 범선의 최종 목적지로군요. 우리 모두 무사히 도착하길 바랍니다."

"하지만 베네치아로 가려면 자네들은 콘스탄티노플에서 다른 배로 갈아타야할 텐데. 그때 내 도움이 필요하지 않을까?"

순간 두 젊은이의 얼굴에 긴장감이 스쳐갔다.

떨리는 목소리로 오네시모가 물었다.

"마르주크 님, 우리의 여행목적을 알고 계십니까? 솔직히 말해주세요."

"걱정 말게. 이 배에서 그것을 아는 유일한 세 사람 중 나도 하나일세."

"어떻게 아셨죠?"

"날 마르코라 불러주게. 수도원을 나설 때 되찾은 이름이야."

"어떻게 아셨냐고요!"

"내가 마르코의 심장을 가졌다고 여러 차례 말했을 텐데……."

그는 더 이상 알리스칸다리야 장터의 등 구부러진 피리장이 장님이 아니었다.

오, 이런!

잠시 어리둥절했던 오네시모에게 마르코가 손을 들어 지중해의 먼 수평선을 가리켰다.

"베네치아가 자네에겐 제 삼의 고향이 될 거야. 암! 삶은 도전이라네. 은혜이고……, 슬픔이고……, 기회이면서."

돛대가 휘어질 듯 바람을 잔뜩 맞은 거대한 범선은 북쪽으로 북쪽으로 자꾸만 미끄러지듯 나아갔다.

제2부 캐릭터(등장인물)

오네시모: 살라흐 딘의 개종 후 이름.
하산: 오네시모의 친구. 모네가리오 가문의 기사로 들어감.
예로니모: 마르타의 할아버지. 유다인.
안젤로: 카이로 출신 이민자. 오네시모에게 베네치아어를 가르침.

〈베네치아 도제(원수)의 이름과 재임기간〉

주스티니아노 파르티치파치오 Giustiniano Participazio (827~829)
조반니 1세 파르티치파치오 Giovanni I Participazio (829~837)
피에트로 트라도니코 Pietro Tradonico (837~864)

〈베네치아 상인들〉

트리부노: 룸인 상인. 살라흐 딘을 알림에게 팔아넘긴 상인.
루스티코: 룸인 상인. 트리부노의 동료.

〈세 명의 처녀 삼총사〉

마르타: 고아로서 조부 예로니모 슬하에서 자라난 여성.
콘칠리타: 다 모스토 공작의 늦둥이 서녀.
체칠리아: 바실리오의 딸. 지오반니의 여자친구.

〈다 모스토 가문의 기사들〉

콜리오네오: 다 모스토 가문의 기사단장.
오네시모: 살라흐 딘과 동일인.
지오반니: 오네시모의 친구 기사.
발몽: 오네시모의 친구 기사.

〈주교관 소속의 기사들〉

펠리치오: 마르타의 남자친구로서 후에 마르타와 결혼함.
주세페: 펠리치오의 친구.
엔리코: 펠리치오의 친구.

〈모네가리오 가문의 기사들〉

바실리오: 기사단장.
하산: 오네시모의 오랜 친구.

〈귀족 가문들〉

다 모스토, 모네가리오, 안테노레오, 디에폴리, 바도에르 등.

제2부
5. 신세계

터번을 쓴 두 노인이 햇볕이 따뜻한 알렉산드리아의 노천 장터에 앉아 눈을 지그시 감고 있다. 한 노인이 방금 흘러나왔을 눈물로 질퍽이는 눈을 힘겹게 치켜떴다. 그의 귀에는 피리장이 소경의 피리소리가 들려오는 듯했다. 그가 친구에게 말했다.

"피리소리가 들렸어. 마르주크의 피리소리."

"살라흐 딘, 자넨 꿈을 꾼 거야. 눈만 감으면 잠이 오는 나이잖아."

"그랬나보네. 꿈을……, 아마도 내가 꿈을 꾼 거겠지."

살라흐 딘이라 불리는 노인이 장터 한 가운데 서있는 종려나무를 올려다보았다. 나무를 포함하여 주변의 어느 하나 추억이 서리지 않는 것은 없다.

"하산, 날 여태껏 지탱시켜준 게 뭔지 아나?"

노인이 친구에게 나지막이 물었다.

"전에 말했잖아. 분노라고. 하지만 성서엔 먼저 친구와 화해하고서 성전에 제물을 바치라고 쓰여 있네."

하산이라는 노인이 대답했다.

"난 무슬림이야. 지난 40년 동안 그 마법에 걸려 내가 얼마나 숨도 제대로 쉴 수 없는 세월을 살았는지 자넨 알잖아."

살라흐 딘 노인이 천천히 고개를 돌려 친구를 보았다.

"자넨 수박 같은 사람이잖아. 속은 무슬림……, 겉은 기독교도. 하지만 교회는 지금도 변함없이 용서를 가르치고 있네."

하산 노인이 날카롭게 대꾸했다.

"트리부노란 자를 내 손으로 베어버렸을 때 난 그 마법에서 해방되었어."

살라흐 딘 노인은 그때를 회상하듯 지팡이를 잡은 손에 힘을 잔뜩 주었다. 그의 심장이 잠시 팔딱거렸다.

그런데 살라흐 딘 노인의 마음 한 구석은 여전히 무겁고 바위가 짓누르는 듯했다.

"베네치아와 콘스탄티노플 교회에선 오늘도 용서를 설교하고 있을 텐데……."

하산이 넋두리했다.

"하산, 그런데 말일세. 그 마법에서 해방되었다고 생각해온 나를 여전히 짓누르는 게 있어."

하산은 고개를 돌려 의아한 눈으로 그를 보았다.

"무슨 말을 하려는 건가?"

"이제야…… 이제야 깨달았어. 그게 무엇인지."

살라흐 딘 노인은 말을 끝내지 못하고 눈물을 글썽였다.

"이 사람, 울긴! 쯧쯧."

친구의 눈물에 하산 노인도 마음이 그만 울적해졌다.

"내가 주님께 죄를 지었어. 바로 그것이야. 살인을 했잖아. 십계명을 깨뜨린 거."

살라흐 딘 노인의 뺨에 눈물이 주르륵 흘러내렸다. 교회의 가르침을 어겼다는 생각이 왜 이제야 들었을까.

가을의 햇볕이 그들의 머리 위로 따사로이 쪼이고 있었다. 두 사람은 대화를 멈추었다. 무슨 깊은 생각에라도 잠긴 걸까. 이윽고 살라흐 딘 노인이 입술을 떼었다.

"아들 녀석을 베네치아로 돌려보낸 건 잘 한 거지, 하산?"

살라흐 딘은 마르코 복음서를 가져온 젊은이가 자신의 아들이라는 게 너무도 신기하고 놀라웠다. 마르타가 전하는 말과 함께 가져온 양피지 책을 그는 소중히 받았다. 며칠을 묵고 떠나는 아들에게 그는 푸른 공단 주머니를 돌려주었다. 노미스마[67] 금화가 가득 담긴 가죽 주머니 10개와 함께.

"그 재산으로 제 어밀 모시면서 무슨 사업인들 못하겠어. 배 예닐곱 척은 살 수 있을 걸?"

하산이 말했다. 그는 살라흐 딘 부자(父子)가 헤어질 때의 모습을 떠올렸다.

"푸른 공단 주머닌……, 원래의 주인에게 돌려준 것일세."

살라흐 딘이 나지막이 중얼거렸다. 눈앞에 엄마를 닮은 잘 생긴 청년의 모습이 다시 스쳐 지나가자 그는 아주 오래전 자신이 알렉산드리아를 떠날 때의 젊은 시절을 회상했다.

"자넨, 아들이라도 있지. 난 아무도 없어."

바람이 한줌 불어오자 불만을 토로하는 하산 노인의 하얀 머리카락들이 이마의 굵은 주름살 위에 나풀거렸다. 내가 만약 신이라면 청춘을 인생의 끝에 두었을 것이라고, 얼마 전 콘스탄티노플에서 알렉산드리아행 배에 올랐을 때 살라흐 딘이 말했었다.

"자네가 콘스탄티노플로 날 쫓아왔을 때 그때 마리얌을 꼭 잡았어야 했는데."

살라흐 딘이 쓴 웃음을 지으며 친구를 쳐다보았다.

"30년 전 이야기일 뿐이야. 이미 고인이 된 그녀를 자꾸 생각나게 하지 말게나."

"영리하고 괜찮았어."

살라흐 딘이 멈추지 않고 말했다.

---

67) 비잔티움 제국의 금화로 국제적 통화였음.

"자네도 그리 생각하나? 하지만 내겐 좀 과분했지?"

하산은 친구를 타박하지 않고 회상하듯 대꾸했다.

"트라도니코 제독이 도제가 되어 날 불렀을 때 베네치아로 갔더라면 어떻게 되었을까?"

"글쎄, 돈은 더 못 벌었겠지만 대신 마르타와 재회했겠지. 그리고 아들을 더 낳았을 것이고."

"예끼."

"어차피 펠리치오는 자식을 못 낳으니까 말일세."

두 사람의 대화가 멈추었다.

살라흐 딘은 품에 손을 넣어 푸른 공단 주머니가 들어있던 자리를 더듬었다. 그의 품속 바로 그 자리에 밤알만한 빨간 루비가 40년 동안 자리 잡고 있었다. 그의 빈손이 푸르르 떨렸다. 이윽고 그의 시선이 먼 하늘을 향했다. 그의 기억은 쏜살같이 40년 전으로 내달렸다.

오네시모가 긴 잠에서 깬 것은 쇠창살을 통해 밝은 햇볕이 들어오고 있는 정오쯤이었다. 그는 부스럭거리며 몸을 이리저리 틀다가 벌떡 일어나 앉았다. 갯내가 바람에 물씬 실려 안으로 들어왔다.

끼룩 끼룩.

갈매기들의 울음소리에 오네시모는 벌떡 일어나 감방의 창살 사이로 밖을 내다보았다. 감옥이 소운하(小運河)를 경계로 두칼레 궁전[68]을 코앞에 둔 카스텔로 구역[69]에 자리 잡고 있음이 어렴풋이 떠올랐다. 그는 슬픈 눈으로 창살 밖 먼 곳을 응시하기 시작했다.

하필 범선에서 내렸던 곳 가까이에 감옥이 있다니.

섬에 첫발을 디딘 곳 근방에서 영어의 몸이 된 걸 생각하자 오네시모는

---

68) 베네치아 도제의 집무실과 평외회 회의실이 있음.
69) 리알토 섬의 한 구역.

쓴 웃음을 지었다.

젠장, 감옥에 자주 갈 팔잔가.

오른 편으로 섬이 하나 보이고 점차 바다가 넓어지는데 멀리 가로막고 있는 섬이 있어 전혀 방향을 가늠할 수 없었다. 하지만 점차 짙어지는 파란색으로 펼쳐진 바다가 한 눈에 들어왔다. 저건 리도 섬이고 그 너머가 아드리아 해인가 본데……, 생각하고 있을 때 시원한 바람이 다시 불어왔다. 벌써 일주일도 넘도록 날 가두어 놓는 이유가 뭘까. 그는 생각하기 시작했다. 하루가 일 년처럼 느껴질 정도로 고통스러운 나머지 감각조차 마비가 된 듯했다.

콘스탄티노플을 출발한 범선이 베네치아 석호의 가장 외곽에서 아드리아 해의 거센 파도를 막아주는 리도 섬에 닻을 내린 것은 옛 수도 말라모코의 주민들을 위한 배려였다. 이윽고 배는 다시 돛을 올려 리도 섬을 돌아석호의 가장자리 카스텔로 구역의 산 피에트로 섬에 닻을 내리고 주민들이 내리도록 했다. 그곳에 주교좌 성당인 산 피에트로 사원이 있고 그와 관계된 다수의 시민들이 거주하고 있어서 그들을 배려한 것이다. 무역량의 상당 부분에 해당하는 화물과 여행객들이 내리는 동안 오네시모와 하산은 그곳이 주교좌 성당인줄도 모르고 배에 탄 채 건물들 가운데 우뚝 서 있는 성당을 한참 구경했다. 이윽고 배는 닻을 올리고 돛을 올려 느릿느릿 항해를 시작하여 석호의 안으로 들어가더니 리알토 섬의 입구에 해당하는, 대운하가 주데카 운하와 함께 넓게 합류하는 지점의 카스텔로 부두 앞에서 돛을 접고 닻을 내렸다. 드디어 최종 행선지에 도착한 것이다.

와아!

사람들이 환호성이 지른 것은 아마도 무사한 항해에 대한 기쁨과 감사의 표시였다. 범선의 높다란 돛대를 멀리서 발견하고서 부근에 대기해 있던 크고 작은 거룻배들이 떼거리로 몰려들기 시작했다. 짐과 여객을 리알토 섬의 구석구석으로 실어 나르기 위한 이들의 등장에 범선의 갑판에 나와 있던 사람들의 가슴도 설렘으로 벅차올랐다.

그 중에서 가장 크고 화려한 장식이 붙은 거룻배가 한 발 앞서 범선에 다가왔다. 공화국 소속의 그 배에서 항만 감시원이 벌떡 일어서더니 사다리를 타고 범선의 갑판으로 올라왔다. 그를 뒤따라 올라온 보조원 5명도 눈을 부릅뜨고 여기저기를 날카로운 눈으로 두리번거리며 수상한 점은 없는지 살펴보더니, 이윽고 안심한 듯 뱃전에 허리를 기댔다. 그들은 출국증을 일일이 확인하고 입국증을 교부하면서 한 사람 한 사람 사다리로 내려 보내기 시작했다. 사람들은 짐들을 밧줄을 이용하여 거룻배로 내리거나 들만한 짐들은 직접 들고서 거룻배로 옮겨 타고 있었다.

사람들이 모두 다 내릴 때까지 갑판에서 발을 동동 구르는 두 젊은이가 있었다.

오네시모와 하산.

출국증을 넣었던 가방을 잃어버려서 겁에 질려있는 그들 곁에 두 사람이 나타났다.

트리부노와 루스티코.

"오네시모! 그리고 하산! 무슨 일로 여태 안 내리고 망설이고 있나?"

두 룸인 상인들은 유창한 콥트어로 아는 체 했다. 알렉산드리아를 출발할 때부터 계속 한 배를 탔던 그들은 키프로스와 크레타, 에페수스, 그리고 콘스탄티노플을 경유하는 동안 끈질기게도 따라온 터다. 여러 번 접근하며 말을 붙이려는 걸 젊은이들 쪽에서 매번 무시했었다.

오네시모는 경계하는 눈빛으로 트리부노를 다시 고깝게 쳐다보았다. 대략 5년 전의 일이지만 도적들로부터 자신을 사들여 알렉산드리아까지 데려와 팔아넘긴 자를 곱게 볼 수는 없었다. 그때는 체격도 작고 생각도 어렸지만 이젠 그치와 비교할 만큼 커버려 그도 더 이상 오네시모를 어떻게 할 수는 없다. 남의 눈만 없다면 실컷 두들겨 패주고 싶을 정도였다.

"안에 있던 승객 모두 내리셨으면 선체조사를 시작하겠습니다!"

보조원 하나가 큰 소리로 고함을 쳤다. 베네치아 말이라서 오네시모는 알아들을 수 없었다.

"트리부노 씨, 그리고 루스티코 씨, 안 내리시고 뭐 하슈?"

그 보조원이 다가오면서 두 베네치아인 상인에게 아는 체 했다.

"이미 짐들은 모두 내려 보냈지. 그런데 이 젊은이들이 출국증을 분실했나봐."

바로 그때 다른 보조원이 오네시모와 하산을 향해 신경질을 부렸다.

"출국증이 없으면 입국증 교부도 안 되거니와, 경찰에게 끌려가 조사를 받는다네. 젊은이들, 알겠나?"

하지만 역시 무슨 말인지 알아듣지 못한 두 사람은 발만 동동 굴렀다. 목적지에 다 와서 이게 무슨 날벼락이람.

"경찰관 올라오라고 불러."

항만 감시원이 다가와 그 보조원에게 명령하고 두 젊은이를 위아래 찬찬히 훑어보았다. 겁에 질린 두 젊은이가 가진 것이라곤 짐 세 개와 가슴에 품은 가죽자루가 전부였다. 진땀이 흐르는 순간이었다.

트리부노와 루스티코가 뒤에서 그들에게 뭐라고 설명하자 항만 감시원의 구겨졌던 얼굴이 펴졌다.

"임시 통과를 허락했네. 이게 다 오랜 사업으로 길을 닦아 놓은 덕택이 아니겠나."

트리부노가 가당찮게도 얼굴 가득 미소를 지으며 오네시모에게 떠들어 댔다. 꿈에도 보기 싫은 트리부노의 도움으로 배에서 내린 두 젊은이 앞에 선택의 여지없이 유일하게 남아 있는 거룻배 하나가 있었다. 낡아빠져서 아무에게도 선택받지 못해 남아 있던 배에 네 사람은 짐과 함께 올랐다.

"어디로 모실까요?"

노인 뱃사공이 물었다. 역시 젊은이들은 알아듣지 못했다. 그때 트리부노가 두리번거리며 오네시모에게 물었다.

"자네들 지금 어디로 가시나, 공화국 도제 집무실로? 아니면 주교님을 뵈러?"

트리부노는 능글맞게 물었지만 오네시모는 정나미가 떨어져 그에게 눈을 흘겼다. 오네시모의 눈에 그의 뺨에 난 칼자국이 선명하게 들어왔다. 이 작자가 도대체 어디까지 알고 있는 거지? 아님 한번 해본 소린가?

"어디로 모시냐니깐?"

노인의 목소리가 높아지자 트리부노가 콥트어로 다시 채근했다.

"주교님께 먼저 가려는 생각이라면 아까 산 피에트로 섬에서 내렸어야지. 바로 코앞이 산 피에트로 성당이었잖은가."

"여기서 가자면 먼가요?"

당황한 오네시모가 트리부노에게 물었다. 이국땅에서 달리 물을 사람도 없었다.

"뭐 까짓것, 얼마 안 멀어. 그럼 노인에게 어서 명령해야겠네."

트리부노는 이번엔 베네치아 말로 거룻배 노인에게 말을 건넸다. 노인은 즉시 반발하면서 황당하다는 몸짓을 해보였다.

트리부노가 콥트말로 고함쳤다.

"카스텔로 구역의 맨 끝에 있는 산 피에트로 섬에 가자니까 아주 생떼를 쓰는구먼. 돈을 많이 우려낼 셈이겠지."

두칼레 궁전 방향으로 노를 젓던 노인은 큰 원을 그리며 배를 역방향으로 돌렸다. 노인이 거룻배를 완전히 돌려 노를 젓기 시작하자 배는 다시금 힘차게 나아갔다.

몇 년 전 카타리나 수도원에서 살라흐 딘과 하산이 수사 신부들과 어울렸던 것에 대해 이번 항해 내내 생각한 것이 결실을 맺나 보다……. 트리부노는 속으로 쾌재를 부르며 자신의 판단이 점차 맞아 들어가고 있음에 회심의 미소를 지었다.

"그렇게 되면 운임이 얼마요, 예로니모 영감?"

루스티코가 언짢게 물었다. 서로 아는 사이라는 게 드러났다.

"20 시킨 금화는 줘야해."

거룻배 노인이 잔기침을 하며 대답했다.

"절반만 받으슈!"

루스티코가 소리쳤다.

"안 돼, 젊은이들! 다른 배와 똑 같이 셈을 해주게. 닷새 만의 일감이라고!"

노인이 큰 소리로 외친 것은 거룻배가 아르세날레 소운하에 진입할 때였다.

"영감, 아무도 타지 않는 배를 타준 걸 고맙게 생각해야죠!"

루스티코가 짜증을 냈지만 노인은 물러서지 않았다.

"자네들은 이 배가 없었다면 헤엄쳐서 가야 했을 걸? 아니면, 저기 해군 갤리선에 부탁하든가!"

노인이 손을 들어 아까 범선에서 내렸던 부둣가에 우람차게 정박하고 있는 십여 척의 병선을 가리켰다.

하하하하.

모두들 너털웃음을 웃었다. 노인이라고 질 리가 없다. 베네치아인답게 그도 잔머리에서는 젊은이들에게 결코 뒤지지 않았다.

"어쨌든 아까 말한 대로 10시킨 금화 드리겠수다."

루스티코가 크게 양보했다는 표정으로 말했다.

"거기에 5를 더 붙인다고 하늘이 두 쪽 나나?"

노인이 넉살 좋게 고함쳤다.

"좋수다! 영감이 더 거절하지 않았으니 15를 드리겠습니다!"

최종적으로 냉정하게 대답한 건 트리부노였다.

"좋네. 사실 나도 집이 카스텔로 구역의 캄포 델라 파바에 있으니까 퇴근 길이라 생각하고 받아들이겠네."

"마르타는 시집가서 잘 살고 있겠죠?"

거래가 성립되자 트리부노가 잘난 척, 영감의 근황을 떠본다. 매년 베네치아를 두세 번씩 드나드는 관계로 거룻배 부리는 사람들을 죄다 알고 있는 그다. 노인의 대답은 의외였다.

"도와주지 않을 거면 묻지나 말게."

노인의 힘없는 목소리는 목구멍으로 도로 기어들어갔다.

쿨럭.

그의 목에서 가래 걸리는 소리가 났다.

"아마도 유다인 고리대금업자 때문일 거야."

트리부노가 들릴락 말락 중얼거렸다.

대화가 끊기자 사람들의 시선은 먼 앞을 향했다. 앞서 내린 승객의 배들은 대운하를 따라 자꾸만 멀어지고 있었다. 육지에서 시원한 바람이 한 줄기 불어왔다. 다섯 사람이 일제히 시선을 반대로 돌려 먼 육지 즉 파도바 방향을 보았다.

육지를 향한 욕망 때문일까. 자신들이 떠나온 고장을 아직도 마음에 두고 있는 걸까. 섬의 건축물들에 가려 보이지도 않는 육지를 그려보며 사람들 모두 머리카락이 바람에 날리기 시작했다. 거룻배가 카스텔로 구역의 산 마리나 운하로 들어섰을 때 트리부노가 입을 열었다.

"살라흐 딘, 옛 생각은 잊게. 과거는 과거일 뿐일세. 우리 상인들이 가장 좋아하는 말이지만."

살라흐 딘을 노예로 팔아넘겼던 것에 대해 그는 둘러치기 식으로 사과하고 있었다. 트리부노는 자신이 입수한 성인의 유골이 염소 뼈였다는 걸 떠올리자 쓴물이 다시 올라왔다. 수십 년 간 지중해를 떠돌며 장사를 해온 이력이 창피했다. 전 재산을 팔아 손에 넣었던 것이었던 만큼, 전 재산의 손실을 생각할수록 미칠 지경이었다. 몇 년 전에 카타리나 수도원에까지 가서 아흐마드한테서 샀던 것을 알렉산드리아에서 잃었으니……, 그것까지 포함하면 두 번씩이나 실수를 했다! 오죽하면 유골이 도술을 부리고 있을지 모른다는 생각까지 했을까.

활 잘 쏘는 명궁도 빗나갈 때가 있는 법. 그는 이 속담 한 마디를 여행 내내 뇌까리며 골수에 사무치는 고통을 그나마 삭일 수 있었다.

돈은 다시 벌면 되는 거지.

베네치아인 특유의 배짱이기도 했지만, 하느님의 은총일지 모를 그 새로운 사업이 지금 자신에게 미소를 지으며 성큼 눈앞에 다가온 듯하여 그는 벅차오르는 가슴을 지그시 억눌렀다. 두 젊은이가 찰싹 붙어서 지키던 돼지고기는 키프로스에서 없어졌다. 대신 살라흐 딘이 품안에 가죽 주머니를 꼭 붙들고 있는 걸 발견한 그는 쾌재를 불렀다. 돼지고기에 숨겨온 걸 모를 줄 아냐? 어린 게 잔머리는 알아가지고……, 그 비밀스런 게 유골임에 틀림없어!

그는 다시 깊은 숨을 들이켰다.

"아까 항만 감시원에게 뭐라고 설명했죠?"

오네시모가 트리부노에게 쏘아붙이듯 물었다. 감정이 좋지 않기 때문이었다.

"아주 중요한 일로 공화국 도제를 만나려는 길인데, 준비한 선물에만 신경쓰다보니 출국증을 분실했다고 했네. 물론 자네들은 우리와 인척관계라고 설명했지."

아뿔싸, 졸지에 악당들의 인척이 되다니!

오네시모는 자신들만 아는 비밀을 두 마귀 같은 자들이 아는 것만 같아 깜짝 놀랐으나 태연한 척 앞만 쳐다보고 물었다.

"그럼 이 배가 공화국 도제를 만나러 가고 있다는 말인가요?"

촌스럽기는. 언어가 불통이니 네 놈이 별 수 있냐. 트리부노가 비웃음을 꾹 참으며 대꾸했다.

"두칼레 궁전은 아까 부두에서 왼편으로 멋진 사각형 건물일세. 도제가 사시는 그곳은 그분의 집무실과 평의회 회의실이 있고 재판도 열리는 곳이지. 하지만 지금 그 반대 방향으로 가고 있잖은가! 아까 내가 영감한테 산 피에트로라고 명령하는 말 못 들었나?"

하긴 산 피에트로라고 강조하는 단어는 들었다. 오네시모는 고개를 끄덕였다.

트리부노는 잘난 체하며 으쓱했다. 마치 공화국 도제와 절친한 사이라도 된 양 거드름을 피우며 목소리에 힘을 주어 갑자기 떠들었다.

"리알토 섬은 일 년 열두 달을 건설과 물 관리에 보내는 신기한 섬이야. 지난봄엔 파르티치파치오 도제가 직접 나서서 도시 건설을 지휘하는 걸 보았지. 신성로마제국이 조각나버렸으니 우리 베네치아가 발전하는데 있어 천우신조의 기회를 얻은 셈이 아닌가?"

누가 물어보기라도 했어?

파르티치파치오?

오네시모가 중얼거리고 있을 때 부두가 점차 가까워지면서 아까 뱃전에서 보았던 고색창연한 산 피에트로 성당이 멋있게 다가왔다.

"저 곳에 주교님이 계시다고요?"

긴장된 표정으로 오네시모가 되물었다.

"그럼! 아주 훌륭한 분이시지."

트리부노는 마치 자주 뵈었던 것처럼 큰소리 쳤지만 사실은 주교를 단한 번도 본 적이 없을뿐더러 오랫동안 미사에 참석하지 않은 냉담자였다. 오네시모는 주교가 되신 테오도루스 신부를 어서 빨리 만나고픈 마음을 지그시 눌렀다. 잠시 후면 큰 소망이 이루어지리라.

오네시모가 자신의 가슴께를 자주 만져보며 무엇인가 자꾸 확인하는 걸 모를 트리부노가 아니다. 그는 아직 실낱같은 가능성을 꽉 쥐고 있었다. 다름 아닌, 아흐마드에게서 구입하여 더 비싼 값에 팔 욕심으로 알렉산드리아에 가져갔다가 분실한 유골의 어느 부위에 자신만 아는 비밀의 표식을 남겨놓은 것. 분실한 것은 땅을 칠 일이지만, 이 젊은이들이 가슴에 안고가는 가죽부대에 담겨있을 유골이……, 만일 그것임이 확인만 된다면!

쩝! 그 영광은 뒤집어지리라.

트리부노는 입맛을 다셨다. 이 기분 나쁜 노예출신 쿱티 놈들은 즉각 감옥행이고, 자신은 재산을 모두 되찾으면서 아울러 공화국의 역사에 남는 영웅이 되리라. 트리부노는 다시 회심의 미소를 지었다.

하지만.

살라흐 딘이 가슴에 품고 있는 편지의 내용이 무엇일지 짐작만 할 뿐 완벽하게 아는 것은 아니기 때문에 트리부노에겐 그게 한 가지 걸림돌이었다.

"살라흐 딘, 주교님을 잘 아나?"

트리부노의 물음에 오네시모는 즉각 반발했다.

"오네시모라고 부르세요."

아, 기독교도로 개종했나보네. 변신도 빠른 녀석이군. 내가 녀석을 노예로 팔아먹을 땐 분명히 살라흐 딘이었는데. 그런데 내 질문에 얼른 부정하지는 않는군.

"아! 몰랐네. 언제 세례를 받았나?"

당신이 세례에 대해 언급할 자격이라도 있나? 오네시모는 톡 쏘아주고 싶었지만 막중한 임무수행을 위해 잠시 입을 닫아 두기로 했다.

"물론 잘 압니다."

모른다고 하면 그 틈새로 끼어들까 했는데 트리부노는 기회가 없어진 게 아쉬웠다. 하지만 그는 오네시모를 떠보고 싶어졌다.

"주교님께 편지라도 가지고 가는 건가?"

헉.

상인의 눈은 매섭기도 하구나. 또 맞추었어. 내가 자주 속주머니를 확인하는 걸 보았나?

"주교님께 안내라도 해주실 겁니까?"

오네시모가 눈을 똑바로 뜨고 트리부노를 쳐다보았다.

"못할 이유는 뭔가?"

트리부노는 태연자약하게 대꾸했다. 그때 노를 젓던 노인이 갑자기 앞으로 고꾸라졌다.

앗, 영감님!

사람들이 영감을 거룻배 바닥에 반듯이 눕히자 노인은 헐떡거리며 사과했다.

"젊은이들, 미안하네. 내 체력이 다했나봐. 이젠 조금만 무리하면……, 어지러워지거든. 자네들을 안전하게 부두에……, 내려줘야 하는데, 이를 어쩐다?"

하산은 자신의 터번을 벗어 노인의 머리 밑에 고였다. 고맙다는 의미로 노인이 손을 들어올렸다. 트리부노가 말했다.

"자네는 터번을 벗으니 더 잘생겨 보이는구먼. 아예 벗어버려. 어차피 베네치아에선 그게 방해만 될 테니까. 그런데 우리가 노를 저어야 하는 상황이 발생했군! 끌끌."

혀를 차면서 그는 은근히 두 젊은이들을 쳐다보았다. 그동안 거룻배는 거의 가까이 왔지만 거리가 조금은 남아 있었다.

"제가 해보죠. 얼마나 남았나요? 그리고 방향이나 잘 가르쳐 주시죠!"

오네시모가 선뜻 나서서 노를 잡았다.

"거의 왔어. 저기 부두가 보이지?"

"성당 앞에 대면 되나요?"

"그럼."

상냥한 양처럼 트리부노의 목소리가 변해있었다. 누워서 콥트말 대화를 듣고만 있던 노인이 한 마디 하고 나섰다.

"주교님은 지금 심하게 아프시다오."

노인은 주교의 이름이 거론되는 걸 들었던 것이다.

"주교님이 아프시다네."

트리부노는 반색을 하며 콥트말로 번역해주었다.

오네시모는 생각했다. 테오도루스 주교가 아프다는데 기뻐하다니. 이상한 사람도 다 있다. 그런데 왜 주교가 아프실까.

하지만 트리부노의 입장에서는, 주교에게 가는 편지에 아주 중요한 글이 적혀있을 경우를 가정한다면……, 어떻게든 오네시모를 따라다니다 보면 대박의 기회가 올 것만 같았다. 그렇다. 주교와 오네시모의 만남을 방해하거나, 만나더라도 결과가 도출되지만 않으면 최상의 시나리오가 되겠군.

그는 속으로 중얼거리며 다시 회심의 미소를 지었다.

하느님이 누구의 편인지 두고 볼 일이야. 이제 막 개종한 콥트놈과 이슬람교도인 하산의 편을 들어 주실지, 아니면 오랜 그리스도교 집안 출신인 내 편을 들어주실지.

그는 속으로 중얼거리며 슬그머니 오네시모의 눈치를 살폈다.

"오늘은 상선이 도착해서인지 건설현장의 일하는 모습은 안 보이는군. 다들 뭘 하고 있지?"

트리부노의 지시에 따라 거룻배를 멋진 성당 앞 부두에 댄 오네시모는 그때서야 리알토 섬 가득 내리쬐는 눈부신 햇빛을 보았다. 하심이 밧줄을 던지자 부두에 달려온 청년 하나가 밧줄을 받아 잡아당겨 말뚝에 고정시켜 주었다. 트리부노가 청년의 손바닥에 플로린 동전을 두 개를 떨어뜨리자 청년이 반색했다. 청년이 가려하자 오네시모가 그를 불러 세웠다.

"이 노인을 집까지 태워다 주라고 명령하세요."

오네시모는 트리부노에게 통역을 부탁하고 그 청년의 손에 시킨 금화 다섯 개를 놓았다. 청년은 금세 입이 벌어졌다.

하산이 짐들을 내리는 동안 바닥에 누워있던 노인은 상체만 일으켰다.

"젊은이들, 15 시킨 금화는 언제 주실 건가?"

노인이 물었다.

"아니, 삯을 다 받을 셈이셨수?"

트리부노가 화를 냈다.

"약속이잖은가."

"노도 우리가 저었는데……. 영감님은 누워서 편안하게 왔으니 10 시킨 만 받으슈!"

트리부노는 시킨 금화 열 개를 노인의 손바닥에 떨어뜨렸다.

"제발, 안 돼!"

노인이 울상을 지었다. 눈치 챈 오네시모가 금화 다섯 개를 추가로 내놓으며 말했다.

"영감님, 청년이 모셔다 준댔으니 집에 잘 돌아가 어서 빨리 회복하세요!"

물론 베네치아 말을 모르니 손짓발짓으로 뜻을 전달했다.

"고마우이. 천천히 가면 되겠지. 그리 멀지 않거든. 오늘따라 되게 힘이 드네그려. 젊은이는 복 받게. 우리말은 하나도 알아듣지 못하는 사람이지만. 마음씨는 착하군."

물론 트리부노가 친절한 척 통역을 해주었다. 노인의 거룻배는 떠나갔다. 노인이 뒤돌아보며 손을 흔들었다.

"자, 어서 주교관으로 들어가세."

트리부노가 안면을 몰수하면서 큰소리쳤다.

"좋습니다. 먼저 앞장서시죠."

오네시모가 말했다. 알라딘의 동생 살라흐 딘이 드디어 대업을 이루어 앞에 나타나면 테오도루스 주교가 과연 뭐라고 하실까? 오네시모는 가슴이 마구 뛰었다.

편지를 주교께 드리면 그걸 읽어 보신 후 다음 행동을 가르쳐줄 것이라고 알렉산드리아에서 요한 수사가 말했었다. 아마도 공화국 도제에게 데려갈 거라면서.

"마침 저기서 노새가 오고 있군. 저걸 빌려 타면 되겠네."

트리부노가 손을 흔들어 나귀를 불렀다. 그로시 동전 몇 닢을 건네고 나귀 네 마리를 빌려 탄 그들은 주교관을 향해 부지런히 달려 나갔다. 나귀의 주인인 청년도 나귀를 타고서 행여 놓칠세라 그들의 꽁무니를 부지런히 쫓아갔다.

넓은 공터에 으레 섰던 장이 그날따라 조용하고 빈 공간으로 남아 있었다. 산 피에트로 사원 앞의 반 밀리아가 못 되는 한 퍼어롱[70] 거리쯤에서 항상 섰던 장터의 썰렁한 모습에 루스티코가 베네치아 말로 한 마디 내뱉었

---

70) 약 200 미터.

다.

"우릴 환영하는 분위기 치곤 좀 쓸쓸하군."

"신경 쓸 것 없어. 진짜 성대한 환영식이 기다릴 테니까. 기다려봐. 내가 보장하지."

트리부노가 장담하며 어깨를 으쓱했다. 오네시모는 그들의 대화를 전혀 알아듣지 못했다.

때마침 주교관에서 사람들이 달려 나오는 게 보였다.

"어, 조용해야 할 주교관에서 사람들이 뛰어 나오다니!"

루스티코가 소리치자 트리부노가 대꾸했다.

"장터는 조용하고 주교관은 법석이고 이상한 날이구먼."

그들이 주교관 입구에서 내려 나귀들을 돌려주고 안으로 들어가려 하자 안에서 나오는 또 다른 몇 사람이 눈물을 훔치며 열심히 성호를 그어댔다.

"무슨 일이라도 있나요?"

트리부노가 조심스레 물었다.

"주교님이 조금 전 선종하셨어요. 너무 슬퍼서 말도 안 나옵니다."

대답하는 노인은 흘러나오는 눈물을 닦느라 말을 잇지 못했다.

오, 저런! 주여!

트리부노와 루스티코가 동시에 외쳤다. 오네시모와 하산은 가슴이 철렁 내려앉았다. 그들의 말을 알아듣진 못했지만 느낌이 확 다가왔다.

트리부노가 후닥닥 침통한 표정을 지었다.

"안됐네만……. 오네시모, 주교님께서 세상을 떴다네. 이 일을 어쩐다?"

"뭐가 어쩐다는 거죠?"

오네시모가 퉁명스레 대꾸했다. 짱구 돌리지 말라는 경고였다.

"자네, 솔직해지세. 품에 있는 편지를 어떡할 건가?"

"주교님 대리인에게 드리면 되는 걸 왜 걱정을 하고 그래요?"

오네시모가 쏘아붙였다. 품에 있던 게 편지란 사실이 확인된 순간이었다.

"하긴. 하지만 대리인이 사정을 잘 모르면 어찌해야 하나? 차라리 두칼레 궁전으로 바로 갈까?"

트리부노는 꿍꿍이를 깊이 숨겼다. 유골의 운송에 어떻게든 관여하고 있을지 모를 주교가 세상을 뜬 것이 트리부노에겐 반짝이는 행운으로 다가왔다.

"하지만, 주교님의 모습이라도 뵙고 예를 갖출 수 있으면 좋을 것 같습니다."

오네시모가 의연하게 말했다.

당연한 의견이었다. 테오도루스 신부로 말하자면, 나일 강에 빠졌던 자신을 살려냈고 여비로 쓸 돈까지 듬뿍 주었던 은인이다. 형 알라딘과 절친했고 한때나마 유골의 운송을 뒤에서 지휘했던 테오도루스 주교를 이제 영영 다시 만날 수 없게 되다니!

하필 이런 일이! 내가 조금만 더 일찍 도착할 걸.

오, 하느님! 오네시모는 속으로 가슴을 찧었다.

테오도루스 주교.

그는 깨끗한 관에 누워 하얀 비단에 싸인 채 영면에 들어가 있었다.

가장 슬퍼하고 당황한 건 오네시모였다. 그걸 증명이라도 하듯 참았던 눈물이 두 뺨을 타고 하염없이 흘러내렸다. 낯선 이국땅에서 유일하게 자신을 지지해줄 후원자를 눈앞에서 잃고 만 것이다.

문상객들을 맞이하는 신부들과 수사들의 눈에는 상인으로 보이는 두 사람과 두 외국인 젊은이가 들어온 게 이상하게 보였을 것이다.

"어디에서 오신 누구신지?"

수사 한 사람이 다가와 정중히 물었다. 오네시모와 하산이 얼른 대답하지 못하자 그는 이번에는 콥트어로 물었다.

"주교님을 잘 아시나요?"

"저희는 알렉산드리아에서 왔습니다. 주교님과 알고 지내던 사입니다. 중요한 일로 주교님을 만나러 왔는데요. 하필 오늘 주교님께서 영면하시게 될 줄은 몰랐습니다."

오네시모가 콥트어로 천천히 설명했다.

"듣고 보니 안 되었습니다. 무슨 사연인지는 모르겠으나 저를 따라오십시오."

그를 따라 네 사람이 안내된 곳은 주교관의 다른 방이었다. 체격이 건장한 신부가 일어서서 그들을 맞았다.

"내가 그간 주교님을 모셨던 총무 신부입니다. 이름은 마태오."

"저는 오네시모, 이쪽은 하산입니다."

두 젊은이들이 자기 소개를 하자 상인들도 덩달아 자신을 밝혔다.

"저는 트리부노, 옆은 루스티코. 바람을 타고 무역을 하는 상인들이죠. 주님의 평화를 빕니다."

트리부노가 베네치아 말로 유창한 말솜씨를 뽐내며 고개를 숙였다.

"주교님과는 무슨 약속이 있었나요?"

마태오 신부가 눈빛을 반짝이며 물었다.

오네시모가 잠시 망설이자 트리부노가 채근했다.

"오네시모, 어서 말씀드려."

슬픔으로 목이 메었던 오네시모의 목소리가 드디어 터져 나왔다.

"이 도시에 큰 선물이 될 성인을 모시고 왔습니다! 마르코 성인을!"

오네시모의 큰 목소리는 자신감에 가득 차서 방안에 울려 퍼졌다. 즉시 트리부노가 통역했다.

"뭐라고요? 성인을?"

마태오 신부가 눈을 껌벅거리며 으르렁거리듯 외쳤다. 그것은, 그런 일을 전혀 모르기 때문이라기보다는 도저히 그 사실을 믿을 수 없었기 때문이다.

"설마 모르는 일은 아니시겠지요, 신부님?"

루스티코의 질문에 신부는 잠시 눈을 질끈 감았다.

"물론 베네치아 온 백성이 가슴 깊이 소망하고 있는 일이거니와, 그런 원대한 포부가 갑자기 이루어졌다는 게 믿어지질 않소, 형제들!"

기적이나 다름없는 일 앞에서 흔들리지 않으려는 듯 신부가 눈을 동그랗게 치켜뜨며 심호흡했다. 우뚝 선 오네시모에게 트리부노가 말했다.

"오네시모, 봉인된 서신을 신부님께 드릴 때가 왔네. 어서 드리게."

오네시모라는 이름이 나오자 신부는 눈을 다시 크게 뜨고서 젊은이의 위아래를 찬찬히 훑어보았다.

"아버지나 어머니가 이곳 사람인가?"

신부의 질문이었다. 순간 어떤 짧은 소음이 빠르게 오네시모의 귓전을 때리고 스쳐갔다. 물론 모르는 문제였다. 그는 긴장과 집중으로 잠시 휘청거렸지만 다시 한 번 담력을 발휘했다.

"여기 편지가 있습니다."

편지는 오네시모의 손에서 신부에게로 넘겨졌다.

신부는 유심히 봉인을 들여다보았다.

"요한 수사의 인장이 찍혀있구먼. 내용을 확인해보세."

마태오 신부는 인장을 떼어내고 편지를 풀어서 높이 쳐들었다. 눈에 노안이 와 있던 그는 햇빛을 이용하기 위해 창가로 갔다.

무거운 침묵이 흘렀다.

가슴을 짓누르는 긴장으로 오네시모의 입안에 침이 가득 고였다.

이윽고 신부가 그들에게 다가오자 네 사람의 시선이 일제히 그의 표정에 쏠렸다.

"내용을 모두 읽어보았네."

신부는 갑자기 무릎을 꿇고 오네시모에게 경배했다. 오네시모는 당황했지만 그게 자신이 가슴에 안고 있는 유골을 향한 신심의 표현이란 걸 금세 알아챘다. 신부가 부복하자 수사도 허겁지겁 엎드렸다. 그러자 두 상인도 바닥에 무릎을 꿇었다.

두 사람이 엎드려 경배하며 기도를 하는 동안 엄숙한 침묵이 흘렀다.

"큰일을……, 역사에 남을 큰일을 하셨습니다."

신부가 일어서며 벅차오르는 감정을 이기지 못하고 젖은 눈과 떨리는 목소리로 말했다.

갑자기 신부가 책상에서 가위를 번쩍 들어 편지를 잘게 잘라버렸다.

앗!

눈앞에서 벌어지는 일을 네 사람은 쳐다볼 수밖에 없었다.

"신부님, 왜 잘라버리십니까?"

당황한 트리부노가 깜짝 놀라며 물었다. 증거물이 없어졌으므로 그로서는 기뻐할 일지만 오랫동안 풍파에 시달리며 발달한 상인의 인위적인 표정이었다.

"읽어본 즉시 파기하라고 씌어 있었네."

건조하게 대꾸한 마태오 신부가 책상에 앉았다. 그는 깃털 펜을 들어 종이에 뭐라고 쓰기 시작했다.

그런데 글씨를 쓰던 신부가 갑자기 고개를 들었다.

"요즘은 양피지보다 종이가 더 귀하고 비싼 물건이 되어버렸어."

신부의 중얼거림에 기회를 놓칠세라 트리부노가 후닥닥 비위를 맞추었다.

"당연하죠. 사라센 제국이 나타나면서 지중해가 온통 아랍인들의 호수가 되어버린 결과입죠. 신성로마제국 카를루스[71] 대제조차 사라센인들과의 교역을 금하셨으니 말해 무엇 합니까요. 물론 황제는 돌아가셨고 그 아들 대에서 왕국이 몇 조각으로 쪼개졌으니 느슨해진 건 사실이지만서도. 어쨌든 우리 베네치아 공화국 말고는 알렉산드리아에서 파피루스 종이를 수입하는 나란 없습니다. 기독교를 믿는 나라들 가운데서 말입니다."

"자넨 유식하구먼. 역사에 해박한 걸 보니."

---

71) 샤를마뉴.

고개를 든 신부가 눈을 가느다랗게 뜨고 트리부노를 다시 보았다.

"과찬의 말씀까지야. 현재 일 시킨 금화에 10장 밖에 못 삽니다. 제노바 놈들이 방해만 하지 않는다면 40장까지도 살 수 있어요. 아니 백 장도 살 수 있을 겁니다."

트리부노는 침을 튀면서 떠들어댔다. 기회를 잡았다 싶었기 때문이다.

"덕분에 오랫동안 침체됐던 양피지 사업이 다시 호황이 아니던가?"

신부의 말이 맞았다. 프랑스나 독일에서와 마찬가지로 이탈리아 전역에 도 양피지 공장들이 우후죽순 격으로 생겨나고 급증하는 수요를 대기 위해 수많은 양과 염소, 소들이 도살되어지는 상황이었다.

"제가 다음 무역에서 일 시킨 금화에 40장씩 필요한 만큼 공급해드리겠 습니다. 미리 말씀만 해주시면 됩니다."

트리부노는 마태오 신부의 환심을 사기 위해 얼굴 가득 웃음을 지었다.

"양피지의 수요가 늘어난 건 카를루스가 아헨에 궁정학교를 세우고, 연 구 인력을 모으고 필사자들을 불러 성서와 각종 서적을 필사시키고 연구시 킨 때문일 것이야."

"그럼 다음 무역 때 제가 천 시킨 금화 어치만 갖다 드릴까요?"

"고맙군. 친절하고 따뜻한 상인을 만나 행운이구면. 그렇게 해주게나."

신부는 기뻐했다.

트리부노는 신부의 서명을 받을 양으로 재빨리 종이 조각을 꺼내어 신부 앞에 내밀었다.

"저희가 소속된 상인 길드의 계약섭니다. 여기에 서명하시면 됩니다. 대 금은 후불이고요."

상인의 미소가 신부의 기분을 들뜨게 만들었다. 신부는 즉시 서명을 해 주었다.

"고맙네."

신부가 펜을 내려놓자마자 트리부노가 신부에게 바짝 다가서서 베네치 아 말로 말했다.

"신부님, 사실은 유골의 운송에 있어서 최고 책임자는 접니다. 알고 계시는 게 좋을 듯하여 말씀드립니다. 옆의 두 젊은이들은 그저……, 말하자면 알렉산드리아에서 제 심부름을 하던 젊은이들이지요. 베네치아 말을 전혀 알아듣지 못합니다."

트리부노는 말을 마치고 주위를 조심스레 둘러보았다. 자신을 안내한 수사까지 방안에는 모두 여섯 명이 서 있었다.

신부는 잠시 생각에 잠기더니 펜을 다시 들어 쓰던 편지를 마저 마쳤다. 그리고 끈으로 묶고 곁에 단단히 봉인을 했다.

"여기 이 편지를 도제께 보여드리게. 아마도 모레 주교님 장례를 마치고 애도기간이 끝나는 일주일 후쯤엔 성인을 모시는 대대적인 환영식이 있을 것이네."

마태오 신부는 편지를 트리부노에게 주었다. 트리부노는 편지를 정중히 받아들면서 또다시 의도적으로 슬픈 표정을 지었다.

두 상인과 두 젊은이들이 나가자 마태오 신부와 수사의 눈길이 서로 마주쳤다.

"신부님, 아무 일 없는 거죠?"

수사가 묻자 신부는 눈을 껌벅거리며 생각을 정리했다.

"요한 수사는 유골을 모시고 간 사람들을 잘 대해주라고 썼다네. 사라센 군인들의 약탈과 유골 장사치들의 농간으로 성인께선 여러 수도원과 동굴을 전전하셨다는군. 점차 세인의 관심에서 멀어졌겠지. 추적자들을 피하기 위한 고육책이랄까. 요한 수사도 성인의 소재가 극도로 비밀에 가려있어 소재지 파악에 힘들었다고 썼어. 생명을 걸고 어렵사리 구한 유골이 정말 진품인지는 최종적으로 주교님의 염력으로 확인해보시라고 하면서."

"염력이라뇨?"

"테르툴리아노 수사, 주교님껜 마르 사바 수도원 시절에 받은 특별한 은사가 있다는 걸 몰랐나?"

"그것도 일종의 비밀이었나요?"

수사가 되물었다.

"수도에 필요한 건 침묵일세. 잘 알다시피."

"그리스도께서 십자가에 달리실 때, 오, 주여! 쓰였다는 못을 하나 가져온 상인이 언젠가 있었네."

신부의 말에 수사의 눈이 반짝거렸다.

"작년에 콘스탄티노플에서 온 상인, 저도 기억합니다."

"페르시아인들이 시리아와 팔레스티나, 그리고 이집트까지 장악했을 때 그들은 진품 십자가를 빼앗아갔지. 200년 전의 일이야. 그들을 헤라클리우스 황제께서 뒤쫓아 가 격파하고 예루살렘에 진품 십자가를 되찾아 놓았다네. 아마도 못이 그 과정에서 흘러나왔겠지."

"그때 주교님께선 상인들을 큰 소리로 꾸짖었죠."

테르툴리아노 수사는 그때를 회상하며 눈을 지그시 감았다.

"그게 바로 그 이유였다네. 가짜!"

신부와 수사의 시선이 함께 마주쳤다.

"성물을 파는 행위를 나무라신 게 아니었군요?"

"성물이 있음으로 해서 그 도시에, 그 사원에, 그 수도원에, 신심의 꽃이 피고 발전을 이룰 수 있다면 나무랄 것도 아닐 걸세."

여기에서 마태오 신부는 잠시 생각에 잠겼다. 트리부노와 루스티코, 혹시 그들도 그런 종류의 상인은 아닐까. 신부는 부콜리아 바닷가에서 순교하신 성인께서 700년 넘도록 전전하셨을 수도원들을 떠올렸다. 테베, 스케티스, 나트리아, 켈리아, 타가스테 등등.

오, 성인이시여!

신부가 생각에 젖어 있을 때 수사가 말했다.

"주교님께서 염력을 가지고 계신들 선종하신 지금 무슨 소용이 있습니까?"

"맞는 말일세. 여기 양피지 조각들을 모조리 태워버리게."

신부는 잘게 잘랐던 양피지 편지 조각들을 수사에게 건넸다.

트리부노를 필두로 네 사람이 거룻배를 타고 두칼레 궁전에 도착하여 도제를 알현하고 마태오 신부의 편지를 건네자 도제는 조심스레 펼쳐보았다.

저 마태오 신부가 베네치아 공화국 도제께 올립니다. 주교님의 선종으로 슬픔에 잠긴 베네치아를 위해 하느님께서 큰 선물을 보내오셨습니다. 베네치아 시민의 오랜 염원이 이루어진 순간을 눈물이 가로막았습니다. 알렉산드리아에서 막 도착한 마르코 성인의 유골을 즉시 보내오니 두 상인과 하인으로 보이는 두 젊은이들이 가거든 환대해주십시오. 성인을 이집트의 모처에서 옮겨오는데 든 비용을 그들에게 지불해주십시오. 주교님의 장례식이 끝나면 유골을 맞이하는 환영식을 대대적으로 열기로 하고 그 절차는 추후 상의할 것이니 우선 잘 보관해주십시오. 주교를 대신하여 하느님과 외아들 예수 그리스도의 축복을 빕니다.

주스티니아노 파르티치파치오 도제는 백발이 성성한 노인이었다. 그가 창가 책상에서 햇빛에 의지하여 편지를 읽는 동안 네 사람은 침을 삼키며 엄숙하게 그를 지켜보았다. 금실로 수놓은 붉은 겉옷, 목둘레에서 팔꿈치까지 늘어뜨린 금빛의 목도리, 모피 망토, 허리에 두른 금빛 벨트, 주홍색 구두, 황금이 들어간 금빛 도제모(帽) 등. 베네치아의 야망이 서린 복장에 눌려 오네시모와 하산은 눈이 휘둥그레졌다. 도제의 책상 뒤편에는 커다란 양피지 지도가 걸려있었다. 베네치아를 중심으로 지중해 전역과 흑해, 브리타니아까지 한 눈에 들어오는 대형 채색 지도를 트리부노와 루스티코도 눈여겨보았다.

도제모 아래 드러난 그의 하얀 백발이 위엄을 드러냈다. 도제는 창밖을 내다보았다. 유리 세공 무늬가 들어간 유리창 너머로 드넓은 광장이 한 눈에 들어왔다. 노인은 자리에서 일어나 도제모를 벗어 모자걸이에 걸었다.

"오, 주여! 저희 베네치아를 위해 오랫동안 해온 기도를 들어주셨으니 감사합니다."

도제는 나지막이 중얼거렸다. 가죽 자루를 놓치지 않으려는 듯 가슴에 꼭 안고 서 있는 오네시모를 향해 도제는 무릎을 꿇었다.

국가적 존망이 걸린 오랜 숙원사업이었다. 평의회에서 만장일치로 가결이 된 이후 오래도록 기도하고 예산을 준비했었다. 도제는 주교를 포함한 성직자들과 회의를 거듭했고, 평의회 의원 바도에르는 알렉산드리아를 출입하는 상인들에게 비밀리에 특명을 내렸었다.

드디어 그 꿈이 성취되어 눈앞에서 실현된 게 도무지 믿기 어려울 지경이었다. 지난밤의 꿈이 상서롭지 않더니만! 노인은 엎드린 채 한참을 기도했다. 얼른 일어나지 않는 것으로 보아 그는 아마도 울고 있었다. 이윽고 일어난 그가 눈을 수건으로 닦으면서 책상 옆에 매달린 작은 종을 쳤다.

짤랑 짤랑!

청명한 종소리가 도제의 크고 넓은 집무실에 울려 퍼지자 비서가 달려왔다.

"준비해둔 진홍빛 천을 가져오게."

곧바로 비서가 돌아왔다. 그는 서기 두 사람과 함께 바퀴 달린 탁자를 밀고 들어왔는데 그 위에 네모난 황금 상자가 놓여있었다.

그런데 이게 웬일일까!

도제가 양가죽 자루를 받으려고 하는데 오네시모의 두 팔이 펴지질 않아 실랑이가 벌어졌다. 비서가 진땀을 빼고 트리부노와 루스티코가 젊은이의 두 팔을 억세게 잡아 비틀어서야 겨우 자루가 빠져나왔다. 오네시모의 두 팔은 여전히 가슴을 향해 오그라져 있었다.

"장기간 너무 힘을 주어 안고 있었군. 의사를 불러!"

도제가 비서에게 명령했다. 오네시모의 팔은 주교의 장례식이 끝나서야 풀어졌다.

도제는 조심스레 가죽 자루를 열어보았다. 모든 시선이 집중된 침묵과 긴장의 순간이었다. 하지만 너무 꽁꽁 동여매어있어 또 실랑이가 벌어졌고, 자루를 칼로 찢고 나서야 유골이 모습을 드러냈다. 볼품없이 얼룩지고 부분적으로 손상이 간 성인의 유골이 드디어 햇빛을 받았다. 도제는 떨리는 손으로 황금 상자를 열고 그 속에 들어있던 천을 펼쳤다. 진홍색 바탕에 날개를 단 사자가 한 발을 성서에 올려놓은 모습을 금실로 수놓은 널따란 천이었다. 도제는 그 한 가운데에 성인의 유골을 하나 둘 조심스레 옮겨 놓았다.

유골 하나하나를 누구보다 더 유심히 들여다보는 눈이 있었다. 자신이 남겼던 표식을 찾기 위한 트리부노의 이글거리는 눈빛을 아무도 눈치 채지 못했다.

이럴 수가!

트리부노의 가슴이 철렁했다. 기대가 산산조각 깨져버린 순간, 그는 악소리가 새어나오지 않도록 후닥닥 이를 악물었다. 몇 년 전 성녀 카타리나 수도원에서 아흐마드로부터 거금을 지불하고 사들였던 유골에 남겨놓은, 자기만 아는 붉은 색 표식을 도무지 찾을 수 없었다. 알렉산드리아에서 다른 수집상에게 더 비싼 값에 넘기려고 흥정을 하다가 사기를 당해 분실해버렸지만. 몇 년 동안 내내 쓰린 속을 달래 왔던 두 사람이 살라흐 딘을 만나 반짝 기대했던 반전은 실망만 남기고 영영 사라져버렸다. 설마 유골이 둔갑을 한 것은 아니겠지? 트리부노는 살펴보고 또 살펴보았다. 그 순간 트리부노의 귀에 속삭이는 얇실한 목소리가 있었다.

너희가 잃어버린 게 진품이고 이것은 가짜야.

그래도……, 그래도, 살라흐 딘의 행동거지를 지켜보며 기대를 키워왔는데……. 아흐마드에게서 산 것은 도대체 어디로 갔단 말이냐?

분실한 놈만 일생일대의 횡재를 놓친 병신이 되는 것이어서 여간 기분 나쁜 게 아니었다. 하지만 그게 이집트 어딘가에 있다면 반드시 찾아내겠다는 결심이 서자 쓰린 속이 진정되기 시작했다.

쿨럭 쿨럭.

트리부노와 루스티코는 잔기침을 했다.

두 상인이 황당해 하는 동안 도제는 눈물을 흘렸다. 마르코 복음서를 떠올리자 예수님의 행적과 말씀 그리고 수난사가 주마등처럼 눈앞에 스쳐지나갔다.

으흑흑흑흑.

그는 눈물을 흘리며 바닥에 꿇어 엎드려 크게 절을 했다.

그렇게 해서 황금상자 안에 성인은 모셔졌다. 삼 일 만에 청년의 팔이 풀어진 것을 두고 궁전의 관계자들과 성직자들 사이에 말들이 오갔으나 장례식과 환영식이라는 국가적 행사의 분위기에 어물쩍 휩쓸리고 말았다. 장관격인 평의회 회원들이 쫓아오더니 궁전은 그날부터 경찰이 수십 명 투입되어 삼엄한 경비가 시작되었다. 바람을 타고 입소문이 돌아, 온 베네치아 시민이 성인의 유골이 도착했다는 걸 아는 데는 채 이틀도 안 걸렸다. 신심이 좋은 사람들은 벌써부터 도제의 궁전으로 몰려와 기도를 바치곤 했다. 그들은 한결같이 조국 베네치아의 번영을 기원했다.

상인들과 두 젊은이는 국빈이 머무는 여관에 짐을 풀고 칙사 대접을 받으며 하루하루를 즐겁게 보내기 시작했다. 상인들과는 별도로 두 젊은이들은 광장으로 나와 궁전의 여기저기를 둘러보고 리도 섬을 바라보고, 넓은 아드리아 해를 구경하고, 리알토 섬의 여기저기를 걸어서 혹은 배를 빌려 타고 소운하를 따라 구석구석을 구경하고 다녔다. 섬은 온통 건설 붐을 맞아 곳곳이 새로운 도시의 모습으로 변해가는 과정이었다.

삼일 째 날을 맞이하여 두 젊은이는 오후에 열릴 주교의 장례식에 참석할 생각에 멀리 가지 못하고 여관의 근처를 맴돌고 있었다. 나무 말뚝들이 소운하를 따라 무수하게 박혀있는 걸 보면서 오네시모가 입을 열었다.

"이 많은 말뚝들을 박아 놓은 걸 보니, 이곳 사람들의 노력도 대단하다."

하산이 대답했다.

"수도를 이 섬으로 옮긴 지 이십 년도 안 되었다고 루스티코가 말했어."

두 사람은 희미한 구(舊)도시 까나레지오를 바라보았다.

거룻배들이 소운하를 따라 사람과 물건들을 싣고 오가고 있었다. 남자들과 여성들의 옷차림에 눈이 팔려 하산이 두리번거렸다. 베네치아 사람들은 외국에서 온 이방인에 익숙한 까닭에 그들을 눈여겨보지도 의식하지도 않았다.

"하산, 그러다가 운하에 빠질라."

오세니모의 핀잔을 듣고서야 하산은 정신을 차렸다.

어, 그 노인이네!

오네시모는 한 거룻배를 발견하고 외쳤다. 예로니모 노인이 느릿느릿 노를 저으며 여자 손님을 태우고 지나가고 있었다.

"노인장!"

두 젊은이는 손을 흔들었다.

"앗, 그 젊은이들이구먼! 그간 잘 있었나?"

노인도 웃으며 소리쳤다. 물론 무슨 말인지 알아들을 수 없었지만 무척 기뻐하는 모습이었다.

"다 나으셨나요? 다시 보니 반갑습니다."

반가운 나머지 콥트어로 외쳤지만 알아들을 수 없는 건 노인도 마찬가지였다. 어찌 보면 두 젊은이가 이국땅에서 사귄 첫 사람이었다. 가난하고 힘없는 노인이라고 해도 여간 반갑지 않았다.

노인은 배를 멈추어 길에 바짝 대었다. 그는 뭍으로 성큼 올라와 두 젊은이의 손을 마주 잡았다. 노인은 알 수 없는 말을 마구 내뱉었다.

이윽고 노인이 배에 앉아있는 여성을 가리키며 말했다.

"필리아."

그녀가 젊은이들을 쳐다보았다. 그녀는 미소를 머금고 목례를 했다.

한참의 손짓발짓이 끝나고 노인은 배를 저어 멀어져갔다.

"그라찌에!"

노인이 손을 흔들며 남긴 말이었다.

"필리아가 이름인가?"

두 사람은 고개를 갸우뚱거리며 돌아섰다. 때마침 커다란 외국 상선이 하나 위용을 자랑하고 있는 게 눈에 들어왔다. 와, 자신들이 처음 도착했던 부두에 접안한 그것을 보기 위해 그들은 그쪽으로 잰걸음을 옮겼다. 그런데 마침 두칼레 궁전의 귀퉁이에 걸린 포고문을 발견했다. 그곳은 평의회가 열리는 방이 있는 두칼레 궁전의 다른 출입문이었다.

"하산, 이리 와봐. 여기에 뭐라고 씌어 있다."

포고문 앞에 다가선 두 사람은 시민들 틈에서 그것을 보았다. 하지만 전혀 알아볼 수 없었다.

"라틴말이라서 읽을 수가 없어."

하산이 속삭였다.

"콥트말로 읽어주랴?"

그때 등 뒤에서 누군가 말했다. 루스티코와 트리부노였다.

─베네치아의 신앙적 정신적 지도자의 역할을 훌륭히 마치고 하느님의 품으로 가신 주교의 일주일 애도 기간 동안 일체 광장에서 상행위와 축제를 금한다. 단 외국에서 들어온 배의 하역만 허가한다. 평의회.

"알았냐?"

"고맙수다."

왈칵 과거의 껄끄러운 감정이 떠올랐지만 오네시모는 고마움을 표시했다. 그 순간 한 노인이 자신을 툭 치고 지나갔다. 대수롭지 않게 생각한 오네시모에게 그 노인이 갑자기 손가락질을 하며 외쳤다.

"저 콥트놈에게 소매치기 당했다!"

갑자기 사람들이 둘러서서 두 젊은이를 쳐다보았다. 평의회 입구를 지키던 경찰 두 명이 달려와 오네시모와 하산을 연행하려하자 그들은 당황해서 소리쳤다.

"왜 그러죠? 도대체 왜 이러는 겁니까?"

물론 콥트어를 경찰이 알아들을 리 만무했다. 루스티코가 나서서 경찰을 붙들었다.

"이 젊은이들이 뭘 잘못한 거요?"

경찰이 뭐라고 설명하자 루스티코가 콤트어로 통역해주었다.

"저 노인이 자네들에게 돈을 소매치기 당했다는군!"

"뭐라고요?"

순간 하늘이 노랗게 보였다.

한참 동안 옥신각신 끝에 노인이 경찰에게 뭐라고 말하자 경찰이 다짜고짜 오네시모의 옷을 뒤지기 시작했다. 루스티코가 통역했다.

"시킨 금화 두 개를 자네가 훔쳤다니까. 안 나오면 보내준다는군. 협조해주게."

쨍그렁.

하필 금화 두 개가 오네시모의 바깥 주머니에서 떨어져 바닥에 굴렀다.

파랗게 질린 오네시모를 경찰이 즉시 연행했다.

"여보슈, 이 젊은이는 현재 도제님의 손님으로 여관에 머무는 사람이오. 막무가내로 끌고 가면 어떻게 되오?"

트리부노가 외쳤지만 소용없었다.

"공화국의 법률에 의해 이 사람을 현행범으로 연행하는 것이오. 잘잘못은 일단 재판에서 밝혀질 것이오. 됐소?"

경찰이 쏘아붙였다.

"오네시모!"

"하산!"

끌려가는 오네시모를 하산이 종종걸음으로 쫓아갔지만, 거룻배를 태워 궁전의 뒤에 보이는 감옥으로 끌려가는 친구를 발을 구르며 쳐다보는 것말고는 하산이 할 수 있는 건 아무 것도 없었다.

갇힌 지 팔 일째였다. 절망과 무감각에 빠져있던 오네시모는 사람들이 내는 소음으로 정신이 번쩍 들었다. 그는 허겁지겁 창살에 매달려 밖을 내다보았다. 궁전에 가려 잘은 안 보였지만, 사람들이 무수히 지나가고 거룻배를 타고 온 잘 차려입은 사람들이 모여들고 있었다. 얼마쯤 지나자 두칼레 궁전 너머에서 왁자지껄 소란스런 소리가 다시 들리고 고함소리도 들렸다. 커다란 북소리와 나팔 소리에 잠시 어리둥절한 오네시모는 아마도 성인의 환영식이 열린 것은 아닐까 짐작했다. 아니나 다를까 조금 있으려니 해군 의장대를 선두로 하여 신부들과 수사들이 황금빛 유골함을 가마에 태워 앞뒤로 높이 쳐들고 행진하는 게 보이기 시작했다. 그 뒤를 휘황찬란한 복장을 입은 공화국 도제가 하얀 수염을 휘날리며 하얀 말을 타고 따르고, 바로 그 뒤를 정복차림의 평의회 의원들이 까만 말과 밤색 말을 타고 뒤따랐다. 그렇게 많은 인파가 나와서 뒤따르는 모습을 본 것은 오네시모에게는 난생 처음이었다. 그들은 북소리와 나팔소리에 줄을 지어 어디론가 행진하고 있었다.

아마도 섬을 빙빙 돌 모양이군.

북소리와 나팔소리가 점점 작아지고 있을 때 마침 바다제비가 눈앞을 스쳐 지나갔다. 박쥐처럼 나는 모습으로 보아 틀림없는 바다제비였다. 하산은 어찌 되었을까. 왜 면회도 안 오는 것일까. 이곳 언어를 몰라서일까. 억울하게 당한 나를 상인들이 왜 찾아오지 않을까. 이런저런 생각에 하염없이 밖을 내다보고 있을 때였다.

덜커덩.

육중한 철문이 열리는 소리와 함께 간수가 누군가를 데리고 들어오는 소리가 들렸다.

"오네시모, 잘 있었나?"

통로 쪽을 보고 있자니 목소리의 주인공 트리부노가 모습을 드러냈다.

"잘 있긴요. 죄 없이 갇혀있는데."

오네시모가 퉁명스레 대답했다. 쇠창살을 사이에 두고 오네시모가 지친 표정으로 상인을 올려다보았다.

"주교의 애도기간도 끝났고 오늘부터 일주일 동안 축제기간이라네. 우리가 운송한 성인을 환영하는 거국적인 행사야. 나라 전체가 벌집 쑤신 듯 신열로 들끓고 있어."

"도제께 말씀드렸습니까? 내가 억울하게 범인 취급을 받고 붙들려 있다고."

"당연히 말씀드렸지. 내가 자넬 옹호하지 않으면 누가 하겠나."

대답하면서 트리부노는 코를 벌름거렸다.

"그래서 무슨 결정이 내려졌습니까? 재판을 받아야 한답니까?"

오네시모가 조급하게 물었다.

"내일 석방해주신다네. 재판이 필요하지 않게 했네. 내가 그 노인에게 시킨 금화 네 개를 주면서 경찰에 가서 석방시켜달라고 탄원하도록 했거든. 그리고 나도 도제께 직접 말씀드렸지."

"그런데 이제야 나타나신 이유가 뭐죠?"

속에서 불길이 일어나는 걸 억누르며 오네시모가 마뜩찮게 물었다. 트리부노가 팔 일 만에 찾아온 것이다.

"그건……, 장례기간 동안 모든 궁전 업무가 중단되었고, 또 환영행사 준비로 도제를 비롯해서 평의회 의원 모두가 정신을 잃을 정도였거든. 오늘 환영행사장에서 도제께서 나와 루스티코를 시민들 앞에 내세워 치켜세웠을 때 기회다 싶어 재차 자네의 석방을 요청했네."

"아니, 나와 하산이 옮긴 유골인데 도대체 왜 당신들이 시민들 앞에 나섰죠?"

오네시모는 화를 버럭 냈다.

"젊은이, 화내지 말게. 내가 한사코 거절했지만 억지로 끌려 나간 것이네. 그리고 그 공로는 자네들에게 있다고 도제께 직언했으니 화를 가라앉혀."

콥트말로 대화가 통하는 유일한 사람의 말을 일단은 들을 수밖에 없었다.

"왜 지금 즉시가 아니고 내일 내보내 준다는 거죠?"

"그건 오늘 외국인의 출입이 금지되어 있는 날이니까. 리알토 섬에. 그래서 오늘 하루 외국인은 모두 출입이 차단되었지."

한때나마 악연으로 만난 사이지만 일단은 이해해볼 생각이었다. 그러나 운송의 공로를 두고 자기들이 칭찬을 받았다는 이상한 소리는 오네시모의 기분을 영 잡치게 했다. 오네시모의 날카로운 눈빛이 부담스러웠던지 트리부노가 한 발짝 물러섰다.

"하필 소매치기 사건을 뒤집어쓰게 될 줄 누가 알았겠나. 하지만 좋아할 일도 있어. 도제께서 자네에게 시민권과 격려금을 하사하셨네."

그는 무거운 자루 하나를 오네시모 앞에 내밀었다. 창살의 공간을 통과할 만한 크기의 가죽자루가 감방 안으로 들어왔다. 이어서 알 수 없는 글씨가 적힌 양피지 조각이 따라 들어왔다.

돈 자루를 보는 젊은이의 시선이 차가웠다.

"내가 돈 받으려고 유골을 운송한 줄 아시나요?"

"물론 자네 인품으로 보아 그랬을 리 없지. 도제가 자넬 생각해주는 것이니 기분 좋게 받게나."

트리부노가 한 발짝 더 뒤로 물러섰다.

"하산은 어디에 있습니까?"

"친구를 얼마나 만나고 싶었겠나. 그에게도 그제 시민권과 돈이 지급되었네. 뒤도 안 보고 도망치더라고. 오늘 환영식장에 혹시 나타나지 않을까 해서 무척 찾아보았지만 허사였지. 베네치아 어디에 있든가 아니면 배를 타고 떠났든가 둘 중 하나가 아니겠나?"

"뭐라고요? 지금 그걸 말이라고 하세요?"

"화내지 말라니까! 난 가겠네. 마침 길드에 할 일이 생겼어."

트리부노는 종종걸음으로 사라졌다.

오, 주여!

알라의 이름을 불러야 할지 아니면 하느님의 이름을 불러야 할지 모를 자괴감이 가슴을 저몄다. 오네시모는 창살에 이마를 짓이겼다. 창살을 움켜잡은 그의 두 손이 부르르 떨렸다.

살라흐 딘, 희망을 잃지 마라.

오네시모는 혼잣말로 중얼거렸다. 눈물이 흘러내렸지만 카이로의 외딴 감옥에서 외롭게 숨겨갔을 형을 생각하니 조금은 힘이 생겼다. 자신이 살아있다는 사실이 중요했다. 죄가 없음은 알라께서 아신다는 생각에 이르자 힘이 더 생겨났다.

오, 하느님 저를 도와주십시오!

오네시모는 기도했다. 자신은 알라딘 형을 따라 개종했으므로 더 이상 무슬림이 아니라는 판단에서 하느님께 기도를 시작했다. 하지만 별로 할 말도 없고 해서 그저 하느님의 이름과 예수님의 이름을 번갈아 가며 나지막이 불렀다.

잠들지 못하는 밤은 길다. 감방에서 외로운 젊은이가 밤새 기도를 하는 동안, 감옥에서 멀지 않은 곳에서는 술 취한 사람들이 밤새 노래를 부르며 운하를 따라 행진하는 소리가 들렸다. 여명을 코앞에 둔 시각이 되어서야 리알토 섬은 모두들 잠에 빠져들며 조용해졌다.

덜커덩.

감방의 철문이 열리는 소음에 오네시모가 눈을 비비고 일어섰다. 간수가 아침식사로 빵과 국물을 가지고 온 것이다. 그는 감방 문을 활짝 열어젖히더니 손짓 몸짓으로 다 먹으면 나가도 된다고 시늉했다.

그가 감방을 나서자 찬란한 햇빛이 눈부시도록 비추고 있었다. 등에 걸머진 묵직한 자루만이 자신의 존재를 확인시켜주었다.

두칼레 궁전을 향해 걷다가 그는 갑자기 걸음을 멈추었다.

이미 유골은 공화국에 전달되었다. 애당초 돈을 벌기 위해 나선 것도 아니다. 내가 베네치아에 온 것은 형의 죽음의 의미를 완수하기 위한 것이었다. 도제를 만나 어쩔 것인가. 단지 이렇게 돈이라도 쥐어준 그분께 감사할 뿐.

오네시모의 눈에 이슬이 맺혔다.

그는 우뚝 서서 시민권을 품에서 꺼내어 펼쳐보았다. 그리고 속주머니에 다시 쑤셔 넣었다. 한줌의 바람이 불어와 얼굴에 스치자 그는 그제야 걸음을 떼기 시작했다.

그는 우선 베네치아를 떠나 콘스탄티노플로 가는 배를 찾기로 했다. 먼저 두칼레 궁전 앞을 빙 돌아 자신이 처음 배에서 내렸던 부두로 향했다. 하지만 외국 상선은 전혀 들어오지 않았다. 부두 한 끝에 앉아 배를 무작정 기다리고 있으려니 한 떼의 젊은이들이 나팔을 불고 춤을 추면서 광장을 가로질러 가는 모습이 보였다. 그들이 가고 나니 적막하고 썰렁한 광장은 빈터로 남아있을 뿐이었다.

어떤 거지가 다가와 오네시모에게 손을 내밀었다. 오네시모는 플로린 동전을 그에게 건네며 물었다.

"콘스탄티노플!"

하지만 거지는 무슨 말인지 마구 지껄이며 손을 올렸다 내렸다 할 뿐 알 수 없는 말을 지껄였다. 그의 말 가운데 한 가지 단어만 귀에 들어왔다.

"논!"

그렇다면 배가 지금은 없다는 뜻이겠군. 오네시모가 그를 다시 올려다보자 그는 열 손가락을 모두 두 번 폈다가 쥐었다. 그렇다면 20일간 오지 않을 거라는 말인가.

예로니모.

그때 떠오른 사람이 그 노인이었다. 오네시모는 벌떡 일어서서 그 노인을 찾아 나서기로 했다. 무작정 길을 걷다보니 거룻배를 불러 물어보는 게 좋겠다는 생각이 들었다.

"예로니모!"

거룻배를 타고 손짓으로 노인의 이름을 불렀다. 배꾼은 좋다고 웃으며 그를 태우고 한참을 갔다. 하지만 그가 내려준 곳은 다른 사람의 집이었다. 물론 예로니모란 이름은 맞았지만. 그래서 또 다른 배를 타고 노인의 이름을 댔다. 물론 배는 쏜살같이 달렸다. 하지만 역시 다른 예로니모의 집이었다. 그러기를 한나절.

지친 모습으로 마지막 한 번 더 다른 거룻배를 탔다.

"예로니모!"

오네시모가 명령하자 배꾼이 되받아쳤다.

"아보?"

노인이냐고 물은 것인데 물론 오네시모는 알아듣지 못했다. 하지만 알라의 도우심인지 하느님의 도우심인지 배는 그가 찾던 노인 오네시모의 허름한 집 앞에 멈추었다. 마침 노인의 거룻배는 집 앞에 매여 있었다. 노인의 배에 그려진 작은 까마귀 그림이 눈에 선명하게 들어왔다. 오늘은 일하러 나가지 못했나보군.

"예로니모!"

오네시모는 용기를 내어 큰 소리로 노인의 이름을 부르며 열려진 건물 안으로 무작정 들어갔다. 밖의 눈부신 햇빛으로 인해 건물 안은 약간 후텁지근했고 어두웠다. 다행히도 의자에 앉아있는 노인이 보였다. 노인은 그를 알아보고 손을 들어 환영했다. 다만 며칠 전처럼 덥석 끌어안지 못할 뿐이었다. 측은한 눈길로 노인을 내려 보고 있으려니 이층에서 인기척이 났다.

한 여성이 계단을 내려왔다. 그녀는 전에 노인의 거룻배에 타고 있던 여성이었다.

"필리아!"

그녀의 이름을 필리아로 기억하고 있던 오네시모는 그녀를 아는 체했다. 외톨이 처지에 그렇게라도 해야 할 판이었다. 딸이라는 단어였지만 오네시모가 알아듣지 못했던 것이다. 외국인의 출현에 잠시 당황한 그녀는 노인이 아프다고 손짓으로 시늉했다. 오네시모가 손짓으로 의사에게 데려가지 않느냐고 묻자 그녀는 돈이 없다고 침울한 표정으로 대답했다. 오네시모는 즉시 돈 자루를 그녀 앞에 보여주었다. 돈 싫어하는 사람은 없는 법.

그라찌에! 그라찌에!

그녀는 즉시 눈을 번쩍이며 돈 자루에 입을 맞추었다. 알렉산드리아의 여성들에 비하면 너무 활달한 모습이 눈에 거슬렸지만 아쉬운 처지에 어쩌랴. 어이없게도 그녀는 제 돈인 양 돈 자루를 집어 들었다. 오천 시킨 금화는 족히 될 성싶은 돈은 그렇게 해서 오네시모의 품을 떠났다.

그날로 오네시모는 예로니모 집안의 식객이 되었다. 당장 그녀는 자신의 할아버지를 거룻배에 태우고 의사에게 가자고 졸라댔다. 그녀의 지시에 따라 오네시모가 노인을 부축하여 거룻배에 태우고 소운하를 따라 요리조리 가다보니 의사 간판이 눈에 들어왔다.

오네시모가 노인을 업어 안으로 들어가 의사의 진찰을 받았다. 의사는 노인을 진찰하는 동안 자신보다는 좀 더 피부가 어두워 보이는 젊은이를 표정 없이 흘끔거렸다. 물론 금화가 지불되었고 약초와 약물이 담긴 병을 몇 개 받았다. 노인을 집에 데려오자마자 그녀는 오네시모를 데리고 양복점으로 갔다. 즉시 치수가 재어지고 새로운 양복 값으로 금화가 지불되었다. 며칠 후에 찾으러 와야 하므로 두 사람은 거룻배를 타고 집으로 돌아왔다.

그녀는 의기양양해졌다. 걸음걸이가 경쾌해졌고 사람들에게 먼저 인사를 건넸으며 동네 사람들과 큰 소리로 대화를 나누었다. 갑자기 그녀가 손가락으로 오네시모를 가리켰다.

"오네시모."

자신의 이름을 묻는 것으로 판단하여 대답하자 그녀는 자신을 가리키며 자기 이름을 크게 말해주었다.

"마르타."

그녀는 아래층에 있는 저수조로 그를 안내했다. 씻으라는 의미라고 생각한 그는 세안을 하고 손발도 씻었다. 그가 세면을 하는 동안 저녁이 준비되었다. 할아버지와 오네시모와 함께 식탁에 앉은 그녀가 기도를 하자 오네시모도 고개를 숙이고 성호를 그었다.

"에 델리찌오조."

그녀가 말하며 오네시모에게 반복하도록 시켰다.

에 델리찌오조, 에 델리찌오조, 에 델리찌오조.

아마도 음식이 맛있다는 의미가 되겠군. 오네시모는 베네치아 말을 배우느라 신경을 바짝 세웠다. 그를 전 날처럼 할아버지의 옆방으로 안내한 그녀가 그에게 외쳤다.

"부온 노떼."

그녀는 역시 오네시모에게 반복교육을 시켰다. 아, 자기 전에 서로 하는 인사로군.

부온 노떼, 부온 노떼, 부온 노떼.

다음 날 아침 해가 뜨는 시각에 맞추어 일찍 일어난 오네시모는 옷을 차려입고 아래층으로 내려갔다. 마침 집 앞에 쌓인 쓰레기가 있어서 그것을 치우고 배를 수선하다 남은 나무 조각들은 일층의 광으로 옮겼다.

"부온 조르노!"

어느새 일어났는지 마르타가 웃으며 인사를 했다. 역시 반복교육을 시키는건 당연했다.

부온 조르노, 부온 조르노, 부온 조르노.

부온이라는 말은 어젯밤에도 배웠는데. 아마도 인사말 앞에 붙여서 쓰나보네.

아침을 준비하는지 빵 굽는 냄새가 코를 자극하는 걸 견디다 보니 그녀가 오네시모를 불렀다.

"그라찌에!"

오네시모가 말하자 노인과 손녀가 함박웃음을 웃었다. 식사시간이 끝나자 차가 나왔는데 오네시모가 그녀에게 말했다.

"에 델리찌오조."

그녀는 깜짝 놀랐다. 오네시모의 학습능력이 제법이었기 때문이다. 그녀는 오네시모를 찬찬히 훑어보더니 깃털 펜을 들고 종이에 그림을 그려 보여주었다. 책을 놓고 공부하는 학생의 모습이었다. 공부를 해야 한다는 의미였다. 오네시모가 대답했다.

"그라찌에."

그녀는 오네시모를 데리고 거룻배에 올랐다. 오네시모가 노를 젓도록 지시한 그녀는 리알토 섬의 어느 소운하에서 정선을 명령했다. 그녀는 그를 어느 집에 데려가 알 수 없는 설명을 한참 하더니 주인 남자에게 넘기고 가버렸다. 그곳은 아마도 개인교습소 같은 곳이었다.

얼굴에 검은 빛이 도는 외국인으로 보이는 그는 콥트말로 말했다.

"알렉산드리아에서 왔나?"

오네시모는 동포를 만난 기쁨에 눈이 번쩍 뜨였다.

"선생님도 알렉산드리아에서 오셨습니까?"

하지만 그는 차가운 시선을 젊은이에게 주었을 뿐이다.

"카이로 출신이네. 온 지는 30년 되었어."

오네시모는 고개를 끄덕였다.

"제 이름은 오네시모. 시민권도 가지고 있습니다."

오네시모는 안주머니에서 시민권을 꺼내어 그에게 보여주었다. 도제의 문장이 박힌 양피지 조각의 글씨를 읽어보고 제일 밑의 도제 사인을 본 그는 입가에 차가운 미소를 흘리더니 한 마디 내뱉었다.

"이건 체류증일세. 한 번 나가면 다시 못 써먹는. 그러니 매번 다시 신청해야하는 것이지."

허걱.

시민권이라고 했었는데. 누굴 믿어야 하나. 오네시모는 당황하여 얼굴색이 변했다.

"내 이름은 안젤로. 베네치아 말을 가르쳐 달라고 마르타가 부탁하여 오늘부터 시작하겠네. 오네시모, 이곳 베네치아에서는 남의 말을 쉽게 믿지 말게. 성직자와 공무원 빼고는. 모든 것이 서류화될 때에만 믿도록 해. 이곳은 철저하게 법에 의해 다스려지는 곳이기 때문이지. 알겠나?"

안젤로에게 지루하도록 배우고 점심쯤이 되자 할아버지와 마르타가 거룻배를 타고 함께 나타났다. 그녀의 손짓으로 오네시모는 배에 올랐다. 하지만 배는 집으로 가지 아니하고 다른 곳으로 향했다. 처음 가보는 소운하였는데 그들이 도착한 곳은 건물이 더 크고 멋있게 지어진 집으로, 집 앞에 덩치가 큰 사람들이 기분 나쁜 표정으로 지키고 있었다.

오네시모는 그녀를 보호해주고픈 생각이 불쑥 들어 그녀의 바로 뒤를 바짝 따라갔다. 이층으로 올라간 그녀는 돈 자루를 거만한 사나이의 책상 위에 내려놓았다.

쿵. 쩔그렁.

그녀가 내민 양피지에 아마도 그녀가 빌렸을 돈의 액수와 날짜와 이자 등이 적혀있었다. 남자는 양피지를 들여다보더니 다른 사람을 불러 금화를 세도록 명령했다. 이윽고 남자의 얼굴에 미소가 흘렀다. 그는 그 양피지에 자기 서명을 하고 그녀에게 돌려주었다.

그라찌에.

두 사람이 나눈 말 가운데 오네시모가 알아들을 수 있는 유일한 말이었다. 그가 예로니모 노인 댁에 맡긴 금화는 치료비와 양복 한 벌과 빚을 갚는 데 대부분 사용되었다. 얼마나 남았는지, 그리고 앞으로 어떻게 될지는 모르지만 경쾌한 걸음으로 걸어 나오는 그녀의 뒤를 따라 오네시모도 엉거주춤 밖으로 나왔다.

어느덧 성인의 환영 축제 기간은 막을 내렸다. 오네시모가 안젤로 영감에게 가서 매일 베네치아 말을 배우고 오는 게 일과가 되어버린 어느 날, 울려 퍼지는 성당의 종소리가 오네시모의 귀에까지 들렸다. 마침 소운하에서 노인과 함께 거룻배 수리를 하고 있던 오네시모는 마르타가 뭐라고 하는 소리에 이층 창가를 올려다보았다.

"바실리카. 에우까리스떼."

그녀가 뭐라고 하면서 이 두 단어에 힘을 주었다. 종소리가 울리는 곳을 가리키면서 두 손을 합장하는 걸로 보아 아마도 종교집회에 가겠다는 뜻으로 해석했다.

산 피에트로 성당의 입구에서 오네시모와 마주친 안젤로 영감 부부는 반색을 하면서 그의 손을 잡았다.

"부온 조르노!"

오네시모가 먼저 인사했다.

"오네시모, 반갑네."

"세례는 언제 받았나?"

"벌써 4년 정도 되었습니다."

"어서 말을 익혀 예배시간에 강론내용을 이해할 수 있으면 좋겠군."

"감사합니다."

"예로니모 영감님과 마르타는 알고 있으니 되었고, 여기는 우리 가족들이네."

안젤로 영감이 자기 가족들을 소개했다. 부인과 아들 둘. 모두 약간씩 검은 피부를 가지고 있었다.

"혹시 베네치아에 모스크도 있나요?"

"그건 왜 묻나?"

"모스크가 있다고 들었거든요. 무슬림들이 예배드리는 곳 말입니다."

"정보가 빠르군. 까나레지오에 가면 이교도들의 예배장소가 있다네. 그동안 번창했던 도시가 까나레지오야. 구도시인 셈이지. 하지만 공화국 도제가 정력적으로 일하고 진두지휘를 한 결과 이곳 리알토 섬에 중요기관들과 길드들이 대부분 이전해왔지. 까나레지오 구역에 가면 무슬림 외국인들이 많이 보인다네. 팔레스티나나 알렉산드리아와 교역하는 길드들이 있기 때문이거든."

"그렇군요."

오네시모는 두칼레 궁전 부근에는 왜 외국인들이 별로 안 보였는지 의문이 금세 풀려버렸다.

"여긴 꾸준히 사람들이 모여들고 있는 곳이야. 곳곳에 널린 건설현장을 보았겠지만 바닷물의 경계선에 축대를 쌓아올려 도시를 만드는 중일세."

오네시모의 눈빛이 반짝거렸다.

"까나레지오 지역엔 거룻배로 갈 수 있나요?"

"당연하지. 예로니모 노인의 힘으로는 좀 어렵겠지만 자네라면 한 시간 못 걸려 갈 수 있을 것이네. 정말로 가볼 건가?"

"조만간 가볼 생각이거든요."

그들이 대화를 나누는 동안 어느덧 미사가 시작되었다. 마태오 신부가 강론을 했다.

베네치아가 훈족 아틸라와 롱고바르드족의 침략을 피해 이곳 섬들로 모인 사람들에 의해서 성립되었고 어느덧 400년이 흘렀다는 것과 엄청난 군사력을 지닌 신성로마제국의 카를루스 대제가 이탈리아 북부까지 손아귀에 넣고도 끝내 베네치아를 점령하지 못한 것도 모두 하느님의 보호하심으로 가능했던 일이라고 열변을 토했다.

문득 보니 앞줄에 도제 내외로 보이는 사람들과 귀족들이 줄지어 미사에 참석하고 있었다. 무슨 말인지 알아듣지 못하는 오네시모는 꾸벅꾸벅 졸다가 영성체 시간을 맞이했다. 신부가 주는 밀떡을 받아먹기 위해 모두가 줄을 서는데 오네시모도 벌떡 일어서 줄을 섰다.

"오네시모, 세례를 받으셨군요!"

마르타가 반가움에 나지막이 속삭였다. 물론 예로노모 노인도 놀란 눈으로 오네시모를 쳐다보았다. 영성체 순서가 끝나고 얼마 지나지 않아 미사가 끝났다.

성당의 앞마당. 가난한 신자들을 배려하기 위한 음식이 차려져 있는 곳에서 오네시모를 아는 체하는 지체 높은 사람이 있었다. 눈부시도록 멋진 제복을 입은 도제였다.

"자네는 성인을 모셔온 젊은이가 아닌가? 아까 영성체를 하는 걸 보았네."

"그라찌에!"

오네시모가 우선 할 수 있는 말이었다. 반가웠으나 막상 언어가 불통이

어서 어떻게 할 수가 없었다. 순간 마르타는 어안이 벙벙했다.

오네시모가 마르코 성인을 모셔온 사람이라니!

그녀의 할아버지도 어안이 벙벙하여 오네시모를 다시 쳐다보았다. 오네시모는 두 상인과 하산의 행방을 도제께 묻고 싶었지만 지체 높은 사람에게 감히 다가갈 수 없어 머뭇거리다 보니 귀족들로 보이는 사람들과 평의회 의원들에게 떠밀리고 말았다.

아무리 나이가 많아도 큰 충격과 함께 경험했던 일은 언제고 생각나는 법. 성당의 뜰을 아직 떠나지 않은 도제는 오네시모를 만난 일로 인해 유골을 풀어보았을 때의 흥분이 새삼스럽게도 선명하게 떠올랐다. 진홍색 천에 싸서 황금상자에 넣을 때의 흥분이란! 도제는 자기 눈에 각인이 된 진홍색 천이 어떤 의미가 될 것인지 생각하고 또 생각해온 터다. 10만 시킨 금화라는 엄청난 거금을 트리부노에게 지급했으니 그 정도면 충분했겠지. 도제는 속으로 중얼거리며 오네시모를 돌아보았다. 상인의 심부름꾼쯤 되는 하찮은 젊은이를 아는 체 했던 것도 성인을 모신 것으로 인한 흥분이 채 가시지 않았기 때문이었다. 한 젊은이는 소매치기 죄를 사면해주었고, 또 다른 심부름꾼은 평의회 의원의 기사단(騎士團)에 넣어주었으니 도제로서도 최선을 다한 셈이다. 신분의 엄청난 격차에 오네시모와 더 무슨 할 말이 있으랴. 시선을 거두는 도제를 향해 오네시모가 말했다.

"그라찌에."

그가 할 수 있는 유일한 베네치아 말이었다. 자신을 알아본 것만으로도 행복했다. 베네치아의 영광과 번영을 기원한다는 말은 안젤로 영감이 통역해주어 그나마 전달되었다. 도제는 몇 마디 말을 남기고 자리를 떴다.

"뭐라고 하셨어요?"

오네시모가 안젤로 선생에게 다그쳤다.

"자네의 업적은 역사에 길이 남을 것이라네. 그리고 한 달 후쯤에 궁전을 방문하라고 말씀하셨네. 그리고 말을 잘 한다고 칭찬하셨어."

오네시모와 안젤로가 아쉬운 눈길로 도제와 귀족들이 멀어져가는 뒷모습을 보고 있는데 예로니모 노인이 오네시모의 어깨를 꼭 안으며 감탄했다.

"자네가 성인의 유골을 운송했었나? 오, 하느님!"

도제가 완전히 사라져버렸을 때에야 오네시모가 무릎을 쳤다.

"하산과 두 상인의 거취를 물어볼 걸 그랬어요."

그러자 안젤로 영감이 위로했다.

"오네시모, 한 달 후에 두칼레 궁전에 갈 때 나를 데리고 가게. 통역이 꼭 필요할 테니."

"감사합니다."

"우리도 함께 데려가 주시면 안 되나요?"

마르타의 제안에 안젤로의 눈이 휘둥그레졌다.

"가서 뭘 할 건데?"

"그냥요. 궁전 안을 그렇게 보고 싶었는데. 소원이나 풀게요."

안젤로가 한숨을 내쉬더니 그대로 통역해주었다.

"함께 가세요. 기회가 많지 않을 텐데요. 얼마나 보고 싶었겠어요. 영감님도 함께 가기로 해요."

오네시모는 예로니모 노인의 기뻐하는 모습을 보고 미소를 지었다.

도제는 지체 낮은 외국인 청년에게 인사말 삼아 궁전 초대를 한 것이고 어디까지나 평의회 의원이나 사제 등의 주변 사람들이 들을 수 있도록 정치적인 의미의 발언을 한 것이었다. 하지만 그것은 이 평민들에게는 가슴 설레는 일로 각인되었다.

드디어 며칠 후에 오네시모는 거룻배를 독점했다. 물론 손에는 까나레지오로 가는 간략도가 들려있었다. 오네시모는 노를 저어 계속 이어진 산 마리나 소운하를 빠져나와 대(大)운하에 들어섰다.

산 마르쿠올라 소운하로 들어가는 일만 남았네.

그는 등에 땀을 흘리며 노를 저어 자꾸만 나아갔다. 그의 품속에 체류허가증 말고 또 하나의 중요한 것이 있다면 안젤로 영감이 써준 편지였다.

"이 편지를 토나토 몬텔레라는 사람에게 전하고 도움을 요청하고픈 게 있으면 해보게."

영감이 편지를 써주면서 한 말이다.

이윽고 까나레지오의 부둣가에 닿은 오네시모는 말뚝에 밧줄을 매어준 청년에게 플로린 동전을 2개 건네며 물었다.

"저, 말 좀 물어도 된다면 토나토 몬텔레 님을 만나려면 어디로 가야 하나요?"

물론 토나토 몬텔레라는 말만 알아들은 그 청년은 무슨 말인지 마구 지껄이면서 방향을 손가락으로 가리켰다. 가다가 물어보고 또 가다가 물어보고. 이윽고 부둣가의 큰 창고 건물에 다다른 그는 안으로 무심히 들어갔다. 몇 사람이 창고 안에 물건들을 쌓아 올리고 있는 모습이 눈에 들어왔다.

"젊은이는 누군가?"

우렁찬 목소리가 우레처럼 울려 퍼졌다. 오네시모는 흠칫 멈추어 서며 고개를 돌렸다. 한켠에 놓인 책상에 체격이 좋은 한 남자가 깃털 펜을 들고 파피루스 종이에 무엇인가를 적고 있었다.

오네시모가 놀란 건 베네치아 말이 아닌 콥트어였기 때문이다.

"토나토 몬텔레 님을 찾아왔는데요."

"내가 그 사람이네."

오네시모는 책상에 바짝 다가서며 편지를 내밀었다.

"여기 편지를 보십시오."

구리 빛 얼굴의 사나이는 편지를 낚아채더니 소리 내어 읽었다. 라틴어로 적힌 문장들을 오네시모가 이해하지 못한 건 당연했다.

"자네가 일자리를 구한다고?"

토나토 몬텔레는 재빨리 젊은이의 위아래를 훑어보았다.

"그렇습니다."

"여기에선 머리가 필요치 않네. 다만 힘이 좋으면 되지. 체류허가증은 있겠지?"

"물론입니다. 써주시기만 하면 됩니다."

오네시모는 품속에 손을 넣으려다 말고 힘주어 말했다.

"여기 서명하게."

토나토 몬텔레가 내민 양피지에는 계약기간과 한 달 임금이 적혀있었다. 오네시모가 알아보지 못하자 사나이가 설명해주었다.

"일이 없는 날은 임금도 없고 일을 한 날만 해질 때 3시킨 금화를 지불한다."

"감사합니다."

오네시모는 머리를 숙여 인사하고 자리를 나왔다.

의기양양하게 돌아온 오네시모는 집에 도착하자마자 당장 마르타에게 꾸지람부터 들었다.

"5시킨 금화는 받을 수 있었어요."

그녀가 무슨 말인지 끝없이 나무라면서 다섯 손가락을 펼쳐 보이는 것을 보고 오네시모는 눈치를 챘다. 다음날 계약서를 안젤로에게 보여주었을 때 오네시모는 또 꾸지람을 들어야 했다.

"5시킨 금화는 받아야 하는데. 이 사람아, 잘 보고 서명을 했어야지. 더구나 기간을 일 년이나 하게 되었지 뭔가! 마르코 성인을 모시고 온 사람이 제대로 대접받기는커녕 혹사당하다니."

헉.

일 년이라니. 꾸지람도 서러운데 일 년을 하루에 2시킨 금화씩을 못 받는다면 결국 손해가 막심하겠군. 젠장!

"허허……, 베네치아에서의 첫 직장치곤 혹독합니다."

오네시모는 너털웃음을 웃었지만 안젤로는 웃지 않았다. 다만 그것도 젊은이의 인생수업이려니, 하고 더 이상 간섭하지 않았다.

다음날부터 까나레지오 구역으로의 출근이 시작되었다. 몇 십 개의 상인조합 길드 가운데 하나인 '베네피치움'에 도착하여 처음 지시받은 일은 소금의 선적이었다. 말이 선적이지 중간 상인의 작은 배들이 베네치아 각 지역에서 들어오면 전표를 받고 그에 해당하는 양의 소금을 그들의 배에 실어주는 일이었다. 그리고 해가 질 때쯤이면 하루 동안 받아서 모은 전표를 토나토 몬텔레에게 주고 장부에 서명을 하는 일이었다. 첫날의 수입 3시킨 금화를 받아든 오네시모의 그을리고 땀으로 번들번들한 얼굴에는 미소가 피어올랐다.

집으로 돌아온 오네시모를 반갑게 맞이한 마르타가 소리쳤다.

"까리노!"

잘 생겼다는 칭찬의 말을 알아들을 리 없는 오네시모는 시킨 금화 3개를 보여주며 미소만 지었다. 집안을 온통 휘어 감는 음식 냄새로 뱃속이 꼬르륵 소리를 내며 요동치는 탓에 서둘러 몸을 씻고 올라와 노인 옆에 앉고 보니 식탁이 제법 잘 차려져 있었다. 송어구이, 양고기 그리고 돼지고기가 식욕을 크게 자극했다. 돼지고기는 원래는 먹지 않았건만 맛이 좋다는 걸 알게 된 후론 가리지 않았다.

노인이 기도를 간단히 끝내자마자 마르타와 오네시모는 게걸스럽게 먹기 시작했다.

"잘 먹어야 일도 잘 할 수 있어요."

마르타가 손짓발짓으로 설명했다.

"그라찌에."

오네시모가 대답하자 예로니모 노인도 한 마디 훈수했다.

"벨로 벨로."

음식을 다 먹어치우자 차가 나왔다. 차를 마시면서 오네시모는 하품을 했다. 그리고 마주 앉은 그녀를 처다보았다. 그녀는 머리를 비끄러매지 않은 채 내려뜨리고 있었다. 그것이 미혼 여성의 머리 모양새인 줄은 풍습에 익숙하지 않은 오네시모는 전혀 알지 못했다. 그녀가 입을 열었다.

"라 스꾸올라."

무슨 말이지? 오네시모가 고개를 갸우뚱거리자 그녀는 펜으로 그림을 그려주었다.

헉. 안젤로에게 공부하러 갔다 오라니.

하지만 오네시모는 푸시시 일어나 일층으로 내려갔다. 거룻배를 풀어 소운하를 노저어 가면서 그는 혀를 내둘렀다. 임자 만났군, 젠장!

"스꾸올라가 무슨 말이죠?"

젊은이의 질문에 안젤로는 웃음을 지었다.

"학교를 말하네. 자네는 내 학생이 아니던가? 주인을 잘 만났구먼."

"놀리지 마십시오. 저는 지금 몸이 천근덩이 만근덩입니다."

오네시모는 불만을 터뜨렸다.

둘째 날은 일이 없어 하루 종일 건물에서 얼쩡거리다가 임금도 못 받고 돌아왔다. 그나마 점심이라도 얻어먹은 게 천만다행이었다.

그날 방과 후 공부시간에 안젤로가 설명했다.

"지중해 상권을 장악하고 있는 건 제노바야. 지중해 최고의 해상왕국이거든. 최근까지 베네치아 무역의 몇 배의 교역을 하고 있었으니까."

"그럼 베네치아는 주요 산업이 무역이 아닌가요?"

"비잔티움을 빼고 이야기 할 때, 제노바가 패권을 잡고 있다면 그 다음이 베네치아이고 그 다음이 아말피와 피사라네."

"지도를 그려서 가르쳐 주십시오."

스승은 제자를 위해 종이에 지중해 지도를 그리고 큰 도시들을 표시한 다음 방금 거명한 도시국가들의 위치를 가르쳐 주었다.

"카이로와 알렉산드리아가 어디쯤이죠? 그리고 다마스쿠스와 알 쿠드스는요?"

그가 즉시 점을 찍어 가르쳐주자 오네시모는 종이를 접어 호주머니에 넣었다.

"제가 보관하면서 가끔 보아도 되겠죠?"

"당연하다. 그런데 팔레스티나와 히스파니아까지 아랍인이 진출하여 지중해의 태반이 이슬람교 세력권에 들어가버린 거 알고 있겠지?"

스승의 눈과 제자의 시선이 마주쳤다. 오네시모는 고개를 끄덕였다. 너무도 잘 알고 있는 상황이었다. 그 와중에 이집트에서 기독교인들이 쫓겨나가고 있었고 형 알라딘이 목숨을 잃었으니까.

"제가 고향에 돌아갈 수 있을까요?"

"알렉산드리아로 가는 건 언제라도 가능하니까 걱정하지 마."

"고향이 타라불리쓰거든요."

"트리폴리?"

갑자기 스승의 눈꼬리가 치켜 올라가자 오네시모의 가슴이 철렁 내려앉았다.

"왜 그러시죠?"

"그곳은 잘 모르겠다. 알렉산드리아라면 상선이 자주 다니니까. 그건 그렇고……, 제노바의 해상력이 최근 십 년 간 약화되었다. 아직은 제노바 해군력이 아랍군의 해군력을 압도하고 있지만 앞으론 어떻게 될지 장담할 수 없거든."

"선생님은 국제 정세에 해박하시군요."

"오랜 경험과 공부를 해서 얻은 안목 덕분이지. 까를루스 황제 치세에는 제노바도 순풍에 돛단듯 수월했고 아랍군 해군력도 약했었지. 하지만 황제의 죽음과 그의 아들 루이의 패전이 결국 프랑크 왕국의 분열로 이어지면서 제노바도 약화되었다, 이거야."

"조금은 어렵지만 이해가 갑니다. 그런데 베네치아 말 공부는 언제 시작하죠?"

제자의 핀잔을 안젤로는 새파랗게 젊은 동포의 애교로 넘겨버렸다.

"자, 이제 시작하자."

한참을 공부하고 끝날 때쯤에 오네시모가 질문했다.

"베네치아가 번창하기 위해 성인을 모셔온 걸로 생각하는데요. 앞으로 어떻게 해야 진정한 번영과 발전을 누릴 수 있을까요?"

"질문 한 번 야무지네. 잘 들어. 앞으론 해군력을 크게 길러 결국 제노바를 밀어내야 할 것일세. 제노바가 소아시아와 펠로폰네소스 반도 지역과 콘스탄티노플 그리고 흑해까지 해상무역을 잡고 있는 한 숙적이야."

"베네치아는 현재 어디에서 국가 수입을 얻어냅니까?"

"베네토 지역과 파도바의 땅들을 가지고 있는 귀족들의 세금으로 나라가 유지되고 있어. 육지의 경작지와 도시들을 소유한 영주의 후손들이거든. 그들이 기사단을 운영하는 것도 그걸 지키기 위해서야."

"섬에서 살면서 육지에서 나오는 수입으로 산다는 것이 조금 이상한데요?"

"그게 이곳 베네치아의 특징이다. 외부침략을 받을 경우에 안전하게 도피하는 데는 최상의 조건을 갖춘 곳이야. 과거에 훈족도 여길 포기했고 카를루스의 막강 해군도 베네치아의 질퍽한 라구나[72]에서 베네치아의 약체 해군에게 몰살당했던 역사가 완벽한 증거야."

그 승전으로 베네치아인들은 기쁨과 희망을 맛보았고 단합의 의미를 뼈저리게 공부했다는 스승의 이야기를 되새기며 오네시모는 거룻배에 올랐다.

그런데 노를 저으며 온 몸이 아프고 어지러움이 느껴지기 시작했다.

"어, 내가 왜 이렇지? 이상하네."

중얼거리며 그는 어서 집에 가기 위해 노를 부지런히 저어댔다. 집 앞의 말뚝에 배를 매는데 잘 생긴 청년이 타고 있는 다른 거룻배가 집 앞에 매어져 있었다. 오네시모는 마침 옷을 잘 차려입고 나오는 마르타와 마주쳤다.

그녀가 멋쟁이 청년의 거룻배에 오르자마자 청년은 능숙한 솜씨로 노를 젓기 시작했다. 청년의 시선과 오네시모의 시선이 잠시 마주쳤으나 배는 순식간에 멀찌감치 가버렸다.

남자 친구인가?

일 층의 세면실에서 몸을 대충 씻고 이 층 자기 방에 올라오자마자 오네시모의 무거운 몸은 쓰러지고 말았다. 다음날이었다.

---

72) 석호.

"오, 악치덴떼! 악치덴떼!"

식사시간이 다 되도록 일어나지 못하는 오네시모를 발견한 마르타가 소리를 질렀다. 식탁에서 젊은이를 기다리던 예로니모 영감이 쫓아와 상태를 보았다. 온 몸에서 열이 나고 입안이 헐어서 말도 제대로 못하는 그를 살펴보는 영감의 눈빛이 예사롭지 않았다. 노인이 고개를 꺄우뚱했다.

"아무래도 의사를 불러야겠다."

노인은 뛰어 내려가 즉시 거룻배에 올랐다. 그러는 사이 마르타는 구리 주전자에 계피와 생강을 넣고 화덕에 올려놓더니 시원한 물을 담은 대야와 물수건을 들고 오네시모의 침대로 달려갔다.

"뚜 돌레레 몰토?"

그녀는 많이 아프냐고 물었지만 오네시모는 전혀 알아들 수 없었다.

그녀는 찬 물수건을 이마에 얹더니 기도를 해주었다. 물수건을 몇 번 갈아주고 있자니 의사가 도착하는 소리가 들렸다.

"이게 무슨 냄새야, 마르타?"

노인 의사가 그녀의 이름을 부른 것은 오랜 교류가 있기 때문이다.

"생강과 계핀데요?"

마르타는 아직 덜 고아졌을 액체를 컵에 따라 의사에게 드렸다.

"세이 벨라. 그라찌에!"

너 참 예쁘구나. 고맙다. 의사는 친구의 손녀딸에게 감사하는 걸 잊지 않았다.

이윽고 의사가 진찰을 끝내고 설명했다.

"과로로 인한 것이거나 아니면 심각한 병에 전염되었어."

"전염병이요?"

놀란 그녀가 올려다보았다.

"풍토병."

의사가 고개를 저으며 간단히 답변하자 그녀는 단박에 당황했다.

"풍토병이라면 어떻게 되는 거죠?"

"사망에 이르기도 한다네. 다만 내일이나 모레 설사를 하는지가 문제야. 지금 괜찮더라도."

의사의 침울한 표정에 눌려 그녀는 그만 울상이 되고 말았다.

"선생님, 꼭 살려만 주십시오."

"내 처방을 잘만 따라준다면야. 어려운 일도 아니지."

"어서 처방을 내려주세요."

"이 두 가지 향신료라면 충분하겠다. 한 가지만 더 추가하마. 알로에 즙을 좀 먹여. 물론 설사를 하면 내게 알려주게."

의사는 돌아섰다. 노인과 의사, 친구 사이인 두 사람은 일 층 길가에서 한참을 더 이야기했다. 이윽고 예로니모 노인이 올라왔다.

"친구라서 절반 깎아주었다. 10시킨 금화만 받더구나."

식사고 뭐고 예로니모 노인과 마르타는 오네시모의 곁을 떠나지 않았다. 다음날이 되어서야 열이 잡혀 음식을 먹을 수 있었던 것도 모두 그들의 헌신적인 보살핌 덕분이었다.

"설사를 안 하는 걸 보니 풍토병은 아니어서 다행이야. 도대체 무얼 잘못 먹어 저렇게 되었을까?"

마르타가 중얼거렸다.

바로 그때 그녀의 남자 친구가 계단을 올라왔다.

"마르타! 오 벨라 무사, 오베 세이 투?"

그는 코를 자극하는 향신료 냄새에 코를 킁킁거리며 오네시모의 방까지 왔다. 침대에 앉은 오네시모가 마르타가 지켜보는 앞에서 천천히 음식을 떠먹는 걸 그가 보았다.

"여기서 무엇 하니? 네게 내가 모르는 아랍인 동생이 있었니?"

그녀는 반가운 표정으로 일어서며 그에게 고개를 돌렸다.

"맞아 새로운 가족이야. 여기 온 지 오래 된 건 아니지만."

그녀가 경쾌하게 대답했다.

"그에 대해 그저께 왜 말 안 한 거야?"

"펠리치오, 우릴 많이 도와준 사람이야. 네가 진 빚도 갚아주었어."

"그런데 왜 말 안 해주었어?"

"나중에 말하려고 했던 거지. 그리고 체칠리아, 콘칠리타 같은 잘 사는 친구들이 있는 데선 그런 이야기하기엔 맞지 않는 분위기였잖아."

얼굴이 굳어있던 그녀의 남자 친구는 표정을 구기며 발걸음을 돌리더니 후닥닥 계단을 내려가버렸다.

"악치덴떼!"

그녀는 황당한 표정으로 큰일 났다고 외치며 창가로 달려가 아래를 내려다보았다. 아마도 거룻배에 오르는 그를 부를 모양이었다.

"펠리치오, 펠리치오, 아스콜따미!"

그녀가 자기 말을 들어보라고 소리치는 걸 오네시모는 멍청히 쳐다보기만 했다. 사태를 파악하지 못할 오네시모가 아니다. 자기가 나서서라도 청년에게 뭐라고 설명하고 싶었다.

"마르타, 젊을 땐 오해도 약이 돼."

예로니모 노인이었다. 그는 눈물을 글썽이는 마르타의 어깨를 따뜻하게 감싸주었다. 손녀의 외로움을 모르는 그가 아니다. 부모를 잃고 조부 아래서 자라난 손녀딸이 그날따라 불쌍하여 왈칵 눈물을 쏟은 건 예로니모 노인이었다. 유다인이라고 손가락질 받으며 살아온 세월이었다. 노인에게 남은 유일한 희망이 있다면 바로 손녀가 훌륭한 청년에게 시집가는 걸 보는 것이었다.

자기 때문에 마르타의 아름다운 눈에 눈물이 고이는 걸 말없이 지켜보는 오네시모의 마음도 이상하게 아파왔다. 까나레지오 말고 말라모코에도 알렉산드리아에서 온 사람들이 많이 있다는 안젤로 선생의 말이 떠오르자 내일이라도 당장 그곳에 가버리는 게 콘칠리타를 위한 길일 것이라고 생각했다.

다음날 오네시모는 몸이 좀 좋아지나 싶어 당장 안젤로 선생을 찾아갔다.

"정말 라모코에 가고 싶다면 뱃길을 그려주겠네만, 아침에 일찍 출발하면 점심시간이 다 되어서야 도착할 것이네. 세 시간 이상 걸릴 것이거든. 그리고 그날 퇴근할 수 없는 곳일세. 결국 며칠씩 그곳에서 숙식을 하고 가끔 여기로 나오는 방법을 택해야 하는데……, 그렇게 되면 베네치아 말을 배울 기회가 더 적어지는 문제점이 생기잖아."

말라모코 즉 리도 섬으로 가버리는 게 예로니모와 마르타를 위한 최선책이란 생각이 흔들리기 시작했다. 하지만 그의 마음을 더 심하게 흔들 일이 그를 기다리고 있었다.

집에 도착하자마자 거룻배를 말뚝에 매면서 보니 일층의 빈 공간에 놓인 의자에 노인이 반쯤 쓰러지듯 앉아 있는 게 보였다.

예로니모 영감님!

후닥닥 달려가 보니 숨을 거둔 것은 아니었다. 하지만 이층 어디에도 마르타는 보이지 않았다. 오네시모는 노인을 즉시 배에 태워 예전의 기억을 되살려 노인의 친구 의사에게 가기 위해 부지런히 노를 저었다.

"오, 친구. 마음의 상처 때문일세. 이젠 살만큼 살았으니 마음을 비우게나."

친구 의사는 예로니모에게 넋두리하며 약물을 마시게 했다. 의사와 조수 두 명이 덤벼들어 예로니모 영감의 손발을 마구 주물렀다.

이윽고 노인이 정신을 차렸다.

"여기가 천국인가?"

예로니모 영감은 정신이 들면서도 농담을 했다.

"자넨 반드시 천국에 갈 거야. 내가 보증하지. 그러니 걱정하지 말게."

친구 의사가 대꾸했다.

"난 걱정은 없어. 소원이 하나 있다면 마르타가 좋은 청년을 만나는 걸 보고 눈을 감는 걸세. 그래서 꼭 소원을 들어주십사 하느님께 밤낮으로 기도한다네."

"자넨 섬에 너무 밝았던 걸 가장 먼저 하느님께 고백해야 할 걸세."

"젠장, 자넨 안 밝았고? 마르타와 펠리치오가 틀어지는 걸 보았더니만 내 꼴이 이렇게 되어버렸다네."

그날은 그렇게 해서 해가 저물었다.

며칠 만에 길드에 출근한 오네시모를 토나토 몬텔레가 좋아할 리 없었다. 하지만 자세한 설명을 듣자 그는 못마땅한 표정을 풀었다. 그리고 다시금 일을 주었다.

다음날도, 또 다음날도 낮에는 길드 '베네피치움'에서 일하고 방과 후에는 스승에게 가서 언어공부를 하면서 어느덧 한 달이 흘러 두칼레 궁전을 방문할 시기가 도래했다.

저녁식사 시간에 오네시모는 안젤로 선생이 적어준 종이조각을 마르타에게 건넸다. 그녀는 받아들자마자 큰 소리로 그리고 또박또박 천천히 읽었다. 물론 오네시모의 학습에 도움을 주기 위함이었다.

-예로니모 영감님. 그리고 마르타. 내일 아침 식사 후에 우리와 함께 두칼레 궁전에 갑시다. 그럼, 안젤로.-

그녀는 크게 웃으며 오네시모에게 고개를 끄덕였다.

그녀는 설레어 밤새 뒤척였다. 꼭두새벽에 눈을 조금 붙인 그녀는 누구보다 먼저 일어나서 단장을 하고 이 옷 저 옷 꺼내 입어보며 너스레를 떨었다. 예로니모 노인도 수염을 손질하고는 장롱에서 축제 때만 입는 옷을 꺼내어 입었다. 그사이 안젤로 선생의 거룻배가 도착했다.

"마르타! 오네시모!"

배에 탄 채 젊은이들을 부르는 안젤로의 목소리가 흥분으로 인해 떨리고 있었다. 이윽고 어지러이 계단을 내려오는 발자국 소리를 내며 두 젊은이와 노인까지 거뜬히 거룻배에 올랐다.

일하러 가는 걸 재낀 것에 대해 묻는 사람은 아무도 없었다.

"참, 사전에 면담 예약을 혹시 했나요?"

배가 팔라토 델라 팔리아 소운하에 들어설 쯤 오네시모가 물었다.

"아마……, 기억도 못 할 걸? 하지만 모르는 척하고 들이미는 거지 뭐."

안젤로 선생이 대꾸하며 오네시모의 등을 다독거렸다. 걱정 말라는 의미였다. 어쩌면 예약 제도는 힘센 나라가 우격다짐으로 만들어 놓은 문화일 거야. 이게 안젤로의 생각이었다.

역시 그의 말이 옳았다. 그들이 궁전에 들어가 면회를 신청하자 비서는 즉시 불가능부터 설명했다.

"오늘 오후에 일정이 짜여 있고 오전은 평의회 회의가 있어서 안 되겠소. 허가가 떨어질지 자신이 없소만, 다른 날로 예약을 하고 오늘은 그냥 돌아가시구려."

"나리, 도제님께선 원래 한 달 후에 꼭 궁전으로 방문 오라고 말씀하셨소이다."

안젤로 선생이 목청에 힘을 주었다.

"안 된다니까 그러네."

비서는 코를 킁킁거리며 배를 내밀고 귀찮다는 듯 대꾸했다.

"마르코 성인을 알렉산드리아에서 모시고 온 사람을 그냥 돌려보낼 거요?"

이 말에 그는 멈칫했다. 그는 즉시 도제실로 들어가더니 잠시 후에 미소를 지으며 나타났다.

"들어가세요. 즉시 들어오라 하셨소."

이런 젠장! 거봐 내 말이 맞았지? 하는 표정으로 안젤로가 세 사람을 쳐다보았다.

네 사람은 허겁지겁 문을 밀고 안으로 들어갔다.

방문이 열리는 소리가 너무 작아서인지 아니면 집무실의 크기가 너무 커서인지 네 사람은 자신들이 갑자기 왜소해진 느낌에 빠져들었다. 도제는 자기의 책상에 앉아 무슨 생각인지 골똘히 하고 있었다.

흠흠.

안젤로의 헛기침 소리에 도제가 몸을 돌렸다.

"어, 네 사람이군요. 어서 오시오. 자네는 성인을 운송한 젊은이고……,

세 분은 이곳 주민이로구먼."

"맞습니다. 각하, 오랜만이십니다. 소인 안젤로 인사드립니다."

안젤로 선생이 도제 앞에 상체를 굽혔다. 그러자 마르타와 예로니모 영감도 후닥닥 상체를 굽혔다. 세 사람의 인사를 받으며 도제는 안젤로에게 말을 건넸다.

"모네가리오가(家)에서 마부를 오래 했었지?"

"그렇습니다. 모두 각하의 덕분입니다."

"지금도 마부를 하고 있나? 그리고 이 젊은이와는 어떤 관계인가?"

"지금은 은퇴하여 몸을 쉬고 있습니다. 자식들을 결혼시킬 나이도 되었고 해서. 이 젊은이는 제게 베네치아 말을 배우고 있습니다."

"그렇군. 성당에서 이 젊은이와 함께 서 있기에 무슨 사인가 했네."

"청년과는 같은 고향입니다. 성인을 모시게 된 일로 인해 베네치아에서 만났지만."

"그런데 아가씨와 영감은 이 청년과는 어떤 사인가요?"

도제의 물음에 잔뜩 긴장한 마르타는 더듬거리며 입을 열었다.

"저희 집에서 당분간 아니 베네치아 말을 완전히 터득할 때까지 지내기로 했습니다."

"말하자면 하숙집 주인이군요."

도제의 목소리와 자태에서 교양이 넘쳐흘렀다.

오네시모는 찬찬히 도제를 훑어보았다. 진주조개의 영롱한 빛이 완연하게 드러난 옥좌, 금실로 수놓은 붉은 겉옷, 금빛의 벨트, 목에서 팔까지 내려오는 목도리, 모피 망토, 주홍색 구두. 이미 전에 본 그대로지만 도제의 권위와 위엄에 찬 복장은 다시금 네 사람을 긴장하게 했다. 모자걸이에 걸린 황금 장식이 붙은 도제관까지 쳐다 본 오네시모도 긴장감으로 침을 꿀꺽 삼켰다. 물론 영감과 마르타도 눈을 휘둥그레 뜨고 여기저기 두리번거리며 처음 보는 도제 집무실을 구경했다.

도제는 축제 기간 일주일이 끝나갈 쯤에 돈을 받으러 온 두 상인이 떠벌였던 무용담을 다시 떠올렸다.

"사라센 지역과의 교역을 금한 교황의 포고문을 용감하게 어긴 건 우리 베네치아 상인들 뿐입니다. 신앙은 신앙, 교역은 교역이니까요. 잠시 아랍인 복장을 한 저희 두 사람은 사라센 군인들을 앞세워 수도원 안으로 밀고 들어갔습니다. 그리고 겁에 질려 부들부들 떨고 있는 수사들에게 마르코 성인의 유골을 요구했습니다. 칼리프의 묵인 하에 수도원이든 기독교도든 약탈을 당하는 때니까요. 이미 다른 수도원들도 약탈당했다는 걸 알고 있던 그들은 닥칠 일이 오고야 말았다는 표정으로 포기상태였습니다. 처음엔 거부했지만 5만 시킨 금화에 해당하는 금덩이를 내밀자 순순히 응했습니다. 순례객들이 성인의 유골 앞에 바치는 헌금의 잔재미도 어차피 끝나버린 마당에 그런 많은 돈을 어디에서 받겠습니까. 더구나 우리는 베네치아 공화국에서 안전하게 모시기 위해서 특별히 파견된 관리들에게 넘길 거라고 말했거든요. 그리고, 돼지고기를 유골 위에 올려놓은 손수레를 밀고 배에 올랐습니다요."

비서가 뜨거운 차를 담은 주전자와 찻잔을 들고 오자 딱딱했던 분위기가 많이 부드러워졌다.

"자네의 이름은 무엇인가?"

도제가 미소를 지으며 오네시모에게 물었다. 안젤로의 통역에 의해 도제와 오네시모의 대화가 시작되었다.

"오네시모입니다."

"오네시모? 좋은 이름이로군. 바울로 서간에 필레몬에게 보내는 편지가 있는데. 거기에 나오는 이름이라네. 바울로 사도의 특별한 총애를 받았던 사람이었지."

"감사합니다."

도제는 성인의 환영식을 회상했다. 금으로 된 유골함을 두 베네치아 상인과 함께 특별히 단장한 배에 태워 두칼레 궁전 가까운 바다에서 광장으로 상륙하는 식이었다. 두 상인으로부터 도제가 직접 인수를 받았다. 계속해서 성가를 부르는 시민들은 눈물을 흘리며 기뻐했고 실신한 사람까지 있었다. 도제는 환영식사에서 자신의 모든 개인 재산을 성인을 모실 대성당의 건축에 기부하겠다고 천명했다.

"차를 들게나. 중국에서 온 것이니 실컷 맛보게."

도제가 권했다.

"알렉산드리아에서도 지체 높은 분들이 중국산 차를 마시는 걸 보았습니다."

"알렉산드리아는 지금 무슬림의 압제에 신음하고 있는 곳이네. 많은 기독교도들이 죽음을 당했지."

"하오나 프랑크인들[73]과 평화롭게 공존하는 걸 지지하는 무슬림들도 많이 보았습니다."

"그나마 다행이지. 그들의 호전적인 태도는 우리 기독교도들을 너무도 자극하고 있어서 문제야."

흠흠. 콜록!

사실 카를루스 대제가 더 호전적으로 무슬림을 타도했던 사실을 잘 아는 안젤로는 헛기침을 했다. 대제의 재임 동안 기독교 서적과 철학 서적을 연구하고 보급할 궁정학교가 설립되었고, 성직자들과 지식인이 나서서 제국 내에 많은 필사실을 열지 않았던가. 프랑크 제국의 성직자들은 마치 전투를 하려는 군인처럼 금속 갑옷을 입고 그 위에 성직자 복장을 하고 목에 나무십자가를 걸고 다녔다는 걸 모르시나? 숭고함의 이름 아래 학문과 전례 의식, 예술과 철학을 얼마나 강요했던가.

도제가 먼저 찻잔을 들어 올리자 세 사람도 찻잔을 집었다. 도제가 물었다.

---

73) 사라센인들이 유럽인을 지칭하는 표현

"이렇게 의젓한 젊은이가 그까짓 시킨 금화 두 개를 훔쳤다고 나는 믿지 않는다. 그 먼 길을……, 그렇게 오랜 기간을 성인을 모시고 올 정도의 신앙심과 용기를 가진 사람이라면 그럴 수 없거든. 내가 너무 늦게 보고를 받는 바람에 석방도 늦어진 점 이해하길 바란다. 그리고 자네의 주인들은 모두 축제가 끝나는 날 베네치아를 떠나버렸더군. 대단한 사업가들이야. 그들을 위해서 축복을 빌어주었지. 그런데 왜 자네는 베네치아를 떠나지 않았나? 왜 상전들을 따라가지 않고 남았나? 그들에게 10만 시킨 금화를 지급했는데 자네에게도 조금 나누어 주었나 모르겠군."

안젤로 선생의 통역을 듣다가 화들짝 놀란 건 오네시모였다.

"그들은 상전이 아닙니다. 배에서 우연히 만난 상인들일 뿐입니다."

오네시모가 콥트말로 항의하듯 대답했지만 안젤로 영감은 이 대목에서 그대로 통역하지 않고 오히려 오네시모를 나무랐다.

"젊은이여, 오늘을 사는 것은 내일을 사는 것이네. 내일이 없다면 젊은이는 오늘 살아 있더라도 죽은 목숨일 따름이야. 현명한 사람은 큰 불행도 작게 처리하는 법일세. 그 상인들은 베네치아인들이야. 신중히 생각하고 말하게."

영감은 문장을 즉시 바꾸어 통역해버렸다.

"훌륭한 지도자를 모신 베네치아 공화국에서 경험을 쌓고 성공하고 싶어서 잔류했습니다."

"나를 다 칭찬하다니. 고맙구먼. 그렇지 않아도 전에 성당에서 젊은이가 제법 말을 잘 한다는 생각을 했었네. 그것도 하느님이 주신 달란트야. 잘 간직하고 계발하도록 하게."

"감사합니다."

"그런데 젊은이는 무엇을 특히 잘 하는가?"

도제의 눈빛이 반짝였다.

"말을 잘 부립니다. 그리고 힘이 세고요."

마르타는 놀란 눈으로 오네시모를 쳐다보았고 역시 도제도 오네시모의 위아래를 살펴보았다.

"잘 생겼고 어딘지 이쪽 혈통으로 보여. 체격도 좋으니 다 모스토가(家)의 기사로 들어가면 어떨까 하네. 내가 편지를 써줄 테니, 결심이 서면 언제든 찾아가도록."

몇 마디 담소를 더 나누고 면담은 끝났다. 도제는 종이에 편지를 써서 돌돌 말아 봉인을 한 다음 오네시모에게 건넸다.

"깊이 고려해보겠습니다."

"성인을 모셔온 사람들의 이름은 우리 베네치아 공화국의 역사에 길이 남을 것이네. 너무 고맙고 수고했네. 그리고 시민권도 원한다면 제공할 테니 언제든 말해주게."

네 사람은 허리를 굽혀 예를 표하고 돌아섰다. 그들이 나가자 도제는 창가에 서서 깊은 생각에 잠겼다. 상서롭지 않은 꿈을 꾼 날 주교가 돌아가시고 성인의 유골이 오셨다. 무슨 상관관계가 있는 것일까?

궁전에서 나오자마자 오네시모는 침을 튀면서 열변을 토했다.

"정말입니다. 그자들이 제게 돌아올 10만 시킨 금화를 가로챘다고요! 제가 타라불리쓰에서 그들에게 팔려 두들겨 맞으면서 억울하게 알렉산드리아 노예시장으로 왔고 헐값에 팔려나간 걸 생각하면 죽여도 시원치 않을 자들입니다."

"허헛, 아직도 못 알아차렸나? 이 사람아, 베네치아가 법치주의 국가라서 자네는 살아난 거야. 하느님께 감사해야할 시간에 타인을 욕해서야!"

안젤로 영감이 나무랐다.

"목숨 걸고 유골을 운송한 제가 환영은커녕 감방에 갇히는 처벌을 받은 게 너무너무 억장이 막힙니다. 생각해보십시오."

어쩌면 내가 영창에 간 게 트리부노의 작품은 아닐까, 하고 오네시모가 생각하고 있을 때 영감이 갑자기 걸음을 멈추고 돌아보았다.

"한 가지 묻겠네. 돈을 받기 위해서 성인을 모셔왔나?"

오네시모는 생각했다. 목숨을 걸고 운송한 건 사실이지만 제삼자에게서 받은 걸 운송한 것뿐이었고, 그것은 신념에 찬 신앙행위였다. 형이 하려다 못한 일을 동생이 완수한 것이다. 알렉산드리아에서 자기에게 전달했던 요한 수사도 얼마가 들었다는 이야기 따윈 꺼내지도 않았다. 갑자기 10만이라는 액수에 욕심이 고개를 들었을 뿐.

"돈을 생각한 건 전혀 아니었습니다."

오네시모가 풀이 죽은 목소리로 대답했다.

"그럼 되었네. 머리 좋은 상인들에게 사기를 당한 것일세. 돈은 내 수중에 있을 때에만 가치가 있는 것 아닌가. 크게 보면 그 가운데에 하느님의 오묘한 뜻이 숨어있을 거야."

그로부터 며칠 후 염장 생선을 나르다가 발목을 다치는 바람에 일터에도 못 나가고 며칠 째 쉬던 오네시모가 우선하다 싶어 주교좌성당 산피에트로 앞을 어슬렁거리고 있을 때였다.

딸가닥 딸가닥 딸가닥.

일단의 말 탄 기사들이 편자가 땅에 부딪는 소음을 내면서 주교관에서 밖으로 달려 나왔다. 백인대는 될 성싶은 그들은 용맹한 분위기를 자아내면서 멋지게 지나갔다.

앗.

오네시모가 보니 그들 가운에 한 사람, 얼굴이 익숙한 사람이 있었다.

펠리치오.

전에 토라졌던 마르타의 남자친구였다. 그가 바로 멋지게 갑옷을 입은 성당기사단이라니!

황홀하도록 씩씩하고 멋진 그들의 행진을 동그란 눈을 뜨고 보고 있는데 그의 어깨를 꽉 잡는 손이 있었다.

"무얼 그렇게 넋을 잃고 쳐다보나?"

뒤돌아보니 안젤로 선생이었다.

"멋진 기사단을 구경했습니다."

반가워하며 오네시모가 대답했다.

"언제 보아도 정말 멋있지."

"콘스탄티노플에서도 귀족들의 기사단을 보았잖습니까."

"그런가? 저 사람들이 있어서 사상 최강의 롱고바르드 군을 물리쳤던 거야. 20년 조금 못 되었지? 패펭의 군대까지도 마구잡이로 석호에 들어왔다가 베네치아 군에게 몰살당했거든."

"펠리치오라고, 저 가운데 있어서 놀랐습니다."

"펠리치오? 그를 잘 아나?"

"마르타와 사귀는 청년인데 요즘 조금 틀어졌죠. 사소한 일로."

"그런데 왜 이 시각에 주교관 앞에서 서성거리나?"

안젤로 선생은 그 점이 가장 궁금했다. 지금 시각이면 일터에서 일해야 하는 시각이 아니냐는 핀잔이었다.

"전 오늘 일하러 나가지 않았어요."

오네시모의 말에 선생은 잠시 놀랐다.

"아니 왜?"

"발목을 다쳤거든요."

"어쩐지 서있는 모습이 부자연스럽더라니. 예로니모 영감이 걱정했겠구면."

"그래서……, 집에 있기가 불편하여 나왔거든요."

선생은 그의 발목을 잠시 만져보았다.

"쉬기만 하면 나을 정도야. 다행이야. 몸을 마구 사용하지 말게. 정말 다치면 그땐 인생이 금가는 거야."

"힘들 거라면 차라리 기사를 하는 게 좋겠어요."

오네시모의 말에 안젤로는 고개를 끄덕이며 대꾸했다.

"맞는 말이야. 그 대신 엄한 심사를 통과해야 할 텐데."

"도대체 뭐가 엄한데요?"

오네시모의 눈이 반짝였다.

"수준 높은 인격, 인내심, 지적 능력, 높은 충성심, 혈통의 순수성 등 요구사항이 얼마나 많은지 아나?"

선생의 말에 오네시모는 어두운 표정을 지었다.

"마지막 부분을 통과하기가 어렵겠습니다. 저 같은 경우는요."

안젤로는 자신이 젊었을 때 바로 혈통의 순수성에서 걸려 기사에 뽑히지 못했던 걸 떠올리자 자기도 모르게 긴장했다.

정식으로 결혼한 부모에게서 태어났나?

그때 기사단장의 그 질문은 마치 어둠의 심연에서 올라오는 쇳소리처럼 들렸다. 기독교도인 아버지께 재가한 모친은 무슬림이었기 때문에 그는 단장과 모네가리오 공작 앞에서 쩔쩔매며 대답을 하지 못했다. 그것이 그가 그 가문의 마부가 된 사연이었다. 공작은 그의 재능을 아껴 마부로 써주었다.

안젤로가 목소리에 힘을 주었다.

"오네시모, 도제께서 써주셨던 편지 어디 있나? 다 모스토가(家)에 가보라면서 써주셨던."

오네시모도 정신이 번쩍 들면서 그 편지가 자신의 침대 곁에 그대로 있기를 기원했다.

"집에 있습니다."

"그렇지만 발목이 어서 나아야 가볼 것 아닌가."

선생의 말대로 오네시모는 발목이 다 나을 때까지 아침부터 스승의 집에서 시간을 보내며 베네치아 말을 더 열심히 공부했다. 그로부터 보름이 더 지나 발목이 다 나은 날이었다. 말뚝에서 거룻배를 묶은 밧줄을 푸는 오네시모에게 마르타가 2층 창문으로 고개를 내밀고 물었다.

"생강 씨, 오늘도 공부하러 가나요?"

놀란 그가 얼떨결에 되물었다.

"어떻게 아셨어요?"

"배가 가는 방향이 다른데 몰랐겠어요?"

말하면서 그녀는 그의 언어실력이 적잖이 향상되었음에 놀랐다.

"기사단에 들어갈 겁니다."

"정말요?"

그녀는 놀란 눈을 동그랗게 떴다.

"정말입니다."

"정말 가사에 서임되면 축하 키스 해줄게요."

그녀는 웃으며 손을 흔들어주었다.

배를 막 출발시키면서 오네시모는 깜짝 놀랐다. 자신이 더듬거리며 베네치아 말을 하고 있었던 것이다.

"인끄레디빌레!"

믿을 수 없다는 말을 그는 베네치아 말로 외쳤다.

어?

오네시모는 손으로 자신의 입을 만져보았다.

"온 지 몇 달 안 되었는데 벌써 말문이 조금 터지기 시작했군."

그는 기쁨에 넘쳐 노를 힘껏 젓고 또 저었다. 어서 선생님께 자랑해야지.

"그게 다 노력의 결과네. 축하하네. 앞으론 나하고도 될 수 있으면 베네치아 말로 하게."

안젤로 영감이 말했다.

그는 어제 마르타가 찾아왔던 걸 떠올렸다. 사실 월사금도 낼 겸, 오네시모 실력이 얼마나 늘었는지 궁금했던 그녀는 이런 저런 대화를 나누다가 생강과 계피를 달이는 냄새를 남자친구가 맡고 토라져서 힘들었다는 이야길 꺼냈다. 그녀는 펠리치오가 그 후로는 오네시모를 생강이라고 부른다면서 불만을 표시했다. 그때 마르타와 오네시모가 나눌 대화를 미리 여러 문장을 만들어서 마르타에게 익히게 했고, 오네시모에게도 그 상황을 연습시켰던 것이 오늘 완벽하게 맞아 떨어진 것이다.

"놀랄 지경이었죠. 말이 입 밖에 나왔는데 그녀가 알아들었고 또 그녀가 한 말을 저도 알아들었죠!"

"짧은 시간에 장족의 발전을 한 거야."

스승은 제자의 등을 다독거렸다. 내막은 밝히지 않은 채.

드디어 며칠 후 오네시모는 안젤로 영감과 함께 다 모스토 공작을 찾아갔다.

"어서 오게나. 그대들이 내게 간곡하게 할 말이 무엇인가?"

공작은 시종을 내보내고 두 사람을 진지하게 바라보았다.

"다름이 아니오라 저를 기사로 써 주십사 하고 감히 말씀드립니다."

오네시모는 외워온 문장을 천천히 말씀드렸다. 순간 다 모스토 공작의 얼굴이 심하게 일그러졌다. 감히 외국인 출신이. 우리 가문을 어떻게 보고 그따위 말을. 무례한 놈 같으니!

입 밖에 꺼내진 않았지만 공작은 크게 무시당한 기분에 사로잡혀 분노가 끓어 오르는 걸 겨우 억눌렀다. 그는 품위를 지켜 결론을 말했다.

"기사단 인원은 모두 찼으니 다음 기회에 결원이 생기면 다시 오도록. 다른 가문처럼 모집 공고를 평의회 출입문 입구에 붙이겠네."

공작이 자리에서 일어나려는 순간 오네시모가 품에서 봉인편지를 꺼내어 두 손으로 공손하게 내밀었다.

"공작님께서 한번 자세히 보십시오."

"이건 편지가 아닌가?"

다 모스토 공작은 봉인을 뜯고 내용을 천천히 읽어보았다.

"하하하하. 마르코 성인을 알렉산드리아에서 옮겨온 사람 가운데 하나라는 걸 왜 진작 말하지 않았나?"

이때부터는 안젤로 영감이 통역에 나섰다.

"용서하십시오. 청년이 아마도 이곳 관습에 익숙하지 않기 때문일 것입니다."

공작은 너털웃음을 웃으며 쾌히 승낙했다.

"우리 공화국에 행운을 안겨준 자네를 내치다니 말이나 되나. 당장 특채하겠네."

말을 절반만 알아들은 오네시모의 옆구리를 안젤로 영감이 쿡쿡 찔렀다.

"감사합니다."

벌써 기사가 되기라도 한 듯 오네시모는 한쪽 무릎을 바닥에 꿇고 인사를 했다.

그렇게 해서 오네시모는 다 모스토 가문의 기사가 되었다.

안젤로 선생은 자기 일처럼 기뻐했다. 집에 돌아와 예로니모 노인에게 말하자 노인도 기뻐서 벌떡 일어섰다.

"자네 같은 훌륭한 젊은이는 반드시 성공할 것이네."

노인은 자신이 노를 젓다가 쓰러졌을 때 그가 자신을 눕도록 하고 대신 노를 저어주었던 일을 떠올렸다. 그리고 또 하나, 거금을 들고 와 손녀의 걱정거리를 말끔히 정리하게 해주었다. 천사와도 같은 그가 다 모스토 공작의 기사가 되는 것은 당연한 하느님의 축복이라고 그는 생각했다.

오네시모는 그동안 외우도록 지시받은 기사 선서문을 외우고 또 외워 완전히 익혔고 몸을 나름대로 단련시켰다.

이윽고 한 달이 다 되어 기사 서임식 날이 되었다. 성당에서 가문의 모든 기사들이 참석한 가운데 미사가 진행되었다. 이윽고 오네시모는 사제로부터 성찬을 받았다. 사제가 왼손에 성서를 들고 오른 손은 꿇어앉은 오네시모의 머리에 올리고서 나지막이 외쳤다.

항상 하느님 안에서 산 영혼이 기사로서 축복받기를!
성부와 성자와 성령의 이름으로 축복합니다.

단선율의 그레고리안 성가가 성당의 천장까지 은은하게 울려 퍼지는 것이 흡사 천사들의 목소리로 착각을 일으킬 정도였다. 오네시모는 바닥에 꿇어앉았다. 두 명의 증인이 있어야 한다고 사회자가 말하자 안젤로 선생과 낯선 기사 한 사람이 나와 오네시모의 양 옆에 반듯하게 섰다. 전투복장에 망토를 걸친 공작이 의자에서 일어섰다. 그는 칼을 눕혀 양 어깨와 등을 한 번씩 치면서 외쳤다.

하느님과 마리아께 경의를 표하며

그대 오네시모를 영원히 기사로 봉하노라.

용감하고 정직하며 정의롭게 행동하라.

남의 종이 아닌 당당한 기사가 되라.

이번에는 오네시모가 나지막이 외쳤다.

하늘에 계신 아버지와 아드님 그리스도의 영광이

영원히 빛나시옵소서.

넘쳐나는 악과 싸우며 정의를 세우기 위해

무용과 성실을 최고의 덕목으로

따르겠나이다.

오네시모는 감격의 눈물을 흘렸다. 공작이 엄숙하게 칼과 투구를 건네주고 구두 뒤축에 박차를 붙여 주고 팔에 방패를 끼워 주는 것으로 식이 마무리 되었다.

하늘을 향해 인간의 어려움을 호소하고 도움을 청원하는 내용으로 시작했던 그레고리안 성가는 마지막에는 호소를 들어주어 악을 모두 격퇴한 땅에 하늘의 영광이 가득 넘치는 가슴 벅찬 환희의 선율로 바뀌어갔다.

두 증인이 서류에 인장을 찍자 사뿐사뿐 걸어 나오는 예쁘게 차려입은 여자에게 사람들의 시선이 집중되었다. 마르타였다. 그녀는 오네시모에게 다가와 왼뺨에 키스를 해주었다. 물론 오네시모는 얼떨떨했고 군율에 의해 꿈쩍도 하지 않고 지켜보던 기사들 모두 속으로 침을 삼키며 그를 부러워했다. 예로니모 노인은 아마도 손녀가 오네시모가 떠남으로써 펠리치오와 사귀는 데 걸림돌이 없어진 걸 기뻐한 나머지 키스를 선물한 것이라 생각했다. 하지만 어떠랴. 외국인 청년이 떠나니 자신의 마음도 편해지는 걸.

오네시모는 다음날부터 다 모스토 공작의 영지에서 기숙하며 체력단련과 검술을 익히기 시작했다. 현지의 젊은이들 사이에 끼어 어색하기만한 첫날이었다.

"오네시모, 축하하네. 우리와 한 조가 되는 게 어때?"

한 젊은이가 다가와 아는 체를 했다. 선서식에서 증인을 서주었던 청년이었다.

"아, 증인!"

아직 말이 어눌한 오네시모가 고마운 표정을 지었다.

"내 이름은 지오반니. 조부께서 도제를 지내셨지. 갈바이오 도제. 듣자하니 마르코 성인을 알렉산드리아에서부터 두 팔로 꼭 껴안고 운송하느라 팔이 굳어버렸다지?"

"그랬던가?"

"자네 별명이 생강 선생이라며? 주교의 기사단에 들어가 있는 펠리치오가 말해주더군."

"펠리치오? 마르타의 남자 친구?"

"그래. 자네 얼굴이 하얀 피부가 아니라서 붙여졌나? 생강 색깔이라서."

"생강?"

"저기, 검은 머리에 코가 큰 사람 있지. 발몽이야. 부친 때 갈리아에서 왔지. 그리고 그 옆의 금발에 피부가 하얀 사람은 빌헬름. 훈족 아틸라 장군을 따라왔다가 남은 후손이야. 빌헬름이 베네치아인 외삼촌과 콘스탄티노플로 무역하러 간다는 군. 그만 두게 되었단 뜻이야."

지오반니는 미소를 지으며 저만치에서 이야기하는 청년을 가리켰다

"왜 그만…… 두는 거지?"

오네시모가 어눌한 베네치아 말로 물었다.

"평화 시기에는 기사들이 별로 가치가 없기 때문이지. 매달 파도바에 가서 훈련을 하는 것도 올해부턴 연 4회로 줄었고, 더 이상 롱고바르드인의 침략도 없어."

"전쟁이 언제……, 아무도 모른다고?"

오네시모가 변죽을 울렸다.

"아마도 앞으론 해군력을 증강시키려는 분위기야."

"해군력?"

오네시모는 콘스탄티노플에서 보았던 비잔티움의 막강한 병선들을 떠올렸다. 그러자 네그로폰테를 경유할 때 보았던 더 많은 전함들도 기억났다.

"말은 잘 타겠지?"

"당연하지. 말을 키운 적이 있어."

그렇게 해서 오네시모는 지오반니와 발몽과 함께 한 조가 되었다. 기초 체력 단련이 끝나자 말에 마구를 매어 널따란 연습장에 집합했다. 3인이 한 조가 되어 말 달리기와 달리면서 상대 조의 투구를 빼앗는 시합은 전투가 없는 평화 시기에 전투력 보존을 위한 일종의 여흥이었다. 한 퍼어롱의 거리를 두고 마주보고 선 기사들이 전속력으로 상대를 향해 달려 나가 상대의 투구를 벗겨서 가져오는 것이다. 당연히 옥신각신 했고, 땅에 떨어지는 기사도 있었다. 말끼리 부딪힐 때 다리가 끼어 절름거리거나 부상을 입는 기사도 생겨났다. 오전 내내 벌어진 시합에서 절반가량의 기사들이 투구를 잃었다.

공동 세면장에서 땀과 먼지를 씻을 때 발몽이 오네시모에게 말을 건넸다.

"시합에만 의미가 있는 건 아냐. 그 밖의 것들, 말하자면 친밀감으로 더욱 단합하게 해주거든. 또한 기술도 늘어 훗날의 전투에 밑거름이 되는 거지."

"몸이 무거워서 제일 힘들어."

"그래도 잘 하던데!"

옆에서 발몽이 칭찬했다.

"일 년 내내 이렇게 훈련만 하는 거야?"

"도적이나 해적이 나타나면 그때 제대로 진가를 발휘하는 거야. 그런데 내년 성모승천 기념일에 파도바에 가는 거 모르고 있겠지?"

"그게 뭔데?"

"팔리오라고 하는 건데."

"팔리오?"

베네치아 말에 서툰 오네시모는 여전히 짧은 문장으로 대꾸하고 있었다.

"영주들의 기사단 경연대회라고나 할까?"

설명하는 발몽의 얼굴이 흥분으로 붉게 달아올랐다. 쉬 피가 끓어오르고 흥분도 잘 하는 젊은이들의 특징이랄까.

"그거 하면 어떻게 되는데?"

"자넨 몰라서 그래. 끝내주는 축제야. 온갖 꽃들과 먹을거리들……, 그리고 주변 도시의 각 동네에서 예쁜 여자들은 모두 다 나오거든. 작년엔 모네가리오 공작, 다 모스토 공작, 그리고 안테노레오 공작의 기사들과 주교관 기사단까지 모두 다섯 팀이 참가했지. 올핸 어떻게 될지 모르지만."

그로부터 몇 달이 흘렀다.

어느 날 멋진 여성이 찾아왔다고 하여 오네시모의 고개를 갸우뚱하게 했다. 마구간에서 한참 떨어진 부대의 입구에 나간 오네시모는 깜짝 놀랐다.

"마르타, 여길 어떻게 오셨죠?"

그녀는 밝게 웃으며 대답했다.

"어떻게 지내나 궁금했어요."

"할아버진 무사하세요?"

오네시모는 제일 먼저 예로니모 노인의 안부부터 챙겼다.

"예의바른 사람이군요. 아직은 건강하시답니다. 의사 친구가 가끔씩 오시는 일은 있지만."

"사실 나도 궁금했는데, 마르타, 아무 일 없었죠?"

두 사람은 소나무 사이를 걷기 시작했다. 갈색의 머리카락을 내려뜨린 그녀가 반걸음 앞서 가고 그녀보다 두 뼘은 커 보이는 오네시모가 천천히 따라갔다.

"오네시모, 베네치아 말이 많이 늘었네요."

"칭찬 고마워요. 처음엔 가슴이 철렁했답니다. 할아버지가 돌아가셨거나 아님 무슨 큰 일이 난 건 아닌지 하고."

"천만에요. 오네시모가 도와주어 빚도 청산되었고 해서 우환은 없어요. 하지만……."

말하는 그녀의 해맑은 얼굴에 그늘이 스쳐갔다.

"말해 봐요. 무슨 일인지."

"펠리치오가 나머지 돈을 모조리 써버렸죠. 전에 주신 돈이 바닥이 나도록."

그녀는 감정을 억제하지 못하고 그만 울상이 되어버렸다.

"오, 저런!"

"도박을 자꾸만 하는 바람에 빚을 졌고 내가 유다인 고리대금업자에게 보증을 서주어 펠리치오는 빚을 얻을 수 있었답니다. 펠리치오가 결국 그걸 못 갚자 그 유다인은 날 괴롭히며 할아버지께 빚 대신 날 데려가겠다고 선언했을 때 당신이 나타났던 것입니다. 이천오백 시킨 금화는 그래서 그걸 갚는데 썼고, 나머진 할아버지 약값과 그동안의 생활비로 썼는데……. 며칠 전에는 펠리치오가 불쑥 집으로 찾아왔지 뭡니까?"

"그래서요?"

오네시모의 입이 말라오기 시작했다. 차용증을 받지는 않았지만 자신이 빌려준 돈을 그렇게 날리다니. 다시 받을 길이 없어진 사실을 인정하기가 어려워 오네시모의 가슴은 자꾸만 뛰고 있었다.

"자신의 과오에 대한 용서를 빌더군요."

"그렇담 잘 되었군요. 그리스도의 도우심으로 생각하세요. 항상 그를 위해 기도했잖아요."

"내가 펠리치오를 위해 항상 기도한 걸 알고 있군요?"

"그럼요."

"그런데 펠리치오가 천 시킨 금화를 빌려달라고 애원했어요."

"뭐라고요?"

"마지막이라고. 더 이상 돈 부탁은 안 하겠다면서."

"그래서 주었어요?"

"나와 결혼하겠다면서 그동안 빌린 돈을 지참금으로 여긴다는 증서까지 써주는 마당에 어떻게 거절하겠어요?"

잠시 침묵이 흘렀다. 오네시모의 가슴이 진정되었다.

"그렇게 되었군요."

"네. 미안합니다. 오네시모."

그녀는 울상이 되어 오네시모를 올려다보았다.

그는 그녀의 애인이고 서로 사랑하는 사이인데 뭐라 하겠는가. 자신이 기대했던, 돈을 일부라도 돌려받는 일조차 어려워져버렸다. 아니 거의 불가능하게 되었다. 구두로 약속하고 지키는 무슬림과는 전혀 다른 사람들을 오네시모는 이해할 수 없었지만 눈앞에 펼쳐지고 있는 일은 엄연한 현실이었다.

"그래서 결혼날짜는 잡았나요?"

"아닙니다. 이 놀라운 일을 사제께 고백할 수도 없어요. 도박 사실이 알려지면 펠리치오가 당장 기사단에서 쫓겨날 테니까요. 너무너무 괴로운 나머지 머리통이 터질 지경입니다."

그녀는 소나무에 기대어 맑은 하늘을 올려다보았다.

어떻게 보면 사실 자기 돈도 아니었다. 오네시모는 돈을 받을 생각은 전혀 하지 않고 유골을 운송했고 돈 이야긴 베네치아에 와서 발생한 문제였다. 자기 돈도 아니니 어딘가에 쓰이더라도 왈가왈부할 필요가 없다고 마음을 정리하고 있을 때 그녀가 말했다.

"빚도 빚이지만 오네시모, 당신이 온 이후로 펠리치오가 자꾸만 멀어지는 게 더 힘들어요."

"그를 사랑하잖아요?"

"그렇죠. 하지만 나도 좀 이상해졌어요."

그녀는 오네시모를 쳐다보았다. 오네시모도 그녀를 보았다.

잠시 침묵이 흘렀다. 갈매기가 머리 위로 날아가고 있었다.

"마르타, 나는 돈을 이미 포기했어요. 마음 편히 가지세요."

오네시모가 말했다.

"아닙니다. 맘이 편치 않을 거예요. 그래서 생각한 것인데……, 여기 대신 당신께 드릴 게 있어요."

그녀는 품속에서 작은 공단 주머니를 꺼냈다. 짙은 하늘빛 공단에는 금실로 꽃무늬가 수놓아 있었다. 그녀는 그 속에서 빨간 보석을 꺼내들었다. 작은 알밤 크기의 루비로서 파티마의 혼인예물 가운데 있던 것과 똑 같은 종류였다. 크기에 있어서 그것보다는 훨씬 큰 값비싼 귀금속을 오네시모는 눈이 휘둥그레진 채 쳐다보았다.

"루비를 당신께 드리겠어요."

그녀는 오네시모의 손바닥 위에 보석이 든 공단 주머니를 놓았다.

"안 됩니다. 이건 가보일 텐데."

오네시모가 소리쳤다.

"받으세요. 자격이 충분해요. 고리대금업자에게 약속기한까지 못 갚았다면 아마도 내가 팔려갔거나 이 보석이 갔거나 했겠죠. 나도 이젠 마음이 가벼워졌습니다."

"이러면 안 됩니다!"

오네시모는 손에 쥔 보석을 어떻게 할 수가 없어서 고개를 가로 저었다.

"사실 나도 펠리치오에게서 마음이 멀어지려고 하여 힘이 들었어요. 그게 아마도 당신께 빚을 졌기 때문이라고 생각하자 결심이 섰죠. 이젠 보석은 당신 것입니다."

오네시모는 그녀의 눈을 보았다. 초롱초롱한 그녀의 눈과 얼떨떨한 오네시모의 눈이 마주쳤다. 그녀의 눈빛은 결연한 의지로 빛나고 있었다.

"정말 곤란하게 만드는군요. 어쩌면 좋담?"

"어서 맘 정리하고 받으세요. 훗날 혹시 내가 돈을 가지고 오면 그때 돌려주면 됩니다. 이젠 됐죠? 이젠 가벼운 마음으로 가겠어요."

보관한다는 의미에서 오네시모는 고개를 끄덕였다. 진심이었다. 어디까지나 보관의 의미다. 오네시모는 그렇게 생각했다.

"내게 몇 달간 밥해주고 빨래해준 대가는 어떻게 갚아야죠?"

"별 말씀을! 그럼 안녕."

그녀는 뒤를 잠시 돌아보더니 미소를 짓고는 떠나갔다. 그녀가 서있던 자리에 향기만 한 줌 남아서 바람에 쓸려 가버리자 오네시모도 병영으로 돌아왔다.

그리고 성탄이 지나고 해가 바뀌어 어느덧 봄의 기운이 물씬 풍기는 3월이 되었다.

6. 기사 오네시모

　육지 파도바에서 멀지 않은 다 모스토 가문의 숙영지.

　아침 일찍 99명의 기사들과, 말과 군장들, 종복 10명과 식량과 부식들을 실은 배가 베네치아를 출발하여 육지에 그들을 내려놓았다. 말할 나위 없이 육지에서의 정규 훈련이 시작된 것이다. 종복들이 식당으로 쓰일 천막을 세우고 여러 준비를 하는 동안 기사들은 주변의 산과 들을 둘러보며 중요지형물을 익히기 시작했다. 오네시모도 오랜만에 산과 들을 만나 마음이 편안해져 발몽과 함께 이런 저런 이야길 나누며 소나무 아래 자리를 잡았다.

　"여기서 20분만 말을 달리면 파도바라네. 공화국의 귀족들은 대부분 조상이 파도바나 베로나 출신이거든."

　"그렇다면 그냥 눌러 살지 왜 베네치아로 온 거지?"

　"그건 다 전쟁 때문이야. 사람이 삶의 터전을 옮기게 되는 기회가 직업과 결혼으로 인한 것이기도 하지만, 전쟁이 일어나면 대규모로 이동하잖아."

　"맞는 말이야."

　오네시모는 고개를 끄덕이며 가슴에 안고 있는 투구에 힘을 주었다.

　"고트족과 훈족, 롱고바르드족의 침략에 몸을 피한 귀족들과 시민들이 배를 타고 베네치아로 모여들었고 수백 년 동안 여러 차례 반복하면서 이 주민이 늘어난 것이지."

설명하는 발몽의 눈이 반짝거렸다. 마치 자신이 전투에 참가하기라도 한 표정이었다.

"요즘은 외적의 침범이 없다면서?"

"재작년에 해적들이 리도 섬에 들이닥쳤다네. 옛 수도 말라모코가 약탈당했지. 섬이 낮기 때문에 미리 알지 못해 대처하지 못했거든. 그런 문제점이 있어서 현 총독이 적극적으로 나서서 리알토 섬으로 수도를 옮겼잖아."

"그랬군. 리알토 섬 전체가 건설로 몸살을 앓고 있는 걸 보았어."

오네시모가 고개를 끄덕였다.

"리도 섬은 모래가 쌓인 섬이어서 썰물 때는 카오지아와 연결되어버리기 때문에 육지나 다름이 없거든. 하지만 리알토 섬은 한 번도 점령당하지 않았어. 아틸라의 훈족이든 프랑크 군이든. 갯벌에 익숙하지 않은 어느 외적에게도."

그때 지오반니가 나타나자 두 사람은 활짝 웃으며 맞이했다.

"좋은 시간을 보내는 기분이 어떤가?"

그가 앉으며 물었다.

"공기가 무척 맑고 좋아. 갯냄새가 안 나니 살 것 같아."

오네시모가 어둔한 베네치아 말로 대꾸했다. 베네치아에서 태어나 자란 두 청년은 동시에 오네시모를 보았다. 갯냄새가 싫다니.

지오반니가 나지막이 소리쳤다.

"저기 영지 관리인이 나타났다!"

그들은 말 울음소리가 들리는 곳을 쳐다보았다. 한 사나이가 말에서 내려 기사단 단장 콜리오네오 앞에 고개를 숙였다. 단장도 야전 의자에 앉아 휴식을 취하고 있던 터다. 관리인은 몰락한 귀족의 후손으로서 소작농들로부터 나오는 도지와 사냥세를 받아 가문에 전달하곤 하는 사람이다.

"아마도 올해 소작농들의 작황에 대해 보고하고 있겠지. 가을의 추수기에 주인이 받을 몫을 어림셈으로 미리 보고하는 거야."

지오반니가 말헸다.

"사냥의 기회도 있는데 오네시모, 기대되지 않나?"

발몽이 물었다.

"정말이야? 무슨 동물을 잡는 거야?"

"사슴이나 여우. 그리고 멧돼지와 토끼."

세 젊은이들이 기대감에 웃으며 인근 숲에서 쉬고 있는 다른 동료들을 보았다.

그때 갑자기 사람들이 웅성거리는 소리와 함께 말이 크게 울부짖는 게 보였다. 말은 앞다리를 쳐들고 연신 펄쩍펄쩍 뛰다가 뒷발길을 해댔다.

"아니, 이놈의 말이 갑자기 발정이 났나?"

종복 하나가 뛰어나와 막대기로 말을 위협하며 고삐를 잡으려 했지만 허사였다. 기사들이 우르르 몰려와 도움을 주려했다. 말은 눈이 시뻘겋게 변해가지고 입에서 침을 흘리고 길길이 뛰다가 갑자기 우뚝 서서 몸을 부르르 떨곤 했다. 재갈이 물려진 입에서 피가 철철 흘러나오는 말에게는 소나무에 매어진 질긴 가죽 끈이 야속하기만 했다. 도망칠 수 없는 동물의 막무가내 몸부림에 아무도 가까이 접근하지 못하고 쩔쩔매는데, 갑자기 우뚝 서서 부르르 떨던 말은 앞발로 바닥을 박박 긁더니 다시금 펄쩍펄쩍 뛰어올랐다. 종국에는 다른 말들도 힝힝거리며 동료의 발작에 동요되어 반응을 보이기 시작했다.

말 한 마리의 소동쯤은 훈련이 잘 된 기사들에겐 아무것도 아니다.

"모두들 자기 말들이 잘 묶여있나 확인하도록!"

단장이 크게 소리쳤다.

"도대체 이놈은 어떻게 해야 합니까?"

말의 주인 기사가 물었다.

"그냥 두게. 미치광이 버섯 때문이야. 내일이면 돌아올 것이네."

단장이 태연히 소리치자, 기사들은 고개를 끄덕이며 모두 제자리로 돌아갔다.

이윽고 말은 풀밭에 털썩 넘어져 숨만 가쁘게 내쉬고 들이쉬기를 반복했다.

삐익!

단장이 조개를 불어 신호를 보내자 기사들 모두 한 곳에 모여들었다. 기사단 단장 콜리오네오는 투구를 벗더니 부릅뜬 눈으로 질서정연하게 풀밭에 늘어선 기사들을 훑어보았다.

그는 조심스럽게 입을 열었다.

"제군들, 매달 있던 훈련이 분기에 한 번으로 줄었다고 해서 훈련에 게으르면 안 된다. 절대 물러서지 않는 무용과 절대 복종. 이것이 우리 기사들의 신념이다. 조국은 큰 변화의 기회를 맞이했다. 그리스도께서 조국의 기도를 외면하지 않으시고 마르코 성인을 베네치아에 보내주신 것이 그것이다. 나라의 명운이 걸린 중대한 시기인 지금 귀족 평민 할 것 없이 베네치아인 모두 대단히 흥분해있고, 그 충천한 용기를 국가재건에 집중시키기로 평의회에서 결의했다. 그동안 외침과 수출부진으로 사실 공화국의 산업은 제자리걸음이었고 무역루트는 번번이 제노바의 약진에 밀리고 있었다고 봐야 할 것이다. 경쟁 상대는 또 있다. 피사와 아말피. 그들은 지금 우리의 도약의 기회를 비웃고 있을 것이지만 제노바나 피사, 아말피 모두 새로운 시련에 봉착했다. 4년 전 사라센 군이 크레타 섬을 점령하고 다음해에 시칠리아에 상륙하여 현재까지 밀고 당기는 전선을 형성하고 있어 언제 팔레르모가 그들의 수중에 넘어갈지 모른다. 이미 지중해의 제해권은 사실상 사라센 군에 크게 위협받기 시작한 것이다. 육지에서 싸우는 기사들 앞에서 제해권 이야길 꺼내는 것은, 앞으로 우리 기사들의 수를 더욱 줄여서 해군을 부흥시킬 때가 머지않아 올 것이라는 판단에서이다. 다 모스토 공작께서 전한 말씀에 따르면, 파르티치파치오 도제께서는 평의회에 참석할 때마다 국가부흥의 포부를 누누이 강조하셨다. 해군력의 증강은 객관적으로 보아도 바다에 떠있는 베네치아로서는 자기 방어차원의 당연한 귀결이다. 따라서 다른 귀족들의 병력도 상당부분 해군력으로 재편되는 수순을 밟게 될 것으로 내다보고 있으며, 해군력의 증강에도 불구하고 여전히 보병의 중요성은 남는다. 보병 병사들은 평시에는 생업에 종사하는 남자들이고 전시에만 소집되므로, 제군들은 전시에 보병의 장교가 되는 것이다. 평상시에는 공작 가문의 재산과 생명을 보호하는 일을 하지만 전시에는 나라의 안전을 위해 가문을 따지지 않고 공화국 도제의 지휘 아래 들어가게 되어 있음을 다시 말하겠다. 이번 훈련에서는 야산에서의 기마전과 보병의 중대 전투의 개념을 배울 것이다. 질문 있나?"

단장의 장황한 연설이 끝나고 휴식에 이은 즐거운 점심시간도 끝났다.

기초체력 단련부터, 말달리기, 창던지기, 활쏘기, 단체 대련까지. 오후부터 시작된 훈련은 고강도로 행해졌고, 3일 째부터는 기마전과 중대전투를 포함시켜 꼬박 일주일의 훈련이 빈틈없이 이어져 드디어 돌아갈 날이 되었다.

히히힝.

말에 오른 3명의 1차 척후와 또 3명의 2차 척후가 앞서가고 단장이 그 다음에 자리한 가운데 나머지 93명의 기사들은 삼렬종대로 가고, 그 뒤를 종복들의 마차가 따라 귀향길에 올랐다. 물론 평화 시기이고 이탈리아 땅이지만 이동 자체도 훈련의 하나이기 때문이었다.

"아마도 우리의 훈련을 달가워하지 않는 귀족들도 있을 거야."

발몽이 말했다. 영주의 개념에서 출발한 귀족들이 모여서 이룩한 공화국이고 귀족들이 모두 자기 병력을 가지고 있으므로 도제를 선출한다거나 어떤 무역의 이권에 관한 일이 터질 때에는 언제든 충돌할 가능성이 있다는 뜻이었다.

지오반니가 대답했다.

"다 모스토 가문의 기사훈련이 다른 귀족들에겐 신경이 거슬리겠지만 도제께 허락받은 훈련이야. 또 자기들도 육지의 숙영지에서 종종 훈련하고 있으니까 우릴 비난할 자격은 없어."

발몽이 대꾸했다.

"하긴 최고 권력자인 도제도 평의회에서 선출하는 마당에……, 멋대로 병력을 일으켰다간 자기 가문만 몰락하는 결과가 나올 수도 있지 않겠어?"

"우리 갈바이오 가문은 조부께서 도제에 선출되셨을 때 가문의 기사들을 완전히 해체했고 나라의 해군에 편입시키셨지."

지오반니가 말했다. 그는 자기 조부가 주변의 의혹을 불식시키기 위해 결정한 영웅적 행위를 부각시켰다.

"그래서 다 모스토 가문에 들어와 있는 거야?"

오네시모가 묻자 지오반니는 고개를 끄덕였다. 발몽이 지오반니의 의중을 떠보기 위해 물었다.

"갈바이오 가문의 재산이 상당할 텐데. 육지의 경작지 말고도 상선과 어선들이 상당히 있지?"

"내가 결혼하면 성선과 어선을 상속시켜주신댔어. 그땐 너희 둘이서 날 도와줄 거지?"

"당연히."

발몽과 오네시모가 동시에 고개를 끄덕였다.

"우리 사업은 아직 소금과 생선이야. 사실 몇 대조 조부께선 콘스탄티노플의 황제 전용공장에서 생산되는 빨간색 피륙을 파비아에 가져다가 팔아서 많은 돈을 버셨어."

지오반니가 말하자 두 젊은이들은 입을 벌렸다.

"파비아는 프랑크 제국의 수도가 아니었던가?"

발몽이 나지막이 외치자 지오반니가 곧바로 대꾸했다.

"포강을 따라 거슬러 올라가면 파비아가 있다고 하더군. 나도 아직은 못 가보았지만."

"자네 조상님은 대단히 포부가 큰 상인이셨구먼."

오네시모는 부러움으로 얼굴을 붉히면서 친구를 칭찬했다.

"사업은 재화를 소유하기 위한 방법이고 용기와 꿈을 실현하는 길이지. 기사는……, 순수한 젊음을 통해 무용과 성실을 실현하는 사람이고. 하지만 지금으로선 재화보다는 무용과 성실을 선택하겠어. 나는 그게 더 좋아."

지오반니는 두 친구에게 자기의 심정을 고백했다. 발몽과 오네시모도 그 생각에 매료되어 손바닥을 번쩍 쳐들어 서로 맞부딪쳤다. 세 젊은이는 서로 마주보며 진지한 눈빛을 교환했다.

그때 말머리를 돌려 그들 곁에 다가온 사람이 있었다. 단장이었다.

"제군들, 무슨 이야길 그렇게 심각하게 나누고 있나?"

세 사람은 상관에게 미소를 지었다. 지오반니가 나서서 답변했다.

"조국의 장래를 위해 토론했습니다."

흐음!

단장이 눈꼬리를 치켜떴다. 기분이 좋아진 단장이 의견을 피력했다.

"베니치아는 무역으로 성공해야 하는 나라야. 카를루스 대제 때에도 우릴 손아귀에 넣지 못해 안달이었지만 신성로마제국 내의 교역은 허용했었다. 비잔티움 역내에서만 교역의 자유를 누리고 있던 우리 공화국이 쌍수를 들고 좋아했지. 프랑크 제국이 망한 오늘날엔 제노바와 사라센이 복병이 되어 우리의 무역이 다소 위축되었지만. 그건 그렇고……, 지금 도제가 많이 늙으셨다. 종신제인 도제가 언제 서거하게 될지 아무도 모르지만, 그땐 다 모스토 가문에서 출사표를 던질 것이다. 그땐 꼭 도와주길 바란다, 젊은이들. 그런 의미에서 상륙지점을 카스텔로 구역 남단으로 정했네. 도심을 통과하도록 계획한 거지. 번화가를 통과하면서 기사단의 기상을 시민들에게 보여주려는 의도야. 그리고 그렇게 잘 준비해두었다가 내년의 파도바 팔리오 행사에서 우리 기사단의 늠름한 모습을 만방에 확인시켜주게나."

"알겠습니다."

세 기사들은 합창을 하며 즉시 대답했다.

파도바 행사 참가라!

그들은 가슴이 부풀어 터질 것만 같았다.

기사들을 실은 배들이 육지를 출발하여 카스텔로 구역의 한곳에 드디어 닻을 내렸다. 배에서 내린 기사단은 시민의 환심을 사기 위해 도심의 거리를 늠름하게 행군하기 시작했다. 간간이 박수를 치는 시민들과 함성을 지르는 시민들이 있었다. 기사들은 만족스런 미소를 지으며 도심을 유유히 행진했다.

한 시민이 고함쳤다.

"폼만 재면 뭐하나! 해적들이 말라모코에 난입하여 시민들을 잡아 갔는걸!"

오, 이런!

기사들은 그 소리에 순간 움찔했다. 단장이 말을 탄 채 그 시민에게 다가가 자세히 물어보았다. 사실이었다. 시민들의 환심을 사려던 단장의 계획은 물에 빠진 수탉처럼 모양새가 구겨지고 말았다. 그는 도심을 통과하려던 당초의 계획을 즉시 포기해야 했다. 단장의 명령에 기사단도 행진을 급히 멈추고 말을 달려 산 미켈레 섬을 마주 보고 있는 카스텔로 북단의 병영에 도착했다. 해산하여 내무반으로 흩어진 후에도 기사들은 긴장했다.

오네시모가 옷을 갈아입고 세면장에서 몸을 씻고 있을 때였다. 자기를 부르는 소리에 그는 그쪽을 돌아보았다.

"오네시모 기사님, 면회 오신 분이 있습니다!"

심부름꾼이 소리쳤다.

"면회라니?"

"웬 할아버지가 아침부터 기다리고 계세요."

오네시모의 가슴이 철렁 내려앉았다. 할아버지라면 예로니모 밖에 없는데. 오네시모의 판단이 맞았다. 노인은 너무 울어서 눈이 퉁퉁 부어올라 있었다.

"오네시모, 마르타가 해적들에게 붙들려갔어!"

노인이 쉰 목소리로 울부짖었다.

"뭐라고요?"

"일이 그렇게 되려고 하필이면 친구들과 말라모코에 놀러갔다가 변을 당했다네."

역시 카스텔로 대로에서 들은 시민의 말이 정말이었구나. 조만간 무슨 명령이 떨어지리라.

"영감님, 진정하세요. 어떤 대책을 세워 구해낼게요. 제가 꼭 구해 오겠습니다."

당황한 노인을 우선 안심시켜야 했다. 오네시모는 노인에게 설명하고 또 설명했다. 한참을 설득하여 노인을 돌려보낸 오네시모는 단장 콜리오네오에게 달려갔다. 단장은 자신의 방에서 창밖을 내다보며 깊이 생각에 잠겨 있었다.

"잘 왔네. 시민 30명이 잡혀갔다는 군. 평의회가 소집되었다네. 다 모스토 공작께서 지금 두칼레 궁에 가 계시니 평의회에서 의결된 명령이 떨어질 때까지 기다려주게. 기사단에서 자네가 가장 먼저 달려오다니. 믿음직스럽군."

단장은 오네시모의 등을 다독거려주었다.

그 시각. 두칼레 궁전의 평의회 회의실. 전날 일어난 해적의 난동에 대한 대책이 논의되고 있었다. 카올레 주민의 짓이라는 경찰청장의 보고가 끝나자 토론이 진지하게 이어졌다.

"갈바이오 대대 해군을 300명 차출하고 다 모스토 가문의 기사들과 안테노레오 가문의 기사들을 50명씩 차출하여 총 400명 병력으로 그들의 본거지를 습격하기로 하면 어떨까요?"

최종적으로 도제가 의견을 개진했다. 그는 자신이 전투를 지휘하는 장군이라도 되듯 기세가 등등했다. 그런데 그들의 본거지에 대해서 또 다른 의견을 제시한 사람이 있었다. 신흥 귀족 바도에르였다.

"카올레 놈들의 짓이라면 그곳 출신으로서 베네치아에 정착한 병사를 길라잡이로 앞세우는 게 필요하다고 생각합니다."

의원들이 고개를 끄덕이자 해군 제독이 나서서 의견을 피력했다.

"그들은 단기전을 수행할 병력을 가지고는 있지만 한 달 이상 장기전을 치를 능력은 없습니다. 작은 도시이기 때문입니다."

카올레 출신으로서 베네치아에 정착했다가 몇 년 전 피렌체로 근거지를 옮겨버린 귀족이 떠올랐지만 현재로선 그를 불러올 시간적 여유가 없다는 생각에 그는 그만 자리에 풀썩 주저앉았다. 도제를 비롯한 다른 귀족들도 같은 생각이었다.

어업이 신통치 않을 때 해적으로 돌변하곤 하는 게 선원들의 습성이다. 그들은 잡아간 여자들은 팔아서 돈을 챙기고 남자들은 노예로 팔거나 곁에 두고 힘든 일을 시킨다.

카올레 출신으로 도움이 될 만한 사람을 생각해내는 데 시간이 걸리면서 별다른 의견이 없자 도제는 자신이 내놓았던 의견을 최종적으로 결정했다. 그 내용은 즉시 널찍한 양피지에 쓰여 평의회 출입구 외벽에 붙여졌다.

자국민 생환을 위한 특공대 대장에 콜리오네오가 임명되었고 다음 날 갤리선 열 척이 출항했다. 작은 척후용 병선을 세 대 포함하여 모두 열세 척이었다. 물론 갤리선은 모두 수병들이 줄지어 앉아 힘차게 노를 저어 앞으로 전진하도록 설계가 되어있는 배다. 먼저 척후선이 접근하여 그쪽의 방어 상태를 시험하게 되는데, 그들이 무력대응을 할 경우 처음엔 소규모 전투가 벌어질 것이고, 그 과정에서 흥정이 이루어지면 베네치아 시민들의 소재도 확인하고 그들이 요구하는 몸값도 알아낼 기회가 되는 것이다. 전투가 확전이 되면 척후용 배는 신호를 보내고 신호에 의해 뒤에 대기하고 있던 다른 배들이 전속력으로 달려와 병력을 상륙시킨다. 이것이 대략의 병법이었다.

세 명의 기사가 그 속에 포함된 것은 당연했다. 동도 트지 않은 꼭두새벽의 어둠 속에서 출항한 배들은 한낮이 되어서야 카올레 앞바다에 도착했다. 그런데 그곳의 병선들이 전혀 보이지 않자 베네치아 병사들은 이상하다는 생각이 들었다. 척후들이 상륙하여 그곳 사람들을 위협하며 베네치아인들을 감금한 곳을 대라고 하자 그들은 순순히 말해주었다.

배를 지키는 소수의 인원만 남고 삼백 명의 베네치아 특공대가 거리를 활보하는데 누구 하나 나서지 않는 넓은 큰길에서 반몽이 소리쳤다.

"바보들, 이렇게 맥없이 당할 거라면 왜 포로를 잡아간 거지?"

볼모로 잡은 현지인을 앞세우고 단장의 지휘 아래 그들은 시청으로 진입했다. 굳건한 성곽 위에 날개를 편 천사가 서있는 모습의 카올레 문장이 정면에 붙어있는 대회의실의 문을 활짝 열어젖히는 순간이었다.

헉!

회의실 안에 빼곡히 앉아 있는 사람들이 한눈에 들어왔다. 그곳의 시장과 직원들이었다. 그들은 오히려 베네치아 군인들을 환영했다.

"환영합니다. 어서 오십시오."

당황한 건 베네치아 군인들이었다. 그들은 이 황당한 모양새에 놀라 뽑아들었던 칼을 허겁지겁 도로 꽂았다.

"대표자들과 면담을 하고 싶군요."

시장이라고 밝힌 나이 지긋한 노인이 나서서 말했다.

"좋습니다."

시장과 고위직 책임자들 십여 명이 책상을 가운데에 두고 앉고 이쪽에는 베네치아 군인 이십 명이 무장한 채로 앉았다.

자리가 정돈되자 시장이 입을 열었다.

"여기까지 오시게 한 걸 정말 죄송하게 생각합니다."

순간 단장이 책상을 치며 크게 호통을 쳤다.

"죄송할 짓을 왜 하셨소?"

"거듭 사과드립니다. 우리 도시는 조금 큰 어촌에 불과합니다. 주민들은 비잔티움 제국의 여러 도시에 염장 생선들을 수출하고 곡물과 양모, 목재를 수입하여 살고 있습니다. 제노바 상선들과는 품목이 다르므로 경쟁관계가 아닙니다. 그런데 최근에는 동지중해에 자주 출몰하는 사라센 해군에게 약탈을 당하거나 잡혀가기 일쑤여서 베네치아 공화국의 도움이 절실합니다. 우리의 해상로 확보가 시급한 현안으로 다가왔기 때문에, 그래서 어떤 대화의 기회를 마련하고자 이런 일을 저지른 것입니다."

기가 막힌 베네치아 군인들은 한숨을 내쉬었다.

"의도적으로 저질렀다는 말씀인데, 우리가 보기엔 무모하군요. 차라리 서면으로 공화국 도제께 요청하지 그랬습니까?"

"사실 요청을 했습니다만. 아무런 답변이 없었습니다."

베네치아 공화국으로서는 작년에 성인을 모시느라 온통 국력을 집중하고 있던 터다. 늙은 도제의 필생의 숙원이기도 했던 그 국책 사업의 그늘에서 이런 엉뚱한 일이 터지다니. 하지만 베네치아 국력의 신장을 의미하는 이 제안에 단장은 어떤 결론을 내려야 했다.

"그렇다면 서면으로 적어서 내게 주십시오. 도제께 꼭 전달하여 조치하도록 하겠습니다. 당신들은 우리와 같은 언어를 사용하는 사람들이고 바로 이웃인데 도제께서도 호의를 가지고 고려하실 것입니다."

시장이 자신들의 요구를 양피지에 적는 동안 납치되었던 30명의 주민이 들어왔다. 그들은 베네치아 군인들을 보자 반가움에 눈물을 찔끔거렸다. 남자가 절반 여자가 절반이었는데 그 가운데 마르타가 오네시모를 발견하고 달려왔다.

그녀는 달려와 오네시모의 품안에 파묻혔다. 그리고 또 다른 젊은 여성이 지오반니의 가슴에 파묻혀 울음을 터뜨렸다. 오네시모는 울음을 터뜨리는 마르타를 달래주었다.

"도대체 어쩌다가 이 꼴이 된 거죠?"

"말라모코에 봄나들이 나갔다가 부두에서 갑자기 나타난 카올레 선원들에게 붙들렸죠."

마르타 옆에 한 여성이 서 있었다. 가녀린 몸매에 머리칼이 흐트러진 채 눈이 퉁퉁 부어있었다. 오네시모가 쳐다보자 마르타가 소개했다.

"제 친구 콘칠리타예요. 다 모스토 공작의 딸이고, 아까 옆에서 지오반니 기사에게 안긴 사람은 체칠리아, 모네가리오 공작의 기사단장 바실리오 님의 딸입니다. 우리 셋이서 말라모코 부두에서 바람을 쏘이고 있었거든요. 새로 나왔다는 색깔의 옷감도 구입할 겸."

체칠리아와 콘칠리타가 흐트러진 옷을 여미며 교양 있게 인사했다.

"처음 뵙는데요. 실은 마르타가 여러 번 말해주어 댁을 알고 있답니다. 성인의 유골을 가슴에 꼭 안고 알렉산드리아에서 베네치아까지 오셨다고요."

오네시모도 고개를 가볍게 숙이며 인사했다.

"그랬군요. 반갑습니다. 이렇게 구출되어 다행입니다. 가족들이 얼마나 놀랐겠습니까?"

그녀들은 손수건으로 눈가를 찍어냈다. 체칠리아가 말했다.

"댁을 보니 모네가리오 가문의 기사단에 피부가 계피 빛깔의 젊은 기사가 새로 들어왔단 소릴 들은 기억이 납니다."

틀림없는 하산이었다! 오네시모의 가슴이 쿵쿵거리며 마구 뛰어올랐다.

"그 소릴 언제 들었죠?"

오네시모가 다급하게 물었다.

"작년에요. 그분도 성인의 유골을 날랐던 사람 가운데 하나라고……."

오네시모는 가슴을 쓸어내렸다.

"하산이 모네가리오 가문의 기사라니. 젠장, 이런 일이 어떻게 일어날 수 있나!"

오네시모가 넋두리할 즈음 시장은 구구절절 사연을 적은 양피지를 정중하게 단장에게 건넸다. 물론 사과의 의미로 포도주와 염장 삼치를 배에 가득 실어주고 부두에 도열한 시민들은 베네치아 병선이 시야에서 사라질 때까지 손을 흔들었다.

배가 출항하여 바다 한 가운데 진입하자 누군가가 소리쳤다.

"포도주도 있겠다. 축하하는 의미에서 한잔씩들 해야 하는 것 아닐까요?"

단장은 즉시 포도주를 까라고 명령했다. 포도주 통이 열리고 곧바로 군인들의 수통에 채워진 포도주는 남녀 가릴 것 없이 몇 순배 돌았다. 이윽고 배도 추진속도를 늦추고 노 젓는 선원들의 수도 반으로 줄였다. 급하게 서두를 필요가 없어졌기 때문이다.

"난 죽는 줄 알았어요."

마르타는 뱃전에 기대어 오네시모에게 감사했다.

"당신은 죽지 않아요."

"왜죠?"

마르타의 눈이 반짝였다.

"맡겨둔 가보를 찾아가야 하잖아요."

바람에 날리는 머리칼을 쓸어 올리며 표정을 감추었지만 그녀의 얼굴에 고민의 그림자가 스쳐 지나갔다. 다른 배를 탔던 지오반니와 체칠리아도 상관의 눈치를 살피며 은근한 대화를 나누고 있었다.

오네시모가 물었다.

"말라모코에 구경할 게 많이 있어요?"

"옷감 시장이 있죠. 비단과 리넨, 양모 제품 어느 것이든 구할 수 있어요."

그녀는 시민의 생활상을 모르는 오네시모가 한심해선지 입가에 미소를 흘렸다.

"몰랐어요. 옛 수도이니만큼 아직도 그곳에서 뭔가 많은 사업이 이루어지겠군요."

"리알토 섬은 여전히 건설 중에 있어요. 보다시피 다른 섬들보다 개펄도 많고 해서 온통 건설에 국력을 쏟아 붓는다고 해야겠죠."

"왜 그런 섬을 하필 수도로 택했나 모르겠네."

오네시모는 이해할 수 없다는 표정을 지었다.

"아시잖아요. 외적의 침입에 대비한 것이라고. 베네치아 공화국에서 도제 다음으로 가장 바쁜 분이 누군 줄 아세요? 바로 건설 장관이에요. 그가 평의회에서 결정된 건설 지도를 보며 인부들을 동원하고 말뚝을 수로에 박고 그 위에 돌을 쌓아 지반을 다지는 일을 하거든요. 그렇게 해서 물과 땅의 경계를 짓는 것이죠."

그녀는 제법 똑똑했다. 박식한 정보들이 그녀의 입에서 술술 흘러나왔다.

"나도 사람들이 수로에서 말뚝을 박고 축대를 쌓는 작업을 하는 것을 여러 번 본 일이 있어요."

"국민의 근면성을 믿지 못한다면 평의회에서 수도이전을 결정했겠어요?"

근면성이라.

오네시모는 잠시 생각했다. 사람의 면모 가운데 신뢰와 근면이 없다면 동물과 다름없을 것이다. 타라불리쓰[74]에서 살 때 억척스러웠던 아버지의 근면성이 떠올랐다. 어머니가 돌아가시기 전까진 쉴 틈 없이 근면 성실했던 아버지다.

"그렇군요."

오네시모는 고개를 끄덕이며 동의했다.

"지금쯤 할아버진 손녀딸 구해내라고 궁전 앞에서 난리를 치시겠죠?"

"그렇지 않아도 병영으로 날 찾아와 울고불고 법석을 떠셨어요. 하나뿐인 혈육이니 얼마나 놀라셨겠어요."

오네시모의 설명에 그녀는 우울한 표정을 지었다.

"내가 시집가버리면 누굴 의지하고 사실지……."

그녀는 먼 리도 섬 방향으로 얼굴을 돌렸다.

리도 섬이 보이자마자 승리를 의미하는 나팔을 병선에서 여러 차례 불어 본국에 그 소식이 전달되도록 했다. 그러자 리도 섬의 망대에서 이를 본 병사가 대기하고 있던 척후선에 알렸고, 그 배는 낭보를 보고하기 위해 급히 리알토로 출발했다. 그 결과 그들이 리알토 섬을 밟기 두 시간 전에 이미 평의회에서는 희소식을 알고 있었다. 하지만 기쁘게 돌아온 그들을 기다리는 슬픈 소식이 있었다.

"도제께선 지금 급환 중에 계십니다. 오늘 아침 쓰러지셨습니다."

---

74) 트리폴리.

배를 말뚝에 매는 병사들 가운데 하나가 단장에게 보고했다.

오, 이런!

특공대를 보낼 때까진 멀쩡했던 그였다. 하지만 밤새 안녕이란 말이 있듯 노인의 안위를 하루 날인들 누가 장담하랴. 사람들이 순간 웅성거렸다. 그때 커다란 통곡소리가 궁전에서 들려나와 사람들을 기겁하게 만들었다. 사람들의 표정이 무겁게 일그러졌다.

"자! 국상을 당한 마당에 이 자리에서 해산하겠습니다!"

단장 콜리오네오가 외치자마자 기사, 시민 가릴 것 없이 사람들은 모두 흩어졌다. 몇 명의 기사들은 허겁지겁 궁전으로 달려갔다. 갑작스런 해산에 어리둥절한 사람들이 있다면 지오반니와 체칠리아, 오네시모와 마르타였다. 그들은 좋았던 분위기가 깨진 것에 대해 황당한 표정이었다. 하지만 체칠리아는, 부친인 모네가리오가(家) 기사단장 바실리오가 마중 나와 있어 아쉽지만 먼저 작별인사를 했다. 바실리오가 젊은 기사 지오반니와 오네시모를 차례로 껴안아 성공적인 임무수행에 대한 칭찬을 표시하는 동안 체칠리아가 손을 흔들었다.

"자, 마르타 그리고 콘칠리타! 먼저 갈게. 어제 우린 정말이지 비싼 봄나들이를 했어."

"하긴 목숨을 건 구경이었으니까. 경험치곤 좀 혹독했지?"

"그러게 말이야."

그녀들은 까르르 웃으며 헤어졌다. 바실리오가 콜리오네오와 짧은 이야기를 나누는 빈틈을 이용하여 오네시모는 체칠리아에게 부탁했다.

"혹시 가능하다면, 부친께 부탁해서 하산에게 꼭 만나고 싶단 말을 전해주실 수 있어요?"

콘칠리타는 특별히 보내온 다 모스토 공작의 마차에 즉시 태워졌다. 콜리오네오는 자기 군주의 마차가 떠나는 걸 확인하고 두칼레 궁전으로 달려갔다. 콘칠리타를 태운 마차가 떠나는 걸 물끄러미 바라보며 아쉬워하는 사람이 있었다.

발몽이었다.

지오반니와 오네시모가 예쁜 처녀와 희희낙락하는 걸 멀리서 보고만 있던 그다. 하지만 그는 콘칠리타를 향한 뜨거움을 마음 깊이 간직한 채 한마디 말도 건넬 수 없었던 자신이 한심했다. 하필이면 카올레에서 출발할 때 서로 다른 배를 타게 되어 접근할 수도 없었다. 세상에 어쩔 수 없는 일이 어디 한두 가지일까. 그녀는 내내 반대편 갤리선의 뱃전에 기대어 먼 바다만 보고 있었다. 자신의 눈 저만치에서 홀로 서있는 그녀를 보고 있다는 것도 발몽에게는 아픔이었다.

함초롬히 피어난 수선화.

항상 쓸쓸해 보이는 그녀를 볼 때마다 그의 가슴은 너무도 아팠다. 사실 공작의 서녀라는 처지 때문에 체칠리아나 마르타와 친구가 될 수 있었던 걸 발몽은 모르고 있었다.

아! 지금 그녀가 뒤돌아본다면 내가 널따란 이 광장에 서서 자기를 끝까지 보고 있다는 걸 알 텐데. 발몽은 부동자세로 공작의 마차가 사라질 때까지 보고 또 보았다.

한편 오네시모는 마르타를 집까지 안전하게 데려다 주었고 노인의 환대를 잠시 만끽했다. 그는 자신이 사용했던 2층 방의 구석구석을 돌아보고 잠시 감회에 빠져들었다.

"고향에 돌아온 기분이군요."

오네시모가 미소를 지었다.

"그러면 자주 놀러오세요. 막진 않을 테니."

그녀는 귓불이 빨갛게 물들었다.

"여기에서 안젤로 선생께 가서 베네치아 말 공부를 하고 돌아오는 게 일과인 때가 있었어요."

예전의 생활을 회상하며 오네시모가 말하자 노인이 대화에 끼어들었다.

"오네시모, 어제는 베네피치움 길드의 토나토 몬텔레가 찾아왔네. 알렉산드리아 출신이더라고. 그가 와서 으름장을 놓더군. 자네 서명이 담긴 계약서를 내밀면서 위반했다며."

"그래서 어떻게 되었죠?"

오네시모가 벌떡 일어났다.

"손녀가 해적에게 붙들려간 마당에 내가 그자에게 고분고분 대답하게 생겼어? 불평등 계약서를 계속 들이대면 가만히 있지 않겠다고 했지. 신경질이 나서 잡히는 대로 시킨 금화를 그자에게 던졌지. 가지고서 꺼지라고 말이야."

노인이 기염을 토했다. 마르타가 궁금한 목소리로 물었다.

"그가 아무 말 않고 돌아갔어요?"

"제깟 놈이 가지 않음 어쩔 건데?"

노인은 큰소리 쳤다.

"영감님도 참! 제가 잘못한 것이니 제가 욕먹어 싸죠. 경험이 없는 저를 그자가 가지고 놀긴 했지만. 그자는 날 소개한 안젤로 선생의 신뢰까지 멍들게 했어요."

"꺼림칙했는데 되레 잘 되었네요."

마르타가 역성을 들었다.

"그런데 이게 무슨 냄새죠?"

오네시모가 갑자기 화들짝 돌아보았다.

"생강 넣은 주전자를 화덕에 올려놓았답니다."

그녀의 대답은 태연했다.

"생강이라뇨?"

"모르셨어요? 전에 아파 죽을 지경일 때 마셨던. 그래서 당신 별명이 생강 선생이잖아요."

내 별명이 생강선생?

도제가 돌아가셨다.

베네치아 공화국 도제의 서거를 알리며 일주일의 애도기간이 선포되었다. 공고문이 즉시 나붙었고 연락 척후선(船)에 의해 또는 입에서 입으로, 결국엔 공화국 전체에 전달되었다. 마르코 성인을 모시게 된 기쁨으로 한낮에 심장이 어떻게 되어버렸든지, 아니면 성인을 모실 새 성당 건설을 계획하느라 과로해서인지, 아니면 순전히 노쇠로 인한 것인지, 도제는 공화국 특공대가 이웃 도시의 해적과 담판을 짓는 동안 몸져누웠다가 그들이 가지고 돌아온 기쁜 소식을 듣지 못하고 그만 숨을 거두었다.

그의 유해는 새로이 제정된 공화국 국기 즉 날개달린 사자가 한 다리로 성서를 짚고 서있는 금빛 문양이 선명한 진홍빛 국기에 덮여 화장되었다. 그의 유언대로 그의 유분은 베네치아 바다에 뿌려졌다. 베네치아의 번영을 영원히 기원하겠다는 포부였다.

애도기간이 끝나자 새 도제를 뽑는 문제가 화급한 국가적 과제로 떠올랐다.

훈련이 끝나고 휴식시간에 기사단 단장이 지오반니와 발몽에게 다가왔다.

"다 모스토 공작이 선출되도록 지금 평의회에서 말들이 오가고 있을 것이네. 어떤가?"

"저희가 무슨 도움을 드리면 되죠?"

지오반니가 물었다.

"평의회 귀족들 가운데 가장 많은 재산과 병력을 유지하고 있는 몇 개의 가문에 부탁을 하는 것이다. 물론 그분들의 기사들에게 말이다."

"좀 더 구체적으로 설명해 주십시오."

발몽이 물었다.

"자네들이 그동안 사귀었던 기사들에게 설명하고 주인께 여쭈어 달라고 설득하면 된다."

설명을 들으며 오네시모는 마르타에게 부탁하여 펠리치오를 움직여 주교관의 신부들을, 체칠리아에게 부탁하여 그녀의 부친 바실리오를 움직여 모네가리오를 흔든다는 작전을 떠올렸다.

"이해가 갑니다만. 시간을 주셔야 주교관 기사단과 모네가리오 기사단을 만나러 갈 거 아닙니까?"

오네시모가 긴급 제안을 했다.

"당연히 맞는 말이지. 오늘 당장 그리고 내일까지 시간을 주겠네. 그리고 격려 차원에서 자네들에겐 일주일의 휴가를 주겠네."

물론 기사단 운영을 하지 않는 귀족들은 다른 기사들이 찾아갔다.

오후가 되자 기사 삼총사도 거룻배를 이용해서 먼저 주교관 기사단을 찾아갔다. 리알토 섬의 가장 동편에 위치한 때문이며, 육지 이동은 남의 이목을 끌 수 있기 때문이다. 아직 새 주교가 오지 않아 마태오 신부가 그들을 반갑게 맞이했다. 신부는 한눈에 오네시모를 알아보았다.

"정말 오랜만이군. 주일 미사 때만 보니까 인사 나눌 기회도 제대로 없었는데. 자네는 베네치아의 국운 확장에 큰일을 했어. 그동안 어떻게 지냈나?"

"파도바의 다 모스토 공작의 영지에서 육상훈련을 했고요……, 그리고 카올레 주민들이 잡아갔던 주민들을 구해내는 작전에 참여했습니다."

오네시모의 조리있는 설명에 신부는 감탄했다.

"일 년 반 만에 젊은이의 베네치아 말 실력이 어마어마한 발전을 했군."

"저를 아는 분들은 모두 칭찬합니다. 감사합니다."

오네시모는 공손히 고개를 숙였다.

"됐네. 그대들이 찾아온 것이 혹시 새로운 도제 선출에 도움을 받기 위해선가?"

사제의 눈치는 빨랐다. 그는 너무도 정확하게 짚어냈다.

"솔직히 말씀드리면 그렇습니다."

발몽이 대답했다.

"그렇다면 왜 그런 일을 하려고 하나? 자신들의 주군인 공작에 대한 솔직한 견해를 먼저 말하게나."

헉, 공작에 대해 솔직히 말하라니!

발몽과 지오반니는 말을 하지 못하고 겸연쩍은 표정을 지었다. 아랫사람이 높은 윗분에 대해서 어떤 평가를 할 수 있단 말인가.

"이 젊은이는 공화국에 온 지 오래되지 않아 사정을 잘 모를 것이네."

마태오 신부는 오네시모를 지칭했다. 그는 침을 한번 삼킨 다음 말을 이었다.

"잘 듣게나. 지금 가장 문제가 되는 것은 연령이고 그 다음이 대의명분일세. 난 다 모스토 공작을 무척 존경하지."

마태오 신부가 여기까지 말하자 두 젊은이는 즉시 감사했다.

"감사합니다. 지지해주시면 고맙겠습니다."

하지만 신부의 생각은 달랐다.

"아닐세. 돌아가신 주스티니아노 파르티치파치오 도제보다 자네들의 주군이 더 나이가 많다네. 그리고 다 모스토 집안은 정치에 관심이 적고 사업에 더 많이 집중한다는 걸 생각해보게. 성인을 모시기 위한 성전 건축에 낸 헌금도 귀족들 가운데 세 번째로 많은 건 남다른 신앙심 때문일 거야. 고령이 문제라고 볼 때 아들이 오히려 더 격에 맞을지 몰라."

신부의 설명을 들으며 세 젊은이의 어깨에서 힘이 빠졌다.

"그리고 파르티치파치오 전임자 동생인 지오반니 1세가 급부상하고 있네. 사제인 내가 베네치아를 위해 못할 말이 어디 있겠나."

"그분이 가지신 특장점이 있습니까?"

지오반니가 물었다.

"지오반니 1세는 성인의 유골 운송비를 부담하신 분일세. 모시기로 평의회에서 안건이 의결될 때 자신이 그 운송비를 전액 부담하겠다고 거금을 희사하셨던 분이야. 그리고 고인이 된 총독은 자신의 전 재산을 성전 건축을 위해 바쳤어."

신부의 설명은 진지하고 차분했다.

"그럼 귀족들 대부분이 지오반니 1세에게 기울었습니까?"

발몽이 물었다.

"그렇다네. 성인을 모시게 되어 지금 베네치아는 좋은 의미에서 제 정신이 아니야. 매일 시민들의 참배 행렬이 줄을 잇고, 헌금이 수북이 쌓여만 가고 있네. 베네치아에 큰 복을 주실 것으로 시민들 모두가 굳게 믿고 있는 이상 그 소원은 반드시 이루어 질 것이네. 그 분위기를 꼭 이해해주게. 혹시 그 다음 차례라면 몰라도. 머지않아 오실 주교님의 대리자일 뿐인 내가 너무 자세한 이야길 한 건 아닌지 모르겠구먼."

다음 차례라니. 인사치레일 뿐……. 삼총사는 힘없이 일어섰다. 신부가 그들을 큰 길까지 배웅해주었지만 그들은 꼭 초상집에서 나오는것 같았다.

"펠리치오를 안 만나고 그냥 갈 거야?"

발몽이 지오반니에게 물었다.

"그냥 가자. 기분이 아니다. 나중에, 아니면 내년 성모승천일에 어차피 파도바 팔리오에서 만날 테니까."

체칠리아로 인해 알게 된 것일 뿐 펠리치오와 친한 것도 아니었다.

"그럼 주교관 기사단도 내년엔 참석하는 거야?"

"당연하지. 2년마다 열리는 축젠데, 작년엔 주교님이 선종하시고 성인의 유골이 오시는 바람에 베네치아 모든 팀이 참가를 포기했지."

그들이 거룻배를 타고 돌아오는 길에 지오반니가 제안했다.

"모네가리오 기사단을 방문하고 의중을 알아보자."

오네시모는 순간 하산을 떠올렸다. 혹시 친구를 만날 수 있다면 좋으련만.

마침 병영에는 바실리오 단장이 있었다. 마구간에서 말을 훑어보던 바실리오가 그들을 발견하고 반갑게 소리쳤다.

"혹시 파도바 팔리오 축제에 대해 미리 작전이 있어서 온 것인가?"

농담이었지만 바실리오 단장만큼 밤낮 팔리오 축제만 생각하는 사람은 없다는 증거였다. 그는 사실 축제의 인솔 단장으로 정해진 참이다. 그는 즉시 손님들을 막사로 안내했다.

막사의 나무의자에 앉고 나서야 지오반니가 입을 열었다.

"체칠리아는 잘 지내겠죠?"

"고맙네. 자네가 요즘 체칠리아를 뜸하게 찾는 것 같아서 궁금했는데 그 이야길 하러 동료들과 함께 온 건 아닐 테고."

"당연합니다. 제가 그동안 바빴습니다. 용서하십시오. 그리고 그 사실을 따님께 전해주십시오. 오늘은……, 신임 도제 선출 건에 대해 상의 좀 드리려고요."

"아하, 젊은이들이 당돌하기는. 그건 나이든 사람들의 몫인데. 하여튼 말이나 들어보세."

바실리오는 미소를 흘리며 자세를 고쳐 앉았다.

"모네가리오 공작께선 새 도제 선출을 앞두고 다 모스토 공작을 어떻게 생각하고 계시는지요?"

"모네가리오 집안은 이미 도제를 배출하신 가문일세. 그만큼 이 문제에서만은 초연하다고 생각하면 되네. 누가 되든 베네치아의 장래에 가장 적합한 분이면 되네."

말하는 분위기가 어쩐지 이상하게 들리기 시작했다. 지오반니가 발몽에게 눈짓을 하자 세 사람은 일어설 준비를 했다. 그때 단장 바실리오가 이런 말을 했다.

"우리 기사단에 하산이라는 알렉산드리아인이 있네. 그도 역시 자네처럼 성인을 모시고 온 공로가 인정되어 기사단에 특채되었지."

그 말에 오네시모는 가슴이 터지는 기분이었다. 그렇지 않아도 노심초사하면서 기회를 벼르던 그다. 자신들의 주군에 대한 평가가 지지부진하여 힘이 자꾸만 빠져가는 상황에서 멍청해져있던 오네시모는 힘이 불끈 솟았다.

"단장님, 하산 기사를 만나게 해주실 수 있다면 지금 기회를 주십시오. 일 년 반이나 떨어져 서로 보지 못했습니다."

오, 저런!

바실리오 단장과 발몽, 지오반니의 입에서 동시에 탄식이 터져 나왔다.

마침 비서가 차를 들고 들어왔다. 단장이 즉시 비서에게 명령했다.

"여보게, 하산 기사를 불러오게. 진객이 찾아왔다고."

주교관에서 썰렁하게 얼어붙었던 기분을 이곳에서 따뜻한 차로 녹이고 나니 기분이 많이 좋아진 세 사람은 편안한 마음으로 오네시모와 하산의 상봉을 기다렸다.

창을 통해 하산이 이쪽으로 오는 게 보였다.

앗!

걸어오는 하산이 다리를 절름거리고 있었다. 풍선처럼 부풀었던 오네시모의 가슴이 갑자기 바람 빠진 꼴이 되어버렸다.

"하산!"

오네시모가 문 밖으로 뛰어나가 그를 껴안았다.

하산은 아무런 말도 없이 오네시모를 쳐다보며 그만 눈물만 펑펑 쏟았다. 오네시모는 하산의 손을 잡고 안으로 들어왔다.

"편안히 이야길 나누게."

바실리오 단장은 자리를 비켜주었다. 그러자 발몽과 지오반니도 슬금슬금 밖으로 나가버렸다.

"하산, 그간 어떻게 지냈어."

자신의 팽팽하고 건강한 피부와는 달리 하산은 꺼칠하고 살도 빠져 계피색 얼굴이 더욱 검어 보였고 마치 병든 사람처럼 보였다. 오네시모의 눈에서 눈물이 흘러내렸다.

"고생만 했지."

하산의 대답은 간단했다.

"어떻게 서임식을 치렀니? 세례를 받았니?"

"티모테오라고 이름을 지어주더군."

갑자기 두 사람은 부둥켜안고 다시 울었다. 하산이 티모테오로 바뀌다니. 베네치아에 도착할 때까진 무슬림이었던 그다. 자신의 이름이 바뀐 건 그렇다 치더라도 하산이 바뀐 것에 대해서는 마치 고향을 잃어버린 느낌이었다. 머나먼 이국땅에서 그들은 외톨이 같은 기분에 눈물을 펑펑 쏟았다.

"너 지금 어디가 아픈 건 아니겠지?"

"아니야. 걱정해줘서 고맙다."

두 사람은 의자에 마주 앉았다. 오네시모가 물었다.

"그자가 돈은 주고 갔겠지?"

"돈이라니?"

"트리부노가 도제에게서 굉장히 큰 사례금을 받았어. 그런데 네겐 한 푼도 안 주었나보구나!"

오네시모는 기분이 상해서 큰 소리로 말했다.

그럴 수가!

기가 막혔다. 그렇다면 자신이 그자에게 받았던 돈의 절반이 하산의 몫이었다는 생각까지 들자 오네시모는 다시금 괴로워졌다.

"실은 나는 받았어. 감방에서 말이야. 세어보진 않았지만 한 오천 시킨 금화쯤 될 거야."

"그때 네가 도둑으로 몰려 끌려가고 나는 도제께서 곧바로 모네가리오 가문의 기사단에 넣어주셨지. 엄격한 생활에 적응하는 동안 내내 네 생각 많이 했다. 난 네가 감방에서 나오면 날 찾으리라 믿고 여태 견뎌내고 있었어."

오, 하느님! 오네시모는 가슴이 미어져 몇 번이고 하느님을 불렀다.

"내가 감방에 있는 여드레 동안 모든 상황이 끝나버렸어. 그 자식의 완벽한 음모에 당한 거야. 자기들이 유골을 옮겨 왔다고, 우린 자기들 심부름꾼이라고 둘러대고……, 태연히 환영식에 참석하여 영웅대접을 받고나서는 돈을 챙겨 날라버린 거야."

"우린 어쩌다 항상 당하고만 사는 인생이 되었냐?"

하산이 울먹이며 소리쳤다.

"운명은 아니야. 하느님은 우리에게 그런 운명을 주시지 않았어. 안 그래?"

"글쎄……, 모르겠다."

"어느 누구도 당하는 운명을 주신 건 아니야. 잘 몰라서 당하는 위치에서 있었을 뿐."

"이젠 당하지 말자."

"맞아. 이젠 나도 당하지 않을 자신이 생겼어. 지혜와 담력이 있으면 되잖아."

"가장 중요한 건 경험인 것 같아."

"난 감방의 창살 너머로 주교의 장례식과 성인의 환영식을 구경했어."

"난 기사단의 일원으로 환영식에 따라 다녔지만 내 역할은 무거운 창을 들고 말에 앉아있는 것뿐이었어. 언어가 불통이어서 그랬지만, 트리부노와 루스티코 그 악마들이 우리의 몫을 가로채는 것도 모르고 눈 번히 뜨고 보고만 있었구나! 어이구, 내 신세야!"

하산이 분통을 터트렸다.

"우리가 돈 벌고 환영식에 참석하기 위해서 성인을 운송한 건 아니야. 하지만 이곳 사람들은 우리 민족과는 달라. 짧은 기간이지만 옆에서 보니, 베네치아인들은 이익에 되게 집착하고……, 명분을 찾는데 혈안이 되어 있더라고. 그게 우리가 살아온 알렉산드리아의 사람들과 이곳 사람들의 차이야. 그러니 우리를 분리시키고 날 외딴 곳에 격리시켜서라도 자기 이득을 챙기려는 그 악마들의 잔재주에 당할 수밖에."

"우리만 당한 게 아니야. 사실 베네치아 공화국이 당한 거지. 거금을 아무런 공로도 없는 그 자식에게 통째로 주었잖아."

"그저 우리 옆에서 통역만 했던 그놈들이 10만 시킨 금화를 송두리째 가로챈 걸 도제도 모르고 돌아가셨어. 작년에 두칼레 궁전으로 그분을 찾아갔잖아. 안젤로 선생이라고, 카이로가 고향인 분을 만난 덕분에 함께 간 것인데, 그때 도제의 말 가운데 그 사실이 들통 났어. 깜짝 놀라서 도제에게 사실은 이야길 하려 했지만, 안젤로 선생이 폭로를 말리더라고."

"왜지?"

하산이 의아한 표정을 지었다.

"이곳이 베네치아 땅이란 사실을 상기시켜주셨어. 우리에게 불리할 수 있단 뜻이지."

"그런데 그게 10만 시킨 금화나 된다고?"

"그래. 그자가 감옥 창살 사이로 5,000천 시킨 정도 내게 던져주고 가버렸어. 난 그때까지 사기당한 것도 모른 채 그자에게 감사했으니……! 지난 일 년 반을 분통을 삭히느라 정말 속이 다 썩어버렸다."

"지금이라도 터트릴까?"

두 사람의 눈빛이 순간 마주쳤다. 하지만 오네시모가 고개를 설레설레 흔들었다.

"아냐, 힘을 길러가면서 기회를 봐야지. 지금 터트려봐. 베네치아 시민들이 기절초풍하고 궁정은……, 발칵 뒤집히겠지. 그자들은 현상수배가 되겠지만 우린 현행범으로 즉시 끌려갈 거야. 그리고 우리에게도 이상한 죄목이 붙을지 몰라. 혹시 아니? 그자들이 우리에게 돈을 다 주었다고 소문내고 도망쳤는지. 난 그자들이 어떤 올가미를 만들어 놓고 기다릴지 몰라 그게 두려워."

조심에 조심을 해야 되겠군.

하산이 중얼거리는 순간 오네시모의 눈앞에 마르타와 체칠리아 그리고 콘칠리타가 떠올랐다. 사건이 만천하에 드러나 법정까지 가게 되어……, 만일 지급된 금액을 반환하라고 판결이 날 경우 마르타가 써버린 돈은 보석을 대신 내어놓으면 되겠지만, 나머진 어떻게 마련하며 그동안 쌓았던 삼총사의 우정은 어떻게 될까?

"우린 앞으로 어떻게 될까?"

애달픈 표정이 된 하산이 물었다.

"내게 생각이 있어. 돈을 많이 벌어서 고향에 돌아가는 것 말이야."

"돈을 어떻게 많이 버니? 지금 월급이 210 시킨인데."

"나와 같은 조에……, 방금 나간 두 사람 중에 하나야. 지오반니라고……, 도제를 배출한 갈바이오 가문의 아들이야. 몇 년 후엔 기사생활을 접고 무역에 투신하려고 하거든."

"그게 너와 무슨 상관이야?"

"그때가 되면 도와달라고 부탁했거든."

"그럼 나도 데려가주겠단 말이니?"

하산은 무작정 오네시모를 보았다.

"당연하지. 그때까지, 그날이 올 때까지 참고 기다리며 힘을 기르는 거야!"

두 청년은 의기투합해 웃음이 터져 나왔다.

그들의 웃음소리에 두 기사들이 들어왔다. 발몽이 외쳤다.

"제군들!"

발몽의 목소리는 자기네 단장 콜리오네오를 흉내낸 것인데, 순간 지오반니와 오네시모가 배꼽을 잡고 웃어댔다. 발몽이 핀잔했다.

"울 땐 언제고 이젠 웃는 거냐? 실없기는."

다 모스토 공작의 도제 피선의 포부는 이미 틀렸고 재미있는 분위기가 부러워 지오반니와 발몽은 둘의 대화에 끼어들고 싶어졌다. 오네시모는 발몽과 지오반니에게 하산을 소개했다.

베네치아 귀족가문의 기사들에게 새로운 과제가 부과되었다.

팔리오 축제.

나날이 계속되는 고된 기사 훈련을 받으며 몇 달이 더 흘러 드디어 8월 10일이 되었다. 신임 도제 지오반니 1세 파르티치파치오를 위시한 평의회 의원 모두가 참석한 출정식이 끝나자 주교관 기사단을 필두로 다 모스토, 모네가리오, 안테노레오 가문의 기사단이 베네치아를 출발했다. 각 기사단에서 12명씩 뽑혀 자기네 가문의 명예와 베네치아의 영광을 드높일 사람들이었다. 기사들이 가문의 문장과 함께 동물이나 기호가 수놓인 화려한 깃발을 앞세우고 행진하는데, 치장한 말들까지 힝힝거려 분위기를 잔뜩 들뜨게 했다. 수행한 배만도 20척이 넘었다. 온갖 장비와 천막과 음식재료들을 싣고 배들은 리알토 섬을 출항하여 몇 시간의 항해 끝에 해안에 당도했다.

다 모스토 가문의 영지가 팔리오 축제 때마다 베네치아 공화국 대표단의 숙영지가 되어온 것은 파도바에서 제일 가까운 곳에 위치한 까닭이었다.

말들을 매고 먹이와 물을 주는 것은 종복들의 몫이다. 다른 종복들이 텐트를 치고 식사를 준비하는 동안 기사들은 팔씨름과 재담으로 숲 속에서 피로를 풀고 있었다.

"여어, 생강 선생. 이렇게 함께 출전하게 되어 영광일세."

펠리치오가 자기 조원들과 지나가며 지오반니와 눈인사를 나누다가 함께 쉬고 있는 발몽과 오네시모를 발견하고 말을 걸었다.

예로니모 노인의 집에서 좋지 않게 만났던 그를 다시 만났지만 오네시모는 놀라지 않았다. 말을 못했던 작년과는 달리 이젠 만만하지 않은 그다.

"난 영광이 아니네."

오네시모가 대꾸했다. 펠리치오는 은근히 놀라 움찔했다. 오네시모의 말이 발음만 조금 이상할 뿐 잘 통했기 때문이다.

"우린 적이 아니니까, 우열을 가리는 것은 팔씨름으로도 족하겠군. 안 그래, 친구들?"

펠리치오는 뒤돌아보며 팔짱을 끼고 선 조원들에게 물었다.

"그런 것 같아."

펠리치오의 친구 주세페와 엔리코가 고개를 끄덕이며 자신 있는 표정으로 동의했다.

허걱.

일순간 긴장감이 두 팀 사이에 맴돌았다. 날카로운 눈초리가 서로 탐색하며 우열을 저울질 했다.

"좋다! 마침 여기 탁자가 있군."

지오반니가 벌떡 일어서며 제안했다. 소나무 숲이 한없이 펼쳐진 넓은 영지의 한쪽에 예전부터 기사들이 머물곤 하던 흔적들과 함께 등걸 위에 모양새 없이 얹힌 탁자가 2개 있었다.

"각각 상대방 3명과 세 번씩 하는 거야."

"좋아."

펠리치오가 팔을 걷어붙이고 오네시모를 쳐다보았다. 오네시모도 즉시 팔을 걷어 올렸다.

두 사람이 탁자에 마주 앉았다.

"준비! 시작!"

지오반니가 소리치자 두 사람의 팔뚝 근육이 씰룩거리며 부르르 떨기 시작했다. 혈관이 굵게 튀어 올라오더니 부르르 떨던 두 팔뚝이 순간 우뚝 멈추었다. 오네시모의 팔이 넘어졌다. 펠리치오는 웃지 않았다. 그의 두 눈은 충혈이 되어 여전히 기염을 토하고 있었다.

"준비! 시작!"

두 번째 겨루기가 시작되었다. 다시금 팔들이 부르르 떨기 시작했다. 펠리치오의 팔이 넘어졌다. 오네시모가 졌다면 펠리치오의 승리로 끝날 뻔했던 싸움이 마지막으로 다시 붙었다.

"잠깐! 연속 세 번씩 할 게 아니라, 휴식을 취하도록 해주고 다른 사람이 하는 게 어때?"

발몽의 의견이었다. 모두들 동의하자 이번에는 발몽과 주세페가 맞붙었다. 두 사람도 역시 입술을 씰룩거리고 관자놀이에 핏대가 올라와 얼굴의 표정조차 일그러졌다. 마침내 발몽의 팔이 넘어가고 말았다.

"젠장."

발몽이 신경질을 부렸다. 이번에는 지오반니와 엔리코가 맞붙었다. 눈알에서 핏줄이 서고 눈물이 고여 눈알이 튀어나올 듯 손목에 온 힘을 주던 둘 사이에 판가름이 났다. 지오반니가 이긴 것이다.

기사마다 상대와 세 번씩 겨룬 결과를 종이에 기록하면서 돌아가며 하다 보니 결국은 14대 13으로 지오반니 팀이 우승하며 끝나버렸다. 세 번씩 겨루므로 무승부는 없었다.

잠깐!

펠리치오가 고개를 갸우뚱거리며 이의를 제기하고 나섰다.

"종이 좀 보여줘."

그의 이의에 아랑곳하지 않고 지오반니가 채점 종이를 꼬깃꼬깃 호주머니에 넣어버리자 펠리치오가 지오반니의 가슴을 밀쳤다.

"나와 붙어보자는 거야?"

지오반니가 그를 노려보았다.

"사람 무시하는 걸 보니 싸움질에 자신이 있나본데, 한 번 해볼 거야?"

펠리치오도 노려보며 입가에 싸늘한 미소를 흘렸다. 하긴 절친한 사이도 아니고 여자 친구로 인해 아는 사이였으니 이번 기회에 확실히 기선을 제압하자는 생각이 서로 머리에 스쳤을 것이다. 싸움 구경거리가 생겼다 싶어 주변의 다른 기사들이 우르르 몰려왔다.

하지만 두 사람이 붙기도 전에 오네시모가 나섰다.

"그만 둬! 지오반니, 종이를 내게 줘봐. 우린 기사야. 성실과 정직이 생명인데 확실히 알게 공개해버려."

지오반니는 마지못해 종이를 오네시모에게 넘겨주었다. 내용을 모두 본 오네시모의 손에서 펠리치오의 손으로 종이는 넘겨졌고, 계산상 아무런 하자가 없었음이 밝혀졌다.

"진작 공개했어야지."

펠리치오가 침을 튀면서 눈을 부릅뜨고 소리쳤다.

"진작 신뢰했어야지."

지오반니도 맞받아쳤다. 그 말에 몰려든 사람들은 웃거나 얼굴을 찌푸렸다.

그날의 두 팀의 경쟁은 거기에서 끝났다. 이어진 식사시간이 끝나자 총단장 바실리오의 지휘 아래 축제에 대한 내용설명이 있었다. 도시 연합체에 속한 각 마을의 대표들이 말 달리기와 창던지기, 활쏘기, 마상 대결을 하는 순서가 끝나면 오후에는 깃발을 앞세운 기사단 행진으로 등위를 결정하고, 해가 지면 시상식과 식사를 겸한 파티가 열리는 것으로 막을 내린다고 바실리오는 힘주어 또박또박 설명했다.

베네치아 팀이 축제를 며칠 앞두고 미리 도착한 것은 나름대로 이유가 있어서였다. 마을마다 모두 한 달 전부터 준비해오던 터이고, 이미 베네치아가 공화국으로 선포한 지 100년이 넘었지만 훈족과 롱고바르드 족의 침략 전까지는 정치적으로나 문화적으로 육지의 한 부분이었던 까닭에 그 전통이 끊어지지 않아서였다. 베네치아의 독주를 달갑게 여기지 않는 육지의 도시들은 자꾸만 팔리오 축제를 격하시키려 한데 반해 베네치아는 오히려 더 많은 참가비를 내면서까지 축제에 적극적이었다. 그리고 주교들 간의 경쟁도 한몫하여 서로 자신이 맡은 교구가 더욱 빛나고 순위경쟁에서 밀리지 않기를 바라는 세속적인 욕심도 작용했다.

그날 밤은 곱게 넘어갔다. 피로와 긴장으로 인해 저녁 식사가 끝나고 호수에서 몸을 씻은 기사들은 서둘러 자신들의 천막으로 돌아갔다. 평소의 훈련과 군기에 의해 그들은 불침번만 남겨둔 채 골아 떨어졌다.

새소리와 아침 안개, 여명에 의해 기사들은 일어나 단체 별로 구보를 하고 다시 집결하여 몸을 풀었다. 기사들은 호수에 뛰어들어 땀에 얼룩진 몸을 씻어냈다. 허벅지까지 잠긴 물속에서 오네시모의 눈에 펠리치오가 씻고 있는 모습이 들어왔다. 거리낄 것 없는 남자들만의 벌거벗은 세계의 한 부분이었다. 펠리치오도 오네시모를 흘끔 보았지만 태연히 씻는 일에 열중하는 듯했다.

"녀석, 온 지 얼마나 되었다고 베네치아 사람 행세를 해. 뛰기 주제에. 출세하려고 개종까지 한 네 놈의 정체를 반드시 벗겨 주리라."

적의를 가지고 오네시모를 흘끔 노려본 펠리치오는 마르타를 넘본 죄만은 용서할 수 없다고 이를 악물었다. 마르타의 풍만한 몸매를 떠올린 그는 더 나아가 이번 팔리오 축제 때 오네시모를 완벽하게 도태시킬 것을 생각하고 있었다.

오네시모의 느낌이 이상해졌다. 그는 갑자기 펠리치오의 먼 눈빛을 의식했다. 등줄기가 오싹하면서 어떤 생각이 스쳐갔다.

"도박이라니. 빚잔치할 일 있냐. 네 놈이 순수하지 못하니까 마르타도 힘들어하는 거야. 주교관 기사까지 하는 놈이 신앙심은 어디에 패대기쳤냐?"

오네시모는 만일 펠리치오가 심하게 나오면 앞으로 어떻게 대처해야 할지를 고민하기 시작했다. 조개로 부는 신호가 식사시간이 되었음을 알렸다. 나무 가지에 널따란 아마천을 묶어서 임시 천막으로 만들어진 공간에 모두 모여들었다.

그날의 아침식사와 회의가 끝나자 다시금 개인 훈련시간이 되었다. 팀마다 나무를 타거나 나무사이로 말을 달리거나 통나무를 자르거나 하여 단합된 힘들을 과시하면서 시간을 보냈다. 드디어 오후가 되어 창던지기 시합이 열렸다. 각 팀의 특기자를 발굴하고 경쟁의식을 고취시키는 사기진작의 한 방법이었다.

드디어 훈족의 모습을 한 과녁이 아름드리나무에 걸렸다. 모든 기사는 의무적으로 창을 던졌는데 더러는 과녁에 못 미치는 사람도 있었고 일부는 훌쩍 넘어가버리는 사람도 있었다. 과녁을 맞춘 사람은 겨우 네 명이었다. 바실리오 단장이 기사들 앞에 섰다.

"과녁을 맞힌 네 명과 그 이상 넘어간 5명의 명단을 호명한다. 그들은 2차전을 준비하기 바란다. 과녁을 조금 더 가까이 세우고 가슴 이상 부위에 맞추는 것으로 평가할 것이다. 그 가운데 3명을 골라 축제 때 창던지기 대표로 내보낼 것이니, 잘 하도록!"

호명된 사람들 9명 가운데 펠리치오와 주세페, 그리고 발몽과 오네시모가 들어갔다. 유독 이 네 사람은 잔뜩 긴장을 하기 시작했다. 펠리치오와 오네시모는 어제의 갈등이 아직도 남아있다 치더라도 주세페와 발몽까지 덩달아 이상 경쟁 분위기에 휩쓸린 것이다.

돌아가면서 세 번을 던져 점수를 매기기로 정해졌다. 이윽고 단장의 명령이 떨어졌다.

"던져!"

처음 나선 기사는 정확하게 과녁을 맞혔다. 다음 기사도 정확하게 맞혔다. 그리고 다음도. 이윽고 네 번째로 나선 오네시모가 호흡을 가다듬고 창을 던졌다. 하지만 창은 그만 빗나가고 말았다.

우우우.

구경하는 기사들이 소리 질러 비난했다. 그들 가운데 누군가가 외쳤다.

"유골을 모셔온 사람도 별 거 아니네!"

순간 오네시모는 얼굴이 해쓱해졌다. 오, 주여 저들의 농담을 흘려버릴 수 있도록 제게 힘을 주십시오. 제가 심하게 떨고 있습니다. 오네시모는 기도했다. 하지만 다음 순번이 되어 정해진 위치에 선 펠리치오는 창을 잡은 손가락에 힘을 주며 회심의 미소를 지었다. 그는 흡사 자신이 마치 페르세우스라도 된 듯 자신감에 넘쳐 있었다.

휘익!

콱!

창은 그의 손에서 벗어나 공기를 가르며 훈족의 얼굴에 정확하게 박혔다.

와아아!

기사들이 환호성을 질렀다. 돌아가면서 세 번씩 던졌는데 오네시모의 창은 두 번째 것도 과녁을 벗어났고 겨우 한 번만 과녁을 맞혔지만 훈족의 다리를 맞히는데 그쳤다.

그날의 겨루기는 끝이 났다. 열두 명의 기사들 가운데 3명이 뽑혔다. 그 가운데 당당하게도 펠리치오가 들어갔다. 지오반니와 발몽은 불안해졌다. 아무 불상사도 일어나지 말아야 할 텐데.

다음 날 겨루기는 활쏘기 시합이다. 저녁 식사 전의 휴식시간에 오네시모가 펠리치오를 찾아갔다. 펠리치오가 먼저 말했다.

"생강 선생, 날 보러 왔나? 하고픈 말이 있으면 해봐."

그는 말하면서 오네시모를 똑바로 보지도 않았다.

"오늘 서로 너무 긴장했던 것 같아. 오해가 있으면 풀어버리는 게 좋을 것 같아서."

오네시모가 말했다.

"오해? 자네가 오해하고 있겠지. 그래서 나도 오해하게 되었을 것이고. 오해의 제공자가 먼저 풀면 될 것 같은데. 안 그럴까?"

펠리치오는 무료한 듯 과도를 들어 앞의 탁자에 콱콱 찍으며 상대를 기죽이려는 의도를 드러냈다.

"날 보는 자네의 눈빛이 예사롭지 않은 이유를 말해주겠어?"

"난 눈빛이 원래 강해. 그래서 마르타가 내게 푹 빠졌는지 모르지만."

여전히 다른 방향을 쳐다보며 펠리치오는 오네시모를 비웃었다.

"마르타 때문이라면, 정말 오해하고 있는 거야. 쓸데없는 오해로 서로 다칠까 두려워."

오네시모가 말하자마자 펠리치오가 벌떡 일어서서 오네시모를 노려보았다.

"너도 마르타를 사랑하고 있구나."

펠리치오가 침을 튀었다.

"그게 바로 네가 빗나가고 있는 대목이야."

"협상하러 온 사람치곤 말하는 꼴이 도덕선생 같네. 건방진 놈. 사경을 헤매는 걸 살려놓으니까 은인의 미모를 탐내다니."

그냥 물러설 오네시모가 아니다. 그러려면 오지도 않았다.

"그래. 많이 아팠던 날 회복하게 해주었지. 또 그녀가 아름다운 건 사실이야. 하지만……."

순간 오네시모는 생강과 계피를 떠올렸다. 펠리치오는 오네시모가 침을 삼키기 위해 숨을 멈춘 순간에 뛰어들어 날카롭게 내뱉었다.

"거봐, 네가 그걸 방금 고백했잖아."

"하지만, 그것은 오해라고!"

"그래? 정말 그럴까?"

"마르타와 난 아무런 사이도 아니란 말이다."

"하여튼 우린 반지까지 나눈 사이니까 끼어들지 마! 다신 치근거릴 생각일랑 버려. 알았지? 만일 어기면 그땐 정말 비참해질 줄 알아라."

고슴도치 같은 사람과 이야기 하는 기분이었지만 자신의 뜻을 전했다고 생각한 오네시모는 돌아섰다. 그 순간 펠리치오가 내뱉었다.

"튀기 자식. 남자답게 붙어볼 작정이라면……, 붙어보지. 이번 기간에 날 이긴다면 내가 양보하겠다!"

하지만 앞부분의 단어는 무슨 욕설 같기는 했지만 처음 듣는 단어였기 때문에 오네시모는 대꾸하지 않고 그냥 돌아왔다. 친구들에게로 돌아오자 멀리서 둘이서 만나는 걸 지켜봤던 지오반니가 오네시모의 어깨를 꽉 껴안았다.

"그 자식이 뭐래도 기죽지마. 오네시모, 우린 네 편이니까."

두 사람의 시선이 마주쳤다.

"하지만 난 불안해."

다음날도 아침 체력단련 시간이 끝나자 단체별 교육이 시작되었다. 여전히 기분이 침체된 오네시모는 말없이 지오반니와 발몽을 따라다니며 훈련에 집중했다. 시간이 지날수록 불안은 가중되었지만.

오후가 되자 활쏘기 시합이 열렸다. 바실리오 단장이 우렁찬 목소리를 가다듬었다.

"어제 우리는 베네치아의 단합된 힘을 확인할 수 있었다. 창던지기의 출전자 3명이 결정되었다. 오늘은 활쏘기를 통해서 3명의 최종 출전자를 결정할 것이다. 방법은 어제와 비슷하다. 훈족 과녁을 활로 맞히는 것이다. 먼저 각 팀마다 자기 캠프에서 3명씩 뽑아서 본선에 올리면 된다. 그럼 어서 시작하도록!"

그의 명령이 떨어지기가 바쁘게 단체별로 모두 자기 캠프에서 경쟁에 나섰다. 과녁을 삼분의 일 퍼얼롱 앞에 붙여놓고 10개의 화살을 쏘아 맞히는 것인데, 팔다리보다 가슴과 얼굴에 맞힐 때 더 높은 점수를 주었다.

나팔소리가 울리자 드디어 12명의 선수가 선발되어 앞으로 나왔다. 네 팀의 기사단은 모두 호숫가 공터로 모였다.

어?

공교롭게도 오네시모의 친구 발몽과 펠리치오의 친구 주세페가 그 가운데 끼어 있었다. 묘한 긴장감이 감도는 가운데 대리전 양상이 되고 말았다.

판정의 정확성을 기하기 위해 3개의 과녁과 거기에 각각 투입된 기사들이 깃발을 내리자 단장이 외쳤다.

"쏴!"

기사들의 활이 시위를 벗어나 바람을 가르는 날카로운 소리를 내며 날아갔다.

휘익 탁!

활의 충격으로 과녁들을 나뒹굴게 한 사람, 빗나가 허공중에 떠버린 사람, 과녁 앞 땅바닥에 박혀버린 사람 등등. 결과가 여러 모양새로 나타나자 관전하는 기사들이 웃어버린 일들도 일어났다. 서로 의식적으로 멀찌감치 앉았던 오네시모와 펠리치오의 눈길이 사람들이 웃곤 하는 와중에 서로 맞부딪혔다. 매번 오네시모는 웃음을 웃었지만 펠리치오는 화가 잔뜩 난 얼굴이었다.

오, 저런!

세 번째 쏘기에서 갑자기 사람들이 술렁였다. 과녁 옆에서 빨간 깃발을 들고서 쏘라는 신호도 하고 맞힌 걸 정확하게 확인도 하는 기수들의 반장으로 가 있던 지오반니를 향해 주세페의 화살이 날아든 것이다. 지오반니가 무릎을 모래바닥에 꿇고 쓰러지는 순간 주세페는 두 손을 번쩍 들며 외쳤다.

"이건 실숩니다. 실수라고요! 하필 시위를 당기는 순간에 놓쳐버린 것입니다."

기사들이 우르르 뛰어가는 동안 지오반니의 옆의 기사들 3명이 깃발을 흔들어 아무 일 없다는 신호를 보냈다. 단장을 포함해서 달려간 기사들 모두 지오반니의 팔에 남은 일자(一字) 모양의 상처를 확인할 수 있었다. 깜박 하는 사이에 벌어진 일로 하마터면 큰일이 날 뻔했다.

휴우!

단장을 포함해서 사람들은 모두 가슴을 쓸어내렸다.

주세페가 허겁지겁 달려와 지오반니를 일으켜 세우며 말했다.

"미안하네. 지오반니 기사, 정말 미안해. 의도성은 절대 없었어."

펠리치오는 달려가지 않고 먼 데서 회심의 미소를 지었다. 지오반니의 팔뚝에 난 화살이 스친 상처에서는 피가 스미어 나오기 시작했다. 즉시 위생병이 달려와 팔뚝에 지혈제를 뿌려주고 붕대로 칭칭 감아주었다. 지오반니가 휴식하는 동안 남은 경기가 마무리 되었다. 결국 주세페가 포함된 3명이 뽑혔다.

날마다 오후에 재개되는 시합은 점차 열기를 더해가면서 기사들의 단합과 경쟁이라는 이상한 두 가지 개념을 교묘하게 일구어내고 있었다. 드디어 다음날 오후가 되자 예정된 대로 마상 결투가 벌어졌다. 단장 바실리오가 나서서 침을 튀면서 큰 소리로 설명했다.

"칼은 쓰지 않는다. 다만 봉을 쥐고 달려서 먼저 상대방 기사를 말에서 떨어뜨리면 이기는 것이다."

각 기사단에서 먼저 예선을 치러 거기서 뽑힌 12명의 기사들이 나팔소리에 맞추어 바실리오 단장 앞으로 나왔다. 대표선수를 뽑는 일에 있어, 어제까진 말을 타지 않고 땅 위에서만 겨루었다. 하지만 오늘은 말을 타고 나무 봉을 한 개씩 들고 나타난 것이다. 제법 분위기가 고조되고 전쟁 맛이나기 시작했다.

엔리코와 오네시모. 두 사람이 나와서 단장 앞에 나란히 서서 경례한 다음 서로 마주보고 인사를 했다.

오네시모는 얼떨결에 엔리코에게 말을 건넸다.

"휴우, 펠리치오가 아니어서 다행이야."

"정말 그럴까?"

엔리코의 시큰둥한 대꾸에 오네시모는 등이 오싹했다. 서로 반대쪽 끝으로 이동할 때 오네시모는 생각했다. 무슨 대답이 그러냐. 쩨쩨하게 시리. 너까지 날 적으로 생각할 필요 없는데. 괜히 말해 본전도 못 찾았군. 오네시모는 엔리코를 다시 쳐다보았지만 그는 오네시모의 눈길을 차갑게 외면해버렸다.

"자, 달려!"

단장의 명령에 빨간 깃발이 내려지자 반 퍼어롱의 거리를 두고 마주 보고 있던 말들은 상대방을 향해 미칠 듯이 달려들었다. 엄청난 소음과 먼지가 일어나 안개 속의 전투 같았다. 갑옷을 온전히 차려 입고 투구까지 눌러 쓴 기사들은 봉을 옆구리에 끼고서 전속력으로 달렸다. 그것이 패배자를 말에서 떨어뜨리는 가장 빠른 방법일 터다.

다각 다각 다각 다각.

다각 다각 다각 다각.

탱, 퉁!

기사들은 봉에 맞아 먼저 떨어지거나 동시에 떨어진다. 먼저 떨어지는 게 지는 걸 의미했기 때문에 낙마하지 않으려고 용을 쓰는 판이다.

앗!

사람들이 소리친 순간 오네시모가 말에서 벌렁 떨어졌다. 한 번 더 붙었지만 또 오네시모가 떨어지고 말았다. 투구까지 벗겨져 기사의 체면을 구긴 오네시모는 땅바닥에 나뒹구는 투구를 주워 먼지를 털털 털어냈다.

서로 2합씩 45번을 겨룬 끝에 엔리코가 포함된 3명이 뽑혔다. 역시 기사다운 면모가 드러난 겨루기여서 사람들은 열렬히 박수를 쳤다. 펠리치오는 창술에서 그리고 주세페는 활쏘기에서 베네치아의 대표선수로 선발되었고, 이제 곧 엔리코까지 마상 결투의 대표선수로 선포될 참이었다. 주교관 소속 기사단의 3총사가 다 모스토 공작의 3총사를 완벽하게 누르고 기량을 인정받는 순간이었다.

와아!

사람들의 환호가 숲을 온통 뒤흔들고 있을 때 지오반니가 뛰어와 바실리오 단장에게 이의를 제시했다.

"단장님, 죄송합니다만. 긴급동의가 있습니다. 최종적인 판정을 잠시 유보하시고 봉들을 회수해서 길이가 모두 같은지 확인해보시기를 건의합니다."

자신의 딸 체칠리아와 사귀는 청년이 이 정도라니.

바실리오는 실망스런 눈으로 청년을 보았다. 그건 심각한 결과를 초래할 수 있는 사안이었다. 만일 봉의 길이가 열두 명 모두 똑 같다면, 확인하려 했던 것 자체가 생명처럼 여기는 기사의 명예에 손실을 초래할 수 있다.

그리고 또 하나.

바실리오 단장은 침을 꿀꺽 삼켰다. 사윗감으로 오래 지켜보았던 성실한 청년을 잃는 것이 된다.

"봉의 길이가 모두 똑 같다면 자넨 기사의 명예를 포기해야 할 텐데."

바실리오는 괴로운 표정으로 지오반니를 보았다.

"만일 다르다면 제가 아닌 그 사람에게 불명예가 돌아가겠죠."

오른 팔뚝에 붕대를 감은 지오반니는 물러서지 않았다. 뭔가 심상치 않은 일이 일어났음을 안 사람들 모두 환호를 즉시 멈추면서 찬물을 끼얹은 듯 분위기가 갑자기 조용해졌다. 여름 오후의 열기를 식히는 시원한 바람이 숲에서 불어왔다. 사람들이 다시 술렁이기 시작했을 때 바실리오는 즉시 3명의 봉을 모두 회수하도록 긴급명령을 발동했다.

종복들이 달려가 3개의 봉을 가져와 바실리오 앞에 대령했다.

앗, 저런!

봉 하나가 한 뼘 정도 길었다. 사람들은 기겁했다.

"누구의 것인가?"

바실리오의 불호령이 떨어졌다.

세 명의 기사들은 서로 자기 것이 아니라고 고개를 설레설레 흔들었다.

"봉을 이리 가져오라."

바실리오는 문제의 봉을 자세히 살펴보았다. 거기에는 F 라는 이니셜이 그려져 있었다.

"F 라니?"

다른 봉에는 아무런 표식도 없었다.

"자네 이름이 뭔가?"

나머지 두 명의 이름은 알고 있었으므로 바실리오 단장은 엔리코를 날카롭게 쳐다보며 물었다.

"엔리코 칼리스토펠레."

엔리코는 얼굴 한번 붉어지지 않았다. 붉어진 건 오히려 바실리오 단장이었다. 그는 세 명을 번갈아 보았지만 세 사람 가운데 이름이 F로 시작하는 사람은 없었다. 생각에 잠긴 단장은 어떤 결정을 내려야 했다. 바실리오가 기사들을 모아놓고 외쳤다.

"오늘의 겨루기에서 나는 귀관들에게 대단히 실망했다. 결과에서는 3명이 대표로 뽑혔지만 오늘은 어쩐지 꺼림칙한 일이 끼어들었다. 이는 추문이며 명예와 성실에 관계된 일로서 대단히 창피스런 일이라고 밖에는 할 수가 없게 되었다. 이 문제는 내가 새로 오신 주교님과 상의하여 추가 조치할 것이다. 내일이면 말 달리기 시합을 끝으로 우리의 모든 단합대회는 막을 내리고 모래 성모승천일에는 고대하던 팔리오 축제가 열린다. 축제가 무사히 끝나고 베네치아의 영광이 파도바의 하늘 높이 휘날리게 할 책임이 여러분의 어깨에 달려있는 만큼 시종일관 긴장하여 기사로서의 명예를 꼭 지켜주기 바란다. 그리고 베네치아의 팔리오 축제 참가가 올해로서 끝나게 될지, 아니면 몇 년 안에 끝나버리게 될지 아무도 모른다. 베네치아 공화국 자체적인 축제로 대체가 될 가능성도 있다는 말을 하고자 한다. 부디 유종의 미를 거두기를!"

바실리오 단장은 마지막 문장에서 목소리를 높였다.

저녁식사를 위해 기사들은 해산되었다. 그들은 호숫가로 몰려갔다. 때마침 해가 지고 있었다. 황혼의 아름다운 노란 빛깔이 무슨 의미를 부여하듯 서녘 하늘을 온통 황금빛으로 물들이고 있었다. 이윽고 서녘의 낮은 산들이 어두운 청자색으로 물들어가기 시작할 쯤 아까부터 노을을 우뚝 서서 보고 있던 지오반니가 말했다.

"발몽, 오네시모, 저걸 보라고. 하늘의 위대함을. 그리고 사실……, 오늘 마상 결투의 승리자는 오네시모가 아닐까?"

"알았으니 그만 몸이나 잘 씻어. 내일을 생각해야지."

발몽이 핀잔하자 지오반니는 말없이 몸을 씻기 시작했다. 기분 나쁜 꺼림칙함을 씻어내려는 듯 물속에 첨벙 뛰어 들어갔던 오네시모는 갑자기 그 자리에 우뚝 섰다.

오늘을 사는 것은 내일을 사는 것이네. 내일이 없다면 젊은이는 오늘 살아 있더라도 죽은 목숨일 따름이야. 현명한 사람은 큰 불행도 작게 처리하는 법일세.

안젤로 선생이 했던 말이다.

F.

그 이니셜은 어쩌면 펠리치오의 이니셜이 아닐까 하고 내내 생각했다. 그것이 만일 사실이라면 어제 지오반니를 향해 날아왔던 주세페의 화살조차도 우연성을 상실하게 된다. 오네시모는 두려움에 몸을 떨었다.

다음 날 맑은 아침의 상쾌함을 뚫고 새소리가 창공에 울려 퍼질 때 기사들은 잠자리에서 일어났다. 그들은 모포 정리와 주변 청소를 간단히 하고 아침 체력단련에 들어갔다.

"말 타기는 오네시모가 잘 하는데!"

숲 속을 내달리면서 발몽이 소리쳤다.

"팔리오에선 어떻게 진행되는 거지?"

궁금한 오네시모가 물었다.

"각 마을 대표들이 3명씩 오잖아. 예선전을 치러 빨리 달리는 12명을 뽑

아. 그 12명은 각 동네에서 온 처녀들이 장미화관을 들고 있는 데까지 빨리 달려가서 받아와 파도바 시장에게 드리면 된다네. 맨 처음 드리는 화관은 성모님의 머리에 씌워드리고 나머지는 성모님의 발 아래 바쳐지지."

"별 감흥이 없군."

오네시모가 샐쭉하게 대답했다.

"몰라서 그래. 그 처녀들이 열광하는 걸 못 보아서 그래. 너도 확 돌아버릴 걸?"

마르타 문제로 펠리치오와 긴장한 때문인지 발몽의 설명에도 오네시모는 전혀 기분이 올라오지 않았다.

드디어 오후가 되고 말 달리기 대회가 막을 올렸다. 본선에서는 호수의 이쪽에서 저쪽 끝까지 말을 달려 막대기에 걸린 야생화 꽃다발을 가장 빨리 가져온 기사가 뽑히는 경기다. 다른 팀의 기사들이 나누는 이야기가 오네시모의 귀에 들어왔다.

"이걸 가장 마지막 순서에 하는 이유를 알겠네."

"당연하지 제일 재미있고 여자들이 열광할 만하니까. 이 경기를 아침에 해봐. 그날 분위기가 엉망이 되어 다른 종목들은 제대로 못하게 될 거야."

오네시모는 자체 예선을 쉽사리 통과하여 팀의 대표로 뽑혔다. 이윽고 본선을 알리는 나팔소리가 울리자 12명의 선수들이 말을 탄 채 모래밭에 모였다. 우리의 오네시모도 늠름하게 나갔다. 이미 흥분해 있는 말들은 어서 달리고 싶어 앞다리를 쳐들거나 입에 물린 재갈을 깨물며 힝힝거렸다.

"자, 준비! 달려!"

바실리오 단장의 명령이 떨어지기가 바쁘게 말들은 달려 나갔다. 역시 오네시모의 말이 중간쯤에서부터 앞서가기 시작하더니 돌아온 결승점까지 무사히 1위를 지켜냈다.

와!

사람들의 환호성과 함께 3명의 기사가 선출되었다. 사람들의 시선이 모두 오네시모에게 쏠렸다.

성인을 모셔왔던 사람이래. 혼혈아처럼 보여. 세례는 베네치아에 오기 전에 받았다는군.

지오반니가 들은 기사들의 귀엣말 가운데 정확한 정보는 이 세 가지뿐이었다. 아직까진 삼총사의 낯을 세워준 건 오네시모다. 그나마 화살을 맞고도 멀쩡한 것을 천만다행으로 여기고 지오반니는 발롱과 함께 큰 소리로 응원만 할 수밖에 없었다.

다음날 일찍부터 일어난 기사들은 간단한 체조로 몸을 풀고 구보는 하지 않았다. 종복들이 천막을 걷는 걸 도와주고 나서 조반을 끝내자, 드디어 단장 바실리오가 앞에 서서 목에 힘을 주었다.

"드디어 오늘 축제날이 되었다. 오늘은 베네치아의 명예가 여러분 어깨에 걸려있으니만큼 개인행동은 자제하길 바란다. 거리 행진이 있을 것이고 시민들이 여러분들에게 꽃잎을 뿌리거나 하더라도 흥분한다든지, 시민과 개별대화를 하느라 행군이 지체되게 해서는 안 된다. 우리 베네치아 공화국의 새로 제정된 국기가 선보이는 만큼 이 도시의 사람들은 대단히 흥분할 것이고 이에 대해 왈가왈부할지도 모른다. 하지만 그만큼 마르코 성인의 보호하심과 은덕이 크게 작용할 것이므로 여러분은 거기에 경거망동하거나 휩쓸리지 말아야 할것이다."

이윽고 베네치아 공화국의 대표로 뽑힌 총 12명의 기사들이 단장 바로 뒤에 따르고, 그 뒤를 네 개의 기사단들이 따르는 가운데 행군이 시작되었다. 고수의 북소리와 나팔수의 나팔소리에 맞추어 행군이 체계적으로 이루어지기 시작했다.

한 시간이 못 되어 파도바의 도시 변두리에 도착했을 때는 앞서 도착한 다른 동네의 기사들이 요란하게 그려진 깃발들을 앞세우고 도심을 통과하고 있었다. 흰 바탕에 빨간 십자가가 크게 그려진 파도바 국기가 선두에 서서 지나갈 때였다. 시민들이 크게 함성을 질렀다.

"만세! 파도바 만세! 축복이 영원히!"

베네치아 대표단도 어깨를 으쓱이며 파도바 대표단 뒤를 바짝 따라갔다.

도시의 2층 이상 건물의 창을 통해 상체를 내민 시민들이 고함치며 환호하고 손을 흔들어주었다.

"역시 예쁜 여자들이 많구먼!"

기사 가운데 누군가가 외치는 그 소리는 앞서 가는 12명의 기사들의 귀에도 여과 없이 들어왔다.

앗, 저건?

오네시모가 보니 분명히 마르타였다. 그것뿐이 아니었다. 그 옆에 체칠리아와 콘칠리타가 있고 그 옆에 다른 나이든 귀족부인들이 함께 2층의 열려진 창문으로 상체를 내밀고 손을 흔들고 있었다.

베네치아에 있을 시각에 어째 여기에 있을까?

생각할 겨를도 없이 행렬은 그녀들이 내다보고 있는 화려한 3층 집 앞을 통과하고 있었다.

어!

앞만 보려 해도 오네시모는 마르타와 눈이 마주쳤다. 그녀는 웃으면서 손을 흔들었으나 그것이 바로 앞의 펠리치오를 향한 것인지 분명치 않아 시선을 돌렸다. 그러나 체칠리아나 콘칠리타와는 아는 척을 해야 할지 헷갈리다가 행렬이 그만 그곳을 지나쳐버렸다.

앞에 가고 있는 펠리치오는 어떤 표정을 지었을까? 갑자기 궁금해졌으나 그렇다고 물어볼 수는 없었다. 내가 왜 자꾸만 의식하는 것일까. 오네시모는 태연하게 자세를 잡고 흐름을 따라 앞으로 앞으로 행진했다.

환상일지 몰라.

팀이 광장의 지정된 자리에 도착했을 때 오네시모는 아까 자신이 본 것이 아마도 환상일 거란 생각을 하기 시작했다. 그래 환상이었어. 베네치아에서 여기까지 왜 올까? 누굴 그리고 무엇을 보겠다는 거야? 그렇게 생각했던 그는 다시 생각이 바뀌었다.

아니야. 콘칠리타가 신분이 높으니까 여기에 오는 건 쉬웠을 거야. 구경하려고 다 모스토 공작을 따라왔는지도 모르지. 그런데 3명이 다 오다니.

옆의 부인들은 누구지?

인근 수도원에서 온 수사들로 구성된 합창대가 단선율의 성가를 부르기 시작해서야 사람들의 웅성거림은 정리가 되었다. 이제 곧 성모승천 대축일 미사와 팔리오 축제가 시작될 것이다. 울긋불긋한 대표단의 옷과 말 장식, 그리고 깃발들이 광장을 빼곡히 메운 가운데 미사가 시작되었다. 미사가 진행되는 동안 사람들은 신기한 표정으로 자꾸만 베네치아 팀의 국기를 보고 또 보았다.

날개 달린 사자가 한 다리로 성서를 짚고 서있는 금빛 문양이 선명한 진홍빛 국기!

흰 바탕에 빨간 십자가가 그려진 자기네 국기의 문양을 가운데 넣고 금관을 맨 위에 둔 채 황금 테두리가 문양을 둘러싼, 이른바 파도바 문장이 박힌 강론대(臺) 앞에 주교가 섰다. 주교가 강론을 하고 그레고리안 성가가 울려 퍼질 때 비둘기 떼가 성당의 종탑에서 날아 올라가면서 분위기는 한껏 고조되었다.

이윽고 영성체 시간이 되어 마을의 대표들과 기사들만 주교 앞에 나가 영성체를 했고 나머지 시민들은 신부들에게 했다. 주교 앞에 줄을 서서 차례를 기다리던 오네시모는 저만치서 십여 명의 신부들 앞에 영성체를 하기 위해 줄을 선 사람들 가운데 콘칠리타와 마르타, 체칠리아와 귀부인들을 발견했다.

미사가 끝나자 잠시 가라앉았던 열기가 다시금 후끈 달아올랐다. 광장에서 시작된 인파는 원형 경기장은 말할 것도 없고, 연결된 곧은 도로에까지 빼곡히 채우고 있었다. 첫 싸움은 광장에서 활쏘기로 시작되었다. 기사복 대신 각 마을의 전통 의상을 입고 나온 기사들은 활쏘기에서 과녁을 잘도 맞혔다. 결국 가슴이나 얼굴을 많이 맞힌 고득점자가 세 명으로 압축되었다. 그들이 결선을 위해 쉬는 동안 뽑힌 12개 마을은 자기 마을의 춤과 전통 노래를 부르며 광장을 메운 사람들과 기사들에게 볼거리를 제공했다.

이어서 열린 결선에서 3명의 순위가 결정되었다. 활을 잘 쏘는 주세페는 2등으로 베네치아의 이름을 드높인 첫 기사가 되었다.

이어서 창던지기가 열려 최종적으로 3명이 창의 명수로 결정되었는데, 펠리치오가 3등으로 입상해 두 번째로 베네치아의 이름을 빛낸 기사가 되었다.

열기가 점차 고조되기 시작했다. 도로에서 마상 결투가 열리자 시민들의 흥분과 환호가 하늘을 찌르듯 했다. 한숨과 야유, 질투와 욕설, 한탄과 자조가 뒤섞여 그야말로 흥분의 도가니였다.

엔리코는 본선의 첫 경기 상대에게 져서 바닥에 늘씬하게 뻗어버렸다. 이를 지켜보던 지오반니 삼총사는 서로 눈짓을 교환하며 신호했다. 자식, 그러게 사람이 조신해야지.

어느덧 해가 중천에 떴을 쯤에 오전의 경기가 끝나고 점심시간이 선포되었다. 기사들과 시민들 모두 질서가 깨어져 자신들이 소속된 곳으로 급히 몰려갔다. 하지만 베네치아 공화국의 기사들만은 질서정연하게 열을 지어 모네가리오 가문의 저택으로 이동했다.

고색창연한 석조 건물하며, 마당도 널따란 수백 년 된 저택이어서 이들이 머물기에는 어려움이 전혀 없는 곳이었다. 미리 준비된 점심을 먹고 정원의 숲에서 휴식을 취할 때였다.

"아침에 행진할 때 마르타 보았지?"

발몽이 오네시모에게 물었다.

"물론."

"나도 콘칠리타를 보았어."

발몽은 그만 깊은 한숨을 내쉬었다.

"발몽, 사랑의 아픔이 심하구나."

오네시모의 말에 발몽은 고개를 끄덕일 뿐 시선을 먼 하늘로 돌려버렸다. 갑작스런 착상이었지만 오네시모는 친구를 위해서라면 콘칠리타에게 직접 발몽의 마음을 전해주고 싶을 정도였다.

"발몽, 사랑에 빠지면 기쁨보다는 슬픔이, 달콤함보다는 아픔이 더 많다는 말이 맞나봐."

"내가 한심해 보이지?"

발몽은 오네시모만 쳐다볼 뿐이다.

"기도라도 열심히 해보았니?"

"하고 또 해도 마찬가지야. 그래서 힘이 더 빠져버렸어."

오, 저런!

그들이 갑자기 호흡을 멈추었다. 공작의 저택에서 하녀들과 함께 체칠리아의 모습이 어른거리더니 뒤이어 콘칠리타와 마르타가 모습을 드러냈다. 베네치아에서 온 십여 명의 처녀들이 오후의 나른하고 짧은 휴식을 즐기며 밖으로 걸어 나오던 참이었다. 처음엔 고양이를 쫓아 나오는 강아지를 뒤쫓아 하녀 하나가 뛰어 나오는 소동을 피웠던 것이 나머지 처녀들까지도 모두 밖으로 나오게 했다. 세 처녀들은 은근히 밖의 주변을 살폈다. 창고와 말 사육장 맞은편 숲에 베네치아의 기사들이 왔다는 이야길 듣고 행여 남자친구를 만날 수 있을까 하여 밖을 기웃거리던 참이다. 곧바로 기사단장 바실리오와 저택의 집사장이 모습을 드러냈다.

"아빠, 지오반니가 본선에 진출하게 되었나요?"

체칠리아가 바실리오에게 물었다.

"아니다. 이번엔 예선에서 탈락했다. 대신 펠리치오가 창던지기에서 3등했고 주세페가 활쏘기에서 2등을 해서 베네치아 공화국의 명예를 드높였다."

바실리오는 무덤덤하게 대답했지만 체칠리아는 금세 풀이 죽어버렸다. 그녀를 콘칠리타가 위로했다.

"지오반니가 활쏘기에서 뽑히지 않은 건 틀림없이 뭔가 속사정이 있을 거야."

"하긴 베네치아에서 그이 말고 누가 제일 잘 쏘겠어. 하지만 속상해."

"펠리치오가 창던지기에서 3등 했다는데 마르타는 좋겠어."

체칠리아는 마르타를 돌아보았다. 하지만 그녀의 표정은 밝지 않았다.

"마르타, 펠리치오가 3등 했다는데 기뻐하는 표정이 한 군데도 없구나. 시상식에서 받은 상을 네게 줄지 혹시 아니?"

"난 기대도 안 해."

마르타의 대꾸는 썰렁하기만 했다. 아침 행진 때 창가에서 손을 열심히 흔들었건만 모른 체한 그가 얄밉기만 했다. 체칠리아가 콘칠리타에게 말했다.

"콘칠리타, 발몽이 아무래도 널 좋아하나봐."

체칠리아의 뜬금없는 말은 그녀를 놀라게 했다.

"무슨 말이니?"

"내 눈이 틀림없다면……, 카올레에 붙들렸다가 오는 배에서 말이야, 널 보는 그의 시선이 특별했거든. 널 끊임없이 보고 있었는데 몰랐어?"

"정말이야?"

콘칠리타는 얼굴이 빨개졌다. 하지만 그녀는 이내 우수에 젖은 표정으로 돌아가버렸다. 그들 세 명은 다 모스토 공작의 둘째 부인인 콘칠리타의 모친의 집에 며칠 묵고 있던 터다. 마침 응원하러 온 다른 베네치아 귀족들 모두 자기네 친척을 찾아 흩어진 참이어서 체칠리아의 제안에 따라 그들은 모네가리오 저택을 방문했다.

바실리오 단장이 안으로 들어가버리자 세 처녀는 빨간 장미가 활짝 핀 계단 밑 화단으로 내려왔다. 그녀들은 고개를 돌려 남쪽의 커다란 말사육 장을 보았다. 아이비 덩굴이 무성하게 뒤덮여서 초록빛 잎사귀들이 잔물결 처럼 햇빛을 반사하고 있는 거대한 지붕 밑 마구간에서는 여물을 먹으며 울어대는 수십 마리 말들의 울음이 시시때때로 흘러나왔다.

한켠에는 여름 꽃들이 팔월 땡볕을 받아 초록의 이파리를 배경으로 만발 한 채 때마침 등장한 처녀들의 젊음과 열정을 시기라도 하듯 더욱 더 화려 한 빛을 발산하고 있었다. 그녀들의 눈길은 민트 화초들과 빨간 프리뮬러를 스쳐갔다. 콘칠리타의 시선이 멈춘 것은 노랑 만병초였다.

"어머, 이건 무슨 꽃이지?"

그녀는 꽃이 주는 신선한 매력에 듬뿍 빠져버렸다. 그녀는 꽃 앞에 앉아 열심히 들여다보았다.

"정말 매력적인 꽃이네."

무슨 꽃인지 이름조차 모르는 점에서 매일반인 마르타와 체칠리아도 콘칠리타 옆에 서서 꽃들을 구경했다. 마침 화단에서 서른 걸음쯤은 더 떨어진 곳에 향기로운 열매를 주렁주렁 매단 베르가못 오렌지에 눈을 빼앗긴 체칠리아가 성큼 그쪽으로 다가갔다.

"어머 오렌지가 탐스럽고 예뻐!"

체칠리아가 외치자 뒤따른 마르타도 상록 수목들과 유실수들이 잘 가꾸어진 정원에 감탄했다. 정원은 두 퍼어롱 거리도 넘을 듯 끝이 가물가물했다. 바로 그 정원 끝쯤에 베네치아 기사들이 정원수 그늘 아래서 휴식을 취하고 있었다. 마르타가 말했다.

"정성스레 이 넓은 화단과 정원을 가꾼 걸 보니 정말 대단한 가문인가봐."

아마도 가문에 소속된 여러 명의 정원사가 사시사철 철저한 충성심으로 가꾸고 있을 것을 생각한 그녀들은 부러움에 저절로 감탄사가 터져 나왔다.

대단해!

그때 콘칠리타의 모습을 발견한 발몽이 벌떡 일어섰다. 그녀의 모습을 자세히 보기 위해 그는 자석에 끌리듯 한 발 한 발 그쪽으로 걸어가 올리브 숲으로 들어갔다. 그녀를 쳐다보는 그의 시선은 마법에라도 걸린 사람마냥 그녀가 움직일 때마다 몸짓 하나하나에 넋을 잃고 따라가면서 집중했다.

"발몽, 얼이 아예 빠져버렸구나. 이 일을 어쩌면 좋으냐!"

바짝 뒤 따라온 오네시모가 그의 어깨를 탁 치며 소곤거렸다. 발몽은 뒤돌아보며 한숨을 길게 내쉬었다.

"아, 가슴이 터질 것만 같아. 숨쉬기조차 힘이 들어."

그가 고백했다.

"발몽, 그러다가 정말로 그녀가 만나주기라도 하면 숨 막혀 죽어버릴라."

오네시모가 놀리는데도 발몽은 농담으로 받아들일 여유조차 없었다.

"차라리 그녀 앞에서 숨이 막혀버리면 좋겠어."

친구를 웃기려다 오히려 오네시모가 웃고 말았다.

하하하하.

사랑의 포로가 되어버린 발몽은 이해할 수 없다는 표정으로 오네시모를 돌아보았다.

정원의 이곳저곳을 기웃거리며 나른한 여름날 오후를 즐기고 있는 세 처녀들은 땡볕에 얼굴이 그을리는 게 싫어 그만 들어가려던 참이었다.

"콘칠리타, 장미화관을 들고 서있을 베네치아 대표로 뽑힌 기분이 어때?"

마르타가 물었다.

콘칠리타는 사실 저쪽에서 기사들 가운데 한 사람이 아까부터 자기를 뚫어져라 보고 있다는 생각을 할수록 자꾸만 가슴이 부풀어 올랐다.

"하지만 말 타는 건 오네시모가 제일이라던데?"

그녀의 말에 마르타는 얼굴이 살짝 달아올랐다. 이미 알고 있는 사실인데도 친구의 입에서 오네시모의 이름이 나오자 괜스레 그녀의 가슴이 설레었다. 집에서 멀리 떨어진 파도바의 한여름 정취에 빠진 것일까. 그녀는 콘칠리타가 아니라 자신이 장미화관을 들고 서 있는 착각에 빠져들었다. 해질 무렵 시상식이 끝나면 펠리치오를 저절로 만나겠지만, 오늘 아침 같은 굳은 표정이라면 정나미가 떨어질 것만 같아 마르타의 얼굴에 그늘이 생겼다.

올리브 그늘아래 휴식을 취하던 기사들은 모두 그녀들을 흘끔거렸다. 펠리치오와 주세페 그리고 엔리코도 그랬고, 지오반니와 오네시모 그리고 발몽도 그랬다.

앗, 저런!

젊은 여성들이 안으로 들어가버리자 기사들의 백일몽도 화창한 햇빛 속으로 뭉게뭉게 날아가버렸다.

드디어 오후 경기가 속개되었다. 말달리기 본선의 예비 경기로서, 광장을 일곱 바퀴 돌고 자기 마을 처녀의 손에 들린 장미화관을 받아 결승선으로 돌아오면 된다. 청년들이 평소에 갈고 닦은 기량을 아낌없이 발휘하여 전력 질주했다. 오네시모가 콘칠리타의 장미화관을 낚아챈 순간이었다.

"오늘 달뜰 때 이곳 정원에서 발몽이 만나잡니다!"

오네시모가 그녀에게 말했다. 물론 뒤에 2등으로 오는 청년과는 한참 여유가 있었기에 가능한 일이었다. 그녀가 놀라는 순간 오네시모는 이미 저만치 달려가고 있었다. 오네시모는 예선 경기를 무사히 통과했다.

이윽고 대표 12명이 본선 결승에 진출하였다. 잠시의 휴식이 끝나고 단상이 정리되자 12명의 기사들이 늠름한 자태로 단 앞에 줄을 맞추어 섰다. 그 가운데 당당하게 끼어있는 오네시모를 쳐다보는 베네치아 기사들과 응원단이 흥분으로 목이 터져라 응원구호를 외쳐댔다.

오네시모에게 축복을!

누구보다도 3명의 처녀들은 가슴을 조이며 오네시모가 베네치아의 명예를 드높이기를 잔뜩 기대하면서 손을 계속 흔들었다. 결승이므로 광장을 7바퀴 돌고도 곧은 거리를 끝까지 달려, 그 끝에 처녀들이 가지고 있는 장미화관을 받아 돌아와 다시 7바퀴 광장을 도는 경주였다. 말들은 이미 예선을 통과하느라 잔뜩 땀을 흘린 터라 번지르르한 피부가 햇볕에 반짝거렸다. 소음과 흙먼지가 자욱한 광장의 출발선에 선 12마리의 말들은 흥분으로 인해 앞다리를 쳐들기도 하고, 힝힝거리며 입에서 거품을 물고 주인들이 고삐를 바짝 조인 것에 마구 반항하기도 하며 달려 나갈 순간만을 애타게 기다렸다. 이윽고 심판관이 깃발을 흔들었다.

따각 따각 따각 따각.

폭발음처럼 귓전을 울리는 굉음이 터지면서 말들이 쏜살같이 달려 나갔다. 곧은 거리 끝에는 아까처럼 12개 마을 처녀들이 정성들여 만든 장미화관을 들고 서 있을 것이다. 오네시모는 광장을 세 바퀴 돌 때까지 중간 정도의 위치였다. 하지만 한두 명을 제치며 앞지르더니 거리의 끝 화관을 든 처녀들 앞에서 세 번째 순서가 되었다.

오네시모가 콘칠리타의 손에서 장미화관을 받아 달려가는데 그 속도는 엄청난 것이었다. 콘칠리타는 예선 때 오네시모에게서 들은 소리가 아직도 귓전에 맴돌고 있었다. 자신이 바짝 긴장한 탓에 헛소릴 들은 건 아닌지 그녀는 자꾸만 혼란스러워 오네시모가 자신의 손에서 장미화관을 앗아갈 때도 정신이 몽롱했다. 오네시모가 한 사람 제치고 광장을 세 번째 돌 때 자신의 앞을 달리던 청년을 제치고 선두에 섰다. 이제 광장을 네 번만 더 돌면 되었다.

힘내라 오네시모!

오네시모를 향해 고함소리와 함성이 집중되었고 손에 든 꽃망울을 던지는 사람들도 있었다.

따각 따각 따각 따각.

이윽고 선두로 결승선을 통과한 오네시모는 튕겨나가는 힘으로 한참을 더 달려 나갔다. 탄력이 쉽사리 줄어들지 않았기 때문이다. 점차 말의 속도를 줄인 오네시모가 광장으로 돌아오자 나머지 2마리의 말도 뒤 따랐다. 물론 9명의 기수들은 광장에 들어오자마자 창피한 나머지 고개를 떨구고 뒷길로 사라져버렸다.

말에서 내린 오네시모가 성큼성큼 걸어 단상으로 올라갔다. 그가 손을 내밀어 장미화관을 시장의 딸에게 전달하려는 순간이었다. 장미화관은 시장에게로, 그 다음 주교에게로 전달되면 주교의 손으로 직접 성모 마리아 고상의 머리에 씌워질 참이다. 그렇게 해서 해질 무렵이 되면 장미화관을 쓴 성모 마리아 고상을 모신 가운데 시상식과 폐막 미사를 거행할 예정이었다. 곱게 차려입은 시장의 딸이 나서서 그의 앞으로 몇 발짝 다가왔다.

기사복장의 오네시모가 한쪽 무릎을 꿇고 팔을 앞으로 뻗었다. 그의 시선이 시장의 딸을 쳐다보았다.

허!

쿵.

오네시모가 갑자기 바닥에 쓰러지고 말았다. 주교와 시장을 비롯한 사람들이 벌떡 일어났고 광장의 시민들 모두 웅성거렸다. 기사단장 바실리오와 지오반니, 발몽이 허겁지겁 달려왔다.

"즉시 시장 관사로 옮기게. 탈진이 틀림없네."

시장이 외쳤다.

"모네가리오 님 저택으로 옮기는 걸 허락해주십시오."

바실리오가 허리를 굽히며 제안하자 시장은 고개를 끄덕였다.

오네시모는 즉시 마차에 실렸다. 하지만 눈을 멀뚱멀뚱 뜨고 있었다.

"어떻게 된 거야?"

마차 안에서 지오반니가 다급히 물었다.

"나도 모르겠어. 시장 딸 이름이 뭔지 알아봐줘. 혹시 파티마는 아닌지."

오네시모가 뒤에 기댄 채 힘없이 대꾸했다.

"파티마?"

지오반니와 발몽은 동시에 놀란 표정을 지었다. 파티마란 이름은 베네치아에서 사용하지 않는 외국인 이름이기 때문이다.

"틀림없는 그녀야. 알렉산드리아에 있어야 할 파티마가 왜 여기에 있지?"

오네시모가 중얼거리는 소릴 듣고서야 두 친구는 사태를 파악했다.

"오네시모, 네가 헛본 게 틀림없어. 옛 애인으로 헛본 거야."

발몽이 핀잔했다.

바실리오 단장은 나머지 행사에 참여하기 위해 세 사람을 내려주고 마차를 돌려 가버렸다. 모네가리오 저택의 한 방으로 안내되어 침대에 누운 오네시모를 돕기 위해 늙은 하녀들이 찬물 한 대야와 수건을 들고 들어왔다.

그녀들은 빠른 회복을 기원하며 능숙한 솜씨로 물수건을 만들어 오네시모의 이마에 얹었다. 두 친구가 걱정스레 내려다보고 있을 때다.

"혹시 파도바시장의 딸 이름이 뭐죠?"

지오반니가 한 늙은 하녀에게 물었다.

"도나타."

그녀는 더 이상 군말을 하지 않았다. 인생의 대부분을 시중을 들며 보낸 나이든 하녀의 처신이었다. 나이가 듬직한 하녀의 침착한 행동은 청년들의 들뜬 분위기를 가라앉히기에 충분했다. 오네시모도 도나타의 이름을 들었으므로 더 이상 파타마를 생각하지 않았다.

달그락 달그락 삐걱 삐걱.

순간 마차의 소음이 저택의 마당에 울려 퍼졌다.

"바실리오 단장이 다시 오셨나?"

지오반니가 밖을 내다보았다.

"아니, 체칠리아잖아!"

지오반니의 중얼거리는 소리에 발몽이 성큼 창 쪽으로 다가갔다. 사실이었다. 체칠리아가 먼저 내리고 콘칠리타와 그녀의 시중을 드는 하녀, 그리고 마르타가 마차에서 내리고 있었다.

가장 먼저 방에 들어온 사람은 마르타였다.

"오네시모, 괜찮아요?"

그녀가 다급하게 묻자 오네시모가 그녀를 돌아보았다.

"아무렇지도 않아요. 왜들 야단법석이죠?"

멀쩡한 모습에 모두가 놀랄 뿐이었다.

"그런데 왜 쓰러진 거죠?"

"나도 모르겠어요."

대답은 싱겁기 짝이 없었다. 이어진 지오반니의 빈정거리는 말이 젊은이들을 배꼽 빼게 했다.

"아가씨들이 얼마나 빨리 쫓아오나 시험해보려고 거짓으로 넘어진 거랍니다.”

이런, 젠장.

폭소 끝에 콘칠리타와 체칠리아가 밖으로 나가버렸고 그 뒤를 발몽과 지오반니가 허겁지겁 쫓아나갔다. 늙은 하녀들도 나가버리자 방에는 오네시모와 마르타만이 남게 되었다.

“정말 괜찮은 거죠?”

마르타는 오네시모의 손을 붙잡았다. 하지만 그는 얼른 손을 뺐다.

“난 아무렇지 않아요. 어서들 진정하는 게 좋겠어요. 그런데 파도바엔 언제 온 거죠?”

“콘칠리타의 어머니가 파도바에 사시잖아요. 초대를 받아 어제 도착했죠. 오늘 아침에 2층 창가에서 손을 흔드는 거 못 보았어요?”

그녀는 눈을 흘겼다.

“난 앞서가는 펠리치오에게 흔드는 줄 알았는데.”

호호호.

그녀는 가볍게 웃음을 흘렸다.

“물론 그랬기도 했지만, 그는 전혀 미동도 않고 지나가버렸는데 당신은 손을 한 번 들어 올렸죠?”

“아, 그랬었나요?”

오네시모는 콘칠리타와 체칠리아를 향해 손을 흔들려다 말고 엉거주춤했었다. 일이 약간 이상하게 돌아가는 듯했다. 펠리치오가 모른 체했다고 서운해 하다니. 기사들에겐 경거망동이 금지되어 있던 터인데.

“당신은 베네치아의 명예를 지켜냈어요.”

그녀는 그가 성인의 유골을 운송해온 사실을 새삼 기억해냈다.

난 내 자신을 이기려고 전력 질주한 것뿐데. 베네치아의 명예를 지키다니.

아니라고 강조하려다 말고 그는 입을 꾹 다물었다. 그의 눈앞에 파티마의 얼굴이 다시 떠올랐다.

시장의 딸이겠지.

당연히! 자신이 어쩌다가 시장의 딸을 파티마로 착각한 걸까. 내 마음의 깊은 곳에 파티마가 자리 잡고 있었구나. 이 일을 어쩐단 말이냐! 오네시모가 자신을 성찰하고 있을 때 떠오른 생각들이 있었다. 왜 펠리치오는 마르타나 그녀의 친구들에게 손 한 번 흔들지 않은 것일까. 그리고 그녀들이 마차를 타고 여기에 온 사실을 알고 있을까.

한편 발몽은 베르가못 오렌지 나무들이 서 있는 곳에서 콘칠리타를 만나고 있었다. 두 사람에게 방해가 되지 않도록 지오반니와 체칠리아는 일찌감치 말 사육장으로 가버렸다.

콘칠리타가 먼저 말을 꺼냈다.

"오네시모에게 오늘 달뜰 때 여기에서 만나잔 말 전하라고 했나요?"

"그……, 그랬나 봐요."

발몽은 말을 더듬었다. 순간 강한 시트러스 향이 훅씬 코를 찔렀다. 오네시모가 일을 저질렀구나. 그녀에게 부탁해주겠다고 낮부터 말했던 게 떠올랐다. 하지만 황홀한 그 순간이 그렇게도 빨리, 그리고 달밤도 아닌……, 아직 해가 많이 남아 있을 때 와버렸다는 게 믿어지지 않았다.

"당신 이름이 발몽이군요?"

그녀는 멈추어 서서 그를 마주보았다. 그를 보는 그녀의 커다란 두 눈이 미소를 머금고 있었다. 비련의 여주인공처럼 야윈 몸매와 파리한 얼굴빛은 그녀를 더욱 청초한 꽃망울로 보이게 했다. 겨우 용기를 낸 발몽의 눈이 그녀를 보았다. 검은 머리칼, 검은 눈망울, 창백한 눈빛. 두 사람은 한동안 말없이 서로를 보았다. 얼굴이 주근깨투성이인 발몽의 늠름한 모습이 그녀의 눈에 들어왔다.

푸득푸득.

비둘기가 몇 마리가 저만치 올리브 숲에서 날아올라 뜰을 가로지르며 이이비 덩굴을 뒤집어 쓴 말사육장의 거대한 지붕 위에 내려앉았다.

"당신 이름은 콘칠리타?"

발몽이 그녀의 이름을 가벼이 딸막이자 그녀는 그만 까르르 웃음을 터뜨리고 만다. 발몽은 순간 호숫가에 노랗게 피어 산들바람에 흔들리는 수선화를 떠올렸다.

"씩씩한 기사처럼 보여요."

"당신은 수선화를 떠오르게 하네요."

다시금 시트러스 향기가 베르가못 오렌지 열매로부터 피어올라와 두 사람의 코를 간질였다.

한편 지오반니와 체칠리아는 다 모스토 공작의 영지 숲에서 훈련을 받다가 팔에 화살이 스치는 사고가 일어난 것에 대해 대화를 나누며 걷고 있었다. 말 사육장으로 쓰이는 커다란 창고로 간 그들이 안으로 들어섰을 때였다. 마침 망아지가 깡충거리며 그들에게 달려와 멈추어 섰다.

"어머, 예쁘기도 해."

체칠리아가 망아지에게 다가서서 콧잔등을 쓰다듬자 망아지는 도망갈 생각은 하지 않고 힝힝거리며 아기울음 소리를 냈다.

"그러다 물면 어떡하려고?"

걱정스런 표정으로 지오반니가 소리쳤다.

"망아진 안 물어요. 성질 나쁜 어른 말이나 물어뜯지."

체칠리아가 마방의 기둥에 기대며 대꾸했다.

지오반니가 붕대로 감은 팔뚝을 들어 체칠리아 허리를 감싸며 끌어당겼다.

"어머, 누가 보면 어떡하려고 그래요?"

체칠리아는 그의 품에 안기면서 주변을 살폈다. 꽤 길쭉한 중앙 통로를 두고 양쪽의 마방에서 수십 마리의 말들이 움직이거나 울어재끼는 소음만이 들려오는 넓은 공간에서는 사람의 인기척은커녕 오히려 두 사람의 존재가 무척 작아 보였다.

지오반니가 그녀의 머리칼을 뒤로 쓸어내리며 그녀의 얼굴을 들여다보자 그녀는 입술을 내밀었다. 두 입술이 가볍게 포개지는가 싶더니 격렬한 입맞춤으로 바뀌었다. 짜릿하고 비릿한 타액이 넘쳐흘러 입술을 떼지 못하는 쾌감에 두 사람은 몰입하기 시작했다. 지오반니가 갑자기 그녀의 손목을 잡고 건초 더미 사이의 후미진 곳으로 그녀를 이끌었다. 둘은 약속이라도 한 듯 건초 위에 쓰러져 얼굴을 만지고 입술을 마주 대었다가 귀를 간질이다가 하며 뒤엉켰다. 지오반니가 얼굴을 그녀의 가슴에 파묻자 그녀는 숨소리가 거칠어지기 시작했다. 그녀는 눈을 꼭 감아버렸다. 그의 손길이 갑자기 거칠어지기 시작했다.

"오, 안 되는데."

그녀는 중얼거렸다. 하지만 자신의 옷이 벗겨지는 것을 저항할 수 없었다.

파드득!

새들이 날아오르는 소리가 드높은 천장에서 들려왔다. 높은 시렁에 잔뜩 쌓인 건초 더미에서 참새들과 비둘기 몇 마리가 날아올랐다. 그러자 말들의 뒤척이는 소리와 콧방귀 소리, 그리고 앞발로 바닥을 긁는 소리들이 이어졌다.

"안 되는데."

그녀는 눈을 감은 채 그의 거친 행동을 거부하지 못하고 중얼거리기만 했다.

허……, 헉!

갑자기 아픔이 스쳐갔다. 그녀는 눈을 떴다. 높다란 지붕에 찰싹 달라붙은 조그만 지붕창이 한 눈에 들어왔다. 8월의 하늘은 창을 통해 햇살을 듬뿍 쏟아 붓고 있었다. 새파랗고 높은 여름 하늘이 그녀의 두 눈에 와 박혔다. 그녀는 몸이 부웅 뜨면서 가벼운 새털처럼 높이높이 떠올라 지붕창에 닿을 것만 같았다. 열린창 틈으로 비둘기들이 하나 둘 빠져나가는 게 보였다. 푸른 하늘로……, 드높은 창공으로 자꾸만 올라가는 그들의 느리고 힘찬 날개 짓이 뚜렷이 보였다. 자신의 몸과 마음도 지붕창을 넘어 높은 하늘로 자꾸만 자꾸만 올라가는 걸 느끼면서 그녀는 눈을 감았다.

진한 라벤다 냄새에 정신이 번쩍 든 체칠리아는 상체를 벌떡 일으켰다. 지오반니도 순간 토끼잠에서 깨어나 옷매무새를 가다듬었다. 자신들이 누웠던 건초더미에 드문드문 섞인 라벤다가 마르면서 내뿜는 향기였다. 지오반니가 다시 한 번 그녀의 입술에 입을 맞추었다. 두 사람은 일어나서 손을 잡고 밖으로 달려 나갔다. 태양이 이글거리는 한낮의 여름 더위로 인해 대지는 이미 후끈 달아올라 있었다. 베르가못 오렌지 숲 반대 방향의, 꿀벌들이 붕붕 나르는 풀밭 위를 달리면서 그들은 더욱 끈끈한 일체감으로 새로이 태어나는 느낌이었다.

그들로부터 한 퍼어롱 거리 반대편에는 올리브 그늘 아래 콘칠리타와 발몽이 나란히 거닐고 있었다.

"발몽 당신의 꿈을 말해줘요."

콘칠리타가 물었다.

"꿈으로 말하자면 조금 길어요. 멋진 왕자가 나오고. 흑기사죠. 왕에게 하사받은 긴 칼은 당연히 가보로 보관되는 진검이고. 착하고 예쁜 공주가 나쁜 영주에게 볼모로 잡혀있는 성이 있어요. 영주에게 매수된 마귀할멈의 꼬임에 빠져서 공주가 그만 잡혀간 거죠. 영주는 정치적인 목적을 가지고 있고 그 조건을 왕에게 전달합니다. 왕이 도저히 들어줄 수 없는 조건입니다. 날짜는 자꾸만 흘러가고 왕비는 공주가 잘 있는지 불안해서 날마다 울고 지냅니다."

발몽이 이야기를 멈추고 콘칠리타를 돌아보았다.

"그래서 결국 구하셨나요?"

그녀가 물었다.

"당연히 구했죠."

그는 활짝 함박웃음을 지으며 외쳤다.

"그 흑기사의 이름은 발몽 당신이고, 공주는⋯⋯"

그녀가 입가에 웃음을 지었다.

"당연히 콘칠리타. 그런 환상을 가끔씩 가져보았어요. 그럴 때마다 힘이

나고, 내가 살아갈 의미를 느끼거든요."

그녀는 미소를 지으며 그를 돌아보았다.

"이야기가 재미있어요. 마치 소설을 읽는 기분이네요."

"정말이죠? 당신이 내 이야길 듣고 웃는 모습이 너무 좋아요. 다음에도 내 이야길 들어줄 거죠?"

"약속할 수 있을지 모르겠어요."

그녀는 이제 돌아갈 시간임을 깨달았다. 멀리서 체칠리아와 남자친구의 모습이 보였기 때문이다.

"약속할 수 없으면 하지 마세요."

발몽이 마음에도 없는 말을 해버렸다.

그녀에겐 그의 말이 마치 힘없는 병자의 말 같이 느껴졌다.

"그래도 괜찮아요?"

그녀는 발몽이 채근하는 걸 기대했는지도 모른다.

"난 당신의 모습을 멀리서 보는 것만으로도 행복하거든요. 하지만 다음에 혹시 기회가 되어 다시 만나면 오늘의 이야기에 이은 나머지 이야길 해드릴게요."

두 사람은 손을 잡지 않았다. 그들은 올리브나무 사이를 걸어 베르가못 오렌지 그늘을 지나 꽃들이 만개한 화단을 지나갔다. 콘칠리타의 눈길이 노랑 만병초에 멈추는 걸 발몽이 보았다. 마침 2층 테라스에 나온 오네시모와 마르타가 그들에게 손을 흔들어 주었다. 마르타가 콘칠리타에게 외쳤다.

"이제 곧 폐회식과 시상식이 있을 거야!"

그들이 일 층으로 내려왔을 때 마침 체칠리아와 지오반니도 돌아왔다.

딸가닥 딸가닥 딸가닥.

늙은 하녀가 부른 마차가 달려오고 있었다.

"시상식 어떻게 하는 거죠? 처음 보는 거라서."

달리는 마차 안에서 오네시모가 묻자 마르타가 즉시 대답해주었다.

"부르는 대로 나가서 상품 받고 내려오는 거죠."

체칠리아가 물었다.

"상품은 뭐가 나올까? 예전엔 비단 옷감이 나왔는데."

"받아서 어디에 쓴다?"

오네시모가 중얼거린 말에 세 처녀들은 즉시 화답하듯 외쳤다.

"선물로 주세요. 좋아하는 여자에게."

좋아하는 여자에게 선물로?

하지만 그것은 좋은 일이 아니다. 오네시모의 표정을 지오반니와 발몽은 금세 눈치 챘다.

펠리치오.

그가 선전포고를 해온 걸 떠올리자 오네시모는 마르타와 함께 있는 게 갑자기 부담스러워졌다. 비록 여럿이 함께 있다 해도.

그런데 왜 시장의 딸이 파티마로 보였을까? 시상식 때 다시금 잘 보고 확인해보리라.

가수들과 곡예사들이 초빙되어 흥을 돋우는 행사를 하고 있어 마차가 도착하기 전 멀리서부터 분위기가 시끌벅적했다. 시상식이 가까워오자 도시의 남녀노소 시민들이 모두 모여들었다. 이윽고 북소리와 나팔소리를 앞세우고 연주단이 들어오고 말을 탄 시장의 경비대가 뒤따라 들어오자, 바로 뒤따라 각 도시나 마을의 상징이 그려진 대형 깃발을 든 12명의 기수들이 들어왔다.

날개달린 사자가 한 다리로 성서를 짚고 서있는 금빛 문양이 선명한 진홍빛 기.

역시 새로운 베네치아 공화국의 기에 사람들의 박수가 터져 나왔다. 그들 대부분이 베네치아 사람이거나 그곳에 친척이 사는 이들이었다. 연주단의 북소리와 나팔소리가 멈추자 시민들의 시선이 온통 단상에 집중되었다.

오전의 경기 수상자들부터 호명되어 앞으로 나가 상을 받기 시작하고 맨 나중에 말 달리기에서 뽑힌 오네시모와 나머지 두 사람도 불려나갔다. 오네시모는 이번에는 그녀를 잘 눈여겨 살펴보았다.

파티마.

시장의 딸은 틀림없는 파티마 그 모습이었다. 진한 눈썹과 오뚝한 콧대와 검은 머리칼. 하지만 그녀는 시상식 내내 전혀 오네시모를 알아보지 못했다.

아냐. 내가 헛보고 있는 거야.

오네시모는 중얼거렸다. 그러고 보니 파티마의 정확한 얼굴이 떠오르지 않았다. 생각해내려 할수록 떠오르지 않는 것도 이상했다. 몇 년 전 결혼했고 아기엄마가 되었을 파티마를 생각해낸 게 잘못이겠지. 닮았을 뿐이겠지.

시상식이 끝나자 폐회식을 선언하기 위해 시장이 일어섰다. 으레 그렇듯 시장은 그 해의 가장 멋진 기를 지명하여 칭찬과 축복의 말을 하곤 했기 때문에, 시장이 어느 마을의 기를 지명할까 모두들 촉각을 곤두세우며 시장을 쳐다보았다.

"베네치아!"

베네치아의 국기가 그해의 가장 멋스런 기로 선정된 순간이었다. 사람들은 환호성을 지르며 팔짝팔짝 뛰었다. 대표로 참가한 기사들과 시민들 모두 너무 기뻐 큰 소리로 기쁨의 감탄사를 연발했다.

이어진 주교의 강복으로 모든 행사가 끝났다. 광장에 차려진 길고 긴 식탁에 음식들이 차려지고 단상에서는 주교를 포함한 귀족들과 수상자들의 식탁이 차려졌다.

주교가 먼저 포도주 잔을 들어 올리자 나머지 사람들도 잔을 들었다.

성모 마리아께 영광을!

파도바의 영광을 위하여!

술잔을 입에 대기가 무섭게 모두들 한 번에 마셔버렸다. 분위기가 그런지라 붉은 포도주는 주르륵 소리를 내면서 목구멍을 타고 잘 넘어갔다. 몇 잔을 마시자 사람들은 말이 많아지기 시작했다. 경기에 대한 이야기, 파도바 시장의 정치적 포부, 주교의 훈수 등으로 분위기가 시끌시끌해지고 기사들 나름대로 무용담을 떠벌리며 잘난 체하기 시작했다. 조금 떨어진 자리에 앉은 펠리치오와 주세페도 음식을 먹으며 떠들고 있었다.

오네시모는 시장 내외와 딸 도나타를 유심히 관찰했다. 그녀도 자신을 보고 있는 시선을 느꼈는지 몇 번 오네시모에게 눈길을 주었다. 하지만 그녀는 혼혈아 같이 생긴 청년에게 아무런 관심도 없었다. 다만 기사라는 신분을 생각해서 여러 번 쳐다본 것일 뿐.

도나타는 엄마를 빼어 닮은 모습이었다.

이쯤 되자 오네시모는 포도주로 인해 머릿속이 붕 뜨면서 과거의 일들이 떠올랐다.

아름다운 타라불리쓰. 알렉산드리아에 노예로 팔려와 알림의 집에서 압둘에게 매 맞았던 일, 그리고 제이납 누나를 만나 자유인이 된 일, 나르드 향유와 금서를 구하러 알 쿠드스로 출발한 여행에서 겪었던 일들, 그리고 나일 강에 뛰어들었다가 테오도루스 신부를 만나 살아난 일.

동생 아마드는 어떻게 되었을까? 형의 시신은 누가 거두었을까?

오네시모의 눈에 눈물이 고였다.

알라딘 형, 마르코…….

카이로의 감방에서 끌려 나가며 활짝 웃었던 형의 얼굴이 눈앞에 선명하게 떠오르자 오네시모는 광장 가득 등불 아래 펼쳐진 풍성한 식탁과 사람들을 보았다. 모두다 부지런히 입에 음식을 구겨 넣고 포도주를 마시며 흥겹게 떠들고 즐거워하는 모습이었다.

풍요 속의 고독.

순간 오네시모는 엄습하는 외로움으로 몸을 부르르 떨었다. 수많은 사람들. 온갖 얼굴들 속에 끼어 있는 자신이 문득 망망대해의 한 가운데 떠있는 고독한 섬처럼 느껴졌다.

지금껏 날 지탱해온 건 마르코 형의 넋이었어.

술 취한 오네시모가 중얼거렸다.

7. 베네치아에서 거듭나다

다음 날 득의만면한 기사들은 베네치아 공화국 기를 앞세우고 귀환했다. 시민들이 환영식장인 두칼레 광장에 가득 메운 가운데 북소리에 맞추어 기사들이 입장했다. 지오반니 1세와 평의회 의원들이 도열하여 피로에 지친 기사들을 환영하고 수상을 치하했다. 바실리오 단장으로부터 베네치아 국기가 도제께 반납되자 우레와 같은 박수가 터져 나왔다.

"베네치아 공화국의 명예를 높여준 제군들의 위용은 역사에 길이 남을 것이다. 보다시피 광장에 새로운 성전을 건립하기 시작했다. 이름하여 성 마르코 대 사원. 주스티니아노 전임 도제께서 전 재산을 성전건립에 쾌척하신 덕분에 착공하게 되었음을 밝히는 바이다. 설계는 전임 도제 때 시작되었는데, 본인이 뒤를 이어 몇 달 동안 밤낮을 가리지 않고 연구 매진하여 결국 완성할 수 있었다. 제군들 앞에 땅이 파헤쳐진 모습이 보일 것이다. 몇 년의 건축기간이 끝나면 베네치아 최고의 기념물로 영원히 이름 지어질 대성전이 그 영광스런 위용을 드러낼 것이다. 그리고 또 성전의 착공과 더불어 새로이 시작하기로 한 베네치아 공화국의 백년대계 국가사업들이 결정되었음을 밝힌다. 이 모든 것은 다 베네치아 공화국의 무궁한 발전과 영광을 위한 것이며 이런 중차대한 시점에서 제군들이 베네치아의 명예를 드높이고 개선한 것을 다시 치하하는 바이다."

도제의 축사가 끝나고 출정 기사단의 해산이 명령되었다. 지오반니는 군중 속에 체칠리아를 발견하고 말에서 내리려 했으나 대기하고 있던 콜리오네오 단장에 의해 제지되었다. "기사도를 잊지 말게."

단장의 그 말 한 마디에 콘칠리타를 발견한 발몽도 말에서 내리지 못하고 안타까운 눈길만 줄 뿐이었다. 오네시모는 마르타가 펠리치오에게 달려가는 것을 발견하고 얼른 눈길을 돌려버렸다. 다 모스토 가문의 기사 어느 누구도 말에서 내린 사람은 없었다. 콜리오네오 단장이 앞장서고 다 모스토 가문의 기사들 모두 그 뒤를 따라 질서 있게 본영으로 향했다.

본영에 도착하자마자 즉시 전체회의가 열렸다.

"다 모스토 가문의 명예를 걸고 파도바 팔리오 축제에 참가하고 돌아온 기사들의 노고를 다시 한 번 치하한다. 1주일의 특별 휴가를 줄 것을 공작께서 명령하셨다."

야호! 우우우우!

단장의 말이 기사들의 환호성으로 잠시 중단되었다가 계속 이어졌다. 단장은 넓은 양피지에 그려진 지도를 한 장 들어 앞에 내걸었다. 단장의 지시봉 끝이 지도의 한 지점을 짚었다.

"하지만 몇 가지 중요한 사안이 있음을 알아야겠다. 제군들이 베네치아를 출발한 날 베네치아 상선이 아드리아 해와 이오니아 해가 만나는 지점에서 사라센 군함의 공격을 받았다. 바로 이 지점이다. 물론 시칠리아의 일부가 사라센의 손에 들어간 이상 이탈리아 반도의 어느 도시국가도 안심하지 못하게 되었다는 것은 잘 알려진 사실이다. 가장 타격을 받은 건 해상무역에 의존해온 제노바이다. 제노바가 자국 상선의 안전을 위해 해군력을 증강하는 사업에 박차를 가하고 있다는 정보를 접한 지오반니 1세 도제께서 특단의 명령을 내렸고 평의회에서 이를 추인한 것은 당연한 처사라 할 것이다. 베네치아의 현재의 해군력으로는 사라센 해군을 당연히 압도할 수가 없다는 점도 고려되었다. 그동안 베네치아 해군은 제노바와 경쟁관계에서 다소 밀리고 있었다. 해상무역에 명운을 건 제노바와는 달리 연안과 육지무역에 중점을 두고 있었기 때문인데, 도제께서는 원대한 포부를 밝히셨다. 바로 위대한 해양국가 건설!"

여기에서 단장은 갑자기 말을 멈추었다.

위대한 해양국가.

단장은 야망에 이글거리는 해군제독과도 같은 눈빛을 하고 기사들을 둘러보더니 말을 이었다.

"바로 베네치아가 번영하는 길은 해상무역을 통한 위대한 해양국가를 건설하는 것이고. 그러기 위해선 보병을 줄이고 해군을 대대적으로 개편하기로 하셨다. 더구나 이번 팔리오 참가를 끝으로 다시는 육지의 축제에 베네치아 이름으로 참가하지 않기로 결정되었다. 아마도 내년부턴 그동안 명맥만 유지해온 베네치아의 축제들을 정비하여 크게 활성화시키겠다고 천명하셨다. 발전에는 많은 인구가 필요한데 갑자기 공급될 수는 없기 때문에 육지로부터 이주해오는 사람들을 위한 세제혜택도 발표하셨다."

단장이 말을 마치자마자 기사들은 술렁이며 웅성거리기 시작했다.

일주일의 황금과도 같은 휴가 기간에 지오반니가 발몽과 오네시모를 초대했다. 기사 삼총사는 토르첼로 섬에 있는 갈바이오 가문의 저택으로 향했다. 그의 집에서 하루를 푹 쉬고 베네치아 전국여행을 하기로 의기투합한 터다.

"지오반니, 상으로 받았던 비단을 네 모친께 선물로 드리면 어떨까?"

토르첼로행 상선에 올랐을 때 오네시모가 제안했다.

"왜 그런 생각을 했어?"

"가족도 없는 내가 비단을 어디에 쓰겠어?"

오네시모가 순간 마르타를 떠올린 것을 지오반니가 눈치 챘다. 하지만 펠리치오의 거센 반발을 경험했던 터라 장난삼아서라도 마르타에게 주라고 권할 수 없었다.

"그래 고맙다."

"난 아무런 선물도 없는데 어떡하니?"

발몽이 물었다.

"공동의 선물로 드리면 어떨까?"

오네시모가 제안하자 지오반니는 그만 웃음을 크게 터뜨렸다.

"좋다. 너희가 원한다면. 그런데 나도 1년 만에 가는 건데, 집안은 두루 두루 평안한지 그리고 결혼한 형도 잘 있는지 정말 궁금해."

세 젊은이는 평복으로 갈아입었음에도 허리에 찬 장검을 만지작거리며 먼 바다를 쳐다보았다. 바람이 불어오자 짧은 그들의 단발머리가 바람에 쓸려 나풀거렸다.

끼룩 끼룩.

갈매기들이 머리 위로 날면서 울어댔다. 아마(亞麻) 돛이 바람을 잔뜩 머금고 배를 자꾸만 앞으로 밀어냈다. 배 안에는 그들 말고도 30여 명의 손님이 있었다. 선원들 말고는 공무원 차림의 중년 남자들 몇 명, 잔뜩 쌓인 짐에 바짝 앉은 중년 나이의 상인, 노인들, 몇 명의 젊은 여성들, 중년 부인들.

여름의 더위도 시원한 바람을 맞아 멀찌감치 도망쳐버려 세 젊은이는 갑판에 앉은 채 졸고 있었다. 얼마나 흘렀을까. 갑자기 배 한 척이 나타나더니 그들의 우현에 바짝 붙었다.

해적이다!

선장이 소리쳤다. 마음을 놓고 졸던 사람들은 눈을 번쩍 뜨고 해적선을 쳐다보았다.

허걱.

칼과 창, 도끼를 든 털북숭이들이 10여 명 타고 있는 배였다. 사람들은 후닥닥 몸을 짐 뒤에 숨기고 고개를 처박았다. 중년의 남자들 다섯 명도 바닥에 주저앉아 성모 마리아께 기도를 하기 시작했다. 해적에 맞설 사람이라고는 세 젊은이와 선원들뿐이었다. 선원들이래야 선장까지 5명이 전부여서 그들도 바짝 졸아 위축된 채 겁을 잔뜩 집어먹고 있었다. 고함치고 있는 건 선장뿐.

"여러분, 걱정 마시오! 배 부리는 데는 내 솜씨를 저놈들이 당해내지 못

할 테니."

선장이 돛의 밧줄을 팽팽히 묶어 아마 돛에 바람이 더욱 모이게 만들자 배가 해적선과 벌어지면서 속도가 빨라지기 시작했다. 갑판에 앉은 세 젊은이들은 손을 장검에 대고 눈동자를 예리하게 굴리기 시작했다.

"야! 거기 안 설 거야?"

털북숭이 하나가 기고만장하게 소리를 질렀다. 그의 옆에서 다른 해적이 밧줄 달린 갈고리를 들고 이쪽으로 던질 기세였다.

"바보 같은 놈아, 내가 왜 서냐! 너나 서보아라!"

선장은 유쾌하게 웃으며 큰 소리로 대꾸했다. 속으론 떨고 있었지만 선장은 담력 하나로 혼자서 그들을 상대하고 있었다. 거리가 많이 벌어지자 승객들은 한숨을 내쉬며 가슴을 쓸어내렸다. 선원들이 승객들에게 안심시키는 말을 했다.

"여러분 안심하세요. 우리 배가 더 큰 뱁니다. 저 놈들은 이미 뒤쳐졌습니다."

사람들은 모두 일어서서 제자리로 갔다.

"저 놈들 한 달에 한두 번 나타나는 좀벌레들입니다. 미안합니다만, 오늘은 일진이 안 좋은가 봅니다."

선장이 해명했다. 모두들 숨을 돌리고 있을 때였다.

앗!

누군가가 외마디 소리를 질렀다.

해적선의 속도가 갑자기 빨라졌다. 돛이 하나였던 게 하나를 더 달고 속도에 가속이 붙은 것이다.

"선장, 아무래도 위험하오. 더 빨리 갈 순 없겠소?"

공무원 복장의 남자가 다급하게 물었다. 돌발 상황이 발생하자 선장도 얼굴이 노래져서 후닥닥 돛 줄을 조정했다.

"선장님, 배의 무게를 줄이면 속도가 더 빨라지겠는데요."

잔뜩 겁먹은 선원 하나가 건의했다.

"이 사람아, 어떻게 무게를 줄여? 사람을 뛰어내리라고 할 텐가? 아니면 짐을 버릴 텐가? 저자들이 노리는 게 바로 짐 속에 있는 비단인 걸."

선장의 핀잔에 선원은 기가 죽어버렸다. 해적선이 자꾸만 다가오자 사람들은 좌불안석이었다. 한 중년 부인이 그만 울음을 터뜨렸다.

그때 기사 삼총사가 일어섰다.

"부인, 겁내지 마세요. 우리가 바로 베네치아의 기사들입니다. 옆구리에 찬 장검을 보세요."

지오반니가 그녀에게 나지막이 설명하자 그녀는 눈가를 닦으며 대꾸했다.

"젊은이들, 그러다가 다치면 어떡하려고 그래요? 차라리 금품을 건네주고 몸이나 성하게 해달라고 하는 게 낫잖아요?"

고분고분하게 넘어가는 그런 측면도 생각할 수 있지만 그 말에 동의할 수 없었다. 그들은 갓 스물을 넘긴 뜨거운 피가 흐르는 사람들이다. 처녀들로 보이는 몇 사람은 행여 자기들이 해적들에게 나쁜 짓을 당하지나 않을까 기가 죽어 바닥에 고양이처럼 웅크렸다.

해적선은 평소에 여벌의 돛대를 내리고 있다가 유사시에 펼치는 기발한 방법을 개발하여 희생물에게 빨리 접근하는 자들이다. 그들은 정말 쏜살같이 쫓아왔다.

덜컥.

해적이 던진 갈고리가 배의 고물에 걸리자 배가 갑자기 멈칫거리며 속도가 급격하게 떨어졌다. 두 배의 현이 쿵 하는 소리와 함께 맞붙자 해적 다섯 명이 늑대들처럼 뱃전을 밟고 넘어 들어왔다.

해적 선장으로 보이는 털북숭이가 성큼성큼 선장에게 다가갔다.

"네가 아까 욕설을 퍼부은 놈이지?"

그의 주먹이 선장의 얼굴에 작렬하자 선장은 코피를 흘리며 바닥에 나뒹굴었다.

"처녀 하나와 비단만 넘기면 곱게 보내려 했는데 안 되겠구먼!"

얼굴에 칼자국이 선명한 다른 해적이 게걸스럽게 떠들어댔다. 해적 다섯은 자기 배에서 망을 보고 먼저 들어온 다섯이 승객들을 한번 훑어보는 순간이었다.

"그렇게 마음대로 안 되겠는걸?"

우렁찬 목소리가 크게 울려 퍼졌다. 순식간에 해적들과 승객들의 시선이 지오반니에게 쏠렸다.

"웬 개 뼈다귀가 떠드냐?"

다른 털북숭이 해적이 신경질 적으로 지오반니를 노려보자 두 청년도 벌떡 일어섰다.

"우린 그런 점잖지 못한 행동에 익숙하지 않아!"

발몽과 오네시모가 벌떡 일어서며 앞의 해적들의 배를 일격에 걸어 차버렸다. 순식간에 두 해적이 바닥에 나뒹굴자 나머지 해적들이 칼을 뽑아들고 덤벼들었다.

쨍쨍 쨍쨍.

쨍그랑 쨍.

검술이 벌어지고 해적들이 하나둘 쓰러지기 시작하자 나머지는 겁을 먹기 시작했다. 그들은 후닥닥 자기들 배로 도망치더니 밧줄을 칼로 잘라버리고 돛을 올렸다. 두 배가 벌어지려는 찰라 해적 선장이 마지막으로 자기네 배에 훌쩍 뛰어 올랐다. 하지만 그와 동시에 발몽의 칼날이 그의 오른팔을 그었다.

헉. 해적 선장이 자기 배에서 칼을 떨어뜨리고 허겁지겁 오른팔을 움켜쥐는 게 보였다. 해적의 배는 점차 멀어져갔다.

저런 우라질 놈들!

사람들은 모두 일어서서 해적선을 향해 욕설을 퍼부었다.

"젊은이들 덕분에 우리 모두 목숨을 구했소이다."

코뼈가 부어오른 선장이 세 사람에게 다가와 감사를 표시했다.

"다행입니다."

중년의 남자들 그리고 노인과 상인들도 앞을 다투어 감사표시를 했다. 특히 상인은 지옥에서 살아 돌아온 듯 희멀건 표정으로 지오반니의 두 손에 몇 번이고 입을 맞추었다.

"2만 시킨 금화 가치의 비단이라오. 섬에 가서 팔면 이윤이 세배나 남지. 하마터면 내 재산의 상당부분을 잃을 뻔했소이다. 정말로 감사하오."

지오반니가 나서서 큰 소리로 대답했다.

"여러분, 안심이 되어 얼마나 다행이십니까? 성모 마리아께 감사하십시오. 그리고 베네치아를 지켜주시는 마르코 성인께 감사하세요. 제 옆의 이 사람이 바로 성인의 유골을 운송해온 사람입니다. 그의 손을 통해서 주님의 크신 은총이 베네치아에 내려졌으니 앞으론 베네치아의 영광과 번영 그리고 안전한 항해가 보장될 수 있을 것입니다."

사람들의 시선이 오네시모에게 쏠렸다. 그들은 우르르 몰려와 앞을 다투어 오네시모의 손에 입을 맞추었다. 성인을 모시고 온 손이라는 믿음에서 우러난 기꺼운 행동이었다.

"그대들은 여느 젊은이가 아니고 기사들처럼 보이는구려."

한 중년부인이 말했다.

"맞습니다. 제 이름은 지오반니 갈바이오. 저희는 다 모스토 가문에 속한 기사들입니다. 팔리오 축제에서 상을 받고 베네치아의 명예를 드높였다고 하여 특별휴가를 받아 갈바이오 가문의 저택으로 가는 길입니다."

갈바이오 가문에 축복이 있기를!

다 모스토 가문에 축복이 있기를!

사람들은 그리스도의 이름을 부르며 두 가문에 축복을 기원했다.

토르첼로 섬은 베네치아의 여느 섬과는 달리 오래된 건물이 즐비하고 사는 사람도 많은 곳이다.

"오래된 도시로 보이는군."

오네시모가 말했다.

"맞아, 베네치아에서 가장 오래된 섬이고 인구도 많아."

그들이 탄 마차가 드디어 큰 저택에 도착했다. 양순한 달마티아 종견들이 달려 나와 주인을 반기며 젊은이들의 주위를 맴돌았다. 모네가리오 저택과 다른 점이 있다면 정원수가 더 많다는 점이었다.

"카프레토 미오!"

늙은 유모가 달려 나오며 지오반니를 껴안았다.

"유모, 날 언제쯤 숫염소라 부르지 않을 거죠? 집안은 모두 평안하겠죠?"

"당연하지. 네가 장가들면 숫염소라 부르지 않을게."

"이 사람들은 내 친구들이에요."

"어서들 와요, 환영합니다."

유모는 지오반니의 친구들을 환영했다.

"부모님은 모두 밖에 계시군요?"

"산타 포스카 성당에 가셨으니 얼마 안 있으면 오실 거야."

"배가 고파요. 어서 뭘 좀 만들어 주세요."

"알았어요, 도련님. 아예 저녁식사를 준비할게요."

우당탕 소리가 나더니 늙은 정원사가 달려와 지오반니를 껴안았다.

"도련님, 더 성숙하고 남자다운 풍모로 변했군요."

그는 나이로 인한 것인지 감동으로 인한 것인지 모를 눈물을 글썽거렸다.

"올해 보리 작황은 어땠어요? 그리고 밀은 어떨 것 같아요?"

"보리 작황은 풍년이었고 밀도 풍년일 겁니다. 그리고 포도도 풍년이라질 좋은 포도주를 기대해도 좋을 듯해요."

"작년의 곡물과 포도주는 올해에도 꾸준히 수출되었죠?"

"보리와 밀 그리고 포도주 모두 길드에서 수출한 양이 작년 대비 1할 증가했다고 들었어요. 하지만……."

정원사이자 집사의 표정이 굳어졌다.

"말해 봐요."

"길드에서 10차례 선적한 것 가운데 한 차례는 해적에게 통째로 빼앗겨 버렸지 뭡니까?"

"저런!"

길드의 손실은 길드에 가입된 회원사의 공동손해로 이어진다.

"콘스탄티노플이 좀 멉니까? 바닷길이 나빠졌다는 게 새로이 대두된 문젭니다."

"젠장! 우리도 오늘 해적선을 만났어요. 리알토 섬에서 토르첼로로 오는 내해에서 해적을 만나는 그런 세상이 되어버렸다니까요."

"오, 저런! 그런데도 괜찮으셨어요? 어디 다친 데는 없었고요?"

"다치다뇨! 우린 기사들이고, 창검술을 얼마나 많이 연습하는데."

"해적이 물건을 빼앗고 처녀들을 겁탈한다던데 정말 괜찮았어요?"

집사는 이해가 안 된다는 표정으로 지오반니를 위아래 훑어보았다.

"그럼요. 보세요. 우리 손으로 그치들을 혼내주었어요. 단번에 줄행랑을 치더라고요."

"오, 주여! 감사합니다. 도련님께 건강하고 씩씩한 육체를 주신 주님께 감사드립니다."

집사는 즉시 기도를 하면서 대견스러운 듯 지오반니의 손을 어루만졌다.

청년들은 시원한 우물물을 길어 실컷 몸을 씻고 널따란 식당으로 향했다.

송아지 고기 완자와 양파 볶은 것, 생선요리, 그리고 게 요리가 나왔다. 후식으로 나온 레몬 잼을 과자에 바르다 말고 발몽은 문득 콘칠리타를 떠올렸다. 레몬 잼의 강한 시트러스 향이 불현듯 사랑의 묘약처럼 작용했다. 베르가못 오렌지 나무 아래에서 그녀와 나누었던 이야기들이 한 마디도 빼놓지 않고 모두 기억났다. 하지만 그녀는 귀족의 딸이고 자신은 평기사 신분이라는 게 갑자기 그의 마음을 우울하게 만들었다.

식사를 마치고 그들이 차를 마시기 시작할 때쯤 밖에서 마차가 도착하는 소리가 들리더니 지오반니의 부모가 들어왔다.

"우리 아들, 정말 늠름하구나!"

그의 모친은 자기보다 세 뼘은 더 큰 아들을 껴안고 눈물을 글썽였다. 부친만이 귀족의 위엄을 지키며 서 있었다.

"건강한 모습을 보니 반갑다."

그의 부친이 한 말이었다.

"제 친구들입니다. 발몽과 오네시모. 저와 함께 생사고락을 나누었어요. 셋이서 베네치아의 국위를 선양하여 일주일의 휴가를 받았습니다."

"처음 뵙겠습니다."

친구들이 고개를 숙여 인사하자 공작은 미소를 지었다.

"장하네. 식사에 불편은 없었는지 모르겠구먼. 지내는 동안 편안히 쉬게."

"내일 배를 빌려 타고 베네치아를 돌아보려고요."

돌아서려는 부친이 아들의 말에 걸음을 멈추었다.

"그래? 휴가를 알뜰하게 보내기엔 최상의 계획이군."

"길드의 상선 한 대가 노략질 당했다면서요? 저도 오늘 사실 해적을 만났거든요."

"뭐라고?"

그의 부친은 깜짝 놀라 아들의 위아래를 훑어보았다.

"조무래기 도둑들이었어요. 바로 물리쳤죠. 우린 머리카락 하나 다친 데 없고요."

"오, 하느님."

"아시다시피, 도제께서 새로운 국가번영 안을 세우셨습니다. 위대한 해양국가 건설을 위해 보병을 줄이고 해군력을 크게 증강시킬 계획을 세워 평의회를 통과했답니다. 아버님의 오랜 계획이 이젠 목전에 다가왔어요. 내다보신 것이 정확했다고 해야겠죠."

"도제의 판단이 맞다. 사라센에 의해 크레타와 시칠리아 절반이 점령당한 게 베네치아로선 더욱 불리하게 되었지만, 공화국으로선 새로운 모험에 맞닥뜨리게 된 것이다. 이대로 주저앉느냐 아니면 번영의 길로 나설 것이냐."

그의 부친은 손에 들고 있던 악타 디우르나를 아들의 손에 건네주고 돌아섰다. 제정기 때부터 로마에서 발행되는 소식지로서 보름 정도면 이탈리아와 주변의 도시국가들에 전달되는 것이다. 베네치아의 소식 가운데는 카올레의 사람들이 베네치아 말라모코의 주민 수십 명을 볼모로 잡아갔다가 자신들의 수출입 상선 보호를 요청하는 목적을 성사시켰다는 내용과 함께, 8월 15일 시에나와 파두아에서 팔리오 축제가 열릴 것이라는 내용도 나왔다. 지오반니가 그 부분을 손가락으로 가리키자 발몽과 오네시모가 따라 웃었다.

친구들이 잠든 시각에 지오반니는 부친의 서재에서 부친과 마주 앉았다.

"제국이 게르만족에게 넘어간 지도 어언 400년이 넘었어. 제정기 때 장군이셨던 조상의 덕분에 지금까지 잘 가문을 이끌어왔는데, 두 달 전에 길드의 상선 한 척이 고스란히 사라센 해군에 끌려가버린 게 내겐 큰 충격이었다. 다행히 실린 물건들만 손해를 본 것이고 수출물량의 증가분으로 생각하면 작년 대비 똑 같은 실적이다. 하지만 앞으로 또 당한다고 생각하면 가만히 있을 수만은 없다. 마침 도제께서도 해군력 개편 계획을 발표하셨으니, 우리의 갤리선 10척을 새로이 발주하려던 계획을 앞당겨 우리 가문이 주축이 된 길드를 새로이 조직하거나 기존 길드의 투자 지분을 늘리거나 해야 할 때가 온 것 같다. 네 형 피에트로의 유리세공품을 수출품에 새로이 넣어볼까 하는데 어떻게 생각하니?"

"유리제품은 예루살렘과 시리아 그리고 비잔티움에서 주로 수입해왔는데, 수출을 하다니요?"

"저길 보아라."

부친의 손가락이 가리키는 곳에 처음 본 유리병이 있었다. 탁자 한켠에 놓인 진녹색과 연녹색의 투박한 유리병들은 눈길을 끌 아무런 매력이 없어

보였다.

"무슨 병이죠?"

"네 형이 생산한 새로운 포도주 병이다."

"어, 정말이에요?"

지오반니의 눈이 반짝거렸다.

"잘 깨어지지 않고 햇빛을 잘 차단하는 데 착안해서 만들었단다."

"햇빛을 차단하는 목적이라면 검은 색이 더 어울리지 않을까요?"

"아니다. 네 형이 실험을 해보았다는데 검은 색은 햇빛을 더 잘 흡수하여 밖에 내어놓은 포도주가 빨리 시어지게 했다. 병마개도 나무 마개를 사용하지 않고 코르크 마개와 밀랍을 이용하는 방법으로 개선했고. 그 결과 악마의 포도주[75] 현상이 현저하게 개선되었다고 하더구나. 네 형 피에트로가 자랑스럽지 않니?"

"장하군요. 아예 포도주에 상표를 붙이지 그러셨어요. 토르첼로 또는 산타 포스카 등의 이름이 좋을 듯해요."

"네 기발한 생각을 한번 고려해보마. 어쩌면 내수시장을 석권할 수도 있어. 그동안 유리병은 모두 수입해왔는데."

"리도 섬에 정착하여 실패를 거듭하더니 결국 성공했군요!"

"그곳이 온통 모래섬이잖니. 거기에 착안했다니 정말 피에트로가 장해. 그러니 이 애비가 펠로폰네소스의 파트라스에 가서 기분 좋게 배 열 척을 발주시킬 때 넘쳐났던 포부를 상상할 수 있겠니?"

공작도 가슴이 부풀어 목소리가 사뭇 떨리고 있었다. 이미 배를 발주했다는 소리는 지오반니를 긴장케 했다.

"제가 이번에 파도바 축제에 참가해서 포도주를 맛보았는데, 역시 베로나의 포도주가 우리 제품보다 월등했습니다."

지오반니는 소아베의 백포도주, 발포리첼라의 적포도주 그리고 발도리

---

75) 병이 저절로 터짐.

노의 로제 포도주를 떠올리며 부담스런 눈빛으로 부친을 응시했다.

"알프스의 정기와 따가운 햇살이 그들에게 축복을 내린 것이야. 우리 섬들은 해풍과 찬바람의 영향으로 그곳보다 다소 못한 게 명백하지만, 어떠냐."

백포도주를 만드는 가르가네가, 토카이, 그리고 리볼라 품종들을 가지고 그들과 경쟁을 해서 어느 세월에 그들을 앞지를까 하는 조바심이 불현듯 지오반니 부친의 가슴에 일어났다. 그들의 포도주가 베네치아산보다 트리에스테나 이스트리아 같은 가까운 도시들과 콘스탄티노플 같은 대도시에 더욱 비싸게 수출되고 있는 게 현실이다. 하지만 그들에게 수입산 병들을 공급하는 것도 베네치아인이고, 그들이 그 병에 담은 포도주를 배로 실어내어 수출하는 역할을 하는 것도 역시 베네치아인이다. 만일 베로나 사람들이 피에트로가 생산한 유리병을 사주기만 한다면……, 그들에게 포도주로는 밀린다 해다 결국은 무역의 흑자는 따 놓은 당상이라는 생각이 부친의 뇌리를 스쳤다.

"저도 가문의 사업에 맞추어 길을 열어가는 게 좋겠어요."

지오반니가 말했다.

"베네치아 공화국의 앞날이 결국 해상국가로 제대로 성공하느냐에 달려있다는 오랜 생각이 이제야 결실을 맺게 되는가보다."

"아버님, 하지만 언젠가는 제노바와 맞붙게 될 텐데요?"

"그렇겠지. 제노바도 그리고 사라센도 우리가 넘어야할 파도일 뿐이야. 파도로서는 좀 큰 파도일진 모르지만."

"그런데 한 가지 꼭 여쭐 게 있어요. 저 결혼하고 싶어요, 아버지."

결혼 이야기가 나오자 부친의 얼굴이 순간 굳어지면서 아들의 표정을 살폈다.

무거운 침묵 끝에 아들이 침을 삼키고 어렵사리 입을 열었다.

"가문은 아버지 맘에 안 드실지 모르지만 영리하고 앞으로 가업에 도움이 될 사람이에요."

"처녀의 아버진 누구냐?"

부친이 엄숙한 목소리로 물었다.

"모네가리오 가문의 기사단장으로 있는 바실리오입니다."

"성이 무엇인데?"

"티에폴로."

"바실리오 티에폴로? 바실리오 티에폴로, 그 가문은 몰락한 가문인데? 조상이 훌륭한 장군이셨지. 좀 더 신중히 생각해서 좋은 가문의 규수를 생각하는 게 어떻겠니?"

"아버지, 신중히 생각했습니다."

"아, 머리가 아프구나. 그만 가 보거라 피곤할 텐데. 푹 쉬어야지."

그의 부친은 한숨을 깊이 내쉬었다.

다음 날 오후가 되자 세 청년들은 짐을 챙기고 가문 소유의 돛배를 한 대 전세 냈다. 그들은 노예 하나를 선택하여 배꾼으로 임명했다. 부라노 섬, 성 에라스모 섬, 무라노 섬, 그리고 리도 섬과 리알토까지 그들은 배를 타고 곳곳에 들러 맛있는 음식을 사먹고 풍광을 즐기며 일주일을 보냈다. 이윽고 기한이 다 되어 배를 떠나보내고 까나레지오의 병영으로 돌아온 그들은 기사단에 합류했다.

그들이 병영에 귀대하는 걸 학수고대하는 사람이 있었다. 기사 단장 콜리오네오였다. 새로운 해군 개편을 맞이하여 장교와 하사관 그리고 병사를 뽑겠다는 포고문이 붙었고 공문서로 각 기사단에 보내져 분위기가 술렁이던 참이다.

콜리오네오가 지오반니를 따로 불러 물었다.

"지오반니, 드디어 때가 왔다. 난 이번 기회에 해군에 지원하려 한다. 자네의 뜻을 묻고 싶다네."

"저도 가겠습니다. 가문의 오랜 사업에 주력하기 위해서라도 해군에서 바다를 제대로 배워야 합니다. 저희 삼총사를 끼워 주십시오. 특히 마르코 성인의 도움이 절실한 이때 오네시모를 정말 잘 챙겨야 한다고 생각합니다."

지오반니가 들뜬 목소리로 대답했다.

"내가 기대했던 대답이네. 자넨 역시 현명해. 자네들이 휴가를 떠난 동안에 다 모스토 가문으로 도제의 공문이 왔다. 나를 비잔티움에 파견하는 단장으로 임명한다는. 물론 공작과 사전에 협의한 사항이었다."

도제에 나서려던 꿈이 좌절된 늙은 공작을 배려하는 정치적 의미라도 있는 것일까.

"무슨 일을 맡으셨습니까?"

"비잔티움의 해군력을 학습하고 오라는 것이었다. 비잔틴 배의 구조와 우리보다 앞선 조선술을 배워오고, 가능하면 무기체계까지 알아오라고 도제께서 명령하셨다."

일주일도 못 되어 사직서를 제출하고 해군으로 간 콜리오네오는 24명으로 구성될 파견단 구성에 착수했다. 귀족들의 평의회에서 자신들의 영향아래 있는 기사나 해군 장교를 천거하는 바람에 순식간에 24명이 모아졌다. 그 가운데 절반인 12명이 기사 출신이었다. 지오반니와 발몽, 오네시모가 들어갔고 주교관 소속의 기사 펠리치오와 주세페, 엔리코도 포함되었다. 그들은 즉시 해군에 편입되었다. 다 모스토 공작의 조카사위인 해군 제독 피에트로 트라도니코를 총사령관으로 하고 그 아래 직속 부관으로는 고위 장교 콜리오네오가, 그리고 그 아래 하위 장교로서 24명의 사람이 임명되었다. 나라의 부름을 받아 선진국에 파견되어 큰 도움을 얻어 돌아와야하는 임무는 막중하고도 큰 책임이 따르는 모험이다. 애국심만 가지고서는 부족할 수밖에 없다는 게 트라도니코 제독이 가장 우려하는 바였다. 전투나 그에 상응하는 어떤 난관에 부딪히더라도 능히 대처할 수 있는 강인한 체력과 단합이 필요했던 것이다. 그들은 혹독한 훈련을 받았고 10월의 첫날의 출발을 앞두고 일주일의 휴가를 받았다.

애인 만날 생각에 가슴이 잔뜩 부풀어 있던 지오반니는 발몽의 표정을 보고 금세 그의 마음을 읽어냈다.

"발몽, 콘칠리타에게 보낼 편지 있으면 줄래? 오늘 밤 체칠리아 만나면 그 편에 전해줄게."

발몽의 눈이 반짝였다.

"고맙군. 잠깐만 기다려. 편지 쓸 시간이 필요해."

발몽이 깨끗한 종이를 한 장 챙겨 깃털 펜으로 뭔가 쓰기 시작하자 지오반니는 자연히 오네시모에게 말을 건넸다.

"일주일을 어떻게 보낼 거야?"

질문을 받은 오네시모는 머뭇거렸다.

"딱히 계획은 없어. 너희 두 사람을 감시하자니 몸이 하나라서 안 되겠고. 낮잠만 자자니 모두 나가고 나만 아르세날레 기지에 있게 되면 그것도 이상하고. 그래서 생각해낸 것인데, 성당에 가서 삼 일 정도 기도하고 하루는 친구 하산을 만나고 또 하루는 예로니모 영감에게 가서 인사하고, 또 하루는 안젤로 영감에게, 또 하루는 리알토 섬을 걸어서 한 바퀴 여행하고 싶어."

"건전한 생각이야. 예로니모 영감을 만나면 마르타도 당연히 만나겠지?"

지오반니가 변죽을 울렸다.

"그녀는 임자가 있어."

"네게 관심이 많았던 것 같았는데, 아닌가?"

"펠리치오가 원래 남자 친구야. 약혼반지까지 나눈 사이라더군."

"그런데 왜 그녀는 자꾸 네게 오는 거야? 네 말이 사실이라면 이상하잖아."

"지오반니, 관심 꺼!"

그들이 이야길 나누는 동안 발몽의 편지가 완성됐다. 편지를 받아든 지오반니가 먼저 기숙사를 떠나버리자 발몽과 오네시모가 남아 서로 위로하며 얼굴을 보았다.

"발몽, 뭐라고 썼는지 물어보면 싫어하겠지?"

오네시모가 웃음을 머금으며 물었다. 아까 지오반니가 마르타 이야길 꺼낼 때 오네시모는 파티마 생각으로 잔잔한 마음에 이미 파도가 일기 시작한 터다.

"괜찮아. 난 지금 그리움으로 병이 나 있어. 고된 훈련도 그녀의 얼굴만 떠올리면 힘든 줄 모르고, 꿈속에서 만나 비몽사몽 하다가 깨어나면 밤새 잠 못 이루는 밤이 계속 되거든."

"사랑이 이루어져 네 상사병이 어서 나아야할 텐데."

대꾸하면서도 오네시모의 머릿속은 파티마 생각으로 넘쳐났다. 정말이지 얼굴은……, 생각도 안 나고 모습만 살포시 지나가버리곤 하며 그리움으로 얼룩진 추억만이 자꾸자꾸 그를 괴롭혔다.

"파도바에서 네가 누워있는 시간에 콘칠리타를 만났잖아. 내 눈엔 그녀가 마치 날개 달린 천사로 보이더라고. 언제라도 훌훌 날아 멀리 가버릴 수 있는."

자기에게 훌훌 날아오는 게 아니라 멀리 날아가버리는 걸 생각하다니.

"사랑을 고백했어?"

"베르가못 오렌지나무 아래서 내 이름을 묻더군. 발몽이라고 대답하면서 당신은 콘칠리타냐고 물었지."

"그랬어?"

"달이 뜰 때 베르가못 오렌지 숲에서 만나자는 말을 오네시모에게 심부름 시켰는지 묻더군."

"사실 내가 만들어 낸 각본이었어. 널 돕고 싶어서."

"아니라고 할 순 없었어. 당연히 그렇다고 했지."

"하여튼 어쨌거나 만나게 되었잖아."

"그 점에선 고맙다. 수선화 같이 야윈 몸매와 큰 눈망울, 그리고 파리한 얼굴빛, 그녀를 본 순간을 영원히 잊을 수 없을 거야. 그녀는 나의 꿈을 물어보았어."

"그래서 뭐라고 했니?"

"멋진 왕자가 흑기사로 나오고, 왕에게 하사받은 긴 칼은 당연히 가보로 보관되는 진검이고, 착하고 예쁜 공주가 나쁜 영주에게 볼모로 잡혀있는 성이 나오고, 영주는 정치적인 목적을 가지고 있고 그 조건을 왕에게 전달하는데 왕이 도저히 들어줄 수 없는 조건이었어."

"결국은 흑기사가 구해냈겠지?"

"당연히 구했지."

그는 대꾸하며 함박웃음을 지었다.

"그 흑기사가 너 아냐? 공주는 콘칠리타고."

"난 그녀가 내 이야길 듣고 웃는 모습이 너무 좋았어. 그래서 다음에도 내 이야길 들어줄 것인지 물었어."

"그녀가 약속했니?"

오네시모가 다그쳤다.

"약속할 수 있을지 모르겠다고 하더군."

발몽의 가슴은 이루지 못할 것 같은 사랑으로 저려오기 시작했다.

"그랬군."

오네시모도 실망스런 억양으로 대꾸했다.

"할 수 없는 약속은 하지 말라고 말했지만 너무 가슴이 미어지더라고."

여기서 발몽은 눈물을 글썽였다.

"울긴⋯⋯. 그래서 바로 헤어졌니?"

"말하자면 그렇지. 멀리서 보는 것만으로도 행복하다고 말했어."

"왜 이렇게 슬프냐. 그게 마지막 말이었냐?"

"그런 셈이지."

발몽의 눈에 맺혔던 구슬이 대구루루 뺨을 타고 내려왔다. 늠름한 청년 기사가 사랑의 포로가 되어 연약한 소년처럼 되어버렸다.

"지오반니가 네 편지를 꼭 전할 테니 참고 기다려. 내일쯤은 반드시 무슨 메시지라도 오지 않겠어?"

발몽에게는 오네시모의 설명이 그나마 위안이 되어주었다. 오네시모는 짐을 간단히 넣은 가죽 가방을 둘러메고 부대를 나섰다. 그는 부지런히 걸어 산 피에트로 주교좌성당으로 향했다. 성당에는 마침 성 마태오 복음사가 축일이어서 축복의 미사가 장엄하게 진행되고 있었다. 목청이 굵은 수사들의 목소리로 단선율의 그레고리안 챤트가 불리고 신자들이 하나 둘 나아가 영성체를 받아 모시는 시간이었다. 새 주교 앞에 나가 작은 밀떡을 하나씩 받아서 유리잔에 담긴 백포도주를 적시어 먹는 행렬에 오네시모가 끼었다. 두 손 모아 포도주에 적신 작은 밀떡을 입에 넣고 돌아설 때 온갖 생각들이 머리에 스쳐갔다. 카타리나 수도원에서 아빠스에게 세례를 받았던 일부터 성인 유골의 운송 과정에 이르기까지 오네시모는 낱낱이 떠올리며 미소를 머금었다. 미사가 끝나고 마태오 신부와 마주쳤다.

"오네시모, 유골을 운송한 분. 오랜만에 보는 것 같소이다."

신부가 미소를 지으며 다가왔다.

"그동안 좀 바빴습니다. 성당에 나오고 싶었지만 기사 업무가 많이 바빴습니다."

신부는 오네시모의 유창한 베네치아 말솜씨에 또 탄복했다.

"이곳 언어에 그렇게 빨리 숙달되다니. 놀랍군. 지난번보다 훨씬 매끄러워졌어."

"은총으로 가능했던 일입니다. 감사하게 생각하고 있죠."

"알고 있겠지만 산 마르코 성당은 그동안 기초와 지하공사를 끝냈거든. 자네는 공화국의 발전에 큰 기여를 했어. 마침 나의 영명 축일이기도 하여 잠시 후 축하연이 열릴 텐데 참석해 주게."

"신부님, 저는 조용히 기도하려고 왔습니다만."

"보았다시피 많은 사람들의 방문으로 인해 분위기가 어수선하니 집중이 잘 안 될 거야. 기왕 축하연이 끝나고 하는 게 어떨까?"

오네시모로서도 특별히 거부할 이유가 없었다.

"저를 초대해주셔서 감사합니다, 신부님."

그때 그들의 뒤에서 낯익은 목소리가 들렸다.

"생강 선생이 오셨군, 반갑네."

펠리치오였다. 그 옆엔 놀랍게도 마르타가 다정하게 서 있었다.

"반갑군, 펠리치오."

오네시모도 인사를 건넸다.

"마태오 신부님의 축일을 잘도 알고 왔군. 신앙심이 깊은 건 좋은 일이야. 어쩐지 그동안의 혹독한 훈련을 잘도 견디더라고."

펠리치오는 오네시모의 건장한 체격을 흘끔거리며 건성으로 칭찬했다.

"자네야말로 잘 견디더군."

"10월 초에 우린 한 배를 타는 운명이 되었어. 예전에 서로 으르렁거렸던 건 잊게."

펠리치오의 눈이 오네시모를 살폈다.

"난 마음에 두고 있지도 않았네."

"돌아오는 주일에 우린 결혼하네."

펠리치오가 얼굴 가득 웃음을 머금으며 말하자 옆에 있던 마르타도 입을 열었다.

"오네시모, 우릴 축하해주실 거죠?"

그녀의 상기되어 붉어진 두 뺨에 보조개가 나타났다. 그녀의 눈빛이 오네시모를 올려다보았다.

"당연히 축하합니다. 주일이라면 바로 모레가 되겠군요. 꼭 오겠어요."

마르타가 오네시모에게 손을 내밀어 가벼운 손등 키스를 허락했다. 펠리치오는 보란 듯 그녀를 포옹하며 소리 나게 입을 맞추면서 활짝 웃었다.

이윽고 기념식이 열렸고, 신임 뚱보 주교의 축하와 기도가 끝나자 꽃다발 증정이 있고 신자들이 차례로 나와 마태오 신부와 포옹을 하며 축하했다. 이어진 연회에서 드디어 포도주 병이 열렸다. 교황청에서 임명한 주교가 신부에게 백포도주 첫잔을 따른 것을 신호로 하객들 모두 옆자리 사람들의 잔에 포도주를 따르기 시작했다. 흥겨운 분위기와 산해진미의 식사가 어우러진 즐거운 시간이 흘러 주교와 신부들, 수사들이 자리를 뜨자 신자들만의 시끌벅적한 분위기가 되살아났다. 펠리치오와 오네시모도 몇 잔씩

마신 터다.

"일주일을 어떻게 보내실 거죠?"

마르타가 펠리치오의 바로 옆에 앉은 오네시모에게 물었다.

"처음 삼 일은 기도를 하려고 왔어요. 사실 축일을 알고 온 건 아니고."

"예로니모 할아버지 보러 안 오실 거예요?"

"그렇지 않아도 기도가 끝나고 방문하여 하루라도 함께 지내려 했죠. 날 많이 돌보아 주신 걸 어떻게 잊을 수 있겠어요? 더구나 많이 편찮으신데."

"내가 떠나 가버리면 누가 돌볼지 가장 두려워요."

허걱.

그녀의 말은 오네시모에게 걱정거리를 하나 더 보탰다. 펠리치오의 집으로 가버리면 노인 혼자 남아 더욱 힘들어질 게 뻔하기 때문이다.

"요즘도 거룻배를 저으시나요?"

"아주 가끔씩요. 자주는 못하세요. 재작년보다 더 늙으셔서."

산해진미를 앞에 두고 노인을 걱정하고 있자니 불현듯 하산이 떠오르면서 그의 마음은 더욱 무거워졌다. 이역만리 타향에서 이 년째 적응하느라 힘들었을 하산은 지금 어떻게 지내고 있을까. 친구의 야위었던 모습이 그의 눈앞에 스쳐갔다.

한편 몸이 아파서 누워있던 콘칠리타는 발몽의 편지를 받고 급히 답장을 적어 친구 체칠리아에게 주었다. 지오반니가 편지를 발몽에게 전한 것은 휴가의 첫 날 해질녘이었다. 그는 우정을 위해 첫날을 온통 편지 심부름에 보낸 것이다. 발몽은 편지를 급히 뜯고 읽어 내려갔다.

－나를 수선화라 불러주었던 발몽에게 콘칠리타가 보냅니다. 찬바람에 몸이 쇠약해져서 그만 자리에 누워 있답니다. 물론 당신을 생각하고 있는지 묻고 싶겠죠? 사실 가끔씩 생각날 때도 있습니다. 하지만 자주 병석에 눕다보니 따뜻한 정원과 햇볕이 더욱 자주 떠오른답니다. 날 많이 생각하고 있을 테지만 그만큼 내가 당신을 생각하지 않아서 미안합니다. 그러나 날

그렇게 그리워하고 있다는 감동적인 편지를 받고 누워있을 수만은 없군요. 마르타가 이번 주일에 결혼을 합니다. 산 피에트로 성당에서 만나기로 해요. 그때까지 어서 내 건강이 회복되길 기도해주시고요. 주님의 축복을 기원하며.

발몽은 편지를 가슴에 안고 눈물을 글썽였다. 그리고 편지에 입을 맞추었다.

"편지에 입 맞추는 놈은 너뿐일 거야. 그러다 돌아버리겠다."

편지를 전달하러 잠시 귀대한 지오반니는 눈을 흘기고는 서둘러 나가버렸다. 발몽은 하릴없이 부대의 연병장을 달음박질했다. 힘이 남아돌아 젊음을 주체할 수 없는 청년이 혼자서 내무반을 지키다 보니 할 것이 그것밖에 없었다. 몇 바퀴 돌고 나니 흥분이 가라앉았다. 그는 숲에 앉아서 소나무를 쳐다보고 새들과 하늘을 우러러보았다.

이틀이 더 지나 일요일이 되어 발몽과 오네시모가 성당에 모습을 드러냈다. 그들은 즉시 알아보고 반가워했다.

"발몽, 콘칠리타 만났니?"

"아니. 오늘 여기에서 만나기로 했어. 몸이 아프다더군. 어서 나아야 여길 올 텐데."

발몽은 계속해서 두리번거렸다.

"마침 저기에 지오반니와 체칠리아가 오는 군."

두 사람이 행복한 모습으로 마차에서 내리는 게 눈에 띄었다. 희망과 기쁨으로 들뜬 아름다운 모습의 체칠리아가 물었다.

"발몽, 어떻게 되어가죠? 편질 전달하는 역할만 한 터라 다음 이야기가 궁금해요."

"몸이 아프다고……, 여기서 만나기로 해서 지금 기다리고 있어요."

"자주 몸이 아팠어요. 허약하게 태어난 때문이라고 유모가 항상 말했죠."

그들이 신랑실과 신부실에 가서 축하해주고 혼인미사가 시작되기까지 콘칠리타는 영 모습을 드러내지 않았다. 미사가 시작되려하자 바짝 불안해진 건 발몽이었다.

"발몽, 미사가 끝나려면 아직 멀었으니 차분히 좀 더 기다려."

오네시모가 핀잔했다.

"난 그녀가 안 오는 것보다 몸이 더 많이 아프지나 않을까 걱정돼."

미사가 시작되었다. 하객들 모두 조용해지고 악기가 내뱉는 미사곡이 울려 퍼졌다. 들떴던 분위기는 엄숙하고 차분한 음악에 금세 가라앉았다. 발몽은 거의 포기했다. 아마도 그녀가 나타나지 않는 건 몸이 아프기 때문이라고 생각했다. 멀리서나마 그녀를 보는 것으로 행복하다고 생각했으니까. 더 욕심 부리지 않기로 맘을 돌리고 그녀가 어서 병석에서 일어나기를 속으로 기도했다.

그런데!

그때 콘칠리타가 나타났다. 문이 빼꼼히 열리고 그녀는 사뿐사뿐 걸어들어와 뒤편의 빈자리에 앉았다. 발몽은 졸음이 오던 참이어서 그녀를 보면서도 꿈인지 생신지 얼른 판단이 서질 않았다.

"발몽, 콘칠리타야. 다 나았나봐. 지각한 것뿐이잖아."

오네시모가 나지막이 속삭일 때야 그는 꿈이 아니라는 걸 알아차렸다.

축복의 눈길이 쏠린 가운데 아나스타시오 주교에 의해 혼인이 선포되고, 신랑 신부가 나누어 마신 빨간 포도주 잔을 신부가 바닥에서 밟아 으스러뜨리는 것이 압권이었다. 행진이 끝나자 펠리치오는 단번에 마르타를 두 팔로 들어 올려 입을 맞추었다. 그녀의 활짝 핀 아름다운 미소를 보면서 오네시모는 가슴에 손을 넣어 루비 덩어리를 만지작거리며 중얼거렸다.

"저렇게 행복해 할 수가 있을까. 정말 행복하게 잘 살길……. 정말."

신랑 신부의 행진이 끝나자 콘칠리타는 발몽과 함께 부근으로 산책을 나섰다. 그녀의 파리한 얼굴을 보는 발몽의 마음이 아팠다.

"완쾌됐나요?"

발몽이 먼저 물었다.

"아직요. 하지만 친구의 결혼을 축하할 겸 오지 않을 수가 없었죠. 당신 편지도 왔고 해서."

"고마워요."

"발몽, 내가 보낸 쪽지 읽었죠?"

"그럼요. 이렇게 만나게 된 것이 난 너무 행복합니다."

발몽이 발을 멈추고 콘칠리타의 두 눈을 내려다보았다. 겨우 병마의 그림자가 걷혀가고 있는 그녀의 얼굴에는 아직도 피곤과 병증의 끝자락이 조금 남아있었다.

"그때 정원에서 보았던 아름답던 꽃들을 생각하며 몸을 추슬렀답니다."

발몽은 그때 그녀의 눈길이 노랑 만병초에 오래 머물던 걸 떠올렸다.

"그 꽃 나도 기억납니다. 당신이 눈여겨보았던."

어쩌나?

그녀는 이번 가을에 파도바의 한 가문의 청년과 결혼하게 되었다는 말을 미처 꺼내지 못하고 계속 망설였다. 마음으로야 발몽과 오래 사귀고 싶지만 부친의 엄한 명령에 따를 수밖에 없는 게 현실이었다.

"발몽, 나보다 더 아름답고 건강한 여성도 많은데 왜 내게 관심을 쏟는 거죠?"

그녀가 걸음을 멈추고 그를 올려다보았다.

"당신을 처음 본 순간 숨이 멎어버렸어요. 말을 하고보니 좀 어색하지만. 그래서 한동안 애만 태웠죠. 카올레에서 풀려나 돌아오는 길에 뱃전에 외롭게 서있던 당신을 반대편 배에서 내가 내내 보았던 걸 혹시 아세요?"

"어머, 난 전혀 몰랐는데!"

콘칠리타는 웃음을 터뜨렸다.

"전에 했던 이야기 끝까지 해드릴게요."

발몽의 말에 그녀는 거부하지 않았다. 결국 나쁜 영주로부터 공주를 구한 기사는 그만 영주가 죽으면서 던진 칼에 찔려 쓰러지고 만다는 이야기로 끝을 맺었다.

"결국은 비극으로 끝나는군요."

그녀의 표정이 우울해졌다.

"희극은 웃음을 주고 끝나지만 비극은 오래도록 마음에 남거든요."

"이제 돌아가야겠어요. 너무 멀리 왔죠?"

그녀는 발길을 돌렸다.

"다음에 만날 수 있을까요?"

"만날 수야 있지만 당신이 날 만나려 하지 않을 것 같아요."

그녀는 목소리가 작아졌다.

"왜 그런 말을?"

"아마도 이번 가을에 결혼하게 될 것 같아서……."

발몽은 순간 발걸음을 멈추었다. 두 사람의 시선이 마주친 순간 그녀는 그만 다리를 휘청거렸다. 황급히 그녀를 껴안은 발몽이 물었다.

"날 시험하기 위해 지어낸 말이죠?"

"미안하게 되었어요."

해쓱한 그녀가 대꾸했다. 그녀를 껴안은 채 발몽이 울먹였다.

"사랑하는 이가 어지럼으로 쓰러졌을 때에야 품에 안을 수 있다니. 이 무슨 가혹한 운명입니까?"

"발몽, 할 말이 없군요. 아버지께 당신에 대해 설명했지만 들은 척도 안 하셨어요."

"당신도 날 생각하고 있었군요."

발몽은 그만 눈물을 줄줄 흘렸다.

"나는 공작의 서녀랍니다. 우리 어머니가 작은 부인이죠. 신분이 조금 낮아서 당신과 이루어지길 기대했어요. 하지만 어쩔 수 없군요. 미안하기만 할 뿐."

그녀도 눈물을 흘렸다.

"어서 가세요. 그리고 행복하세요. 세월이 흐르면 잊혀질 테니까."

발몽이 그녀의 마차까지 바래다주는 것으로 그들의 만남은 그렇게 끝이 났다. 하긴 혼자서 사랑했고 멀리서 보는 것만으로도 행복하다고 생각했던 만큼 그녀가 떠났다고 통곡할 일도 아니지만, 막상 일이 그렇게 되고 보니 발몽은 여간 서럽지 않았다. 그는 서둘러 부대로 돌아갔고 지오반니 커플과 오네시모만이 피로연에 참석하기 위해 마르타의 집으로 갔다.

입구에서부터 온갖 음식이 가득 차려져 있고 동네의 아줌마들이 들락거리고 있었다. 마침 거룻배에서 먼저 내린 오네시모는 성큼 계단을 뛰어올랐다. 자신이 한동안 사용했던 이층의 방으로 들어선 오네시모가 예로니모 영감과 마주치자 영감은 반가워하며 그를 끌어안았다.

"영감님, 그간 잘 계셨어요? 보고 싶었는데."

"자네에게 시집갈 줄 알았더니만 결국은 펠리치오가 데려가게 되었어. 잘 있었나?"

기분이 좋아진 영감이 농담을 떠벌렸다. 팔이 풀리자 영감의 손끝에 피가 묻어있는 게 눈에 띄었다.

"아니, 손을 다치셨어요?"

"쉿!"

영감이 오네시모의 입을 틀어막았다.

"무슨?"

오네시모가 눈을 휘둥그레 뜨며 목소리를 낮추었다.

"이건 마르타를 위한 비밀작전이니 모른 척해주게. 물고기의 작은 부레에 비둘기 피를 넣어 입구를 잘 묶어두었지."

예로니모 영감의 목소리가 속삭이듯 작아졌다.

"그걸 어디에 쓰는데요?"

"초야를 치른 신부의 처녀성을 확인하려는 짓궂은 친척들이 있을 수 있어. 그래서 대개 신부의 엄마가 이걸 준비해주는 것일세. 마르타에게 어머니가 없잖은가. 내 손녀가 처녀임을 확신하고 있지만 혹시 사람 일은 모르는 것이어서……. 오늘 본 일은 없던 걸로 해주게. 마르코 성인을 모셔온 자네만 믿을게."

노인은 끝말에 힘을 주어 강조했다. 노인의 설명이 끝날 때까지 지오반니와 체칠리아는 거룻배를 말뚝에 묶고 동네사람 몇과 인사하느라 이층으로 올라오지 않았다.

오, 저런!

오네시모는 어안이 벙벙하여 말도 나오지 않았다. 신부의 순결성에 대한 집착은 이슬람 세계가 더 심한 곳이다. 이미 알고 있는 규중비밀이 알렉산드리아 뿐 아니라 여기에서도 똑 같군. 그는 속으로 중얼거렸다.

그때서야 지오반니와 얼굴이 노란 체칠리아가 이층에 나타났다.

"배 묶는 데 왜 이렇게 시간이 많이 걸렸어?"

오네시모가 빈축하자 지오반니가 변명했다.

"체칠리아가 배 멀미로 자꾸 구토를 해서 등을 좀 두들겨 주었지."

흥겨운 잔치가 벌어졌고 포도주와 온갖 맛있는 음식으로 즐거운 시간이 밤새 계속되었다.

꿈만 같던 일주일이 바람에 구름 날리듯 훌쩍 가버리고 드디어 출항을 위한 준비가 완료되었다. 콘스탄티노플에 머물 보름을 포함하여 왕복 이동시간까지 모두 한 달 반 동안 그들의 의식주를 해결해줄 수병이 162명 승선하였다. 그만큼 당시로서는 큰 배였다. 그들이 떠나는 날 아르세날레 해군기지에서 나팔소리와 북소리가 요란하게 울리고 자랑스런 국기가 게양되면서 전쟁의 출정식에 버금가는 행사가 열렸다. 이어서 닻이 올려지고 돛대에 드넓은 아마포 돛이 올려지자 최신예 대형 갤리선의 거대한 몸체가 움직이기 시작했다.

이름하여 빅토리아호(號).

평의회 의원들 모두와 도제는 빅토리아호를 배웅하며 비장한 심정으로 우러러보았다. 그들의 눈에, 빨간 바탕에 황금빛 사자의 문양이 선명한 베네치아 국기가 펄럭이는 모습이 선명하게 각인되었다. 배가 시야에서 사라져 국기가 보이지 않게 될 때까지 그들은 모두 그 자리에 서 있었다.

리도섬이 시야에서 사라지자 작전회의가 소집되었다.

"아드리아 해와 이오니아 해, 그리고 에게 해와 프로폰티드 해[76]를 거치면 콘스탄티노플이다."

해군 제독이 패도에 그려진 지도를 지시봉으로 짚으며 설명했다. 쩌렁쩌렁 울리는 목소리로 그의 설명이 계속 되었다.

"우리의 예상 항로는 이것이다."

직선과 곡선을 그리며 내려가다가 펠로폰네소스 반도의 아래를 스쳐 곧장 위로 올라간 그의 지시봉은 콘스탄티노플에서 정확하게 멈추었다.

"콘스탄티노플에 가본 경험이 있는 사람이라면 몰라도, 대부분 아직 타국 여행 경험이 없을 것이다. 동요하지 말고 듣길 바란다. 행여 우리의 앞길에 해적이 나타나더라도 당황하지 말고 배운 대로 집중하여 처리하면 된다. 우리의 항로는 앞으로 우리 해군이 지킬 것이며 그 길을 통해서 베네치아 공화국의 깃발을 단 국적 선들이 마음 놓고 해상활동을 펼칠 것이므로, 어떤 장애물이 있더라도 반드시 극복해야 하는 것이 우리의 과제임을 다시 한번 말해둔다. 이번 여행 내내 그리스도와 성모님, 그리고 마르코 성인의 보호하심이 함께 하길 바란다. 이상!"

해적이라니!

회의가 끝나고 각자의 위치로 돌아가면서 장교들이 쑤군덕거렸다. 펠리치오도 다소 긴장한 표정으로 투덜거렸다. 갓 결혼한 신랑이어서 아마도 예민해졌을 그를 마침 지오반니가 보았다.

"멋진 창 솜씨를 언제 쓰려고 겁내나?"

지오반니가 소리쳤다.

"흥, 사돈 남 말 하시네."

펠리치오가 자존심을 내세우며 가만히 있지 않았다.

---

76) 마르마라 해.

"우린 파도바 팔리오 축제가 끝난 후 휴가 기간에 베네치아에서 해적을 만난 경험이 있어."

지오반니의 말에 펠리치오는 깜짝 놀랐다.

"정말인가? 어떻게 되었는데?"

"간단히 해치웠지. 털보들을 늘씬하게 제압했거든. 기사 출신에겐 그까 짓 훈련도 안 된 쫄따구들은 식은 죽 먹기지."

"그렇담 안심해도 되겠네."

펠리치오는 움츠렸던 어깨를 풀면서 마르타를 떠올렸다. 몸 성히 잘 다 녀오라고 신신당부했던 그녀. 결혼은 남자에게 무거운 책임을 부과하는 것일까.

"아마도 제독은 여러 번 해적과 맞부딪힌 경험이 있을 거야. 얼굴의 칼자 국이 그걸 말해주지."

오네시모가 한 마디 던졌다.

"모두들 조용히 하고 수병들을 보라!"

갑자기 커다란 목소리가 들리자 6명의 시선이 그쪽으로 쏠렸다. 콜리오 네오 부관이었다. 그가 가리키는 곳은 상갑판의 수병들이 앉아 있는 공간 이었다. 해군기지를 출발할 당시부터 열심히 노를 저었던 수병들이 콜리오 네오의 명령으로 손을 내려놓고 쉬고 있었다. 3명씩 앉은 의자가 좌우에 27줄이 있으므로 한 눈에 그들의 탄탄한 체격과 구리 빛 피부가 읽혀졌다. 부관 콜리오네오는 병사들의 강인한 모습에 안도의 미소를 지었다.

바람으로 인해 사람의 키 두 배의 높이로 일고 있는 파도 사이를 가르며 삼각돛이 팽팽하게 바람을 받아 잘도 달려가고 있었다.

"갤리선의 가장 큰 장점이 무엇인지 말할 수 있겠나, 펠리치오?"

부관의 질문에 그는 즉시 대답했다.

"역시 속도 면에서 가장 빠르겠죠?"

"맞기는 한데, 넓은 바다에 나가면 바람을 이용한 범선에 뒤지는 게 보통 이다. 범선이 만일 마스트를 2개나 3개 가지고 있는 경우라면 그 차이는 더

크네."

"둥글다고 해서 코카라고 불리는 범선이 연안에서는 훨씬 느리지 않습니까?"

주세페가 이의를 달았다.

"연안에서는 바람을 이용하기보다 사람의 힘으로 노를 젓는 게 배를 훨씬 빨리 전진시키거든."

"그렇다면 이 돛의 용도는 연안을 벗어났거나 긴 항해를 하는 동안 노잡이들이 쉬도록 고안된 것이겠군요."

주세페가 말했다.

"그렇다. 마스트를 2개 혹은 3개를 단다면 갤리선도 속도를 낼 수가 있다. 지금은 마스트를 한 개만 세워서 쓰고 있지만 보조 마스트가 필요할 때가 올 것이다."

해적이 덤벼들 때를 가정하여 설명한 것을 경험이 없는 젊은 해군 장교들은 전혀 이해하지 못했다. 다만 지오반니의 삼총사만 알아들었을 뿐.

"갤리선의 단점도 있다면 이럴 때 말씀해주시죠."

오네시모가 나섰다. 그를 기특한 눈으로 돌아본 콜리오네오 부관의 표정이 밝게 빛났다.

"선체의 모양이 날렵한 때문이기도 하지만 역시 노잡이 인원으로 인한 공간 부족과 인건비가 문제가 되겠지."

상선으로는 역시 갤리온 등의 범선이 적합하다는 설명이었다. 갤리선은 어디까지나 전투함의 용도가 우선이었다. 그들의 뱃머리는 끝이 뾰족한 금속으로 감싸고 있어서 전투에 임했을 때 상대방 배의 허리부분을 들이받을 수 있다는, 전에 배운 해군 병법을 상상하면서 발몽은 자기네 뱃머리를 쳐다보았다. 그들의 대화는 끊어졌다.

콜리오네오 부관이 함장실에 들어서자 깊은 생각에 잠겼던 함장이 고개를 돌렸다.

"내가 지금 무엇을 생각하고 있는지 알겠나?"

제독의 질문에 부관은 고개를 설레설레 저었다.

"아마도 이번 여행의 장래를 생각하시지 않았는지."

"내가 떠나기 전날 아내와 함께 촛불을 켜놓고 기도를 했지."

"그러셨습니까? 준비성이랄까 신앙심이랄까. 놀랍습니다, 제독님."

"옛날엔 출정을 앞두고 메추라기로 점을 쳤다지. 게르만족들은 늙은 여자가 점을 쳤다고 하고. 신앙심이 넘칠 지경인 마누라도 역시 촛불로 길흉을 미리 알아보려고 했다네."

"……."

"심지가 꽃이 핀 듯한 모양으로 바깥으로 향하여 굽어져 있으면……, 기쁜 소식과 귀인의 도움이 생기고 승진의 행운도 있다는구먼."

"바로 그 모양이었나요?"

"그래."

제독은 고개를 끄덕였다.

"하느님께서 반드시 돌보아 주실 것입니다."

"암, 그렇고 말고."

콜리오네오 부관은 제독의 강인한 표정을 보았다.

어느덧 하루가 지나고 한낮의 태양이 아드리아 해와 갤리선에 따가운 햇볕을 내리쬐는 오후 시간에 모두들 낮잠을 즐기고 있을 때였다. 오네시모가 콜리오네오에게 물었다.

"부관님, 어제 제독께서 설명하실 때 지도를 보니 아드리아 해의 서안이 더 매끄럽고 좋을 듯한데, 왜 동안의 항로를 선택하셨는지 궁금합니다."

부관은 졸음에서 번쩍 깨어났다.

"자네의 질문은 날카롭구먼. 또한 대단한 관찰력을 가졌어. 그걸 알려고 하는 장교들은 별로 없었네. 그 해답을 알면 우리 공화국의 장래를 어느 정도 알 수 있을 것일세."

대부분의 장교들은 점심의 식곤증으로 그늘에서 늘어져 있던 탓에 지오반니와 발몽만이 바짝 다가와 눈을 반짝거렸다. 부관의 설명이 이어졌다.

"그것은 이오니아 해에 진입하려는 항로를 왜 하필 슬라브족 해적들의 출몰 지역인 동안으로 선택했느냐는 질문일세. 우리가 만날 해적이라면 단연코 슬라브족 해적과 사라센 해적이야. 아드리아 해의 동안은 많은 섬들이 있어서 역풍을 피하거나 필요품을 위한 기항을 하기에 적당한 장소들이 많고, 또한 돛이 힘을 발휘하지 못하는 바람 없는 날엔 갤리선의 노를 젓기에도 알맞기 때문이야. 우리 공화국의 상선들을 보면 범선은 주로 먼 나라와의 교역을 위한 경우가 대부분이고 아드리아 해의 도시국가들과의 무역은 바로 갤리선이 맡고 있음을 알 수가 있을 것이네."

세 젊은이들은 고개를 끄덕였다.

"갤리선은 길이가 긴 대신 폭이 좁아서 물건을 실을 공간이 적다는 흠이 있잖습니까?"

지오반니가 물었다.

"그렇지. 노잡이들이 공간을 차지해버리니 하갑판의 공간만이 무역품을 실을 수 있는 곳이지. 하지만 우리 베네치아의 모든 상선은 항상 무장을 한 선원들이 타도록 규정되어 있다는 걸 생각한다면 이해가 될 것이야. 여차하면 노잡이들이 무기를 들고 해적에 대항하는 군인으로 바뀌는 것일세."

오네시모는 순간 멈칫했다. 베네치아 시민의 끈질긴 근성을 생각하자 사라센 해군의 근성도 떠올랐기 때문이다. 이집트인들도 보통은 넘는다. 막상막하라고나 할까.

출항 후 첫 날 밤은 세냐에서, 둘째 날 밤은 스팔라토 항에서 기항한 빅토리아 호가 어느 덧 3일째 항해를 맞이한 이른 새벽이었다.

해적이다! 해적이다!

마스트에 올라갔던 수병이 소리쳤다. 좌현에서 10 퍼얼롱 거리에 해적이 다가오고 있었다. 엷은 안개가 연안 바다에 피어오르는 시각에 육지에서 베네치아 배를 발견하고서 뒤쫓아 왔을 해적선이 드디어 그 모습을 드러냈다.

"전속력으로 가라!"

제독의 명령이 떨어졌다. 삼각형의 보조 돛대를 세우면서 더욱 가속이 붙기 시작했다. 수병들은 제 위치에 앉아서 세워 두었던 노를 안으로 들여 놓고 무기와 방패를 손질했다. 그들의 무기는 도끼와 장검, 활과 화살, 창, 그리고 뾰족한 못들이 튀어나온 몽치, 그리고 비눗물이었다. 그들은 머리에 투구를 쓰고 허리에 가죽 밴드를 조였다.

"슬라브족 해적이 틀림없군."

전속력으로 쫓아오는 적선을 본 제독이 중얼거렸다. 돛을 3개나 단 적선이 더 빠른 관계로 곧 따라붙었다.

"돛을 내려라. 저 놈들이 명을 재촉하는 걸 보고만 있을 수 없다."

돛을 내리자 갤리선의 속도가 갑자기 떨어지고 적선이 더욱 바짝 따라붙었다. 적선에서 순식간에 화살이 날아오기 시작했다. 병사들이 방패로 막고 있어서 화살은 별로 위협이 되지 못했다. 그러는 사이에 해적선의 우현이 갤리선의 좌현과 맞닿았다. 그들은 떼거리로 갤리선에 옮겨왔다. 부관의 지시에 의해서 대부분의 장교와 수병들은 제 위치에서 보고 있는 가운데 몇 명만이 일어나서 그들과 맞붙었다. 펠리치오 삼총사였는데 그들은 용감한 검술 솜씨로 순식간에 그들을 제압했다. 자기 동료들의 패배를 본 적선은 후닥닥 떨어져 나가 거리를 유지하며 따라오기 시작했다. 전열을 가다듬기 위한 작전이었다.

다섯 명은 바닥에 꿇어앉은 채 부관의 심문을 받았다.

"너희는 어디에서 온 놈들이냐?"

"레시나 섬에서 왔습니다."

"우리가 해군임을 한 눈에 알아보았을 텐데. 끝까지 덤벼든 이유는 뭐냐?"

"베네치아 배라면 상선이든 해군선이든 실력이 없을 것으로 생각하고 덤볐습니다."

"이 멍청이들아, 죽는 건 생각도 안 하고 이기는 것만 생각했냐?"

"베네치아 선박에는 항상 좋은 물건들이 실려 있어 유혹이 되었습니다요."

하하하하.

부관은 한심하다는 듯 웃음을 터뜨렸다.

"너희에게 어떤 처벌을 해야 할지 생각 중이다."

"살려만 주십시오. 처자식이 딸린 몸들입니다."

"앞으론 그렇게 맘대로 안 될 것이다. 베네치아가 새롭게 해군력을 증강시키고 있다는 걸 너희 눈으로 확인했으면 그대로 전해라. 그리고 다음에 한 번 더 잡히면 그땐 너희들 두 다리를 자를 테니 맹세할 수 있겠나?"

부관의 부릅뜬 눈이 무서워 5명의 해적들은 벌벌 떨었다. 그들은 즉시 발로 차여 바다에 떨어졌다. 뒤따라오는 해적선에서 그들을 건져내어 그들 모두 목숨을 구할 수 있었다. 해적으로 인해 항해가 지연된 관계로 그날 밤은 라구자에서 기항하면서 식수와 음식재료를 실은 배는 다음 날 다시 출항했다. 그리고 해가 질 무렵에 또 다른 해적선을 만났다.

해적 천지로군! 좋은 용도에 쓰였을 배를 한심하게도 이런데 쓰다니.

콜리오네오 부관이 중얼거렸다. 이번에는 빅토리아 호에 맞먹을 크기의 병선이었다.

좌로 돌려라!

제독의 명령에 따라 빅토리아호가 선체를 돌려 날카로운 금속 뱃머리로 적선의 옆구리를 들이받았다. 상대방 배가 크게 한 번 흔들리고 뱃전이 부서졌다. 해적과 수병들이 칼과 창 그리고 도끼를 들고 상대방 배에 올라 난투극을 벌이기 시작했다. 잘 훈련된 장교들과 수병들을 해적이 당해낼 수는 없는 법. 전세가 점차 해적들에게 불리하게 돌아가면서 포로로 잡히거나 부상자가 부지기수로 늘어나자 슬금슬금 뒤로 빼기 시작했다.

"해적 두목을 찾아라!"

제독의 명령이 떨어졌다. 잠시 후 털북숭이 사나이가 제독 앞에 끌려나왔다.

부관이 나서서 나무라듯 물었다.

"네 놈이 해적 두목인가?"

"죄송합니다."

"어디 사는 놈들이지?"

"두라초에서 왔습니다."

"그렇지 않아도 두라초에 기항하려던 참이었는데 잘 되었다. 식수와 음식재료가 필요했거든. 네 놈들을 끌어다가 부두에서 공개적으로 처벌하고 배는 불태워버릴 것이다."

"선생님들, 제발 자비를 베풀어주십시오. 두라초에서는 저희들의 동족과 이웃이 저희를 모두 선량한 선원으로 알고 있을 텐데요."

허걱.

"그런데 어찌 도적으로 변질되었냐?"

"원래는 상선이었는뎁쇼. 사라센 해적에게 물품을 모두 뺏기고 나자 독이 올라서 그만 이렇게 되었습니다요."

"너희들을 비잔티움 제국 경찰에 넘겨버리면 우린 속이 편하다만, 너희들이 받을 벌이 너무도 가혹해서 말이 안 나오겠지?"

"선생님들, 제발 자비를 베풀어주십시오."

무릎을 꿇은 그들은 두 손을 싹싹 빌었다.

"그래서 너희를 천사와 같은 마음으로 너그러이 풀어주기로 했다. 단지 우리의 순조로운 항해를 방해한 죄로 곤장 10대씩 선물하겠다. 가거들랑 너희 눈으로 확인한 베네치아 해군의 위력을 상세히 전해라."

부관의 명령으로 해적들 100명이 줄줄이 엎드려 곤장을 맞고 어기적거리며 도망쳤다. 그들도 역시 한 번 더 잡히면 두 손목을 베어도 좋다는 약속을 하고서야 풀려났다.

이윽고 이탈리아 반도의 장화 굽 끝에 있는 도시국가 오트란토와 바다 건너 마주보고 있는 발칸반도의 도시 바로나와의 한 가운데를 통과하는 동안 행여 사라센 해적이 나타나지나 않을까 잔뜩 움츠렸던 수병들은 바다가 다시 넓어지자 환호성을 질렀다.

와아, 드디어 이오니아 해다!

빅토리아 호는 코르푸 섬에서 기항하고 다음 날은 코린토 해협이 시작되는 케팔레니아 섬에서 기항했다. 그리고 필로스 시(市)와 아이기나 섬을 지나 말레아 곶을 돌자, 에게 해가 펼쳐지면서 수많은 섬들 사이에서 행여나 또 해적이 출몰하지 않을까 여간 긴장하지 않을 수 없었다. 시로스 섬과 델로스 섬에 기항했다가 키오스 섬, 레스보스 섬, 그리고 트로바에 기항했다가 드디어 다르다넬스 해협을 통과하자 프로폰티드 해[77]에 접어들었다. 프로폰티드 해의 키지코스에 기항했을 때였다.

제독이 장교들과 수병들 앞에 섰다.

"제군들, 벌써 2주가 흘렀다. 그동안 우린 슬라브 해적들은 간단하게 무찔렀지만 사라센 해적과 마주치지 않을까 내심 초조했던 것도 숨길 수 없는 사실이다. 바닷길은 해적들이 득실거리고 로마 가도는 산적들이 득실거리고 있는 게 냉엄한 현실이다. 로마 제국의 동쪽 계승자인 비잔티움 제국의 강력한 해군력이 에게 해의 안전을 지키듯이, 그동안의 항해에서 아드리아 해의 안전은 반드시 우리의 손으로 지켜내야 한다는 것을 똑똑히 보고 배웠다는 데 큰 의미를 부여할 수 있다. 물론 두라초에 상품을 내려서 로마 제국 시대에 건설된 로마 가도를 통해 그리스 어느 지역으로든 육로수송이 가능하다. 로마 제국 시대의 역참제도를 로마 제국의 서쪽 계승자인 카를로스[78] 대제 때까진 잘 유지했지만, 대제의 뒤를 이은 그의 아들 경건왕 루이가 다스리는 제국은 치안에 있어 선왕 때보다 못한 탓에 육로 무역이 훨씬 불안해졌다는 걸 감안한다면, 어째서 우리가 지금도 그렇고 장래에도 해군력을 강화해야 하는지는 너무도 자명하다. 비잔티움 황제를 알현할 시간이 자꾸 다가오고 있어 본인도 솔직히 긴장된다. 하지만 우리 모두 실수 없도록 계획대로 실행하고 반드시 지시에 복종하도록 다시 강조하는 바이다."

---

77) 마르마라 해.
78) 샤를마뉴.

제독의 일장 연설이 끝났다. 다음날 최종 목적지인 콘스탄티노플에 도착할 것이다. 그곳의 일정을 보면서……, 황제를 알현할 기회가 언제 올지 모르겠지만, 베네치아 도제의 친서를 전달하면, 비잔티움 해군의 위력을 시찰도 하고 군선 만드는 공장을 견학할 기회와 무기에 대한 정보를 배울 기회가 올 것이라는 건 장교든 사병이든 모두 알고 있는 사항이다.

장교들 가운데 누구보다 긴장하고 있는 건 지오반니였다. 그에게는 공화국의 해군력을 증강시키는 것도 중요하지만 비잔티움을 상대로 무역할 루트와 물품의 품목을 창출하는 안목을 키워야 하는 숙제가 있었다. 그것은 자기 가업의 꾸준한 성장으로 이어질 중요한 기회였다. 몇 년 안에 해군을 전역하면 그간 익힌 해상기술을 바탕으로 걸출한 무역가로 거듭날 각오와 신념으로 그는 입술을 깨물었다.

피에트로 트라도니코 제독은 본국에서 공부한 비잔티움에 대한 정보를 하나둘 떠올리며 자신의 이번 여행이 과연 결실을 맺을 수 있을지 비장한 눈길로 콘스탄티노플 방향을 보았다. 제독은 본국에서 가져온 책을 꺼내들었다. 그는 밑줄을 그은 부분을 다시 읽어보았다.

-비잔티움은 고관직과 공직이라는 신분질서를 가진 나라다. 고관직은 행정 또는 군사적 직위에 있어서 실질적 명령권이 보장되는 직책이다. 고관직과 그 휘장은 황제의 명령으로 내려지고 일평생 보유되지만 세습은 안된다. 고관직에 과거 로마제국의 행정관직의 이름을 붙여서 카이사르, 마기스트로스, 총독, 집정관, 프로토스파테스[79] 등으로 부르는데 가장 높은 고관직은 원로원 의원이다. 원로원 의원의 가족 일원은 물론 미망인까지도 모두 상응하는 신분을 누린다. 넓은 의미에서 고관직과 공직은 동급이지만 요직에 앉을수록 더 높은 고관직을 받았으므로, 그런 의미에서 공직은 권력을 주지만 신분을 부여하는 건 고관직이다. 중앙행정부는 세크레톤이라

---

79) '제일의 칼집이'란 뜻.

는 여러 부서들로 나뉜다. '제니콘'은 국가 재정을 맡고, '드롬'은 황명의 전달과 외교를 맡고, '스트라티오티콘'은 군의 관리를 맡는다. 각 세크레톤마다 명령을 내리는 최고 지휘관으로서 '로고테트'가 있다.

드디어 다음 날 오후에 콘스탄티노플의 금각만(灣)에 베네치아 국기가 펄럭이는 군선 빅토리아호가 닻을 내렸다. 역시 대제국의 항구엔 엄청 많은 상선들이 운집해 있어서 베네치아와는 비교도 되지 않았을 뿐더러 눈에 보이는 군선들도 그 크기와 규모에 있어서 단연코 대국다운 수준이었다. 사전에 통지를 받은 관계로 비잔티움 관리들과 해군 장교들이 달려오고 간단한 인사 예절이 있은 다음에 베네치아 장교들은 전원 숙소로 안내되었다. 병사들은 수가 많은 관계로 대형 천막 진영으로 안내되었다.

운이 좋아서인지 바로 다음 날 황궁에 불려간 제독과 장교 대표단이 황제의 알현에 나섰다. 참석인원을 12명으로 제한해달라는 요구가 있어 장교 24명 가운데 10명이 뽑혀 제독과 부관을 포함하여 12명이 결정되었다. 삼총사 가운데 지오반니와 오네시모 그리고 펠리치오가 포함되었다.

황실 의전관이 말했다.

"12명이 뽑힌 것은 그리스도의 만찬을 생각해보시면 쉬 짐작이 가실 겁니다. 그리고 황제를 알현할 때 지켜야 하는 몇 가지 점을 미리 가르쳐드리겠습니다."

황제 알현 때 지켜야 하는 점이라……. 위엄에 넘치는 대제국이라서 그런가보군. 일행은 모두 침을 꿀꺽 삼켰다.

"비잔티움 역내에서 비잔틴 법규를 따르는 건 당연할 터니 말씀해보구려."

제독이 대답하자 의전관이 설명했다.

"카이사로포피즘[80]이란 개념을 먼저 설명하겠습니다. 성 소피아 성당에서 거행되는 대관식에서 총대주교에 의해 왕관이 씌워지는 순간 세속적인

---

80) 군주교황 주의.

왕권을 가진 황제가 천상의 권리까지 함께 가지게 되는 것입니다. 이 점이 바로 서로마 제국과의 차이점이니만큼 주의해 주시고요, 또 황제의 명령이 있지 않는 한 황제에게 먼저 말을 하면 안 된다는 점을 미리 말씀드립니다. 그리고 혹시 의견을 묻더라도 의견을 개진하되 황제와 논쟁하지 마십시오.”

의전관과 비잔티움 해군 제독, 장관들 모두 경호원들이 맨 앞에 선 가운데 너나없이 길고 긴 복도를 걸어가고 그 뒤를 베네치아 시찰단이 따랐다. 황제의 옥좌에서 멀찍이 떨어진 거리쯤에서 경호원들이 멈추더니 바닥에 넙죽 엎드렸다. 그곳 관리들이 모두 엎드리는 것을 베네치아 시찰단도 그대로 따라서 할 수밖에 없었다. 모두들 엎드린 자세로 조신하게 기어가 옥좌에서 얼마간 떨어진 거리에서 멈추었다. 그런 다음 허리를 굽힌 채 일어섰는데 황제의 옥좌가 스르르 위로 올라오자 주변에서 사자, 독수리 사자와 황금 새들까지 움직였다.

헉.

그들은 눈을 휘둥그레 뜨고 눈앞에서 벌어지는 난생 처음 보는 광경에 입을 벌렸다. 모든 게 기계장치의 운동에 의해 이루어지고 있는 바, 베네치아와는 비교도 안 되는 선진국의 과학적 개가였다. 황제는 흰 바탕에 자주색 문양이 든 용포를 입었는데 황금빛 숄을 걸치고 자주 빛 신발에는 황금 독수리 문양이 박혀있었다.

“폐하, 조반니 1세 파트리치파치오 베네치아 공화국 도제의 편지를 가지고 온 베네치아 해군 제독 일행이 대령했사옵니다!”

의전관이 큰 소리로 아뢰자마자 테오필루스 황제의 목소리가 우레처럼 울려 퍼졌다.

“고개를 들라고 하십니다.”

의전관이 황제의 말을 전달해주었다. 옥좌와 알현단의 거리가 먼 이유도 있었지만 더 큰 이유는 세속인과의 차이를 두기 위한 제도 때문이었다. 그들은 의전관이 가르쳐준 대로 황제의 말에 일체 대답하지 않은 채로 가만히 대령하고 있었다. 황제께 아뢰는 일도 의전관이 대신 그리스 말로 통역을 해주었다.

"이쪽은 피에트로 트라도니코 제독입니다. 베네치아 도제께서 폐하와 비잔티움 제국의 안위와 번영을 크게 기원한다는 말씀을 꼭 전하라고 하셨답니다. 여기 친서가 있습니다."

그가 다가와 트라도니코 제독의 손에 들린 편지를 받아 황제에게 전달했다. 황제가 거드름을 피우며 편지를 읽는 동안 제독과 장교들은 조심스레 휘황찬란한 어전을 살펴보았다. 황제가 잠시 생각하더니 이윽고 의전관을 불러 어떤 지시를 내렸다.

"폐하께옵서 시찰단 모두 더 가까이 오라고 하십니다. 이젠 의견을 아뢸 수 있습니다."

의전관이 전하는 말에 그들은 허리를 굽힌 채 몇 걸음 더 바짝 다가갔다.

"형제국인 베네치아에서 온 그대들을 환영하오. 내 대관식에 축하사절단이 와준 걸 지금도 고맙게 생각하고 있소. 헌데 그대들 가운데 알렉산드리아에서 성인의 유골을 운반해온 사람이 있다는데?"

황제의 심각한 표정에는 관심이 넘쳐나고 있었다. 황제가 해군 시찰에 대한 내용을 먼저 물어볼 것으로 기대했던 대부분의 사람들은 어안이 벙벙했다. 가장 먼저 질문을 받고 그에 대한 대답을 할 내용을 요모조모 미리 생각해둔 제독으로서는 기대가 어긋나는 순간이었다.

"접니다, 폐하."

오네시모가 한 발짝 앞으로 나서며 떨리는 목소리로 대답했다.

"알렉산드리아는 마케도니아의 알렉산더 대왕이 세운 지중해 도시로서 우리 그리스인들은 영원히 잊을 수 없는 곳이다. 사라센의 침략으로 함락된 알렉산드리아를 비잔틴 해군이 신속하게 탈환했었는데, 그때껏 해군이 없던 사라센 군은 2000척의 대함대를 창설해서 우리의 1000척 함대를 밀어내버렸지. 그 뼈아픈 과거가 다시 생각나는구먼. 170년이 흐른 지금 알렉산드리아는 가볼 수 없는 땅이 되어버렸다. 지중해의 제해권은 여전히 숙제로 남겨있고……. 그런데 그대는 조상이 그리스 사람 같아 보이는구면."

황제가 오네시모를 쳐다보았다.

"남들은 그렇게 말합니다만, 저는 잘 모릅니다."

"어떤 동기가 있어서 성인을 모셔왔느냐?"

동기라니. 자신의 형 마르코의 죽음이 헛되지 않도록 형이 하려던 일을 실행했을 뿐이다. 혈육에 대한 사랑이라고나 할까. 순간 오네시모의 눈앞에 자신이 무함마드 알림에게 팔려왔던 일부터 향유와 금서를 구하기 위해 예루살렘 여행을 떠났던 일, 잃어버린 형을 찾았지만 형은 곧 사형을 당한 일, 자신이 세례 받은 일, 마르코 성인을 운송하여 베네치아에 정착한 일이 주마등처럼 빠르게 흘러갔다. 하지만 자신이 노예였다고 말할 수는 없었다.

오네시모가 얼른 대답하지 못하자 의전관이 안절부절못하였다. 다행히 황제의 부드러운 목소리가 이어졌다.

"성물을 보아야만 신심이 생기는 현상은 정말 이상하기도 하지. 부활하신 그리스도께서 토마스[81]에게 하신 말씀이 생각나는군. 보지 않고도 믿는 사람은 행복하다고. 요즘 나는 성화상 공경이 가지고 있는 문제점들을 생각하고 있다. 원래의 제 자리에 있지 않은 성물들은 모두가 도난품이라는 도덕적 결함을 안고 있는 것이 가장 먼저 대두되는 큰 문제다. 그리고 신학적 관점에서도 두 가지의 위험을 생각해야 한다. 일반 신자들이 그리스도의 모상과 그것을 뜻하는 대상을 구별하지 못함으로써 우상숭배에 빠질 수 있다는 점과, 그리스도의 인성만을 강조하는 이단에 빠질 수 있다는 점이 그것이야. 무슨 말인지 알아듣겠나?"

"어려워서 잘 이해가 안 됩니다."

오네시모가 한 말은 사실이었지만 그의 대답으로 인해 좌중에서 큰 웃음

---

81) 예수의 12제자 가운데 하나.

이 터져 나왔다. 황제도 껄껄껄 웃었다.

"그래서 내 재임기간 중에도 성화상 파괴운동을 적극 지원하려고 한다."

황제의 말에 좌중이 찬물을 끼얹은 듯 조용해졌다. 그곳의 관리들은 표정이 얼어붙으며 일순간 긴장했다. 얼떨떨한 베네치아 방문단과는 달리 그들에게는 심각한 국내 문제와 결부된 폭탄선언이었기 때문이다. 제위에 오른 지 1년이 채 안 된 황제의 결심이다. 레오 5세 때부터 시작되어 미카엘 2세 통치기간에도 그대로 이어졌던 성화상 파괴운동이 테오필루스 황제 시대에도 똑같이 이어질 것이라는 선언이었다. 신심이 깊은 제국의 신민들 사이에 성화상 숭배가 되살아나면서 대주교들도 허용하는 분위기로 바뀌어갈 조짐이 보이던 터여서, 벙어리 냉가슴 앓듯 비잔티움의 고관들 가운데 어느 누구도 황제의 말에 이의를 제기하는 사람은 없었다.

이어진 황제의 말은 그들을 더욱 아연실색케 했다.

"어리석음으로부터 신자를 보호하기 위한 최대한의 조치이다. 가짜가 진짜를 제치고 버젓이 유통되며, 성물 도둑들이 지중해 전역에서 하나의 업종을 이루어 활동하고 있는 걸 보면 더 말해 무엇 하겠나!"

좌중이 너무도 조용하자 황제는 곧바로 다른 주제로 넘어갔다.

"공화국의 도제께서는 이번 시찰단을 통해 우리 제국의 해군을 배우고자 희망하셨다. 군사교류를 확대하고자 하는 뜻을 알았으니, 시찰이 끝나고 돌아가면 우리 비잔틴 제국도 베네치아의 해군력이 향상되어 아드리아 해의 안전을 완벽하게 담당하는 날이 속히 오길 바란다는 말을 전해주게나. 공문서로 작성하여 따로 주겠지만, 우선 생각나서 하는 말이다. 사실 아드리아 해의 동안 도시들 주변에 해적들이 준동하고 있는 것은 대단히 골치 아픈 일인데……. 창고에 생쥐들이 드나드는 꼴이지. 제국의 수도 콘스탄티노플과는 거리가 있어서……, 그리고 출병을 감행하는 건 카를루스 황제를 자극하는 것이 되기 때문에 생쥐들을 눈앞에 보면서도 감히 출병할 수가 없었다. 지금은 경건왕 루이가 카를로스 뒤를 이어 프랑크 왕국을 유지하고 있지만, 이럴 때일수록 출병은 더욱 더 상대방을 부추길 수 있기 때문에 더더욱 감행할 수 없는 것이지. 번영을 위해 베네치아가 무역에 국력을 집중하기 시작했다고 하는 점은 나도 이미 알고 있는 사실이다. 그걸 위해서 먼저 해야 할 일이 있다면 바로 해상의 장악, 바로 그것이겠지. 하지만 진품여부도 불확실한 성인의 유골을 모신데서 번영의 논리를 찾는 건 다소 황당한 일이네. 정치적인 의도가 있는 게 아니라면."

황제의 마지막 말은 베네치아의 진객들을 움츠러들게 했다. 오네시모도 할 말을 잃었다. 이미 비잔티움에도 그리스도의 십자가 나무 조각과 세례자 요한의 뼈를 모신 사원들이 있다는 것은 널리 알려진 사실임에도 황제가 마르코 성인의 유골의 의미를 축소시키는 이유는 무엇일까. 마르코 성인의 유골이 가짜이길 바란다는 뜻일까.

혹시 시기심?

베네치아의 제독을 위시한 모든 장교들은 나지막이 기침을 했다. 그건 그렇고 제독은 황제의 국제정세에 대한 견해가 상당히 정확함에 놀랐다. 결국 황제의 시각이 공화국 도제의 시각과 많은 부분에서 일치함이 드러났다. 정치적으로 오래 교류를 해온 베네치아가 아드리아 해의 제해권을 장악하는 것을 비잔틴이 적극 원하고 있었다는 걸 확인한 것으로 제독은 이번 시찰의 소기의 목표를 이미 달성했다. 제독은 빙그레 미소를 지었다.

끝난 줄 알았던 테오필루스 황제의 말이 다시 이어졌다.

"과인은 이번 세기의 도래 이후 로마 교황이 서양 제국과 공모를 하고 있는 건 아닐까 생각하고 있음을 알기 바라오. 신의 유일한 대리자는 한 명뿐이오. 바로 진정한 로마제국인 비잔티움의 황제, 짐이 로마 황제지. 이것이 바로 보편성이오. 포티오스 총대주교가 로마로부터 독립할 것을 건의한 바 있지만 짐은 반대하오. 동서교회가 분열한다는 것은 상상할 수 없는 일이니까."

황제의 말에 의전관도, 장관들도, 손님인 베네치아 해군 제독과 장교들도 침묵했다.

황제 알현이 끝났다. 혼자만이 이론을 제시하며 떠들고 웃는 괴상한 면담이었지만 베네치아 시찰단은 만족했다.

황제가 일어서버리자 분위기가 어색했던지 의전관이 황급히 황제의 말을 전했다.

"폐하께서 지원을 최대한 아끼지 말라고 하시면서, 식사에 초대하셨습니다."

황제가 퇴장하자 일행도 모두 의전관을 따라 일어섰다. 식당으로 가는 도중에 그가 설명했다.

"황금 식당에서 식사를 할 수 있는 건 아무에게나 주어지는 특혜가 아닙니다. 우리 제국의 고위직 인사 가운데는 평생을 황금식당에서 식사를 하지 못한 인사가 수두룩합니다."

"저희에게 그런 특혜가 주어진 데 대해 감사합니다만, 어떤 연유라도?"

제독이 물었다.

"그건 황제께서 마르코 성인을 알렉산드리아에서 모시고 온 사람이 장교 대표단에 있다는 것에 놀라움과 관심을 보였기 때문입니다. 부왕의 뒤를 이어 작년에 제위에 오르신 황제께서는 제국 신민의 신앙심 회복에 남다른 관심을 가지고 계십니다. 특히 지금은 거의 끝나버린 서로마 제국과 벌였던 과거의 논쟁거리, 즉 성화상 공경 문제에 대해 황제의 생각은 아까 들으셨던 것처럼 많이 다르십니다. 하지만 성화상과 성인의 유골은 차원이 다르다고 생각하셨을지 모르겠습니다. 유골을 모시고 왔다는 장교를 그렇게 심하게 몰아치지 않으시는 것을 보면."

성화상을 공경하든 말든 베네치아 공화국의 군사사절단으로서는 전혀 관심의 대상이 아니었지만 의전관은 귀에 못이 박히도록 침을 튀면서 설명했다.

식사가 끝나자 황제가 제독에게 선물을 하사했다. 노미스마 금화가 가득든 자루가 선물로 주어졌다. 부관을 포함한 11명의 장교들에게는 자주색 비단이 하사되었다. 중국에서 실크로드를 따라 원사가 오거나 완제품 비단이 오면 반드시 콘스탄티노플을 거쳐야만 팔레스티나, 알렉산드리아, 서유럽으로 퍼져나가는 것이다. 그 중간 기착지의 역할과 소임을 콘스탄티노플은 제대로 하고 있었다.

황궁에서 식사를 하고 나온 장교단은 피로와 긴장을 풀기 위해 그날은 숙소에서 푹 휴식했다. 일행은 다음날부터 해군 병기창과 무기들을 시찰하러 나갔다. 비잔티움의 고위 장교가 그들을 콘스탄티노플 병기창으로 안내하면서 말했다.

"해군기지는 네그로폰투스에 있습니다. 며칠 후에 견학하기로 하고요. 우선 말씀드릴 것은, 우리 군의 두 가지 해상전략입니다. 하나는 수용성 화약을 이용해서 적선을 신속하게 파괴하는 일이고, 또 하나는 적선과 맞붙었을 때 수병들이 얼마나 멋진 백병전으로 그들을 제압하는가, 입니다."

"그렇군요!"

"674년에 우마이야 왕조의 칼리프 무아위야가 비잔티움을 합병하려는 욕심에서 콘스탄티노플을 포위했습니다. 5년간 지속된 밀고 밀리는 전쟁 끝에 비잔티움 군은 이들을 격퇴시켰는데요. 이때 큰 역할을 한 것이 바로 유다인 칼리니쿠스가 발명한 '그리스의 불'입니다."

그리스의 불!

베네치아 장교들은 입을 다물지 못했다. 전설 속의 무기 '그리스의 불'을 비잔티움 장교로부터 듣는 역사적 순간이었다.

"황, 주석, 수지, 암염, 경유, 정제유를 혼합한 액체상태의 물질입니다. 여기에 보안에 붙여진 몇 가지 성분이 더 들어가서 만들어진 액체를 항아리에 담아 적군에 날려 보내거나, 가느다란 관을 통해 뿜어 적선에 불세례를 보내기도 하는 무기입니다."

아!

이백 년 동안 지중해 국가들 사이에 구전되었던 비밀병기 '그리스의 불'이 그 실체를 드러냈다!

본국에 돌아가면 어떤 연구에 착수해야겠군. 콜리오네오 부관이 회심의 미소를 지을 때 비잔티움 장교들이 손님들을 데리고 병기창으로 안내했다.

도크가 몇 개 있고 그곳에서는 거대한 함선들이 건조되고 있었다.

"200명 이상의 병력이 탈 수 있는 배로 보입니다."

부관이 놀라 소리쳤다.

"맞습니다. 중앙 해군 플로이몬의 주력함인 드로몬을 건조하고 있는 모습을 보시고 계십니다. 배 모양이 독특하죠?"

베네치아 해군 장교들은 청동 판으로 뒤덮여 있는 드로몬의 위용과 뱃머리에 장착된, 아가리를 벌리고 포효하는 철제 사자 상을 일제히 쳐다보았다.

"사자의 입에서 불길이 나오도록 설계가 되었나 보군요?"

"그렇습니다. 해군의 무기는 주로 4가지입니다. 투석기 즉 노포는 잘 아실 것입니다. 문제는 그리스의 불을 노포로 쏘기도 한다는 것입니다. 다음의 무기는 그리스의 불이고요, 세 번째로는 크실로카스토론이라는 목제 망대로서 전시에 돛대 옆에 세워 전투병이 그 위에 서서 활이나 창 또는 쇳덩어리를 상대방에게 던지는 장비이고, 네 번째로는 톡소볼리스트레스입니다. 이것은 뱃머리나 선미에 세워서 여기에서 해군이 불화살을 목표물에 쏘아 보내는 장비입니다."

베네치아 장교들은 고개를 끄덕였다.

"적선이 근접했을 때 전투무기를 가르쳐 주세요."

"해군 전투병이 타고 있다가 적선에 뛰어올라 백병전을 벌입니다. 물론 평소 갈고 닦은 무예가 뛰어난 자만 살아남을 수 있는 것이죠."

"외부만 보여줄 게 아니라 내부를 자세히 볼 수 있을까요?"

선진 기술을 배워갈 속셈으로 부관이 어물쩍 질문했다.

"죄송합니다만, 내부의 공개는 금지되어 있음을 양해해주십시오."

안내 장교는 머뭇거리지 않고 거절했다.

역시나!

군사기밀에 해당되는 부분은 노출을 꺼리는 게 당연할 터다. 어색함을 무마하기 위해 부관이 얼른 다른 질문을 했다.

"해군으로도 또 보병으로도 전투가 가능한 부대가 있다는 말을 들었습니다만?"

"타그마타라고 불리는 중앙군이 있습니다. 엄호와 역습을 위해 준비된 군대로서 흩어져 후퇴하는 척하다가 갑자기 방향을 돌려 역습하는 전술을 구사합니다."

"그건 주로 아시아의 유목민들이 사용하는 전술이 아닙니까?"

"그렇습니다. 사실 그들에게서 배운 것입니다."

"다른 전술을 가르쳐 주실 수 있습니까?"

"오늘은 날도 저물었으니 쉬시고 내일은 사원을 비롯하여 시내 관광을 하십시오. 모래 보병부대를 방문해서 자세한 토론을 하는 게 어떻겠습니까?"

비잔티움 장교의 설명을 끝으로 그날의 바쁜 일정은 막을 내렸다.

콘스탄티노플 성에 어둠이 내리기 시작했다. 두껍고 육중한 성곽에 싸인 난공불락 요새는 동방의 로마제국 계승자로서 굳건히 자리를 지키며 아시아 대륙을 내려다보고 있었다.

다음날, 영빈관에서 비잔티움 군사령관이 초청한 식사를 마친 장교들은 아침 미사를 드리기 위해 성 소피아 성당으로 향했다. 수염을 길게 늘어뜨린 사제들과 주교들이 엄숙하고 긴 미사를 집전했다. 화려한 성당의 내부는 촛불에 의해 무수한 보석을 붙여놓은 듯 신비한 빛을 발산했다. 또한 벽에 그려진 채색 벽화들은 공화국 장교들로 하여금 숙연하게 만들었다. 군복을 벗고 평상복으로 갈아입은 그들은 신앙인으로 돌아갔다. 과연! 그들은 자신들이 동방의 로마에 와 있다는 것을 실감했다. 벽화의 주인공들은 한결같이 그리스도와, 신앙의 귀감이 되었던 마리아, 요셉, 세례자 요한, 예수의 제자들과 순교한 교부들의 모습이었다. 손에 든 성서는 그들이 성서에 기초한 성스러운 삶을 사느라 치열했을 생애를 대변해주고 있었다. 그들의 삶의 자세를 본받고 인간이 원래 보잘것없이 태어난 존재라고 해도 이렇듯 하느님의 도구로서 충실한 역할을 다 하여 영광을 신께 돌릴 수 있다는, 강한 메시지를 던져주었다.

오랜 항해로 누적된 피로가 엄습해서인지 미사가 진행되는 동안 장교들 모두 한결같이 꾸벅꾸벅 졸았다. 맨 뒷줄에 베네치아 수병들이 열을 맞추어 미사에 참석하고 있었다. 장교의 지휘에 맞추어 그들 나름의 임시 병영 생활에서 일요일을 맞아 미사에 온 것이다.

시찰단은 거대한 국제 도시 콘스탄티노플의 무역을 한 눈에 볼 수 있는 항구로 나갔다. 그들은 드넓은 광장에서 혹은 지붕만 설치된 노천 시장에서 온갖 인종들이 물건을 사고팔며 흥정하는 걸 보았다.

"베네치아 상인들이 무역하는 곳은 어딥니까?"

"궁금하신가봅니다. '베네치아 바자르'에 가시려면 저를 따라오십시오."

베네치아 바자르는 세상의 온갖 향신료를 구비해놓은 유명한 시장이다. 안내인의 뒤를 따라간 금각만에 위치한 한 장소에는 점포들이 있었고 베네치아 상인들이 포도주와 유리제품, 그리고 향신료를 팔고 있었다.

그들은 본국에서 온 군인들을 보자 와락 반가워했다.

"베네치아 상품들입니까?"

지오반니가 즉석에서 질문했다.

"포도주는 베로나에서 그리고 비단은 시리아에서 떼어온 것들입니다."

"소금과 염장 생선, 곡물, 포도주, 목재가 공화국의 주요 수출품이라고 들었는데요?"

"맞습니다. 소금 산지는 세상에 딱 세군데 밖에는 없습니다. 포르투갈의 암염광산, 키프러스의 천일염전, 슬라브의 카르파티아 암염광산이 그것인데요, 저희는 키프러스의 천일염을 떼어다가 이곳에서 팔거나……, 알렉산드리아에 되팔거든요. 요즘은 10월이어서 소금 소비량이 줄어 곡물과 포도주에 주력하고 있습니다."

"베네치아에서 생산된 포도주는 수출하지 않으십니까?"

"베로나에서 생산된 포도주들, 즉 소아베의 백포도주, 발포리첼라의 적포도주 그리고 발도리노의 로제 포도주가 주로 팔립니다."

"토르첼로 혹은 산타 포스카란 포도주 상표를 혹시 기억하십니까?"

그 상표들은 지오반니의 부친 회사에서 나오는 판매용 포도주들이다. 지오반니는 자기 회사의 제품이 어느 정도나 소비가 되는지 알고 싶어 물었다.

"병은 멋있고 시각을 자극하지만 맛에서는 베로나 것을 못 따라간다는 혹평에 저렴하게 판매되고 있습니다만, 잘 아시는 회사인가요?"

"예, 잘 아는 회삽니다."

지오반니가 다소 불만스런 목소리로 대꾸했다. 자기네 회사에서 나오는 제품이 못하다는 소릴 듣고도 좋아하는 얼간이도 있을까. 시장을 나와 다음의 장소로 이동하는 동안 지오반니의 표정은 내내 밝아지지 않았다.

"지오반니, 그래도 병이 멋있단 소린 했잖아. 힘을 내라고!"

오네시모의 위로에 그나마 지오반니의 얼굴이 펴졌다. 그런데 그 순간 번쩍이는 아이디어가 지오반니의 머리를 스쳐갔다.

"오네시모, 네 말에 떠오른 게 있어. 유리병을 주력사업으로 키우는 거야. 포도주에 쏟았던 정력을 유리병에 쏟는 것 말이야. 어때?"

"거 괜찮네. 그렇게 하면 좋을 듯해. 네 판단도 제법인 걸?"

오네시모는 얼른 친구를 북돋아주었다. 저만치에서 그들의 코를 자극하는 향신료 냄새가 솔솔 풍기는 곳에 정말 널찍한 향신료 시장이 열리고 있었다. 그들은 서둘러 그쪽으로 발길을 돌렸다.

다음 날 보병부대를 방문한 자리에서 안내장교가 설명했다.

"우리 비잔티움은 바이킹 출신 용병이나 슬라브족 용병을 써오고 있었습니다만, 사라센군을 대응하는데 적합하지 않다는 걸 알게 되었습니다. 그래서 연구해낸 게 농민군 '테마'가 아닙니까. 현지에서 곧바로 충원되므로 경기병 부대를 신속하게 구성하여 참전케 할 수 있는 제도입니다. 자신의 가족과 토지를 지키기 위해 싸우는 것이어서 당연히 용맹할 것이고, 무장도 스스로 하고 생계문제도 스스로 해결하니 아주 좋지요. 우리 제국에 섬들이 좀 많습니까. 섬들의 경우엔, 해군을 그와 비슷하게 조직했습니다. 그래서 해군이 필요한 곳은 해군을 보내고, 싸울 배를 공급해 달라는 섬들엔 배를 보냈습니다."

베네치아 해군 장교들은 간단한 메모를 적어가면서 그곳 안내장교의 설명을 토씨 하나 놓치지 않았다.

"스쿠타토스(중보병)와 경보병을 설명해 주십시오."

"비잔티움 제국의 주요 전력은 기병부대이지만 보병부대가 없으면 안 됩니다. 중보병으로 전열을 짜고 군대의 포진에서 기본 위치에 배치하는 것은 로마 제국과 똑 같습니다만 스쿠타토스는 전열을 4열로 개편했습니다. 스쿠타토스의 장비는 금속박판으로 만든 갑옷, 커다란 타원형 방패, 장창, 검이죠. 그들은 가죽 부츠에 바지를 입고 그 위에 무릎까지 내려오는 긴 상의를 입습니다. 상의의 색은 비잔티움 제국에서 행운을 안겨주는 색, 붉은 색 계통이고요. 장식문양은 비교적 적게 사용되어 소매나 아랫단에 기하학 문양이 약간 있는 정도입니다. 갑옷은 원래 유목민들이 발명한 것인데요, 사람 손가락 두개의 길이와 넓이의 금속판을 옷에 꿰맨 것입니다. 갑옷 한 벌에는 약 600개의 금속판이 들어가잖습니까. 저기 길쭉한 창은 콘탈리온이라고 불리는 성인 키의 두 배 반 길이의 장창입니다. 좀 독특하죠?"

오호라!

시찰단은 모두 탄복했다. 자기네 부대와는 엄청 다르고 앞선 개념을 가지고 있기 때문이었다. 콜리오네오 부관이 물었다.

"복장으로 볼 때 과거의 로마제국군과 다른 점은 무엇인가요?"

"바지와 부츠를 착용하고 있는 점입니다."

"중기병들에게 여름과 겨울에는 어떤 군복을 입힙니까?"

"중기병의 상의는 여름에는 마로 만든 튜닉, 겨울에는 양모로 만든 튜닉을 입힙니다. 물론 바지와 부츠를 신었고요. 그리고 튜닉 위에는 갑옷을 착용합니다."

장교들은 전시되어있는 무기들을 둘러보고 강한 호기심에 사로잡혔다. 끝이 뾰족한 원추형의 구리 투구, 허리 높이의 외날 장검 파라메리온, 끝이 뭉툭한 쇠막대기 메이스, 시위의 길이가 소년 키 정도인 대형 활을 보면서 장교들은 눈을 번득였다.

"보병 중심의 로마제국 군대를 계승하면서도 기병을 중시하는 군제로 보입니다만."

"잘 보셨습니다. 비잔티움 군은 주로 동방의 유목민들과 사르마티아[82]인, 그리고 아랍인들을 상대로 전쟁을 하다 보니 그들로부터 전수받은 무기 종류가 제법 많고요, 그들의 기마전술에 대항하는 방법으로 전술이 발전하게 된 것입니다."

고개를 끄덕이며 지오반니가 칭찬하는 투로 외쳤다.

"콘스탄티노플의 견고한 성벽을 보고 난공불락의 도시를 연상했습니다."

"훌륭한 축성술로 잘 지은 굳건한 요새와 기동력 있는 야전군이야말로 제국의 첨병이라 말할 수 있을 것입니다."

"최소단위 부대의 전투방법은 어떻게 하는 것입니까?"

이번에는 발몽이 질문했다.

"5인 1조가 최소단위 부대입니다. 그 가운데 3명은 장창만 들고 2명은 활만 다룹니다. 제국에 대한 위협에 대항하다보니 그렇게 발전되었습니다."

이번에는 제독이 질문했다. 그는 아무런 표정 없이 시종일관 듣고만 있던 터다.

"그제 황궁에 가면서 보니 근위대가 모두 외국인들로 구성되어 있는 듯한데, 무슨 연유라도 있나요?"

역시 제독의 눈은 날카로웠다. 그냥 지나치기가 십상인 특이한 점을 발견한 것이다.

"아, 와리아기 친위대를 말씀하시나 보군요. 모두 바이킹 용병부대입니

---

82) 러시아의 옛 이름.

다. 당연히 얼굴도 다르고 용맹성도 다릅니다. 특히 해상 전투에 아주 강합니다. 역사적으로, 바이킹이 남하하여 유럽과 사르마티아에 정착한 경우가 있습니다. 또 비잔티움 역내에 들어와서는 용병이 된 사람들도 있고요. 용감하되 야심이 없다보니 궁중의 음모에 개입할 이유가 없는 사람들이므로 황제의 친위대가 된 것입니다."

모두들 고개를 끄덕였다.

여기저기 선진국의 이모저모를 기웃거리며 하루하루가 흘러가다보니 빅토리아호가 콘스탄티노플에 정박하기 시작한 지도 어느덧 보름이 된 어느 날이었다.

장교들 모두 시찰을 멈추고 쉬고 있는데 마침 심부름꾼 소년이 다가왔다.

"찾아온 분이 있어서 그러는데, 살라흐 딘이란 분 있습니까?"

소년은 베네치아 군인 가운데 이슬람식 이름을 가진 사람도 있나, 하고 고개를 갸우뚱거리고 있었다.

"내가 그 사람인데 왜 그러니?"

오네시모가 벌떡 일어나서 밖으로 나갔다. 그곳엔 카푸치노 수도복을 입은 마르주크가 서 있었다.

"마르주크! 아니 마르코!"

오네시모는 순간 그의 이름을 부르며 우뚝 멈추어 섰다.

"살라흐 딘, 오랜 만일세."

두 사람은 숙소 앞의 숲으로 발걸음을 옮겼다.

마르코는 오네시모를 찬찬히 훑어보았다.

"신체가 더 단단해졌구먼. 좋아 보이네. 하산은 잘 있겠지?"

그렇지 않아도 마음의 한구석이 편치 않던 오네시모다. 울고 싶은데 뺨 맞은 격이라고나 할까. 마르코의 입에서 흘러나온 하산이란 이름에 오네시모는 그만 눈앞에 안개가 서렸다.

"성인을 모시고 왔다는 공로로 어떤 가문의 기사로 들어갔습니다. 베네치아를 출발하기 전에 만났는데, 물론 한때 야위었던 몸이 많이 좋아져 보이더라고요. 그런데 여긴 어떻게 알고 오셨어요? 그리고 웬 수도복이죠?"

"여기에 도착해서 바로 수도원에 들어갔다네. 그리고 소문으로 들어서 알고 찾아왔지. 베네치아 해군에서 비잔티움 해군을 시찰 왔다고……. 마르코 성인의 유골을 모시고 온 젊은이도 함께 왔다고 해서."

"소문 한번 되게 빠르군요."

"표정을 보니 알렉산드리아로 돌아갈 생각은 없나보군?"

마르코 수사는 오네시모에게서 베네치아 사회에 적응해가고 있는 모습을 보았다. 그의 말에 오네시모는 순간 지나온 세월을 떠올렸다. 하산과 절친했던 마리얌도 떠올랐다. 알라딘 형에게 배운 의술로 하산과 자신을 구해낸 그녀를 잊었다면 말이 안 된다.

"요즘 바쁜 일들이 많아서 딴 생각을 할 겨를이 없었습니다."

"그래? 성인을 모시고 온 공로로 돈을 많이 받았을 텐데. 아직도 양이 안 찼나?"

돈을 많이 받다니, 무슨 해괴한 사설일까. 어디서 무슨 이야길 들었단 말인가.

오네시모는 어이가 없어 웃어버렸다. 어처구니없는 사기를 당했지만 그렇다고 울어재낄 수도 없는 일.

"공화국의 도제께서 집행한 예산의 대부분은 두 사기꾼들이 가로챘는데 그건 모르셨습니까?"

"뭐라고?"

마르코 수사는 이내 알아차렸다. 그가 굳어진 표정으로 기탄없이 말했다.

"안 되었네만……, 그 두 녀석이 콘스탄티노플에서 퍼뜨리고 다닌 소문이 두 가지가 있다네."

"그자들이 증인이 없는 이곳에서 활개를 치며 제멋대로 각본을 써서 나불거리고 다녔군요."

"하나는 유골이 가짜라고, 또 하나는 상금을 오네시모와 하산이 타서 큰 부자가 되었다고 말일세."

그 놈들을 그냥!

오네시모는 분통을 터뜨리며 두 주먹을 불끈 쥐었다.

이젠 약자의 입장이 아니다. 삼 년 전엔 어쩔 수 없었지만, 이젠 더 이상 너희가 생각하는 촌놈이 아니다. 알렉산드리아에서 막 도착하여 베네치아 말도 모르고 풍물에도 서툴렀던 시골뜨기가 더 이상 아니다!

"그자들은 자주 나타납니까?"

오네시모가 씩씩거리며 증오에 찬 눈빛으로 물었다.

"오늘이 10월의 마지막 날이고 내일부턴 11월이네. 그자들은 10월 초까지 콘스탄티노플에서 머물며 무역에 큰 투자를 했어."

사기 쳐서 크게 한몫 잡은 돈으로 허세를 부리며 투자의 눈길을 번득였을 그들의 모습을 떠올리자 오네시모는 또다시 울화통이 치밀었다.

"어떻게 그 내용을 모두 알고 계십니까? 알렉산드리아에서처럼 신통한 능력이 되살아나기라고 하셨나요?"

마르코로 말하면, 알렉산드리아에서 장님 시인으로 지낼 때 장래의 일을 잘도 예언했었다.

"그 능력을 주님께서 거두어 가신 건 자네도 알잖은가. 대신 시력을 돌려주셨다는 것도."

"그런데 그자들의 일을 무슨 연유로 잘 알고 계시는 겁니까?"

"작년에 시장에서 마르코 성인의 유골에 대해 이상한 소문이 들리곤 해서 관심을 가지기 시작했는데, 마침 우리 수도원에 흘러든 떠돌이가 말해주었지. 트리부노와 루스티코란 사람에게 고용되어 한때나마 그들 밑에 있던 사람이었어."

"무슨 사업이었는데요?"

오네시모가 신경질적으로 다그쳤다.

"화내지 말게. 노예와 목재를 알렉산드리아에 가져다가 파는 큰 무역일세.”

“그랬군요.”

오네시모는 힘없이 중얼거렸다.

“약대상 시절보다 더 많은 자본을 투자해야 하잖아. 큰 배까지 전세내야 하니까.”

“그러면 지금쯤 알 쿠드스나 알렉산드리아, 혹은 타라불리쓰에 있을 법하군요.”

“그럴 거야. 아마도.”

앞에 있다면 모가지를 비틀어도 시원치 않을 작자들.

오네시모는 이를 악물었다.

“그래서 그 허무맹랑한 소릴 모조리 새겨들었단 말입니까?”

“허허, 왜 내게 성질을 내고 그러나. 자넬 이렇게 만나고보니 그게 다 새빨간 거짓말이란 것도 알게 되었잖아.”

하긴 금서 꾸란을 자신에게 준 선량한 사람, 마르코를 더 탓해 무엇 하랴. 더구나 그는 지금 수도승이다. 오네시모는 마음을 돌렸다.

“다른 이야기로 돌립시다. 머리만 아프니까요.”

“그게 좋겠네. 자넬 만나 건강한 모습을 본 것만도 얼마나 기쁜 일인가.”

“옛날의 신통력을 가지고 계신다면 저의가 앞으로의 계획을 물어보기라고 하건만!”

오네시모는 한숨을 내쉬었다. 필요치 않을 때는 그와 마주칠까봐 피해서 다니던 시절이 있었다. 마주칠 때마다 듣기 싫도록 자신의 앞날을 점지해 주던 그는 이젠 막상 그가 필요할 때는 아무런 도움이 되지 못했다.

“무슨 계획인지 들어나 보세.”

마르코 수사는 겸연쩍게 물었다.

“저도 무역에 종사하려 합니다. 친구 지오반니가 제의한 일이거든요. 그의 집에서 포도주와 유리병을 생산하는데요, 새로이 배 열 척을 비잔티움 선박회사에 주문했죠. 길드를 하나 만들려나봅니다. 제가 해군에 근무하는 동안 항해기술을 충분히 익혀서 그 회사에 들어갈까 합니다."

"듣고 보니 그럴싸하구먼. 그 패기와 담력! 자넨 충분히 친구에게 도움을 줄 수 있겠네. 그 친구가 베네치아와 알렉산드리아, 콘스탄티노플을 잇는 삼각 무역루트를 이용하려면 자네 같은 조력자가 꼭 필요하겠어."

"트리부노와 루스티코 두 사람이 항상 함께 다니던가요?"

오네시모의 화는 가라앉지 않았다.

"그렇더구먼. 내년 5월은 되어야 나타날 걸세. 원래 지중해를 가로지르는 원거리 무역은 5월부터 10월까지 하니까."

"추위 때문에 겨울엔 안 하나요?"

"추위도 추위려니와 바람이 맞질 않아. 몬순 무역풍은 아예 맛도 못 보네. 추운 역풍에 시달리거든."

순간 오네시모는 빅토리아 호도 가을이 깊어지기 전에 어서 서둘러 베네치아로 돌아가야 한다는 것을 직감했다.

오네시모가 머뭇거릴 때였다.

"그런데 이 말은 해주어야겠군. 그 떠돌이가 어디선가 들은 소리라며 이런 말을 했었지."

"무슨?"

"베네치아는 성인을 모셔간 사람을 내뱉고야 말 거라고."

"하하하, 우습네요. 재미있고요. 나를 얼마나 존중해주는 나란데요?"

오네시모는 웃어넘겼다.

"그리고 말일세. 마리얌의 가족도 콘스탄티노플에 살고 있는데 혹시 알고 있나?"

허걱.

"다마스쿠스에 정착한 게 아니었나요?"

"사라센 군에 떠밀려 여기로 옮겨왔더라고. 그런데 말이야. 내가 눈이 멀어 앞을 못 보던 시절에 나에게 상자를 옮겨다 주면 돈을 주겠다고 꼬드겨 일만 시키고 뺑소니친 사람 있었지?"

"있었죠. 그때 사실 상자가 뒤바뀐 일이 벌어졌었죠. 마리암의 가족이 도둑으로 몰리던 참이어서 우리 팀 모두 재판까지 받았고 결국 범인도 못 잡고 재판이 싱겁게 끝나버렸죠."

"그잘 만났어!"

"예? 무슨 수로……, 그 뺑소니 양심 불량자를 만날 수 있었죠?"

"트리부노와 오랫동안 거래를 해오던 사람이 있었어. 트리부노도 내가 피리장이 장님이었던 걸 몰라보았는데, 아흐마드라는 그 사람도 날 몰라보더라고. 그때 알렉산드리아의 뱃짐 검사요원이 바로 그자였지?"

"맞습니다. 아흐마드, 그 악마 같은 자가 검사를 했죠."

"목소릴 어디선가 많이 들었다 했거든. 그때 그 목소리의 주인공을 결국 이 도시에서 다시 만난 거야. 오, 하느님! 트리부노와 노예를 거래하는 현장에서 말일세. 내 기억에 박혀있는 그 목소리의 소유자는 아흐마드 그자가 틀림없어!"

오랜 기억 속의 사건들이 다시 꼬리를 물고 기억의 수면 위로 올라왔다.

아흐마드.

그 작자가 우릴 얼마나 골탕 먹이고 도둑으로 몰아 재판까지 받게 해놓고서 돈을 빼돌렸던가!

오늘은 완전히 분통 터지는 날이네!

오네시모는 주먹으로 자신의 가슴을 쥐어박았다. 그러고 보니 재판정에서 아흐마드는 마르주크가 있던 자리에서는 생쥐처럼 단 한마디도 하지 않았다.

"그 재판 동안에 아흐마드가 입에 자물쇠를 달고 단 한마디도 없이 가만히 앉아있기만 했던 이유를 이제야 알았습니다!"

"입을 열었다면 그놈의 목소리로, 상자를 나르도록 시킨 그자를 바로 즉시 지목했을 테니까."

"쥐새끼 같은 놈!"

오네시모는 이를 갈았다. 성녀 카타리나 수도원에서 드러내놓고 작당을 벌이던 그 놈을 그때 바로 손보았어야 했는데. 어디라고 감히 그딴 놈이 성스러운 곳에서 악한 일을 도모할 수가 있나. 오네시모의 팔뚝 근육이 씰룩거리며 부르르 떨렸다.

마르코 수사는 기도를 해주고 떠나갔다.

수병들은 비잔티움 수병들과 함께 공놀이도 하고, 합동 체력단련을 통해 단합을 다졌다. 이윽고 약속했던 한 달이 훌쩍 흘러가버렸다.

빅토리아 호는 금각만을 출발했다. 겨울을 재촉하는 제법 차가워진 바람을 받으며 배가 펠레폰네소스 반도의 끝 말레아 곶을 돌면서도 행여 사라센 해적과 마주치지나 않을까 전전긍긍했다. 추워지면 무역도 끊기고 모든 해상활동이 위축되는 법. 해적들 또한 따뜻한 봄이 되기를 학수고대하면서 숨죽이고 어딘가에 숨어있는지 모른다. 11월의 차가운 그레코[83]를 등과 오른쪽에서 받으며 힘겨운 겨울 항해가 계속되는 동안 제독은 은근히 사라센 해군과 맞붙기를 고대하고 있었다. 베네치아 해군의 강인함을 믿고 있었기에 사라센 해군의 수준을 알 절호의 기회인 셈인데, 자꾸만 기회가 멀어져가고 있었다. 이오니아 해를 통과하는 동안 정말 사라센 해군은커녕 사르마티아 해적도 나타나지 않았다. 두 다리에 잔뜩 힘을 주고 갑판에 서서 왼편의 이탈리아 반도와 오른편의 펠로폰네소스 반도 방향을 번갈아 노려보는 그의 자세는 흡사 도발적인 모습이었다. 그는 자신이 마치 베네치아라는 커다란 배를 이끌고 대해를 항해하는 선장의 기분에 서서히 빠져 들었다.

"발몽, 내가 보니 계속 기운이 없고 말수가 줄어든 게 분명 콘칠리타 때문이지?"

말없이 바다를 바라보는 발몽에게 오네시모가 말을 걸었다. 삼총사 모두 알고 있는 사실을 위로한다고 해결될 문제가 아니다. 발몽이 그녀와 헤어지는 걸 친구 가운데 어느 누가 좋아하랴마는 발몽은 그저 쓸쓸한 미소를

---

83) 베네치아인들이 붙인 북동풍의 별칭.

지어보였다.

"어서 빨리 잊어라. 하루빨리."

지오반니도 한 마디 했다. 그로 말하면 체칠리아와의 결혼을 하루빨리 집에서 허락받는 일이 급선무다. 그는 시선을 돌려 반대편 뱃전에서 쉬고 있는 펠리치오를 보았다. 그 녀석은 결혼하고 출발했으니 얼마나 애가 탈까. 마르타를 매일 밤 그리워하고 꿈에서나마 얼마나 찾았을까를 짐작하는 건 쉬운 일이었다. 한 달을 훌쩍 넘긴 기간 동안 모두 지치고 힘든 건 자명했다. 마음고생이야 펠리치오와 발몽이 더하겠지만, 누구든 집 떠나면 고생이 아니던가.

귀향의 뱃길도 갈 때와 똑같은 날짜가 소요되었다. 갤리선으로 항해를 하는 관계로 야간항해는 할 수 없는 시대였기 때문에 휴식과 필요품을 구입하기 위해 해가 지기 전에는 반드시 기항지에 들르면서 꼭 보름 만에 베네치아 석호에 진입했다.

조반니 1세 파르티치파치오 도제는 다음날 성 마르코 광장에서 대대적인 환영식을 거행했다. 도제는 축사를 통해 무사귀환을 환영하면서 이번 기회가 베네치아의 영원한 발전을 위해 해양국으로 발돋움을 하는 데 있어 크게 이바지 할 것이라는 강력한 희망을 설파했다. 나팔 소리가 울리고 트라도니코 제독과 부관, 그리고 장교와 수병들 모두의 목에 훈장이 내걸렸다.

특히 트라도니코 제독의 연설은 도열한 장병들과 평의회 의원들 그리고 둘러싼 시민들의 가슴을 뭉클하게 만들고도 남았다.

"제가 공화국 도제의 특사 자격으로 비잔티움 제국의 황제를 알현하였고 그곳의 제독, 장관들과 몇 가지 사항을 합의하였으며, 보병의 개편 계획뿐 아니라 해군 무기의 발전을 위한 계획을 수립할 자료들을 확보하여 돌아왔습니다. 이제 베네치아 공화국의 밝은 미래는 우리 해군의 역할에 있음을 밝히는 바입니다. 공화국은 천년 만년 해상대국으로 반드시 도약할 것을 확신하며 그런 의미에서 그 희망을 확인한 항해였습니다."

도제와 평의회 의원, 제독과 나머지 장병들이 빨간 바탕의 황금 사자 국기에 경례를 하자 시민들도 모두 한마음으로 모자를 벗고 경례했다.

열렬한 환영식이 끝나고 군중이 해산하자 제독은 서둘러 두칼레 궁전으로 향했다. 당연히 도제와의 면담이 약속되어 있었다.

"어서 오시구려. 얼마나 수고가 많았소? 주님께서 은총을 베푸셨습니다. 마르코 성인의 염력의 도우심으로 무사히 귀환했구려."

도제가 제독의 손목을 덥석 잡았다.

"역시 성인의 도우심으로 임무를 잘 수행했습니다. 여기 황제의 친필 서신입니다."

제독이 들고 있던 봉인편지를 도제에게 내밀었다. 도제는 황제의 서신을 정중히 받아들었다.

두 사람이 앉자 비서관이 즉시 차를 내왔다.

"테오필루스 황제는 건강하고 위엄이 넘치던가요?"

도제가 궁금한 듯 눈을 크게 뜨고 질문했다.

"건강하십니다. 그리고 위엄에 넘치다마다요. 저희 방문단은 어전에서 오금이 저려 혼났습니다."

"소문대로군."

"이번 방문의 가장 큰 성과는 역시 아드리아 해의 동안에 대한 장악을 우리 해군에 기대하는 황제의 뜻입니다."

"오, 좋은 징조로군!"

도제는 반가운 나머지 자기도 모르게 목청을 높였다.

"로마 교황 그레고리우스 4세에 대해 좋지 않은 시각을 가지고 있었습니다. 아니 교황과 유럽의 제국이 함께 어떤 음모를 꾸미고 있지는 않은지 불쾌하게 생각하고 계셨습니다."

제독은 들은 대로 느낀 대로 전하고 있었다. 그것이 그로부터 약 300년 후쯤 십자군 전쟁으로 터지게 되리라는 것은 도제도 제독도 전혀 모르고 있었다. 도제는 흠칫했다. 교황과 유럽 제국을 견제하려는 속셈이 드러나 보였기 때문이다.

"두 제국 사이에 끼어있는 우리 공화국으로서는 진퇴양란인 셈이오. 하지만 그럴수록 위기가 기회로 돌아오기도 하지."

그때 문이 빠끔히 열리며 큼직한 성유물 함이 두 젊은 장교들에 의해 집무실로 들어왔다. 제독이 벌떡 일어서며 미소를 지었다.

"이건 공화국의 영원한 번영을 위해 저희 방문단이 준비한 선물입니다. 성인을 모실 최고급 함입니다. 콘스탄티노플의 특산품."

오, 성인이시여!

도제는 감격했다. 금과 옥으로 만들어진 큼직한 함이었다.

"고맙소. 정말 고맙소."

"그리고 테오필루스 황제께서 하사하신 선물입니다. 도제께 드리라는."

독수리가 그려진 자주 빛 비단과 붉은 피륙 등등. 비잔티움 황실 공방에서만 만드는 물품들이었다.

"우리가 준비해간 선물을 만족해하시던가요?"

"아주 만족해하셨습니다."

"고맙소. 정말 고맙소, 제독."

"몇 가지 말씀드릴 사항이 있습니다. 아드리아 해의 동안을 베네치아에 부탁하는 것은 비잔티움으로서는 외교적 술수일 것입니다. 즉 먼 곳에 자기편을 만들어 놓는 것인데요, 슬라브 해적과 사라센 해적을 동시에 압박하는 결과를 가져오므로 자기들에게 유익이 되는 것입니다. 해적은 통과세를 요구하는 자들이므로 해적이 준동하는 것은 곧 무역선이 싣고 가는 상품의 단가를 상승시키는 결과를 낳습니다. 따라서 아드리아 해의 장악은 저렴한 상품을 공급할 수 있다는 점에서 베네치아에겐 대단한 호기가 될 것입니다. 그래서 제가 생각해낸 것이 하나 있습니다."

"말해보오."

"저희가 아드리아 해의 경찰국가로 발돋움하면, 그걸 대가로 베네치아 상선의 콘스탄티노플 기항료를 인하시켜달라고 요구하는 것입니다."

"제독은 대단한 이론가임에 틀림없소. 그런 생각을 다 하다니."

"앞으로 몇 백 년 간 아니 몇 천 년 동안 비잔티움이 존속하는 한 그 역할을 우리에게 부탁할 것이고, 그때마다 우리는 기항료를 더욱 더 인하시켜달라고 요구하는 것입니다."

도제는 혀를 내둘렀다.

"정책 입안에 반영하겠소."

"그리고 또 하나는 금각 만에 베네치아인과 제노바, 아말피인들의 집단 거주지가 있고 라틴 교회가 있습니다. 베네치아인 거주지와 라틴 교회를 지원하는 게 꼭 필요하다는 생각입니다."

"잘 알겠소."

면담을 끝내고 나가는 제독의 뒷모습을 도제는 물끄러미 쳐다보았다. 지도자로서의 안목을 갖춘 면모가 그의 뒷모습에 겹쳐보였다.

8. 무역상의 꿈

겨울이 가고 봄이 왔다.

만물이 기지개를 켜는 봄의 도래와 함께 해군에는 새로운 훈련 일정이 하달되었다. 겨울 동안 하루도 빠짐없이 체력단련과 창검술로 몸을 연마해 온 해군장교들은 아드리아 해에서 있을 새로운 해상훈련에 대한 기대감이 부풀어 오르던 어느 날이었다.

"오네시모, 군을 전역해야 하는 문제가 의외로 빨리 닥쳐온 것 같다."

외출에서 막 귀대한 지오반니가 심각한 표정으로 말했다.

"넌 오늘 체칠리아 만나러 나간 거 아니었니? 전역 문제와 무슨 상관이야?"

지오반니가 품에서 편지를 꺼내어 오네시모 앞에 내놓았다.

"심각한 문제가 생겼어."

"도대체 심각한 게 뭔데?"

오네시모와 발몽이 지오반니의 입만 쳐다보았다.

"이 편지는 지난주에 아버지가 보내신 편지야. 주문한 배 10척 가운데 우선 3척이 도착했고 사업을 시작하기 위해서 새로운 길드를 만들어 등록하셨대. 그런데 사업의 확장에 나의 도움이 필요하다고 하셔서."

아주 짧게 침묵이 흘렀다.

"기회가 일 년 앞당겨졌다고 걱정할 것 뭐 있겠어? 오히려 좋은 일이지."

오네시모가 대꾸했지만 긴장한 표정이 역력했다. 발몽도 마찬가지였다. 만일 친구 혼자서 떠나겠다고 선언할 경우에 그동안의 좋았던 삼총사의 우정도 끝이 날 것이기 때문이다.

"그런데 체칠리아의 배가 불러오고 있거든."

허걱.

두 사람의 숨이 한순간 멎었다.

하하하하.

가장 먼저 웃은 건 오네시모였다.

"그동안 열심히 아기만 만들었구나!"

이어서 발몽과 지오반니도 웃음을 터뜨렸다.

"결혼을 허락받기 위해 어떤 묘안을 생각해냈다."

지오반니가 웃음 끝에 설명했다.

"뭔데?"

"우릴 결혼시켜주면 아버지의 길드에 들어가 열심히 사업을 할 것이고, 그렇지 않음 해군에 영원히 남겠다고 말이야."

"아버지가 안 들어주면?"

"체칠리아와 결혼해서 해군으로 남을 거야. 정말로."

지오반니의 표정은 진지했다. 그렇게 될 경우에는 발몽과 오네시모는 함께 삼총사로 남을 수 있을 것이다. 하지만 사나이의 앞길을 가로막는 그 무엇도 있어서는 안 된다는 생각이 오네시모의 판단이었다. 특히 삼총사의 의리 같은 추상적인 것은 지오반니의 성공에 있어서는 걸림돌이 될 수도 있다.

"결국 담판을 지어야겠단 뜻이야?"

오네시모가 물었다.

"그래."

"네가 길드에 들어가든 아님 해군에 남든, 우린 네가 체칠리아와 결혼하는 걸 정말 바라고 축하한다. 네 진정한 마음이 어디에 있는지 잘 생각하고 아버님과 상의해."

발몽의 말이었다.

"만에 하나. 친구들의 앞날을 걱정해서 자신의 판단을 흐리는 짓은 하지 마. 우린 괜찮으니까."

오네시모가 말했다.

"부관님께 설명하고 내일이라도 속히 토르첼로에 다녀와야겠어. 어물쩍 거리다간 부대의 훈련에 지장만 주게 생겼거든."

바로 다음 날 허락을 받아 지오반니는 부대를 출발했다.

그가 출발한 다음 날.

아침 훈련이 끝난 시각에 발몽이 오네시모에게 말했다.

"만일 일이 잘못되어 부친의 사업에는 참여하고 체칠리아와는 이루어지지 못하는 일이 생길 수도 있을까?"

발몽의 걱정스런 표정이 오네시모의 발목을 잡았다.

"그럴 수도 있겠지."

"그럼 체칠리아는 어떻게 되는 거지? 그리고 아기는?"

"글쎄. 아기만 데려가거나. 콘칠리타 모친처럼 체칠리아가 작은 부인으로 들어가거나. 아니면, 체칠리아나 아기가 아예 지오반니와 남남이 되거나. 하여튼 머리가 복잡해지네."

오네시모의 말이 끝나기가 무섭게 발몽이 물었다.

"콘칠리타는 결혼해서 지금쯤 잘 살고 있겠지?"

그는 그녀가 지난 가을에 시집간다고 했던 말을 떠올린 참이다.

"발몽, 여자들은 남자들이 걱정하는 것의 십분의 일도 걱정 안 해. 말하자면 십분의 일만큼도 널 생각하지 않을 거야. 어서 신경 끄라고."

"정말 그럴까?"

발몽은 중얼거리며 눈가에 이슬이 맺혔다.

젠장.

오네시모는 땀을 씻기 위해 알몸에 물을 마구 끼얹었다. 그가 잠시 곁눈질로 보니 발몽의 기분은 아직도 돌아오지 않았다.

드디어 3일 만에 지오반니가 돌아왔다. 방과 후에 세 사람은 부대 밖의 포피나[84]에서 포도주를 시켜놓고 진지한 토론을 시작했다. 걸어오는 동안의 밝은 대화는 첫 잔에서부터 깨어져버리고 갑자기 분위기가 경직되었다.

"어째 표정이 밝지 않네?"

빈 잔을 내려놓으며 오네시모가 물었다.

"난 사랑이라면 어떤 희생을 치르더라도 이루어내고야 마는 사람이야. 아버지도 결국 허락하셨어."

친구의 사랑론에 감동 받은 두 사람이 존경스럽다는 표정으로 지오반니를 보았다.

"그런데도 걱정이 있는 얼굴이야."

발몽이 말했다.

"걱정거리가 있어. 사실이야."

"어서 속 시원히 말해봐."

발몽의 채근에 지오반니는 순순히 설명했다.

"첫 교역에서 세 배의 이익을 남겨야만 허락하시겠다는군."

지오반니는 한숨을 내쉬었다.

"병아리에게 계란을 낳으라는 격이군."

발몽이 중얼거렸다.

"결혼을 막을 속셈인지 뭔지 아직도 판단이 안 서네!"

지오반니가 두 번째 잔을 한입에 털어 부은 다음 입맛을 다셨다.

"거 헷갈리게 하시네!"

발몽도 맞장구쳤다.

"우리 아버진 아주 대단하신 분이야. 우리 형을 기어이 성공시키는 것

---

84) 선술집.

봐."

지오반니가 넋두리했다.

"지오반니, 그래서 아마도 내 생각이지만 널 성공시키게 하기 위해 그런 조건을 걸으셨나봐."

"그렇다고 첨부터 세배나 이윤을 남기라는 게 말이 돼? 해보지도 않은 장사잖아!"

"하느님은 우리가 이길만한 시험을 주신다고 했던 말이 떠오르네. 성 소피아 성당에서 총대주교님이 강론할 때 나온 성서 구절인 듯한데, 기억 안 나니?"

오네시모의 표현에 두 사람이 희멀겋게 오네시모를 쳐다보았다. 개종한 놈이 언제부터 성서말씀을 들이대는 사람이 되었냐는 듯.

"그래서 어쨌다는 거야?"

그러자 오네시모가 손사래를 치며 설명했다.

"말하자면, 너의 잠재되어있는 능력을 이미 알고 계시단 말이야. 적어도 그 이상의 이윤을 낼 수 있다고 내다보셨다는 의미겠지."

"꿈보다 해몽이 좋다더니!"

지오반니가 오네시모를 날카롭게 쳐다보았다. 잠시 무거운 침묵이 흘렀다. 지오반니가 두 사람을 다시 돌아보았다.

"아무래도 너희들이 함께 도와주어야겠어! 내가 전에 부탁했던 대로."

또다시 침묵이 흘렀다.

"우리까지도 전역해야 한단 뜻이니?"

발몽이 묻자 지오반니는 고개를 끄덕였다. 침묵 끝에 오네시모가 벌떡 일어서며 말했다.

"이럴 게 아니라 구체적으로 계획을 짜고 조리 있게 진행하자고."

"자신 있냐?"

"부딪혀 보는 거야. 이래 봐도 알렉산드리아에서부터 여러 도시를 여행해본 몸이야."

여행이라면 타라불리쓰에서부터 시작했다고 해야 맞을 것이다.

"하긴 마르코 성인의 유골을 가슴에 안고 베네치아까지 온 사람이니 너 밖에 믿을 사람이 더 있겠니?"

지오반니가 존경스런 표정으로 오네시모를 쳐다보았다.

"팔이 안 풀어져서 도제와 평의회 의원들까지 난리를 쳤다면서?"

발몽도 값비싼 보석을 보듯 오네시모를 쳐다보았다. 세 사람은 죽이 맞아 즉시 구상에 착수했다. 시리아에서 포도주 병을 사오는 걸 중단하고 지오반니의 형 피에트로의 공장에서 생산되기 시작한 병을 아디제 강을 거슬러 소아베, 발포리첼라, 발도리노에 공급하자는 것과, 콘스탄티노플로 포도주를 실어 가는 동안에 아드리아 해의 동안(東岸)에 있는 도시들에 염장 생선과 소금을 공급하는 기존의 무역량을 1할만 더 늘릴 것과, 목재를 시리아에 넘기는 대신 더 이윤이 남는 알렉산드리아에 넘기자는 내용이었다.

그날 세 사람은 포부에 부풀어 포도주가 입으로 들어가는지 코로 들어가는지도 모르게 취하도록 마셨다.

하지만 당장 다음 날 문제가 발생했다.

세 사람이 부관에게 가 사정이야기를 했을 때다.

"자네들은 선진국 해군 정보를 많이 배워온 장교들이 아닌가! 하필이면 해군 발전을 위한 청사진이 마련된 이때에 세 명씩이나 동시에 전역하겠다는 이유를 이해할 수가 없다."

콜리오네오 부관은 불쾌한 표정부터 지었다.

"이건 중요한 문제입니다. 제가 전역하지 않으면 집안의 사업 계획이 크게 차질이 생깁니다."

지오반니가 힘을 주어 강조했다. 전역을 하지 않으면 임신한 여자 친구를 영영 잃어버릴 것이란 말은 가슴속 깊이 꼭꼭 숨겼다.

"이건 제독께 보고해야할 사항이니 기다리게."

부관이 나가자 세 명의 장교들은 걱정이 태산 같아 말도 못하고 서로 얼굴만 쳐다보았다.

그들은 즉시 제독에게 불려갔다.

"자네들에게 중차대한 임무를 맡길 계획이었는데 그만 차질이 생겼군. 2년만 근무를 연장하면 안 되겠나?"

2년이면 체칠리아가 아빠 없는 아기를 낳을 것이고 영영 결혼의 기회가 날아가 버릴 거란 생각을 하자 지오반니의 등줄기에서 식은땀이 흘러내렸다.

"죄송합니다, 제독님. 토르첼로 섬의 귀족으로서 공화국에 세금을 내기 위한 사업에 차질이 생기면 역시 공화국에 손실을 끼치게 된다는 점이 떠오릅니다. 부디 선처해주십시오."

지오반니도 결코 물러설 수 없었다. 제독은 심각한 표정을 지었다. 모든 대화가 얼어붙어 냉랭하기만 했다. 그런데 험악했던 제독의 표정이 차츰 누그러졌다.

"제군들! 타협안이 떠올랐다."

삼총사는 일제히 제독의 입을 주시했다.

"말씀하십시오."

"자네들의 이탈을 막는 건 어떤 측면에서는 정치적인 이유 때문이기도 하다. 지금은 이해하지 못하겠지만. 그래서 어떤 타협을 할 수밖에 없는데……, 들어보게. 전역을 하되 군에서 요청하면 즉시 해군으로 복귀하여 조국을 위해 힘을 보태주겠나?"

조국을 위해서 훗날 힘을 합해주라는 말은 있으나마나한 조건이란 생각에 세 사람의 얼굴에 미소가 흘렀다. 지오반니가 벌떡 일어서며 대답했다.

"좋습니다. 약속하겠습니다. 그럼 허락하신 걸로 알겠습니다. 감사합니다."

"군에서 요청할 경우라는 건 어떤 경우죠?"

오네시모가 제독에게 물었다.

"전쟁이나 이에 준하는 사태를 말하는 것이네."

대답하는 제독의 눈빛이 냉정했다. 정치적인 욕망으로 이글거리는 그로서는 유능한 젊은이들을 전역시키는 건 자신의 손실일 수도 있지만 이미 마음이 돌아선 그들을 더 이상 어떻게 붙잡으랴. 편안히 보내주는 것도 정치적인 이득으로 연결될 수 있다. 그래야 훗날 정말 필요할 때 도움을 청하기도 쉬울 것이다. 차가운 눈빛 뒤에서 그는 그렇게 생각했다.

부풀어 오른 배를 그럴듯하게 숨긴 채 체칠리아는 무사히 결혼식을 마쳤다. 수백 년 역사를 자랑하는 산타 포스카 성당에서 올려진 결혼식에 콘칠리타가 남편과 함께 참석하는 바람에 발몽은 가슴이 찢어지고 말았다. 펠리치오와 마르타 부부도 왔고, 펠리치오의 친구들인 주세페와 엔리코도 참석하고, 해군 제독과 부관, 그리고 함께 비잔티움 방문을 갔던 장교들 대부분이 참석했다. 주교의 주례로 식이 거행되는 동안 내내 발몽은 콘칠리타와 그녀의 남편을 번갈아 보며 쓰린 가슴을 쓸어내려야 했다. 결국 영성체 시간에 발몽은 그만 밖으로 나와버렸다. 그는 성당 앞마당의 나무 등걸을 부둥켜안고 구토를 해댔다. 아침 먹은 게 얹혀서 문제를 일으켰을 터다. 그는 구토 끝에 울음을 터뜨렸다.

꺼이 꺼이.

발몽이 울고 있는데 누군가 등을 두드려 주는 사람이 있었다. 오네시모. 그도 자신의 눈치를 자꾸만 살피는 마르타의 눈길이 부담스러워 밖으로 나온 참이다.

"오네시모. 날 그냥 두게. 패배자를 그냥 내버려 둬."

그는 친구의 우정을 거부했다. 받아들일 여유도 없고 혼자만 있고 싶었을 것이다.

"발몽, 이럴 때일수록 더 의연해야해. 그녀를 탓하지 마. 그녀는 너완 안 맞았어."

"탓한다 해도 이제 와서 어떡하겠어. 이루어지지 못한 게 내가 별 볼일이 없는 사람이기 때문이겠지?"

"알았음 됐어. 보잘것없는 남자의 신세란 다 그런 거야."

오네시모는 그의 등을 여러 차례 세게 때려주었다.

"고맙다. 염장 지르는 그 소리가 오히려 위로의 말로 들려."

발몽은 몸을 바로하고 수건으로 얼굴을 닦았다.

"발몽, 자신을 초라하지 않은 남자로 만들 계획을 세워. 지금이라도."

"어떻게 세우란 말이야?"

"거상이 되는 거야. 베네치아 공화국에서는 그게 귀족이 되는 길이기도 해. 넌 신분이 기사잖아. 그러니까 노력해서 재산을 축적하면 공화국에서 널 무시할 수 없는 수준으로 신분이 상승되는 거지. 알아듣겠어?"

"어느 세월에 거상이 되니?"

"마음만 먹으면 쉬워. 진실하고 진지하게 꿈을 꾸면 반드시 도와주신다고 했어."

"누가 날 도와준다니?"

"하느님이 도와주실 거야. 우리가 정말 진심으로 원하면 그때부터 하느님은 활동을 시작하신댔어."

어쭈구리!

주교가 강론시간에 할 법한 소릴 오네시모가 하고 있었다. 하지만 그날은 빈정대지 않았다. 오네시모와 나란히 앉은 발몽은 맑은 하늘의 구름만 쳐다보았다.

발몽에게는 패배의 날이었지만 지오반니에게는 축복의 날이었다.

기혼자를 의미하는 비끄러맨 머리를 한 콘칠리타와 마르타는 남편들의 손에 이끌려 성당의 널따란 앞뜰로 나왔다. 하객들 가운데 섞여 발몽과 오네시모를 만났어도 의례적인 인사만 나누었을 뿐, 그녀들은 엷은 미소를 지었다. 하고픈 많은 말을 마음에 간직한 듯 보이기도 했지만, 어찌 보면 얼마 전까지 그들과 만나 이야기꽃을 피우며 깔깔대던 기억은 영영 잊어버린 여자들 마냥 보였다. 앞뜰에서 열린 잔칫상에서 신랑 신부가 그들에게 인사를 하자 사람들이 미리 준비한 꽃망울을 통에서 꺼내어 신랑 신부에게 마구 뿌렸다. 발도리노산(産) 로제 포도주를 단숨에 들이켠 신부가 유리잔을 땅바닥에서 마구 짓밟아 깨뜨리는 게 절정이었다. 그것은 두 사람의 무한한 사랑을 확인하는 공개된 행위였다. 겨울 동안 저장고에서 잠을 자다가 나온 과일들과 건포도, 낙농제품들이 포도주의 안주거리였다. 하프 연주자가 작은 하프를 들고 나와 운율을 읊으며 연주를 하자 사람들의 흥은 최고조로 피어올랐다.

잠시나마 고조되었던 분위기가 가라앉을 즈음 사람들이 자리에서 일어섰다. 마차에 오른 콘칠리타는 차창을 통해 발몽을 쳐다보았다. 마차가 멀어질 때까지 그녀는 뒷창을 통해 발몽을 계속 보고 또 보았다.

"발몽, 우울한 얼굴로 마주치게 되어 안 좋네요."

마르타가 나타났다. 그녀의 말은 듣기에 따라서는 오네시모에게도 해당될 수 있는 말이다. 오네시모도 자리에서 벌떡 일어섰다. 잔칫상의 한켠에 앉은 펠리치오는 곤드레가 되어 다른 하객과 히죽거리고 있었다.

"어떡해요. 잊어야죠. 쉽게 잊을 순 없겠지만……, 내가 성공하여 사람들 앞에 나서는 날까진 사랑 같은 건 하지 않을 겁니다."

발몽은 텅 빈 가슴에서 울려나오는 메아리처럼 속절없이 중얼거렸다.

"그럼 누군가에게 향하려는 사랑으로부터 자신을 붙잡는 일부터 숙달되어야겠네요."

마르타의 훈수는 발몽을 다시 자극했다.

마르타의 얼굴은 발몽을 향하고 있었지만 아까부터 계속 오네시모를 살피고 있었다. 하지만 오네시모는 미동도 하지 않고 그녀를 일체 의식하지 않았다.

"발몽, 살다보면 마음대로만 살아지는 건 아니잖아요. 콘칠리타가 왜 그렇게 오랫동안 마차가 안 보이게 될 때까지 눈길을 당신에게 보냈는지 알 것입니다. 사랑하는 사람을 눈앞에 보면서도 떠나야 하는 마음 이해가 가나요?"

말하면서 그녀는 펠리치오의 무관심한 순간을 이용하여 오네시모를 똑바로 쳐다보았다. 오네시모가 얼른 주제를 바꾸어버렸다. 여차하면 술 취한 펠리치오가 덤벼들지 모를 일이다.

"비잔티움 황제께서 하사한 비단을 어르신께 드렸는데 도움이 되셨는지 모르겠어요, 마르타?"

"할아버진 그걸 바로 시장에 내다 파셨어요. 그리고 거금을 손에 쥐고 제일 먼저 의사 친구에게 달려가셨답니다."

"왜죠? 함께 술 마시러 가셨나요?"

"그동안 밀린 약값을 지불하셨어요."

사실은 그 돈이 마르타의 수중으로 들어온 걸 그녀는 거짓말로 둘러댔다. 창피하게도 남편의 도박 빚을 갚았다고 하면 누가 이해할까.

"마르타, 우리 셋은 해군을 떠나기로 했습니다. 사실 이미 전역했어요. 다음 주에 아드리아 연안 무역에 뛰어들기로 했죠."

오네시모가 허심탄회하게 말했다.

"어머, 이제야 알았어요. 리알토 섬을 떠나나보죠?"

그녀는 오네시모를 쳐다보았다.

"아마도……."

그녀는 그가 떠나가는 게 못마땅한지 이맛살을 찌푸렸다가 생각을 바꾸어 미소를 지었다.

"큰 부자가 되세요, 오네시모. 훗날 내가 부자가 되어 당신을 만나려면 어디로 찾아가야하죠?"

그녀는 루비에 대해 말하고 있었다. 언젠가는 반드시 되돌려 받겠다는 의지의 표명이었다.

"길드가 토르첼로 섬에 있어요. 그곳이 사업의 근거지죠. 하지만 마르타, 때가 오면……, 그리고 당신이 주인이니 반드시……, 돌려드리겠습니다. 혹시 베네치아를 영영 떠나버릴지라도 돌려주고 난 후에 떠나겠습니다."

지오반니의 행복한 일주일 신혼기간이 끝나자 세 젊은이의 사업이 시작되었다.

세 척의 배가 출항하여 두라초에 도착해서 키프로스산(産) 천일염을 사서 싣고 아드리아 북쪽 동안의 도시들 트리에스테, 스팔라토, 자라, 폴라, 파렌초에서 상인들에게 넘겨 이윤을 두 배 남겼고, 그곳에서 염장 생선을 매입하여 베네치아에 가져와 이윤을 두 배 남기고 넘긴 다음, 리도 섬에 가서 피에트로의 유리병을 싣고 아디제 강을 거슬러 올라가 소아베, 발포리첼라, 발도리노에서 비잔티움의 제품보다 저렴하게 넘겨버렸다. 그들은 새로운 유리병을 신기한 듯 보고 또 보았다.

"이게 정말 베네치아에서 만든 병이라고?"

나이가 지긋한 노인들이 나서서 의심의 눈초리로 삼총사를 훑어보았다.

"베네치아에서 채색비단까지 생산한다고 주장할 사람들이로군."

다른 노인이 믿을 수 없다는 표정으로 나무라듯 소리쳤다.

"정말입니다. 리도섬에서 생산되고 있는 신제품입니다. 그동안 수입해서 쓰느라 많은 돈을 흘려 내보냈습니다. 하지만 더욱 저렴하게 구입할 수 있게 된 마당에 기뻐해주시면 안 되겠습니까?"

이번에는 포도주 생산 공장에서 한창 일할 나이인 젊은이들이 나서서 고개를 갸우뚱거리며 의심의 눈초리를 보냈다.

"정 못 믿으시겠다면, 이 자리에서 병에 포도주를 담아 마셔보십시오. 맘에 드신다고만 하시면 열 병에 한 병 꼴로 덤으로 드리겠습니다."

"싫다네. 혹시 두병이라면 모르겠지만."

노인들과 그들의 건장한 아들들이 의심을 버리고 미소를 지은 건 지오반니가 두 병씩 우수리를 주겠다고 약속하고 난 후였다.

토르첼로 섬으로 돌아오는 길에 세 사람은 안도감보다 걱정이 앞섰다.

"우리가 이윤을 창출한 것은 사실이지만 세 배는 못될 텐데……, 어르신께 야단맞지나 않을까 겁부터 나는군."

발몽이 먼저 예민한 문제를 끄집어냈다.

"소금과 염장생선이 이윤을 두 배 남겼으니 유리병에서 네다섯 배는 남아야 했는데……."

지오반니가 말끝을 더듬거렸다.

"젠장, 유리병의 원가가 얼마였지?"

오네시모가 물었다. 하지만 아무도 원가를 몰랐다. 지오반니조차 피에트로에게서 물건을 받을 때 얼마치라는 개념이 없이 받아와 판로를 개척할 계획에만 힘을 쏟았던 터다.

토르첼로 섬을 떠난 지 두 달 만에 귀향한 세 사람이 갈바이오 공작 앞에 무역의 대차대조 명세가 적힌 파피루스 조각을 내밀고는 자신감 없는 자세로 섰다. 공작은 종이를 멀찍이 잡고 눈살을 찌푸린 채 천천히 읽어 내려갔다.

"흐음. 유리병에서 다섯 배가 남지 않았다면 이번 무역은 별로 남는 게 없을 뻔 했군."

공작의 얼굴에 미소가 피어오르는 순간 세 젊은이는 그 자리에서 펄쩍 뛰어올랐다.

다섯 배라니 야호!

"아버님, 우릴 인정해주신 거죠? 그렇죠?"

지오반니가 소리치자 그의 부친은 고개를 끄덕이며 미소를 지었다가 다시 근엄하게 표정을 바꾸었다.

"만일 시리아나 콘스탄티노플에서 유리병을 떼다 중개하는 무역을 했더라면 두 배 이윤으로 끝났을 거야."

"왜 중개무역으로 세 배의 이윤이 어렵습니까?"

오네시모가 물었다.

"그건 간단하다. 왜냐하면 근거리 무역이기 때문이지."

근거리 무역.

멀리 가서 무역하는 일이라면 더 많은 이득을 창출할 수 있다는 의미였다. 고통이 클수록 얻는 것도 큰 것일까.

삼총사가 머리를 굴리는 동안 갈바이오 공작이 물었다.

"상선이 예전의 상선과는 구조 면에서 어떤 다른 점이 있던가?"

예전의 길드 소속 상선 10척은 모두 갤리선이다. 갤리선은 노를 젓는 수부들이 꼭 필요하고 그 공간만큼 짐을 싣지 못하므로 속도 면에서만 유리할 뿐이다. 다만 길드의 새 상선들이 돛을 달고 있다는 점에서 돛이 장착되지 않은 일반 갤리선과 달랐다.

"갤리선으로는 연안 무역밖에 할 수 없다는 질문이십니까?"

오네시모가 먼저 물었다.

"맞다. 그동안 우리네 사업이 아드리아 해를 중심으로 한 무역이었고 멀리 가는 게 콘스탄티노플이었다. 더구나 작년에는 해적에게 한 척을 통째로 빼앗겨서 인명을 포함하여 손실이 막심했다. 하지만 배가 폭이 넓고 돛대의 숫자도 3개가 되면서, 여기에 노잡이들이 가세하면 속도와 물량 양쪽에 모두 유리해진다."

그러고 보니 이번에 자기들이 몰고 다닌 배의 구조가 좀 색다른 최신형 상선인 점에 마음이 흡족했었다. 공작의 말이 계속 되었다.

"해적을 한 번도 만나지 않은게 사실 남은 것이다. 두 배의 이윤도 큰 것인 게 인건비를 지출하고 나면 그래도 칠 할은 남거든."

"이번 무역의 가장 큰 열매는 우리 길드의 사업 방향을 모색했다는 점과 피에트로 유리공장의 자리매김에 있다. 그러나 앞으로 예상되는 저항도 있을 텐데, 무엇일까?"

질문을 던진 공작이 세 젊은이의 얼굴을 차례로 쳐다보았다.

"다른 길드에서 경쟁의 눈으로 우릴 주시할 것이란 점인가요?"

지오반니가 대답했다.

공작의 표정은 미소를 머금었을 뿐 만족스런 것은 아니었다.

"우리 길드에 그동안 유리병을 공급하던 비잔티움 유리공장들의 반격이 아닐까요?"

오네시모의 대답은 공작을 놀라게 했다. 공작은 정확히 짚어낸 젊은이를 다시 돌아보았다. 하지만 아들이 보는 앞에서 더 이상 표시나게 할 수는 없었다.

"맞다. 공화국의 다른 길드는 항상 우리와 경쟁적 동반관계이다. 가장 우려되는 건 콘스탄티노플의 도매상에서 유리병 값을 대폭 낮추어버리지나 않을까 걱정이다."

정말 그들이 더욱 싼 값으로 유리병을 공급하면 양질의 포도주를 생산하는 베네토의 여러 도시들은 그들에게로 즉시 거래선을 바꾸어버릴 것이다. 그런 경우가 도래하지 않기를 간절히 바랄뿐.

"새로운 전략이 떠올랐는데요, 거래 선을 확실하게 잡아두는 겁니다."

말하면서 발몽이 두 눈을 번득였다.

"말해보게."

"그들과 인간적으로 가까워지는 것인데요, 거래품 외에 다른 선물을 하는 거죠. 말하자면 페르시아에서 생산되는 금속 꽃병이라든지 고급 향신료라든지."

발몽의 표정은 진지하다 못해 얼굴이 허옇게 변해 있었다.

"오래가진 못하겠지만 당분간은 효과가 있을 것이다."

"약발이 끝났을 때가 문제가 되겠군요?"

지오반니가 물었다.

"가격이 비슷할 때까진 약발이 먹혀들어가겠지. 하지만 가격차가 생기면 끝나버리네."

"그럼 그 다음엔 어떤 전략이 필요하죠?"

"우리도 가격을 내리는 것이다."

"만일……, 그들이 가격을 더 내리면요?"

"그럼 우린 더 내리는 거지."

"그들이 더욱 내리면요?"

"출혈을 하면서 수출을 하는 거니까, 어디선가에서 부딪히지 않을까?"

이제야 그들은 왜 자신들이 그동안 기사단에서 심신을 단련시키고 창검술을 배웠는지, 자기들이 왜 사업에 필요한지 깨달았다. 그래서 국제무역은 때론 전쟁을 낳기도 하는 것이다. 순간 벅찬 느낌이 세 젊은이들의 가슴에 와 닿았다. 절대 지지 않겠다는, 절대 물러서지 않겠다는. 그것이 가업을 일으키고, 자신들이 성공하고, 또 베네치아 공화국이 번영하는 길이 되리라.

세 사람이 공작의 서재에서 나오려는 순간이었다.

"여기 세 사람 모두 수고한 만큼 이윤을 분배해가게."

갈바이오 공작은 셈이 철저했다. 지오반니가 아들이라 해서 더 많이 셈해주지 않았다.

8만 시킨 금화.

그들이 벌어들인 총이윤을 사등분하여 각각 이만 시킨 금화씩 받아들었다. 그들이 진지한 대화를 나누는 동안 문 밖에서 기웃거리던 체칠리아는 그들의 대화가 길어지자 자신의 방으로 가버린 지 오래되었다. 지오반니는 마누라가 생각나서 후닥닥 자신의 방으로 달려 올라가버리고 오네시모와 발몽은 반대 방향의 총각 숙소로 올라갔다.

어느덧 6개월이 흘러 여름의 무더위가 한풀 꺾일 즈음에 체칠리아가 아들을 분만했다. 그때는 마침 삼총사가 베네토에서 힘겹게 유리병을 팔고 돌아오던 참이었다. 그나마 득남의 기쁜 소식에 지오반니의 우울한 심정이 다소 위로되었다.

"여보, 아버님은 어제 아르세날레에 가셔서 내일이나 오실 것입니다. 그런데 어서 아들을 안아보지 않고 왜 눈살만 찌푸리는 거죠? 기분 나쁜 일 있었어요?"

얼굴의 부종이 채 가시지 않은 체칠리아가 남편을 위로했다.

"우려했던 일이 일어났소. 너무도 빨리."

지오반니의 아들을 안은 건 오히려 오네시모였다. 지오반니는 너무도 걱정이 심한 나머지 울상이 되어 행여 부친께 꾸지람이라도 들을까 두려움에 정신이 나갈 지경이었던 것이다.

"지오반니, 자네 아들부터 안아보게. 아버님은 내일 오신다니 우리가 머리를 짜내어보자고. 어깨에서 힘을 빼라고."

오네시모의 말에 지오반니는 그때서야 아들을 품에 안고 눈시울을 붉혔다.

아기를 돌려받은 체칠리아가 유모와 함께 이층으로 올라가자 가장 먼저 입을 연 건 발몽이었다.

"네 번째 무역에서 벌써 태클이 들어오다니……."

"콘스탄티노플 도매상 놈들!"

지오반니는 두 주먹을 불끈 쥐었다.

"지오반니, 대양 무역을 시도할 때가 도래한 것 아닐까?"

오네시모가 조심스레 생각을 개진했다. 그 말도 맞았다. 이미 지오반니와 발몽도 그 점을 생각하고 있었다.

"그동안 해오던 연안무역은 누가 맡지?"

지오반니가 오네시모의 얼굴을 쳐다보았다.

"하산에게 맡기면 어떨까?"

오네시모가 곧바로 대답했다.

하산.

지오반니는 그를 딱 한 번 보았을 뿐, 하산이 누군지 모른다. 다만 오네시모와 함께 마르코 성인의 유골을 모시고 온 사람이라는 점에서 구미가 당겼다. 그때, 다 모스토 공작의 도제 추대를 위해 방문했던 모네가리오 가문의 영지에서 딱 한 번 보았다.

"내 친구라서 추천하는 건 아냐. 그도 나처럼 고아출신으로 외롭고 정직한 사람이지."

"흐음."

지오반니가 우물거리자 발몽도 지오반니의 눈치를 살폈다.

"자네가 한번 만나보고 맘에 들면 아버님께서 최종적으로 결정하시도록 하는 게 어떨까?"

충실한 친구 오네시모를 보아서 어쩐지 하산도 믿을만한 사람으로 생각된 까닭에 지오반니는 고개를 끄덕였다. 갑자기 그의 머리에 떠오르는 게 있었다.

"친구들, 대양무역에 나서려면 더 큰 갤리어스 7척이 비잔티움에서 우리 길드에 인계되는 두 달 후부터나 가능할 것이네. 그리고 더 많은 기사 출신 선장이 필요해."

"맞아. 해적에 대한 완벽한 준비가 필요해."

발몽도 맞장구쳤다.

"사라센 해적에 대항할 정도의 실력을 갖춘 사람이라면 아무래도 펠리치오 삼총사를 불러들이는 수밖에 없어."

오네시모의 말에 지오반니가 긴장했다. 그들을 겪어본 경험이 눈앞에 스쳐갔기 때문이다.

"괜찮을까? 그리고 그들이 군을 전역하고 합류해줄까? 그리고 또 하나, 제독이 좋아할까?"

지오반니가 머뭇거렸다.

"하지만 그들이라면 사라센 해적과도 해볼 만 해. 우리의 실력만으론 마음 못 놓아."

오네시모가 말하면서 지오반니를 쳐다보았다.

"발몽, 어떻게 생각해?"

"하급 선원들을 통솔하여 노잡이와 물품하역과 비상시 전투 등등을 지휘할 능력이 있으려면 역시 실력이 좋은 그들 삼총사가 제격이야."

발몽이 대답하자 지오반니는 고개를 끄덕였다. 오네시모는 긴장했지만 현실적인 대안이었다. 계산에 빠른 베네치아인 특유의 친화력을 떠올리자 지오반니는 안도했다.

"그런데 만일 그들이 거절하면 어쩌지?"

발몽이 우려를 표시했다.

"그러면……, 오네시모가 나서서 협상을 맡아줄래?"

지오반니가 오네시모를 협상대표로 꼽은 건 그와 마르타와의 관계를 떠올렸기 때문이다. 그녀를 지렛대로 설득해보는 것도 좋을 듯했다.

오네시모는 다음날 즉시 예로니모 노인을 태우고 거룻배를 저어서 처음 가보는 마르타의 신혼집으로 향했다.

"마르타! 마르타!"

노인이 부르는 소리에 이층에서 고개를 내민 그녀는 종종걸음으로 계단을 내려왔다.

"어머나, 할아버지와 오네시모!"

그녀는 오네시모를 반기며 얼굴에 미소를 활짝 지었다.

"잘 지냈어요?"

거룻배에서 노인을 부축하며 오네시모가 물었다.

"물론이죠. 건강한 모습이 보기 좋아요. 길드에 들어간 일은 잘 되고 있겠죠?"

그녀는 재빨리 오네시모의 눈치를 살폈다.

"물론 잘 되고 있어요."

"그런데 어쩐 일이세요? 우리 집엘 다 오고."

그녀는 반가움과 호기심으로 뺨이 붉어졌다.

"어떻게 사나 궁금했어요."

오네시모가 생글거리며 둘러댔다.

"보시면 실망하실 거예요. 이백 시킨 남짓한 월급으로 시부모님을 부양하고 살림하기도 빠듯한데요."

그녀는 겸연쩍게 웃었다.

"어른들 모시고 사느라 고생이 많군요."

오네시모가 대꾸하자 그녀는 두 사람을 물가에 면한 1층의 공간으로 안내했다. 일층에선 여느 집과 마찬가지로 시어머니와 시아버지가 의자에 앉아 늦더위를 이겨보려고 얼굴에 부채를 흔들어대고 있었다. 사돈끼리 만난 기쁨에 가벼운 인사를 나누며 두 노인은 자신들보다 나이가 훨씬 더 많은 예로니모 노인에게 빈 의자를 권하고 이야기꽃을 피웠다. 오네시모는 인사를 하고 마르타를 따라 2층으로 올라갔다.

"친정집보다 더 나은 건 없군요."

오네시모가 그녀에게 한마디 했다. 이층 방들의 낡은 가구들과 마르타의 옷차림에서 빈궁한 냄새를 느낀 오네시모의 가슴에 소용돌이가 일어났다.

그녀가 가난한 집으로 시집을 왔구나!

"누추해서 할 말이 없어요."

그녀는 가벼운 미소를 흘리며 대답했다. 그녀의 눈동자는 외로움과 궁핍으로 메말라 있었다.

"혹시 남편이 요즘도 도박을 하나요?"

오네시모가 주위를 살피며 나지막이 물었다.

"요즘은 끊었어요. 도박으로 날린 돈이 당신에게서 나왔던 돈임을 알고서 무척 창피해하다가 결국은 손을 씻었답니다."

왜 이렇게 생활이 어려워 보이는지 묻고 싶었지만 차마 운을 떼지 못하고 오네시모는 측은한 표정을 얼른 감추었다.

"다행입니다. 손을 끊었다니."

"사실 출가한 펠리치오의 여동생을 돕느라 그간 좀 모아두었던 걸 모두 써버렸죠. 그래서 이젠 완전히 빈털터리예요."

"마르타, 펠리치오는 언제 집에 오나요?"

"일주일에 한번 옵니다. 아시잖아요?"

"신랑께 부탁할 게 있거든요."

"부탁이요?"

그녀는 오네시모가 남편에게 부탁할 일이 무엇인지 무척 궁금했다.

"먼저 마르타에게 말할 테니 다음 주에 신랑에게 꼭 물어보세요."

"말해보세요."

"잘 하면 집안을 일으킬 사업입니다."

집안을 일으킨다는 말에 마르타의 눈빛이 반짝였다.

"고마워요."

"우리의 길드에 들어와 주십사 하는 섭외를 하려고요. 주세페와 엔리코도 함께."

그의 말은 그녀에게 희망을 주었다. 불가능하다고 생각했던 일들이 그녀의 눈앞에 어수선하게 떠올랐다. 멋지게 살고픈 욕망과 그렇게 되었을 때 자신이 살게 될 집과 옷치장, 그리고 무엇보다도 오네시모에게 빚진 돈들을 모조리 갚을 수 있을 것이다.

"월급제인가요? 아님 투자지분 제도인가요?"

재빨리 머리를 굴리는 그녀의 표정이 진지해졌다.

"투자를 원하셔도 좋습니다만. 우선은 월급제를 이용하시는 게 좋을 듯합니다. 자본축적이 된 후에 투자로 바꾸면 되니까요."

그녀는 오네시모를 새로운 눈빛으로 보았다.

"이런 좋은 기회를 왜 펠리치오에게 주시는 거죠? 다른 젊은이들도 많을 텐데."

"먼 바다로 나가는 마당에 위험이 따르기 때문에 용기가 있고 검술에 능한 사람이 필요하거든요. 그리고 펠리치오나 주세페, 엔리코는 파도바의 팔리오 축제에 함께 참가해서 능력에 대해 잘 알기 때문이기도 하고요."

위험이 따른다는 말에 그녀는 주춤했다. 남편을 바다에서 잃게 되면 자신은 하루아침에 과부 신세로 전락하고 말 것이다.

"얼마나……, 위험할까요?"

"죽기도 합니다."

오네시모의 말이 비장했다.

"농담 아니죠?"

"정말입니다. 단지 나도 그리고 지오반니도 발몽도 이미 그 구상을 끝냈고 그동안의 연안 무역의 수준에서 대양무역 수준으로 발돋움하려는 거죠. 위험 부담이 크면 그만큼……, 이윤도 큽니다. 최하 몇 배……, 최고 몇 십 배로."

오네시모의 마지막 말에 그녀는 마음이 움직이기 시작했다.

"주말에 펠리치오가 오면 꼭 말해서 가능하도록 해보겠어요."

뜻이 완전히 전달되었다 싶어 오네시모는 주제를 바꾸었다.

"체칠리아가 아들 낳은 거 아세요?"

그녀는 깜짝 놀라며 기뻐했다.

"어머, 벌써요?"

친구가 배불뚝이로 결혼했던 걸 모를 리 없건만 처음 안 것처럼 내숭을 떨었다.

"결혼식 때 이미 배가 불룩했는데 몰랐어요?"

"어머나!"

그녀는 부러운 표정을 지었다. 자기는 더 먼저 결혼했는데도 아직 아기 소식이 없기 때문이다. 아래층에서는 왁자지껄 사돈끼리 나누는 덕담과 우스갯소리로 분위기가 둥실둥실 뜨고 있었다.

마르타가 오네시모의 뺨에 가볍게 입술을 댔다. 여자와 피부접촉을 해본 일이 없던 오네시모는 당황해서 뺨을 어루만졌다.

"고마움의 표시니 괘념치 마세요. 당신이 베네치아 청년이었다면 혹시 나와 만나게 되었을지 누가 아나요?"

순간 오네시모는 빨간 보석을 떠올렸다. 자신의 품속에 있는 보석은 기약도 없는 옛 주인의 약속을 차분히 기다리며 숨을 죽이고 있겠지.

마르타와 오네시모는 아래층으로 내려왔다. 사돈과 오네시모의 방문으로 피어오른 화기애애한 분위기는 점차 가라앉았다.

어느덧 두 달이 흘렀다. 하산의 합류에 때를 맞추어 새로 건조된 배 7척이 도착했다. 청년들은 머지않아 추운 날씨가 다가오면 대양의 항해에 맞지 않는 계절이 될 것이므로 훈련을 하면서 합숙을 시작했다. 지오반니, 오네시모, 발몽, 펠리치오, 주세페, 엔리코는 각각의 배의 선장을 맡았고 각각의 배에는 노잡이 겸 선원이 114명씩이었다. 그들은 각 선장의 명령에 복종하면서 겨울 내내 체력단련을 했다. 물론 하산도 예전의 배 3척을 맡아 지오반니가 확보해둔 연안 무역을 계속하기 위해 함께 합숙하고 있었다.

3월의 시작이 며칠 안 남은 어느 날 지오반니가 선원들을 모아놓고 큰 소리로 훈시를 했다.

"다음 주쯤 아디제 강을 따라 목재가 뗏목의 형태로 내려올 것이다. 그 밖에 카올레와 트리에스테에서 목재를 더 구매하여 우리의 배 7대에 실어서 알렉산드리아로 갈 것이다. 그곳에서 목재를 모두 소모시키고 나면 콘스탄티노플로 향한다. 그곳에서 유럽의 시장으로 팔려나갈 품목들을 구매하여 베네치아로 돌아올 것이다."

그는 알렉산드리아에서 받을 사라센 화폐를 금이나 보석으로 즉시 바꾸지 못할 경우 콘스탄티노플에서 사라센 상인들과 접촉해 노미스마 금화로 바꾸는 방법도 생각해 두었다. 지오반니가 신호를 하자 선원들이 빨간 까마귀가 그려진 깃발을 배의 돛에 매달았다. 자기네 선단을 상징하는 깃발 게양식에 모두들 힘차게 박수를 쳤다.

그날 밤 갈바이오 저택에서 열린 회의에서 지오반니의 부친이 의미심장한 제안을 했다.

"7대가 한꺼번에 대양무역에 나서는 것은 위험을 자초하는 일이 될 수 있다. 뜻하지 않은 일이 발생하여 모두 피해를 볼 수 있다는 말이다. 따라서 3대는 콘스탄티노플로 가는 무역을 하고 4대는 알렉산드리아로 가는 게 좋겠다. 제군들의 생각은 어떤가?"

가장 먼저 나선 건 펠리치오였다.

"말씀이 맞는 것 같습니다. 먼 항해에서는 우려할만한 일들이 발생할 수 있으므로 교역의 루트를 둘로 나누는 게 좋겠습니다."

"어떻게 나누는 게 좋겠습니까?"

지오반니가 부친에게 물었다.

"펠리치오, 주세페, 그리고 엔리코는 비잔티움 교역을 해주게. 경험이 많은 선원들을 붙여줄 터이니 선장의 역할을 잘 해주길 바라네."

그의 말에 세 젊은이는 고개를 끄덕이며 큰 소리로 대답을 했다.

"그렇게 하겠습니다."

"여기에 품목의 명세가 있으니 훑어보도록."

양피지 조각에 오배자 열매의 즙을 잉크 삼아 쓴 품목이 지오반니에게 전달되었다. 그는 즉시 받아서 또박또박 읽어 내려갔다.

"베네토의 포도주, 베네치아의 모직물과 염장생선, 모피를 콘스탄티노플에 넘기고 그곳에서 공단, 조젯, 레이스 등의 고급 직물, 유리세공품과 금세공품을 구입하고 시리아에서는 솜, 다마스쿠스의 견직물을 구입하고 팔레스티나에서는 과일과 염료가 있어."

"알렉산드리아에서 구매할 물품 명세는 여기에 있다."

부친의 손으로부터 다른 목록이 지오반니에게 전달되자 그는 큰 소리로 읽기 시작했다.

"후추, 육계, 정향, 육두구, 생강."

공작의 마지막 당부의 말이 크게 울려 퍼졌다.

"두라초, 키프로스, 알렉산드리아가 중간 집결지이므로 서로를 위해 그곳에 소식을 남기도록 하고, 운이 좋으면 서로 만날 수도 있을 것이다. 안타깝게도 우리가 기항하기에 좋은 크레타는 이미 사라센군이 진주해 있다. 그리고 또 하나, 가장 이윤을 많이 남긴 상선에게는 특별한 보답이 있을 것이다. 선장들의 손에 들려준 품목과 함께 맨 아래에 쓰인 최후의 귀환 날짜를 넘기지 않기 바란다. 충분한 날짜를 주었으므로 만일 날짜를 넘기면 사고선박으로 처리하겠다."

드디어 삼월의 셋째 날 아침, 그동안의 훈련과 경험을 바탕으로 7척의 배가 출항을 했다. 배마다 베네치아 공화국의 주홍색 바탕에 황금 사자 문양이 그려진 국기가 앞의 돛대에 내걸리고 두 번째 돛대에는 길드의 상징인 빨간 까마귀의 문양이 그려진 흰 깃발이 펄럭였다.

꼬르부스.

영리한 까마귀의 이름을 따서 길드의 명칭도 그렇게 지었다. 주의 영광이니 은총이니 하는 따위의 어설픈 이름을 배척하기로 한 갈바이오 공작의 결심이었다. 혹시 사업의 결과에 대한 것이라면 몰라도.

이른 봄날의 햇빛과 훈풍을 받으며 상선은 돛을 올렸다. 미풍에 힘입어 앞의 돛대의 활대에 붙은 삼각형의 넓은 천 알티모네가 바람을 맞아 팽팽해지면서 배가 앞으로 앞으로 미끄러져 나아갔다.

펠리치오의 선단 3척이 가장 앞선 가운데, 목재 묶음덩이를 바다에 띄운 채 아마 밧줄로 여러 군데를 동여매어 선미에 매단 지오반니의 선단 4척도 출항했다. 제일 앞은 지오반니의 배, 두 번째는 발몽, 세 번째는 오네시모, 마지막 배는 갈바이오 집안에서 오래 일한 마리오가 선장으로 배를 지휘했다.

아드리아 해를 벗어나 이오니아 해에 진입하자 펠리치오의 선단이 펠로폰네소스 반도의 끝 말레아 곶을 돌기위해 시야에서 사라졌다. 그리고 채 몇 시간 안 되어 지오반니의 선단은 해적선을 만났다. 재수 없게도 사라센 해적선이었다.

이름하여 제배크.

갤리선을 개량하여 돛대를 세 개나 달고 다니므로 기동성이 뛰어난 배다.

"세 번째 돛대를 세워라!"

해적선이 빠르게 접근해오는 것을 발견한 지오반니가 선원들에게 명령했다. 깃발 신호가 나머지 배에 전달되자 4척의 배들은 순식간에 세 번째 돛을 세워 상선의 속도를 드높였다.

아뿔사.

사라센 해적의 배는 5척이나 되었다.

젠장, 거지발싸개 같은 놈들!

지오반니가 침을 뱉으며 저만치서 추격해오는 해적선들을 노려보았다. 두 선단이 팽팽하게 앞으로 달려 나가는 가운데 해적선과의 거리가 자꾸만 좁혀지고 있었다. 하갑판에 실은 화물과 꽁무니에 목재 더미를 매단 지오반니의 선단이 그 무게 때문에 더딜 수밖에 없었다.

"선장님, 전투를 준비해야 할까요?"

부관이 지오반니에게 물었다.

"아무래도 한 시간 후쯤엔 백병전이 있겠지? 선원들 모두 무장을 단단히 하도록 명령을 내려라."

부관의 눈이 날카로워졌다. 부관은 이물에서 고물까지 달려가며 무기를 준비하도록 명령했다. 그들의 무기를 보면, 도끼와 장검, 활과 화살, 창, 그리고 뾰족한 못들이 튀어나온 몽치, 그리고 비늣물이었다. 선원들은 순식간에 수병으로 변신했다. 그들은 서둘러 머리에 투구를 쓰고 허리에는 가죽 밴드를 단단히 조였다.

이윽고 사라센 해적들의 모습과 얼굴이 육안으로 확인될 정도로 거리가 좁혀졌다. 수염을 기르고 사라센인 복장을 한 그들은 칼과 도끼를 빙빙 돌리며 위협적인 모습을 선보였다.

"겁먹지 마라! 저놈들은 돼지고기도 먹을 줄 모르는 바보들이다!"

지오반니가 선원들에게 소리쳤다.

126명의 선원 가운데 해상 전투 경험이 없는 절반은 겁을 먹은 모습이었다. 나머지만이 이를 악물고 첫 시련을 비장하게 준비했다.

"지난겨울 내내 훈련받은 그대로 대처하면 저놈들을 몰살시키는 건 쉬운 일이다!"

지오반니의 두 번째 훈시가 하달되었다.

쏜살같이 앞질러 나가던 해적선 하나가 지오반니 선단의 향도의 진행을 가로막기 위해 뒤돌아서자 양측으로 나뉘어 다가오던 해적선에서 갈고리들이 날아왔다. 순간 베네치아 선원들은 도끼를 이용해서 갈고리에 달린 동아줄들을 찍어버렸다.

퍼벅 퍽!

다른 갈고리들이 다시 날아와 꼬르부스 선단의 뱃전에 박혔다.

앗!

세 번째 배를 지휘하고 있던 오네시모가 외마디 소리를 질렀다. 아흐마드가 해적선에 모습을 드러냈기 때문이다. 순간 낙뢰에 맞은 듯 전율이 그의 온 몸을 휘어 감았다. 그는 분명히 아흐마드였다. 손에 도끼를 들고 냉혹하게 쳐다보는 그의 모습이 마치 사하라 사막에서 만난 독뱀을 떠올리게 했다.

지오반니의 선단 4척을 둘러싼 5척의 해적선과 아흐마드.

선단의 양편에서 접근하는 해적선에서는 구부러진 칼 신월도를 든 해적들이 음흉한 미소와 함께 차갑게 쏘아보며 배가 서로 맞닿기를 기다리고 있었다. 아흐마드가 오네시모를 알아보았을 리 없지만 오네시모는 장검의 손잡이를 움켜쥐며 침을 삼켰다.

네 놈을 베고 말리라.

해적들이 선단의 뱃전에 뛰어들면서 전투가 시작되었다.

미끈덕. 꽈당!

몇 명의 해적이 베네치아 상선의 갑판에 발을 딛는 순간 나뒹굴었다. 그들이 뛰어내릴 예상 장소에 미리 뿌려놓은 비눗물 덕분이었다. 미끄러지지 않은 해적들은 선원들과 싸움이 붙었다.

쨍쨍 쨍쨍 쨍쨍!

해적 하나가 날랜 솜씨로 돛대에 활대를 묶어놓은 동아줄 매듭을 내리치자 활대가 내려앉으며 배의 속도가 갑자기 느려지더니 아군 배들끼리 부딪히고 해적선과도 완전히 맞닿아 다섯 척이 네 척을 둘러싼 형상이 되어버렸다.

먼저 뛰어든 해적들이 싸우는 모습을 아흐마드는 나머지 해적들과 함께 구경만 하고 있었다.

갑자기 싸움이 중단되었다. 해적들이 전투를 멈춘 것이다. 해적선의 중간 우두머리쯤으로 보이는 해적이 소리쳤다.

"무기를 버리고 순순히 응해라! 물건만 넘기면 목숨을 구할 것이다!"

그따위 소리에 꿈쩍할 지오반니가 아니었다.

"개 같은 소리 작작하고 순순히 물러가면 너희도 목숨을 구할 것이다!"

지오반니의 고함소리가 허공중에 울려 퍼졌다.

다시 전투가 개시되었다. 해적선 졸개들이 추가로 배에 뛰어올라왔다. 몇 명이 지오반니의 창에 찔려 바닥에 나뒹굴었다. 그때 한 해적이 지오반니의 선미에 묶인 동아줄을 도끼로 내리치려는 동작이 눈에 띄었다. 도끼 세례를 받으면 동아줄이 맥없이 끊어질 것이고 굵고 길쭉한 목재들이 바다에 흐트러질 것이다. 하지만 그 졸개는 도끼를 치켜드는 순간 활에 맞아 바다에 곤두박질쳤다. 발몽의 화살이 보기 좋게 적중한 덕분이었다.

와아!

꼬르부스 선단의 선원들이 그 모습에 환호를 지르자 사라센인들이 움찔했다. 선원들이 용감하게 해적선에 뛰어오르기 시작하자, 4명의 선장들도 드디어 무기를 휘두르며 합세했다. 선장들과 해적의 우두머리들의 싸움이 벌어졌고 아흐마드도 가세했다. 바다에서 거칠게 살아온 사라센인과 기사 출신 선장들의 용호상박 싸움이 점입가경이었다.

아흐마드의 칼이 지오반니의 오른팔에 스치자 지오반니의 팔뚝에서 핏방울이 뚝뚝 흘러내렸다. 칼을 떨어뜨린 지오반니가 엉거주춤 오른팔을 부여잡고 노려보자 아흐마드가 칼끝을 지오반니의 목에 바짝 대며 소리쳤다.

"네 놈이 총 대장인가본데, 내 칼에 죽는 것도 영광일 것이다!"

순간 오네시모가 이를 발견하고 소리쳤다.

"아흐마드, 너는 나와 붙자!"

유창한 콥트어 목소리에 순간 해적들 모두 싸움을 중단했다. 아흐마드가 고개를 휙 돌리며 눈을 부릅떴다.

"네 놈은 어떤 뼈다귀냐?"

뼈라는 말에 오네시모는 이를 악물었다.

"뼈다귀 장사 출신이라 입에서 나오는 말이 뼈다귀밖에 없냐?"

허걱.

아흐마드는 흠칫하며 한 발짝 뒷걸음질 쳤다.

"너는……, 너는……, 살라흐 딘!"

"날 알아보다니. 네 놈도 바보는 아니군."

아흐마드의 얼굴이 굳어졌다. 자기네 우두머리가 유창한 콥트어를 쓰는 베네치아인과 맞붙은 것을 목격한 해적들은 동작을 멈추었다. 꼬르부스 선단의 용사들도 공격을 멈추고 두 사람의 대결을 지켜 보았다. 오네시모와 아흐마드를 둘러쌌던 양측의 전사 모두 몇 발짝씩 물러서며 공간을 만들어 주었다. 그 사이 지오반니는 선원들의 도움을 받아 팔을 묶고 자신의 배로 돌아갔다.

"제법 컸구먼. 노예로 팔렸던 놈이 이젠 내 목을 노리다니!"

아흐마드가 칼끝을 오네시모를 겨냥하며 콥트어로 외쳤다. 결투에서 상대방의 기분을 상하게 하거나 좋게 만드는 말로 전투자세를 흩뜨리려는 수작에 흔들릴 오네시모가 아니다.

"그때 바로 자유인이 된 거 모르셨나? 이놈아, 내 누이가 이맘의 부인이야! 너 같은 쓰레기들의 농락으로 양순했던 소년이 노예로 팔린 것만도 한스러운데, 바다 한가운데에서도 또 노예 타령이냐?"

물론 아흐마드 역시 그 말에 흔들리지 않았다. 숱한 폭풍과 모래를 뒤집어쓰면서 사막을 넘나들며 장사에 도가 튼 그다. 그는 오히려 비열한 웃음을 웃었다.

"네 놈이 베네치아 도제에게 가짜 유골을 넘기고 고액을 착복한 걸 모를 줄 아느냐?"

베네치아 선원들이 깜짝 놀랄 이야기였지만 다행히도 그가 지껄인 콥트어를 알아들을 수 있는 사람은 그 가운데는 아무도 없었다. 하지만 알렉산드리아에서 여행을 출발할 때부터 일행 가운데 한 팀을 도둑으로 몰아 끝내 감옥에 보냈던 일이 뇌리에 스치자 오네시모의 기분이 잡쳐버렸다. 장검의 끝을 아흐마드에게 겨누고 있던 오네시모의 얼굴이 허옇게 변해갔다. 아무래도 신경전에는 젊은이가 불리한 법이다.

"착복한 놈은 네놈 친구들, 트리부노와 루스티코야! 네 놈이 죄 없는 호세아 가족을 도둑으로 몰고 눈먼 마르주크까지 사주해 상자를 되찾은 걸 모를 줄 아느냐?"

장님 마르주크를 이용해먹었다는 말에 아흐마드는 흠칫했지만 노련하게도 곧바로 태연자약했다. 오히려 오네시모의 말이 떨리며 감정이 실린 틈을 역이용하기 위해 아흐마드가 재빨리 다른 말을 꺼냈다. 역시 상인 출신이 아니던가.

"그 도적놈들……, 기독교도들을 아직까지 감싸는 걸 보니 너도 한패였음이 확실하군!"

가슴이 부글거리던 오네시모가 자신의 동료들에게 베네치아 말로 외쳤다.

"여러분, 이 해적 놈은 순진무구한 기독교도 셋을 도적으로 몰아 감옥에 보냈던 잡니다. 이자가 진짜 도둑놈입니다. 그때 기독교도들의 여행비를 몽땅 가로챘습니다!"

이 소리가 끝나지 마자 선원들이 일어나 해적들에게 덤벼들었다.

쟁쟁 쟁쟁 쟁그랑 쟁그랑!

오네시모와 아흐마드도 맞붙었다. 밀고 밀리는 싸움이 계속되다가 한 순간 아흐마드의 칼이 바닥에 떨어졌다.

"살라흐 딘, 설마 무기도 없는 나를 찌르진 않겠지? 알라께서 그런 걸 가장 싫어하시니까."

장검의 끝이 목에 다가오자 아흐마드가 창백한 웃음을 웃었다.

"가짜 운운한 네 주둥이부터 잘라줄까?"

오네시모의 표정이 심각해졌다.

"아, 제발……. 살라흐딘, 자넨 알라를 잘 섬겼잖아."

"유골이 가짜라는 증거를 대라!"

고함치는 오네시모의 눈에 핏발이 선연하게 올라왔다.

아흐마드의 표정이 싸늘하게 변해가면서 목으로 손이 올라가며 신음했다.

"너나 나나 유골장수 아니냐? 우리 동종업자야, 살라흐 딘!"

"무슨 헛소리!"

"마르주크가 집어온 게 바뀐 유골이란 걸 알았다. 원래 내 것이 가짜였기 때문에 난 너무 기뻤고……, 그렇게 손에 들어온 진짜를 비싸게 트리부노에게 넘겼는데, 그가 알렉산드리아로 도로 가져가 성물 수집상에게 되팔아 먹으려다 사기를 당해 통째로 잃어버렸지."

"내가 네 놈의 사설을 믿을 것 같은가?"

오네시모가 호령했다.

"믿고 안 믿고는 자네가 선택할 일이다. 트리부노가 그 무렵 요한 수사를 만난 걸로 안다."

"요한 수사?"

오네시모의 정신을 번쩍 들게 만든 이름이 해적의 입에서 흘러나온 순간이었다.

"내게서 받아간 유골을 분실하고서 트리부노는 진짜 성인의 유골이 보관된 곳을 염탐하기 시작했지. 그 과정에서 같은 목적을 가진 요한 수사와 맞닥뜨린 거야."

설명하면서 아흐마드는 연신 오네시모의 눈치를 살폈다.

"네 골통은 역시 온갖 거짓과 진실이 정리가 안 된 채 쌓여있구나!"

오네시모가 칼날을 바짝 세웠다.

"두 사람이 모두 유골을 구했다. 요한 수사가 호세아한테서 받은 것은 네가 가지고 배를 탔고, 운명이랄까……, 같은 배에 트리부노도 유골을 가지고 탄 것이다."

헉! 어느 게 진실이지?

오네시모는 피가 거꾸로 흐르는 느낌이었다. 오네시모가 그를 노려보며 외쳤다.

"한 가지만 묻겠다. 트리부노를 언제 마지막으로 만났지?"

"작년 가을 콘스탄티노플에서."

오네시모는 자신의 손목에서 힘이 빠져나가는 느낌을 받았다. 내가 약해지면 안 되는데. 그는 이를 악물고 기도했다. 악인을 처벌해주십시오. 제게

힘을 주십시오. 오네시모는 또 기도했다. 악을 식별하게 도와주십시오, 주님

오네시모가 멈칫거리는 틈을 놓치지 않고 아흐마드가 말했다.

"자넨 역시 고상한 인품을 가진 것만은 틀림없어. 함부로 살생을 할 사람이 아닐 거야. 칼을 거두면 우리도 물러가겠네. 알라께선 평화를 원하시는 분이니까."

순간 오네시모의 눈빛이 번득였다. 그자가 알라의 이름을 말하지만 않았어도 오네시모는 폭발하지 않았을 것이다. 그의 칼이 한순간 아흐마드의 오른 팔을 그어버렸다.

아악!

아흐마드가 바닥에 풀썩 쓰러지며 오른팔을 붙잡았다.

"살라흐 딘, 모든 정보를 주었는데 날 죽이려는 이유가 뭔가? 우린 같은 민족이잖아!"

악인이 울부짖었다. 순간 오네시모의 칼이 한 번 더 허공을 그었다. 아흐마드의 오른 팔 팔꿈치 아랫부분이 잘려나가 바닥에 툭 떨어졌다. 동시에 신월도도 바닥에 뒹굴었다.

아아아아!

아흐마드가 바닥에 구르며 소리 지르자 해적들은 허겁지겁 모두 자기네 배로 도망쳤다. 그들은 전의를 상실했다. 졸개 몇이 지혈을 하기 위해 아흐마드에게 달려들어 팔을 짓누르기 시작했다.

나머지 해적선들도 슬금슬금 도망치기 시작했다.

"가증한 입으로 알라의 이름을 함부로 부른 죄다. 목숨은 살려주지만, 아흐마드, 다시 만나면 목을 칠 것이다!"

창백한 얼굴에 분노가 넘치다 못해 오네시모는 부르르 떨었다.

해적을 제압했다!

오네시모가 베네치아 말로 다시 한 번 외치자 꼬르부스 선단 선원들의 함성이 허공을 흔들었다.

오네시모 선장 만세!

오네시모 선장 만세!

도망치는 해적들을 향해 오네시모는 콥트어로 마구 고함쳤다.

성인의 유골은 진짜다. 난 진짜 유골을 모시고 온 것이다, 이 쓰레기 같은 놈들아!

선장과 선원들이 뱃전을 넘어 꼬르부스 선단으로 돌아가자 아흐마드의 배도 똥이 빠져라 줄행랑을 쳤다.

"괜찮아?"

발몽이 달려와 오네시모를 붙들었다.

"난 아무렇지 않아. 지오반니가 다친 것 같은데."

"베인 상처에서 피가 솟아나와 붕대로 묶어주었어."

베네치아 선원들도 다행히 다친 사람만 있고 목숨을 잃은 사람은 없었다.

"사라센 해적들에게 따끔한 맛을 보여주었으니 다음엔 함부로 덤비지 않을 거야."

지오반니가 다가와 소리쳤다. 그들은 바다에 떠있는 해적의 시체 한 구에 시선이 쏠렸다. 등에 맞은 화살이 그대로 꽂힌 채로 엎어져 해면에 떠있었다. 불쌍한 영혼이었다.

선단은 다시 진용을 갖추고 항해를 시작했다.

알렉산드리아에 닻을 내린 꼬르부스 선단은 상륙허가를 얻지 못했다. 칼리프의 명령이라면서 기독교도 지역에서 온 상인들의 상륙을 무조건 불허한다는 것이었다. 대신 목재는 그곳 상인들이 구매하기로 했으니 그곳 상인이 배에 승선하겠다는 것과, 목록에 적어간 향신료도 이슬람 상인들이 직접 배로 가져올 테니 하선하지 말라는 내용이 전달되었다. 물론 그렇게 해서 승선한 이슬람 상인들은 일상용품의 품목을 적어갔다가 물건을 가지고 다시 오는 번거로움을 마다하지 않았다.

삼일 밤낮을 알렉산드리아 항구에 정박한 채 하선을 하지 못하는 동안 선장들과 베네치아 선원들 모두 부둣가를 구경만 할 뿐 아무런 대책도 없이 마냥 시간이 가기만 기다릴 뿐이었다.

　"반파된 파로스 등대만 하염없이 바라보고 있으면 무슨 뾰족한 수라도 떠오르냐?"

　지오반니가 다가와 오네시모에게 말을 걸었다. 친구의 쓸쓸한 마음을 위로해주기 위해서다.

　"제기랄, 내가 살던 곳이 여기에서 반시간 거리인데. 못 가보는 게 안타깝군."

　오네시모가 넋두리했다.

　"여자 친구도 있었어?"

　발몽이 묻자 오네시모가 더듬거렸다.

　"여자 친구까진……."

　"말끝이 흐린 걸 보니 좋아하는 사람이 있었던 모양이군."

　제이납 누나를 생각하다 말고 오네시모는 파티마를 떠올렸다. 파도바 시장의 딸과 너무도 닮았던 파티마. 새삼스러웠다. 손 한 번 잡아보지도, 사귀어보지도 않았고, 남의 아내가 된 그녀가 왠지 자꾸만 떠올랐다. 반시간 거리도 못되는 저 도시의 어디쯤에 살고 있을 것이다. 가장 대화를 많이 나눈 사람은 오히려 마르타인데. 그는 한숨을 내쉬고는 입을 열었다.

　"무함마드 이븐 앗 하자르라는 알림이 계시지. 성인을 모시고 알렉산드리아 항을 떠난 게 벌써 삼 년 반이나 되었으니, 알림께 팔려간 게 벌써 8년 전 일이군. 지금이라도 달려가면 알림께선 날 친아들처럼 반가이 맞이하실 거야."

　오네시모의 말에 친구들이 정색을 했다.

　"무슨? 아무렴 자기 아들과 같을까?"

　"그분은 외동딸 하나밖에 없었거든."

　"딸? 예뻤어?"

발몽이 반색을 하며 물었다.

"대단한 미인이야. 잘 생긴 알림의 아들과 결혼했지. 지금쯤 아기 둘은 낳았을 걸세."

"파티마를 말하는 모양인데……, 자네에겐 안 되었네."

눈치를 챈 지오반니가 토를 달았다.

"알림께서 날 사서 거두어주셨어. 집사장 압둘은 잘 지내고 있는지 궁금하군."

"세상엔 인종과 종교에 관계없이 선한 사람도 많은 법이지."

마리오가 말했다. 삼총사에 끼어 당당하게 사총사의 한 사람이 된 그다.

"우리가 만났던 사라센 해적 있잖아. 그 우두머리였던 작자."

오네시모가 말하면서 마리오를 쳐다보았다.

"왜? 죽여 버릴 걸, 하고 후회하나?"

"그자도 노예상인으로 맴돌던 자야. 여행을 따라나선 기독교도들을 갈취한 파렴치한이지. 양의 탈을 쓴. 정말로 그자를 죽이고 싶었어. 참는 게 힘들었지만."

"사람을 잡아다 파는 짓은 정말 나쁜 짓이야."

지오반니가 대꾸했다.

"고향 트리폴리에서 붙들려 알렉산드리아 노예시장에 앉아있을 때 심정 이해하겠어?"

말하는 오네시모의 눈에 쓸쓸함이 가득 배었다.

잠시 침묵이 흘렀다. 오네시모가 중얼거렸다.

"인자한 알림을 만난 게 천만다행이야. 그분은 날 자유인으로 풀어주셨어."

"그럼 은인이구먼!"

"그렇지. 내가 영원히 잊을 수 없는 분이지. 상륙허가만 내려졌다 하면 곧장 그분에게 달려가려 했는데, 속상하게도 마음대로 안 되네."

제이납 누나의 얼굴이 어른거려 눈물이 날 지경인데 하필 알라딘 형의 얼굴이 더욱 선명하게 떠올랐다. 그의 눈에서 그만 눈물이 흘러내렸다.

"어, 오네시모, 울고 있잖아? 천하무적 기사 출신 선장이 울다니."

"미안하네. 노예로 팔려가 처음 한 일이 무엇인지 아나? 매 맞는 일이었다네."

또 다시 침묵이 흘렀다. 세 명의 선장들은 오네시모의 인생역정을 다소곳이 귀담아 들었다. 오네시모가 말을 계속했다.

"알렉산드리아…… 힘들었지만 나의 꿈을 키워준 곳이라서 너무도 가슴이 미어지네. 그때 하산도 함께 일했어. 그 알림의 저택에서."

"오, 그랬어?"

"그랬어."

친구들은 오네시모의 심정을 완전히 이해했다. 자신들이 살아온 것은 그에 비하면 어리광에 다름없었다. 그들은 포도주를 한 병 열어 오네시모에게 부어주었다.

여기는 콘스탄티노플.

아름다운 도시, 광명의 도시, 도시의 여왕 등 별칭도 많은 비잔티움 제국의 수도. 양피지에 적어온 물품들을 구매하기 위한 무역업자 면담에 앞서 시장의 가격 동향을 살피기 위해 여기저기를 기웃거리던 오네시모의 눈에 한 여인이 들어왔다.

마리얌이었다. 그녀를 장터에서 만나다니! 오네시모의 숨이 턱 막혀왔다.

"마리얌, 안녕하세요?"

"어머나, 하느님!"

그녀는 너무 놀라서 손에 든 물건을 땅에 떨어뜨리고 말았다. 베네치아 상인 복장의 오네시모를 알아보았을 리 없다.

콥트어로 나누는 남녀의 대화를 세 명의 선장들은 알아듣지 못하고 쳐다만 보았다.

"여기는 내 친구들입니다."

눈치껏 그녀와 인사를 나누고 세 명은 한켠으로 물러섰다.

"시장에서 이렇게 만나게 될 줄은 몰랐습니다. 지난가을에 마르주크 아니 마르코 님을 콘스탄티노플에서 만나 마리얌 가족 모두 이곳에 정착했다는 말을 들었어요."

"오, 그랬나요? 성당은 다르지만 이따금 장터에서 만납니다. 그런데 작년 가을에 오셨다면 베네치아 해군으로 오셨었나요?"

"맞아요."

오네시모가 고개를 끄덕였다.

"베네치아 해군이 한 달 동안 군사지식을 배워갔다는 소문이 파다했죠. 어쩌다 베네치아 해군이 되셨나요?"

그녀의 궁금한 눈빛이 반짝였다.

"성자의 유골을 모셨던 사람이라고 극진한 대접을 받았고 덕분에 귀족 가문의 기사단에 들어갔습니다."

"기사에서 다시 해군이 되었나보죠?"

"그렇습니다. 기사단 단장이 해군에 편입하는 바람에 나와 친구들 몇이서 따라갔거든요."

그녀는 고개를 끄덕였다.

"비잔티움에서 배운 게 많았죠?"

"당연하죠. 하지만 귀국하자마자 전역하여 상인이 되었답니다."

"오, 그랬어요?"

그녀는 눈을 휘둥그레 뜨고 그를 찬찬히 훑어보았다.

"부모님 모두 건강히 잘 지내세요?"

"그때보단 더 연로해졌지만. 아직은 정정하십니다. 집에 초대하면 오실래요?"

"당연히 가야죠."

다음날 선장 4명은 그녀의 집을 방문했다. 오네시모는 그녀의 부친 앞에 무릎을 꿇고 머리를 숙여 극진한 예의를 표시했다.

"오, 오네시모! 베네치아에서 크게 성공했다고 들었네."

그녀의 부친 오네시모는 성녀 카타리나 수도원에서 세례를 받고 오네시모라는 세례명을 받았던 살라흐 딘을 일으켜 세웠다.

"정정하신 모습을 뵙고 보니 가슴이 뭉클합니다. 다마스쿠스에 정착하신 줄 알았더니만, 작년 10월에 해군기지를 방문하러 이곳에 왔을 적에 만난 마르주크로부터 대강의 이야길 들었습니다. 그동안 잘 지내셨습니까?"

일행이 모두 의자에 앉기를 기다렸다가 노인 오네시모가 말했다.

"주님의 도우심으로 잘 지내고 있지. 자넨 마르코 성인을 모시고 간 계기로 기사가 되었다면서?"

마리얌의 모친은 오네시모를 찬찬히 바라보며 눈물을 글썽거렸다.

"하느님의 은총에 항상 감사한다오. 그동안 많이 생각났는데 이렇게 만날 줄이야. 어제 마리얌한테서 이야길 듣고 정말 기뻤지."

"여기 비단을 좀 가져왔는데 필요한 곳에 쓰십시오."

오네시모는 노인의 앞에 비단 뭉치를 꺼내어 놓았다.

"아니, 이 비싼 걸!"

"제게 베푼 은혜를 어찌 물건으로 다 갚을 수 있겠습니까만, 현재로선 이렇게라도 해야 제 맘이 편할 듯합니다. 거절하지 마십시오."

겸연쩍은 표정을 지으며 오네시모가 고개를 숙였다.

"저런! 이를 어쩐다? 하여튼 고맙네. 상인이 되었다던데 큰 선단을 이끌고 있나?"

"아닙니다. 저는 고용된 사람이고 제 옆의 친구 지오반니가 실은 총 책임자입니다."

팔을 붕대로 칭칭 감은 채로 옆에 앉아만 있던 지오반니가 자신의 이름이 거명되자 눈치 채고 고개를 숙였다.

"고맙소. 젊은이들, 정말 고맙소."

노인은 감동하여 눈물을 글썽였다.

"하산은 무슨 일을 하고 있나요? 그리고 혹시 결혼은 했나요?"

오륙 년 전의 일을 떠올리며 마리얌이 물었다.

"그때 여행 도중에 하산이 많이 아팠을 때 낫게 해주신 덕분에 하산은 잘 정착하여 기사가 되었다가 지금은 연안무역에 종사하고 있습니다. 포도주와 곡물, 소금과 염장생선을 취급하는."

"그렇군요."

순간 어떤 짧은 추억거리가 마리얌의 얼굴에 스쳐갔다.

"마리얌, 결혼했나요?"

오네시모의 질문에 그녀는 금세 얼굴이 붉어지며 잔잔한 미소를 지었다.

"아닙니다. 아직은."

그녀의 대답은 끝에 여운을 남겼다.

"하산도 사실 결혼하지 않았습니다."

그 말에 마리얌은 눈을 반짝이며 자기 부친의 눈치를 살폈다.

"마리얌은 학교 선생님으로 일하고 있지. 하산은 개종했어?"

"기사로 들어가기 전에 세례를 받았습니다. 티모테오란 이름을 받았어요."

마리얌과 부모는 고개를 끄덕였다.

"티모테오에게 안부를 꼭 전해주게."

노인 오네시모가 젊은 오네시모에게 부탁했다. 4명의 젊은이들은 해적을 만난 이야기를 포함해서 여러 가지 설명을 했다.

"아흐마드라면 그런 흉악한 짓을 하고도 남을 거야!"

노인은 알렉산드리아를 출발했던 여행길에 인솔자로 나타난 아흐마드가 호세아 가족을 도둑으로 몰아 끝에 가서는 감옥에 가게 하면서까지 여행경비를 꿀꺽한 일을 떠올리자 화가 다시 치밀었지만 신앙의 힘으로 꾹 억눌렀다.

"지중해 한복판에서 맞붙어 그자의 오른팔을 잘라버렸습니다. 목을 자르고 싶었지만……. 형벌 수준의 처벌을 한 것입니다."

쩝.

오네시모는 그를 살려둔 게 꺼림칙했던지 입맛을 다셨다. 마리얌이 말했다.

"거룩한 것을 개에게 주지 말며 진주를 돼지 앞에 던지지 말라는 말씀이 있습니다."

오네시모는 고개를 끄덕이며 물었다.

"호세아 님은 감옥에 갇힌 후로 어떻게 되었는지, 소식을 혹시 아십니까?"

오네시모가 물은 건 유골이 뒤바뀌었다는 아흐마드의 헛소리가 떠올랐기 때문이다.

"호세아 님은……, 1년 만에 출소했고, 다마스쿠스로 가려던 애초의 계획을 뒤로 하고 알렉산드리아의 요한 수사에게 갔습니다. 테오도루스 신부님께 전달했던 유골이 가짜로 판명된 것에 충격을 받았거든요."

여기까지 듣고 있던 마리얌의 부친이 자신의 의견을 말했다.

"맞아. 내가 압송된 호세아에게서 넘겨받은 걸 카타리나 수도원에서 열어보고 뭔가 이상해서 테오도루스 신부께 상의하면서 맡겼거든. 신부님은 가짜란 걸 알고서 그걸 마르 사바 수도원 야산에 묻어주었다던가……?"

그는 그때 가죽 주머니에 함께 있어야 할 복음서가 감쪽같이 사라지고 없어 유골의 진위를 의심했었다.

하지만 마리얌의 의견은 달랐다.

"아니죠, 아빠. 테오도루스 신부님이 인근 야산에 묻어주려고 마르 사바까지 가져간, 그날 밤에 분실했다고 하셨잖아요."

테오도루스 신부가 지친 몸으로 자신의 수도원에 도착한 것은 땅거미가 진 시각이었고, 때마침 다마스쿠스에서 왔다는 기독교도 약대상들이 동시에 들이닥치며 하룻밤 신세를 정중하게 요청했던 사실과, 그자들이 꼭두새벽에 자취를 감추면서 함께 사라진 유골이 알렉산드리아로 흘러들어가 호세아 손에 넘어간 것까지는 마리얌은 물론 그의 부모도 알 리 없었다.

마리얌의 말이 이어졌다.

"호세아 님은 어쨌든 요한 수사를 찾아가셨습니다."

허걱.

그렇다면 요한 수사가 내게 건넨 성인 유골이 혹시?

피가 거꾸로 흐르면서 눈앞이 깜깜해졌다.

"오네시모! 오네시모!"

마리얌과 그녀의 부친이 고함을 치며 허겁지겁 오네시모를 부축했다.

"마리얌, 확실한 걸 말해주세요. 호세아 님이 왜 요한 수사를 만나러 갔는지."

정신을 되찾은 오네시모가 다그치자 마리얌이 놀란 눈을 동그랗게 뜨고 쳐다보았다.

"그때 호세아 님이 날랐던 문제의 상자가 바로 성인의 유골이었잖아요. 순교한 마르코 님이 받아 베네치아까지 운송하려 했던. 카이로에서 호세아 님이 마르코에게 인계하려던 계획이 그만 큰 차질이 생겨 완벽하게 틀어져 버렸죠."

오, 이럴 수가.

상자로 인해서 그때의 여행이 엄청난 혼란에 빠졌던 건 지금으로선 아무것도 아니다!

"뭐라고요?"

악인의 말이라 믿을 수 없지만 아흐마드는 자기 것과 바뀌었다고 했다. 알라딘 형이 옮기려 했던 진품은 아흐마드가 가져갔단 말인가? 그걸 트리부노에게 팔았고……, 트리부노가 그것을 되팔려다 분실했다고……, 아흐마드가 칼 맞기 전에 말했었다.

오네시모의 표정의 변화를 마리얌이 발견하고 당황했다.

"요한 수사가 진품 여부를 가려달라고 쓴 편지를 당신이 가지고 테오도루스 주교께 직접 전달하지 않으셨나요?"

마리얌이 물었다. 그녀는 후에 다마스쿠스에 온 요한 수사로부터 그 이야길 들었던 터다. 오네시모는 할 말을 잃었다. 자기가 도착한 날 주교가 돌아가셨기 때문이다. 주교 앞에 다가섰지만 그분은 감은 눈을 다시는 뜨지 않았다.

"내가 도착했을 때는 주교께서……, 많이 아프셨습니다. 심각하게."

오네시모는 힘없이 대답했다. 주교가 돌아가신 직후에 자기가 도착했다고 말할 수 없었다.

"주교님 면담은 하셨나요?"

불안해진 마리얌이 눈꼬리를 치켜뜨며 다그쳤다.

"당연히. 그리고……, 편안히 돌아가셨습니다. 성인께서 도착하신 걸 확인하시고서."

오네시모는 눈물을 흘렸다. 그의 눈물은 점차 큰 슬픔으로 다가와 그의 온몸을 감쌌다.

흑흑, 흑흑.

오네시모는 소리 내어 울었다. 둑의 갈라진 틈으로 빠져나오는 물처럼 눈물은 사정없이 흘러내렸다. 그 흐름은 점차 많아지더니 이윽고 둑이 완전히 무너져 내려 거대한 물줄기로 변해버렸다. 둑 아랫마을의 집과 나무들, 작물과 돌멩이들, 가축들을 휩쓸어가는 큰물처럼. 온갖 모양새의 더럽고 추한 물건들과 추잡스런 생각들과 아름답던 추억까지도 휩쓸어가는. 자신이 살아온 삶의 모든 우여곡절을 씻어 내리는 거대한 흐름이라고나 할까.

그는 목을 놓아 울고 또 울었다.

진실은 과연 어디에 있을까? 울음 끝에 그가 스스로에게 물었던 질문이다.

마리얌의 부친 오네시모가 오네시모를 꼭 껴안았다. 눈물에도 전염력이 있는 것일까. 마리얌도 칭찬하면서 눈물을 흘렸다.

"그 엄청난 과업을 달성하셨군요. 대단해요, 오네시모."

지오반니, 발몽, 그리고 마리오는 그들이 아주 오랜만에 만나 기쁨에 넘쳐 눈물을 흘리는 것이라고 생각하고 그 감동적인 모습에 덩달아 눈물을 글썽였다. 그들이 나누는 콥트어 대화를 전혀 알아듣지 못했기 때문에.

　시케스의 성(城) 밖 무화과 밭에 살고 있는 마리얌의 집 마당에는 탐스럽게 열려있는 무화과의 열매들이 5월의 햇빛을 받아 탱글탱글하게 매달려 있었다.

　테오필루스 황제가 말했었다.

　－성물을 보아야만 신심이 생기는 현상은 정말 이상하기도 하지. 부활하신 그리스도께서 토마스에게 하신 말씀이 생각나는군. 보지 않고도 믿는 사람은 행복하다고.

　기분이 좋아진 마리얌이 오네시모에게 콘스탄티노플 관광을 제안했다.

　우울한 오네시모 선장과 세 명의 선장들, 그리고 마리얌이 성 안으로 들어갔다. 몇 달 전에 와보았건만 낯선 도시는 이방인들에겐 여전히 생소하고 흥미로웠다.

　"자, 여기가 대광장 아우구스테온입니다. 여기서부터 사방을 쳐다보십시오."

　대광장의 중심에 선 마리얌이 설명하며 손을 들어 앞을 가리켰다. 오네시모가 즉시 통역했다. 일행은 대광장 아우구스테온을 향해 서있는 성 소피아 성당과 궁전, 대 경기장의 위용에 잠시 어리둥절해졌다.

　그녀의 설명이 이어졌다.

　"광장의 동편에 백색 대리석으로 된 둥근 지붕의 건축물 보이시죠? 그곳이 바로 원로원입니다."

　원로원의 주랑도 햇빛을 받아 희고 찬란하게 빛을 발산하고 있었다. 그녀는 네 청년들을 데리고 남쪽으로 성큼성큼 걸어갔다. 발길을 멈춘 그녀는 말 대신 손가락으로 큰 경기장을 가리켰다.

　"로마의 시르쿠스 막시무스를 그대로 본떠 만들었답니다. 5월 11일이 불과 이틀 남았어요. 5월 11일이 무슨 날인지 아는 분 있어요?"

콘스탄티노플에 비하면 농촌에 불과한 베네치아에서 온 시골뜨기들은 주눅이 들었는지 아무런 말도 하지 못했다.

"모레는 330년 콘스탄티누스 황제가 지휘한 거대한 대 경기장의 완공 기념일입니다. 이날 열리는 전차경주야말로 비잔티움의 온 국민이 열망하고 기다리는 최대의 행사라고 하더군요. 전차기수가 얼마나 인기가 있는 줄 잘 아시겠지만, 젊은이들이 기수의 초상을 새긴 메달이나 카메오[85]를 장신구로 목에 걸고 다닐 정돕니다."

"온 국민이 경기를 볼 생각에 잠도 오지 않겠군요. 어쩐지 시장 분위기가 들떠 보이더라니!"

오네시모가 맞장구쳤다. 자신은 흥이 전혀 나지 않았지만 친구들을 생각해서 즐거운 척했다. 그는 즉시 한숨을 내쉬었다.

마리얌이 신이 나서 생긋 웃더니 앞장서서 걸음을 옮겼다. 마리얌은 아우구스테온에서 황금문에 이르는 거리를 손가락으로 가리켰다.

"이 거리가 바로 메세라는 이름을 가지고 있는 거립니다. 전장에서 돌아온 개선장군들이 의기양양하게 걸어가는 길이랍니다."

그녀는 다시 걷기 시작했다. 거리의 중간 중간에 널따란 광장들이 나타나자 마리얌이 다시 말을 이었다.

"이곳이 콘스탄티누스 포럼, 다음에 만날 테오도시우스 포럼, 그 다음이 황소의 포럼, 그리고 또 그 다음이 아르카디우스 포럼입니다."

콘스탄티누스 포럼과 테오도시우스 포럼 사이에 몰려있는 빵가게들이 가관이었다. 거기서 청년들이 발을 멈춘 건 당연한 일이다.

"이곳은 비잔티움의 제일가는 풍성하고 맛있는 빵들을 맛볼 수 있는 곳이죠."

마리얌은 즉석에서 빵을 사서 맛보게 해주었다. 혀끝이 만족스러워지자 청년들의 발걸음도 가벼워졌다. 오네시모는 아니었지만.

---

85) 옥이나 조개에 돋을새김을 한 장신구.

성 소피아 성당의 서편으로 발길을 돌리자 철물점들로 빼곡한 칼코프라테이아 지역이 전개되었다.

"칼코프라테이아 지역입니다. 이곳에서는 온갖 농기구들과 쇠붙이 제품이 생산됩니다. 이곳 콘스탄티노플에선 지역명만 들어보아도 부자동네인지 금방 압니다. 궁전을 소유한 유명 귀족들의 이름을 딴 에우제니오, 루피니우, 프로부, 올림피우 지역이 부자동네죠."

"최고급 상품을 파는 가게는 어디에 있나요?"

발몽이 물은 걸 오네시모가 통역해주었다.

"보석 세공사들과 향수 가게를 만나려면 역시 이 메세 거리로 와야 합니다. 잔과 성유물함, 패물 등 보석세공술로 유명하지 않습니까?"

"혹시 황실 작업장이란 곳이 있나요? 작년에 방문했을 때 말만 들었거든요."

통역을 통해 지오반니가 질문했다.

"황실 작업장에서만 생산되는 자줏빛 비단과 대형 견직물에는 황실 상징인 쌍두 독수리가 그려져 있을 텐데요. 그 이름도 유명한 수용화약이 그곳 황실 작업장 어디선가에서 만들어진다고 하더군요."

"이곳의 길드는 어디에 있습니까?"

오네시모가 물었다.

"길드라니요?"

"상인조합이라고나 할까?"

"이곳에선 에르가스테리온[86]이라 불러요. 작업장과 상점을 겸하고 있고 뒷방은 창고로 쓰죠. 요즘엔 작업장 없이 수입하여 팔기만 하는 업자들도 있습니다."

"이곳에선 자유로운 상행위가 보장되나요?"

이번에는 마리오가 질문했다.

---

86) 소기업.

"상인 모두 어떤 규칙을 따라야 합니다."

일행은 상점에 산더미처럼 쌓인 아마천을 보았다.

"아마천은 어디서 생산되나요?"

"동방과 비잔티움 어느 농촌에서도 많이 생산되는 천이고 값도 쌉니다."

"그런데 비단을 왜 수입하죠? 제국 내 생산량으론 부족한가요?"

"그렇습니다. 그래서 이집트와 시리아에서 수입하고 있을 겁니다."

"사실 우리도 시리아에서 비단을 수입하여 이곳에 되팔았습니다. 알다시피 알렉산드리아에서 생산되는 곱트 천도 잘 알려져 있잖습니까. 우린 이곳의 무역업자에게서 이곳에서 생산된 모자이크 천을 수입하여 베네치아에 가져가려 합니다."

오네시모의 설명에 마리얌은 이해했다는 의미로 한쪽 어깨를 들어올렸다.

"금각만에 도착해서 보니 시리아 사람들이 자주 눈에 띄던데요?"

발몽이 물었다.

"시리아인 상인들은 주로 이슬람교도들입니다. 점차 그들의 수가 증가하고 있죠. 그러다 보니 그들은 하루빨리 이슬람 사원을 허락해줄 것을 요구하고 있는 모양입니다. 아시겠지만 금각만에 베네치아인과 아말피인들의 집단 거주지와 라틴교회가 있듯이 말입니다."

"이곳의 상인들은 존경을 받는 편인가요?"

지오반니의 나지막한 질문에 마리얌은 흠칫했다.

"비잔틴 무역업자들과 선주들은 그들이 쌓은 경제적 성과에도 불구하고 귀족들로부터 멸시받고 있습니다. 이곳에선 귀족들이 기술인과 상인을 경멸하는 일은 아주 흔합니다."

"그래서는 경제가 부흥할 수가 없는데."

오네시모가 중얼거리며 덧붙였다.

이번에는 지오반니가 물었다.

"베네치아와 분위기가 많이 다르군요. 그곳에선 기술인과 상인이 대접을 많이 받는데……. 비잔티움의 비단의 수요는 어느 정도나 될까요?"

"몇 년 동안 살펴본 제 경험으로 보아 무궁무진한 듯합니다. 비단과 관련된 다양한 직종만 보아도 알 수 있습니다. 생사(生絲) 상인, 비단 마무리공, 직조공, 비단 옷감과 비단옷 상인, 시리아 비단 수입업자 등등. 놀랍죠?"

"……."

무화과를 파는 노점을 지나다 그들의 시선이 그곳으로 향하자 마리얌이 설명했다.

"알다시피 포도가 들어가면 사과와 배가 나오고 그것들이 들어가면 무화과가 나오는 게 순섭니다. 아실지 모르지만 비잔티움 사람들이 가장 좋아하는 과일은 뭐니 뭐니 해도 무화과가 아닙니까?"

"그 단맛을 싫어하는 사람도 있나요?"

오네시모의 대꾸에 일행은 모두 웃음을 터뜨리며 입맛을 다셨다. 마리얌은 성 소피아 성당으로 발길을 돌렸다. 먼데서도 웅장한 모습인 성당을 보면서, 오네시모는 비잔티움 해군을 방문하고 돌아가는 길에 제독이 도제에게 줄 선물로 샀던 성유물함을 떠올렸다. 그것은 장인이 온갖 공력을 들여 세밀하게 만든 세공술의 총아였다. 오늘은 예전에 해군을 따라 왔을 때 보지 못한 세세한 부분까지 구경하게 되어 그로서는 퍽 감격스러웠다.

"성 사도 성당이 마르코 수사가 계시는 성당인가요?"

오네시모가 물었다.

"마르코 님은 수도원에서 수도를 하는 분이세요. 지난 가을에 성 사도 성당에서 만날 수 있었던 건, 그분이 그 성당에 무엇인가 일이 있어서 오셨기 때문일 것입니다."

웅장한 성 소피아 성당의 규모 앞에서 네 젊은이들은 자신도 모르게 초라해졌다. 밖에서 볼 때부터 드높은 둥근 지붕에 압도된 그들은 묵묵히 하느님을 예찬하며 마리얌을 따라 한 걸음 한 걸음 발길을 옮겼다. 안으로 들어가자 둥근 돔 천장에 그려진 그리스도의 모습이 한눈에 들어왔다. 젊은

이들은 그만 무릎을 꿇었다. 신성함과 웅장미, 그리고 벽화를 비치는 빛의 물결에 시선이 이끌려 영혼이 고양되는 느낌이었다고나 할까.

상당수의 사람들은 의자에 앉아 제대를 쳐다보며 천상에 계신 하느님의 대리자 그리스도와 영적 교류를 하기 위해 묵상에 빠져든 모습이었다. 다섯 사람도 숙연해진 나머지 제각각 자리를 잡고 자신들의 염원을 위해 묵상에 들어갔다.

얼마나 시간이 흘렀을까 마리얌과 세 청년은 밖으로 나왔지만 오네시모는 아직 기도를 하고 있었다. 무슨 염원을 그리스도에게 빌었을까. 한참을 더 기다리자 오네시모가 느릿느릿 걸어 나왔다. 사실 그는 여쭈었었다. 무엇이 진실인지 알려달라고.

"하느님께 할 말이 그렇게 많았어요?"

마리얌이 천진하게 웃으며 물었다.

"아니요. 잠시 졸았나 봐요."

심정이 일그러졌던 그의 기분을 그녀가 알 리 없다. 할 수만 있다면 오네시모는 정말 하느님의 대리자 그리스도를 만나고 싶었다. 자신의 영적 수준이 낮고 신앙이 약해서 그것도 어렵다면 천사라도 만나고픈 심정이었다. 자신이 도대체 왜 태어났는지, 왜 살고 있는지, 앞으로 어떻게 될 것인지, 혹은 자살해버려야 하는지 알고 싶었다. 그것을 가르쳐 달라고 기도하고 또 기도했건만, 그리스도는 십자가 위에서 비참한 자세로 말없이 못 박혀 있기만 했다. 오네시모는 아무런 응답도 얻지 못한 채 밖으로 나왔다.

"마리얌, 그때 엘랏 삼거리에서 우리와 헤어진 다음에 다마스쿠스로 곧장 갔었나요?"

"그럼요. 왜 묻죠?"

그녀는 햇빛을 등진 오네시모를 올려다보았다.

"그 전에 우리와 함께 시나이 산으로 들어갔잖아요. 그때 성녀 카타리나 수도원의 식당에서 다른 방에 앉아있던 아흐마드와 트리부노, 루스티코를 보았답니다. 그들이 왜 그 성스러운 곳에서 모여 있었는지 이제야 알았거든요."

"트리부노와 루스티코요?"

그들을 그녀는 기억하지 못했다. 하지만 그녀는 오네시모의 기분을 이해하려고 애썼다.

"아흐마드는 알렉산드리아에서 나를 알뜰게 팔아넘긴 이집트인 노예상이고, 두 베네치아 상인들도 노예상들입니다. 두 원수들이 하필 나와 한 배를 타고 있었고, 성인의 유골이 베네치아에 도착하는 걸 돕는 척하다가 격려금만 가로채 도망친 자들입니다. 그리고 그것도 모자라, 유골이 가짜라고 떠들고 다니는."

"4년 전의 일을 여태 마음에 담고 다녔어요?"

마리얌은 의외의 대답을 했다.

"그건……, 정말 대단히 중요합니다."

자신이 모셔간 성인 유골의 명예는 어떤 방법으로든 훼손되면 안 된다는 강한 확신에서 오네시모의 눈에서는 불꽃이 일었지만 오히려 마리얌은 미소를 지었다.

"우리의 눈에 보이는 것은 모두 헛것이랍니다. 중요한 것은 보이지 않거든요."

중요한 것은 어쩌고 하는……, 어디선가 많이 들어본 문장이었다.

"무슨 해괴한 사설이죠?"

오네시모는 즉각 반발했다.

"보이는 것은 잠시 뿐이지만 보이지 않는 것은 영원합니다. 신앙인이 보이지 않는 것에 눈길을 돌리는 이유죠. 바울로 사도께서 코린토인에게 보내는 편지에서 하신 말씀입니다. 한 가지 묻겠습니다. 오네시모, 아흐마드에겐 이미 벌을 내렸다고 하셨으니 다음엔 트리부노와 루스티코에게 벌을 내릴 차롄가요?"

그녀의 질문은 그의 내면에 웅크리고 있는 사나운 동물로 하여금 잔인한 이빨을 드러내게 했다. 하지만 오네시모는 입을 굳게 다물어버렸다. 어렸을 때 고향에서 배운 명예의 훼손에 대한 보복의 정당성을 어떻게 말로 설명하랴. 자신이 기독교도가 된 지금, 교회의 어떤 가르침의 논리로 마리얌의 말을 반박할 수 있겠는가. 오네시모가 얼른 대답을 못하고 머뭇거리자 그녀가 말했다.

"성유물의 환상에서 어서 깨어나세요."

마리얌의 말에 오네시모는 대답하지 않았다. 그녀는 기도하듯 두 손을 합장하고 오네시모를 올려다보았다.

극심한 번민에 빠진 오네시모의 표정을 놓칠 그녀가 아니다. 그녀가 말을 이었다.

"금은보화와 보석 말고 리온의 부케 궁전에 모신 성유물로서, 진품 십자가 조각이 있다고 하더군요. 사람들은 십자가 조각을 보기 위해 줄을 서서 기다립니다. 저는 아직 가보지 않았지만 그런 이유로는 앞으로도 가보지 않을 생각입니다."

휴우.

오네시모가 한숨을 내쉬었다.

"혼란스럽습니다."

낮에 오네시모가 실컷 운 다음부터 혼란스럽기는 마리얌도 마찬가지였지만 그녀는 오네시모를 안정시키기 위해 성의를 다했다. 그녀가 오네시모를 똑바로 보며 입을 열었다.

"우리의 몸이 성물이 아닙니까? 우리가 멸망하는 것은 우리에게 성물이 없어서가 아니라 우리 자신이 성물로 변하지 않았기 때문이 아닐까요? 그리스도께서 우릴 부르신 것은 우리를 당신의 몸처럼 성스럽게 만들어주시기 위함일 것입니다."

오네시모는 정신이 번쩍 들었다.

"우리를 성화시키기 위해서 초대하셨다고요?"

오네시모가 되묻자 마리얌은 고개를 끄덕이며 얼굴 가득 미소를 지었다. 봄날의 찬란한 햇살과 함께 그녀의 미소는 전염병처럼 옆의 세 젊은이에게도 파급되었다. 지오반니, 발몽 그리고 마리오도 그녀의 말을 알아듣지는 못했지만 미소를 만면에 가득 지었다.

오네시모도 억지로 미소를 짓자 마리얌이 물었다.

"모레 5월 11일, 전차 경주 보러 오실 거죠?"

"당연히 가야죠!"

네 젊은이는 합창하듯 대답했다.

5월 11일, 전차경주가 끝난 시각의 메세 거리는 한 걸음 앞으로 나아가기조차 힘들 정도로 인파로 붐볐다. 마리얌은 네 청년과 함께 거리로 나왔다.

"황제의 오른편에 자리한 청색 응원단의 수가 단연코 압도적이었던 것 같아요."

오네시모가 말했다.

"그들은 정통 교리를 지지하는 자들입니다."

"그랬어요? 왼편에 앉은 녹색 응원단의 수는 적었는데, 그렇다면?"

"그들은 주로 정치적 반대파와 단성론자들이고요."

"반대파도 있다니!"

눈을 동그랗게 뜨고 오네시모가 감탄했다.

"대경기장은 시민들과 황제의 대화의 장이 자유롭게 열리기도 하는 곳입니다. 그만큼 정치적인 장소라고나 할까. 그래서 황제가 오늘 같은 기념일에 품위 있는 멋진 옷을 입고 백성들 앞에 나서는 것이죠. 성화상 파괴의 태풍이 한창일 때 반대한 신부와 수녀들을 강제로 옷을 벗겨 알몸으로 이곳의 트랙을 달리게 한 일도 있었다면 놀라시겠죠?"

마리얌의 설명에 오네시모는 입을 다물지 못할 뿐이었다. 전차경주의 흥분이 아직 가라앉지 않은 탓에 사람들의 열기가 고스란히 거리로 이어져 금방이라도 폭발할 지경이었다.

콘스탄티누스 포럼을 지날 때였다.

"유리의 청록색을 없애는 약을 알려드리겠습니다!"

군중 속에서 누군가 그리스어와 라틴어로 외치는 소리에 지오반니가 발걸음을 멈추었다. 운집한 사람들로 인해 끼어들 수 없었지만 누군가가 그 가운데에 서서 에워싼 군중을 향해 큰 소리로 설명하고 있었다.

"어서 가서 한잔 하자고."

마리오가 지오반니의 팔을 잡아끌었다.

"잠깐만. 저 사람이 중요한 말을 하네."

지오반니는 자신의 형 피에트로의 유리공장에서 쓰일 수 있는 정보를 그냥 지나칠 수 없었다. 그는 사람들 사이를 비집고 들어갔다.

"이산화망간을 넣으면 기존의 청록색 유리가 투명하고 맑은 유리로 변한다는 말입니다. 이건 대단한 비밀이고, 알렉산드리아에서 자비르 이븐 하이얀 선생님께서 내게 직접 가르침을 주신 내용입니다. 자비르 선생님은 다른 물질로 금을 만드는 기술을 알고 계신 분이시죠."

야아!

사람들의 입에서 감탄사가 터져 나왔다.

"정말인가요? 아무런 물질로도 금을 만들 수 있다는 게?"

누군가가 믿을 수 없다는 듯 큰 소리로 물었다.

"그럼요! 자비르 선생님의 콘스탄티노플로 온 유일한 제자로서 제가 만든 금을 보여드릴까요?"

와아!

사람들의 호흡이 한순간에 멈추며 갑자기 조용해졌다. 그 남자는 헐렁한 가죽주머니에서 짤랑짤랑 소리를 내며 뭔가를 한 움큼 꺼내어 사람들 앞에 펼쳐보였다.

야아!

환호성이 크게 메아리치자 의기양양한 사나이의 말이 이어졌다.

"금은 어떤 것으로도 부식되지 않으며 영원히 아름다운 광채를 유지하는 금속입니다."

지오반니와 일행을 찾기 위해 오네시모가 사람들 틈을 비집다가 그 잘난 체하는 목소리의 장본인을 보았다.

헉, 트리부노!

숨이 막혔던 오네시모가 호흡을 가다듬었다. 트리부노의 옆에 루스티코도 분장을 하고 도움을 주어가며 서있었다. 트리부노 왼쪽 귀 앞 뺨에 남은 칼자국을 머리카락으로 살짝 가렸지만 몰라볼 오네시모가 아니다. 트리부노가 외쳤다.

"제가 여러분께 소개할 것은 금을 만드는 기술이 아닙니다."

에이!

사람들의 탄식이 터져 나왔다.

"금을 만드는 기술은 여기에 비하면 아무것도 아닙니다."

"말 돌리지 말고 빨리 말하슈! 속 태우지 말고!"

성격이 급한 한 남자가 소리쳤다.

"저는 더 중요한 것을 소개하려는 것입니다. 이 세계의 모든 물질에 머물러 있는 정령을 소환해서 원소를 다시 조합하는 기술! 바로 그것입니다."

어려운 단어가 나오자 사람들은 침을 꿀꺽 삼키며 최면에 걸린 듯 멍청스레 그의 손끝을 쳐다보았다.

"이 기술만 있으면 인조 생명체조차 만들 수 있는 것입니다!"

이 대목에서 화를 참으며 오네시모가 지오반니의 손을 잡아 끌어냈다.

"지오반니, 저자는 사기꾼이야. 저자가 바로 트리부노, 그 옆에 선 자가 루스티코야."

지오반니의 눈이 휘둥그레졌다.

"저 놈들을 그냥!"

지오반니가 내뱉으면서 몸을 부르르 떨었다.

"이 사기꾼아!"

오네시모가 순간 사람들 앞에 나서며 베네치아 말로 트리부노에게 소리쳤다. 트리부노의 놀란 눈이 오네시모와 그 일행을 보았다.

"앗, 너는?"

트리부노가 연설을 하다 말고 한 걸음 물러섰다. 그의 얼굴이 허옇게 변했다.

"성인의 유골을 가져온 것처럼 나서서 나를 감옥에 보내고 사례금까지 가로챈 철면피!"

오네시모가 그를 노려보며 고함치자 트리부노는 오히려 웃음을 터뜨렸다.

"너야말로 사기를 쳐서 돈을 가로채고도 모자라 여기까지 따라와서 내 돈을 노리는 거냐? 증거가 있으면 지금 이 자리에서 대봐! 어서!"

하긴 그 자리에서 무슨 증거를 대랴.

억장이 막힌 오네시모가 머뭇거리자 그는 더 큰 소리로 고함쳤다.

"여러분, 여기 금으로 만든 제 기술을 보신 여러분! 저자가 제 돈을 가로챈 도둑인데, 여기까지 와서 행패를 부립니다. 제가 여러분께 전수하려했던 기술은 당분간 어렵게 되었습니다. 시끄러운 곳에선 생각이 혼란스러워 공식이 안 떠오르거든요!"

화가 치민 오네시모는 순식간에 바닥의 유리병을 들어 그의 머리를 내리쳤다. 트리부노는 피를 흘리며 혼비백산하여 모자로 머리를 짓눌렀다. 바로 그때 사람들이 오네시모 일행의 멱살을 움켜잡았다.

"이것 봐요!"

네 명의 젊은이들은 바둥거리며 항변했지만 화난 군중은 멱살잡이로 끝내지 않고 주먹으로 사정없이 두들겨 팼다. 금 만드는 기술을 배울 기회를 잃은 데 대한 보복이었다.

"그만들 하슈! 그만 패라고! 그러다 사람 죽이겠네. 어리석기는! 아무 것으로나 금을 만든다는 말을 정말로 믿었나?"

나이든 사람들이 뜯어말려 간신히 몸을 추스른 네 사람이 정신을 차려 찾아보았지만 트리부노와 루스티코는 이미 줄행랑을 치고 없었다. 마리얌이 당하지 않은 것만도 천만다행이었다. 한순간의 해프닝으로 복수심이 불타오른 채 오네시모는 옷매무새를 가다듬고 3명과 함께 얼른 여관으로 돌아왔다. 마리얌도 집으로 돌아갔다.

드디어 네 선장은 목표에 맞게 무역을 마무리하고 최종적으로 베네치아로 가져갈 물건만 실은 채 출항했다. 그들은 무려 10배의 이윤을 창출했다. 연안 무역을 지휘하는 하산의 선단과 시리아 무역을 지휘하는 펠리치오의 선단은 벌써 두 번째 무역에 나서고 없었다.

그런데 그들의 귀향을 목이 빠지게 기다린 사람이 있었다. 바로 트라도니코 제독이었다. 다음 날 그들의 길드가 있는 토르첼로 섬으로 제독이 직접 전용선을 타고 찾아왔다.

"지금 도제께서 심하게 와병 중에 있네. 실력 있는 의사들에게서 극비에 흘러나온 정보로는 아마도 조만간 명을 다할 것 같다고 해서 말일세."

제독이 지오반니에게 설명했다.

"그래서요?"

"내가 자네들의 전역을 흔쾌히 들어주었던 데 보답하는 의미에서 자네들이 어떤 역할을 할 때가 왔다는 뜻일세. 차기 도제로 내가 나서는 것이 좋겠다는 여론도 많고 해서."

"아, 아 그렇군요."

지오반니가 더듬거렸다.

"자네들이 아직도 해군에 남아있는 것처럼 착각을 일으킬 때가 많다네. 그만큼 자네들을 사랑했나봐. 평의회 의원들 절반은 이미 내 생각을 이해하고 지지를 약속했다네. 어떤가? 자네의 생각은?"

대표로서 지오반니만 면담하고 있는 제독은 수염을 어루만졌다.

"좋습니다. 기회가 된다면 당연히 돕겠습니다. 저희 삼총사의 뜻은 이미 일치되었다고 생각됩니다. 발길도 바쁠 텐데 그리고 남의 눈도 있고 하니 어서 출발하십시오."

도제로 선출되도록 제독을 도울 수 있다면, 훗날 사업에 있어서 도제로부터 어떤 큰 혜택을 입을 수 있을 거라는 판단에서 지오반니는 그렇게 대답했다.

제독이 일어섰다.

"만일 도제가 회복되는 경우엔 오늘의 만남은 없던 일로 해주게. 춘부장께는 리알토 섬에서 만나 이미 설명을 드렸네."

제독의 배가 멀어져 갔다. 돌아오자마자 네 사람은 즉석회의를 열었다.

제독이 자신들을 찾아오다니! 자신들의 앞날이 활짝 열리는 기회가 오다니!

모두들 기분이 좋아서 큰 소리로 떠드는데 의기소침해 있던 오네시모가 입을 열었다.

"지오반니, 너무 경솔하게 대답했다. 잘못될 경우엔 모반사건으로 비화될 수 있다는 생각은 안 했어?"

헉.

찬물을 끼얹은 듯 사람들이 갑자기 조용해졌다. 일단 더 이상 언급을 유보하기로 하고 회의는 끝났다. 오랜 여행으로 피로했던 몸을 쉬면서도 어쩐지 꺼림칙한 하루하루가 지나 삼일 째 지오반니의 부친 갈바이오 공작이 돌아왔다.

"자네들, 도제가 병세에서 많이 회복되셨다는 의사들의 말을 들었네."

그는 피곤한 표정으로 힘없이 선언했다.

"어? 그러면 제독의 꿈은 끝나버렸나요?"

"그런 셈이지. 없던 일로 하고 어서 예전처럼 제자리에서 열심히 최선을 다 할 수밖에. 조반니 1세 파르티치파치오 도제께서 특별히 잘못하고 있는 것도 없잖아!"

그는 젊은이들에게 신경질적으로 소리쳤다.

문제는 그로부터 일주일 후에 벌어졌다. 다음 무역을 위해 계획을 짜고 있던 사무실에 경찰이 들이닥쳤다. 젊은이들 네 명 가운데 마리오를 뺀 셋이 즉시 연행되었다.

"도대체 무슨 일입니까? 말을 해주세요!"

배에 태워져 리알토 섬으로 이송되는 도중에 지오반니가 대들었다.

"자네들이 국가전복을 모의했다는 혐의야."

호송 책임자가 대답했다.

"뭐라고요? 우리가 언제요? 증거가 있나요?"

"그건 내게 물을 일이 아니다. 법정에서 밝히도록. 우린 명령대로 호송하는 것이니까."

다른 경찰이 퉁명스레 대꾸했다. 지오반니는 입을 꾹 다물어버렸다.

알고 보니 이미 제독은 조사를 받았고 무죄방면이 되었다. 그리고 조사와 이어진 재판에서 삼총사는 그 조사가 애초에 병세를 회복한 도제가 고발한 사건이 아니고 차기에 도제가 되고 싶어 하는 어느 귀족이 트라도니코 제독을 평의회에 고발하여 일어난 문제였음을 알게 되었다.

그런데 생각지도 않던 문제가 터졌다. 재판 결과 3명 가운데 지오반니와 발몽에게는 무죄가 선고된데 반해 오네시모에게는 1년 추방형이 선고된 것이다.

"어, 어떻게 된 거죠?"

오네시모가 즉각 반발하며 벌떡 일어섰다. 물론 2명의 친구들과 지오반니의 부친도 벌떡 일어섰다.

"우리 국민으로 전입한 사람은 3년 안에 범죄를 저지를 경우에는 영구추방이고, 범죄모의 혐의만 있어도 일 년 동안 추방일세."

그러고 보니 자신이 마르코 성인을 모시고 온 것이 2년 10개월이니 2달을 남기고 일이 벌어진 것이다. 알지도 못했던 일이 새삼스레 덫이 되어 그를 옥죄었다. 재판은 끝났다.

"우리 가문의 이름으로 이를 반드시 도제께 상소하려고 한다."

지오반니의 부친이 오네시모를 위로했다. 하지만 도제가 상소를 기각해버리면 아무런 득이 없이 원래대로 형이 집행되는 것이다.

역시 도제는 상소를 기각했고 제독과 지오반니의 부친 그리고 친구들 모두 애석해하는 가운데 오네시모가 베네치아를 떠나야 할 시한이 사흘 앞으로 바짝 다가왔다.

"콘스탄티노플에서 지낼 건가?"

지오반니의 부친이 물었다.

"그럴 것 같습니다. 그곳엔 지인들이 있거든요. 수도원에 들어간 수사 한 분과 알렉산드리아에서부터 알고 지낸 마리얌 가족이 있습니다."

대답하고 보니 그곳엔 만나고 싶은 원수들도 있었다. 트리부노와 루스티코라는.

"1년만 참게. 자네가 우정을 깨뜨리지 않고 우리 가문의 일을 앞장서서 해준 건 지오반니에게서 들어 빠짐없이 알고 있네. 여기 그동안의 급료와 지분이 있으니 이걸 쓰도록 하게."

그는 무거운 가죽주머니 10개를 그에게 내놓았다.

"감사합니다. 어르신 은혜를 어찌 잊겠습니까? 애꿎은 운명의 장난인가 싶습니다. 부디 안녕히 계십시오."

오네시모가 무릎을 꿇고 절을 하자 친구들 모두 눈시울을 적셨다.

친구들은 차례로 그와 포옹했다. 지오반니의 부인 체칠리아도 나와서 배웅했다.

"오네시모, 좋았던 시절의 추억을 생각하며 우리 모두 1년을 기다릴 테니, 몸 성히 잘 있다가 다시 만나요."

"1년만 참게. 우리의 우정은 영원히 변치 않을 거야. 그리고 우리 선단이 조만간 콘스탄티노플에 갈 테니 그곳에서 만나기로 하세. 거기 있잖아. 베네치아 바자르 상인들을 통해서 서로 연락하면 될 거야."

지오반니가 마지막으로 다시 포옹했다. 하산은 연안 무역을 위해 출항하여 만날 수 없으므로 편지를 써서 지오반니에게 맡기고, 안젤로 영감과 예로니모 노인께 작별 인사를 하기 위해 토르첼로 섬을 출발했다.

배가 출발했다.

리알토 섬에서 오네시모가 거룻배를 불러 타고 예로니모 노인을 만나러 갔을 때는 한 낮이었는데도 문이 닫혀있었다.

"어르신! 누구 안 계세요?"

두세 번 부르다가 닫힌 문을 밀치고 안으로 들어간 오네시모는 문득 발걸음을 멈추었다. 1층의 공간에 있었던 노인의 의자가 없어진 것이다. 항상 있었고 동네 고양이와 강아지가 놀러왔던 그곳은 깨끗이 치워져 있었다. 불길한 느낌이 들어 이층으로 뛰어 올라간 그는 역시 예전의 방들 그대로 있지만 작은 가구들이 깨끗이 정돈되어 있는 걸 발견했다. 예전에 자신이 묵었던 방을 열자 침대가 그대로 있어 그는 창문 쪽으로 다가갔다. 허리가 휘어질 듯 무거운 자루를 열 개씩이나 들고 다니다 보니 힘이 들어서 그는 그것들을 덜퍼덕 바닥에 내려놓았다.

창가에서 내려다보이는 소운하도 여전히 예전처럼 물을 흘려보내고, 거룻배들도 오가건만 쥐 죽은 듯 아무런 인기척이 없었다.

혹시 영감님이?

불길한 생각이 들었지만 그는 숨을 좀 돌린 다음 안젤로 영감에게 가기로 했다. 안젤로 선생이라면 마르타 집안의 일을 알고 계실 것이다.

전에 가죽 의자가 있던 자리, 따뜻한 햇볕이 들어오는 창가에 서서 아래를 내려다보며 이런 저런 생각을 하다가 그는 침대에 앉았다. 3년 전 돈 자루를 들고 이 집에 왔던 자신의 모습은 그대로인데 집만이 텅 비어있어 갑자기 외로움이 엄습했다. 생강을 끓이던 냄새가 가득했고 마르타의 활달한 모습과 예로니모 노인의 잔소리가 넘쳐나던 활기찬 집안 분위기는 모두 어디로 사라졌단 말인가?

그는 침대에 앉은 채 졸다가 아예 다리를 뻗고 잠에 빠져들었다. 해가 뉘엿뉘엿 질 무렵에 잠에서 깨어난 오네시모는 침대에 누운 채 멍청히 있었다.

그는 갑자기 방향을 잃어버렸다.

거룻배들이 지나가며 노를 젓는 삐걱거리는 소리와 지나가는 사람들의 이야기 소리가 들리곤 했지만 의사 친구를 만나기 위해 외출했을 노인은 영 나타나지 않았다.

노인이 돌아가신 걸까. 노인은……, 자신과 처음 인간의 정을 나누었고 따뜻한 분이었다. 이국땅에 처음 발을 디딜 때, 너무도 늙어서 아무도 선택해주지 않는 바람에 끝까지 남겨졌던 거룻배 사공이었다. 그 배를 탄 일로 인해 더욱 깊이 알게 된 가족 같은 분이었다. 혹시 영영 하늘나라로 가셨다면 내일은 그의 묘에라도 가볼 일이다.

마음속에 오래 자리 잡았던 할아버지.

아냐, 돌아가신 게 아냐. 그럴 리 없어. 오네시모는 고개를 절레절레 가로저었다. 그렇게 믿고 싶었다. 몸이 군데군데 아픈 사람이 생생하던 사람보다 더 오래 산다고 어려서부터 들었던 터다. 그는 귀를 바짝 세우고 아래층의 대문께로 오감을 집중하기 시작했다. 영감님이 행여 의사 친구에게라도 놀러갔다가 막 문을 밀치고 들어올 것만 같았다. 오네시모는 늦게라도 돌아올 것만 같은 할아버지를 어둠이 가득 내린 창가에 앉아서 기다렸다. 밤이 점차 깊어가면서 희망의 불빛은 자꾸만 밝기를 잃어가고 있었다. 바닥까지 타버린 양초의 마지막 촛불이 스러지듯이.

슬펐고……, 자신감을 잃어버린 오네시모는 그곳에서 밤을 보냈다. 자다가 깨다가, 행여 야밤에라도 예로니모 노인이 한 잔의 술에 취해 돌아오지 않을까 기대하면서. 갑자기……, 오래토록 아버지를 기다렸던 타라불리쓰의 어린 시절이 떠올랐다. 꼭 살아서 다시 나타나실 것만 같아 아버지를 기다렸었다. 돌아가신 아버지는 영영 나타나지 않았지만. 내가 영감님을 우리 아버지와 동일시했나? 그는 침대에서 벌떡 일어나 한숨을 내쉬었다.

동트기 직전에야 꽃잠에 빠졌던 오네시모는 갑자기 눈을 뜨고 벌떡 일어나 여명의 동녘을 쳐다보았다. 집들 사이에서 어둠을 밀쳐내며 태양은 상쾌한 아침의 기운을 몰고 동쪽에서 떠오르고 있었다.

삐이걱.

느닷없이 1층 출입문 열리는 소음이 들리며 누군가 집 안으로 들어오고 있었다. 오네시모는 가슴이 철렁했다. 예로니모 노인이 틀림없다는 생각에서 반가움이 왈칵 솟구친 나머지 그는 방문을 활짝 열어젖히고 계단을 뛰어 내려갔다.

어르신!

"어, 오네시모! 깜짝 놀랐잖아요!"

마르타였다.

"놀란 건 난데요. 영감님인줄 알았어요."

그녀는 천천히 계단을 올라왔다.

"그랬군요. 그래서 그렇게 맨발로 내려왔군요. 고마우신 분. 오네시모, 따뜻한 그 마음을 어떻게 보답해야 할지……"

그녀는 2층 방문 앞에 섰다. 그녀의 표정에서 이상한 걸 발견한 오네시모가 중얼거렸다.

"할아버지께 무슨 일이 있었군요."

벌써 눈물을 흘린 그녀는 손수건을 꺼내어 눈가를 찍어냈다.

"벌써 한 달이나 됩니다. 내게 많은 사랑을 주셨고 고아 티 안 나게 날 키워주신 할아버지……"

그녀는 그만 울음을 터뜨리며 그의 가슴팍에 쓰러졌다. 울고 또 울며 그녀는 어깨를 들썩였다. 오네시모가 그녀를 위로했다.

"얼마나 억장이 막히고 슬프겠어요. 하나뿐인 혈족을 잃어버린 그 슬픔! 나도 엄마 아빠 모두 잃고……, 지금도 그 생각만 하면 마음이 울적하곤 하거든요."

그토록 고생했던 부친을 떠올리자 오네시모의 눈에서도 눈물이 주르륵 흘러내렸다.

"어머, 당신도 울고 있군요."

한참 울다가 마르타는 자신의 수건으로 오네시모의 눈을 닦아주었다.

"여기 앉아요."

마르타는 오네시모가 권하는 의자에 앉아 감정을 추스르며 눈물을 닦아냈다.

"꿈속에 할아버지가 보였어요. 너무도 생생해서 새벽에 벌떡 일어나 그 꿈이 도대체 무슨 뜻일까 생각했어요. 그래서 이른 시간에 시댁을 나섰답니다. 옛집에 오면 마음이 편안해지잖아요. 마침 문이 빠끔히 열려있어 이상하다 싶었는데…….”

“그랬군요. 나도 내일이면 베네치아를 떠난답니다.”

“선단이 내일 출발하나요? 펠리치오의 선단은 3주 전에 떠났잖아요.”

“아니요. 완전히 떠납니다. 재판을 받았고 1년의 추방형을 선고받았어요.”

오네시모의 대답은 담담했다.

“어머나. 어쩌다가요?”

그녀는 깜짝 놀랐다.

“설명을 하면 길지만 모반 사건에 휘말려 내게 불똥이 튀었답니다.”

“당신은 그런 일을 저지를 분이 아닐 텐데. 오, 하느님! 어쩌다 그런 일이. 그러면 1년 있음 돌아오시나요?”

“아마 돌아오지 않을 것 같습니다.”

“왜죠?”

그녀는 오네시모의 얼굴을 올려다보았다. 함초롬한 그녀의 눈은 방금 휘몰아쳤던 감정의 흔적으로 충혈이 되어있었다. 오네시모는 대답 대신 창밖을 쳐다보았다. 그는 가슴에서 푸른 공단 주머니를 천천히 꺼냈다.

“자, 언젠가 내게 맡겼던 보석 돌려줄게요.”

그녀의 눈이 반짝였다. 그는 마르타의 손을 잡고 손바닥에 공단 주머니를 올려놓았다.

“그건……, 제가 소중히 여겼던 보석이고 가문에 내려왔던 것인데.”

“자, 이젠 마르타 당신이 주인입니다. 오래 제자리를 떠나있던 것이 이제야 원래의 소유자에게 돌아가는군요.”

하지만 그녀는 공단 주머니를 창문 턱 위에 내려놓았다. 꿈에 현몽하여 할아버지가 왜 자기를 옛집으로 불렀는지 내내 생각했던 그녀다.

그녀가 몸을 돌렸다.

“오네시모, 난 당신을 사랑했는데 아직도 모르셨나요?”

허걱.

물론 잠시 연모의 정을 느낀 것은 사실이지만 그렇다고 어떻게 할 수는 없었다. 오네시모의 눈앞에 지난 삼 년이 주마등처럼 빠르게 스쳐갔다.

그녀가 오네시모의 가슴에 안겼다. 그녀의 머리칼에서 사프란 향이 피어올라와 그의 정신을 혼란하게 했다. 그는 그녀를 떠밀지 않았다. 천천히 그는 그녀의 입술에 입을 포갰다. 갑자기 뜨거워진 두 사람이 침대에 쓰러졌다. 그녀는 두 눈을 감았다. 오네시모의 손이 그녀의 머리칼과 가슴과 허리를 만지는 동안 그녀는 눈을 감은 채로 있었다. 그의 손이 이윽고 치마를 올리자 하얀 속살이 드러났다. 오네시모의 알몸이 허겁지겁 그녀 위에 포개졌다.

마르타는 뜨거운 온천물이 자신을 휘감고 흘러가는 느낌에 빠져들었다. 뿌옇게 피어오르는 수증기가 앞을 가려 더 이상 아무것도 보이지 않을 때 멀리서 누군가가 손짓하는 환영이 나타났다. 하지만 의지와는 달리 발이 마음대로 움직이지 않아 그곳으로 갈 수가 없었다. 그녀는 그렇게 시간의 흐름에 내맡겨진 채로 있었다.

오네시모는 사하라의 뜨거운 태양이 가슴을 지지는 느낌에 빠졌다가 사막의 뜨거운 열기 까마신이 몰아치며 자신을 휘감아 허공중에 날려버리는 환상에 빠졌다. 그는 미끈하고 따뜻한 대기 속을 헤엄치며 자꾸만 자꾸만 바닥으로 가라앉고 있었다.

푸드득.

갑자기 창밖에서 소리가 들렸다. 창가에서 비둘기가 날아오르는 소리였다. 그 소리에 두 사람은 꽃잠에서 깨어났다. 마르타는 얼른 이불을 잡아당겨 자신의 몸을 가렸다. 오네시모가 벌떡 일어나 이불을 들쳐 내버리고 그녀의 몸을 다시 껴안았다. 두 사람은 또다시 뜨거운 불길 속으로 빠져들었다.

생선과 채소, 과일을 싣고 소리를 지르며 지나가는 거룻배 소리에 두 사람은 눈을 떴다.

그녀가 먼저 일어나 옷을 주섬주섬 입기 시작했다.

"오네시모, 당신은 언제 날 사랑한단 말을 할 거죠?"

그녀가 물었다.

"지금 하겠소. 난 당신을 사랑하오."

오네시모가 그녀를 잡아당겨 입맞춤을 했다.

"이제 우린 어떻게 되는 거죠?"

그녀의 질문에 오네시모는 아무런 말도 하지 못하고 잠시 생각했다. 이윽고 오네시모가 입을 열었다.

"날 따라 콘스탄티노플로 가겠소? 아님 알렉산드리아로?"

"사랑한다면서 왜 진작 내게 다가오지 않았어요?"

"왜 청혼하지 않았느냐는 말이오?"

"그랬다면 당신에게 완전히 맘을 주었을 것이고……"

"그리고?"

"당신과 결혼했을 텐데."

마르타는 나지막이 한숨을 내쉬었다. 일을 저지른 후 튀어나온 말이 정말 자신의 진심에서 우러나온 말인지 그녀는 잠시 생각에 빠져들었다. 그때 오네시모의 의외의 말이 나왔다.

"화내지 말아요. 아마도……, 내겐 마음 깊이 자리한 여자가 있었습니다."

오네시모가 말하며 창밖을 내다보았다.

"누군지 알고 싶군요."

마르타가 눈을 동그랗게 떴다.

"지금쯤 죽었을지도 모르오. 본 지는 오래 되었으니까. 육칠 년쯤 되었나?"

죽었을지 모른다는 말은 꾸며낸 말이었다. 오네시모가 고개를 돌려 그녀를 보았다.

"어쩜 천연덕스럽게 말도 잘 지어내실까?"

오히려 웃어버린 건 마르타였다.

"펠리치오는 외롭고 용감한 사람이오. 당신은 나보다 그에게 더 어울립니다."

오네시모는 다시 멀리 창밖을 보았다. 마르타가 다소곳이 그의 옆에 와 앉았다. 두 사람은 나란히 베네치아 석호 위로 힘차게 떠오르는 해를 감상했다.

"할아버지 묘에 함께 갈 수 있겠어요?"

오네시모가 팔로 그녀의 어깨를 감싸며 물었다.

"그렇게 하지 마세요. 그러면 난 또 울게 될 것입니다. 울고 나면 힘이 완전히 빠져버리거든요."

그녀의 눈에 어느새 안개가 서렸다. 오네시모는 그녀를 꼭 안아주었다.

"어디로 가실 거죠? 콘스탄티노플?"

그녀가 그의 가슴팍에서 물었다.

"나그네가 어딘들 못 가겠소? 아마도 지인들이 있는 그곳으로 가게 될 것 같소. 그곳에 가면 장사를 할까 합니다. 이미 터득한 기술을 밑천 삼아. 그리고……."

오네시모가 손가락으로 한쪽을 가리켰다. 그곳엔 돈 자루 10개가 나란히 서 있었다.

"세 개를 가져가구려. 내겐 일곱 개면 충분합니다."

오네시모가 일어서자 그녀는 아쉬운 듯 그를 다시 한 번 세차게 잡아당겼다.

"정말 가는 거죠?"

"그럼요. 떠돌이에게 따뜻하게 해준 걸 감사합니다."

오네시모가 일어섰다.

"잠깐요."

그녀가 오네시모를 불렀다. 그녀는 손에 쥐고 있던 푸른색 공단 주머니를 오네시모의 손에 다시 들려주었다.

"아니, 왜?"

"이걸 가져가야 당신은 되돌아올 것입니다."

마르타의 현명한 판단일지 모른다. 잠시 생각 끝에 오네시모는 그것을 받아들었다.

"참, 보석을 받고 보니 나도 줄 게 또 있어요."

그는 자신의 가방에서 묵직하고 큰 책을 하나 꺼내어 마르타의 품에 안겨주었다.

"이건 뭐죠?"

그녀는 양피지 이삼십 장을 묶어서 만든 최고급 코덱스 책을 들여다보았다.

"마르코 복음섭니다. 알렉산드리아에서 가져온. 마르코 형이 직접 필사한 것이라서 내겐 너무도 소중한 것입니다."

"여기서도 이건 굉장히 비싼 건데."

"물론 아무데서나 구할 수도 없는 것이오. 이래야 나도 돌아오고 싶어질 테니까."

귀족들이 가보로 보관하거나, 수도원 같은 곳에서도 한 권 가지기조차 힘든 보물이었다. 그녀는 그가 돌아올 때까지 잘 보관하면서 생각날 때마다 읽어보리라, 속으로 다짐하며 눈시울이 붉어졌다.

오네시모는 안젤로 영감을 만나 인사하고 홀가분한 마음으로 리도 섬으로 출발했다. 다음 날 콘스탄티노플 행 범선이 출발하는 곳이 리도섬이었기 때문이다.

"잘 있거라. 베네치아! 내게 꿈을 주었던 곳. 마르코 성인의 염력으로 부디 번창하거라."

리도 섬이 멀어지는 동안 오네시모는 마음속에 각인시키려는 듯 베네치아를 보고 또 보았다. 지금 마음 같아선 다시 돌아올 것 같지 않지만.

알렉산드리아 노천 시장 한켠에 햇볕을 등지고 앉은 살라흐 딘과 하산은 백일몽을 꾸듯 입가에 미소를 머금었다. 바로 그때 젊은이 여덟 명이 가마 두 개를 앞뒤로 들고서 나타났다. 벌써 한 달째 햇볕을 쪼이며 낮 동안 내내 장터에 앉아 있는 거부(巨富) 노인들을 하인들이 어찌 할 수는 없었다.

"어르신, 마님께서 이제 그만 둡시랍니다."

순간 어지럼증이 살라흐 딘을 휩쓸고 지나갔다. 그의 창백한 이마에 식은땀이 송골송골 맺혀왔다.

"마티마 마님께서 그리 말씀하셨나?"

살라흐 딘이 되묻자 젊은 하인들은 노인의 귀에 바짝 대고 크게 대답했다.

"그렇습니다. 알리스칸다리야에서 제일 이름난 의원을 모셔왔답니다."

두 노인은 몸을 일으켜 가마에 올랐다. 그들은 사랑채 식객 노릇을 하고 있던 터다. 하지만 생활수준으로 말할 것 같으면 아마도 술탄 다음으로 호화로운 생활일지도 모른다. 온통 금박이 입혀진 가마는 하인들에 의해 파티마의 저택으로 이동해갔다.

살라흐 딘 노인의 눈에 아름드리나무들이 파란 잎들을 늘어뜨리고 있는 모습이 들어왔다. 자신이 처음 알림의 집에 팔려왔을 때도 있었고……, 아니 그 이상 오래 되었을 그것들은 널찍한 마당의 똑 같은 자리에 꿋꿋이 서서 오늘따라 더욱 푸른 모습으로 가마들을 맞이했다.

가마가 저택을 막 들어설 때였다. 살라흐 딘이 보니 사랑채 앞에 천사가 서 있었다. 광채가 나는 하얀 옷을 입고 천사는 살라흐 딘에게 인자한 미소를 지었다. 살라흐 딘도 천사에게 손을 들어 인사했다. 그리고 그는 가마 안에서 쓰러졌다.

"앗, 어르신! 정신 차리세요!"

하인들의 외침에 하녀들과 시종장 그리고 과부 파티마가 뛰어나왔다. 뒤이어 의원도 뛰어 나왔다. 하인의 등에 업혀 살라흐 딘 노인은 자신이 머물던 사랑채로 급히 옮겨졌다. 의원이 진찰을 하고 응급치료를 하는 동안 파티마는 문 밖에서 서성였다. 남녀의 구별이 엄연한 터라 남자가 알몸을 드러냈을 방에 함부로 들어갈 수는 없었다.

오, 이런! 살라흐 딘! 오네시모! 눈을 뜨게!

하산 노인의 외침이 터져 나왔다.

오, 알라의 천사시여! 오, 예수님! 이 사람을 도와주십시오.

의원! 이 사람을 살려주시게!

그의 외침은 절규가 되어 메아리쳤다. 울부짖는 하산 노인을 뒤로하고 의원이 성큼 문을 열고 걸어 나왔다. 그의 시선이 파티마의 눈과 마주치자 그는 고개를 설레설레 저었다. 눈물을 흘리던 파티마가 히잡을 벗어 던지고 안으로 뛰어 들어가 살라흐 딘의 상체를 껴안았다. 그녀는 손바닥으로 살라흐 딘을 뺨을 때렸다.

어서 눈을 떠요! 무정한 사람!

살라흐 딘은 눈을 한 번 떴다. 그는 파티마를 올려다보았다. 그녀의 맨 얼굴이 그의 눈에 들어왔다.

이런 것은 중요한 게 아니야. 이런 겉모양새는 정말 중요하지 않다고. 율법이 중요한 것은 문구에 있지 않고……. 바보, 너 샤하다도 모르니?

울부짖는 그녀의 목소리가 살라흐 딘의 귀엔 그렇게 들렸다. 알렉산드리아의 드넓은 밀밭이 그의 눈앞에 펼쳐졌다. 그리고는 베네치아의 석호가 펼쳐졌다. 눈물이 고인 그의 눈은 스르르 감기고 말았다.

"살라흐 딘! 이젠 나만 남겨둘 건가요? 돌아온 지 한 달 만에 가버리다니!"

울부짖는 파티마의 등 뒤로 의원의 차분한 목소리가 들렸다.

"치열한 삶을 마감하고 알라의 품으로 가셨습니다. 이분이 얼마나 힘든 삶을 살았는지는 팔뚝과 옆구리의 상처를 보면 알 수 있지요."

쩝. 의원은 파티마의 주름 가득한 얼굴과 흰 머리칼을 내려다보았다.

그녀는 살라흐 딘을 추스르는 하인들을 뒤로 하고 벌떡 일어섰다. 그녀는 성큼성큼 걸어 자신의 방으로 갔다. 엄습하는 슬픔과 고통에 어쩔 줄 몰라 그녀는 살라흐 딘이 며칠 전 자신에게 준 코덱스 책을 가슴에 꼭 안았다. 그의 아들이 베네치아에서 가져왔다는 마르코 복음서였다.

내게도 아들이 있었더라면.

그녀는 중얼거렸다.

그녀는 한 달 전 40년 만에 돌아온 살라흐 딘을 처음엔 몰라보았다. 바닷바람과 햇볕에 그을린 주름투성이 남정네를 알아보았을 리 없다. 소박데기가 되어 결혼한 지 5년 만에 친정으로 돌아와 일체의 외부 출입을 삼간 채 책만 읽으며 살아온 35년이 눈앞에 파노라마처럼 스쳐지나갔다.

그녀는 중얼거렸다.

"살라흐 딘과 하산이 돌아와 그나마 잠시 외로움을 덜어주었는데……. 아버님이 앉았던 의자에 내가 앉고 제이납과 이맘이 앉았던 의자에는 살라흐 딘과 하산이 앉아서 차를 마시며 담소하는 게 새로운 즐거움이었는데……."

그녀는 그때 살라흐 딘이 물었던 걸 다시 떠올렸다.

"파티마 님, 어릴 때 밀밭에서 내게 했던 말 생각나요? 겉모양새는 중요하지 않으며 율법이 중요한 것은 문구에 있지 아니하고……, 그럼 무엇에 있다는 말인가요?"

"내가 그런 말을 했어요?"

그녀가 놀라 고개를 절레절레 저으며 웃어버리자 살라흐 딘이 말했다.

"내가 일생 동안 생각한 결과……, 중요한 것은 문구에 있지 아니하고 법의 정신에 있다는 것은 아닌지?"

일생 동안 생각했다니.

파티마의 주름진 눈가에 눈물이 흘러내렸다. 그녀는 가슴의 코덱스 복음서를 또다시 꼭 껴안았다. 한켠에 놓인 겉이 반질반질한 또 다른 코덱스 책으로 그녀의 시선이 향했다. 그 책은 아주 오래 전 나르드 향유와 함께 결혼 선물로 살라흐 딘이 구해다준 꾸란이었다.

어흐 흐흑.

사랑채에서 하산 노인이 곡하는 소리가 크게 터져 나왔다.

─끝─

알렉산드리아, 콘스탄티노플, 베네치아……

　베네치아 성 마르코 사원의 성인유골이 가짜라는 소문이 있었다. 오네시모와 하산이라는 두 무슬림 상인이 유골을 모시고 베네치아 석호에 들어온 AD 828년, 질풍노도처럼 베네치아 공화국을 송두리째 뒤흔든 사건으로 도제와 시민들은 환영의 축배를 들며 밤을 지새웠을 것이다. 유골을 운송했다는 또 다른 상인이 있다. 트리부노와 루스티코. 이 두 사람은 베네치아식 이름인데……, 도대체 어느 이야기가 진실일까? 진실은 아예 없는 것일까? 전설이 되어버린 이야기들은 항상 논리성이 부족하고 뜬금이 없다. 수년 전 로마 공항에 앉아 그 단편들을 반추하느라 나는 그만 인천행 비행기를 놓치고 말았다.

　베네치아의 자랑 성 마르코 사원의 성인 유골이 진짜일까? 우문(愚問)임에 틀림없는 물음을 가지고 나는 오래 생각했다. 월급봉투조차 얇았던 군의관 시절, 동료들과 함께 눈앞의 생선을 바라보며 이게 자연산일까 아닐까를 생각하던 그 꼴이었다. 횟집에서는 안주를 맛있게 젓가락질하고 정감 넘치게 소주잔을 기울이면 그만이다. 잔을 나누면서 우리는 자신이 처한 삶의 부조리함에 목청을 높이고 상대방으로부터 위로의 말을 듣는다. 사람이 감정의 존재이기 때문이겠지만. 종국에는, 술과 안주가 목적이 아니라 허심탄회한 만남의 장이 목적일 터다.

세 都市를 아우르는 마르코 성인의 遺骨 스토리

진실은 무엇일까? 터무니없는 이 물음은 사춘기 이후의 삶에서 나의 모든 걸 쥐락펴락하는 대의명분이었다. 흰머리가 부쩍 늘어난 어느 날 나는 홀연히 그 질문을 포기했다. 진실이란 피 냄새가 진동하는 드레퓌스 사건일 수도 있고, 시시때때로 야누스의 얼굴을 들이대는 뫼비우스의 띠일 때도 있다. 성인 유골의 진위 여부는 빛나는 직관으로 해결될 문제도 아니고, 첨단 방법을 동원해도 영원히 풀릴 수 없는 숙제다. 따라서 그것은 화두가 되면 되었지, 나의 연구의 결과일 수는 더더욱 없다. 그때 스스로 타이른 말이 있다 – 연구하지 말지어다. 마르코 성인의 유골은, 진짜라 해서 더 득될 것도 없고 가짜로 판명이 된대도 이제 와서 손해 볼 것도 없는 너무나도 시대적 간격을 두껍게 둔 유물이다. 따라서 진품으로 보는 눈엔 진품으로, 안품으로 보는 눈엔 안품으로 보일 것이다. 동계 올림픽이 열렸던 이태리 토리노 사원의 수의도 진짜라고 했다가 학자들이 온갖 과학적 장비를 이용하여 중세 때 만들어진 모사품이라고 했다가, 몇 년 전에는 1세기 유다 땅에서만 짧은 기간 통용된 동전의 눌린 모양이 적외선 사진에선가 나왔대서 다시 진품으로 뒤집어 지는 걸 보았다. 아직도 모르겠지만.

호사가들의 과제로 남겨두어도 될 성싶은 진품의 여부가 호기심을 자꾸만 자극하는 것은 역시 엎치락뒤치락하는 그 과정에 있으리라. 사실 책을 쓰기로 결심을 했을 때 나는 여전히 진실의 끈에 발목이 묶여있었다. 특히 1권을 쓰는 동안 나의 사고는 진실이라는 나무가 드리운 그늘에서 벗어나지 못하고 내내 맴돌고 있었다. 그러나 2권을 쓰면서는 점차 연금술을 생각했다. 인간의 사고에는 얼마나 빠른 속도를 내는 날개가 달려있는지 모른다. 그 날개는 사람의 생각을 우주 공간 너머로 날아가게 하기도 하고 태평양 깊은 바다로 순식간에 자맥질시키기도 하는 신비한 물건이다. 비금속을 가지고 금속을 만들어보려고 생각했던 중세 사람들의 시도가 가관인데, 어쨌든 금을 만들고자 일확천금을 꿈꾸었던 식자들은 얼마나 오랫동안 어두운 실험실에서 정력을 낭비해가며 온갖 해괴한 짓거리를 실행해보았을까, 생각할수록 아찔하기만 하다. 하지만 연금술은 인간의 욕망을 연료 삼고 꿈을 목표 삼아 온갖 학문의 경계를 허물고 헤집어 많은 분야에서 엄청난 발전을 낳게 했다고 적혀있다. 지렁이가 흙을 헤집고 다녀야 땅이 건강하고 많은 소출을 잉태한다는 것이 결코 우연은 아니다. 그래서 지렁이가 없는 땅은 죽은 땅이라고 하지 않는가.

1권을 쓰는 동안 나는 마르코 성인의 유골이 아직도 알렉산드리아의 어느 곳엔가 있기를 희망하고 있었다. 진저리 쳐지는 서구 기독교인들의 탐욕과 만행 때문이었다. 십자군 전쟁 기간을 포함하여 중세 내내 성유물 장사치들이 지중해를 중심으로 횡행한 사실이 내 허리께를 콕콕 쑤셔대는 가시 노릇을 했다. 하지만 쓰는 동안 생각나는 것들이 있었다. 생떽쥐베리가 성경을 원용해 사용한 후 널리 알려진 '중요한 것은 눈에 보이지 않는다.'는 말이었다. 또한, 주인공 살라흐 딘이 일생 동안 가슴에 품고 있던 '율법의 중요성'에 대한 경외심처럼 유골이 마르코 사원에 안치된 '존재의 이유'에 대한 헤게모니였다. 그래서였을까. 1권을 다 쓴 다음에도 책이 미완성이란 느낌을 영 지울 수 없었다.

몇 년의 터울을 가지고 그 후속 작으로 2권의 집필을 시작하지 않을 수 없었다. 나는 진실을 운운하는 대신, 무슬림 출신인 주인공이 서구 사회의 일원으로 적응하고 자기를 실현해가면서 두 종교의 경계를 넘나들며 혼동을 일으켰을 심리와 행태를 그리고 싶었지만 나의 글은 결국 주인공이 가슴에 품었던 '율법의 중요성은 문구에 있지 아니하다.'는 그 문제를 향해 자꾸만 달려갔다. 그 젊은이는 애당초 미지세계로의 동경을 가지고 가출했던 소년이었고 가출이 그의 삶의 궤도를 바꾸어 버렸다. 그는 무지렁이 신세에서 벗어나 큰 상인이 되는 성공도 하였으나 여전히 고향에 대한 그리움에서 벗어나지 못하고 있었다. 거상으로의 성공은 그의 오랜 삶에서 그리 중요한 요소가 못되었다. 재화는 삶에 필요하고 남에게 베풀기에 좋은 도구일 뿐, 그의 늙은 영혼은 어려서 들었던 율법의 중요성의 테두리에서 맴돌고 있었던 것이다. 그는 인생의 끝자락에서 지친 노구를 끌고 알렉산드리아로 돌아온다. 제 2의 고향, 자신을 부친처럼 따뜻하게 대해주었던 알림의 집은 그가 노예였던 곳이었고 자유인으로 거듭났던 곳이기도 했다.

힘에 겹고 영혼이 지쳐있을 때 쉬게 하는 것이 종교이고 종교 안에서 자신을 겸허한 종으로 처신할 때 비로소 사람은 자유로워지는 걸까. 주인공 살라흐 딘은 알림의 모습에서 종교의 모습을 본 것 같다. 알림은 이미 세상 사람이 아니지만 여전히 살라흐 딘의 마음을 움직이고 결국 그를 종교의 품으로 돌아가게 했다. 살라흐 딘은 알림의 집에서 숨을 거둔다. 그가 떠난 자리에는 그의 분신과도 같은 마르코 복음서 한 권이 남았다.

도움을 주신 잊지 못할 분들이 계신다. 지도편달을 아끼지 않으신 문단의 원로 평론가 구중서 선생님, 용기를 북돋아주신 소설가 라대곤, 백시종, 강병석, 채문수, 한상윤 선생님, 책의 출간을 도와주신 뿌리출판사의 윤현호 사장님께 이 자리를 빌려 심심한 감사의 말씀을 전하고 싶다. 은인들 모두에게 행운이 언제나 함께 하길 빌며……

월명산방에서 저자 올림

 **이 선 구** 약력

현재 안과의사.
단편〈동역자〉로 11회 성의문화상 소설 부문 수상.

2007년 ≪계간문예≫ 여름호에 단편〈거울〉로 작품 활동 시작.

작품으로는
장편소설〈유디코의 사도행전〉〈시의 갈레누스〉〈500년 후〉,
단편소설〈당나귀 귀〉〈소크라테스 비둘기의 하루〉〈오십의 바다〉등이 있다.

이메일 : leesunkoo2000@hanmail.net

베네치아 코텍스

2007년 8월 1일 발행
2007년 8월 8일 1쇄

지 은 이 / **이 선 구**
펴 낸 이 / **윤 현 호**
펴 낸 곳 / **뿌리출판사**
주　　소 / 서울시 성동구 성수 2가 3동 317-10 2층 우편번호 / 133-835
전　　화 / (代)2247-1115, 466-4516, 팩 스 / 466-4517
출판등록 / 서울시 등록(카) 제 1-551호 1987.11.23
홈페이지 / www. rootgo.com / E-mail : rootgo@dreamwiz.com
　　　　　　　　　　　　　E-mail : root1115@daum.net
　　　　　　　　　　　　　E-mail : bp1115@naver.com

ⓒ 2007. 이선구

값 / 15,000원
ISBN 89-85622-62-5